U0400795

张少康文集

第十卷

香港树仁大学教学讲义

北京大学出版社
PEKING UNIVERSITY PRESS

图书在版编目(CIP)数据

张少康文集. 第十卷，香港树仁大学教学讲义 / 张少康著. —北京：北京大学出版社，2024.5

ISBN 978-7-301-34747-8

Ⅰ. ①张… Ⅱ. ①张… Ⅲ. ①中国文学—文学研究—文集 Ⅳ. ①I-53

中国国家版本馆 CIP 数据核字(2024)第 006701 号

书　　名	张少康文集 · 第十卷：香港树仁大学教学讲义 ZHANGSHAOKANG WENJI（DI-SHI JUAN）： XIANGGANG SHUREN DAXUE JIAOXUE JIANGYI
著作责任者	张少康　著
责任编辑	徐　迈
标准书号	ISBN 978-7-301-34747-8
出版发行	北京大学出版社
地　　址	北京市海淀区成府路 205 号　100871
网　　址	http://www.pup.cn　新浪微博：@ 北京大学出版社
电子邮箱	编辑部 dj@pup.cn　总编室 zpup@pup.cn
电　　话	邮购部 010-62752015　发行部 010-62750672 编辑部 010-62752022
印 刷 者	涿州市星河印刷有限公司
经 销 者	新华书店
	650 毫米 × 980 毫米　16 开本　31.5 印张　490 千字 2024 年 5 月第 1 版　2024 年 5 月第 1 次印刷
定　　价	148.00 元

第十卷说明

本卷为2002年至2017年在香港树仁大学的教学讲义。2002年9月，我从北京大学退休后，经香港中文大学吴宏一教授推荐，得到香港树仁大学校长钟期荣热情支持，在树仁大学中文系任教，除了教我的专业课中国文学理论批评史和《文心雕龙》外，还担任过国学概论、唐宋文导读、元曲选读、中国古典小说史、《红楼梦》、中国诗学等课的教学。各课均有发给学生的书面讲义，选择以下几种，收入文集：

《国学概论(纲要)》

《中国古典小说的历史发展》

《论曹雪芹及其〈红楼梦〉》

《元曲概说》

《中西文论要点比较》

这些都是适应教学需要而写的，在介绍基本知识同时，也包括了我自己学习研究的一些独立见解，也许对青年学生学习还有一点作用，故略作修改收入文集。由于是教学讲义，比较注重帮助学生对原著的学习，所以有些课程中引用作品原文比较长一些，以便课堂上作较多具体分析。有的课程以讲解、阅读作品为主，故而讲义内容比较少，例如《元曲概说》。

目　录

国学概论(纲要)

中国古典小说的历史发展

论曹雪芹及其《红楼梦》

元曲概说

中西文论要点比较

国学概论（纲要）

一　什么是国学

1. 国学的含义

什么是国学？国学的说法大约起于清末民初，如章太炎有《国学概论》，钱穆也有《国学概论》。章氏按经、史、子、集来讲国学，钱氏则不同意章氏的讲法，而着重讲每个历史时期的学术思想。由于对国学内容理解上的差异，不同的学者对国学所包括的范围之宽窄也有不同看法。从比较广义的角度来考察，简单地说，国学就是指我国传统的学术文化遗产。每一个国家、民族都有自己独特的学术文化，因此也都有自己的国学。但是，我们中华民族历史特别悠久，而且学术文化的发展又是始终延续、不断丰富的，所以国学的内容也就比其他国家和民族要更加光辉灿烂，这是我们民族的骄傲。平常我们所说的国学其具体内容，就是以经、史、子、集为代表的传统学术文化中的精华部分。

2. 经、史、子、集是我国学术文化发展的核心

要研究我们的国学，就要从我们的文化发展讲起。因为以经、史、子、集为代表的国学的发展是古代文化发展到一定阶段的产物。

什么叫文化？文化这个词的内容是什么？它的范围有多大？这是我们研究中国文化时首先要明白的问题。一般我们所说的文化，有广义和狭义的区别。广义的文化是指人类所创造的全部物质文明和精神文明成果。物质文明是指工农业生产的状况、科学技术发展的水平等，可以使人们物质生活得到满足的种种方面。精神文明是指产生

在一定物质文明基础上的思想观念、意识形态、社会组织、典章制度、学术思想、文学艺术、宗教信仰、风俗习惯等。狭义的文化概念则主要是指精神文明。当然也有更窄的理解,那就只是指学术发展和文学艺术。我们这里所说的文化,主要是讲精神文明的发展状况,也就是指狭义的文化,但又不是那种对文化的最狭义的理解。而且精神文明的状况是和物质文明状况相适应的,所以讲精神文明也不能完全脱离物质文明。

一个民族文化的形成,总是有它相应的历史条件的。例如自然环境、社会环境、生活方式等的差异,就会造成很不同的文化特征。所以在人类文化发展中,就会有各种不同类型的文化。例如游牧文化、农耕文化、商业文化等。自然环境是形成民族文化特质的主要原因,中国古代的华夏文化是农耕文化,因为它发源于黄河中下游的平原地区,中原的民族长期以农耕为业;而北方的一些少数民族,如匈奴、鲜卑等则是生活在北方草原和荒漠地区,以游牧生活为主,不是固定住在一个地方,所以属于游牧文化。商业文化一般是在滨海地区或岛屿地区,他们需要向外发展。欧洲大多数地区就属于这种文化。农耕文化一般说具有稳定性,因为农业生产本身是有定期、定量、定额的,在正常情况下,变化不是很大的。然而,游牧文化和商业文化则往往是不稳定的,有较大的变量,或突然收获大增,或无多少收获。但它具有流动性和扩展性,往往发展很快、变化很多。

中国是一个历史悠久的农业大国,在四五千年的漫长岁月中,一直生生不息,绵延不绝,中华文化不断地积淀、丰富,成为世界上一个古老、光辉的具有东方特色的文化体系,在世界文化发展中有着十分重要的地位。在人类文化发展中,古埃及和古希腊、罗马文化也都是十分古老的,从历史的悠久来说和中国古代文化是差不多的,但是,古埃及和古希腊、古罗马的文化并没有像中国古代文化一样不断繁衍发展下来,而是发生了众多的变异,古埃及文化后来被中世纪的伊斯兰文化所代替,古罗马文化衰落后,被北方日耳曼人建立的帝国和基督教文化代替,并且改变了欧洲文化的格局。文化的性质也往往发生很大的变化。而近代西方的发达国家，基本上属于商业文化，他们的文化历史则是比较短的。现代世界的文化基本上可以分为以欧美为代表的西方文化和以中国为代表的东方文化两大体系。

每一种文化的形成都是和民族、国家的形成和发展不可分的。而每一个民族、国家的特征又都和它所处的地理条件有密切的关系。从世界文化发展的状况来说，早期的古老文化大都产生在平原河流地区或海岛地区，如古埃及文化是在尼罗河边诞生的，古巴比伦文化则起源在底格里斯河和幼发拉底河流域，古希腊文化是在爱琴海地区，古印度文化则产生在恒河和印度河流域，中国的华夏文化则是繁荣在黄河流域。关于中华文化的产生，近代有一些说法认为是“外来”的，或认为源于埃及，或认为源于西亚、东南亚、西伯利亚等，其实大都为西方人的偏见，中华文化起源于中华大地，这是不争的事实。大量的史前时期考古发掘证明，我国在人类进化的各个阶段上都有丰富的材料，说明我们中华大地上早有人类栖息，并且分布极为广泛。

旧石器时代是人类最早的产生期，人类的初始祖先是直立人（即猿人），即是从有人类起至约公元前 1 万年的人类。我国有云南元谋县的元谋人，距今约 170 万年；以后又有陕西蓝田县公王岭和陈家窝的蓝田人，距今约 115 万年至 65 万年；北京周口店的北京人，距今约 70 万年至 23 万年，那里曾发现有五个完整头盖骨化石，于 1941 年丢失。湖北郧县的郧县人，时代可能早于北京人。安徽和县的和县人，其时代相当于晚期北京人。这些都属于旧石器时代。山西芮城县西侯度村遗址虽无人类化石，但是有大量石器工具，距今 180 万年，说明在那时已经有人类生活繁衍。这些是中国文化的最早起源。

约公元前 10000 年到公元前 2000 年，考古学称为新石器时代。我国新石器时代的文化遗址则遍布全国，已经发现 6000 多处。新石器时代的特征是：一、磨制石器的出现和运用；二、陶器的发明和大量使用；三、农业和渔业的产生和发展；四、早期艺术的产生。新石器时代文化比较有代表性的是黄河流域中游和下游两个文化区：中游是仰韶文化（河南渑池县）、庙底沟文化（河南三门峡市陕州区）和河南龙山文化(洛阳王湾);下游是青莲岗文化(江苏淮安)、大汶口文化(山东泰安)和山东龙山文化(山东济南市章丘区)。长江流域的新石器时代文化在长江中游是以江汉平原为中心的大溪文化(重庆巫山县)、屈家岭文化(湖北京山),下游是河姆渡文化(浙江余姚)、马家浜文化(浙江嘉兴)和良渚文化(浙江杭州市余杭区)。其他华南、西南、北方还有很多的新石器时代文化遗址。新石器时代文化显示那时的中国古人类已经有了相当发达的农业、渔业、畜牧业和狩猎业。北方地区以种粟黍为主,南方则以种水稻为主。家畜的饲养,北方有猪、狗、鸡、黄牛、羊、马等,南方则有猪、狗、鸡、水牛等。陶器的制作和使用是新石器时期一个非常突出的重要事件,可以清楚地看出当时人们的智慧和创造能力,以及他们的艺术才华。我国新石器时代的陶器有红陶、黑陶、灰陶,还有白陶,工艺水平是相当高的,常常在陶土中加入沙粒、稻草、稻壳、植物茎叶等,增强陶器的耐热急变性能,并且在外形和纹饰方面也都比较讲究。例如西安半坡遗址出土的陶盆上有圆形人面,头上有三角纹饰,嘴里含着两条鱼,旁边有渔网,可能带有巫术的迹象。还有奔跑的鹿,游动的鱼,可以看出他们的渔业、狩猎生活状况。山东大汶口遗址出土的兽形提梁陶器,则是很生动的肥猪形状,仰头张嘴,非常形象。属于马家窑文化(前3800—前2000)的青海大通上孙家寨出土的彩陶舞蹈盆,内里有五个手拉手的跳舞女性人形,裸体、发辫侧在同一边,身后像有一条尖尾巴,可能是象征兽尾或鸟尾,也可能是画的脚跳动情形,可以看出当时人的娱乐生活。它也可以使我们想起《吕氏春秋·古乐》篇的记载:"昔葛天氏之乐,三人操牛尾,投足以歌八阕。"河南临汝阎村出土的"鹳鱼石斧图"陶缸,白鹳嘴上叼了一条大鱼,旁边有大石斧,有人认为是和图腾有关系,鹳和鱼是两个部落的图腾,但是我们现在的学者常常不管什么都要和图腾联系起来,其实不一定是事实,这个陶器纹饰会不会是鱼鹰一类的鹳鹤在叼鱼呢?这些也就是最早的艺术,说明人类从开始创造物质文明时起,也同时创造着精神文明。半坡遗址显示了原始部族的聚居特点,好像一个村落,有居住区、墓葬区、家畜区。房子是半地穴式的,氏族聚会的大房子和一般居民的小房子,形成一片完整的住宅。到新石器时代晚期还出现了冶铜业和青铜器,说明正是向青铜文化的过渡时期。

从史书记载中的夏代开始,逐渐进入青铜文化阶段。到了商汤时代,则已经开始了有文字记载的文明时代。古代传说中的神农、黄帝,虽然是神话中的人物,但是我们可以相信那是上古时代的部落领袖。黄帝和蚩尤、炎帝进行过大规模的战争,黄帝取得了胜利,并和炎帝结成联盟,从而成为五千年前中华大地上最为强大的政治力量,华夏民族视自己为炎黄子孙,就是由此而来的。尧、舜、禹,都是古代理想的开明君主,其实也是传说中人物,应该说也是属于新石器时代的氏族首领,但是他们是很大的部落联盟盟主,其部落规模相当于一个早期国家的形态。他们之间的“禅让”关系,说明已经走出了单纯的血缘组织关系,而迈向了地域政治的新阶段,中国社会也开始了向文明社会的过渡。然而,真正作为有记载的中国上古时代建立了王朝国家的是夏、商、周。从夏代开始中国步入文明社会的门槛。关于夏代文化,目前考古研究还在进行中。我们主要是根据司马迁《史记》的记载知道夏文化确实是存在的,不然司马迁不会有这么具体的记载。夏禹也想像尧、舜那样把皇位传给贤能之士,他选定的是益。可是他的儿子启在禹死后兴兵和益进行了一场争夺权力地位的战争,最终打败了益接替禹成为帝王,从而终结了禅让制,开始了世袭制。这种世袭制一直延续到清王朝的覆灭。

在这里我们还要说说“青铜文化”,这在我们中华文化中是非常了不起的一部分。一般认为夏、商、周是青铜时代,因为这个时期青铜器的制作在文化发展中具有非常突出的地位。人类最早使用的铜器是红铜,也就纯铜制造的。后来使用的青铜是红铜和锡或铅的合金。现在发现最早的青铜器是甘肃东乡族自治县林家遗址出土的一把青铜刀,其年代在公元前 3280 年至前 2740 年之间,相当于马家窑文化时期。在夏代(前 2070—前 1600)以前也还出土过一些零星的小青铜器,数量也不多。自夏代起,青铜器就有大量的发现,至商、周时代更达到高峰,其铸造的精美,令人叹为观止。而且品种非常之多。如酒器(爵、角、觚、斝、尊、觥等)、食器(如鼎、鬲、簋、簠、豆等)、水器(如盘、匜、鉴等)、乐器(如钟、铙、钲、铎等)、兵器(如戈、戟、矛、钺等)、生产工具(如铲、镢、斧等)。夏、商、周三代所创造的青铜器,铸造工艺有很高的水平,而且作为金属雕塑艺术来说也是非常了不起的。商周青铜器中有很多是重器,如商代的后母戊鼎高 133 厘米,重达 832.84 千克,四角以牛头作为装饰,鼎腹四周是饕餮纹和夔龙纹。鼎耳外侧为两只相向的老虎,口中共衔一个人头,体现了威严、肃穆、神秘、庄重的精神,是商代青铜器具有代表性的作品。商代的象尊,形象生动,身体布满纹饰。商代晚期青铜人像高达 172 厘米,连底座则有 262 厘米高。人像头戴高冠,两臂抬起,一上一下,呈圆环形,拳眼相对。河南新郑出土的春秋时代的莲鹤方壶,壶身满是浅的龙形动物浮雕,四面装饰龙凤神兽,作迅速向上爬行姿态,齐向上方一栩栩如生仙鹤浮雕,鹤正作展翅飞翔状。战国时的曾侯乙尊,在口沿部位有多层细密蟠虺纹所组成的立体镂空装饰,颈部有四个反顾的龙形耳,腹和圈足上各有四条悬浮起来的蟠龙,其雕饰之繁缛华艳世所罕见。青铜器中有不少还刻有铜器铭文,有的字数很少,有的很多。现知字数最多的是西周的毛公鼎,有铭文 497 字。铭文是当时文字的真迹,所以非常珍贵。相传夏代初期所铸造的“九鼎”,曾经是国家权力象征,只有帝王有德者才能拥有它。鼎上刻有九州各种山川风物,以及神怪形象。九鼎或认为是九个鼎,但是据历史记载看应该是一个鼎。《左传·桓公二年》臧哀伯说:“武王克商,迁九鼎于雒邑(即洛阳)。”《左传·宣公三年》记载:“楚子伐陆浑之戎,遂至于雒,观兵于周疆。定王使王孙满劳楚子。楚子问鼎之大小、轻重焉。对曰:‘在德不在鼎。昔夏之方有德也,远方图物,贡金九牧,铸鼎象物,百物而为之备,使民知神、奸。故民入川泽、山林,不逢不若。螭魅罔两,莫能逢之。用能协于上下,以承天休。桀有昏德,鼎迁于商,载祀六百。商纣暴虐,鼎迁于周。德之休明,虽小,重也。其奸回昏乱,虽大,轻也。天祚明德,有所底止(按:言有所致止之时)。成王定鼎于郏鄏(在今河南洛阳),卜世三十，卜年七百，天所命也（按："天祚明德，有所底止"之意）。周德虽衰，天命未改。鼎之轻重，未可问也。'"后来周德衰败，据司马迁《史记》说，九鼎被秦昭王获得，但是鼎飞没于泗水，后来秦始皇曾命上千人入泗水寻找而未得。九鼎再也没出来，中国的青铜时代和青铜文化也就结束了。夏、商、周是有文字记载的文明时代，所以流传下来的以六经为代表的大量文献，相当全面地体现了中华文化的广阔面貌。中华传统学术文化就是这样产生，并繁荣发展了数千年。

那么，中国传统学术文化又有些什么基本特征呢？中华传统学术文化是这样的源远流长，它成为和西方文化相对峙的一个大文化体系，绝不是偶然的，它具有和西方文化很不同的特点。这些，我们概括起来大致有以下几个方面：

第一，民族、国家、文化的统一。

钱穆先生在他的《中国文化史导论》中说："就西方而言，希腊人是有了民族而不能融凝成国家的，罗马人是有了国家而不能融凝为民族的。""中国文化乃由一民族或一国家所独创，故其'文化演进'，四五千年来，常见为'一线相承'，'传统不辍'。"中国古代光辉灿烂的文化是中华民族所创造的。中华民族并不是一个单一的民族，而是以华夏民族为主体而不断融合许多新的民族，不断地发展、扩大而形成的。在五千年漫长的岁月里，中华民族主要是经过了四次大的融合扩展。一是先秦时期，这是华夷两大体系的融合。华，就是华夏民族，是指当时势力最大的黄帝、炎帝，黄帝族发源于陕西黄土高原，因姬水而为姬姓，炎帝族发源于渭水上游，因姜水而得姜姓，黄帝和炎帝经过战争而结合，成为最大的氏族部落联盟，其中心位置在黄河的中游，后来逐渐向中下游迁移，也就是我们习惯所说的中原地区。当时在华夏民族的周围存在着众多的其他民族，对华夏族来说，他们是夷族。先秦文献中所说的东夷、南蛮、西戎、北狄就是广义的夷族。华夏民族和东夷民族之间的交往和斗争最早也最多，东夷在黄河的下游，山东、河南、河北交界处，太昊、少昊、蚩尤是其领袖。在东西两大部族集团的争斗中双方逐渐融和，而且也都有领袖人物出现。尧据说是黄帝曾孙帝喾的第三子，是属于西边原黄河中游华夏族的。而舜，据孟子说：“生于诸冯，迁于负夏，卒于鸣条，东夷之人也。”(《孟子·离娄》)按：诸冯在冀州，负夏在卫地，鸣条在安邑(夏都)之西。(“卒于鸣条”和下引《史记》说不同。)可见，舜原是黄河下游东夷的领袖。禹，据司马迁《史记·六国年表序》说：“禹兴于西羌。”《集解》引皇甫谧曰：“孟子称禹生石纽(地名，在汶山郡，今四川汶川县)，西夷人也。”夏禹还是华夏西边的西戎方面的部族领袖。在融合过程中，这东西两大部族的联盟，是挑选贤能人才来决定最高首领的，这就是“禅让”的方法，说明两边已经真正融合为一了。南蛮部族是指长江流域中下游民族，传说中的伏羲、女娲、三苗、驩兜都是他们的领袖。由于地理和交通不太方便，他们和中原地区的交往比较少一点，但是我们从传说中也可以感到华夏民族和南蛮民族的融合。比如，到尧、舜的时代，南蛮部族也都已归入他们的大联盟了。据《史记》所说，“舜归而言于帝，请流共工于幽陵，以变北狄；放驩兜于崇山，以变南蛮；迁三苗于三危，以变西戎；殛鲧于羽山，以变东夷：四罪而天下咸服”。共工、驩兜、三苗都是南蛮的领袖。比如，舜在位三十九年南巡狩，死于苍梧之野，和他的妻子娥皇、女英(尧的两个女儿)一起葬在九嶷山，也是在南蛮地区，二妃成为湘水女神。苍梧山又名九嶷山，在今湖南宁远县南。舜和他的两个妻子都不是南蛮地区人，为什么要葬到这里呢？这葬地的安排是不是为了发展民族融合呢？这难道不值得我们研究吗？现在我们再来看夏、商、周三代民族的关系。夏禹是西夷人，兴于西羌，他是和黄帝一样属于西部民族的。但是商朝的祖先则是东部的，是东夷的部落。《诗经·商颂·玄鸟》说：“天命玄鸟，降而生商。”玄鸟大概就是商部族的图腾。商的始祖是契，其部族在鲁西豫东北。商代的第一个皇帝商汤本是夏的一个诸侯，其都城在亳，即今商丘，后来代夏为天子后，商代都城屡迁，直至盘庚，始定都于安阳。商灭夏，使华夏和东夷民族进一步融合为一。周的起源始于古代帝王高辛氏(帝喾)妃子姜嫄的儿子后稷。《诗经·大雅·生民》曰：“厥初生民，时维姜嫄。生民如何？克禋克祀，以弗无子。履帝武敏歆，攸介攸止。载震载夙，载生载育，时维后稷。”她在祭祀中踩着上帝的足迹，才免去无子的不祥，生下了稷，这是周民族的真正始祖。周是和黄帝、炎帝的部族一样，属于西部华夏民族的。孟子说：“文王生于岐周，卒于毕郢，西夷之人也。”（《孟子·离娄》）赵岐注：“岐周，毕郢，地名也。岐山下周之旧邑，近畎夷（按：古代西北部族），畎夷在西，故曰：西夷之人也。”周武王伐纣成功，代替商代而建立周代，更进一步说明东西两大民族的融合。说明在中华民族的发展过程中，华夏民族和东夷、南蛮、西戎、北狄这些夷族在互相斗争过程中逐渐融合为一，这是中国古代第一次民族大融合，它为中华民族的形成奠定了基础。在民族融合的过程里，从唐尧、虞舜到夏禹，中国古代国家也逐渐形成，夏代是中国历史上第一个王朝国家。一个民族创建一个国家，具有一个统一的文化体系，这是中国的特点。民族不断地融合扩展，国家也不断地融合扩展。商汤攻灭夏桀而建立商代，只是国家的形态变化，民族和文化没有变，而是继续承传下来了。周武王伐纣而建立周朝，也是如此。西周初期分封诸侯，不只是周的宗族，也包括了夏、商两代的皇族后裔。民族的融合扩大了，国家的疆域也拓展了，文化也更加繁荣了。这种状况不仅是先秦如此，而且后来的两千多年历史发展中也是如此。先秦的民族融合和国家的发展，带来了秦、汉这样全盛的时代。这时的汉族就是华夏民族融合各方夷族的结果。从秦汉到魏晋南北朝，汉族又融合了西北的匈奴、鲜卑、氐、羌等民族，这是中华民族的第二次大融合。北朝虽然是西北这些民族掌政，但是在政治制度、社会礼仪、文化思想等方面，不是以他们的方式来改变汉族的方式，而是被逐渐汉化，是补充进他们的某些内容，还仍然是以汉族方式为主，是对原中华文化的丰富，而不是从根本上去改变它。南北对峙而又归于统一，于是产生了隋唐的全盛时代。从宋初而至元末，中华民族又汇合了如契丹、女真、蒙古等民族，北宋覆亡后北方为金人所占，建都北京，后为蒙古族所灭亡。蒙古族南下灭亡了南宋，建立了元朝。这时统治整个中国的虽然已经不是汉族，但是政治制度、社会礼仪、文化思想等还是没有根本性的改变，仍然是沿用原来的文化，很多蒙古人都汉化了。这是中国历史上第三次民族大融合，它的结果是出现了明代的全盛。到了明末，满族入关，建立清代，虽然是满族统治，但是一切仍然沿用传统的方式，只是补充和丰富了传统文化。这是中国历史上第四次民族大融合。在这样的多次大变动中，中国的传统学术文化不仅在持续发展，而且更加繁荣昌盛了。这是和西方的历史、文化发展很不相同的地方。

第二，政治、宗教、文化在观念上的融合。

在西方，政治观念、宗教观念、文化观念是很不同的。当然，不是说西方在这三个方面之间没有任何联系或影响，而是说在一般意义上，它们之间是各有特点，而不能互相包容的。但是，在中国古代人的观念里，政治的观念具有非常突出的主导地位，它可以包容宗教的观念，也可以涵盖很多主要的文化观念。而这种政治观念又是建立在以仁爱忠恕为中心的伦理道德观念基础上的。天人合一和仁政民本思想成为中国古代文化思想的核心，政治、宗教、文化很自然地融合到了一起，而民族观念和国家观念反而不是很突出的。

中国古代人的民族观念是融入政治和文化观念里的，先秦时代没有很突出的种族界限，华夏民族就是融合了四夷的民族而形成的。中国古代人不把血缘和种姓放在很重要的地位。特别是同姓不通婚的风俗，使得不同的民族间因通婚而日益融和。周文王的母亲太任，是从殷商王朝的挚国嫁过来的。周武王的母亲太姒则是莘国的女子，姒姓属夏禹之后，夏、商、周三代部落是互相通婚的。春秋时的晋国则和北边的戎、狄普遍通婚，晋献公的一个妻子叫大戎狐姬，另一个妻子骊姬为骊戎之女，晋文公的母亲则是狄国之女。中国古代的华夷之分，往往不是血统种姓的区别，而是生活习惯和政治方式的差异，也就是文化的差异。作为农耕文化代表的华夏民族，对那些以游牧为生或没有华夏礼仪的部族或国家，即使和华夏民族同宗同祖，也还是看作戎狄蛮夷。反之，如果是在华夏民族大家庭里的，不管原来种族是东夷、南蛮，还是西戎、北狄，则都是炎黄子孙，都是在仁爱忠恕的人伦道德指导下，本着民本仁政的理想而生活在一起的。所以，在先秦时期国家的观念也是宽泛的,春秋战国时期有那么多的国家,但是对当时人来说,更突出的是一个太平的天下,更广阔的仁爱的天下,因为这些国家都不是不同的种族组成的,都有着共同的文化背景。钱穆先生说:“他们常有一个‘天下观念’超乎国家观念之上。他们常愿超越国家的疆界,来行道于天下,来求天下太平。”(同上)可以说是政治的观念代替了民族和国家的观念。根据殷墟的甲骨文,那时已经有了“上帝”的观念,说明中国古代很早就有宗教的信仰,尤其是殷商时期对鬼神十分崇拜,但是,他们所崇敬的上帝是不和下界小民直接接触的,商人认为他们的祖先是有上帝之命而降生的,他们死后又回到上帝那里。“祖先配天”的观念是非常之强烈的。帝王是按照上帝的意志来统治百姓的,现实的王朝就是上帝的代表。小民的愿望和要求只能通过王室和祖先的神灵传达给上帝。这样宗教的意识和观念就淹没在政治的观念里了。所以,自商至周,都是只有天子才可以祭天,诸侯以下都不可以祭天的。当然,上帝并不只是天子和王室的,而是为全体人所共有的,帝王如果失去代表百姓的资格,他也就是和小民一样的了,也就不能直接和上帝神灵沟通了。《周书·泰誓中》里说:“天视自我民视,天听自我民听。”上帝的意志是以地上群体的意志为意志的,而地上群体的意志又集中体现在开明的帝王身上。天子又是作为上帝的代表而出现的,天和人是合而为一的,于是宗教意识也就融入政治意识里了。因此我们可以说中国古代人的宗教观念确实是和西方人很不相同的。

仁政民本的政治理想贯穿了几千年的中国封建社会,它在社会各个不同发展阶段又不断以新的面貌展示出来,然而其基本核心则始终不变。中国古代社会是一种“礼治”社会,而不是按照某种宗教原则来建立的社会。所以中国古代文化也不是某种宗教的文化,如伊斯兰教文化或基督教文化,而是礼治社会的文化,各种不同的宗教和学说都可以融合于其中,但又不是哪一种占有领导的绝对的排他的地位,总是各家各派融会在一起的。忠恕仁爱的伦理道德思想和仁政民本的政治理想成为中华文化的核心思想。不论是魏晋玄学还是隋唐佛学，最终还是和儒家经学融合在一起，而不能从根本上取代它。

第三，中国古代学术文化思想体系的稳定性和包容性。

由于上述两方面的原因，中国古代文化便展示了它无与伦比的稳定性和包容性。为什么中国文化历经五千年而能长久地持续发展呢？就是因为它是一个民族、一个国家所创立的一个文化体系，就是因为宗教的、文化的观念是融合在政治的观念之内的，所以只要民族、国家不变，政治体系不变，那么，文化也就只是延续发展，而不会发生根本性的大变化。中国古代各种不同的文化思想不是在对立中排斥异己，而是在对立中互相吸收，逐渐同化、吸收新的养分而丰富自己、发展自己。不是绝对地固守自己的疆域，而是开放性地尽量容纳改造各种不同的文化思想，包括输入外来的思想文化。先秦时代以六经为代表的中华文化和先秦诸子各家各派的学说都有继承关系，而各家各派学说也不是绝对地排斥，而是不断地逐渐融合。荀子是战国的大儒，是儒家学说的代表人物，但是他的思想却吸收了当时道家、法家、名家等的学说，我们看他的《天论》，就可以知道他把道家“天道自然”的思想作为了他论述的基础。他的发展变化观点，认为事物总是不断进步的，他提出的“法后王”思想，显然是得益于法家的。汉初的黄老思想之所以不同于先秦的道家，就是因为它吸收了儒家的思想，它把道家“无为而无不为”的思想演化为“帝王无为，臣下有为”的思想，明显地体现了儒道的融合。魏晋玄学家虽然蔑视儒家礼法，但是正如鲁迅所说，其实他们是认为当时的当权者是假借礼法来迫害和打击政治上的异己者，为了反对他们虚伪的礼法才蔑视礼法。其实，他们实际上是非常尊重礼法的。玄学思想的核心是以道为主，以儒为辅；以无为本，以有为末；以自然为体，以名教为用。其实也是要把儒道两家有机地融合在一起。佛教从汉代开始传入中国，它并没有破坏中国的传统文化，而恰恰是更加丰富了中国的传统文化。佛教是借助于玄学而发展自己的，六朝时期玄佛合一成为一个潮流。很多的佛教徒是精通玄学的，而玄学家也大都喜欢学佛。像谢灵运、宗炳都是玄学和佛学的著名理论家,而庐山高僧慧远则又是深通玄理的佛学家。佛学的许多思想和道家是可以相通的,如老庄的“虚静”和佛教的“空静”是一致的。佛学“言语路绝”“离于言教”和老庄的“言不尽意”“言为意筌”,也是一致的。可以说在南朝没有不懂佛学的玄学家,也没有不懂玄学的佛学家。在南朝佛学和儒学也不是对立的,而是互相补充的。刘勰在《灭惑论》中就说:“孔释教殊而道契”,“梵汉语隔而化通”。佛教是一种外来的宗教,在中国传播很快、很广,但是佛教文化没有取代中国的传统文化,而只是给中国传统文化增加新的血液。中国人对佛教也不是因为它是外来的而加以排斥,而是尽量把它同化过来,使之成为自己可以接受的部分。韩愈之排佛,并不是从文化思想角度排斥它,而是从经济的视角,不赞成朝廷花那么多的钱去迎佛骨,其实他和很多僧人都是非常要好的朋友。佛教在中国不是和中国固有文化争地位,而是接受中国文化的影响,而改造成中国化的佛学,这就是唐代产生和发展的禅宗。禅宗在中国获得了空前巨大的发展,后来又和宋明理学相结合,可以说,融入了理学,成为其重要的组成部分。中国传统文化的稳定性,是和这种广阔的包容性分不开的。

3. 学习国学的意义

学习和研究国学有着十分重要的意义,因为中国传统学术文化在世界文化格局中具有非常特殊和重要的地位。因为在世界文化的发展中,虽然从人类的产生来说,最早的考古发现并不在中国,如果不算大约1000万年前印度的腊玛古猿(1975年中国发现腊玛古猿禄丰种)的话,应该是非洲的南方古猿,那是在200万至300万年前。和中国的新石器时代文化相类似的年代,在非洲的埃及、西亚的美索不达米亚平原,也都有丰富的古代文化的发现。古埃及文化和苏美尔、古巴比伦文化,也是相当发达的。稍后则有古希腊、古罗马文化,它成为欧洲文化的发祥地。但是,不管是古埃及文化,还是西亚古文化,还是古希腊、古罗马文化,都没有像中国一样持续发展下来。由于那时不同民族的征战,而后国家的更替十分频繁,埃及和西亚不久被波斯人占领,波斯王国的建立终结了古埃及文明和古西亚文明。公元七世纪阿拉伯人崛起,伊斯兰教文化就在西亚和北非确立。古希腊、古罗马虽然创造了十分辉煌的欧洲古文化,但是中世纪日耳曼人西下、南下造成的民族大迁移开始,又终结了古希腊、古罗马文化。欧洲大陆的统治者由罗马拉丁民族更换为日耳曼民族,宗教色彩浓厚的基督教文化代替了世俗性很强的罗马文化。可以说,只有中国的古代文化没有随着朝代的变化而发生根本性的变化,而是一直延续发展下来的,因此,它具有世界上任何文化所无法比拟的长久历史和丰富内容,这正是我们中华民族的骄傲,也是我们中华文化受到世界各国重视的根本原因。

中国传统学术文化之所以在世界上有它特殊的重要地位,还由于它的内容和西方文化相比,有很不同的特点。它有自己的非常完整的体系,无论是哲学、历史、政治、制度、礼仪、宗教、伦理、道德、文学、艺术、文字、建筑等,都有明显的东方特色。它成为世界上极为宝贵的文化遗产。从科学技术上说,中国在相当长的历史阶段里是一直很先进的,只是在西方资本主义发展起来以后,由于中国长期封建制度的影响,才落后了。认真地研究中国传统文化,发扬它的优秀传统,吸收它始终具有生命力的部分,对于我们建设现代的文化,提高精神文明的素质,是非常必要也是非常重要的。例如当代的新儒家学说,就是运用传统文化中的精华来发展现代新文化的例子。当然,我们对新儒家学说可以有不同的评价,然而,它和中国传统学术文化之间有着十分深刻的历史联系,这是无法否认的。儒家的礼义原则、道家的养生之道,在我们今天的社会生活中,仍然有着极为深远的影响。特别是我们的古典文学艺术,不仅在中国,而且在世界上,成为人类最为宝贵的财富之一。在现代世界文化的发展中,对中国传统学术文化的研究成为一个非常突出的热点,这绝不是偶然的。

中国的传统文化有自己的体系和特点,我们研究中国传统文化可以有两种不同的方法,一是按照现代和西方的思想观点,从哲学、宗教、历史、文学、艺术等方面来阐述,一是按照中国自己的传统方法,参考西方思维模式来分析论述。一般的文化史和文化概论,大概都是用的前一种方法,我则想用后一种方法来考察中国的传统文化,也许能更切合它的本来面目。中国的传统文化,古代的学者也在研究,而且有自己长期沿用、不断丰富的分类和概括方法。这就是传统的经、史、子、集四部,它是我们传统文化的精华所在。

二　经学

中国传统学术文化的丰富内容,可以从我们传统所分的经、史、子、集四部来加以研究,而其中以六经为代表的经学又是其核心部分。经部是四部中最为重要的部分,经学也是中国古代学术思想中影响最为深远的,并且在思想界起着统帅作用的流派。研究国学必然要从六经开始。孔子则是最早也是最了不起的国学大师,他和六经有十分密切的关系,这是我们研究国学首先要了解的。

1. 六经的产生和孔子与六经的关系

六经本是商周时期形成的古代文献,根据《庄子·天运》篇所说,孔子和老子曾经讨论过六经问题:"孔子谓老聃曰:'丘治《诗》《书》《礼》《乐》《易》《春秋》六经,自以为久矣,孰知其故矣;以奸者七十二君,论先王之道而明周召之迹,一君无所钩用。甚矣夫!人之难说也,道之难明邪?'老子曰:'幸矣,子之不遇治世之君也!夫六经,先王之陈迹也,岂其所以迹哉!今子之所言,犹迹也。……'"可见,在庄子那个时代已经明确提出了"六经"的说法,而且孔子是长期研治六经的,不过在先秦时期六经并不是儒家的专利,作为古圣贤的经典,是各家共同所承认的文化经典文献。我们看《庄子·天下》篇中说:"其在于《诗》《书》《礼》《乐》者,邹鲁之士,搢绅先生,多能明之。《诗》以道志,《书》以道事,《礼》以道行,《乐》以道和,《易》以道阴阳,《春秋》以道名分。其数散于天下而设于中国者,百家之学,时或称而道之。"这里的"《诗》以道志"六句,研究者或谓是读者旁注插入,非原文。但是这里说明六经本为古代文献,先秦诸子百家的产生都受其影响。

六经和孔子的关系,是一个有争议的问题,也是一个值得研究的问题。下面,我们概括介绍有关状况:

孔子和《周易》的关系,根据司马迁《史记·孔子世家》:"孔子晚而喜《易》,序《彖》《系》《象》《说卦》《文言》,读《易》韦编三绝。"但是,《论语》中记载到孔子和《周易》的关系只有两条:一是《论语·述而》:"子曰:加我数年,五十以学《易》,可以无大过矣。"二是《论语·子路》:"子曰:南人有言曰:人而无恒,不可以作巫医。善夫!不恒其德,或承之羞。子曰:不占而已矣!"对前一条,钱穆在《国学概论》中说:"五十以学《易》,《古论》作'易',《鲁论》作'亦',连下读。比观文义,《鲁论》为胜。则孔子无五十学《易》之说也。"对第二条,钱穆说:"因人之无恒而叹其不占,与南人之言同类并举,亦博弈犹贤之意,非韦编三绝之说也。"但是此说只可作为参考,不宜看作定论,从马王堆出土的帛书《周易》记载孔子晚年整理研究《周易》的情况来看,司马迁之说还是可信的。关于《易传》的作者,司马迁在《史记》中认为是孔子所作,宋代以前没有人提出异说,欧阳修始对《系辞》是否孔子所作提出怀疑。清代学者较多提出不同看法,直至现代学者基本上否定了司马迁的说法。不过,马王堆帛书《周易》记载说明,《易传》的撰成可能和孔子还是有密切关系,至少有孔子的看法在内,也可能有的是孔子的弟子和后学所撰写。

孔子和《诗经》的关系是十分密切的。现存的《诗经》大概是经过孔子整理的,据司马迁《史记·孔子世家》说:"古者《诗》三千余篇,及至孔子,去其重,取其可施于礼义(者)……三百五篇孔子皆弦歌之,以求合《韶》《武》《雅》《颂》之音。"但是,对司马迁的孔子"删诗"说,后代很多学者都不相信。如唐代孔颖达认为:"书传所引之诗,见在者多,亡逸者少;则孔子所录,不容十分去九。马迁言古诗三千余篇,未可信也。"(见《毛诗正义》)孔颖达的说法是有道理的,孔子对《诗经》(也包括其他的经)可能是作过整理工作的,也可能删掉过若干篇,但是不会把三千余篇删成三百余篇。司马迁的说法可能是根据当时的一些传说,不一定都是完全可靠的。宋代的叶适在《习学记言》卷六中说:"《论语》称'《诗》三百',本谓古人已具之诗,不应指其自删者言之也。"不过,《论语·子罕》中记载:"子曰:吾自卫反于鲁,然后乐正,雅、颂各得其所。"当时《诗经》是入乐的,而且乐曲比文字内容更为重要。所以,说明孔子对《诗经》确实是作过整理加工的,孔子对《诗经》的重视也可以从他的许多对《诗经》的评论中看出来。

孔子和《书经》的关系也是一个需要研究的问题。《史记·孔子世家》中说:"序《书传》,上纪唐、虞之际,下至秦缪,编次其事。"《书纬》中说:"孔子得黄帝玄孙帝魁之书,迄于秦穆公。凡三千二百四十篇。断远取近,定其可为世法者百二十篇,以百二篇为《尚书》。"但是,后来有不少学者不相信孔子删《书》之说,清代乾隆年间学者崔述在《洙泗考信录》中说:"《传》云:'郯子来朝,昭子问少皞名官,仲尼闻而学之。'圣人好古如是。果有羲、农、黄帝之书传后世,孔子得之,当如何爱护表章,肯无故而删之乎?《论》《孟》称尧、舜,无一言及炎、黄,则高辛氏以前无《书》明矣。古者以竹木为书,其作之也难,其传之亦不易。孔子所得者止是,遂传之于门人耳。非删之也。《世家》但云序书,无删书之文。《汉志》有《周书》七十余篇,皆后人伪撰。"纬书记载多不可信,所以删书之说是不可靠的。不过,根据司马迁所说,孔子对《尚书》可能也是作过一些整理工作的。

孟子在《孟子·滕文公下》篇中说:"世衰道微,邪说暴行有作,臣弑其君者有之,子弑其父者有之。孔子惧,作《春秋》。""孔子成《春秋》而乱臣贼子惧。"司马迁也认为《春秋》是孔子所作,他在《史记·孔子世家》中说孔子"乃因《史记》作《春秋》","约其文辞而指博","《春秋》之义行,则天下乱臣贼子惧焉"。"至于为《春秋》,笔则笔,削则削,子夏之徒不能赞一辞。弟子受《春秋》,孔子曰:'后世知丘者以《春秋》,而罪丘者亦以《春秋》。'"但是,从上述《庄子》的记载看,《春秋》并非孔子所作,然自孟子以后一直无异说,至唐代孔颖达(《春秋左传疏》)提出怀疑,后来郑樵、刘克庄、石韫玉等一直到近代钱玄同、顾颉刚、杨伯峻等均以为《春秋》为鲁史之旧文。由于《论语》中未及此事，而《春秋》书中体例也不一致，故他们认为非孔子作。但是，孟子和司马迁说得非常肯定，而且他们时代也很早，故仍以孔子作为妥。不过，孔子也是在鲁国原来的史书（也就是司马迁说的鲁国《史记》，或称为《鲁春秋》）的基础上经过“笔削”、修订补充而成的。皮锡瑞在《经学通论》中就指出孔子之前已经有“春秋”之名。

古代的《礼经》其实并不是现在的《仪礼》，《仪礼》在汉代称为《礼经》（见《汉书》），先秦的《礼经》在孔子时大概已经没有了。《汉书·艺文志》说：“（《礼》）自孔子时而不具，至秦大坏。”《论语·述而》中说：“子所雅言，《诗》《书》、执礼，皆雅言也。”清人袁枚在《答李穆堂先生问三礼书》中说：“子所雅言，《诗》《书》外惟礼，加一‘执’字，盖《诗》《书》有简策之可考，而礼则所重在躬行，非有章条禁约也。”清人毛奇龄在《与李恕谷论〈周礼〉书》（见其《西河集》）中说：“仆记先仲兄尝言：先王典礼，俱无成书。”所以，“韩宣子见《易象》《春秋》，便目为《周礼》”。（《左传·昭公二年》：“二年春，晋侯使韩宣子来聘，且告为政而来见，礼也。观书于大史氏，见《易象》与《鲁春秋》，曰：‘周礼尽在鲁矣。吾乃今知周公之德，与周之所以王也。’”据此，不少学者认为是周公辅助成王时制礼作乐。）现在的《仪礼》十七篇当是出于战国之时，所以《春秋》《左传》中讲到列国君大夫行礼，没有一处引用到《仪礼》。而其书内容和孔子之意颇为不合。钱穆先生《国学概论》阐述清代崔述《丰镐考信录》之意说：“《仪礼》非周公之制，亦未必为孔子之书。古礼臣拜君于堂下，虽君有命，仍拜毕乃升。今《仪礼》君辞之，乃升成拜。是拜上非拜下矣。此孔子所谓泰也。古者公之下不得复有公，今《仪礼》诸侯之臣所谓诸公者，是春秋之末，大夫僭也，此孔子所谓名不正也。觐礼，大礼也；聘礼，小礼也。今《仪礼》聘礼之详，反十倍于觐礼。盖周衰，觐礼缺失，而聘礼通行故也。王穆后崩，太子寿卒，晋叔向曰：‘王一岁而有三年之丧二焉。’今《仪礼·丧服篇》为妻期年。果周公所制之礼，叔向岂有不知？何以所言丧服与《仪礼》迥异？且十七篇多系士礼，已文繁物奢如此，则此书之作，当在周末文胜之时。周公所制，必不如是。孔子曰：'先进于礼乐，野人也。后进于礼乐，君子也。如用之，则吾从先进。'则今传《仪礼》，亦与孔子之意背驰也。"

《乐经》没有人引用过，孔子时就没有了。因此后来有很多学者认为可能根本就没有《乐经》，因为诗是合乐的，实际所讲的乐，就是诗。钱穆《国学概论》中说："乐与诗合，本非有经。"并引顾炎武《日知录》所说："歌者为诗，击者、拊者、吹者为器，合而言之谓之乐。对诗而言，则所谓乐者八音，'兴于诗，立于礼，成于乐'是也。分诗与乐言之也。专举乐则诗在其中，'吾自卫反鲁，然后乐正，雅、颂各得其所'是也。合诗与乐言之也。""《诗》三百篇，皆可以被之音而为乐。自汉以下，乃以其所赋五言之属为徒诗，而其协于音者则谓之乐府。宋以下，则其所谓乐府者，亦但拟其辞，而与徒诗无别。于是乎诗之与乐判然为二，不特乐亡而诗亦亡。"孔子重视乐的雅正，提倡古乐，其实就是对《诗》的配乐的重视，也是对《诗》的重视。同时，礼也是有一定的乐相配的，所以，实际上并没有《乐经》，六经中的乐就是指《诗经》配乐与执礼时的乐章。

由此可见，孔子以前并没有后世所谓的"六经"，除《春秋》可能是孔子根据鲁国的史书整理而成之外，其他经书的产生和孔子没有关系，只是说孔子可能对《诗经》和《尚书》作过一点整理工作。

2. 先秦儒家孔子、孟子等对经学发展的贡献

中国古代的六经之所以有崇高的地位，是和先秦儒家孔子、孟子等的推崇、宣传，有不可分割的密切关系。

孔子（前551—前479），名丘，字仲尼，鲁国人。孔子所生活的春秋末期，是一个经济、政治、思想、文化的重大变革时期。生产力的迅速提高和科学技术的飞跃发展，使社会关系也有了新的变化。井田制的破坏，私田制的发展，使奴隶的人身自由有所扩大。周朝王权衰落与诸侯争霸的激烈，使奴隶制日益走向崩溃，而代表封建制的新兴力量开始壮大，所谓"陪臣执国命"现象普遍出现。思想意识领域神的作

用受到怀疑,天命鬼神的地位发生动摇。从“天道”主宰一切逐渐过渡到“人道”主宰一切。对人的作用的重视,成为这个时代非常突出的特点。而孔子正是这一变革时代的思想家,他的哲学、政治、伦理、道德,包括美学、文艺思想中都深刻地体现了这个变革时代的复杂矛盾。孔子是旧时代的最后一位思想家,又是新时代的第一位思想家。他的思想中还保留着不少旧的东西,但更可贵的是他思想中的新内容。他之所以成为后来封建正统思想的代表人物,绝不是偶然的。

孔子肯定“死生有命,富贵在天”(《论语·颜渊》),主张要“畏天命”(《论语·季氏》),可另一方面他又表现了对天命鬼神的怀疑与动摇。他说:“天何言哉? 四时行焉,百物生焉。天何言哉?”(《论语·阳货》)他不相信四时更替、百物生长是一个有意志有人格的“天”在主宰的,鬼神究竟存在不存在,他不置可否,说“祭如在,祭神如神在”(《论语·八佾》)。所以,“子不语怪、力、乱、神”(《论语·述而》)。他对他的学生说:“未能事人,焉能事鬼?”(《论语·先进》)孔子注重的是具体的社会人事,对抽象事物的探讨,孔子是不感兴趣的。他的学生子贡曾说:“夫子之文章可得而闻也,夫子之言性与天道不可得而闻也。”(《论语·公冶长》)故而,从思维方式上看,孔子很少对抽象理论作思辨研究,他更注意的是具体实际问题。这种思维特点对中国的文化传统有着深刻的影响。孔子在政治上有其明显的保守方面,他不满于“礼乐征伐自诸侯出”“陪臣执国命”的现象,谴责“八佾舞于庭”的僭越行为,不赞成承认私田合法化的“初税亩”制度,等等。但是,他是有新思想的,主张要改革要适应新的历史潮流。他所提倡的“克己复礼”的“礼”,已经注入了重视人道的“仁”的新内容。“仁”是新时代新思潮核心,他要求以“仁”来改造和重建“礼”,正是要求以“人道”为中心来确立各种典章制度。“仁”的主要含义是“爱人”(《论语·颜渊》),是“泛爱众”(《论语·学而》),重视人的地位与作用,要把人作为人来对待,而不是把人当作可以任意杀戮的贵族私产。这是他异常“仁”的核心内容。他认为“为政在人”(《礼记·中庸》),统治者应当“节用而爱人,使民以时”(《论语·学而》),反对“苛政猛于虎”(《礼记·檀弓》),尖锐地批评了统治者的暴虐。这种以“仁”为中心的重“民”、重“人道”思想,后来逐渐发展为孟子的“仁政”“民本”思想,从而为中国古代具有人文主义因素的进步倾向奠定了思想基础。以“仁”为内容,以“礼”为形式,孔子建立了他的系统的伦理道德观念。他要求人们以此作为自己人格修养的最高准则,以仁德修身,方能以仁德治国。他强调“己所不欲,勿施于人”(《论语·颜渊》)。要求人人都能将心比心,“己欲立而立人,己欲达而达人”(《论语·雍也》)。提倡重道义,轻私利,所谓“君子喻于义,小人喻于利”(《论语·里仁》)。强调“志士仁人,无求生以害仁,有杀身以成仁”(《论语·卫灵公》)。不要以个人利害欲望损害“仁义”,而要以“仁义”来约束自己,以达到修身、齐家、治国、平天下之大目标。也就是说,从人性的培养来说要以“仁义”之共性来抑制个性的自由发展。“非礼勿视,非礼勿听,非礼勿言,非礼勿动。”(《论语·颜渊》)以“礼”来严格地规范自己的言论行动。一切以是否符合先王圣人的言行为准则,不允许自己任意发表个人意见,不允许“异端”思想的存在,而只能“述而不作,信而好古”(《论语·述而》)。这种严格的伦理道德观念,又是对人的思想自由和创造力发挥的极大束缚。与上述哲学、政治、伦理、道德思想相联系的是思想方法上的“中庸”之道。中,即是中正、中和、无过无不及。庸,即是用,或训为常,郑玄《礼记·中庸》注谓“用中为常道也”。《论语·雍也》:“中庸之为德也,其至矣乎!”孔子认为事情既不要“过”,也不要“不及”。“过”和“不及”,两者都是不好的。这是他观察、研究、评价一切事物的基本态度和方法。中庸之道,是孔子处于变革时代思想矛盾状况的反映,他企图在新与旧、进步与保守的激烈冲突中,把双方调和统一起来。这种思想方法也深刻地体现在他的美学与文艺批评标准之中,后来儒家之“中和”观念即由此引出。

孟子(约前372—前289),名轲,战国中期邹(今山东邹城)人,曾受业于孔子孙子子思的门人,他在新的历史条件下继承发展了孔子的学说。他在孔子“仁者爱人”的思想上进一步提出了“仁政”的问题。他认为新兴封建君主要巩固自己取得的政权,必须懂得争取民心的重要性，要看到人民的力量，这也是从春秋末年广泛的奴隶暴动中得出的经验教训。《梁惠王》上篇中孟子从《尚书·汤誓》“时日害丧，予及女皆亡”的记载中指出：“民欲与之皆亡，虽有台池鸟兽，岂能独乐哉？”他看到国家之兴亡与民心之向背是密切联系着的，为此他提出了著名的“民为贵，社稷次之，君为轻”的重要思想，认为一个君王要使自己的统治得以巩固，决不可置民于水火之中而不顾，否则人民活不下去，起来造反，君王也要垮台。因此，帝王必须施行“仁政”，只有让人民安居乐业，得到温饱，才能使自己的统治得到稳固。以民为本是他的“民贵君轻”思想的基本出发点。民本思想在当时条件下，毫无疑问是有很突出的人文主义精神与进步意义的。孟子“与民同乐”的文艺美学思想正是在“仁政”与“民本”思想的前提下发展起来的。他在《离娄》上篇中说：“桀纣之失天下也，失其民也。失其民者，失其心也。得天下有道，得其民，斯得天下矣。得其民有道，得其心，斯得民矣。得其心有道，所欲与之聚之，所恶勿施，尔也。”《梁惠王》上篇说：“黎民不饥不寒，然而不王者，未之有也。”要做到“与民同欲”，一是要施行仁政，二是要发扬仁教。而仁教主要是乐教，亦即仁声之教。他在《尽心》上篇中说：“仁言不如仁声之入人深也，善政不如善教之得民也。”“善政得民财，善教得民心。”仁声之教即是善教。赵岐注云：“仁声，乐声雅颂也。”这一点孟子和孔子是相同的，但是孟子认为仅有仁声之教是不够的，作为上层统治者还必须有“与民同乐”的实际行动。孟子的“与民同乐”思想是以他的人性论为哲学基础的。孟子认为人性之本都是善良的。“人皆有不忍人之心。先王有不忍人之心，斯有不忍人之政矣。”（《公孙丑》上篇）“恻隐之心，人皆有之；羞恶之心，人皆有之；恭敬之心，人皆有之；是非之心，人皆有之。恻隐之心，仁也；羞恶之心，义也；恭敬之心，礼也；是非之心，智也。仁义礼智，非由外铄我也，我固有之也，弗思耳矣。”（《告子》上篇）他认为人性是有共同方面的，不仅仁义礼智为人性内在固有方面，而且在爱好方面，人们也有共同之处：“口之于味也，有同耆焉。耳之于声也，有同听焉。目之于色也，有同美焉。”（同上）“至于味，天下期于易牙，是天下之口相似也。惟耳亦然。至于声,天下期于师旷,是天下之耳相似也。惟目亦然。至于子都,天下莫不知其姣也。不知子都之姣者,无目者也。"(同上)由于人们的感觉器官有共同性,因此他们在审美感知方面也有共同之处。这就是他提出"与民同乐"的理论根据。不管是皇帝还是普通百姓,只要是人,在人性本质上总有些共同之处。《告子》上篇说:"故凡同类者,举相似也。何独至于人而疑之?圣人与我同类者。"《离娄》下篇中也说:"尧舜与人同耳。"皇帝只有"与民同乐",方能真正获得民心。孟子的人性论思想对后来阳明心学有明显影响。

由于孔子和孟子都把六经看作最伟大的经典,认为是帝王治理国家的基本文献,这就为后来经学的发展奠定了基础。

3. 六经的劫难——秦始皇的"焚书坑儒"

中国古代的学术是属于官方的,官吏对国家的治理和对百姓的教学是统一的,民间没有学术和著述。清代的章学诚在《校雠通义》中说:"古无文字,结绳之治,易之书契,圣人明其用曰:'百官以治,万民以察。'……理大物博,不可殚也,圣人为之立官分守,而文字亦从而纪焉。有官斯有法,故法具于官。有法斯有书,故官守其书。有书斯有学,故师传其学。有学斯有业,故弟子习其业。官守学业,皆出于一,而天下以同文为治,故私门无著述文字。"龚自珍《乙丙之际箸议第六》篇说:"自周而上,一代之治,即一代之学也。一代之学,皆一代王者开之也。……载之文字谓之法,即谓之书,谓之礼。其事谓之史。……民之识立法之意者谓之士。士能推阐本朝之法意以相诫语者,谓之师儒。……若士若师儒,法则先王,先冢宰之书以相讲究者,谓之学。师儒所谓学有载之文者,亦谓之书。是道也,是学也,是治也,则一而已矣。"但是,到了东周,天子已经失去了控制官吏的能力,于是学术开始由官方走向民间。《左传·昭公十七年》记载孔子说:"天子失官,学在四夷。"官学日衰,私学日盛,于是就有诸子的出现。而孔子则是最早的私学之代表人物,他弟子整理的《论语》就是最早的私家著述。而秦始皇的"焚书坑儒",正是由于私学繁荣、众说纷纭,为了统一学术思想而采取的一种措施。春秋战国时期诸侯国家激烈争斗,纷纷为称霸天下而进行种种复杂的政治、军事、外交活动,诸子百家的产生正是为了适应这种局面的。秦国统一天下后,自然需要在学术思想上有统一的观点,以符合大一统的社会政治需要。吕不韦主持编撰《吕氏春秋》,就是综合百家学说,企图借政治的力量,定学术于一是。其书有八览、六论、十二纪,达二十余万字,包括儒家、道家、墨家、兵家、名家、阴阳家等各种学说。但是,吕不韦主持编撰《吕氏春秋》后没多久就获罪而死,他的宏图大志未能最终实现。后来李斯掌权,遂以政治高压的方式,铲除学术异己,而先秦蓬勃发展的学术思想争鸣因此熄灭。李斯从荀子学,和韩非是同门,均尚法治思想。秦始皇喜爱韩非的著作,在韩非被李斯谗杀后,李斯仍然以韩非的学说取信于秦皇,以法治思想作为秦国的统治思想。为此,提出了"焚书坑儒"的主张,为秦始皇所接受,于是中国古代学术文化发展发生了一个大的转折。

根据司马迁《史记·秦始皇本纪》的记载,秦始皇三十四年时曾置酒咸阳宫。当时有博士七十人上前祝寿。齐人淳于越发表了要求秦始皇"师古"的建议,秦始皇叫大家对他的议论发表看法,丞相李斯就提出了要"焚书坑儒"的主张,他说:"五帝不相复,三代不相袭,各以治。非其相反,时变异也。今陛下创大业,建万世之功,固非愚儒所知;且越言乃三代之事,何足法也。异时诸侯并争,厚招游学。今天下已定,法令出一,百姓当家则力农工,士则学习法令辟禁。今诸生不师今而学古,以非当世,惑乱黔首。丞相臣斯昧死言,古者天下散乱,莫之能一,是以诸侯并作,语皆道古以害今,饰虚言以乱实。人善其所私学,以非上之所建立。今皇帝并有天下,别黑白而定一尊。私学相与非法教,人闻令下则各以其学议之,入则心非,出则巷议。夸主以为名,异取以为高,率群下以造谤。如此弗禁,则主势降乎上,党与成乎下。禁之便。臣请史官非秦记皆烧之。非博士官所职,天下敢有藏《诗》《书》、百家语者,悉诣守、尉杂烧之。有敢偶语《诗》《书》者,弃市。以古非今者,族。吏见知不举者，与同罪。令下三十日不烧，黥为城旦。所不去者，医药、卜筮、种树之书。若欲有学法令，以吏为师。”秦始皇接受他的建议，并付诸实施，于是经书遂遭到空前大劫难。

对于焚书究竟焚毁了哪些书各家说法也不同。清代刘大櫆在《焚书辨》中说：“六经之亡，非秦亡之，汉亡之也。……李斯恐天下学者道古以非今，于是禁天下私藏《诗》《书》、百家之语。……然其所以若此者，将以愚民，而固不欲以自愚也。故曰：‘非博士官所职，悉诣守尉杂烧之。’然则博士之所藏具在，未尝烧也。迨项羽入关，杀秦降王子婴，收其货宝妇女，烧秦宫室，火三月不灭，而后唐、虞、三代之法制，故先圣人之微言，乃始荡为灰烬，澌灭无余。当项籍之未至于秦，咸阳之未屠，李斯虽烧之而未尽也。吾故曰：书之焚，非李斯之罪而项籍之罪也。……设使萧何能与其律令图书并收而藏之，则项羽不能烧。项羽不烧，则圣人之全经犹在也。”其意认为李斯之焚书只是民间所藏，而官方藏书未焚。可是，章炳麟《秦献记》则认为：“秦不以六艺为良书，虽良书亦不欲私之于博士。……余以著于法令者，自《秦纪》、《史篇》（秦八体有大篆，知不焚《史篇》）、医药、卜筮、种树而外，秘书私箧，无所不烧。方策述作，无所不禁。”也就是说，不论是民间所藏，还是博士所藏，一概皆烧。不过，从焚书的提出看，是起于博士之议政，博士官书不烧之说，难以置信。可是，汉代初期六艺残缺，而诸子齐全，故章炳麟之无所不烧、无所不禁说，也不能成立。东汉王充在《论衡·书解》篇中说：“今五经遭亡秦之奢侈，触李斯之横议，燔烧禁防，伏生之休，抱经深藏。汉兴收五经，经书缺灭而不明，篇章弃散而不具。……亡秦无道，败乱之也。秦虽无道，不燔诸子。诸子尺书，文篇具在，可观读以正说，可采掇以示后人。……由此言之，经缺而不完，书无佚本，经有遗篇。”他这里所说的书即是指诸子，而经是指五经。王充认为秦之焚书，只焚五经，不焚诸子，是可信的。不过，诸子之书虽未尽烧，根据李斯之说，实亦未容民间私藏，所以刘大櫆说博士官有书，也有一定道理。然而，博士官所藏五经之书亦烧，故章炳麟说博士官书也烧，亦不无道理。汉代注释《孟子》的赵岐在《孟子题辞》

中说:“孟子既没之后,大道遂绌。逮至亡秦,焚灭经术,坑戮儒生,孟子徒党尽矣。其书号为诸子,故篇籍得不泯绝。”西汉的孔安国在《孔子家语后序》中也说:“李斯焚书,而《孔子家语》与诸子同列,故不见灭。”刘勰《文心雕龙·诸子》篇说:“暴秦烈火,势炎昆冈,而烟燎之毒,不及诸子。”司马迁《史记·六国表序》中说:“秦既得意,烧天下《诗》《书》,诸侯史记尤甚,为其有所刺讥也。《诗》《书》所以复见者,多藏人家。而史记独藏周室,以故灭。惜哉惜哉!”史书多讥刺,《诗》《书》为古制而与今异,均遭焚毁。同时,秦国的文字和六国古文不同,《诗》《书》皆为古文,秦既统一天下,书同文,焚灭与秦文不同者。《史记·太史公自序》说:“秦拨去古文,焚灭《诗》《书》。”扬雄在《剧秦美新》中也说:“(始皇)划灭古文,刮语烧书。”许慎在《说文解字序》中说战国时秦国和其他六国文字不同,秦国统一天下之后,“丞相李斯乃奏同之,罢其不与秦文合者”,李斯的《仓颉篇》,赵高的《爰历篇》,胡毋敬的《博学篇》都是用的《史籀》大篆。从书同文要求出发,古文《诗》《书》均遭焚灭。

4. 经学的形成和十三经、四书

儒家的经书是以先秦的六经为核心的,后来发展为十三经,这是一个很长的过程。六经之成为儒家的经典,是从孔子对六经的整理开始的。但是真正成为经学,则是从汉武帝罢黜百家、独尊儒术后逐渐形成的。汉武帝于公元前 141 年即位,他为了加强大一统的政治局面,为大汉帝国确立一种统治思想,遂听从董仲舒的意见,特别提高对巩固封建政权最有积极作用的儒家思想的地位,设置五经博士,压制其他各家学说,把儒家放在高于一切的地位。从此以后,儒家思想就成为两千多年封建社会中占有统治地位的思想学说,六经则成为神圣的法典,研究儒家六经的学问也就称为“经学”。

先秦时代的六经,由于其中的《乐经》早在战国时期就已经失传,所以实际上存在的是五经。汉代的五经博士都是研究某一经的权威学者,他们还把这些学问传授给学生,实际是国家级的专门教授。

从汉代起,因为儒学成为一门具有权威性的学问,所以就有了很多阐说经义的“传”或“记”,后来的读书人除学习经书外也非常注重一些重要的“传”或“记”,甚至把有些著作也放到和经差不多的地位,于是,又有七经、九经、十二经等说法。但是,具体所指也不完全相同。东汉时或以五经加上《论语》和《孝经》称为七经,或如《一字石经》中以《易》《诗》《书》《仪礼》《春秋》《公羊》《论语》为七经。《汉书·艺文志》记载九经为:《易》《诗》《书》《礼》《乐》《春秋》《孝经》《论语》《小学》。唐代陆德明《经典释文》叙录所说九经为:《易》《诗》《书》《周礼》《仪礼》《礼记》《春秋》《孝经》《论语》。唐文宗开成年间的石刻为十二经,即著名的“开成石经”为:《易》《诗》《书》《周礼》《仪礼》《礼记》《春秋》《公羊》《穀梁》《孝经》《论语》《尔雅》。北宋元祐年间的科举考试又加进《孟子》,是为十三经。从此以后,儒家经典就称为十三经,一直到清末都没有变化。对这些经典两汉魏晋时期的学者都作过深入研究,并对他们作了注解。到唐宋时期有一些学者在注释经文同时,也对两汉魏晋学者的注解作进一步的阐述和发挥,称之为“疏”或“正义”。到了南宋绍熙年间,有人把十三经的经文、注解和注疏、正义合刻在一起称“十三经注疏”。明代有多种重刻本,清代阮元有比较详细的校勘本,也就是现在通行的《十三经注疏》本。它的内容是:

《周易正义》,十卷,魏王弼、韩康伯注,唐孔颖达等正义;

《尚书正义》,二十卷,汉孔安国传(伪),唐孔颖达等正义;

《毛诗正义》,七十卷,汉毛亨传,郑玄笺,唐孔颖达等正义;

《周礼注疏》,四十二卷,汉郑玄注,唐贾公彦疏;

《仪礼注疏》,五十卷,汉郑玄注,唐贾公彦疏;

《礼记正义》,六十三卷,汉郑玄注,唐孔颖达正义;

《春秋左传正义》,六十卷,晋杜预注,唐孔颖达正义;

《春秋公羊传注疏》,二十八卷,汉何休注,唐徐彦疏;

《春秋穀梁传注疏》,二十卷,晋范宁注,唐杨士勋疏;

《论语注疏》,二十卷,魏何晏等注,宋邢昺疏;

《孝经注疏》，九卷，唐玄宗注，宋邢昺疏；

《尔雅注疏》，十卷，晋郭璞注，宋邢昺疏；

《孟子注疏》，十四卷，汉赵岐注，宋孙奭疏。

宋代在教授儒生时，还特别把《礼记》中的《中庸》《大学》两篇和《论语》《孟子》相配合，称为“四书”。南宋的著名理学家朱熹专门撰成《四书章句集注》，作为科举考试的主要参考读物，于是四书、五经就成为士人的最基本学习内容。

下面我们对十三经和四书作一点简单介绍：

《周易》

《易经》本是一部古代巫史占卜吉凶的书。古人是用蓍草来占卜的，按照草茎数量的奇、偶，排成各种卦象，以判断吉凶。《周易》中用“⚊”和“⚋”两个最基本的符号代表阳和阴，分别称为阳爻、阴爻。用“⚊”和“⚋”，采用三叠的方法，可以构成八个卦象，叫作八卦。不过，卦象的产生还有个过程：由阳和阴产生太阳、少阳、少阴、太阴四象，由四象再产生八卦。这八卦的卦象是：☰（乾）、☷（坤）、☳（震）、☴（巽）、☵（坎）、☲（离）、☶（艮）、☱（兑）。南宋朱熹曾写了一首《八卦取象歌》可以帮助我们记忆八卦：“乾三连，坤六断；震仰盂，艮覆碗；离中虚，坎中满；兑上缺，巽下断。”八卦的每一卦象都代表一种基本事物，如乾为天，坤为地，震为雷，巽为风，坎为水，离为火，艮为山，兑为泽。同时，它又代表含义可以引申的一类事物，例如“乾”卦既代表天，又可以代表帝王、朝廷、男人、刚阳等等，而“坤”卦除了代表地外，还可以代表后妃、臣子、女人、阴柔等等。用八卦的卦象两两重叠，又能组合成六十四卦，称为别卦，如䷀、䷁等等。每一卦以及卦中的各爻，都有阐说它意义的卦辞和爻辞，这些是《周易》的正文部分。有人说八卦实际是古代的文字，也就是上述代表不同事物的八个字。而两个卦的重叠，常常有文字之会意的含义，如艮上坎下，就是山下有水的意思；而坎上艮下，就是山上有泉的意思。不过，严格地说，八卦只是一种符号，是用来象征事物的。

六十四卦的每一卦都有卦象、卦名、卦辞和爻辞四个部分。卦象就是指卦的符号,它包括六爻。卦名在卦象后面,但它大都是根据卦、爻辞的内容抽取或概括出来的。现在我们举乾卦和坤卦作例子来加以说明。

䷀乾——元亨,利贞。

初九——潜龙,勿用。

九二——见龙在田,利见大人。

九三——君子终日乾乾,夕惕若,厉,无咎。

九四——或跃在渊,无咎。

九五——飞龙在天,利见大人。

上九——亢龙,有悔。

用九——见群龙无首,吉。

下附周振甫《周易译注》译文:

乾卦:大通顺,占问有利。

倒数第一阳爻:象龙潜伏着,不可有所作为。

倒数第二阳爻:龙出现在田野里,见贵人有利。

倒数第三阳爻:贵人整天自强不息,晚上警惕着。(情况)严重,没有害。

倒数第四阳爻:龙或者跃进深渊,没有害。

倒数第五阳爻:龙飞在天上,见贵人有利。

最上阳爻:处在极高处的龙,有悔恨。

用阳爻:看见许多龙,没有龙王,是吉利的。

䷁坤——元亨,利牝马之贞。君子有攸往,先迷后得主。利西南得朋,东北丧朋。安贞吉。

初六——履霜,坚冰至。

六二——直、方、大,不习,无不利。

六三——含章,可贞,或从王事,无成有终。

六四——括囊,无咎无誉。

六五——黄裳,元吉。

上六——龙战于野,其血玄黄。

用六——利永贞。

下附周振甫《周易译注》译文:

坤卦:大通顺。占问雌马有利。君子有所往,起先迷路,后来得到房主人(的接待)。有利于到西南方去,得赚钱;到东北去,会失财。占问安居,吉。

倒数第一阴爻:踩着霜,坚冰将要到来。

倒数第二阴爻:(顺着天道是)直,(地道是)方、大,不熟习它,没有不利。

倒数第三阴爻:(大地)含蕴着文采,占问是好的。有人从事王事,没有成法,但有结果。

倒数第四阴爻:扎好口袋,没有害处,也没有好处。

倒数第五阴爻:(穿着)黄色的衣裳,大吉。

上面的阴爻:两龙在野地相斗,它的血玄黄色(含有不吉利意)。

用阴爻:占问永远吉利。

这里的六个爻组成卦象后的"乾"和"坤"即是卦名。乾卦的"元亨,利贞"和坤卦的"元亨,利牝马之贞。君子有攸往,先迷后得主。利,西南得朋。东北丧朋,安贞吉"就是卦辞。每一卦由六爻组成,每一爻有阳和阴的区别,阳为奇数,用九表示;阴为偶数,用六表示。乾卦的六爻均为阳爻,所以自下至上分别为:初九、九二、九三、九四、九五、上九。坤卦的六爻均为阴,所以自下至上分别为:初六、六二、六三、六四、六五、上六。如果是别的卦,六爻中有阴、有阳,那么阳为九,阴为六就会交错表示。例如观卦的六爻自下而上分别为:初六、六二、六三、六四、九五、上九。小畜卦的六爻自下至上分别为:初九、九二、九三、六四、九五、上九。不过,乾卦和坤卦因为全部都是阳和阴,所以上九和上六下面多一个用九和用六,意思是全部是九和全部是六。如果占筮时得到的爻象全部是九或六,就以用九和用六判断吉凶。《易经》的占筮要先用蓍草进行演算,蓍草有五十根,但是只用四十九根,有一根是不用的。一般要经过三次演算得到一个爻象,经过十八次演算可以得到一个卦象,然后按照卦爻辞来进行吉凶的判断。卦爻辞本身常常已经有吉凶的指示,如有"吉""凶""悔""利"等等。在运用卦爻象时还可以利用其互体。什么是互体?就是六爻中又隐含着别的卦象,例如观卦是上面为巽卦,下面是坤卦,其中的六三、六四、九五,也就是从上至下的二到四,是艮卦;六二、六三、六四,即自上至下三到五,是坤卦。这是隐藏在观卦里面的。占筮吉凶也可以用这些卦的卦辞、爻辞的含义。

《周易》的作者古代传说是伏羲画八卦,周文王把八卦演绎成为六十四卦,并系上卦爻辞,也有说卦爻辞是周公所作。但是现代学者研究认为卦爻辞中有文王周公以后的事,所以有可能是周代卜史所编成,或者是在周文王和周公的基础上有所补充而成。《周易》的产生应当是在殷周之际,《周易·系辞》中说:"《易》之兴也,其当殷之末世,周之盛德邪?当文王与纣之事邪?"《周易》卦爻辞中所记的事,也基本上是殷周两代的事。王应麟《困学纪闻》说:"阮逸云:'《易》著人事,皆举商、周。帝乙归妹,高宗伐鬼方,箕子之明夷,商事也。密云不雨,自我西郊,王用亨于岐山,周事也。'"此外根据许多学者的研究,卦爻辞中有一些是当时的民间歌谣。如《中孚》卦九二爻辞:"鹤鸣在阴,其子和之;我有好爵,吾与尔靡之。"(阴,山背,指山中幽深处。爵,酒器,这里指酒。靡之,共享。)《诗经·小雅·鹤鸣》中有:"鹤鸣于九皋,声闻于野。""鹤鸣于九皋,声闻于天。"显然是受到《周易》此爻辞影响。又如大过卦的九二和九五爻辞:"枯杨生稊,老夫得其女妻。""枯杨生华,老妇得其士夫。"也是民间的歌谣。历代对《周易》的研究大概有两大流派,汉代的学者以象数之学来研究,被称为象数易学,就是利用卦象的形象和数量来推测自然界的变化对社会政治的影响,成为神学迷信思想的重要组成部分。到魏晋时期王弼注《周易》,则一扫象数习气,而着重探讨其义理,成为玄学哲学思想的基础。

《周易》包括易经和易传,前面说的是经,传就是对经的阐述和发挥。《易传》有七种十篇,亦称"十翼",即指《彖》传上下、《象》传上下、《文言》《说卦》《序卦》《杂卦》、《系辞》上下。其中《彖》传比较早,大概写成于春秋战国之交。其他的比较晚,大概在战国中期到西汉初期。

《易传》是春秋战国时人对《周易》的解说,不能认为它一定就是经文的原意,不过因为它的撰成毕竟时代比较早,是可以帮助我们正确理解经文意义的。"十翼"中的《彖》传是解释六十四卦的卦象、卦名和卦辞的,不涉及爻辞。《象》传是解释六十四卦的卦象、卦义和爻象、爻辞的。《文言》是专门解释乾坤两卦的卦爻辞的。《说卦》是解释八卦的卦象和卦义的。《序卦》是解释六十四卦的排列次序的。《杂卦》是研究六十四卦相互对立的三十二组卦象的特点的。《系辞》则是对《周易》的通论,是最具有丰富内容和深刻哲理的一种《易传》,也是最为大家所重视的。它是"十翼"中撰成时间最晚的一种,大概在战国后期到汉初。

《诗经》

《诗经》是一部商周时期的诗歌总集,一共有三百零五篇。《诗经》的时代起自公元前十一世纪至公元前六世纪,也就是从西周建立到春秋中期,将近五百年。《诗经》在先秦只称为"诗","经"是后代儒家把它尊为经典后才有的称呼。这里,我们需要着重说明的有下列问题:《诗经》的"六义";诗的入乐;采诗说;删诗说;《诗经》的流传。

历来论《诗经》都讲"六义",也就是风、雅、颂、赋、比、兴。汉代的《毛诗大序》提出了"六义"说,这是根据《周礼》"大师……教六诗:曰风、曰赋、曰比、曰兴、曰雅、曰颂"的旧说而来,风、雅、颂是《诗》的分类,而赋、比、兴是作《诗》的方法。风,是指《诗经》中所收十五个国家和地区的民歌,共一百六十篇作品。雅分为《小雅》和《大雅》,《大雅》三十一篇,《小雅》七十四篇,共一百零五篇。雅诗有民歌,也有下层官吏的作品,不少作品和社会政治生活关系密切,也有不少政治讽刺诗。颂,共四十篇,主要是祭神祭祖等祭祀乐歌。但是,此外《小雅》中还有六篇诗只有篇名,而无歌词,它们是《南陔》《白华》《华黍》《由庚》《崇丘》《由仪》。《诗经》中的篇章都是配有乐曲的,实际是歌词,风、雅、颂的分法主要也是按音乐来分的。风,是指各诸侯国家和地区的地方乐曲;雅,是指周王朝的都城及其周围的"正乐",所以说:"雅者,正也。"正乐是代表京城地区的乐曲,是针对地方乐曲而说的。颂,则是祭祀歌曲。全部《诗经》都是"入乐"的,这可以从《左传·襄公二十九年》季札于鲁观周乐的记载中看出来,《礼记》中也有很多这方面的材料。在《诗经》的时代,诗、乐、舞三位一体,是不分的。"六义"中的赋、比、兴是指的《诗经》的艺术表现方法。按照传统的说法,古代有"采诗"的制度。《礼记·王制》记载:"天子五年一巡守(狩)。……命大师陈诗以观民风。"班固在《汉书·食货志》中说:"孟春之月,群居者将散,行人振木铎徇于路以采诗,献之大师,比其音律,以闻于天子。故曰,王者不窥牖户而知天下。"又《艺文志》说:"古有采诗之官,王者所以观风俗,知得失,自考正也。"古代到底是否有严格的采诗制度,学者们看法不一致,如清代崔述在《读风偶识》中就不相信有采诗之事,但是,帝王命令臣下采诗以观民风,从上述文献记载来看,大概还是有过的。

先秦古籍由于秦始皇的"焚书坑儒"和秦汉之交的战火,被毁和流失得很多。《诗经》由于配乐和在口头讽咏,所以得以比较完整地保留下来。汉代传授《诗经》的有齐、鲁、韩、毛四家。齐为辕固生,鲁为申培,韩为韩婴,毛为毛公,前三家在西汉就已立为学官,毛诗于东汉时方立为学官。但三家诗都没有流传下来,只有毛诗流传下来了。现在我们看到的《诗经》就是毛诗。毛诗传者有大毛公和小毛公之分,大毛公为荀子学生毛亨,小毛公为赵国人毛苌。

《尚书》

《尚书》是记载夏、商、周时代一些古代传说和政治文告的,其中的《虞书》和《夏书》,没有很确凿的根据,是一些传闻中的历史故事。比较有价值而且可信的是《商书》和《周书》,保存了很多珍贵的历史文献。《尚书》有今文《尚书》和古文《尚书》的不同,今文《尚书》是汉初山东伏生传下来的,用汉代的隶书书写的,共二十八篇(汉武帝时增伪《泰誓》一篇,为二十九篇)。西汉中期,也就是汉武帝末年,鲁恭王刘馀从孔子故宅的墙壁里挖掘出用秦以前战国古文字写的经书中之《尚书》,比伏生口授的多十六篇,称为古文《尚书》。古文《尚书》在汉代没有立为官学,所以到西晋时已经全部散佚。东晋时的梅赜向朝廷献了一部《尚书》,共有五十八篇,其中有二十五篇是他根据零星残存的古文《尚书》编撰的,三十三篇是根据伏生的二十八篇离析而成的,如把《盘庚》分为上、中、下等。现在《十三经注疏》本的《尚书》就是采用梅赜的这个本子。梅赜还献出一部《尚书孔氏传》,说是西汉经学家孔安国对《尚书》所作的解释,清代学者考证它是伪作,称为伪孔安国《尚书》传,但也收入了《十三经注疏》。

《仪礼》

《仪礼》就是《礼经》,汉代又称《士礼》《礼经》,晋代以后才称《仪礼》。《仪礼》是记载古代各种礼节仪式的书,过去一般认为是周公所作,周公制礼作乐,可能专门确定过各个阶层、各种典礼的仪式,但是现存的《仪礼》可能是春秋战国时人根据周公制订的礼仪而编撰成的。《史记》说是孔子所作,亦不可信,不过孔子也许作过某些整理工作,后来又有其他人补充修订。制订《仪礼》的目的是区分尊卑贵贱不同等级,不同的等级各有自己的礼仪,而决不可逾越。现存的《仪礼》包括《士冠礼》《士昏礼》《士相见礼》《乡饮酒礼》《聘礼》《觐礼》《丧服》《士丧礼》等十七篇。

《礼记》

《礼记》中的内容是对《仪礼》的解释和有关的理论分析,先秦的一些儒家学者有不少阐说《礼经》的资料,人们称之为“记”。西汉时期很多传授《仪礼》的学者多选择一些“记”来作为教授《仪礼》的辅助材料。到东汉时有所谓《大戴礼记》和《小戴礼记》,前者是戴德编选的八十五篇,后者为戴圣编选的四十九篇。东汉后期著名的经学家郑玄对《小戴礼记》作了注释,使其变成专书并受到特别尊重,也成为了“经”,至唐代被列入九经之一。其实,《礼记》的内容是非常丰富的,也不限于对《仪礼》的解释。有些是专门阐述《仪礼》中的某些礼的意义的,如《冠义》《昏义》《乡饮酒义》等;有些是讲礼节制度的,如《投壶》《明堂位》等;有些是讲丧事、丧礼的,如《问丧》《檀弓》等;有些是记叙孔子言论事迹的,如《仲尼燕居》《孔子闲居》等;有的是讲时令的,如《月令》等。其中还有一些则是阐述儒家修身养性和伦理道德的,如著名的《大学》《中庸》,后来成为四书中重要的两种。还有的是发挥某些儒家思想的理论著作,如阐述教育思想的《学记》和阐述音乐美学思想的《乐记》。由于这些内容都很重要,所以《礼记》的地位也愈来愈高,在儒家经典中成为体现儒家思想的重要著作。

《周礼》

《周礼》原来名叫《周官》,西汉末年刘歆改名为《周礼》,它是一部记载周代职官和政治制度的书,其中包括春秋时期各诸侯国家的政治和官吏制度。不过它又是按照儒家的理想改造过的,大约成书于战国时期。全书共分《天官冢宰》《地官司徒》《春官宗伯》《夏官司马》《秋官司寇》《冬官司空》六个部分。不过,《冬官司空》早已散佚,西汉时以先秦古籍《考工记》补入。结合周代的铜器铭文中的官职来考察,《周礼》中的职官及其所担当的职务,有些是与铭文不一样的,说明它并非全部是对先秦政制和官制的真实记录,有些是战国时人根据儒家理想而杜撰的。不过,大部分还是在周代实行过的政治制度和职官制度,所以为我们今天研究周代的典章制度,提供了很多珍贵的文献资料。

《春秋》

《春秋》是东周时期鲁国和各诸侯国家的历史书,起自鲁隐公元年

（前 722），止于鲁哀公十四年（前 481）。它是以鲁国为中心涉及其他各诸侯国家的各种重要历史事件，采用编年体方式写作的一部历史。《春秋》记叙历史事件的特点是非常的严谨简洁，语言朴素精练，而且还常常隐晦地包含着作者的褒贬态度，故一直被誉为存有“微言大义”，亦称为“春秋笔法”。刘勰《文心雕龙·史传》篇说它：“褒见一字，贵逾轩冕；贬在片言，诛深斧钺。”例如鲁隐公元年，“郑伯克段于鄢”。郑伯，指郑庄公；段，即共叔段，郑庄公的亲弟弟。其父郑武公娶武姜，生庄公时难产，所以不喜欢庄公，而喜欢小儿子共叔段。郑庄公即位后，武姜要求他给共叔段封地，庄公封段于大邑京。共叔段在京，称京城大叔，并将邻近的两邑使归自己，又修缮城防，训练士兵，准备攻打郑庄公，而其母则将为内应。为此郑庄公命其子带兵攻京邑，京城人都背叛共叔段，共叔段逃到郑国的鄢邑。郑庄公进攻鄢，打败共叔段。共叔段遂出奔到共国。《左传》说《春秋》这里用“段”，而不称他是郑庄公弟，是谴责他违背了做弟弟的身份；用“克”字，是把他看作敌人。又说不称“庄公”，而称“郑伯”，是因为他对弟弟有失教诲。这种讲究“微言大义”的“春秋笔法”，在《左传》中也有很多运用，而在《公羊传》和《穀梁传》中则主要就是阐说发挥《春秋》的“微言大义”。

《春秋》三传

古代为《春秋》所作的传，主要有三种：也就是《春秋左氏传》《春秋公羊传》《春秋穀梁传》。《左传》的作者据《史记》所说，当为左丘明。《左传》是以当时大量的历史事实对记载简练的《春秋》作详细的发挥，它的编年起自鲁隐公元年，终于鲁悼公四年（前 463），而所记史事实际是到鲁悼公十四年。《左传》的意义实际上早已超出对《春秋》的解释，而是一部独立的卓越史书。相传《公羊传》的作者为战国时的公羊高，《穀梁传》的作者为战国时的穀梁赤。《公羊传》《穀梁传》和《左传》的性质不同，它不是从历史事实方面去对《春秋》作补充，而是阐述《春秋》的义理，主要是从它的“微言大义”方面去引申发挥。特别是《公羊传》在汉代经学的发展上有重大影响。

《孝经》

《孝经》约一千八百字，分为十八章，其作者过去或说是孔子，或说是曾子，或说是孟子弟子，实际都不可信，可能是战国后期儒家的后学所为。《孝经》在东汉时被列为七经之一，它的中心是阐述儒家的孝道，认为“孝”是伦理道德的根本，所谓“始于事亲，中于事君，终于立身”，由“孝”父母，而忠君王，所以在封建时代特别受到重视。不过它的内容除了沿袭《左传》《论语》《孟子》《荀子》等书，作些发挥外，没有多少新意，文字也比较粗陋。

《尔雅》

《尔雅》是一部古代的训诂书，主要是解释古代经典中的词语，并考证古代名物，属于字典性的知识书，因为它的时代很早，所以它对经典中难懂词语的解释，比较有权威性，对我们了解和阅读古代经典非常有用。《尔雅》过去有说是周公所作，或说是孔子及其弟子所作，均无根据，学者们不过是强调它的价值。根据清代以来学者的研究，《尔雅》恐非成于一人之手，而是根据很多材料逐步丰富起来的，大概在战国中后期初具规模，经过汉初学者的增补而成的。它一共十九篇，前三篇《释诂》《释言》《释训》是解释一般词语的，其他篇章是解释名物的，如《释器》《释山》《释鸟》《释亲》《释畜》等等。

四书

十三经中的《论语》《孟子》和《礼记》中的《中庸》《大学》两篇合在一起，称为“四书”，这是宋代的事。朱熹对它们作了集注，这就是著名的《四书章句集注》。这是宋代以后士人的必读之书，也是考科举的必读之书，是儒家伦理道德精华的集中体现。中庸是儒家做人的基本原则，处理任何事情要不偏不倚，既不过分，又不要不及。一般认为《中庸》写于在战国末期到东汉初年，是儒家学者所作。《大学》是讲儒家的修身齐家治国平天下，着重强调伦理道德修养和政治上治国平天下的关系。此后，四书五经就成为封建社会士人的基本读物。

5. 汉代经学

经学的发展历史中,汉代经学是最为重要的一个阶段,所以我们习惯上把汉代称为经学时代。绵延两千多年的经学就是在汉代奠定基础并构成完整体系的。

(1)汉武帝罢黜百家,独尊儒术

先秦时代的六经,虽然是儒家把它抬得最高,而且孔子还作过撰写、增订、整理的工作,儒家的后学也从多方面阐述经义,但是,那时的六经还不是儒家一家的专利。严格意义上的经学是在汉代形成的。六经在秦代遭到“焚书坑儒”的浩劫,是在秦始皇三十四年(前213)。汉初盛行黄老思想,对儒家和六经还不是很重视,一直到汉武帝时罢黜百家、独尊儒术以后,经学才开始真正形成,并得到迅速发展。秦始皇“焚书坑儒”并不能完全毁灭六经,因为那时离秦亡只有四年。《诗经》是大家会背诵的,当然无法消灭,而其他经书学者和民间也有不少收藏。到汉初实际上“挟书之禁”已经无效,著名的儒家学者陆贾就常常向汉高祖刘邦说《诗》《书》的重要,刘邦的儿子惠帝就明确宣布取消“挟书之禁”。这时,一些儒家学者如山东伏生就把自己藏在墙壁中的《尚书》找出来,由于家室被毁,只剩二十八篇。他就在齐鲁之地教授《尚书》,汉文帝还派晁错专门去向伏生学习《尚书》。《诗经》诚如班固《汉书·艺文志》所说“以其讽诵,不独在竹帛”,所以保全最好。汉代传《诗经》者有四家:鲁人申培,齐人辕固生,燕人韩婴,赵人毛公(大毛公毛亨,小毛公毛苌)。《礼经》是西汉初鲁人高堂伯传十七篇。《周易》为占卜之书不在焚书之例,当然更没有问题。秦汉之际的易学大师是田何,汉惠帝还亲临其家听讲易学。他传下来比较有名的学生是丁宽、王同、周王孙、服生等。《春秋》三传在汉代的传承情况是:《左传》张苍所传,传给贾谊,贾谊作《左氏传训故》。汉初的胡毋子都,他把相传口授的《公羊传》书之竹帛。另外就是赵人董仲舒,为《公羊春秋》大师。汉初有浮丘伯在长安传授《穀梁春秋》。于是学习儒家经书逐渐成为风气,民间藏书也纷纷出现。《汉书·艺文志》记载说,汉景帝、汉武帝时,朝廷“广开献书之路”,“建藏书之策,置写书之官”,搜求民间所藏古籍。汉武帝接受董仲舒建议,设立五经博士,在太学教授学生,正式把五经立为官学。董仲舒劝汉武帝罢黜百家,独尊儒术。他在“天人三策”中说:“《春秋》大一统者,天地之常经,古今之通谊也。今师异道,人异论,百家殊方,指意不同,是以上亡以持一统,法制数变,下不知所守。臣愚以为诸不在六艺之科、孔子之术者,皆绝其道,勿使并进,邪辟之说灭息,然后统纪可一,而法度可明,民知所从矣。”汉武帝十分赞赏他的提议,遂罢百家而独尊儒学,儒家学说从此在封建社会中占有了任何一家都难以替代的正统地位。经学在汉代就得到迅猛的发展,成为占有绝对统治地位的学术流派,儒家思想成为官方的正统思想。

(2)今文经学和古文经学

汉代的经学分为今文经学和古文经学两大派,互相之间有激烈的争议,而且长期成为两个不同学派,一直影响到后代两千多年经学的发展。今文经学和古文经学的不同,首先是指经书文字的不同。今文经学是用汉代隶书写的经书,古文经学是用秦以前古文字写的经书,战国时期秦国和六国的文字不同,秦是用古籀文,也就是大篆体;六国文字则是战国时秦以东各国流行的古文字,古文经学就是用这种文字书写的。古文经学的经书首先是汉武帝末年鲁恭王刘馀从孔子故宅的墙壁中发掘出来的《尚书》古文经、《礼》古经、《春秋》古经、《论语》《孝经》。后来又有很多别的发现,也是从民间购得的古文经书。今文经学和古文经学的差别还不仅仅是运用文字的差别,由于版本的不同,在篇目的多少、文字多少以及用字上也有差别,这就涉及内容上和理解上的差异。

今文经学和古文经学两派更重要的不同是在学术思想和研究方法上的。这些大致有如下几个方面:第一,对孔子的认识不同。今文经学派认为孔子是一位政治家、哲学家、教育家,是应天命而生的圣人,他虽不在帝王之位,却有帝王的德行,故称之为“素王”。六经体现了孔子的政治理想,是他托古改制的体现,为此要从六经中去寻求“微言大义”。古文经学派则认为孔子是古代文化的收藏者和整理者,是“述而不作,信而好古”的圣贤,在古代文化发展上起了继往开来的伟大作用。第二,对六经的认识不同。今文经学派认为六经是孔子所作,是孔子手定的,孔子以前无所谓经,秦始皇“焚书坑儒”致《乐》亡佚,“五经之本自孔子始”(《后汉书·范升列传》)。六经的次序是《诗》《书》《礼》《乐》《易》《春秋》,后两种是孔子思想的精华所在,他的政治理想也主要表现在《易》和《春秋》中,所以要特别重视阐发其中的义理。古文经学派则认为六经是孔子以前夏、商、周三代文化和典章制度的历史文献,是周公等圣人所作,孔子对它们进行了修订和整理。六经的次序是按其产生早晚来排定的:《易》最早,其次是《书》《诗》《礼》《乐》《春秋》。关于汉代六经的来源,今文经学派认为他们的经文皆来自孔子,师承关系和传授系统都是很清楚的,是孔子的嫡传和正宗,而古文经学的经文来源不明,没有传授系统,有作伪的痕迹。而古文经学派则认为他们的经文是先秦原典,是在秦始皇“焚书坑儒”前埋藏下来的,虽为孤藏,却是至宝。他们认为今文经学是信口乱说的末流,是经秦火后残存的,不可靠。第三,学术观点和研究方法不同。今文经学的目的是要阐发六经所包含的“微言大义”,所以是以公羊学为核心的,着重以“天人感应”“君权神授”作为基本观念,推求六经的义理。古文经学则着重于对经文的疏通、典章制度的解释和名物训诂考证。今文经学家往往偏重对某一经研究,而古文经学家则往往是五经兼通的。在学风上,今文经学较多引申发挥,偏向于为当时的政治需要服务;而古文经学则重在恢复经典的本来面目,踏实地钻研经文本义。除了上述这些差异,还有很重要的地方是它们的社会政治地位不同。今文经学是官学,受到统治者的重视,今文经学的五经皆在朝廷设立博士,教授学生。而古文经学则除王莽掌权时期外,始终没有在官方设立博士,只是私家传授。

(3)董仲舒的“天人合一”思想和灾异学说

汉代基本上是今文经学占有统治地位,它是适应于汉帝国的政治需要的。尤其在西汉时期,古文经学完全受到排挤和贬斥。今文经学最著名的大师是董仲舒(前179—前104),他是广川(河北景县)人,从小就钻研《春秋》,潜心于公羊学。汉景帝时为博士,教授儒家经典。汉武帝即位后,下诏策问“贤良修絜博习之士”,董仲舒上“天人三策”。这是经学史上十分重要的一件事。他在对策中,从“天人感应”的思想出发,认为皇帝是天的儿子,天是至高无上的,是自然和社会的唯一主宰,帝王的权力和地位是上天所赋予的,这就是所谓“君权神授”。为此,他提出:“道之大原出于天,天不变,道亦不变。”故而,皇权是神圣不可侵犯的,也一定会永世长存的。董仲舒在他的《春秋繁露》和“天人三策”中把天道和人事直接联系起来,用“天人合一”的观点,来说明古今之变,证明大一统汉帝国政权的合理性。他在“天人三策”中说:“善言天者,必有征于人;善言古者,必有验于今。臣闻天者,群物之祖也,故遍覆包函而无所殊,建日月风雨以和之,经阴阳寒暑以成之,故圣人法天而立道,亦溥爱而亡私,布德施仁以厚之,设谊立礼以导之。春者,天之所以生也;仁者,君之所以爱也。夏者,天之所以长也;德者,君之所以养也。霜者,天之所以杀也;刑者,君之所以罚也。繇此言之,天人之征,古今之道也。孔子作《春秋》,上揆之天道,下质诸人情,参之于古,考之于今,故《春秋》之所讥,灾害之所加也;《春秋》之所恶,怪异之所施也。书邦家之过,兼灾异之变,以此见人之所为,其美恶之极,乃与天地流通,而往来相应,此亦言天之一端也。”天道自然有什么变化,发生什么灾异现象,是神明喜怒哀乐的表现,必然应验着政治和社会人事方面将会发生某些变化,它们都是上天意志的体现。董仲舒认为自然界的各种现象都是和政治社会生活中的事物有直接关系的,他吸收了阴阳五行家的神学迷信思想,把自然和社会对应相配,天和人合而为一,以《春秋公羊传》作为基本的内容,构成一种新的历史哲学和政治哲学,其目的就是为维护大一统帝国构造一个完整的思想体系。他在《春秋繁露》卷十一《为人者天》中说:“为生不能为人,为人者天也。人之人,本于天,天亦人之曾祖父也,此人之所以乃上类天也。人之形体化天数而成,人之血气化天志而仁,人之德行化天理而义,人之好恶化天之暖清,人之喜怒化天之寒暑，人之受命化天之四时。人生有喜怒哀乐之答，春秋冬夏之类也。喜春之答也，怒秋之答也，乐夏之答也，哀冬之答也。天之副在乎人，人之情性有由天者矣。”“传曰：惟天子受命于天，天下受命于天子，一国则受命于君，君命顺则民有顺命，君命逆则民有逆命。故曰：‘一人有庆，万民赖之。’此之谓也。”天子受命于上天神明而统治天下，这不是以世间人们的意志为转移的，百姓的一切都要听命于天子。百姓的祸福是和天子的祸福联系在一起的，唯有天子洪福齐天，百姓方能安居乐业，所以皇权是绝对至高无上的。他在《春秋繁露》卷十二《阴阳义》中说：“天道之常，一阴一阳。阳者，天之德也；阴者，天之刑也。”“天亦有喜怒之气，哀乐之心，与人相副，以类合之，天人一也。春，喜气也，故生。秋，怒气也，故杀。夏，乐气也，故养。冬，哀气也，故藏。四者天人同有之，有其理而一用之。与天同者大治，与天异者大乱。故为人主之道，莫明于在身之与天同者而用之，使喜怒必当义乃出，如寒暑之必当其时乃发也。使德之厚于刑也，如阳之多于阴也。”不仅天人关系是这样，而且天道与人道也是互相对应配合的。他在《春秋繁露》卷十三《人副天数》中说：“天以终岁之数成人之身，故小节三百六十六，副日数也。大节十二分，副月数也。内有五藏，副五行数也。外有四肢，副四时数也。乍视乍瞑，副昼夜也。乍刚乍柔，副冬夏也。乍哀乍乐，副阴阳也。”可见，天之生人是和四时五行等相合的。不仅如此，天道四时和王者四政也是相配的。他在卷十三的《四时之副》中说：“天之道，春暖以生，夏暑以养，秋凉以杀，冬寒以藏。暖暑清寒，异气而同功，皆天之所以成岁也。圣人副天之所行以为政，故以庆副暖而当春，以赏副暑而当夏，以罚副凉而当秋，以刑副寒而当冬。庆赏罚刑，异事而同功，皆王者之所以成德也。庆赏罚刑与春夏秋冬以类相应也，如合符，故曰：王者配天，谓其道天有四时，王有四政。四政若四时通类也，天人所同有也。庆为春、赏为夏、罚为秋、刑为冬，庆赏罚刑之不可不具也，如春夏秋冬不可不备也。庆赏罚刑当其处，不可不发。若暖暑清寒当其时，不可不出也。庆赏罚刑，各有正处，如春夏秋冬，各有时也。四政者不可以相干也，犹四时不可相干也。四政者不可以易处也,犹四时不可易处也。故庆赏罚刑有不行于其正处者,《春秋》讥也。”四时和五行、五行和人的行为也是相配的,卷十《五行对》云:“天有五行:木、火、土、金、水是也。木生火,火生土,土生金,金生水。水为冬,金为秋,土为季夏,火为夏,木为春。春主生,夏主长,季夏主养,秋主收,冬主藏。藏,冬之所成也。是故父之所生其子长之,父之所长其子养之,父之所养其子成之,诸父所为其子皆奉承而续行之。不敢不致如父之意,尽为人之道也。故五行者,五行也。由此观之,父授子受之,乃天之道也。”五行和五味、五色、五声等也是相配的。卷十一《五行之义》云:“五行之官,各致其能。是故木居东方而主春气,火居南方而主夏气,金居西方而主秋气,水居北方而主冬气。是故木主生,而金主杀,火主暑,而水主寒,使人必以其序,官人必以其能,天之数也。土居中央为之天润。土者天之股肱也,其德茂美,不可名以一时之事,故五行而四时者,土兼之也。金木水火虽各职,不因土方不立,若酸醎辛苦之不因甘肥不能成味也。甘者,五味之本也。土者,五行之主也。五行之主,土气也,犹五味之有甘肥也,不得不成。是故圣人之行,莫贵于忠,土德之谓也。”董仲舒认为人世的一切,包括政治、社会、伦理、道德等,都是和自然现象直接联系的,也都是天命的体现,他就是用这样的天人合一观点和阴阳五行思想,为汉代的大一统政权,寻找其永世长存的理论根据,当然会受到当时统治者的热烈欢迎,而今文经学之立为官学也就是很自然的事了。

董仲舒在这样的思想基础上,提出了具有浓厚神学色彩的灾异学说。他在“天人三策”中说:“国家将有失道之败,而天乃先出灾害以谴告之;不知自省,又出怪异以警惧之;尚不知变,而伤败乃至。以此见天心之仁爱人君,而欲止其乱也。自非大亡道之世者,天尽欲扶持而全安之,事在强勉而已矣。”他认为自然界的灾异现象,乃是上天对帝王“失道”的谴责和警告,上天是要尽量扶持帝王的,但是对那些实在太无道的昏君,上天也会惩罚他们的。人君只要遵循天道,国家自然会兴旺发达;如果不遵循天道,逆天而行,则必定会亡国。他说:“夫人君莫不欲安存而恶危亡,然而政乱国危者甚众,所任者非其人,而所繇者非其道,是以政日以仆灭也。夫周道衰于幽、厉,非道亡也,幽、厉不繇也。至于宣王思昔先王之德,兴治补弊,明文武之功业,周道粲然复兴。诗人美之,而作'上天祐之,为生贤佐。'后世称诵,至今不绝,此夙夜不解行善之所致也。孔子曰:人能弘道,非道弘人也。故治乱废兴在于己,非天降命不可得反,其所操持悖谬失其统也。"人君能否遵循天道,是国家兴亡还是衰败的根本所在。如何行天道,就是要像《春秋》一样,"春秋之道,奉天而法古","虽有知心,不览先王,不能平天下。然则先王之遗道,亦天下之规矩"(《春秋繁露·楚庄王》)。董仲舒这种灾异学说,也可以用来制止帝王不施行仁政,借所谓的灾异变故,来劝说帝王不得有违天道。不过,这种灾异学说也为后来谶纬神学的泛滥打开了通道。

董仲舒思想学说的实际政治目的,就是要倡导"春秋大一统"的理论,为建立中央集权的专制王国,要求臣下百姓绝对服从以天子为代表的朝廷。天子既是上天授命的君主,自然有最高的权力和地位。国家只有在天子的绝对统治下,才能使社会安定、百业兴旺。《春秋繁露·玉杯》篇说:"春秋之法,以人随君,以君随天。""故屈民而伸君,屈君而伸天,春秋之大义也。"针对当时的某些诸侯和大臣,权力过大,不能完全顺从君主的现象,董仲舒提出:"《春秋》立义,天子祭天地,诸侯祭社稷,诸山川不在封内不祭,有天子在,诸侯不得专地,不得专封,不得专执天子之大夫,不得舞天子之乐,不得致天子之赋,不得适天子之贵。君亲无将,将而诛。大夫不得世,大夫不得废置君命,立适以长不以贤,立子以贵不以长,立夫人以适不以妾,天子不臣母后之党。""由此观之,未有去人君之权能制其势者也,未有贵贱无差能全其位者也。故君子慎之。"董仲舒为了使臣下百姓绝对服从帝王的统治,特别强调要遵守"三纲五常"的封建伦理道德,并把它提到天道的地位。他在《春秋繁露·基义》篇中说:"是故仁义制度之数,尽取之天。天为君而覆露之,地为臣而持载之。阳为夫而生之,阴为妇而助之。春为父而生之,夏为子而养之,秋为死而棺之,冬为痛而丧之。王道之三纲,可求于天。”他在“天人三策”中说:“夫仁、义、礼、智、信,五常之道,王者所当修饬也。五者修饬,故受天之祐,而享鬼神之灵。德施于方外,延及群生也。”他认为“三纲五常”是取之于天而“受天之祐”的,所以当然是所有的人都要严格遵循而不可有丝毫违背的。这种伦理道德观念,也是维护大一统封建专制统治十分需要的。于是儒家思想的作用显然更为突出了。由于董仲舒的影响,在西汉时期今文经学的发展是以《春秋》公羊学为中心的,与董仲舒同时的、比董仲舒年龄稍大一点的,还有公孙弘(前200—前121),也是《春秋》公羊学的专家,他也得到汉武帝的欣赏,他在对策中着重运用《春秋》公羊学所讲究的“微言大义”,具体地运用到政治措施上,他说:“臣闻上古尧舜之时,不贵爵赏,而民劝善。不重刑罚,而民不犯。躬率以正而遇民信也。末世贵爵厚赏,而民不劝;深刑重罚,而奸不止。其上不正遇民不信也。夫厚赏重刑,未足以劝善而禁非,必信而已矣。是故因能任官,则分职治;去无用之言,则事情得;不作无用之器,则赋敛省;不夺民时,不妨民力,则百姓富;有德者进,无德者退,则朝廷尊;有功者上,无功者下,则群臣逡;罚当罪,则奸邪止;赏当贤,则臣下劝。凡此八者,治民之本也。”这些说明以《春秋》公羊学为中心的今文经学,主要是通过讲究“微言大义”,来让儒家经典直接为当时的政治需要服务。

今文经学的发展和五经博士的设立有很大关系。博士之名源于先秦,《战国策·赵策》中记载:“郑同北见赵王。赵王曰:‘子,南方之博士也,何以教之?’”《史记·循吏列传》说:“公仪休者,鲁博士也。”那时的博士是不是官职,还值得研究,但肯定有博学多才的意思。秦统一后设置博士七十人,则是正式官职,虽然待遇不高,但是可以参与朝廷议事,应该说是受到相当重视的。汉初从汉高祖刘邦开始就有设博士的,如叔孙通即是。惠帝、文帝也都设过博士,但没有固定员额。汉文帝时有博士七十余人。不过,这些博士如徐复观在《中国经学史的基础》中所说,可算是“杂学博士”,如卫宏《汉官旧仪补遗》中所说:“武帝初置博士,取学通行修,博学多艺,晓古文、《尔雅》,能属文章者为高第。”也就是说，在汉武帝接受董仲舒建议罢黜百家、独尊儒术之前，博士并非专门是儒家五经的博士。汉武帝在建元五年(前136)设立五经博士，罢黜了诸子百家的博士官，这是一件大事，博士成为儒家学派的专有官职。到汉武帝元朔五年(前124)公孙弘在应制中奏请“为博士官置弟子五十人”。从此，博士官就兼有教授的工作，有了太学生。并且，博士的职责也逐渐把重点转移到了教授弟子方面。不过，五经博士的设立不是一经一个博士，而是一经中的不同学派，如齐诗、鲁诗、韩诗，均可设立博士。宣帝时五经博士有十二家：《诗经》有齐、鲁、韩三家，《尚书》有欧阳和伯、大小夏侯(夏侯胜、夏侯建)，《易经》有施雠、孟喜、梁丘贺，《礼经》有后苍，《春秋》有公羊、穀梁。汉平帝时王莽当权，增设《乐经》博士，六经每经五人，新增者有很多是古文经学博士，如古文《尚书》、《毛诗》《逸礼》《左氏春秋》《周官》等，此前无古文经学博士。东汉初光武帝又取消古文经学博士，设立今文经学的十四家博士：《易经》施、孟、梁丘、京氏，《诗经》齐(辕固生)、鲁(申培)、韩(韩婴)，《尚书》欧阳、大小夏侯，《礼》大小戴(戴德、戴圣)，《春秋》严彭祖、颜安乐。汉代的五经博士一般是专守一经或一经中一传，范围比较狭隘，所以就在训诂、传说之外，又兴起章句之学，所谓“一经说至百余万言”(《汉书·儒林传赞》)，逐渐发展成为烦琐的经院哲学。

(4)白虎观经学会议和谶纬学说

古文经学在西汉是属于私学，只在民间流传，或被藏于朝廷秘府。古文经学因为注重对经文本身的解读，所以学风比较朴实。古文经学派的兴起是在西汉末期，汉成帝时著名的学者刘歆在校朝廷秘府书籍时发现一批古文经书，主要是《逸礼》、古文《尚书》和《春秋左氏传》。特别是《春秋左氏传》他尤为喜欢。哀帝时，他向朝廷建议将《春秋左氏传》和《毛诗》《逸礼》、古文《尚书》列为官学，设立博士。哀帝让他和太学博士一起讨论，但是这些博士拒绝出席，刘歆求见丞相孔光，孔光也不支持。只有光禄大夫房凤和光禄勋王龚支持他，他们共同起草了一封公开信，这就是著名的《让太常博士书》。刘歆在阐述了汉代经学发展的过程后,尖锐地批评了今文经学家“不思废绝之阙,苟因陋就寡,分文析字,烦言碎辞,学者罢老,且不能究其一艺,信口说而背传记,是末师而非往古。至于国家将有大事,若立辟雍、封禅、巡狩之仪,则幽冥而莫知其原。犹欲保残守缺,挟恐见破之私意,而无从善服义之公心。或怀嫉妒,不考情实,雷同相从,随声是非,抑此三学,以《尚书》为备,谓左氏不传《春秋》,岂不哀哉!”但是遭到当权大臣的激烈反对,大司空师丹上书哀帝,说刘歆“改乱旧章,非毁先帝所立”,要治他的罪,幸好哀帝也喜欢古文经学,才没有治他。刘歆不得不求外职以避祸。后来哀帝死后,平帝即位,王莽掌权,重用刘歆,才将《毛诗》《逸礼》、古文《尚书》、《春秋左氏传》立为官学,设置博士。没有多久,东汉建国,光武帝刘秀虽然也想把《春秋左氏传》立为官学,但是在今文经学家和古文经学家多次辩论后,最后还是没有立古文经学博士,十四家博士全部是今文经学家。不过,古文经学由于王莽掌权的十多年立为官学,也得到迅速发展。所以汉章帝建初四年(79)在白虎观召开的讨论五经异同会议上也有古文经学家参加,当时古文经学家贾逵得到汉章帝的信任,专门论说《左传》优于《公羊》《榖梁》,他也参加了白虎观会议,并和今文经学家李育就《左传》和《公羊》优劣发生激烈争论。白虎观会议作为一次考察经学研究成就的会议,它开了将近一个月之久,最后由汉章帝亲自裁决,主要是总结了今文经学的成果,吸收了谶纬学说的内容,也接受了某些古文经学家的见解,对今文经学和古文经学的矛盾和斗争,起了一定的调停作用。会议的内容由章帝命班固根据诸臣的奏议,撰成《白虎通德论》,又名《白虎通义》或《白虎通》。今文经学到此达到了它发展的顶峰。

东汉今文经学的发展中,其突出的特点是和谶纬学说结合,而谶纬神学的极端泛滥,也逐渐使今文经学走向衰落。谶纬学说是董仲舒的“天人感应”“阴阳五行”的灾异思想的必然发展结果,也是把它引向极端化的产物。所谓“谶”,是指一种托诸神明的政治预言或隐语,诚如《四库全书总目提要》所说的,“谶者诡为隐语,预决吉凶”。所谓“纬”,是指对经书的解释,《四库全书总目提要》说:“纬者,经之支流，衍及旁义。"它往往假托是孔子所言，实际上纬书中的解释常常是带有神学色彩的。谶纬常常还有图相配，所以也称"图谶""符命"等。例如刘秀刚起兵还没有做皇帝时，民间就流传这样的符命和谶言："刘秀发兵捕不道，四夷云集龙斗野，四七之际火为主。"（自高祖至光武为228年，汉为火德。）"刘秀发兵捕不道，卯金修德为天子。"又如纬书《孝经·右契》记载说："孔子作《春秋》，制《孝经》。既成，使七十二弟子向北辰星罄折而立，使曾子抱《河》《洛》事北向。孔子斋戒，簪缥笔，衣绛单衣，向北辰而拜，告备于天，曰：'《孝经》四卷，《春秋》《河》《洛》凡八十一卷，谨已备。'天乃虹郁起，白雾摩地，赤虹自上下，化为黄玉，长三尺，上有刻文。孔子跪受而读之，曰：'宝文出，刘季握，卯金刀，在轸北，字禾子（刘邦字季），天下服。'"这就是上天给刘邦做天子的符命。从西汉末年到东汉，谶纬学说急剧发展，使今文经学向神学转化。像王莽、刘秀等都是笃信图谶的，刘秀即位后就"宣布图谶于天下"。在纬书里这类谶言和神学是非常之多的。今文经学发展到这时候显然已急速转向神学和宗教方面，它自然也就会更快地走向衰落。

东汉时一些著名的倾向古文经学的学者，曾对这种谶纬神学进行了有力的抨击，最为突出的就是桓谭和王充。桓谭（约前20—56），字君山，著有《新论》，现已散佚。当刘秀一切事以图谶来决定时，他曾经勇敢地上书说："凡人情忽于见事而贵于异闻，观先王之所记述，咸以仁义正道为本，非有奇怪虚诞之事。盖天道性命，圣人所难言也。自子贡以下，不得而闻。况后世浅儒，能通之乎？今诸巧慧小才伎数之人，增益图书，矫称谶记，以欺惑贪邪，诖误人主，焉可不抑远之哉！臣谭伏闻陛下穷折方士黄白之术，甚为明矣，而乃欲听纳谶记，又何误也！其事虽有时合，譬犹卜数只偶之类，陛下宜垂明听，发圣意，屏群小之曲说，述五经之正义，略雷同之俗语，详通人之雅谋。"但是光武帝不仅听不进去，"帝省奏愈不悦，其后有诏会议灵台所处。帝谓谭曰：'吾欲谶决之，何如？'谭默然良久，曰：'臣不读谶。'帝问其故，谭复极言谶之非经，帝大怒曰：'桓谭非圣无法，将下斩之。'谭叩头流血，良久乃得解。出为六安郡丞。意忽忽不乐，道病卒。”（《后汉书·桓谭传》）王充（27—97?），字仲任，会稽上虞（今浙江绍兴上虞区）人，出身“细门孤族”，自小聪慧好学。据《后汉书·王充传》记载，他年轻时曾“受业太学，师事扶风班彪。好博览而不守章句。家贫无书，常游洛阳市肆，阅所卖书，一见辄能诵记，遂博通众流百家之言”。王充由学儒开始，又不守儒家，兼通“众流百家”，是一位知识渊博的学者。王充没有对今、古文经学明确阐述自己的见解，但是他坚决反对谶纬神学，他的著作是和当时思想文化领域中谶纬神学的各种表现进行勇敢斗争的真实记录。王充的著书很多，但不少已亡佚，如《政务》《讥俗》《备乏》《禁酒》《养性》等均已失传，仅存《论衡》八十五篇，其中《招致》一篇已佚。在谶纬神学思想的笼罩下，当时各种书籍著作中，都充斥着虚妄之言，王充为之感到痛心疾首，决心要站出来明辨是非，拨乱反正。他在《对作》篇中说：“是故《论衡》之造也，起众书并失实，虚妄之言胜真美也。”《佚文》篇中说：“《诗》三百，一言以蔽之，曰：思无邪。《论衡》篇以十数，亦一言也，曰：疾虚妄。”王充十分钦佩桓谭的《新论》，《超奇》篇说它“论世间事，辨昭然否，虚妄之言，伪饰之辞，莫不证定”。《对作》篇又说：“众事不失实，凡论不坏乱，则桓谭之论不起。”他在《论衡·谴告》篇中说：“论灾异者，谓古之人君为政失道，天用灾异谴告之也。灾异非一，复以寒温为之效。人君用刑非时则寒，施赏违节则温。天神谴告人君，犹人君责怒臣下也。故楚严王（按：楚庄王，王充避明帝讳改之）曰：‘天不下灾异，天其忘予乎！’灾异为谴告，故严王惧而思之也。曰：此疑也。夫国之有灾异也，犹家人之有变怪也。有灾异，谓天谴告人君，有变怪，天复谴告家人乎？家人既明，人之身中，亦将可以喻。身中病，犹天有灾异也。血脉不调，人生疾病；风气不和，岁生灾异。灾异谓天谴告国政，疾病天复谴告人乎？酿酒于罂，烹肉于鼎，皆欲其气味调得也。时或咸苦酸淡不应口者，犹人勺药失其和也。夫政治之有灾异也，犹烹酿之有恶味也。苟谓灾异为天谴告，是其烹酿之误，得见谴告也。占大以小，明物事之喻，足以审天。使严王知如孔子，则其言可信。衰世霸者之才，犹夫变复之家也，言未必信，故疑之。夫天道，自然也，无为。如谴告人，是有为，非自然也。黄、老之家，论说天道，得其实矣。且天审能谴告人君，宜变易其气以觉悟之。用刑非时，刑气寒，而天宜为温；施赏违节，赏气温，而天宜为寒。变其政而易其气，故君得以觉悟，知是非。今乃随寒从温，为寒为温，非谴告之意，欲令变更之宜。”王充通过很具体的分析指出了谴告灾异之说的不科学、不真实，这是很有力量的批判。他又说：“儒者之说又言：‘人君失政，天为异；不改，灾其人民；不改，乃灾其身也。先异后灾，先教后诛之义也。’曰：此复疑也。以夏树物，物枯不生；以秋收谷，谷弃不藏。夫为政教，犹树物收谷也。顾可言政治失时，气物为灾；乃言天为异以谴告之，不改，为灾以诛伐之乎！儒者之说，俗人言也。盛夏阳气炽烈，阴气干之，激射㲉裂(按：‘劈历’也)，中杀人物，谓天罚阴过。外一闻若是，内实不然。夫谓灾异为谴告诛伐，犹为雷杀人罚阴过也。非谓之言，不然之说也。”所以他在《自然》篇中说：“谴告之言，衰乱之语也，而谓之上天为之，斯盖所以疑也。”王充从根本上对天命鬼神的存在提出了怀疑。他在《论死》篇中说：“世谓人死为鬼，有知，能害人。试以物类验之，人死不为鬼，无知，不能害人。何以验之？验之以物。人，物也；物，亦物也。物死不为鬼，人死何故独能为鬼？世能别人物不能为鬼，则为鬼不为鬼尚难分明。如不能别，则亦无以知其能为鬼也。人之所以生者，精气也，死而精气灭。能为精气者，血脉也。人死血脉竭，竭而精气灭，灭而形体朽，朽而成灰土，何用为鬼？人无耳目，则无所知，故聋盲之人，比于草木。夫精气去人，岂徒与无耳目同哉？朽则消亡，荒忽不见，故谓之鬼神。人见鬼神之形，故非死人之精也。何则？鬼神，荒忽不见之名也。人死精神升天，骸骨归土，故谓之鬼神。鬼者，归也；神者，荒忽无形者也。或说：鬼神，阴阳之名也。阴气逆物而归，故谓之鬼；阳气导物而生，故谓之神。神者，伸也，申复无已，终而复始。人用神气生，其死复归神气。阴阳称鬼神，人死亦称鬼神。气之生人，犹水之为冰也。水凝为冰，气凝为人；冰释为水，人死复神。其名为神也，犹冰释更名水也。人见名异，则谓有知，能为形而害人，无据以论之也。”他还特别指出："天地开辟，人皇以来，随寿而死，若中年夭亡，以亿万数。计今人之数，不若死者多。如人死辄为鬼，则道路之上，一步一鬼也。人且死见鬼，宜见数百千万，满堂盈廷，填塞巷路，不宜徒见一两人也。"王充正是以这样无可辩驳的事实，非常深刻地揭露了谶纬神学的虚伪荒诞。他在著名的"九虚""三增"十二篇里对谶纬神学在各个方面的具体表现，作了十分详细的剖析和极为有力的批驳。

(5)郑玄和古文经学、今文经学的融合

到了东汉后期，今文经学开始衰落。《后汉书·儒林列传》说："孝和亦数幸东观，览阅书林。及邓后称制，学者颇懈。时樊准、徐防并陈敦学之宜，又言儒职多非其人，于是制诏公卿妙简其选，三署郎能通经术者，皆得察举。自安帝览政，薄于艺文，博士倚席不讲，朋徒相视怠散，学舍颓敝，鞠为园蔬，牧儿荛竖，至于薪刈其下。……本初元年，梁太后诏曰：'大将军下至六百石，悉遣子就学，每岁辄于乡射月一飨会之，以此为常。'自是游学增盛，至三万余生。然章句渐疏，而多以浮华相尚，儒者之风盖衰矣。"经学只是士人从政的敲门砖，而真正研究经学的人已经寥寥无几。《后汉书·樊准列传》记载樊准上疏说："今学者盖少，远方尤甚。博士倚席不讲，儒者竞论浮丽，忘謇謇之忠，习諓諓之辞。"袁宏《后汉纪·殇帝纪》记载尚敏上疏中说："光武中兴，修缮太学，博士得具五人，五经各叙其义，故能化泽沾洽，天下和平。自顷以来，五经颇废，后进之士趣于文俗，宿儒旧学无与传业。是俗吏繁炽，儒生寡少，其在京师，不务经学，竞于人事，争于货贿。太学之中，不闻谈论之声。从横之下，不睹讲说之士。臣恐五经、六艺浸以陵迟，儒林学肆于是废失。"今文经学的衰落也表现在章句之学由烦琐细碎发展到"皆以意说，不修家法"，"不依章句，妄生穿凿"。（见《后汉书·徐防列传》中徐防的上疏）东汉后期在今文经学上比较有成就的是何休(128—182)，他的《春秋公羊解诂》能结合汉代实事阐发春秋公羊的"大义"，对公羊学派的义法进行了系统的总结。

随着今文经学的衰落，官学不兴而私学发达，私学又都是古文经学，于是古文经学得到繁荣发展。东汉后期出现了大批学识渊博的古文经学家,如马融、许慎、服虔、卢植、郑玄等。马融(79—166),字季长。他曾注解《诗经》《易经》、三《礼》、《尚书》《论语》《孝经》等,全部是用古文经,而不用今文经。许慎(约58—约147),字叔重,他曾撰写《五经异义》,特别是他的《说文解字》集汉代古文经学训诂学之大成,影响极为深远。成就最大的是比许慎稍晚的郑玄。郑玄(127—200),字康成,曾师事马融,后来在乡里讲授经学弟子多达数千人。他以古文为主吸收今文,来注释五经,把古文和今文融合为一。他注释了《周易》《尚书》《毛诗》《仪礼》《礼记》《论语》《孝经》等。郑玄学识广博,视野开阔,学风踏实,态度严谨,虽以古文经学为主,又认真吸收今文经学的研究成果。他在为《仪礼》作注时,还采用今文、古文互校的办法,并且能融会五经,阐说通达,自然成为儒学的大师。他实际上是和马融持严格古文经学态度完全不同了,此后经学也就从汉学转向郑学,今文经学和古文经学遂逐渐走向统一。

6. 魏晋南北朝的经学

(1)王肃和魏晋的经学

魏晋南北朝时期是玄学和佛学的繁荣发展时期,经学已经没有了汉代那样的"独尊"地位。不过,经学并没有中断,三国时魏国的经学家王肃(195—256),字子雍,东海(今山东郯城)人,父亲王朗是魏的经学大师。王肃善东汉贾逵、马融等的古文经学,并曾注释过《周易》《尚书》《毛诗》《礼记》、《春秋》三传、《国语》《尔雅》等,被称为"东州大儒"。王肃不满意郑玄的杂糅今古文经学,对他的学说提出过很多批评,形成所谓的"王学"。王肃虽对郑玄融合今文经学和古文经学不满,其实他自己也是以古文经学为主,又兼学今文经学的。皮锡瑞在《经学历史》中说:"肃父(王)朗师杨赐,杨氏世传欧阳《尚书》;洪亮吉《传经表》以王肃为伏生十七传弟子,是肃尝习今文;而又治贾、马古文学。故其驳郑(玄),或以今文说驳郑之古文,或以古文说驳郑之今文。"不过王肃确是以古文为主的。他又伪造一些古书来证明其学说。一般认为《孔子家语》和《孔丛子》是他伪造的。清代学者也有说孔安国《尚书传》、孔安国《论语注》、孔安国《孝经注》是他伪造的。不过,孔安国《尚书传》,清代阎若璩、惠栋认为是梅赜伪造的。孔安国《孝经注》,见于《隋书·经籍志》,但被认为是刘炫伪造的。曹魏时代曾经采取了一些复兴经学的措施,如曹丕即位后,曾恢复太学,颁布五经课试法,设置了《春秋》《穀梁》博士。曹芳正始年间曾刻石经,称为"魏石经",因为是用先秦古文、秦小篆和隶书刻的,所以又称"三体石经"。在东吴和西蜀也有一批经学家。西晋司马氏也是以经学立国的,但是,总的说来经学是在逐渐衰微。

(2)南北朝经学的差异

东晋南朝都曾有几次复兴经学的举措,如梁武帝天监四年(505)下诏建立国学,以五经教授,并设五经博士各一人。但是南朝的经学有玄化和佛化的趋势。北朝初期由于受战争的影响,经学受到破坏,损失相当惨重。后来逐渐恢复汉魏经学,甚至比南朝还要昌盛。于是经学有南学和北学之不同。南学受玄学和佛学影响,偏重义理,北学则以郑学为核心,偏重章句。《北史·儒林传》序中说:"江左,《周易》则王辅嗣,《尚书》则孔安国,《左传》则杜元凯;河、洛,《左传》则服子慎,《尚书》《周易》则郑康成;《诗》则并主于毛公,《礼》则同遵于郑氏。"说明北学是以传统汉学,特别是郑学为主,而南学则是受王弼玄学影响,又推崇杜预《左传》和伪孔安国《尚书传》。至隋代统一之后,经学的南北学也逐渐融合,比较著名的经学家有刘焯、刘炫他们是北魏经学家刘献之的三传弟子,其特点是学兼南北。

7. 唐代经学

(1)孔颖达和《五经正义》的编撰

唐代是儒、道、佛三教并重的时代,隋唐之交的陆德明是著名的经学家和训诂学家。他的代表作是《经典释文》。陆德明(约550—630),名元朗,德明为其字。隋炀帝时为国子助教,入唐后,为太学博士,贞观中为国子博士。他采集汉魏以来的各种音韵训诂资料,撰成

《经典释文》一书，共三十卷。所释除儒家各种经典外，也包括老庄的著作。他在解释经文时既不守汉代一家一派，也不偏向南学或北学，以“会理合时”为宜，能够融会贯通。他在书首“条例”中说：“文字音训，今古不同。前儒作音，多不依注，注者自读，亦未兼通。今之所撰，微加斟酌，若典籍常用，会理合时，便即遵承，标之于首。其音堪互用，义可并行，或字存多音，众家别读，苟有所取，靡不毕书，各题氏姓。以相甄识。义乖于经，亦不悉记。”

唐代经学的发展以《五经正义》和《九经注疏》为标志。唐太宗感觉到儒家经籍门户繁多，章句复杂，歧义迭出，遂下诏命孔颖达、颜师古等撰定五经义训，此即《五经正义》一百七十卷。孔颖达（574—648），字冲远，冀州衡水（今河北衡水）人。他从小聪慧好学，贯通五经，入唐后为秦王府文学观学士，唐太宗贞观年间拜国子祭酒。他和魏徵等人一起撰成《隋书》。颜师古（581—645），名籀，京兆万年（今陕西西安）人。他的祖父颜之推是南北朝时著名学者，他自小博览群书，精于训诂，贞观中为秘书监、弘文馆学士，曾奉唐太宗命校定五经，对经学的统一起了重要作用。孔颖达和颜师古为首，集中了一批学者，共同完成的《五经正义》，是经学史上的一件大事。

《五经正义》为以下五种：

《周易正义》十四卷，孔颖达、颜师古、司马才章、王恭、马嘉运、赵乾叶、王琰、于志宁等撰；

《尚书正义》二十卷，孔颖达、王德韶、李子云等撰；

《毛诗正义》四十卷，孔颖达、王德韶、齐威等撰；

《礼记正义》七十卷，孔颖达、朱子奢、李善信、贾公彦、柳士宣、范义頵、张权等撰；

《春秋左传正义》三十六卷，孔颖达、杨士勋、朱长才等撰。

（2）“疏不驳注”原则的确立

孔颖达为《五经正义》所定的原则是“注不驳经，疏不驳注”，也就是说五经中的每一经在选定一种版本和注本后，在疏解时一定要维护原注，即使它错了，也不能驳正，目的是保持原注的权威性。“疏不驳注”的前提是要精选注本，孔颖达选用的《周易》，是玄学家王弼的注本，而不是汉儒的注本，他在《周易正义》的序中说：“汉理珠囊，重兴儒雅。其传易者，西都则有丁（宽）、孟（喜）、京（房）、田（何），东都则有荀（爽）、刘（昆）、马（融）、郑（玄），大体更相祖述，非有绝伦，唯魏世王辅嗣之注，独冠古今，所以江左诸儒，并传其学，河北学者，罕能及之。”这说明唐代学者并不拘守儒家，当时儒、释、道三教并重，故其选注本亦不专在儒家。《尚书正义》是以孔安国传为本的，虽然后来清代学者阎若璩等考证它是伪作，但是《四库全书总目提要》说：“梅赜之时，去古未远，其传实据王肃之注而附益以旧训，故《释文》称王肃亦注今文，所解大与古文相类。或肃私见孔传而秘之乎？此虽以末为本，未免倒置，亦足见其根据古义，非尽无稽矣。”清以前，人们还不以为是伪作，故孔颖达在序中说：“安国注之，实遭巫蛊，遂寝而不用。历及魏晋，方始稍兴，故马、郑诸儒，莫睹其学。所注经传，时或异同。晋世皇甫谧独得其书，载于帝纪，其后传授乃可详焉。但古文经虽然早出，晚始得行，其辞富而备，其义弘而雅，故复而不厌，久而愈亮。江左学者，咸悉祖焉。近至隋初，始流河朔。”《毛诗正义》和《礼记正义》均取郑玄注，属于最好的注本是没有问题的。《春秋左传正义》则取杜预集解为本，《四库全书》之《春秋左传注疏》说明：“左氏传出于汉初，而立于学官最晚。其于释经，则义略而事详。预为经传集解，世称左氏功臣。”孔颖达在序中说：“前汉传左氏者，有张苍、贾谊、尹咸、刘歆，后汉有郑众、贾逵、服虔、许惠卿之等，各为诂训，然杂取《公羊》《穀梁》，以释左氏。此乃以冠双屦，将丝综麻，方凿圆枘，其可入乎？晋世杜元凯又为左氏集解，专取丘明之传以释孔氏之经，所谓子应乎母，以胶投漆，虽欲勿合，其可离乎？今校先儒优劣，杜为甲矣。故晋宋传授以至于今。”这说明孔颖达在注本的选择上是经过很认真地比较研究的，除《尚书》因孔安国注的真伪有争议外，都是选择的最好注本。注本确定后，他又认真地对疏解本进行选择，疏解本在和注发生矛盾时，他都是维护注的内容，批评疏解本不同于注的部分。因为他不满意各家疏解，所以《周易正义》不选定疏解本，孔颖达在序中说：“江南义疏,十有余家,皆辞尚虚玄,义多浮诞。原夫易理难穷,虽复玄之又玄,至于垂范作则,便是有而教有,若论住内住外之空,就能就所之说,斯乃义涉于释氏,非为教于孔门也。既背其本,又违于注。"《尚书正义》则取北朝刘焯、刘炫本,孔颖达在序中说南北朝时为其作正义者有:"蔡大宝、巢猗、费甝、顾彪、刘焯、刘炫等,其诸公旨趣,多或因循,怗释注文,义皆浅略。惟刘焯、刘炫,最为详雅。"但是他又指出他们的缺点:"然焯乃织综经文,穿凿孔穴,诡其新见,异彼前儒,非险而更为险,无义而更生义。……炫嫌焯之烦杂,就而删焉。虽复微稍省要,又好改张前义,义更太略,辞又过华,虽为文笔之善,乃非开奖之路。义既无义,文又非文,欲使后生,若为领袖,此乃炫之所失,未为得也。"其实这就是因为二刘的疏解常常有和孔安国注不一样的地方,按照"疏不驳注"的原则,孔颖达在《正义》中就要驳斥二刘不合于注的地方。不过,他在这方面,"竭所闻见,览古人之传记,质近代之异同,存其是而去其非,削其烦而增其简,此亦非敢臆说,必据旧闻"。《毛诗正义》亦取刘焯、刘炫的疏解,他在序中说:"近代为义疏者,有全缓、何胤、舒瑗、刘轨思、刘丑、刘焯、刘炫等,然焯、炫并聪颖特达,文而又儒,擢秀干于一时,骋绝辔于千里,固诸儒之所揖让,日下之无双。于其所作疏内特为殊绝。今奉敕删定,故据以为本。"不过,他对二刘之不同于注者,也不满意,也按照"疏不驳注"的原则,进行批评驳正。他说:"然焯、炫等,负恃才气,轻鄙先達,同其所异,异其所同,或应略而反详,或宜详而更略,准其绳墨,差忒未免,勘其会同,时有颠踬。今则削其所烦,增其所简,唯意存于曲直,非有心于爱增(憎)。"《礼记正义》孔颖达选择的是皇侃的疏解,他在序中说:"晋宋逮于周隋,其传礼业者,江左尤盛。其为义疏者,南人有贺循、贺玚、庾蔚、崔灵恩、沈重宣、皇甫侃(按:当为皇侃)等,北人有徐道明、李业兴、李宝鼎、侯聪、熊安(按:当为熊安生)等,其见于世者,唯皇、熊二家而已。熊则违背本经,多引外义,犹之楚而北行,马虽疾而去逾远矣。又欲释经文,唯聚难义,犹治丝而棼之,手虽繁而丝益乱也。皇氏虽章句详正,微稍繁广,又既遵郑氏,乃时乖郑义,此是木落不归其本,狐死不首其丘。此皆二家之弊，未为得也。然以熊比皇，皇氏胜矣。虽体例既别，不可因循。今奉敕删理，仍据皇氏以为本，其有不备，以熊氏补焉。必取文证详悉，义理精审，翦其繁芜，撮其机要。”这里非常清楚地讲到皇侃疏解之不合郑玄注的地方，孔颖达皆加以驳正。《春秋左传正义》则选刘炫疏解为本，他在序中说：“其为义疏者，则有沈文何、苏宽、刘炫，然沈氏于义例粗可，于经传极疏。苏氏则全不体本文，唯旁攻贾、服，使后之学者，钻仰无成。刘炫于数君之内，实为翘楚。然聪惠辩博，固亦罕俦，而探赜钩深，未能致远。其经注易者，必具饰以文辞，其理致难者，乃不入其根节。又意在矜伐，性好非毁，规杜氏之失，凡一百五十余条。习杜义而攻杜氏，犹蠹生于木，而还食其木，非其理也。虽规杜过，义又浅近，所谓捕鸣蝉于前，不知黄雀在其后。”所以他说：“然比诸义疏，犹有可观。今奉敕删定，据以为本，其有疏漏，以沈氏补焉。若两义俱违，则特申短见。”对于“注不驳经，疏不驳注”的做法，历代学者有很多争议，只是维护原注，甚至曲为之说，这自然是不可取的，不过，也有清代学者认为这是注释的通例，《四库全书总目提要》说：“然疏家之体，主于诠解注文，不欲有所出入，故皇侃《礼》疏，或乖郑义，颖达至斥为狐不首邱，叶不归根，其墨守专门，固通例然也。”皮锡瑞在《经学历史》中说：“著书之例，注不驳经，疏不驳注；不取异议，专宗一家；曲徇注文，未足为病。”这种说法也不无道理，因为疏的目的是解释注文，必须把注文的意思解说得很充分，至于自己的见解可以另外再加阐述。

(3)五经到九经：经学的繁荣和稳定

《五经正义》从贞观四年(630)厘定“五经定本”，到贞观十六年完成《五经正义》，到唐高宗永徽二年(651)下诏中书门下和国子三观博士、弘文馆学士，考证《五经正义》并加增损，一直到永徽四年正式颁布天下，作为士子科举考试依据，经历了差不多二十三年，应该说是一个巨大的工程，对经学的发展是有很大影响的，是中国文化史上一件大事。到唐玄宗时，国子司业李元瓘于开元八年(720)上书建议将《周礼》《仪礼》《公羊传》《穀梁传》也列入明经考试内容，据杜佑《通典》

卷十五记载:“开元八年七月,国子司业李元瓘上言:‘三《礼》、三《传》及《毛诗》《尚书》《周易》等,并圣贤微旨,生人教业,必事资经远,则斯道不坠。今明经所习,务在出身,咸以《礼记》文少,人皆竞读。《周礼》经邦之轨则,《仪礼》庄敬之楷模,《公羊》《穀梁》,历代崇习。今两监及州县以独学无友,四经殆绝,事资训诱,不可因循。其学生请各量配作业,并贡人参试之日,凡习《周礼》《仪礼》《公羊》《穀梁》,并请帖十通五,许其入第。以此开劝,即望四海均习,九经该备。’从之。”其中《周礼》《仪礼》用贾公彦疏,《公羊传》用徐彦疏,《穀梁传》用杨士勋疏,这样就从五经变成了九经。唐代的经学发展由此进入稳定的繁荣时期。

8. 宋明理学

(1)经学发展的重大转折:由训诂到义理

儒家的经学发展到宋代,有了较大的变化,主要精力不再放在经传的义疏、训诂,而是注重对儒家经典的义理心性的探讨,并吸收佛教和道家的思想,形成一种新的学说,也就是理学。它由北宋开始一直到明代,经历了不同的发展阶段,我们习惯称为“宋明理学”。从汉代以来,儒家思想虽然有起有落,但是作为占统治地位的正统思想始终没有变化,在宋元明时期就是理学占有统治地位。

理学又称为道学,实际上理学的范围比道学要大。在北宋初期,理学一般称为道学,但是到南宋时理学分化了,有不同派别,道学只是其中的一派,不能概括全部理学。而到明代,道学的名称就很少用来代替理学了。理学的名字始见于南宋,如朱熹说:“理学最难。”陆九渊说:“惟本朝理学,远过汉唐。”由于以“理”为宇宙万物本源,并以探讨义理心性为主,故称“理学”。理学有广义和狭义的不同,广义的理学是指整个宋明的儒家思想学说,狭义的理学则是指理学中以二程、朱熹为代表的,以“理”为最高、最根本的范畴的学说,而不涉及陆九渊、王阳明的心学。宋明理学和此前的儒学有个很不同的地方是,他们不是以儒家的五经为研讨的主要对象,而是以“四书”,即《论语》《孟子》《大学》《中庸》为主要经典，他们所要研究探索的是宇宙、人生的根本问题，从天人合一的观点来认识宇宙本体，确立儒家的理想人格和精神境界。在研究方法上，他们摆脱汉代以来的烦琐章句训诂，而着重于深入的理性思辨，考察研究比较抽象的心性和天道问题。

宋代的理学习惯上分为濂、洛、关、闽四派。周敦颐在庐山上的屋前有小溪，名曰濂溪，故称为濂学。程颢、程颐长期在洛阳讲学，故称洛学。张载一直在关中讲学，故称关学。朱熹是在福建崇安讲学，故称闽学。这是从地域来讲宋代的几位主要理学家。从理论的特点来说，则二程、朱熹的学说以“理”为最高范畴，所以称为理学；陆九渊、王阳明认为心即是理，所以称为心学。但是从理学的内在理论发展来看，区分得更为详细一点，则可归纳为张载的“气学”，邵雍的“数学”，二程、朱熹的“理学”，陆、王的“心学”四派。理学的产生虽是在宋初，但是它的渊源则可以追溯到中唐。以韩愈为首所提倡的儒学复兴思潮，已经开始了对唐代三教并重局面表达不满。韩愈主张要继承儒家“道统”，推崇孟子，排击佛教，弘扬《大学》中关于通过“正心诚意”的修养而达到修身齐家治国平天下的思想，韩愈的弟子李翱又发挥了韩愈的思想，进一步论述了心性方面的原理，这都对宋代理学的产生和发展有直接的影响。下面我们分别介绍几位主要的理学家和他们的基本观点，并说明理学发展的几个不同阶段特点。

(2)北宋的道学(理学)和周、张、程、邵

周敦颐(1017—1073)，字茂叔，湖南道州(今道县)人，晚年定居江西庐山，在濂溪旁筑书屋，世称濂溪先生。周敦颐是北宋道学的奠基者，程颢、程颐都是他的学生。他的主要著作是《通书》和《太极图说》。周敦颐在他的《太极图说》中提出了他对宇宙发生论和宇宙本体论的系统看法。他认为宇宙最初的原始状态是空廓虚无的，这就是“无极”，是它产生了混沌的元气，这就是太极，所以太极是源于虚无的。太极是一切事物的本原，元气是在不断运动的，“动而生阳，静而生阴”，“动极而静”，“静极复动”，元气的运动变化发展到极点就要转化。于是由元气而化生为阴阳二气，由阴阳二气交合化生为木、火、

金、水、土五行。五行交互配合而产生万物。生生不穷的万物都是一气所演化出来的,所以“是万为一”,而一气所演化出来的万物又各有自己的不同,是为“一实万分”。他吸收《周易·系辞》中“神也者,变化之极,妙万物而为言”的观点,认为事物是在不断的变动中发展的,事物所具有的生生不息的变化规律性,就是所谓“神”。人是五行中的灵秀之气所构成,有知觉、有思维,也就有善恶,中正仁义是人的最高标准,亦即“人极”。要达到这样的境界,就要做到“诚”,“诚者,圣人之本”。是纯粹至善的圣人境界。因此,为了达到“诚”就要控制自己的欲望,“无欲故静”方是“诚”。这样的高尚人格理想和精神境界,可以用颜回的例子来说明。其《通书》中说:“颜子‘一箪食,一瓢饮,在陋巷,人不堪其忧,而不改其乐。’说见《论语》。夫富贵,人所爱也,颜子不爱不求,而乐乎贫者,独何心哉?设问以发其端天地间有至贵至爱可求而异乎彼者,见其大而忘其小焉尔。……见其大则心泰,心泰则无不足,无不足则富贵贫贱处之一也,处之一则能化而齐,故颜子亚圣。”这就是真正的儒家文人所应该追求的。周敦颐的《爱莲说》就是他自己这种精神品格的体现。其文写道:“水陆草木之花,可爱者甚蕃。晋陶渊明独爱菊,自李唐来,世人甚爱牡丹。予独爱莲之出淤泥而不染,濯清涟而不妖。中通外直,不蔓不枝,香远益清,亭亭净植,可远观而不可亵玩焉。予谓菊花之隐逸者也,牡丹花之富贵者也,莲花之君子者也。噫!菊之爱,陶之后鲜有闻。莲之爱,同予者何人?牡丹之爱,宜乎众矣。”寻找这种颜回之乐,遂成为后来理学家追求人生完美的理想境界。

张载(1020—1077),字子厚,大梁(今河南开封)人,与周敦颐差不多同时期人,也是一位著名的理学家。张载对宇宙本体的看法,和周敦颐的观点不太一样,他提出“太虚即气”说,他把宇宙的原始混沌状态,称之为“太虚”。“太虚”虽是广阔的空间,但它并非绝对的空无,而是充满了清纯湛一的元气的,不管它是聚是散,都是实际的存在。他说:“太虚无形,气之本体,其聚其散,变化之客形尔。”(《张子全书》,下同)太虚之气聚而为万物,万物散而为气,气散而为太虚。他说:“天地之气,虽聚散攻取百涂,然其为理也,顺而不妄。气之为物,散入无形,适得吾体,聚为有象,不失吾常。太虚不能无气,气不能不聚而为万物,万物不能不散而为太虚,循是出入,是皆不得已而然也。”由实在散布在宇宙空间的气,聚而为可以看见的、有形状的气,这种气再聚而成为万物。而这种物又要散而为气,气再散而为太虚。这是一种自然的规律。气怎么生万物的呢?他说:“气坱然太虚,升降飞扬,未尝止息。《易》所谓‘絪缊’。庄生所谓‘生物以息相吹,野马者与’。此虚实动静之机,阴阳刚柔之始,浮而上者阳之清,降而下者阴之浊,其感遇聚散,为风雨,为雪霜,万品之流形,山川之融结,糟粕煨烬,无教也。”气的聚散,都不是空无的。他举水和冰的例子说:“气之聚散于太虚,犹冰凝释于水,知太虚即气,则无无。”因此凡是宇宙间可以被描绘、形容的现象都是“有”,而“凡有,皆象也。凡象,皆气也”。一切的“象”都是“气”的表现。宇宙的发展变化是因为气是在不断运动的,也就是所谓“气化”,他说:“由气化有道之名。”他把“气化”的过程称为“道”。他认为“气化”的形式有二:一是“变”,一是“化”,他说:“变言其著,化言其渐。”前者是指事物的显著运动,后者是指事物的渐变过程。前者可以引发后者,渐变过程的中断又称为“变”。“气”的变化运动本性他称为“神”。他说:“神,天德;化,天道。德其体,道其用,一于气而已。”对于事物运动的原因,他认为是在事物的内部,气的运动是因为它内部存在“虚实动静之机”。“机”就是指事物运动的内在根源。事物内部存在着对立的两个方面,这就叫“一物两体”,他说:“一物两体,气也。一故神,两故化,此天之所以参也。”“两体者,虚实也,动静也,聚散也,清浊也,其究一而已。”对立面构成一个统一体。“神”是指气的内在本性,“一故神”是说这种对立统一体内部存在运动的本性,“化”是指气化的运动过程,“两故化”是说气内部的对立是气化运动的根源。张载从这种对宇宙本体的认识出发,论述了人性的问题。他认为人性是由“太虚之气”和“攻取之气”构成,“攻取之气”属于“气质之性”,也就是说,人性是由“天地之性”和“气质之性”的结合所产生的。仁义礼智是“天地之性”,刚柔缓急是人的“气质之性”。

他还提出了“心统性情”的思想，他认为人之所以有“心”，是因为“心”是知觉活动和内在本性的结合，“合性与知觉，有心之名”。“情”就是指知觉。心能通过自己的活动来实现或完成本性的要求，此谓“心能尽性”。因为构成天地万物的气，也是构成人的气，所以从这个角度看，天地是我的父母，民众是我的同胞，万物是我的朋友，这就是他在《西铭》中所说的“民吾同胞，物吾与也”。这是一种很高的理想的道德境界，如果达到了这样的精神状态，一己的生死、贫富、贵贱等都变得微不足道了，就能“为天地立心，为生民立命，为往圣继绝学，为万世开太平”。

程颢、程颐兄弟，人称“二程”，是北宋最著名的理学家。程颢（1032—1085），字伯淳，洛阳（今属河南）人。他死后因文彦博题其墓表称“明道先生”，故后人亦依此称呼。程颢把“理”看作最高范畴。自中唐韩愈提倡继承道统，认为儒家之道从文王、武王、周公传至孔子、孟子，遂告中断，而以道统继承者自居。但是，在文和道的关系上，韩愈是偏重在文的方面的，程颢接受了韩愈的继承道统思想，然而和韩愈不同，他重在道的内容方面，他说：“今之学者，歧而为三：能文者谓之文士，谈经者泥为讲师，惟知道者乃儒学也。”“今之学者有三弊：一溺于文章，二牵于训诂，三惑于异端。”（《二程遗书》，下凡不注明出处者，皆同此。）这是针对自中唐以来的情况而言的，他认为继承儒学的关键是在发扬儒家之道的义理，所以要以“知道”为目的，故称为“道学”。程颢认为“道”从根本上说就是“理”，它存在于宇宙的一切事物中。“有道有理，天人一也，更不分别。”“道之外无物，物之外无道，是天地之间无适而非道也。”“所以谓万物一体者，皆有此理。”他把儒家之道提高到哲理的角度，使之成为贯穿自然和社会的普遍原理，也就是“天理”。他说：“吾学虽有所受，天理二字却是自家体贴出来。”（《二程外书》）宋明新儒学之称为“理学”，正是由此而来。他把有人格意志的天变成了哲学意义的天：“天者，理也。神者，妙万物而为言者也。”天理不仅是自然界的规律法则，而且也是社会人事的基本原理，所以儒家的三纲五常等伦理道德规范，也都具有天理的本质。从这种本体论和宇宙观出发，程颢认为一个真正的儒者应该追求一种高尚的“仁”的精神境界，这种“仁”不只是先秦儒家所说的博施济众和克己复礼，而且要把自己和宇宙看成是不可分割的整体：“仁者，以天地万物为一体，莫非己也。”“仁者，浑然与物同体。义、礼、知、信皆仁也。”这样，人就可以有“大乐”，也即是“颜回之乐”。而要达到这样的“仁”的境界，就要通过“定性”的修养方法。这是他在回答张载的一封书信中提出的，后来道学家称此书为《定性书》。朱熹解释所谓“定性”就是“定心”，要使心处于“廓然而大公，物来而顺应”的状态，即心在没有和事物发生感应时，无任何私心杂念和先入之见；在和事物发生感应时，则完全顺应事物本身的自然状态，“圣人之喜，以物之当喜；圣人之怒，以物之当怒。是圣人之喜怒，不系于心而系于物也”。故一切不宁静心境都可以免除，所谓“定”，不是内心停止活动，也不是不接触外物，而是“动亦定，静亦定，无将迎，无内外”。内外两忘，而超越自我，“以物待物，不以己待物，则无我也”。于是就能进入“仁”的境界。对人性的看法，他认为人性是天赋的：“生之谓性，性即气，气即性，生之谓也。人生气禀，理有善恶，然不是性中元有此两物相对而生也。有自幼而善，有自幼而恶，是气禀有然也。善固性也，然恶亦不可不谓之性也。”性之善恶虽是先天禀赋，但不是不可以改变，人可以通过修养来改恶为善。

程颐（1033—1107），字正叔，在《二程遗书》中他的著作比程颢的多得多。程颐认为“理”是存在于一切事物内部的“所以然”，“理”是形而上的，而“气”是形而下的，宇宙间阴阳二气的运行是由其内在的“理”决定的，所以“理”是“体”，“气”是“用”。“理”是很微妙的，“气”是很显著的，所以说“体用一源，显微无间”（《周易程氏传》）。他说：“至显者莫如事，至微者莫如理，而事理一致，微显一源。”具体的事物是显著分明的，而理则深奥微妙不可见，是事物的本质，然而两者又是统一的，而不是对立的。但是，“理”要高于“气”，前者是体，后者是用。程颐认为宇宙间的动静、阴阳变化是一个无始无终的永恒过程，“动静无端，阴阳无始。非知道者，孰能识之”（《二程集·经说》）。

变是宇宙万物的“常道”，他说：“凡天地所生之物，虽山岳之坚厚，未有能不变者也，故恒非一定之谓也，一定则不能恒矣，唯随时变易，乃常道也。”“先儒皆以静为见天地之心，盖不知动之端乃天地之心也。非知道者，孰能识之。”（《周易程氏传》）由于事物的运动变化是永恒的，因此它有“物极必反”的特点。“物理极而必反，故泰极则否，否极则泰。”（同上）在对人性的看法上，程颐认为：“性即理也。所谓理，性是也。”也就是说，人性乃是天所赋予的理。“仁、义、礼、智、信，五者性也。”所以他们也是天理的体现。怎么才能明晓天理，程颐提出的修养方法是“敬”。人需要从内在修养和外在仪表上同时严格要求自己，外在仪表要做到“整齐严肃”，他说：“俨然正其衣冠，尊其瞻视，其中自有个敬字。”“动容貌，整思虑，则自然生敬。”“只是整齐严肃，则心便一，一则自是无非僻之奸，此意但涵养久之，则天理自然明。”内在修养要做到“主一无适”，他说：“所谓敬者，主一之谓敬；所谓一者，无适之谓一。”他指的是要使自己的内心意念非常之专一，这样才能真正领会“天理”。除了精神上的修养之外，程颐还很重视知识的积累，提倡“格物致知”，以便更多地把握事物的道理，他认为这对理解和明白“天理”是非常必要的。“格物致知”是《大学》里的话，程颐解释道：“格，犹穷也；物，犹理也。犹曰穷其理而已也。穷其理，然后足以致之；不穷，则不能致也。格物者，适道之始。欲思格物，则固已近道矣。”要从具体事物的内在道理的探究入手，去逐渐明白作为宇宙万物内在所以然的“天理”。他说：“随事观理，而天下之理得矣。天下之理得，然后可以至于圣人。君子之学，将以反躬而已矣，反躬在致知，致知在格物。”那么，格物是否需要物物都格呢？程颐认为并不需要物物都格，“或问格物须物物格之，还只格一物而万理皆知？曰：怎生便会该通？若只格一物便通众理，虽颜子亦不敢如此道，须是今日格一件，明日又格一件，积习既多，然后脱然自有贯通处”。但是也不是只格一物，而是格物到一定程度，会自然天理豁然开朗。“格物穷理，非是要尽穷天下之物，但于一事上穷尽，其他可以类推。至如言孝，其所以为孝者如何？穷理如一事上穷不得，且别穷一事，或先其易者，或先其难者，各随人深浅。如千蹊万径，皆可适国，但得一道入得便可，所以能穷者，只为万物皆是一理，至如一物一事虽小，皆有是理。"程颐的"格物致知"对南宋以后的理学影响是很大的。

邵雍（1011—1077），字尧夫，死后谥康节，人称"康节先生"。祖籍河北范阳，父死后定居河南洛阳。著有《皇极经世书》和《击壤集》。邵雍以数的变化来说明宇宙的运动变化规律，所以他的学说被称为"数学"。他发明一种"大年历法"：由于12时辰为1天，30天为1月，12月为1年，所以他认为历法的进位是按12，30，12，30……这样演变的，故而他提出：12时辰为1天，30天为1月，12月为1年，30年为1世，12世为1运，30运为1会，12会为1元，1元有129600年。1元12会用子、丑、寅、卯、辰、巳、午、未、申、酉、戌、亥十二地支来表示，1会30运用甲、乙、丙、丁、戊、己、庚、辛、壬、癸十天干重复三次来表示。其他的12和30也是这样来表示。到"元"并没有完，30元为1"元之世"，12"元之世"为1"元之运"，30"元之运"为1"元之会"，12"元之会"为1"元之元"。每一个"元"尽，天地要毁灭，产生新的天地。每一个"元之元"尽，则会发生更大变化，这样循环以至于无穷尽。这说明邵雍认为宇宙是无限的，变化是无穷尽的。邵雍还在《皇极经世书》的《观物篇》中提出圣人"不以我观物"，而"以物观物"的思想，也就是说人在认知、体验外界种种事物的时候要做到"无我"，这样才能具备一种自然的心态，达到一种超越自我、与物同化的状态，当然也就能排除晦暗不明，并能最正确、最深刻地把握事物的本质。他说："天所以谓之观物者，非以目观之也。非观之以目，而观之以心也。非观之以心，而观之以理也。天下之物，莫不有理焉，莫不有性焉，莫不有命焉。所以谓之理者穷之而后可知也。所以谓之性者，尽之而后可知也。所以谓之命者，至之而后可知也。此三知者，天下之真知也。虽圣人无以过之也。而过之者，非所以谓之圣人也。夫鉴之所以能为明者，谓其能不隐万物之形也。虽然，鉴之能不隐万物之形，未若水之能一万物之形也。虽然，水之能一万物之形，又未若圣人之能一万物之情也。圣人之所以能一万物之情者，谓其圣人之能反观也。所以谓之反观者,不以我观物也,不以我观物者,以物观物之谓也。既能以物观物,又安有我于其间哉?是知我亦人也,人亦我也,我与人皆物也。此所以能用天下之目为己之目,其目无所不观矣。用天下之耳为己之耳,其耳无所不听矣。用天下之口为己之口,其口无所不言矣。用天下之心为己之心,其心无所不谋矣。”所以,“以物观物”就是要达到完全“无我”的理想精神境界。

(3)南宋朱熹的理学和陆九渊的心学

理学发展到南宋进入一个新时期,朱熹是理学的集大成者。朱熹之前比较重要的理学家有杨时。杨时(1053—1135),字中立,号龟山,福建南剑州将乐县人。他是程颢的得意门生,又师事程颐。杨时注重自身内心没有喜怒哀乐之时去体验道心,他说:“道心之微,非精一,其孰能执之?惟道心之微,而验之于喜怒哀乐未发之际,则其义自见,非言论所及也。”(《龟山集·答胡德辉问》)只有超越了自身的意识,没有主观情绪的影响时,才能真正领会“道心”。在格物上主张重在自己身上格物,也就是通过对自身的探求,去明了天理的意义。并强调“以诚意为主”,他说:“致知必先于格物,物格而后知至,知至斯知止矣,此其序也。盖格物所以致知,格物而至于物格,则知之者至矣。所谓止者,乃其至处也。自修身推而至于平天下,莫不有道焉,而皆以诚意为主;苟无诚意,虽有其道不能行也。”(《龟山集·答学者其一》)这对后来心学的发展有影响。

朱熹(1130—1200),字元晦,号晦庵,江西婺源人。他父亲入仕福建,他也生于福建,长期在崇安、建阳讲学,世称闽学。朱熹是以洛学为主继承二程传统,又吸收其他北宋理学的成果,构成一个完整的理学体系,故后人习惯叫程朱理学。朱熹的本体论和宇宙观集中表现在“理在气先”和“理一分殊”上。他发展了程颐关于理和事“体用一源,显微无间”的思想,他在《答何叔京》中说:“体用一源者,自理而观,则理为体,象为用,而理中有象,是一源也。显微无间者,自象而观,则象为显,理为微,而象中有理,是无间也。……且既曰有理而后有象,则理象便非一物,故伊川但言其‘一源’与‘无间’耳,其实体用显微之分，则不能无也。”象是指具体事物，作为体的“理”在有事物之前已经有了，理在象先，理在事先，理在气先。他在《答刘文叔》中说：“所谓理与气，此决是二物，但在物上看，则二物浑沦不可分开，各在一处，然不害二物之各为一物也。若在理上看，则虽未有物，而已有物之理，然亦但有其理而已，未尝实有是物也。”他还说：“未有这事，先有这理，如未有君臣，已先有君臣之理；未有父子，已先有父子之理。不成元无此理，直待有君臣父子，却旋将道理入在里面。”（《朱子语类》）他在《答陆子静》中说：“凡有形有象者，皆器也。其所以为是器之理者，则道也。”由此，朱熹提出了“理在气先”的思想。宇宙间的一切事物都是由“理”和“气”构成的，“理”是形而上的，“气”是形而下的，他在《答黄道夫》中说：“天地之间，有理有气。理也者，形而上之道也，生物之本也；气也者，形而下之器也，生物之具也。是以人物之生，必禀此理，然后有性；必禀此气，然后有形，其性其形，虽不外乎一身，然其道器之间，分际甚明，不可乱也。”“理”和“气”两者本来是不能分离的，“气”中有“理”，“理”以“气”显，“天下未有无理之气，亦未有无气之理”。但是从宇宙本源上来看，则“理”是在先的。他说：“太极只是天地万物之理。在天地言，则天地中有太极；在万物言，则万物中各有太极。未有天地之先，毕竟是先有此理，动而生阳，亦只是理；静而生阴，亦只是理。”他又说：“未有天地之先，毕竟也只是理，有此理便有此天地，若无此理，便亦无天地，无人无物，都无该载了。有理便有气流行，发育万物。”（《朱子语类》）朱熹认为“理”是第一性的，而“气”则是第二性的，这样就确立了“理”的宇宙本原地位。

宇宙万物都是“理”的体现，但是它们各自又是有区别的，也就是说，不同的事物里的“理”从根本上说是同一的，但是体现这个“理”的不同事物之具体情状则又是不同的。这就叫“理一分殊”。他说：“伊川说得好，曰：理一分殊。合天地万物而言，只是一个理。及在人，则又各自有一个理。”从人伦道德上说，“理只是这一个，道理则同，其分不同。君臣有君臣之理，父子有父子之理”。“理”表现的具体内容是不同的，“万物皆有此理，理皆同出一原，但所居之位不同，则其理之用不一。如为君须仁,为臣须敬,为子须孝,为父须慈,物物各具此理,而物物各异其用,然莫非一理之流行也”。他在答学生问时还作过很生动的比喻:“或问:万物各具一理,万理同出一原。曰:一个一般道理,只是一个道理。恰如天上下雨,大窝窟便有大窝窟水,小窝窟便有小窝窟水,木上便有木上水,草上便有草上水,随处各别,只是一般水。”当有学生问他:一理为实,而万物分之以为体,万物各有一太极,那么太极是否有分裂?他回答说:“本只是一太极,而万物各有禀受,又自各全具一太极尔。如月在天只一而已,及散在江湖,则随处而见,不可谓月已分也。”(以上见《朱子语类》)天地万物都源于太极,这就是“一”,而每一个事物又都禀受这个太极作为自己的本性原理,并不是分了太极中的一部分,但是事物各不相同,所以是“理一分殊”。故而他在《太极图说解》中说:“盖合而言之,万物统体一太极也;分而言之,一物各具一太极也。”(引自《周敦颐集》朱熹解释)

朱熹认为“理”表现在具体的人和物之上,就是“性”,是所谓“天命之性”;人和物之禀气有清浊厚薄的差异,这叫“气质之性”。“天命之性”是“理”在“性”中的体现,形成先天的善的品质。“气质之性”是受禀气而成的具体形态,禀气的恶浊会蒙蔽“天命之性”,从而形成恶的气质,它又和恶浊之气的多少有关。他说:“天命之性非气质则无所寓,然人之气禀有清浊偏正之殊,故天命之正亦有浅深厚薄之异,要亦不可不谓之性。”“天命之性”必须要寄寓于“气质之性”中,而“气质之性”由于禀赋之气有不同,所以有善有恶。他说:“天地间只是一个道理,性便是理。人之所以有善有不善,只缘气质之禀各有清浊。”“人所禀之气,虽皆是天地之正气,但衮来衮去,便有昏明厚薄之异。盖气是有形之物,才是有形之物,便自有美有恶也。”“性如水,气质之性如杀些酱与盐,便是一般滋味。”如果说“天命之性”是水,“气质之性”便是酱水、盐水。他说:“理在气中,如一个明珠在水里。理在清底气中,如珠在那清底水里面,透底都明。理在浊底气中,如珠在那浊底水里面,外面更不见光明处。”“性譬之水,本皆清也。以净器盛之则清,以不净之器盛之则臭,以污泥之器盛之则浊。本然之清,未尝不在,但既臭浊,猝难得便清。”(以上见《朱子语类》)朱熹还接受了张载的“心统性情”说,并加以发挥。他认为:“性者,心之理也;情者,心之用也;心者,性情之主也。”(《元亨利贞说》)心是性情的总体,他说:“性者理也。性是体,情是用,性情皆出于心,故心能统之。统如统兵之统,言有以主之也。”(《朱子语类》)朱熹受程颐的影响,对涵养心性的方法也主张“敬”。心有所谓“未发”和“已发”,“未发”是指心还没有以“情”的形式表现出来时,处于一种完全平静和无所思虑的状态,也就是在“性”即“理”的状态,此时的主敬修养,可以使心处于清明不昏乱的境界,因而精力集中、事理分明。至于“已发”之后的主敬修养,则可以使人不致身心放纵,精神散逸,而处于敬畏、警觉的状态,这样就不会被情欲支配,而始终义理清晰,合乎天理之要求。他在《答方子实》中说:“主敬之说,先贤之意盖以学者不知持守,身心散漫,无缘见得义理分明,故欲其先且习为端庄整肃,不至放肆怠堕,庶几心定而理明耳。”对自己内在心性的修养是主敬,对外在事物之理的探求,则要讲究“格物致知”。什么是“格物致知”?朱熹在《四书章句集注·大学章句》中说:“格,至也。物,犹事也。穷至事物之理,欲其极处无不到也。”又说:“致知之道在乎即事观理以格夫物。格者,极至之谓,如格于文祖之格,言穷之而至其极也。”(《经筵讲义》)格物是探索事物之理,获得这种理后,又要运用这种知识去推求未知的事理,而且要穷至其极,透彻地了解各种事理。他说:“所谓致知在格物者,言欲致吾之知,在即物而穷其理也。盖人心之灵莫不有知,而天下之物莫不有理,惟于理有未穷,故其知有不尽也。是以《大学》始教,必使学者即凡天下之物,莫不因其已知之理而益穷之,以求至乎其极。至于用力之久,而一旦豁然贯通焉,则众物之表里精粗无不到,而吾心之全体大用无不明矣。”(《四书章句集注·大学章句》)认识事物之理,达到一定程度,就会有豁然贯通的飞跃出现,这是人的认识达到一个更高水平的表现。在对待道德知识和道德实践的关系上,朱熹提出了“知先行后”的思想。他认为“知行常相须,如目无足不行,足无目不见。论先后,知为先;论轻重,行为重”(《朱子语类》)。知先行后,知轻行重,这是朱熹的基本观点。朱熹是理学的集大成者,也是一位具有理性主义精神的哲学家、思想家,他对宋以后中国思想文化的发展有极为深远的影响。朱熹同时也是一位著名的学者和文学批评家。他的《诗集传》和《楚辞集注》在《诗经》和《楚辞》的研究上,都是有特殊贡献的划时代巨著。

陆九渊(1139—1193),字子静,江西抚州人。曾讲学于江西贵溪象山,自称象山居士,世称象山先生。陆九渊是理学发展中心学派的早期代表人物,对明代王阳明的思想有深刻影响。他年轻时就有"宇宙便是吾心,吾心便是宇宙"的观点,后来成为他的哲学思想核心。为什么说陆九渊的理学是心学呢?因为他发展了孟子的"本心"思想,认为人先天禀赋都有道德理性,所以孟子强调仁义是人本心所有,因此"理"即在"心",并不需要向外寻求。人之所以有不道德的行为是因为他失去了"本心"。陆九渊在《与赵监》中说:"道塞宇宙,非有所隐遁。在天曰阴阳,在地曰柔刚,在人曰仁义。故仁义者,人之本心也。孟子曰:'存乎人者,岂无仁义之心哉?'又曰:'我固有之,非由外铄我也。'愚不肖者不及焉,则蔽于物欲而失其本心。贤者智者过之,则蔽于意见而失其本心。"他在《与邓文范》中又说:"是所以蔽其本心者也,愚不肖者之蔽在于物欲,贤者智者之蔽在于意见。高下污洁虽不同,其为蔽理溺心而不得其正,则一也。"他认为人都有像孟子所说的天赋的"良知""良能",他在《与曾宅之》中说:"孟子曰:'所不虑而知者,其良知也;所不学而能者,其良能也。'此天之所与我者,我固有之,非由外铄我也,故曰:'万物皆备于我矣,反身而诚,乐莫大焉。'此吾之本心也。"他认为宇宙之理和人心之理具有同一性,"天之所以与我者,即此心也。人皆有是心,心皆具是理,心即理也。故曰理义之悦我心,犹刍豢之悦我口。所贵乎学者,为其欲穷此理,尽此心也。有所蒙蔽,有所移夺,有所陷溺,则此心为之不灵,此理为之不明,是谓不得其正,其见乃邪见,其说乃邪说"(《与李宰》)。"心"就是"理",而人们之所以要学习,目的是穷理尽心。人人的心都是同一个心,"圣人与我同类,此心此理谁能异之!"(《与郭邦逸》)"盖心,一心也;理,一理也。至当归一,精义无二,此心此理实不容有二。”(《与曾宅之》)宇宙之理和人心之理有同一性,但不是说宇宙之理出于人心。宇宙固有自己之理,“此理在宇宙间,固不以人之明不明、行不行而加损”(《与朱元晦》)。人心亦自有理,此理实是一个,但是它在人在物有不同的体现。然而,心即是理,固亦不必外求。所以陆九渊认为人心中之理常容易受到私欲的蒙蔽,故隐而不彰,这时就需要学习,以便清除私欲而使本心突现,亦即“发明本心”。他也讲格物,但是因为理在心中,不需外求,故他认为格物其实就是格心,澄心静坐,以穷究心中之理,这是和程、朱的格物不同的。宋孝宗淳熙二年(1175)在吕祖谦主持下,朱熹和陆九渊在江西信州的鹅湖寺研讨学问,世称“鹅湖之会”。他们对心性的道德涵养和学习儒家经典的关系展开了争论,也就是所谓“尊德性”和“道问学”的关系,陆九渊认为“尊德性”要优先于“道问学”,如果不能“发明本心”,而本心受到蒙蔽,那么也就不知道经典的要害在哪里,不知什么是精华。朱熹则比较重视道问学,因为要穷究“天理”,方能敬于人心。

(4)阳明心学和王学左派

理学的发展到陆九渊之后,心学一度沉寂,而朱熹的理学则相当繁荣。但是到了明代中期,王守仁在心学方面有了很大的发展,从而使理学的发展演变为心学的天下,并且对明清思想文化的发展产生了极为重大的影响。王守仁(1472—1529),自号阳明子,世称阳明先生,浙江余姚人。王阳明在明代理学家中是官做得比较大而且很有政绩的一个。少好骑射,习兵法,参加平定农民暴动,特别是在平息江西宁王朱宸濠的叛乱中立了大功,后为江西巡抚、南京兵部尚书,晚年兼都察院左都御史,提督两广及江西、湖广军务,在平息广西少数民族暴动归途死于江西南安。他的主要著作是《传习录》。

王阳明的思想是在理学内部对朱熹思想的反动,他吸收佛老思想,继承陆九渊的心学,并把它发展到极致。他的思想核心是“心即理也”“心外无理”。他在《传习录》中和弟子徐爱的问答,对此有很清楚的阐述:

爱问:至善只求诸心,恐于天下事理有不能尽。

先生曰:心即理也,天下又有心外之事、心外之理乎?

爱曰:如事父之孝,事君之忠,交友之信,治民之仁,其间有许多理在,恐亦不可不察。

先生叹曰:此说之蔽久矣,岂一语所能悟。今姑就所问者言之:且如事父,不成去父上求个孝的理;事君,不成去君上求个忠的理;交友治民,不成去友上民上求个信与仁的理?都只在此心,心即理也。此心无私欲之蔽,即是天理,不须外面添一分。以此纯乎天理之心,发之事父便是孝,发之事君便是忠,发之交友治民便是信与仁,只在此心去人欲、存天理上用功便是。

爱曰:闻先生如此说,爱已觉有省悟处。但旧说缠于胸中,尚有未脱然者,如事父一事,其间温清定省之类,有许多节目,不亦须讲求否?

先生曰:如何不讲求?只是有个头脑,只是就此心去人欲、存天理上讲求。就如讲求冬温也,只是要尽此心之孝,恐怕有一毫人欲间杂。讲求夏清也,只是要尽此心之孝,恐怕有一毫人欲间杂。只是讲求得此心,此心若无人欲,纯是天理,是个诚于孝亲的心,冬时自然思量父母的寒,便自要去求个温的道理。夏时自然思量父母的热,便自要去求个清的道理。这都是那诚孝的心发出来的条件,却是须有这诚孝的心,然后有这条件发出来。譬之树木,这诚孝的心便是根,许多条件便是枝叶。须先有根,然后有枝叶,不是先寻了枝叶,然后去种根。《礼记》言孝子之有深爱者,必有和气;有和气者,必有愉色;有愉色者,必有婉容;须是有个深爱做根,便自然如此。

这里的三段问答中,第一段是明确提出了心即是理、心外无理的思想。第二段是具体阐述"心外无理"的道理,徐爱所提出的"事父之孝,事君之忠,交友之信,治民之仁",就是程、朱所说的作为道德原则的"天理",它是客观地存在于心外的,但是王阳明认为此"理"并不在君父友民上，而是在人自己的心里，有此“纯乎天理之心”，则发之乎君父友民，就是忠孝信仁，此心能除私欲之蔽，即“纯是天理”，何须外求？第三段中徐爱又提出忠孝信仁的具体的礼节仪式又应该怎么看，王阳明回答说，这些只是“天理之心”的具体展现，好像树的根和枝叶一样。心是根，这些忠孝信仁的礼节仪式就是枝叶。

朱熹的“理”是外在于心的，所以要“格物致知”去寻求，而王阳明的“理”是在心中的，心外无理，因此他理解的“格物致知”，也就是“格心致知”。他在《与王纯甫》中说：“夫在物为理，处物为义；在性为善，因所指而异其名，实皆吾之心也。心外无物，心外无事，心外无理，心外无义，心外无善。吾心之处事物纯乎理，而无人伪之杂谓之善，非在事物有定所之可求也。处物为义，是吾心之得其宜也。义非在外，可袭而取也。格者，格此也；致者，致此也。必曰：‘事事物物上求个至善，是离而二之也。’”这和朱熹讲的“格物致知”是很不同的，他是要格心之理，而不是去格物之理。这里所说的“心外无物”，不是说宇宙间只有一“心”，而外在客观事物都是不存在的。他说的“物”不是泛指山川宫室草木鸟兽等物，而是指“事”，即是人的道德活动、政治活动、教育活动等等，是和人的意识相关联的事物。他在和徐爱的对话中说：“身之主宰便是心，心之所发便是意，意之本体便是知，意之所在便是物。如意在于事亲，即事亲便是一物。意在于事君，即事君便是一物。意在于仁民爱物，即仁民爱物便是一物。意在于视听言动，即视听言动便是一物。所以某说无心外之理，无心外之物。《中庸》言不诚，无物。《大学》明明德之功，只是个诚意，诚意之功，只是个格物。”（《传习录》）“心”是身的主宰，“意”是心之所发，这和朱熹的理解没有不同。“意”就是指意识、意向，它是人的知觉意识，“意之所在”就是指意识的对象，事物只有在与意识相关联的时候才有意义。“意”在于何处，何处就是“物”，“物”所指的“事”是主体意识参与其中的一种伦理行为，如事君、事父、仁民、信友等。显然，他不能完满地按照他的心学思想来回答物是否独立于人的意识的问题。《传习录》记载：“先生游南镇，一友指岩中花树问曰：‘天下无心外之物,如此花树在深山中自开自落,于我心亦何相关?’先生曰:‘你未看此花时,此花与汝心同归于寂。你来看此花时,则此花颜色一时明白起来,便知此花不在你的心外。’”不是说,你不看花时花不存在,而是从“心”的角度说,你的意识没有和花发生关联的时候,你不会感觉到有花在,当你感觉到的时候,这花已经和你的意识发生关联,花就不在心外,而就在心中。

在知行关系上,王阳明持知行合一观。《传习录》记载:“爱曰:‘如今人尽有知得父当孝兄当弟者,却不能孝不能弟,便是知与行分明是两件。’先生曰:‘此已被私欲隔断,不是知行的本体了。未有知而不行者,知而不行只是未知。圣贤教人知行,正是要复那本体,不是着你只恁的便罢。故《大学》指个真知行与人看说,如好好色,如恶恶臭,见好色属知,好好色属行。只见那好色时已自好了,不是见了后又立个心去好。闻恶臭属知,恶恶臭属行,只闻那恶臭时已自恶了,不是闻了后别立个心去恶。’”王阳明强调的是知和行是不能分开的,知而不行实际是未知。他在《答顾东桥书》中又说:“真知即所以为行,不行不足谓之知。”在《传习录》中又说:“称某人知孝、某人知弟,必是其人已曾行孝行弟,方可称他知孝知弟,不成只是晓得说些孝弟的话,便可称为知孝弟。又如知痛,必已自痛了方知痛,知寒必已自寒了,知饥必已自饥了,知行如何分得开?此便是知行的本体,不曾有私意隔断的,圣人教人必要是如此,方可谓之知,不然只是不曾知。”也就是说,人没有实际体验过的,没有行,也不会知。从心学的观点出发,他认为:“某尝说知是行的主意,行是知的功夫。知是行之始,行是知之成。若会得时,只说一个知,已自有行在。只说一个行,已自有知在。”知行一体是王阳明的基本思想。王阳明晚年又特别提出“致良知”的观点。他根据孟子的“良知”“良能”说,把“致知”发挥为“致良知”。“良知”是指人的天赋所具有的道德本质。他说:“知是心之本体,心自然会知。见父自然知孝,见兄自然知弟,见孺子入井,自然知恻隐。此便是良知,不假外求,若良知之发,更无私意障碍,即所谓充其恻隐之心,而仁不可胜用矣。”“致良知”就是要扩充其“良知”而至于极点。

王阳明的心学思想在明代后期影响非常之大。由于他的弟子非常之多,所以在他死后其弟子也分为很多派别,其中比较重要的是以王艮为代表的泰州学派,和王阳明的思想已经有很多差别。他提出"百姓日用即道"的命题,认为人人都可以为圣人,由此而逐渐走向对儒家传统的叛逆。他的再传弟子何心隐,以及李贽等,思想更为激进,并且把心学的思想发挥到文学批评中,促进了晚明文艺新思潮的蓬勃发展。其中最有代表性的是李贽的《童心说》,它使传统文学思想产生了突破性的变革,以公安派为代表的性灵说遂风行天下。

9. 清代经学

(1)清代的汉学和宋学

随着宋明理学的逐渐衰落,清代的经学又得到重大的发展。明代的经学研究受理学影响,大多宗朱熹为代表的宋学,到明代后期由于理学的衰微,空谈心性者为许多学人所鄙弃,这时出现了以顾(炎武)、黄(宗羲)、王(夫之)为代表的一批杰出的思想家,他们的学风显示出尊古和务实的特点。顾炎武的《音学五书》《金石文字论》《左传杜解补正》《日知录》等显示他在音韵训诂、历史地理、诸子百家等方面都有深邃的学识。黄宗羲著有《明夷待访录》《宋元学案》《明儒学案》等,在经学、史学、文学、天文、地理等方面,都有精深造诣。王夫之更是一位见解深刻、学识渊博的思想家和文学家。在他们之后,清初的阎若璩(1636—1704),字百诗,精于考证,特别是他的《古文尚书疏证》以极有说服力的资料,详细论证了梅赜献出的《古文尚书》和孔安国《尚书大传》实系伪作,对学界震动很大,带动了重实学、重证据学风的发展。毛奇龄(1623—1716),字大可,世称"西河先生"。他也是竭力提倡实学,为清代汉学的先驱。他不赞成阎若璩关于《古文尚书》是伪作的看法,但对《周易》和《诗经》的研究,注重考证,宗汉人之说,而与朱熹异趣,对清代汉学的发展有较大影响。

(2)乾嘉学派的兴起和发展

到清代的雍正、乾隆时期,汉学正式兴起,当时有"吴学"和"皖学”两派。吴学的代表人物是惠周惕、惠士奇、惠栋祖孙三人,而以惠栋最为著名。惠栋(1697—1758),字定宇,号松崖,著有《周易述》《易汉学》《易例》《九经古义》《古文尚书考》《左传补注》等,从文字音韵训诂入手,探求经书本义,长于考证,尊崇汉人经注。此派著名学者尚有余萧客、钱大昕等。皖学的代表人物是戴震及其弟子段玉裁、王念孙、王引之等。戴震(1723—1777),字东原,为清代著名经学家和思想家。他在经学、文字、音韵、训诂、天文、历史、地理、哲学等方面都取得了很高的成就。他的《筹算》《考工记图注》《转语二十章》《尔雅文字考》《屈原赋注》《诗补传》等,为当时学者所瞩目。他的《孟子字义疏证》表现了民主主义的思想倾向,批判了程朱理学的“以理杀人”,矛头指向封建专制主义。他的弟子段玉裁(1735—1815)所作《说文解字注》,是其一生的力作,从属稿到刊行前后长达40年,收集了极为丰富的资料,考证详尽笃实,见解精深,内容宏富,为古字学方面的杰作。王念孙(1744—1832)及其子王引之(1766—1834)也是清代著名的学者,学风精严,王念孙的《广雅疏证》、王引之的《经义述闻》,是他们的最有名代表作。不属于吴学皖学的汉学学者还有主持和参加《四库全书》编纂的纪昀和朱筠,也是很有名的学者。他们是清代乾嘉学派的中坚,除他们外,活跃在乾嘉时期的还有王昶、洪亮吉、张惠言、卢文弨、刘台拱、孙星衍等等。

(3)乾嘉学派的学风特点

乾嘉学派的特点,梁启超在《清代学术概论》中曾概括为十条:“凡立一义,必凭证据”;“选择证据,以古为尚”;“孤证不为定说”;“隐匿证据或曲解证据,皆认为不德”;“最喜罗列事项之同类者,为比较的研究”;“凡采用旧说,必明引之,剿说认为大不德”;“所见不合,则相辩诘,虽弟子驳难本师,亦所不避,受之者从不以为忤”;“辩诘以本问题为范围,词旨务笃实温厚。虽不肯枉自己意见,同时仍尊重别人意见”;“喜专治一业,为‘窄而深’的研究”;“文体贵朴实简洁,最忌‘言有枝叶’”。梁启超又说:“当时学者,以此种学风相矜尚,自命曰‘朴学’。其学问之中坚,则经学也。经学之附庸则小学,以次及于史学、天算学、地理学、音韵学、律吕学、金石学、校勘学、目录学等等，一皆以此种研究精神治之。”

清代除尊崇东汉的古文经学之外，后来也有继承汉代今文经学者，如戴震的弟子孔广森，著有《公羊通义》，推崇公羊学。后来又有庄存与作《春秋正辞》《春秋举例》《春秋要指》等，刘逢禄著《公羊何氏释例》，他们都是常州人，称常州学派。福州人陈寿祺、陈乔枞父子作《三家诗遗说考》《今文尚书经说考》等。

三　史学

1. 史官和史学

中国古代对史学是非常重视的，自从有文字以来，我们就有史书的记载，三千多年的历史基本上有完整的记载，确实是非常了不起的，这在世界上可能也是少有的。史学和史书的繁荣是我们中华传统文化的一个极其重要的组成部分。

中国古代很早就有史官的建置，传说轩辕黄帝时的仓颉、沮诵就是史官（事见《世本》），他们又是文字的始创者，这也不是偶然的，因为古代的史官是掌握文字能力最强的人。中国古代之所以重视史官建置，重视记载历史，是因为从历史记载中可以辨别善恶，区分贤与不肖，所以孟子说："孔子成《春秋》而乱臣贼子惧。"刘知幾在《史通·史官建置》中说："苟史官不绝，竹帛长存，则其人已亡，杳成空寂，而其事如在，皎同星汉。用使后之学者，坐披囊箧而神交万古，不出户庭而穷览千载，见贤而思齐，见不贤而内自省。若乃《春秋》成而逆子惧，南史至而贼臣书。其记事载言也则如彼，其劝善惩恶也又如此。由斯而言，则史之为用，其利甚博，乃生人之急务，为国家之要道，有国有家者，其可缺之哉。"根据《周礼》的记载，古代的史官有很多，分别掌管国家各方面事务的记载。有大史、小史、内史、外史、左史、右史等。他们各有自己管辖的事务，也负责各方面的史事记载。大史，即太史，是史官之长，掌管天文及国之六典，凡有关天道之事和国家的重大事件，皆由他来书写记载。他要"掌建邦之六典（治、教、礼、政、刑、事），以逆邦国之治"。虽以著述为宗，而兼掌历象、日月、阴阳、历数。

小史“掌邦国之志”，郑玄注说：“郑司农云：志，谓记也。《春秋传》所谓周志，《国语》所谓郑书之属是也。”凡国家除上述以外的一般事情，均由小史来负责记载。内史掌书王命，皇帝诏告臣下万民之事，均由他来书写。“内史掌王之八枋之法，以诏王治。一曰爵，二曰禄，三曰废，四曰置，五曰杀，六曰生，七曰予，八曰夺。”外史掌书使乎四方，凡国家对外的各种事务，均由他来记载。“掌书外令，掌四方之志，掌三皇五帝之书，掌达书名于四方。”左史记言，右史记事。他们没有其他专门管辖的事务，只是负责记录言和事。由此可见，古代的史官各有严格的分工，掌管自己的职事。传说早期的著名史官，如“孔甲、尹逸，名重夏殷；史佚、倚相，誉高周楚；晋则伯黡司籍，鲁则丘明受经。此并历代史臣之可得言者”（刘知幾《史通・史官建置》）。春秋战国时期，各诸侯国家也都有史官，如上述“晋则伯黡司籍，鲁则丘明受经”。古代史官一般都选很正派而又有才华的人来担任，所以如果国君不仁，政治坏乱，他们常常会携史书而出奔。“夏太史终古见桀惑乱，载其图法出奔商。商太史高势见纣迷乱，载其图法出奔周。晋太史屠黍见晋之乱，亦以其图法归周。”“秦有天下，太史令胡毋敬作博学章。此则自夏迄秦，斯职无改者矣。”（同上）至汉武帝置太史令，据说位在丞相之上，由司马谈任职，谈死，由司马迁继任。司马迁死后，汉宣帝时职位逐渐低下，太史令不专为记言记事，“若褚先生、刘向、冯商、扬雄之徒，并以别职来知史务，于是太史之署，非复记言之司。故张衡、单扬、王立、高堂隆等，其当官见称，唯知占候而已”（同上）。职务虽有变化，但是修史则始终是受到重视的。东汉时明帝命班固为兰台令史，主修《汉书》。兰台为著作之所。历代都以很有才华的大臣来做这个工作。曹魏太和中，设置著作郎，职隶中书，其官即周之左史也。晋元康初，又职隶秘书著作郎一人，谓之大著作，专掌史任，又置佐著作郎八人。宋、齐以来，称为著作佐郎。如曹魏西晋的华峤、陈寿、陆机、束晰，东晋的王隐、虞预、干宝、孙盛，刘宋的徐爰、苏宝生，梁代的沈约、裴子野，都是著名的史官。齐、梁二代又置修史学士。陈代因循，无所变革，若刘陟、谢昊、顾野王、许善心之类，也都是当时史官。

北朝也都设有专门的史官，也有由他官兼任者。唐代专设史馆，以宰相为监修，他官兼任修史工作，亦有专任修史者，著名的政治家如房玄龄、令狐德棻、魏徵等均为重要史书编撰者。宋代以后均因唐制而有所变化，如欧阳修、司马光等亦为著名史书编撰者。宋、金、元均有国史院等，专门负责史书撰写。明清则以翰林院掌管史事。

中国古代的史学有十分优良的传统，这就是不惧权势而秉笔直书。早在春秋时期就有董狐、南史。董狐是晋国的史官，当时赵宣子赵盾为大夫，晋灵公无道，曾多次欲杀赵盾，后赵盾出奔不远，尚未离境，闻其昆弟赵穿弑灵公，随即回国，赵穿欲拥立其为国君，董狐直书："赵盾弑其君。"赵盾不服，董狐说："子为正卿，亡不越竟，反不讨贼，非子而谁?"于是赵宣子命赵穿从周迎公子黑臀回来，立为国君。黑臀，是晋文公小儿子，其母为周之女。孔子说："董狐，古之良史也，书法不隐。赵宣子，古之良大夫也，为法受恶。惜也，越竟乃免。"(《左传·宣公二年》)赵盾如果越过国境，则君臣之义绝，可以不讨贼，也就不会有董狐说的罪名了。根据《左传》记载，襄公二十五年齐国的崔杼作乱弑其君齐庄公，齐国的史官"大史书曰：'崔杼弑其君。'崔子杀之，其弟嗣书，而死者二人。其弟又书，乃舍之。南史氏闻大史尽死，执简以往，闻既书矣，乃还"。南史是齐国的史官，当时在外，听说国内的史官因为直书而一再遭崔杼杀害，乃执简而还。这说明作为史官，在何种情况下都绝对不允许隐藏君臣的任何罪恶。因此，董狐、南史才受到历代的赞赏，而有良史之名。实际上，史学著作对当时的帝王起着一种监督作用，《汉书·艺文志》说："古之王者，世有史官。君举必书，所以慎言行、昭法式也。左史记言，右史记事。事为《春秋》，言为《尚书》。帝王靡不同之。"中国古代的史学从一开始就有一个良好的"秉笔直书"传统。这种传统在汉代司马迁写作《史记》中得到进一步的发扬，成为"实录"的史学写作原则。班固在《汉书·司马迁传赞》中说："然自刘向、扬雄，博极群书，皆称迁有良史之材，服其善序事理，辨而不华，质而不俚，其文直，其事核，不虚美，不隐恶，故谓之实录。"中国古代的史书原来有为一些自己尊重的人隐讳其某些缺点的做法，如《公羊传》说："《春秋》为尊者讳，为亲者讳，为贤者讳。"在当时的等级社会里，这是不算什么的。但是，司马迁的《史记》则非常鲜明地突破了这种做法，他为项羽立本纪，为陈涉写世家，为孔子写世家，非常严格地按"实录"的原则去写，对项羽并不因为他失败而贬斥他，而是在很多方面歌颂了他，让大家看到他的英雄本色。对汉高祖刘邦肯定他创下统一天下伟业，能知人善任、深谋远虑，但是也敢于揭露他的虚伪、狡诈、无赖等不良品质。他敢于在《史记》中对当时的皇帝汉武帝进行揭露，所以《魏书·王肃传》说："汉武帝闻迁述《史记》，取孝景及己《本纪》览之，于是大怒，削而投之。"所以现在《史记》中的《景帝本纪》和《武帝本纪》乃是后人所补撰的。或谓是汉元帝、成帝时的褚先生（少孙）所补写。

史书的体例从先秦、两汉来看，主要有两种：一是编年史，如《春秋》《左传》等，一为纪传体，即《史记》《汉书》等。两种写法各有优劣。刘知幾在《史通》中说："夫《春秋》者，系日月而为次，列世岁以相续，中国、外夷同年共世，莫不备载。其事形于目前，理尽一言，语无重出，此其所以为长也。""至于贤士、贞女、高才、隽德，事当冲要者，必盱衡而备言，迹在沉冥者，不枉道而详说，如绛县之老、杞梁之妻，或以酬晋卿而获记，或以对齐君而见录，其有贤如柳惠仁，若颜回终不得彰其名氏，显其言行。故论其细也，则纤芥无遗；语其粗也，则丘山是弃。此其所以为异也。""史记者，纪以包举大端，传以委曲细事，表以序其年爵，志以总括遗漏，逮于天文、地理、国典、朝章、显隐必该，洪纤靡失，此其所以为长也。若乃同为一事分在数篇，断续相离，前后屡出，于高纪则云语在项传，于项传则云事具高纪。又编次同类，不求年月，后生而擢居首帙，先辈而抑归末章。遂使汉之贾谊，将楚屈原同列，鲁之曹沫，与燕荆轲并编，此其所以为短也。"自汉以后，官方的正史基本上是以《史记》《汉书》的纪传体为主要形式的。编年体的史书后来也有发展，如《汉纪》《后汉纪》等也用"言行趣舍，各以类书"的方法，记载了一些历史人物。至如司马光的《资治通鉴》在历史人物的卒年下，也略述其生平事迹。

2.《史记》和《汉书》

中国古代每个朝代都有完整的史书,而最有代表性的史书是《史记》和《汉书》。《史记》是记载自上古至汉武帝太初元年的纪传体通史。《史记》分为本纪、表、书、世家、列传五个部分。十二本纪是以编年体的方式记载最高统治者皇帝的事迹,同时带有概要叙述历史发展大事的意思。司马迁自己说是:"罔罗天下放失旧闻,王迹所兴,原始察终,见盛观衰,论考之行事,略推三代,录秦汉,上记轩辕,下至于兹,著十二本纪。"(《太史公自序》)表是各历史时期的大事记,共十篇,有世表、年表、月表三类,如《三代世表》《十二诸侯年表》《秦楚之际月表》等。书是关于天文、地理、历法、财政、经济、文化等方面的专史,共八篇。世家是先秦各诸侯和汉代著名功臣的传记,共三十篇。列传是记载历代有影响有贡献人物的专门的传记,共七十篇。全书共一百三十篇。后来各朝代的官修史书,基本上都是按照《史记》的体例,当然也有一些小的变化。

班固的《汉书》是历史上第一部纪传体断代史,亦称为《前汉书》,详细地记载了西汉皇朝的历史。《汉书》"起元高祖,终于孝平、王莽之诛,十有二世,二百三十年"(《汉书·叙传》)。从汉朝建国到太初元年的差不多一百年,班固的《汉书》基本上是沿用《史记》的内容,也有很多调整和补充。他的主要贡献是在太初以后的一百三十年左右的历史之记载。从体例上说,他取消了世家,把书改为志。《汉书》是十二纪,八表,十志,七十列传,共计一百篇。后来或把它的篇幅过长的分为上下,则有一百二十卷。后历代史书也仿照《汉书》取消世家,改书为志。《汉书》在撰写的指导思想上和《史记》不同,班固说司马迁写《史记》是"据《左氏》《国语》,采《世本》《战国策》,述《楚汉春秋》接其后,事讫于大汉,其言秦、汉详矣。至于采经摭传,分散数家之事,甚多疏略,或有抵梧,亦其涉猎者广博,贯穿经传,驰骋古今,上下数千载间,斯以勤矣。又其是非颇缪于圣人,论大道则先黄老而后六经,序游侠则退处士而进奸雄,述货殖则崇势利而羞贱贫,此其所蔽也”。而《汉书》的写作则是完全遵照儒家观点的。

3. 二十四史的编撰

自从《史记》和《汉书》之后,历代都编有专门的史书,不只是有官修的正史,而且有各种各样民间的野史和专题史书。这个修史的传统,对于保存我国古代的历史文化产生了极其重大的作用。这里我们给大家简要地介绍历代史书的编撰情况。

我们习惯称《史记》《汉书》《后汉书》《三国志》为前四史。这不仅是因为它们是非常优秀的史书,而且为后来史书的编撰奠定了基础,确立了基本体例和编写原则。班固的《汉书》只写到西汉末年,记载东汉历史的著作被称为《后汉书》,它的作者范晔(398—445)生于南朝刘宋时期,是顺阳(今河南淅川)人,其祖范宁为晋豫章太守,父范泰为宋侍中、国子祭酒,爱好文学。范晔少有文才,受家学影响,又善识音韵。他曾为尚书吏部郎,后被贬为宣城太守,开始撰写《后汉书》。其体例参考《汉书》,而观点则颇接近《史记》。他对东汉时盛行的谶纬学说委婉地表示了不满,所以特别记载了桓谭、郑兴等反对读谶的事迹。《后汉书》设立《党锢》《独行》《逸民》《列女》等传,并不把历史全部看成是帝王将相的家谱。这是对《汉书》的一个重要突破。在范晔写《后汉书》之前,关于东汉的历史,已经有很多史书出现,纪传体的,如晋代的薛莹《后汉纪》、司马彪《续汉书》、华峤《汉后书》、谢沈《后汉书》、袁山松《后汉书》等;编年体的,如晋袁宏《后汉纪》、张璠《后汉纪》等。这些自然对范晔《后汉书》的写作是有重要参考价值的。现在流传下来的完整东汉史书只有范晔《后汉书》和袁宏的《后汉纪》,一为纪传体,一为编年体。

《三国志》的编撰比《后汉书》要早。作者陈寿(233—297),三国时人,字承祚,祖籍巴西安汉(今四川南充)。陈寿曾为蜀汉的东观秘书郎、散骑黄门侍郎。因黄皓弄权,他屡遭贬斥,西晋时受张华赏识,为著作郎,编《诸葛亮集》。后收集大量三国资料,撰写成魏、蜀、吴三书,后人合为一书,即《三国志》。陈寿的《三国志》明显是尊魏而抑蜀、吴的,称魏君主为帝,有武帝、文帝、明帝和三少帝纪四卷,称蜀汉二主为先主、后主,对吴仅称孙权为吴主权。分三书来写,正确反映了当时三国鼎立的局面,还能够从全局的眼光来写各个不同部分。不过,《三国志》的叙述是比较简略的,后来东晋末年的裴松之(372—451)为之作注,收集了当时很多其他史书的资料,对陈寿的《三国志》从史料角度作了大量的补充,并且为史书注释开辟了一个新天地,从一般音韵训诂的注释转向增补史料的注释,其意义是重大的。

晋代的史书据《隋书·经籍志》记载有二十多种,有纪传体也有编年体,都属于私家撰述。如谢灵运、臧荣绪、萧子云、沈约等皆有《晋书》,陆机、干宝等有《晋纪》,习凿齿有《汉晋春秋》,孙盛有《晋阳秋》等。至唐初尚存十八家,唐代重修《晋书》是以臧荣绪的《晋书》为基础的,但到宋代以后,臧书失传。唐初的重修是由房玄龄主持,而有褚遂良等人参加,全书共一百三十卷,比臧书增加二十卷。但是大部分是对臧书修订补充而成的。

南北朝的史书,当时不是很完整。南朝的史书有沈约的《宋书》和萧子显的《南齐书》。早在宋文帝元嘉时,就有何承天修的《宋书》一部分,后有山谦之、苏宝生等继续撰修,至宋孝武帝大明六年(462)由著作郎徐爰续修成六十五卷的《宋书》,此后仅过十几年宋代就灭亡了。南齐永明五年(487),沈约奉命撰修《宋书》,沈约是在徐书基础上改编的,主要是补充了后十几年的内容,但是书的作者署名是沈约。其书共一百卷,内容偏重豪门世族。唐代刘知幾在《史通》中说:"其书既行,河东裴子野更删为《宋略》二十卷。沈约见而叹曰:'吾所不逮也。'由是世之言宋史者,以裴略为上,沈书次之。"但是,裴书为编年体著作。南齐只有二十多年,其间亦有修史书者,后萧子显据之而修成《南齐书》,共五十九卷。萧子显是齐高帝萧道成之孙,豫章王萧嶷之子,生活在齐梁两代,其书亦多为其家属隐讳。但是《宋书》和《南齐书》在史书编纂方法上有一个重要发展,这就是带叙法和类叙法的运用。有些人不必立传,而其事附见于某人传内,在叙说其事时附带说明其简要履历。同时,一传不必只一人,而可以类叙数人。这种方法后来为史书所广泛采用。北朝的历史相当复杂,永嘉之后,北方的少数民族如匈奴、鲜卑、氐、羌等,先后入据中原建立政权。北魏统一北方后,史书有崔鸿撰写的《十六国春秋》一百二十卷,影响比较大。其书约在五代至北宋初年亡佚。《魏书》的编撰者是北齐的魏收。北齐建国后于天保二年(551)命魏收编写《魏书》,经数年之后撰成一百三十卷的《魏书》。但是由于北魏分裂为东魏和西魏,而魏收属于东魏北齐系统,所以遭到另一方的强烈反对,其书经二次修订后方成。《北齐书》是唐代的李百药修撰的,共五十卷,于唐太宗贞观十年(636)始成。《周书》是由唐代的令狐德棻主持编撰的,共五十卷,属于官修的史书。

《隋书》也是唐代的官修史书,是由魏徵主持的,有孔颖达、颜师古等帮助,其中的序论多出自魏徵之手。在唐初盛行的修史高潮中,《隋书》是比较好的一部,因为其主修和辅修者均为历史上著名的大臣和学者,内容丰富,文笔简练,评价也比较公正。唐初编修的史书比较重要的还有《梁书》《陈书》和《南史》《北史》。《梁书》和《陈书》是由姚察、姚思廉父子完成的。姚察原为陈时吏部尚书,曾受命修史,陈亡后入隋,更奉命撰修梁史与陈史,但未成而卒。其子继承父业,继续修二史。姚思廉唐初为著作郎、弘文馆学士,唐太宗有诏书命魏徵总领修史事宜,要求撰写好南朝梁、陈和北朝北齐、北周,以及隋代的历史,共为五朝史书。《梁书》《陈书》即由姚思廉撰写。梁代史书曾有沈约等的《梁书》一百卷,许亨的《梁史》五十三卷等当朝修的史书,陈史修得较少,但也有顾野王和傅縡撰写的《武帝》和《文帝》两本纪,陆琼的《陈书》四十二卷,而姚察的遗稿则是姚思廉编写的主要依据。这两部书都是只有本纪和列传,《梁书》五十六卷,《陈书》三十六卷。一般说。姚书比较客观,文笔简洁,应该说是比较好的史书。唐初还编写了南朝和北朝的通史,即《南史》和《北史》,是由李延寿撰写的。李延寿的父亲李大师,在唐初曾立意编写南史和北史,但未完成。李延寿继承父志修成《南史》和《北史》,这两部通史对原来各朝史书的相互重复之处做了删节，补充了很多史实，也纠正了某些原来的错误，文笔也简练了，因此是很有功绩的。

唐代很重视撰修本朝的史书，如长孙无忌、令狐德棻等撰写的《武德贞观两朝史》八十卷，吴兢、韦述等的《唐书》一百三十卷，编年体的唐史，如柳芳的《唐历》四十卷，吴兢的《唐春秋》三十卷，韦述的《唐春秋》三十卷，陆长源的《唐春秋》六十卷，陈岳的《唐统纪》一百卷等。唐末的动乱使唐朝的史书损失相当严重，也为后来唐史的编写带来了困难。正式的官修唐史是后晋的刘昫主持编写的《旧唐书》。但是实际上，刘昫并没有执笔写，书是在他之前由原宰相赵莹监修，史官张昭远、贾纬、郑受益、李为先等所撰写。开运二年(945)书成后，赵莹改任晋昌节度使，刘昫继任宰相，由他奏上，故以他的名字为作者，全书共二百卷。其书前密后略，大致代宗朝以前(779年前)比较有条理，内容也充实，德宗至武宗朝(780—846)叙事还算简明，而宣宗朝以后(860年以后)则甚为简略，总的说是比较粗糙的。唐末五代有《旧五代史》，是北宋初年宋太祖诏令编撰的，监修人为薛居正，同修有卢多逊、扈蒙、张澹、李昉等人。五代时期政治动荡，但是史官组织比较稳定，所以有很多史书，各朝都有实录，因此《旧五代史》完成得比较顺利，共有一百五十卷。不过，《旧五代史》常为各朝统治者回护，颇多不实。所以到了北宋仁宗年间(1023—1063)，就有了重修的唐史和五代史，称为《新唐书》和《新五代史》。《新唐书》是由官方指定欧阳修和宋祁合编的，《新五代史》则是欧阳修私撰的。宋祁在仁宗天圣后期已经开始撰写《新唐书》，在庆历五年(1045)贾昌朝提议重修唐史，宋祁为刊修官，即出其撰写的列传一百五十卷。至和元年(1054)欧阳修为刊修官，撰成本纪和志、表等部分，并负责列传部分的刊定，参加撰写的还有范镇、王畴、宋敏求、吕夏卿等人，但主要撰者为欧阳修和宋祁，故以他们作为作者。全书共二百二十五卷，分本纪、志、表、列传等部分。它恢复了史书原来的体例和传统，后来史书均依此例。其书以先王之道作为评价历史人物的标准，比较注重经学的原则。《新唐书》重视文字表达，而于史实反有些不如《旧唐书》，故司马光编写《资治通鉴》较多取材于《旧唐书》。《新五代史》是一部私修的正史。欧阳修编撰此书得尹洙的帮助很大,他们原来一起编写过《十国志》。仁宗嘉祐五年(1060),范镇奏请把此书征取入史馆,欧阳修称尚未写完,不肯献出。在他死后,于神宗熙宁五年(1072)方征取入朝,并于熙宁十年正式颁行天下为正史。全书共七十四卷,分本纪、列传、世家、四夷等部分。此书完全出自欧阳修自己手笔,文笔流畅,且能直书而不回避,是比较优秀的史书。

宋、辽、金三史是元顺帝至正年间撰修的,均是在三个朝代的国史实录基础上编成的。《宋史》共四百九十六卷,《辽史》一百一十六卷,《金史》一百三十卷,三史均有本纪、志、表、列传四部分。三史由元顺帝时宰相脱脱为监修人和都总裁。《辽史》完成比较早,由脱脱领衔奏上,《金史》和《宋史》完成较晚,脱脱已罢相,由继任监修人阿鲁图领衔奏上,但是脱脱为都总裁,故三史均署名脱脱。这三史都有重量不重质的缺点,虽史料丰富,篇幅庞大,而质量不高,重复之处较多,文笔不够简练。

《元史》相比较说,是二十四史中最为粗率的一部。明朝洪武元年(1368),大将徐达率军攻入大都,得到从元太祖到宁宗的十三朝实录,运回应天府,明太祖朱元璋即命撰修元史,由李善长领衔奏进,共一百五十九卷。但是顺帝一朝无实录,无法撰写,于是再派人到北方收集资料,后又撰成五十三卷,两书合在一起,编成了二百一十卷(本应二百一十二卷,因列传有合并者,故少两卷),另有目录两卷。此书篇幅很大,而编撰时间很短,所以比较粗糙,而且按照朱元璋的要求,不写论赞,所以后人或谓其不够完整。

明史的编写比较复杂,因为满人入主中原后,欲以编写《明史》来拉拢汉族官吏、文人,而明遗臣在抗清无功后也想要编写《明史》,遂有著名思想家、文学家黄宗羲让他的学生万斯同以私人资格参加修史,从康熙十八年(1679)开始到康熙三十年写成初稿,共五百卷。但是一直未能定稿,万斯同死后,由史馆总裁王鸿绪对万斯同原稿略加删改,为三百一十卷,题为《明史稿》,以横云山人名义刊行。至雍正二年(1724)又命纂修《明史》一直到乾隆四年(1739)方最后奏上,时张廷玉为总裁,即署他的名字,共三百三十二卷。其书收集资料比较广泛,叙述也比较全面,应该说还算一部比较好的史书。

辛亥革命成功、清帝退位,清朝即结束了其统治。公元1914年,当时的北京政府设立清史馆以纂修清史,任命赵尔巽为馆长,缪荃孙为总纂。1919年缪荃孙死后,由柯劭忞继任总纂。但是编修工作因时局动荡和经费不足,不能顺利进行,未能定稿。至1926年,馆中主事为袁金铠和金梁,乃由袁氏提议以《清史稿》名义刊行初稿。袁任总理刊行事,金主持校刊。至1928年全部印成,共五百三十六卷。该书是以清代所修的国史为基础编成的,原国史于同治以前的本纪、列传已经完成,而志、表亦已初具规模,所以它实际上只是保存了清代官方历史记载的一部分,其观点仍是倾向于清代官方的。

这里我们还要提到的是在编年史方面的一部成就最高、影响最大的书,就是宋代司马光编撰的《资治通鉴》。司马光(1019—1086),字君实,陕州夏县(今山西夏县)人,生于光州(今河南固始县)。他出生于官宦家庭,在王安石实行变法时期,他是坚决反对新法的,是当时保守派的领袖。变法失败,神宗去世后,曾出任宰相。他是北宋前期的著名史学家,他认为大量史籍,浩若烟海,故"病其烦冗,常欲删取其要,为编年一书"(《进〈通志〉表》)。他在宋英宗治平元年(1064)编成一部历史大事年表《历年图》,其起讫与《资治通鉴》是相同的,上进于朝廷。又于治平三年撰成《通志》八卷,起自周威烈王二十三年(前403),迄秦二世三年(前207),这就是后来《资治通鉴》的前八卷。英宗十分赞赏,后神宗即位,亲改《通志》为《资治通鉴》,并提供宫廷藏书,让司马光继续编撰下去。司马光历时十九年,于宋神宗元丰七年(1084)完成《资治通鉴》全书,起自周威烈王二十三年,终于五代后周世宗显德六年(959),共一千三百六十二年的规模巨大的编年史。他在《进〈资治通鉴〉表》中说他编撰此书,是因为"每患迁、固以来,文字繁多,自布衣之士,读之不遍,况于人主,日有万机,何暇周览"。为此,他要"删削冗长,举撮机要,专取关国家盛衰,系生民休戚,善为可法，恶可为戒者，为编年一书，使先后有伦，精粗不杂”，使皇上得“时赐省览，监前世之兴衰，考当今之得失，嘉善矜恶，取是舍非，足以懋稽古之盛德，跻无前之至治，俾四海群生，咸蒙其福”。其所参考之史籍有二三百种之多，不仅史料丰富，而且选用精当，态度严谨，卷后有《考异》，还保留了很多珍贵史料。全书略古详今，并博采众长，纠正了故去史籍记载中的一些错误，文笔精美，确实是一部非常了不起的史学力作。继司马光的《资治通鉴》之后，编年体史书得到极大的发展，南宋时期有李焘的《续资治通鉴长编》九百八十卷，专记北宋九朝一百六十八年之历史。李心传有《建炎以来系年要录》二百卷，接李焘之《长编》，记载高宗一朝之事。徐梦莘有《三朝北盟会编》二百五十卷记载宋徽宗、钦宗及高宗三朝，以及和金的和战之事。其体例都是仿照《资治通鉴》的。南宋的著名理学家朱熹编有《资治通鉴纲目》，取材于《资治通鉴》，以编年形式，每事均系以纲要和细目两部分，眉目非常清醒。其书成于宋孝宗乾道八年(1172)。南宋初年的袁枢撰有《通鉴纪事本末》，将《资治通鉴》纪年之事，汇列为二百三十九个专题，每题之下依时间顺序，直录《资治通鉴》原文，共四十二卷，明末张溥于每条后附一论，重新析为二百三十九卷。

以上我们把以正史为中心的史学发展情况作一个十分简要的介绍，此亦可见我们史学之丰富和充实，实为世界各国所少见。

4. 正史和野史

中国古代的史学著作是相当丰富的，一般说众多的史学著作可以分为官修史书和私家撰述史书两类。从性质上说，则有正史和野史之不同。正史全面地记载一个朝代的历史的整体面貌，《史记》《汉书》以后基本上都是官修的。但是，早在春秋战国时代私家撰述的史书是主要的，如《春秋》《左传》《国语》《战国策》等。司马迁虽是太史令，但是《史记》也是属于私家撰述的著作。班固写《汉书》，开始也是属于私家撰述性质，后来才纳入官方。一般把撰写皇朝史称为正史，而其他一些较为杂驳的史学著作称为野史，后来把文学上的小说也称为稗官野史。正史最重要的是以《史记》《汉书》为代表的二十五史,这是为官方所肯定的。但是也有很多民间流传的正史,他们大多是可以为官方的正史写作提供很多材料的。刘知幾在《史通》中把那些非正史的史学著作列出了十类:“榷而为论,其流有十焉:一曰偏记,二曰小录,三曰逸事,四曰琐言,五曰郡书,六曰家史,七曰别传,八曰杂记,九曰地理书,十曰都邑簿。”什么是“偏记”呢?他说:“夫皇王受命,有始有卒。作者著述,详略难均。有权记当时,不终一代,若陆贾《楚汉春秋》、乐资《山阳公载记》、王韶《晋安陆纪》、姚(最)《梁后略》,此之谓偏记者也。”什么是“小录”呢?他说:“普天率土,人物弘多,求其行事,罕能周悉,则有独举所知,编为短部,若戴逵《竹林名士》、王粲《汉末英雄》、萧世诚《怀旧志》、卢子行《知己传》,此之谓小录者也。”什么是“逸事”?他说:“国史之任,记事记言,视听不该,必有遗逸,于是好奇之士,补其所亡。若何峤《汲冢记年》、葛洪《西京杂记》、顾协《璅语》、谢绰《拾遗》,此之谓逸事者也。”什么是“琐言”?他说:“街谈巷议,时有可观,小说卮言,犹贤于己。故好事君子,无所弃诸。若刘义庆《世说》、裴荣期《语林》、孔思尚《语录》、阳松玠《谈薮》,此之谓琐言者也。”什么是“郡书”?他说:“汝颍奇士,江汉英灵,人物所生,载光郡国,故乡人学者,编而记之。若圈称《陈留耆旧》,周斐《汝南先贤》、陈寿《益部耆旧》、虞预《会稽典录》,此之谓郡书者也。”什么是“家史”?他说:“高门华胄,奕世载德,才子承家,思显父母。由是纪其先烈,贻厥后来。若扬雄《家牒》、殷敬《世传》,孙氏《谱记》、陆宗《系历》,此之谓家史者也。”什么是“别传”?他说:“贤士贞女,类聚区分,虽百行殊途,而同归于善,则有取其所好,各为之录,若刘向《列女》、梁鸿《逸民》、赵采《忠臣》、徐广《孝子》,此之谓别传者也。”什么是“杂记”?他说:“阴阳为炭,造化为工,流形赋象,于何不育?求其怪物,有广异闻。若祖台《志怪》、干宝《搜神》、刘义庆《幽明》、刘敬叔《异苑》,此之谓杂记者也。”什么是“地理书”?他说:“九州土宇,万国山川,物产殊宜,风化异俗。如各志其本国,足以明此一方。若盛弘之《荆州记》、常璩《华阳国志》、辛氏《三秦》、罗含《湘中》,此之谓地理书者也。”什么是“都邑簿”？他说：“帝王桑梓，列圣遗尘，经始之制，不常厥所。苟能书其轨则，可以龟镜将来。若潘岳《关中》、陆机《洛阳》、《三辅黄图》《建康宫殿》，此之谓都邑簿者也。”这就说明，民间私家撰述的史学著作是非常之多的，并成为一种风气。

四　子学

子部是四部中最为复杂的一部分。它实际上是指经、史、集以外的各种著作及学说。既有社会科学的很多部门,如思想史、宗教史、艺术史等,也有自然科学方面的很多部门和著作,在过去子学的地位是比较低的,远远比不上经部和史部,但是,其实它的内容很丰富,也非常重要,充分显示了我国古代学术发展的丰富性和多样性。我们在这里选择几个重要部分作一点概要介绍。

1. 先秦荀子对儒学的发展

春秋战国时期是我国历史上学术发展十分辉煌的时期。先秦诸子的产生是和当时的社会发展状况紧密联系着的。周代中央王朝的衰落,各个诸侯国家的分裂和各自的发展,导致一些较为强大的诸侯国家称王称霸,企图取代周天子,于是各国的谋士纷纷为之出谋划策,提出各种不同的学说。其中最为突出的是儒、道、墨、法几家,影响十分深远,其他如名家、阴阳五行家、兵家等也都很出名。但是最为重要的是儒家、道家。

儒家是先秦最大的学派,这是由孔子的重大影响所决定的,孟子继之。他们的思想我们在经学部分已经论述过。先秦儒家的思想在发展到荀子时发生了比较大的变化,这就是不再简单排斥其他学派,而是吸收其有价值的部分来丰富自己。荀子(前 313—前 238),名况,字卿,又称孙卿,战国赵国人。荀子虽主要是一位儒家思想家,但他又广泛吸取了诸子中的许多重要思想成果,是一位集大成的思想家。荀子的学说反映了中国文化传统中的重要特点,即是各派文化思想的融合与统一,他对中国文化传统的形成起过很大作用。荀子学说对儒家文学思想有许多新的发展。他在著名的《天论》中明确否定了天是有人格、有意志的神的观点,指出:“天行有常,不为尧存,不为桀亡。”天道不能主宰人事,“强本而节用,则天不能贫。养备而动时,则天不能病。修道而不贰,则天不能祸”。在人和自然的关系中,他充分肯定人的积极作用,重视发挥人的主观能动性,他说:“大天而思之,孰与物畜而制之,从天而颂之,孰与制天命而用之!”敬重天、思慕天,不如把它作为物来畜养之,而控制它;顺从天、颂扬天,不如掌握它的发展规律而利用它,提出了“人定胜天”的光辉命题。荀子在继承孔孟“仁义礼乐”的基本精神同时,与孟子不同,更强调礼乐方面。他吸收了道家的自然本体论和法家的进化发展论,强调礼乐治国的法治精神。他主张今胜于古的历史进化论,荀子肯定自然和社会都是不断发展变化的。从政治上说,荀子主张“法后王”,而不是“法先王”。他认为“后王”所作所为乃是对“先王”原则在新的历史条件下的运用与发展,“先王”的原则虽然很重要,但毕竟是适应于当时情况需要的,对于已经变化了的现实来说,总是有缺陷的。所以,荀子虽然尊重五经,然而对它们还是有所批评的。他在《劝学》篇中说,五经虽然体现了“先王”之道,但时代久远,不能用以解决现实问题:“《礼》《乐》法而不说,《诗》《书》故而不切,《春秋》约而不速。”《礼》《乐》虽是经典法则,但未作具体详尽说明,《诗》《书》是前朝掌故,并不能切合今天现实;《春秋》过于简约,不能使人很快明白其意义。因此,他认为不能把五经当作死条条来背诵,而提出要“学莫便乎近其人”,要向现实中真正有学问的人来学习。在《儒效》篇中,荀子把人分为四等:俗人、俗儒、雅儒、大儒,而其中俗儒之特点即是“不知法后王而一制度,不知隆礼义而杀《诗》《书》”。他主张人性本恶,但可以通过学习变恶为善,所以《荀子》全书第一篇就是《劝学》,并从这个角度提出了以道制欲的思想,并把王道、仁政思想,发展为原道、征圣、宗经的原则。尤其是他十分重视学术研究的方法论,强调客观、全面、正确的研究方法，反对主观、片面、简单的研究方法，对学术发展具有极为重要的意义。他在《解蔽》篇中说："凡人之患，蔽于一曲，而暗于大理。"所以，"墨子蔽于用而不知文，宋子蔽于欲而不知得，慎子蔽于法而不知贤，申子蔽于执而不知知，惠子蔽于辞而不知实，庄子蔽于天而不知人，故由用谓之道尽利矣，由俗（按：王先谦谓俗，当为欲）谓之道尽嗛矣，由法谓之道尽数矣，由执谓之道尽便矣，由辞谓之道尽论矣，由天谓之道尽因矣，此数具者，皆道之一隅也"。虽然正统儒家（如韩愈）把他说为"大醇而小疵"，其实他才是思路开阔的大思想家，所谓的"小疵"，实际正是他最大的优点，不抱残守缺，而是吸收对方的积极内容来弥补自己的不足。

2. 道家和道教

道家是中国传统的儒释道三家中很重要的一家。道家和道教是不同的，道家是指以先秦的老子和庄子为代表的哲学思想派别，而道教则是一种宗教，由于它在思想上利用了先秦道家的一些内容，并以老子为始祖，所以称为道教。

道家学派的创始人是老子（约前580—前500），姓李，名耳，字聃，楚国苦县（今河南鹿邑东）厉乡曲仁里人。他做过周代的史官，司马迁说他是"周守藏室之史也"。也有人说他即是孔子死后一百多年周之太史儋，活了近二百岁，或曰非，司马迁说，"世莫知其然否"（《史记·老子韩非列传》）。可见，老子其人其事在西汉前期已经不清楚了。但是他后来又辞官隐居，故司马迁说："老子，隐君子也。"据多数学者研究，老子大约和孔子同时，年岁比孔子略大，故孔子曾向老子问"礼"。老子的著作是五千字的《道德经》，又名《老子》。它的成书年代学术界颇有争议。《老子》和《论语》都是老子和孔子的学生所写定，并非他们本人所撰写。中国在孔子以前还没有私学著述，因此，《老子》成书在《论语》之后，而且其中明显杂有战国的思想，更可说明这一点；但是也不会很晚，因为湖北荆门出土的楚墓中竹简有《老子》。老子的核心思想是对"道"的概念的论述，他认为"道"是宇宙万物的本源,它“视之不见”“听之不闻”“搏之不得”,看不见、听不到、摸不着,所以说是“无状之状”“无物之象”,它像一团混沌、恍惚的气,其中似乎又有不纯粹是精神的东西,故而又说“有物混成,先天地生”,“其中有物”,“其中有象”,这说明老子的“道”似乎又有物质的因素。老子认为“道”始终处于运动变化之中,是永远长存的,它“独立而不改,周行而不殆,可以为天下母”。“道”既是万物产生的本源,又有它自身发展变化的规律。人不能用主观的人为的力量去改变这种自然规律,而应当无条件地顺从这种自然规律。“人法地,地法天,天法道,道法自然。”从“自然之道”的基本思想出发,老子在政治上提倡“无为”之治,主张不要过多干涉百姓,“我无为而民自化,我好静而民自正,我无事而民自富,我无欲而民自朴”。他反对现实社会中“损不足以奉有余”的“人之道”,主张回到古朴的上古社会,因为那里没有争斗,没有掠夺,没有压迫,没有剥削,他描写的理想社会是:“小国寡民”,“虽有舟舆,无所乘之。虽有兵甲,无所陈之。使人复结绳而用之。甘其食,美其服,安其居,乐其俗,邻国相望,鸡犬之声相闻,民至老死,不相往来”。这些实际上是针对当时社会现实中极其黑暗的状况而提出来的,他对残酷的剥削和压迫、对人间的种种尔虞我诈,怀有极度的愤恨和不满,只能从古代先民生活中去寻找自己所向往的社会生活,寄托自己精神上的苦闷,并获得心灵上的解脱。

庄子(约前369—前286),名周,战国中期宋国蒙人。庄子曾为蒙地的漆园吏,是一个小官。庄子和梁惠王、齐宣王同时,但比孟子要稍晚一些。庄子是很有才能的,司马迁说他“其学无所不窥,然其要本归于老子之言”。据《史记》记载,楚王曾派人以“千金”聘他做宰相,但是他拒绝了。《秋水》篇记载说:“庄子钓于濮水,楚王使大夫二人往先焉,曰:‘愿以境内累矣!’庄子持竿不顾,曰:‘吾闻楚有神龟,死已三千岁矣,王巾笥而藏之庙堂之上。此龟者,宁其死为留骨而贵乎?宁其生而曳尾于涂中乎?’二大夫曰:‘宁生而曳尾涂中。’庄子曰:‘往矣!吾将曳尾于涂中。’”唐代的成玄英在《庄子集释序》中说:“夫庄子者,所以申道德之深根,述重玄之妙旨,畅无为之恬淡,明独化之窅冥,钳揵九流,括囊百氏,谅区中之至教,实象外之微言者也。其人……师长桑公子,受号南华仙人。当战国之初,降衰周之末,叹苍生之业薄,伤道德之陵夷,乃慷慨发愤,爰著斯论。其言大而博,其旨深而远,非下士之所闻,岂浅识之能究!"我们从《庄子》一书中也可以看到庄子的为人和他的思想性格。《至乐》篇说庄子妻子死后,他不但不哭,反而"鼓盆而歌",惠子来看他,问他为什么这样,他回答说:"不然。是其始死也,我独何能无概然!察其始而本无生,非徒无生也而本无形,非徒无形也而本无气。杂乎芒芴之间,变而有气,气变而有形,形变而有生,今又变而之死,是相与为春秋冬夏四时行也。人且偃然寝于巨室,而我嗷嗷然随而哭之,自以为不通乎命,故止也。"他把人的生死看成和万物的生长发展死亡变化是一样,都是自然合乎天道的,因此也就无所谓生、无所谓死。《列御寇》篇记载说:"庄子将死,弟子欲厚葬之。庄子曰:'吾以天地为棺椁,以日月为连璧,星辰为珠玑,万物为赍送。吾葬具岂不备邪?何以加此!'弟子曰:'吾恐乌鸢之食夫子也。'庄子曰:'在上为乌鸢食,在下为蝼蚁食,夺彼与此,何其偏也!'"庄子对当时黑暗的现实非常痛恨,抱有一种极为愤激的心情。《胠箧》篇里说:"彼窃钩者诛,窃国者为诸侯,诸侯之门而仁义存焉。"《在宥》篇中说:"今世殊死者相枕也,桁杨者相推也,刑戮者相望也。"他对社会有非常清醒的认识,感到它已经不可救药了。为此,他悲观失望,隐居出世,他也和老子一样主张回到古朴的先民生活时代去。过去有人说庄子是什么没落奴隶主贵族中消极悲观者在思想上的代表,现在又有人说他是反"异化"的代表,是在原始社会发展到文明社会时对文明社会带来的黑暗灾难的反抗与否定,等等。我认为这些说法都缺乏根据,庄子思想是社会大变动时期,即由奴隶制向封建制转化时期找不到出路的广大群众的情绪之表现。他们希望凭着自己的聪明才智,过一种不受别人奴役、压迫的自由自在的生活,有一个不受侵犯、绝对自由的环境。他们在现实中找不到这一切,只好把希望寄托于回到浑浑噩噩的初民生活时代。他们对人间的种种明争暗斗、尔虞我诈、贪婪掠夺、攻伐杀戮等等,痛恨到了极点,认为只有复归自然才能摆脱这一切。所以庄子的思想里对“人为”的一切均持否定态度,而对“天然”的事物,则给予了最大的肯定与赞扬。

庄子在哲学上也和老子一样强调天道自然无为,“道”既是宇宙万物的本源,又是宇宙万物内在的自然规律。但对“道”的理解,庄子却和老子不完全相同。他认为“道”就是“无有”,“物物者非物。物出,不得先物也”(《知北游》)。又云:“昭昭生于冥冥,有伦生于无形,精神生于道,形本生于精,而万物以形相生。”(同上)可见,“道”是一种精神性的“无有”“非物”的东西。这和老子所谓“惚兮恍兮,其中有象;恍兮惚兮,其中有物”,显然不太一致。尽管对“道”的内容理解不同,但都认为一切事物都是“道”的体现,“道”有它不能以人为力量去改变的自然规律。所以庄子明确提出要“无以人灭天,无以故灭命”(《秋水》)。这里,“天”即指自然,而“命”则指自然规律。庄子强调要尊重事物客观存在的内在规律,而不应当以人的主观意志去任意违背它,然而,他又把这一点绝对化了,否认人可以掌握自然规律,能动地去改造自然,得出了人只能消极地顺应自然、完全无所作为的结论,提出了“绝学”“弃智”的主张,认为人对知识和技能的掌握,会破坏事物的自然规律,妨碍自己去认识“道”、掌握“道”,所以在《逍遥游》中提出“至人无己,神人无功,圣人无名”的结论。庄子的“无情”“无欲”论主要在否定人为的“情”和“欲”,而主张“情”和“欲”要完全顺乎天然,因此也反对儒家的“以道制欲”“以礼节情”,他认为儒家这种“道”“礼”也是“人为”的东西。故而对儒家思想又有突破作用,实际上起着一种使人性发展从儒家的“道”和“礼”束缚下解放出来的积极作用。

所以,“齐物论”和“逍遥游”是庄子的基本思想。他认为宇宙间的一切事物都是“道”的体现,故而从“道”的观点看来,纷繁复杂、变化众多的事物都有其相同的一面,都是一样的,即使是截然相反的事物,作为“道”的一种表现形态,也是同一的。他说:“道隐于小成,言隐于荣华。故有儒墨之是非,以是其所非而非其所是。欲是其所非而非其所是,则莫若以明。物无非彼,物无非是。自彼则不见,自知则知之。故曰彼出于是，是亦因彼。彼是方生之说也，虽然，方生方死，方死方生；方可方不可，方不可方可；因是因非，因非因是。是以圣人不由，而照之于天，亦因是也。是亦彼也，彼亦是也。彼亦一是非，此亦一是非。果且有彼是乎哉？果且无彼是乎哉？彼是莫得其偶，谓之道枢。枢始得其环中，以应无穷。是亦一无穷，非亦一无穷也。故曰莫若以明。以指喻指之非指，不若以非指喻指之非指也；以马喻马之非马，不若以非马喻马之非马也。天地一指也，万物一马也。（按：以下引文据严灵峰《道家四子新编》校正。）道行之而成，物谓之而然。有自也而可，有自也而不可。有自也而然，有自也而不然。恶乎然？然于然。恶乎不然？不然于不然。恶乎可？可于可。恶乎不可？不可于不可。物固有所然，物固有所可。无物不然，无物不可。故为是举莛与楹，厉与西施，恢恑憰怪，道通为一。"从事物的相对性来说，似乎是很不一样的，但是从道的观点来看，又都是一样的、同一的，都是没有区别的。"天地与我并生，而万物与我为一。"因为万物各是其所是，各非其所非，所以不必一定要去分是非、辨然否，齐物而各任其自然。能懂得这一点，则人就可以在精神上获得绝对的自由，也就不会有什么烦恼，贫富、贵贱、大小、得失，一切都可以置之度外，人们也就不会有争名夺利、战争残杀，大家都可以活得自由自在。所以庄子把任意逍遥看作最高尚的精神境界。不知是庄周变蝴蝶还是蝴蝶变庄周，也完全用不到去加以分辨。他向往的是一种"真人"和"畸人"的心态，《大宗师》说："古之真人，其寝不梦，其觉无忧，其食不甘，其息深深。""古之真人，不知说生，不知恶死；其出不欣，其入不距；翛然而往，翛然而来而已矣。"这就达到了一切顺其自然的忘物忘我的境界。

"虚静"是庄子认识论的核心，是他所强调的认识"道"的途径和方法。"虚静"从认识论的角度看，有它的两重性。一方面它要求人必须"无知无欲""绝圣弃智"。比如他所提出的抵达"虚静"的方法："心斋"和"坐忘"。《人间世》云："若一志，无听之以耳，而听之以心；无听之以心，而听之以气，听止于耳，心止于符。气也者，虚而待物者也。唯道集虚，虚者，心斋也。"这就是要废止人的感觉、知觉器官的作用,使自己无知无欲,绝思绝虑,进入空明寂静的心理状态。又,《大宗师》说:“堕枝体,黜聪明,离形去知,同于大通,此谓坐忘。”这就是要使人忘掉一切存在,也忘掉自己存在,抛弃一切知识,达到与道合一。可见“虚静”是排斥人的一切具体认识与实践活动的。但是,“虚静”还有另一方面的重要意义,它可以使人进入一个“大明”的境界,能从内心深处把握整个宇宙万物,洞察它的变化发展规律。其实,老子讲的“涤除玄览”就有这层意思,魏源《老子本义》说:“涤除玄览者,非昧晦之谓也,即明白四达而能无知也。”庄子对此则论述得极为充分,他在《天道》篇中说:“圣人之静也,非曰静也善,故静也。万物无足以铙心者,故静也。水静则明烛须眉,平中准,大匠取法焉。水静犹明,而况精神?圣人之心静乎,天地之鉴也,万物之镜也。夫虚静恬淡,寂寞无为者,天地之平,而道德之至,故帝王圣人休焉。”水静了,浊物下沉,才能清澈见底;心静了,方能如镜子一样照见万物。庄子强调“心”必须离开人的一切利害关系,不受欲念干扰,排除知识对它的奴役作用,这时才能自由地进行审美观照。故《在宥》篇说:“至道之精,窈窈冥冥;至道之极,昏昏默默。无视无听,抱神以静,形将自正。必静必清,无劳女形,无摇女精,乃可以长生。目无所见,耳无所闻,心无所知,女神将守形,形乃长生。慎女内,闭女外,多知为败。我为女遂于大明之上矣。”庄子认为必须抛弃一切具体的、局部的、主观的“视”“听”“知”等,才能真正达到“大明”境界,也即是人的认识之最高境界。《天地》篇云:“视乎冥冥,听乎无声。冥冥之中,独见晓焉;无声之中,独闻和焉。”不能摆脱人为“视听”,那么也就不能“见晓”“闻和”。可见,“虚静”不是消极的,而是有非常积极的目的的。庄子这种看法很可能是受了《管子》影响的。《内业》篇云:“心能执静,道将自定。”《心术》篇云:“动则失位,静乃自得。”这种特点和后来荀子讲“虚静”时提出要达到“大清明”境界,是完全一致的。“虚静”后来对文艺创作思想所产生的巨大影响,不是它的消极方面,而恰恰是它的积极方面。

庄子把“虚静”看作人的认识的最高阶段,达到这个阶段后,人对宇宙间一切事物及其内在规律即能了如指掌，一清二楚，而不会受任何具体认识的片面性与局限性之影响。这种“虚静”论的致命弱点是他把“大清明”境界的获得同人的具体认识与实践对立起来了。他不把认识的最高阶段的获得看作人的无数具体认识和实践的结果，是在人的长期具体认识和实践基础上产生的飞跃；相反地，他把人的具体认识和实践看作获得这种最高认识的障碍，认为必须抛弃一切具体的认识和实践，才能达到这种认识的最高阶段，这就把人的认识过程颠倒了，事实上，排斥了具体的认识和实践，是不可能获得“大清明”境界的。“虚静”的认识论体现了中国古代思维方式上的重要特点，即重在内心体察领悟，而不重在思辨的理论探索。在庄子看来，这些属于宇宙万物的本质和规律，亦即“道”的内容，是无法言说清楚的，就像《天道》篇轮扁凿轮故事中的“数”，它只能靠人们去意会，所以这是一种“体知”，而不是“认知”。不过这种“体知”之中又富有“认知”内容，它不只是一些直观的、经验的内容，不只是事物的表象，而是包括了事物的本质和内在原理的。这种思维方式曾经对中国古代文艺思想和文学理论发展有重大影响。

道教和先秦道家是完全不同的，它是以炼丹长生、神仙羽化为宗旨的一种宗教。道教的形成和《周易参同契》《太平经》这两部道书的出现有密切的关系。前者是一本有关炼丹术的理论书，作者魏伯阳是汉代信仰黄老学说的炼丹家，书中详细说明了炼丹器具和配药用法，以及如何用炉火冶炼的技术，还有服食丹药的方法和效果等，并且用汉代易学来说明炼丹的过程。《太平经》是东汉安帝、顺帝时于吉等人所著，是一部道经。它讲述天、地、人三者如何合一而达到太平，精、气、神三者如何合一而成为神仙。“三一为宗”是它论述社会政治和修道成仙的基本内容。这两部书成为道教的经典，当然，作为宗教它是和太平道、五斗米道两个民间宗教团体的形成直接联系着的。太平道起于汉末山东的黄巾军，其首领张角信奉黄老，利用《太平经》以符水治病，创立太平道，后来发动起义，要推翻汉朝，影响很大。五斗米道的产生和太平道差不多同时，其领袖是张陵，即张道陵。他写出道书传播，受道者要出五斗米，故称五斗米道。五斗米道又称天师道，张陵被尊为张天师，他死后，其子张衡、其孙张鲁相继为天师。天师道在民间有比较广泛的影响。魏晋南北朝时期道教的著名人物是葛洪，他的《抱朴子》内外篇是研究道教思想体系和道术的专门著作，他本人也是著名的炼丹家。他在《抱朴子》中记载的道书约二百五十七种，一千一百七十九卷。从东晋开始随着道教的发展，大规模的著述道教经书的活动又开始了，有三皇经、灵宝经、上清经等几个系列。三皇经以《三皇文》和《五岳真形图》为中心，灵宝经以《灵宝五符经》为中心，上清经以《黄庭经》和《大洞真经》为中心。道教在唐宋时期受到官方的重视，所以也发展很快。

3. 魏晋玄学

魏晋时期随着儒家思想的衰落，老庄思想开始活跃起来，但是这时期的老庄思想和先秦时期的老庄思想有很大不同，它已经发展为魏晋玄学。为什么叫玄学？这是从老子说“道”是“玄之又玄，众妙之门”而来的，因为玄学家所探讨的问题是宇宙的本体论，这是比较抽象、比较玄虚的。他们要研究宇宙间的“万有”是怎么产生的，它存在的依据是什么？由此来研究儒家的“名教”和宇宙本体的“自然”之关系。他们以老庄思想来注解《周易》，所以称《老子》《庄子》《周易》为“三玄”。但是，玄学虽然讲得很玄，而实际则是和社会政治有着十分密切关系的。

玄学是从魏晋时期发展起来的。首先是曹魏正始时期的何晏和王弼。何晏父亲早死，母亲后嫁给曹操，他是曹操的养子。他从小喜欢老、庄，正始时期辅佐曹爽执政，和司马氏集团作斗争。他著有《道德论》，和王弼一起成为玄学的开创者。王弼（226—249），字辅嗣，山阳高平（今山东金乡）人。王弼得到何晏的欣赏，著有《老子注》《周易注》《老子微旨略例》《周易略例》《论语释疑》等，是最著名的玄学理论家。王弼的思想概括起来说是“本无末有”，也就是“以无为本，以有为末”。无和有的问题是老子提出来的，不过老子说的是宇宙生成论,也就是宇宙万物怎么生成的,他认为是“无”生“有”,也就是说一切宇宙间有形有象的事物,包括社会上的典章制度、礼节仪式、名教、政治等,这众多的“有”都是从无形无象的“无”产生的。而王弼的思想则在老子的基础上更加深入了一步,即是要探讨宇宙间的“万有”,也就是众多不同的有形有象的事物是根据什么而能在世界上存在的,这“万有”背后的本质是什么,也就是说这宇宙间“万有”现象的本体是什么,这就是哲学上所说的多样性世界的统一性问题。他认为世界上各种各样的事物都有自己的特殊规定性,各有自己的特殊性质,这些“有”不能成为世界统一性的基础,只有“无”才能成为事物的本体。“万有”存在的根据是“无”,“万有”只是它的具体表现形式。从宇宙的“万有”来说,阴不能为阳,阳不能为阴,刚不能为柔,柔不能为刚,温不能为凉,凉不能为温,宫不能为商,商不能为宫。只有不阴不阳、不刚不柔、不温不凉、不宫不商,无方无体、无形无象的“无”才能成为“万有”所共同的本体。所以他提出的思想是:以无为本,以有为末。或者说,以无为体,以有为用。汤用彤先生在《魏晋玄学论稿·魏晋玄学流别略论》中说:“汉代之又一谈玄者曰:‘玄者,无形之类,自然之根。作于太始,莫之与先。’(张衡《玄图》)此则其所谓玄,不过依时间言,万物始于精妙幽深之状,太初太素之阶。其所探究不过谈宇宙之构造,推万物之孕成。及至魏晋乃常能弃物理之寻求,进而为本体之体会。舍物象,超时空,而研究天地万物之真际。以万有为末,以虚无为本。夫虚无者,非物也。非无形之元气,在太始之时,而莫之与先也。本无末有,非谓此物与彼物,亦非前形与后形。命万有之本体曰虚无,则无物而非虚无,亦即物未有时而非虚无也。”这就说明魏晋玄学的“本无末有”和老子的“有生于无”是不同的,后者为宇宙生成论,前者为宇宙本体论。王弼用这种思想来解《易》和汉代易学以象数解《易》是完全不同的。譬如在解释《周易》的“大衍之数五十,用四十有九”的时候,指出“其一不用”,汉代的易学家如京房、马融等虽亦各有解释,但是基本特点是一样的,就是把“其一不用”说成是宇宙万物所产生的混沌元气或太乙北辰。所以这“一”是和“四十九”相对而存在的。而王弼则认为这“一”不是存在于“四十九”以外的,而是这“四十九”的内在本体。“一”是“无”,“四十九”为“用”。汤用彤先生在《魏晋玄学论稿·王弼大衍义略释》中说:王弼体用一如之说,世人多引其《周易》复卦注来说明,“然实则其于释大衍,言之固亦甚明晰。韩康伯引弼文曰:‘演天地之数所赖者五十也。其用四十有九,则其一不用也。不用而用以之通,非数而数以之成,斯易之太极也。四十有九,数之极也,夫无不可以无明,必因于有,故常于有物之极,而必明其所由之宗也。’不用之一,斯即太极。夫太极者非于万物之外之后别有实体,而实即蕴摄万理孕育万物者耳。故太极者(不用之一)固即有物之极(四十有九)耳。吾人岂可于有物(四十有九)之外,别觅本体(一)。实则有物依体以起,而各得性分。如自其性分观之则宛然实有,而依得性分之所由观之,则了然其固为全体之一部而非真实之存在。故如弃体言用而执波涛为实物,则昧于海水。而即用显体,世人了悟大海之汪洋,本即因波涛之壮阔。是以苟若知波涛所由兴,则取一勺之水,亦可以窥见大海也。”王弼的易学一扫汉代象数易学,而成为他阐说玄学“以无为本,以有为末”原理的经典。这种本末体用关系是王弼思想的核心内容。他正是用这样的观点来分析名教和自然的关系的。名教是属于“万有”中的东西,而宇宙的本性为无,是自然的本质。所以他是以自然为本,名教为末,以自然为体,名教为用。因为名教的本体是自然,是“无”,所以只有建立在无为、无欲、无名的基础上的名教方是真正的名教,如果为名为利,为权为势,争名夺利,尔虞我诈,名教也就不是真正的名教。他是把当权者把持朝政,借名教之名、行私利之实的状况看作虚伪的假名教。

王弼不仅提出了玄学“以无为本,以有为末”的基本原理,同时还提出了如何去认识这个作为本体的“无”,如何去把握这个作为本体的“无”的方法,这就是他的“得象忘言”论。“无”既然是万物的本体,它原是无名、无体、无形的,只是存在于“万有”之中的,所以任何感性和理性思维都无法去认识它、把握它,只能靠意会体悟而不能言传。他从言、象、意的关系上提出“得象忘言”“得意忘象”的方法,把言、象看作得意之筌蹄。汤用彤先生在《魏晋玄学论稿·言意之辨》中说:“夫玄学者,谓玄远之学。学贵玄远,则略于具体事物而究心抽象原理。论天道则不拘于构成质料(Cosmology),而进探本体存在(Ontology)。论人事则轻忽有形之粗迹,而专期神理之妙用。夫具体之迹象,可道者也,有言有名者也。抽象之本体,无名绝言而以意会者也。迹象本体之分,由于言意之辨。依言意之辨,普遍推之,而使之为一切论理之准量,则实为玄学家所发现之新眼光新方法。王弼首创得意忘言,虽以解《易》,然实则无论天道人事之任何方面,悉以之为权衡,故能建树有系统之玄学。夫汉代固尝有人祖尚老庄,鄙薄事功,而其所以终未舍天人灾异通经致用之说者,盖尚未发现此新眼光新方法而普遍用之也。”王弼在《周易略例·明象》篇中说:

> 夫象者,出意者也;言者,明象者也。尽意莫若象,尽象莫若言。言生于象,故可寻言以观象;象生于意,故可寻象以观意。意以象尽,象以言著。故言者,所以明象,得象而忘言;象者,所以存意,得意而忘象。犹蹄者所以在兔,得兔而忘蹄;筌者所以在鱼,得鱼而忘筌也。然则,言者,象之蹄也;象者,意之筌也。是故存言者,非得象者也;存象者,非得意者也。象生于意,而存象焉,则所存者,乃非其象也。言生于象,而存言焉,则所存者,乃非其言也。然则,忘象者,乃得意者也;忘言者,乃得象者也。得意在忘象;得象在忘言。故立象以尽意,而象可忘也;重画以尽情,而画可忘也。

王弼在这里借助于《庄子·外物》篇里的一段话:“筌者所以在鱼,得鱼而忘筌。蹄者所以在兔,得兔而忘蹄。言者所以在意,得意而忘言。吾安得夫忘言之人而与之言哉!”对《周易》中的言、象、意关系,作出了自己全新的解释。他认为在言、象的关系里,言只是获得象的工具,好像兔子和逮兔子的工具(蹄)一样,蹄不是兔,但是逮兔子必须要蹄,然而目的是兔,所以得到兔后就要忘记或丢掉蹄,否则就得不到兔。象和意的关系,好像鱼和捕鱼的工具(筌)一样,筌不是鱼,但是捕鱼必须要筌,然而目的是鱼,所以得到鱼后就要忘记或丢掉筌,否则就得不到鱼。所以,从言、象、意的关系来说,得到了象,就要忘记言,得到了意,就要忘记象,否则就得不到意。他把言和象看成只是得意的工具。这种方法论是和他的本体论一致的,言和象都是"有",而"意"则是"无"。"无"要从"有"中去体会,但是"有"是千差万别的,不能把"有"当作"无",它只是体会和领略"无"的一个工具。这种"得意忘言"和"寄言出意"的理论,为研究天道人事的任何方面,衡量一切自然和社会事物,提供了一种全新的方法。从理解经籍来说,对于难解的地方,就要不拘泥于文字,而意会之。如王弼之《论语释疑》,原书已佚,但是皇侃《论语集解义疏》曾有引用。如《论语·宪问》:"子曰:君子而不仁者有矣夫,未有小人而仁者也。"孔安国注曰:"虽曰君子,犹未能备。"汤用彤先生说:"是君子犹可不仁,其义颇为费解。而王弼曰:'假君子以甚小人之辞,君子无不仁也。'(皇疏七)此均以假言之说释《论语》中之滞义。其后晋人注疏多用此法,如《论语》'子曰:吾不复梦见周公。'李充注曰:'圣人无想,何梦之有,盖伤周德之日衰,哀道教之不行,故寄慨于不梦。'(皇疏四)"玄学虽然派系不同,但是在方法论上大多用王弼之"得意忘言""寄言出意"说。而这种方法论对文学艺术的创作影响是非常深远的,由"得意忘言"而追求"言外之意",而这正是艺术意境的主要美学特征,因此它也直接促进了中国古代意境理论的产生和发展。

魏晋玄学在其发展过程中也有不同的派别,与王弼同时的阮籍、嵇康也是玄学家,但是他们主要是文学家。他们主张要"越名教而任自然",因而蔑视礼法,非汤、武而薄周、孔,这是因为他们看到当时司马氏集团表面上强调礼教,实际上是借此来排斥和杀戮异己,在他们把持下政治十分黑暗,为此他们反对虚伪的礼教,在竹林之下酣饮,行为放浪,任性不羁,与山涛、刘伶、阮咸、向秀、王戎并称为"竹林七贤"。他们要求精神自由,个性解放,所谓"越名教而任自然"就是要反对虚伪的假名教,任自己的自然心态去发展。阮籍说:"汝君子之礼法,诚天下残贼、乱危、死亡之术耳。而乃目以为美，行不易之道，不亦过乎？今吾乃飘飖于天地之外，与造化为友，朝飧汤谷，夕饮西海，将变化迁易，与道周始，此之于万物，岂不厚哉！故不通于自然者，不足以言道；暗于昭昭者，不足与达明，子之谓也。”（《大人先生传》）嵇康则认为“六经为芜秽，以仁义为臭腐”（《难自然好学论》）。和王弼的“贵无”学说明显不同的有向秀、郭象的“崇有”学说。郭象（253—312），字子玄，他的《庄子注》是在向秀注的基础上发挥而成的。郭象不赞成嵇康的“越名教而任自然”主张，认为那样是把名教和自然对立起来了，有可能导致否定名教。他主张名教和自然的合一。他在宇宙本体论上和王弼的观点不同，他在宇宙本体论上提出：“上知造物无物，下知有物之自造也”的“独化”“自得”说（《庄子注序》），他认为万物都是自生的，各有自己本性，物物之间也没有关系。他说：“故造物者无主，而物各自造；物各自造，而无所待焉。此天地之正也。”得之于“道”或“无”，其实就是自得。“道无能也，此言得之于道，乃所以明其自得耳。自得耳，道不能使之得也。我之未得，又不能为得也。然则凡得之者，外不资于道，内不由于己，掘然自得而独化也。”“推而极之，则今之所谓有待者，率至于无待，而独化之理彰矣。”汤用彤先生说：“道者亦非别有一物也。牛之理即在筋骨。宰牛之道，直寄于技。故道可谓无所不在，而所在皆无。因曰道无能而至无。言万物得于道者，亦以明其自得耳（参看《养生主》注及《知北游》‘有先天地生者’段注）。至于无，即无有也。依独化之义，有且不能生有，而况无乃能生有哉？庄、老之所以屡称无者，正在明生物者无物，而自生耳（参看《在宥篇》注）。”（《魏晋玄学论稿·魏晋玄学流别略论》）关于郭象的学说和王弼的学说之异同，汤用彤先生有非常精彩的概括，他说：“王弼与向、郭均深感体用两截之不可通。故王谓万物本于无，而非对立。向、郭主万物之自生，而无别体。王既着眼在本体，故恒谈宇宙之贞一。向、郭既着眼在自生，故多明万物之互殊。二方立意相同，而推论则大异。又王弼既深见于本末之不离，故以为物象虽纷纭，运化虽万变，然寂然至无，乃为其本。万殊即归于一本，则反本抱一者，可见天地之心，复其性命之真。向、郭亦深有见于体用之不二,故言群品独化自生,而无有使之生。万物无体,并生而同得。因是若物能各当其分,各任其性,全其内而无待于外,则物之大小虽殊,其逍遥一也。(参看《逍遥游》注)王言反本抱一,故必得体之全,则物无不理。若安于有限,居于小成,则虽'穷力举重,亦不能为用'(《老子》四章注)。向、郭主安分自得,故物各以得性为至,自尽为极。"在对"自然"的理解上两方也不同。"王主万象之本体贞一。故天地之运行虽繁,而有宗统。""故自然者,乃无妄然也。至若向、郭则重万物之性分。物各有性,性各有极。物皆各有其宗极,而无使之者。故自然者即自尔也,亦即块然、掘然、突然也。"因此玄学中的"贵无"和"崇有"两派,从根本上说,都是为了反对把体用分为两截,而认为体用是不可分的,是完全统一的,但是对两者为什么不可分,为什么是统一的,有着完全不同的解释。王弼认为"无"并无实际存在,他不是存在于"万有"之外的,是万物之本体,是万物之所以存在的依据。向、郭则认为"无"就是无有,说明生物者无物,而物皆自生。而他们的实际目的则是要说明:名教和自然是不可分的,是完全统一的。而要任乎自然,才是真名教。正是从这个角度,他们把儒道融合到了一起。以道为体,以儒为用,以自然为体,以名教为用。这是玄学的基本思想。

4. 佛教的传播和发展

佛教文献除佛经外一般在四部的子部释家类。佛经不入四部,是另外编录的。

(1)佛教的传入

佛教传入中国究竟在何时,学界众说颇不一致。中国古代有很多传说,谓先秦已经有佛教徒来到中国,但这都是佛教已经传到中国后一些书籍的记载,并不可信。根据汤用彤先生《汉魏两晋南北朝佛教史》的考论,大概在西汉末年,汉哀帝元寿元年(前2)博士弟子景卢(或作景虑、秦景宪、秦景、景匿等)受大月氏王使伊存口授《浮屠经》。或谓秦景使大月氏,王使伊存授《浮屠经》,或王令太子授《浮屠经》。

此事见于鱼豢《魏略·西戎传》(《三国志》裴松之注引),《世说新语·文学篇》注、《魏书·释老志》《隋书·经籍志》等均有记载。这是有比较可靠文献记载的最早佛教传入中国情况。此后经过六十多年到东汉明帝永平年间,有派使臣西去求法之说。牟子《理惑论》说:“问曰:汉地始闻佛道,其所从出耶?牟子曰:昔孝明皇帝梦见神人,身有日光,飞在殿前,欣然悦之。明日博问群臣,此为何神?有通人傅毅曰:臣闻天竺有得道者,号之曰佛,飞行虚空,身有日光,殆将其神也?于是上悟,遣使者张骞、羽林郎中秦景、博士弟子王遵等十二人,于大月支写佛经四十二章,藏在兰台石室第十四间。时于洛阳城西雍门外起佛寺,于其壁画千乘万骑绕塔三匝,又于南宫清凉台及开阳城门上作佛像。”洛阳西雍门外所造佛寺就是白马寺,据说出使者是用白马把经卷和佛像驮回来的。此事各家记载虽略有出入,学者亦多有疑惑,但是求法一事基本上还是可信的。

(2)佛经的翻译

此后,佛教在中国逐渐发展起来,在东汉后期有不少西域高僧来华传播佛学,首先是把佛经翻译成汉语。佛经的翻译在中国发展很早,而且得到各方面的重视,规模也非常之大。东汉最著名的佛经翻译家是西域安息国王子安清,字世高,他把国家让给叔叔,自己到中国来传播佛教。安世高通多国语言,亦懂华语,他来到洛阳后翻译了很多佛经,如《阿含口解》《四谛经》《十四意经》《九十八结经》等。和他同来的还有支谶(即支娄迦谶),是月氏国人。他译有《道行经》(亦称《小品》,即《摩诃般若波罗蜜经》)、《阿阇世王经》《首楞严经》《般舟三昧经》等佛经。魏晋南北朝时期佛经的翻译非常繁荣,从西域等地来东土传播佛教的僧人愈来愈多,同时也有中国的佛学信徒去西方求经学佛。从中国去西域取经的先驱是曹魏时代的朱士行。他在魏甘露五年(260)出塞,西至于阗国,写得《般若》正品梵书九十章,是谓《放光般若经》。历经二十多年,于太康三年(282)命弟子送回洛阳。士行后死在于阗。两晋时期的竺法护本月氏人,世居敦煌郡,曾事外国沙门竺高座为师,“博览六经,涉猎百家之言”,因为晋武帝时虽京城颇多寺庙图像,而重要的佛经皆蕴藏西域,遂“慨然发愤,志弘大道。遂随师至西域,游历诸国。外国异言,三十有六,书亦如之,护皆遍学,贯综古训,音义字体,无不备晓。遂大赍胡本,还归中夏。自燉煌至长安沿路传译,写以晋文。所获大小乘经《贤劫》《大哀》《法华》《普耀》等凡一百四十九部。孜孜所务,唯以弘通为业,终身译写,劳不告惓。经法所以广流中华者,护之力也”(僧祐《出三藏记集·竺法护传》)。可见,他在翻译佛经方面的贡献是非常之大的。西晋后期名僧释道安(312—385),本姓卫,常山扶柳人,十二岁出家。神性聪慧,凡佛经皆过目成诵。僧祐《出三藏记集·道安法师传》说:“初,经出已久,而旧译时谬,致使深义隐没未通。每至讲说,唯叙大意,转读而已。安穷览经典,钩深致远。其所注《般若》《道行》《密迹》《安般》诸经,并寻文比句,为起尽之义,及《析疑》《甄解》,凡二十二卷。序致渊富,妙尽玄旨。条贯既叙,文理会通,经义克明,自安始也。”“安笃志经典,务在宣法,所请外国沙门僧伽跋澄、昙摩难提及僧伽提婆等,译出众经百万余言。常与沙门法和铨定音字,详核文旨,新出众经,于是获正。”他在翻译、注释、讲解义理等方面,都作出了重大贡献。故汤用彤先生说:“盖安法师于传教译经,于发明教理,于厘定佛规,于保存经典,均有甚大之功绩。而其译经之规模,及人材之培养,为后来罗什作预备,则事尤重要。是则晋时佛教之兴盛,奠定基础,实由道安。”(《汉魏两晋南北朝佛教史》)道安是当时的一代名僧,两晋之交的著名僧人支遁(支道林)在佛学义理上深受他的影响。南北朝时,南方的慧远是他的弟子,北方的鸠摩罗什也十分钦佩他。

鸠摩罗什约生于晋康帝时,在公元343年或344年,生于龟兹。他七岁随母出家,从师受经,日诵千偈,凡三万二千字。僧祐《出三藏记集·鸠摩罗什传》记载:九岁随母渡辛头河至罽宾,遇名德法师盘头达多,“即罽宾王之从弟也,渊粹有大量,三藏九部莫不缕贯。亦日诵千偈,名播诸国。什既至,仍师事之。遂诵杂藏、《中阿鋡》《长阿鋡》,凡四百万言。达多每与什论议,与推服之,声彻于王。王即请入,集外道论师,共相攻难。言气始交,外道轻其幼稚,言颇不顺。什乘其隙而挫之，外道折服，愧惋无言”。后秦姚兴即位，“遣使迎什。弘始三年，有树连理生于庙庭逍遥园，葱变为薤。到其年十二月二十日，什至长安，待以国师之礼，甚见优宠。自大法东被，始于汉明，历涉魏、晋，经论渐多。而支、竺所出，多滞文格义。兴少崇三宝，锐志讲集。什既至止，仍请入西明阁、逍遥园，译出众经。什率多暗诵，无不究达。转能秦言，音译流利。既览旧经，义多乖谬，皆由先译失旨，不与胡本相应。于是兴使沙门僧肇、僧略、僧邈等八百余人咨受什旨，更令出《大品》。什持胡本，兴执旧经，以相雠校。其新文异旧者，义皆圆通，众心惬服，莫不欣赞焉。兴宗室常山公显、安成侯嵩，并笃信缘业，屡请什于长安大寺讲说新经。续出《小品》《金刚般若》《十住》《法华》《维摩》《思益》《首楞严》《华手》《持世》《佛藏》《菩萨藏》《遗教》《菩提》《无行》《自在王》《因缘观（一分）》《无量寿》《新贤劫》《诸法无行》《禅经》《禅法要》《禅要解》《弥勒成佛》《弥勒下生》《称扬诸佛功德》《十诵律》《戒本》《大智》《成实》《十住》《中》《百》《十二门》诸论三十二部，三百余卷。并显畅神源，发挥幽致。于时四方义学沙门，不远万里。名德秀拔者才、畅二公，乃至道恒、僧摽、慧叡、僧敦、僧弼、僧肇等三千余僧，禀访精研，务穷幽旨。庐山慧远，道业冲粹，乃遣使修问。龙光道生，慧解洞微，亦入关咨禀。传法之宗，莫与竞爽，盛业久大，至今式仰焉”。

南朝梁、陈之时，有印度来华高僧真谛，他到达南海（广州）时已四十八岁，带来了大量梵文佛经，其后一直在中国从事佛学传播和佛经翻译，他所翻译的佛经包括经、律、论等各个方面的重要佛经，鸠摩罗什和他，以及唐代的玄奘，被称为中国三大佛经翻译家。鸠摩罗什和真谛是西域和印度来华的僧人，而唐玄奘则是中国到印度取经回来的名僧。玄奘（602—664），俗姓陈，名祎，兄弟四人他最小。二兄先出家住东都净土寺，因家境清贫，携其小弟一同在寺。故玄奘受其兄影响，于十三岁出家。他自小聪慧，尤悟佛性，后经陕入蜀，就学名师。唐高祖武德五年（622），他二十一岁，东下荆州在天皇寺讲佛教经论，深受汉阳王敬重，后又经燕赵而至长安。他在讲解佛经的过程中，深感对佛经的翻译，各家各派均不一致，无所适从，难以融会贯通，遂决心到西方求取真经，曾结伴上表，又未获允许。乃于唐太宗贞观三年(629)出发，西行访经。但是，当时唐朝有规定，百姓不能私自出蕃，他只能在一些佛教徒的帮助下偷偷去西域。他孤身穿越茫茫沙漠，上无飞鸟，下无走兽，更无水草，几经死生，达到高昌国(在今新疆)。高昌王曲文泰笃信佛教，对他极为敬重，要把他留下来讲经，甚至要用强力留他。玄奘死不相从，后文泰深悔，请他讲经一月，认他为兄弟，给他金银布匹及随从人员送他西去，并为他致书叶护可汗，请其优待照顾。因为大雪山北六十余国，皆归叶护可汗管辖。于是玄奘虽乃经历艰险，但毕竟得以比较顺利地到达印度。他在印度得到当地佛学界敬重，曾周游印度各地访问佛寺圣地，求取真经。印度的戒日王是当时全印度影响极大之人物，在位四十一年。他在其都城曲女城为玄奘召开大法会，有六千多人参加。尊他为"大乘天""解脱天"。在玄奘回国时，戒日王派达官四人一直送到汉境，其所受之礼遇，真无法估量。玄奘在回到于阗时就上表唐太宗。唐太宗随即回敕，表示"欢喜无量"，并说："可即速来，与朕相见。"玄奘于贞观十九年正月二十四日到京城，欢迎者达数十万人。唐太宗赞扬他"词论典雅，风节贞峻，非唯不愧古人，亦乃出之更远"。此后，由朝廷供给，玄奘在京城弘福寺，召请全国二十多名僧协助，开展大规模译经活动。玄奘带回的佛经共六百五十部，一直到玄奘去世，共翻译经论合七十五部，一千三百三十五卷。玄奘也就成为中国古代最著名的佛经翻译家。

(3)佛教的宗派和佛教哲学思想

魏晋南北朝时期的佛教是借助于老庄玄学思想来传播的，他们常常用玄学的无有、体用等概念来说明佛学的义理。东汉时期安世高翻译的大多是小乘佛教的经典，着重在个人的修炼方法等。小乘和大乘是印度佛教的两大派别。乘是运载的意思，小乘就是指着重于自身的超脱，或者说是以自救为主，修炼脱俗而成佛；大乘则是要讲究如何普度众生，要使人们都认识到人世间一切全是虚幻而不实的，达到这种最高的智慧境界，从而就可获得佛性。支谶为月氏国人，他到洛阳的时间比安世高略晚一点,他所翻译的则是大乘佛经,即是般若经为代表的大乘空宗。三国时吴国的支谦也是月氏国人,进一步发扬了支谶的般若学,译有《大明度无极经》《大般泥洹经》《首楞严经》等。般若学的基本思想是认为一切事物的本性均为空无,称为空宗。但是般若学在发展过程中,又有所谓“六家七宗”之说,也就是对“空”或“无”的理解有所不同,形成不同的派别。六家是指本无、心无、即色、识含、幻化、缘会。因为本无派内部又有两派本无和本无异,所以说是七宗。其实,这六家主要是三派:本无、即色、心无,其他的几派均可归入即色派。本无派的主要代表是道安,这是般若学的核心,所以汤用彤先生说:“广义言之,则本无几为般若学之别名。”(《汉魏两晋南北朝佛教史》)本无,是从玄学的“以无为本”而来的,但是和玄学思想又是不同的。道安的本无说认为宇宙间一切都是空无的,本来什么也没有,万物的本性也是空无的,不但没有老子的“有生于无”,也没有王弼的“本无末有”,“夫人之所滞,滞在末有,若托心本无,则异想便息”(吉藏《中观论疏》)。认识到一切全是空无,不滞于末有,则方能止息一切思想上的障碍,进入佛家的“涅槃”“真如”精神境界。“本无异”宗的代表是竺法琛,他认为无可生有,有生于无,这和老子的观点有点接近,本无宗把他看成是“异宗”。即色派的代表人物是支道林,他本姓关,名遁,他是当时的清谈家,他的说法是“即色是空,非色灭空”(慧达《肇论疏》引),不是物质消灭后才是空,物质本身就是空的。他不承认物质是客观存在。一切物质现象(也就是色)都是由“因缘和合”而生,它生、住、异、灭,瞬息万变,不可能有独立的“自性”,所以是空的。“夫色之性也,不自有色,色不自有,虽色而空。故曰色即为空,色复异空。”(《世说新语·文学》篇注引《即色》)一切事物的形相,如青黄等颜色,只是人们感觉到才有,它本身是不存在的。识含宗以于法开为代表,认为“三界为长夜之宅,心识为大梦之主”(《惑识二谛论》),把三界看作梦幻,而皆起于心识。幻化宗的代表是道壹,认为“一切诸法,皆同幻化”(《神二谛论》)。缘会宗的代表是于道邃,认为“缘会故有”“缘散即无”(《中观论疏》引),因缘会合就是“有”,因缘散失就是"无"。这三种都是由即色宗派生出来的。心无宗为与本无、即色并立之第三派,以支愍度为代表。他的看法是承认客观事物是存在的,"无心者,无心于万物,万物未尝无"(见僧肇《不真空论》引)。慧达《肇论疏》说:"竺法温法师《心无论》云,夫有,有形者也。无,无像者也。有像不可言无。无形不可言有。而经称色无者,但内止其心,不空外色。但内停其心,令不想外色,即色想废矣。"这一派和般若学的空宗思想是不大一致的,所以遭到很多围攻。

般若学的空无义此后又在僧肇和慧远那里得到进一步发展。僧肇有著名的《不真空论》《物不迁论》《般若无知论》,收入《肇论》一书中。僧肇是鸠摩罗什翻译佛经的主要助手,但是他的主要贡献是在佛学理论上。他从当时已经翻译过来的龙树著作中,吸取了其中观学说的精华,在分析"六家七宗"的得失基础上,把般若空宗思想发挥到了极致。他的《不真空论》的意思是"不真"即空,他用龙树《中论》的观点,从"非有非无"的本体论出发,论述了世界的"不真"即"空"的本质。"非有"是说现实世界从根本上说是不存在的,"非无"是说世界从现象上看又不能说是完全不存在的,只是它所存在的是一个假象。"虽无而非无,无者不绝虚;虽有而非有,有者非真有。""譬如幻化人,非无幻化人,幻化人非真人也。"《物不迁论》是说一切事物都是绝对地静止不动的,但不是只有静没有动,而是"必求静于诸动",从变化中去认识不变。汤用彤先生说:"称为《物不迁》者,似乎是专言静。但所谓物不迁者,乃言动静一如之本体。绝对之本体,亦可谓超乎言象之动静之上。亦即谓法身不坏。"此"即动即静"之义亦即"即体即用","非谓由一不动之本体,而生各色变动之现象。盖本体与万象不可截分"。《般若无知论》则说因为般若无知,所以无所不知。他说:"夫有所知,则有所不知。以圣心无知,故无所不知,不知之知,乃曰一切知。"因为世界是不真而空的,所以认识世界也不要那些具体的知识,只要有无知之心就可以知道一切。慧远(约 334—416),本姓贾,雁门楼烦(今山西宁武附近)人。年幼随舅舅至许洛,精研六经,更善老、庄,二十一岁到太行恒山寺拜道安为师,乃笃信佛学,他的治学有一个从儒家到道家到佛学的过程。他在《致刘遗民书》中说:“每寻畴昔,游心世典,以为当年之华苑也。及见《老》《庄》,便悟名教,是应变之虚谈耳。以今观,则知沉冥之趣,岂得不以佛理为先。”后跟随道安十余年,于晋太元中在庐山东林寺,一住就是三十余年,六十岁后再不出山。他是属于般若空宗学派的,他的思想受道安“本无”说的影响。他提出“法性无性”的观点,即是认为佛教的理想精神境界是“法性”,他和“真如”“涅槃”一样,它的本性是空无的。他还特别强调神不灭论,“神”是“感物而非物,故物化而不灭”。而神不灭论正是佛教的思想基础。他在《沙门不敬王者论》中说:“火之传于薪,犹神之传于形;火之传异薪,犹神之传异形。前薪非后薪,则知指穷之术妙;前形非后形,则悟情数之感深。惑者见形朽于一生,便以谓神情俱丧,犹睹火穷于一木,谓终期都尽耳。”这薪火之争是当时形神关系争论中的著名命题。与慧远同时段,有竺道生(355—434),本姓魏,是鸠摩罗什的弟子。他提出的“一阐提人皆得成佛”和“顿悟成佛”说影响非常大。所谓“一阐提人”是指善根尽断、罪大恶极的人,一般佛经中认为“一阐提人”是永远不能成佛的。他说:“阐提是含生之类,何得独无佛性?”顿悟是针对渐悟而来的。这对后来禅宗思想很有影响。

隋唐时期佛教的宗派更多,比较大的有天台、法相、华严、禅宗、净土等几大派。天台宗源于南北朝,创立于隋朝,而繁荣于唐朝。其开创者为智顗,因为他住天台山国清寺而称为天台宗,又以《妙法莲华经》为主要经典,所以也叫法华宗。智顗思想的核心是所谓的“三谛圆融”和“一念三千”。龙树《中论》说:“因缘所生法,我说即是空,亦为是假名,亦是中道义。”智顗发挥这个思想,提出“三谛圆融”说,认为一切事物是因缘和合的结果,而不存在客观物质性基础。因缘是假说的一种关系,它不是独立存在的实体,所以是空的。“空”不等于“不存在”或“空虚”,而是“虚幻不实”。这种“空”叫“妙有”,它没有自性的存在,没有任何质的规定性,是假说的因缘和合,所以叫作“假”。而“中道”则是“空”“假”的统一。从这种认识论出发,他们提出了“一念三千”的宇宙本体论。“一念”就是我们心里的一刹那间的念头,他们认为这就包括了整个大千世界。“三千”是指宇宙万象，之所以说“三千”是因为佛教认为宇宙虽千差万别，总的可概括为十界：地狱、饿鬼、畜生、修罗、人、天、声闻、缘觉、菩萨、佛。每一界中的又可以转化到另一界，这样就有百界。每一界有十个“如是”，如是相、如是性、如是体、如是力、如是作、如是因、如是缘、如是果、如是报、如是本末究竟等，这就是“百界千如”。“百界千如”以三乘之，即是“三千”。天台宗发展到宋代，分为山家、山外两派，后来山家一派延续下去，影响比较大。法相宗是唐代著名的和尚玄奘和他的弟子窥基所创立的。玄奘把法相宗所依据的佛经都翻译出来了，由于他们集中地分析宇宙间各种现象，所以叫法相学；但是分析到最后又把一切现象归结为是“识”所产生的结果，世界的存在和变化是缘于“识”的作用，所以叫唯识学。法相宗曾经活跃了几十年，但是后来影响不大。华严宗是以《华严经》为主要佛经依据的。华严宗最早的创始人是杜顺（557—640）和智俨（602—668），但是确立名称是从法藏（643—712）开始的，他是实际创始人。华严宗的教义是“一真法界观”，所谓“法界”就是指宇宙“万有”，而“一真”就是“心”。“万有”都是“心”所造的幻影，只有“心”才是唯一的、真实的。它“不生不灭，非空非有，离名离相，无内无外，惟一真实，不可思议”（《三藏法数》）。“尘是心缘，心为尘因。因缘和合，幻相方生。”（《华严义海百门》）客观对象（尘）不是独立于人的认识以外的，只是主观认识的对象。心是客观对象（尘）的基础（因），对象和主观认识发生关系（因缘和合），才产生了世界各种现象（幻相）。

5. 禅宗——中国化的佛学

唐代影响最大的是禅宗。禅宗源于北朝，但是真正形成是在唐代。禅宗是一种中国化的佛学，它在印度没有对应的佛教宗派。禅，是天竺语 Dhyāna 的音译简称，是“静虑”的意思，是一种修养方法。禅宗的祖师是菩提达摩，他从南印度到了北魏，提出一种新的禅定修养方法：一是“理入”，也就是“壁观”，传说达摩面壁九年，“令舍伪归真，凝住壁观，无自无他，凡圣等一”（道宣《唐高僧传》），叫人摆脱世俗社会一切,寻求超脱现实的彼岸真如世界,不但否认自身存在,也否定客观世界存在。二是“行人”,要“报怨行”,放弃对外界迫害的反抗;要“随缘行”,不问善恶,随缘而行;要“无所求行”,没有任何愿望和要求;要“称法行”,按照佛教的教义去行动。后来达摩传法给慧可,慧可传法给僧粲,僧粲传法给道信(579—652),道信传法给弘忍(601—674),是为五祖,他们学的都是《楞伽经》。弘忍在湖北黄梅东山寺传教时开始改用《金刚般若经》。从达摩到弘忍实际是禅宗的预备阶段,还没有正式的禅宗名称。禅宗真正的兴旺发达是在六祖惠能及他以后。

惠能(638—713),本姓卢,是范阳(今河北涿州)人,但出生在南海新兴(今属广东)。家贫,曾卖柴于客店门外,听室内有诵《金刚经》者,心即开悟,决心学禅,至黄梅弘忍处。惠能是不识字的,早年在投奔五祖弘忍大师前,尝遇尼无尽藏者读《涅槃经》,遂听之。尼执卷问字,惠能答曰:“字即不识,义即请问。”尼曰:“字尚不识,曷能会义?”答曰:“诸佛妙理,非关文字。”尼惊,以为有道之人。后至弘忍处,五祖说:“岭南人无佛性,若得为佛?”惠能反问:“人即有南北,佛性岂然?”五祖遂知是异人。弘忍故意不教他在跟前学佛,而让他到槽厂碓坊去打杂,后五祖为传衣钵,命众徒各作一偈,神秀上座作偈云:“身是菩提树,心如明镜台。时时勤拂拭,莫使惹尘埃。”弘忍看后叹曰:“后代依此修行,亦得胜果。”但实际并不满意。惠能听念此偈,遂请别驾张日用题一偈于壁上,在神秀之旁,其云:“菩提本无树,明镜亦非台。本来无一物,何处惹尘埃?”五祖遂秘传法衣于他,命他隐于怀集、四会之间。后至南海于法性寺遇印宗法师,夜于廊庑间,闻二僧争论风扬刹幡究为幡动抑或风动,遂云:既非风动,亦非幡动,乃是心动。印宗窃闻,大为惊异,尊为“肉身菩萨”。由此,惠能在岭南地区名声大振,影响也愈来愈大。故知禅宗妙悟,即心即佛,实相无相,不缘文字,其妙无穷。后来,神秀一派逐渐衰落,而惠能南宗一派则遍布全国,到晚唐五代禅宗发展为五大支派:沩仰宗,开创人是沩山灵祐(771—853)和他的弟子仰山慧寂;临济宗,开创人是临济义玄(?—866);曹洞宗,开创人是洞山良价(807—869)和他的弟子曹山本寂;云门宗,开创人是云门文偃(864—949);法眼宗,开创人是法眼文益(?—958)。

禅宗的经典是《坛经》,是惠能的弟子法海辑录整理的他的语录。佛教中能称为“经”的著作是很少的,除释迦当众说法的语录可以称为“经”外,一般只能称“论”,由此可以看出惠能的重大影响。禅宗强调内心的体悟,重视个体精神的独立、自由,所以在思维方式上往往会打破理性的逻辑思维,而喜欢带有风趣的含蓄、象征。所以在师徒的问答中,有所谓“机锋”“棒喝”,乃至“呵佛骂祖”,在某种程度上具有反权威、反教条、反传统的特色。例如在回答“如何是祖师西来意”(指达摩从天竺来华的用意)时,据说有两百多完全不相干的回答,如“日里看山”“板齿生毛”“庭前柏树子”“一寸龟毛重九斤”等。这就是所谓的“机锋”。棒喝则是弟子提出问题时,老师不但不回答,反而是劈头盖脸地打一顿棍棒。甚至在回答“如何是佛”时,答曰“干屎橛”!由于禅宗主张“直指人心,见性成佛”,所以可以不要坐禅念佛,也不要规矩修行,认为只要内心真诚信佛,也就可以成佛,于是就有“放下屠刀,立地成佛”之说。它把学佛通俗化、简单化了,因此在广大平民百姓中传播得相当普遍,成了真正中国化的佛教。

6. 中国古代的科学技术和四大发明

中国古代的科学技术本来是很先进的,只是到十四世纪以后才逐渐落后了,并且和西方的差距愈来愈大,这是与中国长期封建社会的闭关自守和资本主义一直没有发展起来有直接关系的。然而在十四世纪以前,中国的科学技术不仅在世界上处于领先地位,而且一些很重要的科技发明还流传到国外,对世界科技发展起了推进作用。英国著名的科技史专家李约瑟在《中国科学技术史》中曾说:“中国在公元三世纪到十三世纪之间保持着一个西方所望尘莫及的科学知识水平。”我们在数学、物理、天文、地理、冶金、机械、造纸、航海、印刷、火药等方面,都有举世瞩目的成就。我们在殷商时代就已经在数学上采用了十进制,甲骨文中已经有了一、二、三、四、五、六、七、八、九、十、百、千、万十三个位数词,可以记十万以内的自然数。印度到公元五世纪才采用十进制。据班固《汉书·艺文志》记载,西汉末年已经有《许商算术》和《杜忠算术》,但可惜没有留下来。根据考古发现,在湖北江陵张家山出土的汉初墓葬中,发现有七千多字的《算数书》,已经有计算方法和实际生活中计算的运用。西汉中期的《周髀算经》是一部天文方面的书,但是其中广泛地运用了分数运算和勾股定理等。东汉和帝时编定的《九章算术》是集战国和秦汉数学大成的名著,由 246 个社会生活中的应用数学题及其解法答案构成,分为九章:一是“方田”(田亩面积计算方法),二是“粟米”(谷物交换计算方法),三是“衰分”(分配物资和摊派税收的计算方法),四是“少广”(开平方和开立方的计算方法),五是“商功”(各种体积计算方法),六是“均输”(按人口、物价、路途远近计算各地赋税和分派工役的计算方法),七是“盈不足”(共同购物时个人支出的不同比例计算方法),八是“方程”(一次方程的解法),九是“勾股”(勾股定理和直角三角形的比例关系)。这样的数学水平在当时世界上是遥遥领先的。三国曹魏的刘徽在给《九章算术》作注时,创造了计算圆周率的新方法,即在圆内接正多边形,当边数愈来愈多时就十分接近圆周长,他在用 192 边形的正多边形计算时,使圆周率达到 3.1416,是当时最精确的圆周率资料。

在物理学方面中国很早就在探索指南针的问题,大约在战国时期人们已经发现磁铁的指极性能,发明了磁性指向仪器“司南”。这是用天然磁石做成圆底的勺,放在光滑的地盘上,其勺柄指南。王充《论衡·是应篇》中说:“司南之杓,投之于地,其柢指南。”但因其摩擦力大,磁性不强,所以没有广泛应用。从司南到指南针,有个很长过程,目前还不知道指南针究竟发明于何时,比较早的记载是杨维德撰于宋仁宗庆历元年(1041)的《茔原总录》。它记载了人工磁化做的指南针,说要确定东南西北的方向,用丙午指向的针可以找出正南的方向。这说明当时人们已经把磁针和罗经盘配套来定向,并且已经发现地球的正南偏东 7.5 度磁偏角。宋沈括的《梦溪笔谈》卷二十四说:“方家以磁石磨针锋,则能指南,然常微偏东,不全南也。”并且他讲到了水浮等几种装置指南针的方法，显然他也注意到了磁偏角的问题。《梦溪笔谈》撰于1086年至1093年间。宋代药学家寇宗奭在《本草衍义》"磁石"条中说："磨针锋则能指南，然常偏东，不全南也。其法取新纩中独缕，以半芥子许蜡，缀于针腰，无风处垂之，则针常指南。以针横贯灯心，浮水上，亦指南，然常偏丙位。"可见，在十一世纪指南针已经比较常用了。西方的哥伦布1492年航海探险中发现磁偏角，则已晚于中国四百多年。还值得我们注意的是，早在先秦时墨子就已经发现了杠杆原理，发现了光是直线传播的特点。

中国很早就有炼丹术，炼丹的实践和后来火药的发明有密切关系。人们因为炼丹而逐渐明白了硫黄、硝石的作用，知道它们具有很强的燃烧性能。唐代的炼丹家就知道把硫黄、硝石、碳混合在一起，燃烧后会引起爆炸，其实这就是比较原始的黑火药。在晚唐五代时期，人们就开始配制火药用于军事方面，作为火攻的重要手段。北宋曾公亮等编撰的《武经总要》中还记载了三种火药的配制方法，或是燃烧性的，或是爆炸性的，或是有毒药的。宋元时期已经有了管形火药武器，先是用竹筒做的，后来发展为铜火铳，同时还有火药箭。元代的军事扩张，使火药和火药武器由中亚经阿拉伯而传入欧洲。

文献记载造纸术的发明，始于从东汉的蔡伦，但是根据考古的发现，西汉已经有麻纸的出现。1933年在新疆的罗布淖尔、1957年在西安灞桥、1973—1974在甘肃居延都发现了西汉麻纸，说明原来的蔡伦发明造纸说不确切。但是西汉麻纸很粗糙，只可包装，不好书写，所以蔡伦的造纸意义仍十分重大。《后汉书·蔡伦传》说："蔡伦，字敬仲，桂阳人也。……伦有才学，尽心敦慎……永元九年，监作秘剑及诸器械，莫不精工坚密，为后世法。自古书契多编以竹简，其用缣帛者，谓之为纸。缣贵而简重，并不便于人。伦乃造意，用树肤、麻头，及敝布、鱼网以为纸。元兴元年奏上之，帝善其能，自是莫不从用焉，故天下咸称蔡侯纸。"他用的原料和以前不同，有了新的发展，所以纸的质量大大提高，而且这时打浆工艺水平也大为提高，所以这种纸就便于书写。从魏晋南北朝到隋唐，造纸的工艺水平和所用原料不断改进，纸的水平也愈来愈高。桑皮、藤皮、麦秆、稻秆等也均用来造纸，唐代还用竹子做原料来造纸。

纸张质量的提高也必然要带来印刷术的发展。中国古代的印刷大概可分为两个阶段，一是雕版印刷，二是活字印刷。而活字印刷的发明则是印刷术的一次大变革。雕版印刷大概在唐代前期已经有了。1966年在韩国发现的木刻《陀罗尼经》约刻于704年到751年间，根据研究当是在长安刻印的。雕版刻印是在一定规格的坚实平面木板上，雕刻反文凸字，然后用来印刷。由于费用低廉，印刷便捷，并可反复使用，所以很受欢迎。但是雕刻费工费时，用材浪费，雕版也不易保存。根据沈括《梦溪笔谈》的记载，到北宋庆历年间，平民毕昇发明了活字版印刷。他用胶泥刻字，一字一印，经火烧变硬，然后放在木格中，按音韵分类，便于拣取。排版时，把字放在一块铁板上，铁板上铺有松香、蜡和纸灰等混合的黏着剂，周围用铁片框住。然后给铁板加热，使黏着剂熔化，用平板把字面压齐，并粘住。冷却后，就可以印刷了。印完后，再给铁板加热，使黏着剂熔化，取下活字，放入格中，以备另用。相同的常用字可以做很多，难字可以临时补充刻制，非常方便。毕昇还试用过木活字，但是因为木头沾水会变形，而且黏着剂不容易弄干净，所以没有继续使用。元代的王祯解决了用木活字的问题，他用木板来代替铁板，在木板上刻字，然后用小锯锯开，作一些修正，木活字大小、高低一样，又以竹片使字与字之间隔开，这样印刷就更方便了。他还发明了转轮排字架，使排字更加便捷。

此外，中国古代在采矿和冶金方面也有很高的技术。在汉代就有张衡的地动仪，是最早测量地震的仪器。中医中药是自成体系的，有很多在今天仍很有价值。

7. 艺术和艺术批评

中国古代的艺术门类众多，具有自己独特的内容和风格，是我们古代文化发展中非常珍贵的部分，在音乐、绘画、书法、舞蹈、雕塑、建筑等方面，都有举世瞩目的辉煌成就。我们重点介绍绘画和绘画批评情况，也简要介绍音乐情况。

古代音乐和音乐理论批评

音乐的起源很早，根据《吕氏春秋·古乐》篇的记载，“昔葛天氏之乐，三人操牛尾，投足以歌八阕：一曰载民，二曰玄鸟，三曰遂草木，四曰奋五谷，五曰敬天常，六曰建帝功，七曰依地德，八曰总禽兽之极”。那时的音乐和舞蹈是结合在一起的。《古乐》篇又说：黄帝曾命伶伦作乐律。中国古代很早就有五声（或加变宫、变徵为七声）十二律，并且具有对应关系：

黄钟	大吕	太簇	夹钟	姑洗	中吕	蕤宾	林钟	夷则	南吕	无射	应钟
宫		商		角	变徵		徵		羽		变宫
C		D		E	F		G		A		B
do		re		mi	fa		so		la		si

古人是用竹管来定律的，这就是所谓“三分损益法”：先用竹管定出基本音高，也就是黄钟的音高，据说是伶伦断两节间竹管长三寸九分，其音即黄钟之声。然后三分损一为下一管长（二寸六分），然后又按次管的三分益一（二寸六分的 $1\frac{1}{3}$）为下一管长，如此延续而成十二管，以定十二律。尧为帝时，命质（或谓夔）为乐，质“乃效山林溪谷之音以歌”，可见上古时代的乐曲往往是模仿自然的产物。舜为帝时，命质修帝喾时的乐《九招》《六列》《六英》，以明帝舜的德行。禹即位后，“皋陶作为《夏籥》九成，以昭其功”。商汤代替夏桀建立殷王朝后，“汤乃命伊尹作为《大濩》、歌《晨露》，修《九招》《六列》，以见其善”。周武王伐纣成功后，“乃命周公为作《大武》”。这些都是古代的宫廷典礼的音乐，此外还有娱乐音乐。秦、汉两代均曾设立音乐机构“乐府”。班固《汉书·礼乐志》中说汉武帝时，“乃立乐府，采诗夜诵，有赵、代、秦、楚之讴”。汉代的乐府歌曲主要有相和歌和鼓吹曲两大类。相和歌是指“丝竹更相和”的意思，所收为南方俗曲，多为江南楚地民歌。鼓吹

曲是指汉武帝时北方民族的乐曲,大都为军乐。汉代相和歌主要是以平调、清调、瑟调为主,“汉世谓之三调”(《旧唐书·音乐志》)。魏晋时发展为“清商三调”,《魏书·乐志》说:“其瑟调以宫为主,清调以商为主,平调以角为主。”以清商代表三调,即为清商乐。南北朝时期的吴歌和西曲也都是属于清商曲的乐律的。

隋唐时期的宫廷音乐规模很大,隋代设有专管音乐的太乐署、清商署和鼓吹署。太乐署管理雅乐和燕(宴)乐,清商署和鼓吹署分别管理清商曲和鼓吹曲。隋代的燕乐原分为七部:国伎(即西凉伎)、清商伎、高丽伎、天竺伎、安国伎、龟兹伎、文康伎(礼毕),隋炀帝时为九部,增加康国、疏勒,改文康为礼毕。唐代的音乐机构继承隋制而有变化,设有太乐署、鼓吹署、教坊,统归太常寺管辖,至唐玄宗时又有所扩大,教坊分为外教坊和内教坊,增加梨园。内教坊和梨园在宫内,不归太常寺管。唐代燕乐也是沿用隋代九部,至唐太宗时改为十部:燕乐、清商乐、西凉乐、天竺乐、高丽乐、龟兹乐、安国乐、疏勒乐、康国乐、高昌乐。这本来是按地区分的,后来随着演奏方式不同,分为立部伎和坐部伎,前者站在堂下演奏,后者坐在堂上演奏。这两部伎的内容在唐玄宗时基本定下来,成为以传统音乐和民间音乐为主的大型乐舞。到了宋代,音乐逐渐向民间转移,唐以前收集、整理、加工民间音乐主要是由官方艺人来做的,而宋代则主要是民间艺人来做的。所以宋代的教坊没有唐代的规模,但是民间有很多艺人团体。南宋迁都临安以后,有时设教坊,有时撤销,官方需要可以召集民间艺人和民间音乐舞蹈团体来演奏。这样在乐曲方面也有很多新的发展,特别是词曲的出现,使音乐艺术有了更大的进步,形式也愈来愈复杂。古代戏曲就开始得到繁荣发展。中国古代在对音乐的美学和创作理论探讨上,也有十分重大的贡献。最为重要的是代表儒家音乐美学思想的经典性文献《礼记·乐记》和代表玄学音乐美学思想的嵇康的《声无哀乐论》,它们是中国古代文化发展中的珍贵财富。《乐记》是对儒家丰富的音乐理论的全面系统的总结,它不仅以音乐和政治的关系为中心,阐述了音乐的起源、音乐的本质、音乐的社会功能等基本理论问题，还探讨了音乐和自然的关系，音乐创作的特点，构成音乐内容和形式的“本”“象”“饰”，以及乐律的问题，研究了乐律和四时节气、阴阳五行的关系等。而《声无哀乐论》则是和《礼记·乐记》在文艺美学思想上尖锐对立的一篇意义深远的音乐美学论著。它强调了音乐的美主要是在乐曲的“自然之和”，它和人情的哀乐是没有必然联系的。这就提出了音乐理论上一个极为重大的问题：音乐究竟能不能直接地表现感情？乐曲本身是否具有特定的哀乐意义？在西方首先提出这个问题的是十九世纪的奥地利音乐美学家汉斯立克（1825—1904），他在《论音乐的美》这部名著里指出：“音乐的内容就是乐音的运动形式。”“音乐作品的美是一种为音乐所特有的美，即存在于乐音的组合中，与任何陌生的、音乐之外的思想范围都没有什么关系。”他认为音乐不能“表现某一明确的感情”，它只能表现感情的“力度”，如快、慢、强、弱、升、降等，“像爱情、愤怒、恐惧等一类观念也不能在乐器中体现出来，因为这些观念和优美的乐音组合间没有必然联系”。可见，他的观点和嵇康的观点是完全一致的，这就是嵇康所说的“心之与声，明为二物”，“声音自当以善恶为主，则无关于哀乐”，“音声之作，其犹臭味在于天地之间。其善与不善，虽遭浊乱，其体自若而无变化也。岂以爱憎易操、哀乐改度哉！”嵇康提出这个问题比西方早了将近一千六百年！这也可以充分说明当时的玄学家的思维和认识能力确实是十分高超的！

古代绘画和绘画理论批评

中国古代的绘画不仅成就非常之高，而且具有非常鲜明的中国特色。绘画的起源也是和中国古代文明的产生发展同步的。早在旧石器时代，就已经有绘画的萌芽，而到新石器时代绘画已经有了相当的水平，我们看到考古出土的文物上那些形象生动的陶器上的画和雕塑的使用器物，真不能不为我们的祖先感到无比的骄傲！至于青铜时代那些精美无比的青铜雕饰，更是让我们叹为观止！秦始皇陵兵马俑那种壮阔的气势，一个个形象鲜明、栩栩如生的军人，谁又能想到这是在两千多年前呀！汉代不仅有精致的帛画，有想象异常丰富的画像砖、画像石,还有麒麟阁和云台的功臣画像,虽然我们现在是看不到了,但是根据文献的记载,那确是非常了不起的高水平的人物画,而且是真人的真画！西汉时期还有霍去病墓前的精彩石雕,其中尤以“马踏匈奴”最为生动形象,现在尚在陕西兴平茂陵东的霍去病墓前。班固的《汉书·苏武传》记载:“(宣帝)甘露三年(前51),单于始入朝,上思股肱之美,乃图画其人于麒麟阁,法其形貌,署其官爵姓名。”东汉明帝永平三年(60),为纪念中兴功臣于洛阳南宫云台画二十八位中兴名臣之像。这都是历来为大家所传诵的。我们还可以从王延寿所写的《鲁灵光殿赋》中看到汉景帝的儿子鲁恭王刘馀兴建的灵光殿有很多非常绚丽的壁画,所谓“图画天地,品类群生,杂物奇怪,山神海灵”,莫不应有尽有。先秦两汉时期有一些很重要的绘画理论,中国最早的画论是《庄子·田子方》中提出的“解衣般礴”说,它说的是画家的精神境界,但同时也是诗人和文学家的精神境界。具有这种“解衣般礴”精神状态的人,画出来的画,就和自然本身没有差别。庄子认为用笔墨所能画出来的画,都是有局限性的,总不如自然本身美。一个画家不管他有多大本事,也不能把自然之美全部描绘出来,总是会有人工痕迹,而只有自然本身所体现出来的,才是最美的“真画”。这种对绘画的要求,其实也不是不要画,而是要求人在主体精神上实现与道合一,这时画出的画就没有人工痕迹,而与自然化工一致了。《韩非子·外储说左上》中提出“画鬼魅易,画犬马难”的观点,表现了重视现实真实的思想。这个观点在画论史上影响很大,同时对文学创作思想也有很深影响。它认为表现人们幻想中的东西,如鬼魅,是比较容易的,因为谁也没有看见过,不管像不像,都没有一个现实的客观标准,要怎么画就可以怎么画;而表现人们日常生活中的真实状况是很不容易的,因为稍有不似,人们就可以发现。这是从注重真实地再现现实生活的角度来看问题得出的结论。如果从浪漫主义的表现理想的角度来看,那么,鬼魅也是很不好画的,甚至比犬马更难画。因为画犬马有现实模式,可以依样画葫芦,可是,画鬼魅要使之充分体现作者理想,就不那么容易了。后来宋代的欧阳修在《题薛公期画》中对韩非的论述提出过不同看法。从韩非的说法可以看出先秦画论有重视真实地再现现实而不重在表现作家主观理想的特点。它也影响了司马迁"实录"原则的提出,而"实录"精神对中国古代文学创作的影响是异常巨大的。汉代《淮南子·说山训》中所说"画西施之面""规孟贲之目",应当突出其"君形者"特点,与东晋顾恺之传神写照理论的提出有直接关系。

魏晋南北朝时期的绘画和绘画理论有了很大的发展。不仅人物画有了新的进展,不再只画朝廷功臣和英雄人物,而且也画普通的人物,特别是因为清谈的风气和名士的高雅,有了很多文人才子的画像,如顾恺之画的裴楷像等。顾恺之在《魏晋胜流画赞》中还评论了很多的人物画,而对人物画又特别注重传神,他的原画早就没有了,但是有后人的摹本,如《女史箴图》《洛神赋图》《列女仁智图》等。传说他有一幅画存放在桓玄处,桓玄打开拿走了,告诉他说没有动过。顾恺之也不疑,说:"画妙通神,变化飞去,犹人之登仙也。"所以人称顾恺之有三绝:画绝、才绝、痴绝。他很喜欢邻家一个女孩,为她画像后当心用一个钉子钉在墙上,女孩生病心痛,告诉顾恺之,他把钉子拔出来,女孩病就好了。他为谢鲲画像时,画其在山林岩石处,人们问他为何,他说谢鲲自己说过,"一丘一壑,自谓过之",(按:晋明帝问谢鲲,他和庾亮谁更优秀,他说:"端委庙堂,使百僚准则,臣不如亮。一丘一壑,自谓过之。")所以"此子宜置丘壑中"。他画裴楷像颊上加三毛,其像特别传神,顾恺之说:"楷俊朗有识具。此正是其识具。"殷仲堪的眼睛有毛病,一只眼是瞎的,不让他画像。顾恺之说:"明府当缘隐眼也,若明点瞳子,飞白拂上,使如轻云蔽月。"他曾以嵇康的四言诗之诗意作画,并说:"手挥五弦易,目送归鸿难。"他提出的"以形写神"论,成为中国古代最为重要的艺术创作理论之一。南朝刘宋时期的著名画家陆探微擅长画名士画像、宗教壁画和风俗人情画。谢赫《古画品录》中说:"画有六法,自古作者,鲜能备之,唯陆探微及卫协备之矣。穷理尽性,事绝言象,包前孕后,古今独立,非激扬可至。"唐代的张怀瓘《画断》中说他"参灵酌妙,动与神会,笔迹劲利,如锥刀焉，秀骨清像，似觉生动，令人懔懔若对神明，虽妙极象中，而思不融乎墨外”。他的画从刘宋时期的帝王、亲王到江湖名士、僧人佛像、鸟兽虫鱼等等，皆十分生动。刘宋时代已经出现了水平很高的山水画，宗炳不仅是著名的山水画家，而且是山水画理论批评的奠基者。他遍游名山大川，把看到的秀丽山水都画在自家的墙壁上，自己睡着、坐着都在欣赏自己的画。他的《画山水序》是一篇著名的山水画理论著作，对艺术创作中的心物关系、艺术思维、艺术直觉等重要理论问题，作了深入的探讨。齐梁时代的著名画家张僧繇以画佛像和人物肖像出名，他的画有很高的水平。据说他在金陵安乐寺画四白龙，一直不点眼睛，并告诉人说："点眼即飞去。"人们不相信，于是他点了两条龙的眼睛，点完两龙破壁腾空驾云飞去。另外两条没有点眼睛的龙就一直在墙上。这就是"画龙点睛"的故事出处。

隋唐时期是我国古代绘画发展的繁荣时期，在人物画、山水画、花鸟画、宗教画等方面都取得了辉煌的成就。人物画方面在六朝的基础上有了重大发展，从六朝人物画的比较概念化转向个性化。唐初的阎立本在人物画方面取得卓越的成就。现存他的《步辇图》是画唐太宗贞观十四年(640)吐蕃使臣禄东赞到长安受到唐太宗接见一事。事后唐太宗遂派文成公主入藏，与吐蕃结为秦晋之好。画中唐太宗精明聪睿，神情自然，周围九个小宫女状态各不相同，禄东赞身穿少数民族服装，恭敬有礼，身后有穿白衣的翻译。阎立本还为唐高祖和唐太宗的功臣画像，有《秦府十八学士图》，即画秦王李世民手下的杜如晦、房玄龄等十八学士，褚亮曾为他写画赞。贞观十七年，唐太宗命他画《凌烟阁功臣二十四人图》，为长孙无忌、魏徵等二十四人画像，唐太宗亲自写画赞，朝廷称他为"丹青神化"。张萱的《虢国夫人游春图》中的虢国夫人十分悠闲自在，很有一股傲气。诚如张祜的《集灵台》诗中所说："虢国夫人承主恩，平明骑马入宫门。却嫌脂粉污颜色，淡扫蛾眉朝至尊。"周昉在张萱的基础上，发展为仕女画，画贵族妇女的生活，他的《挥扇仕女图》《簪花仕女图》，都有相当高的水平。花鸟画和马牛等动物画在唐代开始勃兴，画马的名家是曹霸，杜甫曾有诗写他画马：

"将军得名三十载,人间又见真乘黄。曾貌先帝照夜白,龙池十日飞霹雳。内府殷红玛瑙盘,婕妤传诏才人索。盘赐将军拜舞归,轻纨细绮相追飞。贵戚权门得笔迹,始觉屏障生光辉。"(《韦讽录事宅观曹将军画马图》)他的弟子韩幹也是很出色的画家,不过,他画的马比较肥壮,所以杜甫《丹青引(赠曹将军霸)》说:"将军魏武之子孙,于今为庶为清门。英雄割据虽已矣,文采风流犹尚存。学书初学卫夫人,但恨无过王右军。丹青不知老将至,富贵于我如浮云。开元之中常引见,承恩数上南薰殿。凌烟功臣少颜色,将军下笔开生面。良相头上进贤冠,猛将腰间大羽箭。褒公鄂公毛发动,英姿飒爽来酣战。先帝天马玉花骢,画工如山貌不同。是日牵来赤墀下,迥立阊阖生长风。诏谓将军拂绢素,意匠惨澹经营中。须臾九重真龙出,一洗万古凡马空。玉花却在御榻上,榻上庭前屹相向,至尊含笑催赐金,圉人太仆皆惆怅。弟子韩幹早入室,亦能画马穷殊相。幹惟画肉不画骨,忍使骅骝气凋丧。将军画善盖有神,必逢佳士亦写真。即今漂泊干戈际,屡貌寻常行路人。途穷反遭俗眼白,世上未有如公贫。但看古来盛名下,终日坎壈缠其身。"韦偃也是一位著名的画马名家,杜甫赞赏他"戏拈秃笔扫骅骝,欻见骐骥出东壁"。他的《牧放图》有宋代李公麟的摹写图。中唐时的韩滉有《五牛图》,明代李日华《紫桃轩杂缀》评说:"神气溢出如生,所以为千古绝迹也。"花鸟画的名家是边鸾,后来苏轼曾说:"诗画本一律,天工与清新。边鸾雀写生,赵昌花传神。"(《书鄢陵王主簿所画折枝》)唐代最重要的是山水画,隋代有著名的山水画家展子虔,继他之后唐代有李思训及其子李昭道,以金碧山水著称,传说李思训有《江帆楼阁图》,李昭道有《明皇幸蜀图》,都是色彩浓丽的作品。他们的山水画属于工笔画一派,和吴道玄、王维的写意画一派很不相同。所以唐朝朱景玄《唐朝名画录》记载说:"明皇天宝中,忽思蜀道嘉陵江水,遂假吴生驿驷,令往写貌,及回日,帝问其状,奏曰:'臣无粉本,并记在心。'后宣令于大同殿图之,嘉陵江三百余里山水,一日而毕。时有李思训将军,山水擅名,帝亦宣于大同殿图,累月方毕。明皇云:'李思训数月之功,吴道子一日之迹,皆极其妙也!'"李氏父子色彩浓郁,笔法精细,而吴道子则是以天然神化为其特征,《历代名画记》说他“神假天造,英灵不穷。众皆密于盼际,我则离披其点画;众皆谨于象似,我则脱落其凡俗。弯弧挺刃,植柱构梁,不假界笔直尺”。所谓“守其神,专其一,合造化之功,假吴生之笔,向所谓意存笔先,画尽意在也”。张彦远认为他的绘画创作境界与庄子所说“庖丁发硎,郢匠运斤”一样,“凡事之臻妙者,皆如是乎,岂止画也!”故而,吴道子之画,“笔才一二,象已应焉。离披点画,时见缺落,此虽笔不周而意周也”。吴道子画虽亦是设色山水,但不是浓墨重彩,而如郭若虚《图画见闻志》所说,是“傅彩简淡”“轻拂丹青”的“吴装”。一密一疏也是反映了工笔与写意在绘画创作中的重要区别的。唐朱景玄的《唐朝名画录》中说他“凡画人物、佛像、神鬼、禽兽、山水、台殿、草木,皆冠绝于世,国朝第一”。可惜其真迹已经不存。王维虽也学李思训的工笔,但更擅长吴道子的写意,诚如苏轼所说比吴道子更为过之,这就在于他开始用水墨渲淡法,而不再以设色山水为主,显然这是更适合表现写意画特点的方法,同时也更加突出地体现了重在自然天工的创作思想。水墨渲淡法,不重钩斫,而以墨色浓淡表示色彩深浅以及山的阴阳向背,它带有更强烈的想象色彩,因而使人感到意趣无穷。传说王维作的《山水诀》,其中云:“夫画道之中,水墨最为上,肇自然之性,成造化之功。”《山水诀》实际上恐不是王维所作,但这种思想是符合王维创作实际的。《旧唐书·王维传》说他的画是“笔踪措思,参于造化;而创意经图,即有所缺,如山水平远,云峰石色,绝迹天机,非绘者之所及也”。王维之画重在天然神到,他画花亦不辨四时,“往往以桃杏芙蓉莲花同画一景”,“意到便成,故造理入神,迥得天意”(沈括《梦溪笔谈》)。董其昌在《画旨》中对王维的赞扬,要害也正在这里。和王维差不多同时的张璪也是以水墨渲淡法见长的,故荆浩《笔法记》说他“真思卓然,不贵五彩”,张彦远说他作画“惟用秃笔,或以手摸绢素”。据米芾《画史》记载,当时钱藻收藏有张璪画一幅,下有流水涧松,上有诗一首,其云:“近溪幽湿处,全借墨烟浓。”说明他也是善用水墨渲淡法的,但没有王维更突出。张璪的绘画思想受老庄影响很深，符载在其《观张员外画松石序》一文中讲得很清楚，他说："观夫张公之艺，非画也，真道也。"他所描绘的张璪在创作时的精神状态，完全合乎庄子的"物化"境界："遗去机巧，意冥玄化，而物在灵府，不在耳目。故得于心，应于手，孤姿绝状，触毫而出，气交冲漠，与神为徒。"这种与天然造化合一的特点，和王维完全一致。

五代时，绘画也有很大的发展，出现了一些成就卓著的画家，尤其以山水画著称。荆浩不仅是画家，也是绘画理论批评家，有著名的《笔法记》，是山水画理论的代表作。他的《匡庐图》是画庐山风景的，深广奇伟，峰峦秀拔。他本是以画北方山水为主的，庐山在他笔下也有北方山水的气象。他对水墨山水画的推崇，影响是巨大的。他曾说："水晕墨章，兴我唐代。故张璪员外树石气韵俱盛。笔墨积微，真思卓然，不贵五彩，旷古绝今，未之有也。"他又称赞王维之画是"笔墨宛丽，气韵高清，巧写象成，亦动真思"。关仝是荆浩的弟子，也是著名的山水画家，二人并称"荆关"。李廌《德隅斋画品》中说他的画"笔墨略到，便能移人心目，使人必求其意趣，此又足以见其能也"。《宣和画谱》说他"尤喜作秋山寒林，与其村居野渡，幽人逸士，渔市山驿，使其见者悠然如在灞桥风雪中、三峡闻猿时，不复有市朝抗尘走俗之状。盖仝之所画，其脱略毫楮，笔愈简而气愈壮，景愈少而意愈长也。而深造古淡如诗中渊明，琴中贺若，非碌碌之画工所能知"。古淡的品格正是庄学、玄学影响之结果。苏轼《听武道士弹贺若》云："琴里若能知贺若，诗中定合爱陶潜。"贺若之琴、渊明之诗、关仝之画在美学趣味上是一致的。所以，"荆关"并称，绝非偶然。以画南方山水出名的董源和巨然，人称"董巨"，他们都是南唐时人。董源有学习李思训而创作的优秀的着色山水画，但是，董源之真正成为名家，却是水墨山水。《图画见闻志》说他"水墨类王维，着色如李思训"。而《宣和画谱》则进一步指出："然画家止以着色山水誉之，谓有景物富丽，宛然有李思训风格。今考元所画，信然，盖当时着色山水未多，能效李思训者亦少也，故特以此得名。"但他真正的成就却是在学王维的水墨山水方面，此点米芾《画史》讲得非常之清楚。他说："董源平淡天真多，唐无此品,在毕宏上,近世神品,格高无与比也。峰峦出没,云雾显晦,不装巧趣,皆得天真;岚色郁苍,枝干劲挺,咸有生意;溪桥渔浦,洲渚掩映,一片江南也。”可见,董源之画的美学风貌与王维更近。巨然是师法董源的。米芾《画史》说:“巨然师董源,今世多有本,岚气清润,布景得天真多。”沈括《梦溪笔谈》中说:“大体源及巨然画笔,皆宜远观,其用笔甚草草,近视之,几不类物象,远观则景物粲然,幽情远思,如睹异境。如源画《落照图》,近视无功,远观村落,杳然深远,悉是晚景远峰之顶,宛有反照之色,此妙处也。”由此可知,董、巨绘画的主要特点是在写意,而不以工笔见长。

宋代绘画是中国古代绘画发展的一个非常突出的高峰时期。这个时期的特点是山水画成为主要的内容,花鸟画也得到了很大的发展,而人物画的地位是下降了。工笔画和写意画成为非常特出的两大派,而写意画又逐渐占有主导地位。文人画的发展是这个时期具有代表性的特点。文人画是针对画院画而来的,宋代的帝王,特别是宋徽宗赵佶很喜欢绘画,他自己是很不错的画家。画院的画家一般是擅长绘工笔画的,而文人画则是以写意为主的。文人画的画家都是文人,不仅善画,也善诗文、书法、音乐等,而画院画家则不一定是文人,也有民间画家。宋代的画院称为翰林图画院,分为四级,有待诏三人,艺学四人、祗候四人,学生四十人,由太监直接管理,为宫廷服务,并且朝廷不以画工对待,俸禄也很好。但是文人还是目其为“画工”。宋徽宗时期还在国子监设立“画学”,并分为六科:佛道、山水、人物、鸟兽、花竹、屋木。画学的考题常常以诗句为之,如“嫩绿枝头红一点,动人春色不须多”等,要求以诗意作画。在画院画中,花鸟画占的比例很大,著名的花鸟画家有赵昌、黄筌、易元吉等。而文人画中则山水画比较多,最有名的是李成和范宽。李成是北海营丘(今山东临淄)人,人称李营丘。范宽为华原(今陕西铜川耀州)人,一般称他为华原。他们和五代的荆浩(或董源),并称为“山水画三大家”。以后,又有许道宁、郭熙、王诜等,尤其是郭熙,不但画山水出名,还有著名的山水画论《林泉高致》,其中提出“高远”“深远”“平远”的三远法，并说："春山澹冶而如笑，夏山苍翠而如滴，秋山明净而如妆，冬山惨淡而如睡。"元代汤垕在《画鉴》中说："迨于宋朝，董源、李成、范宽，三家鼎立，前无古人，后无来者，山水之法始备。"苏轼、米芾等特别强调文人画，也叫士人画，他们善诗，善书，善琴，又善画，其中比较有代表性的文人画家如苏轼、郭忠恕、文同、李公麟、米芾等，而苏轼、文同、米芾又是著名的"墨戏"画家，喜欢水墨画，泼墨为戏作画。特别是米芾和其子米友仁更为突出，他们的山水画侧重点在写意，水墨渲淡，重在天趣。邓椿《画继》说："其一纸上横松梢，淡墨画成，针芒千万，攒错如铁。"宋人钱端礼题米芾《潇湘白云图卷》，认为米氏之画可以达到"墨妙天下，意超物表"之妙。宋人赵希鹄《洞天清禄集》中说其画得"天趣"，"其作墨戏，不专用笔，或以纸筋，或以蔗滓，或以莲房，皆可为画"。米氏虽不用笔，不过其画作形象仍然是清晰的，意趣横生、其妙无穷。明人李日华《书画谱》中说："迨苏玉局（苏轼）、米南宫辈，以才豪挥霍，借翰墨为戏具，故于酒边谈次率意为之而无不妙，然亦是天机变幻，终非画手。"米芾主张"信笔"画去，"多以烟云掩映树木，不取细，意似便已"。这"意似"两字正可以概括米芾父子绘画美学的特点。米友仁自题《潇湘奇观图卷》云："余平生熟潇湘奇观，每于观临佳处，辄复得其真趣，成长卷以悦目。"说明他的绘画目的是仅写"真趣"，而非真实再现"奇观"。南宋的绘画有一个新发展，画院画和文人画接近，最著名的四大家李唐、刘松年、马远、夏圭都是画院画家，他们虽然以学习唐代李思训出名，但也有很多水墨山水画，和文人画很一致，其青绿山水学李思训，而水墨山水则学王维。明代曹昭《格古要论》说："李唐善山水，初法李思训，其后变化，愈觉清新。"元代吴镇说他的《关山行旅图》"取法荆、关，盖可见矣。近来士人有画院之议，岂足谓深知晞古（李唐之字）者哉！"刘松年亦有"金碧山水"及"丹青焕赫"之作，在设色上学习李思训，但是他也学王维，有清远萧散之作。马远与夏圭则亦是以水墨画为主的，而且很富有意境，所谓"马一角""夏半边"，不仅以"残山剩水"比喻南宋之偏安，有爱国主义思想，而且也是运用了虚实结合、有无相生之艺术表现方法的,所以他们的画有简淡清新之趣。然而,李、刘、马、夏在美学风貌上确实有画院画的特点,即使是水墨山水也与南宗画不尽相同。他们的画一般说都重在精工、典雅。明代屠隆《画笺》中说:“画家虽以残山剩水目之,然可谓精工之极。”他们山水画的风格具有刚劲壮阔和凝重雄伟的特点。他们的水墨画,线条宽大,沉健有力,用墨上水分多,速度快,有水墨淋漓、墨气袭人之感。滕固先生《唐宋绘画史》中曾指出他们对自然的态度与南宗画家有别,他们构造自己的强烈意志所追求的自然,剪裁自然,使之顺从自己,“在丰富和伟丽上机智地表现自然”,“构图有定法,皴法有定法”,用的是“劲爽径直的笔法”。这些特征显然和南宗崇尚的“自然平淡天真”很不相同。

元代也是文人画、山水画极为发达的时期。初期的赵孟頫本是宋太祖赵匡胤儿子赵德芳的十世孙,但在进入元朝后他受到元世祖的恩宠,他的绘画成就是多方面的,在人物、鞍马、山水、竹石等方面都有很高的水平。在山水画上受李成、范宽影响。元代江南文人画的代表是著名的“元四家”:黄公望、倪瓒、王蒙、吴镇。黄公望(1269—1354),字子久,号大痴、大痴道人、一峰道人,人称黄大痴。他是赵孟頫的弟子,赵师法董源、巨然,对黄公望有很大影响。他八十二岁完成的长卷《富春山居图》是他最为出色的作品。他和倪瓒、王蒙、吴镇的画有共同的美学特色,大约以天真幽淡为主。清人王原祁以“自然平淡天真”六字概括黄公望之画(见《麓台画跋》),实际上也反映了他们四家的共同特点,他们讲究气韵生动,多象外之趣,故恽寿平说:“痴翁(黄公望)画,林壑位置,云烟渲晕,皆可学而至,笔墨之外,别有一种荒率苍莽之气,则非学而至也。”(《南田画跋》)又说王蒙《秋山萧寺图》“其写红林点色,得象外之趣”。说黄公望“以潇洒之笔,发苍浑之气,游趣天真,复追茂古,斯为得意”(同上)。王原祁《麓台画跋》中说得更为清楚:“大痴得董、巨三昧,平淡天真,不尚奇峭。”“大痴画至富春长卷,笔墨可谓化工,学之者须以神遇,不以迹求。”他又说元人之画“奇中有淡,而真趣乃出。四家各有真髓,其中逸致横生,天机透露,大痴尤精进头陀(倪瓒)也”,“大痴不取刻画,平淡天真,别开生面,此又一变格也”,“想其吮毫挥笔时,神与心会,心与气合,行乎不得不行,止乎不得不止,绝无求工求奇之意,而工处奇处斐亹于笔墨之外”。这岂不是和符载所描写的张璪画松石进入了同一境界吗?真道也,非艺也!这都可以充分说明元四家上承王维、张璪,下学荆、关、董、巨,以平淡天真之自然真趣为宗,显然也正是庄学、禅学美学思想之具体表现。

明初文人绘画基本上是继承元四家的水墨山水画的。如徐贲、王绂、刘珏等都是比较有代表性的画家。目前,明代的画保留下来的还是比较多的。明代最为出名的中后期的文人画家特别是吴门画派的沈周、文徵明、唐寅、仇英,称为“吴门四子”,为有明一代画家中成就最高者。沈周(1427—1509),号石田,学习元四家,早年学王蒙,笔法细腻繁密;中年学黄公望,用笔粗而简,但富有韵味;晚年学吴镇则沉着老练。其《庐山高图》《虎丘送客图》《盆菊幽赏图》等,都是非常有名的画。文徵明(1470—1559),号衡山,长洲人,他也以学习元四家为主,兼及董源、巨然、郭熙,乃至南宋马远、夏圭等,以画山水竹石等为主。其《万壑争流图》《霜柯竹石图》等,既有浓郁苍劲之作,又有柔密秀丽之作。唐寅(1470—1523),字伯虎,号六如居士。唐寅是有名的风流才子,为人放荡不羁,其画学李唐,画法潇洒,富有韵味,其代表作是《落霞孤鹜图》《丘陵独步图》等。仇英(约1501—约1551),原籍太仓,后移居苏州。他的山水画、人物画、花果画均很不错。他的画比较重在工笔,很有法度,如《莲溪渔隐图》《桃源仙境图》等。在明代有大批的画家追随吴门画派,形成当时绘画的中心。明代后期最重要的画家和绘画理论批评家是著名的董其昌(1555—1636),字玄宰,号思白,或称华亭居士,华亭(上海松江)人,曾官至礼部尚书,死后谥文敏,人称董文敏。他不仅是一位出色的画家、书法家和诗人,而且是一位卓越的文艺理论批评家,他的画论、书论、诗论都很有特点,特别是画论方面,他提出和阐述的山水画南北宗论,深刻地主宰和影响了后来三百多年的绘画和绘画理论批评的发展。他著有《容台集》和《容台别集》,其绘画理论批评著作是《画旨》。他的绘画美学思想核心是倡导山水画的南北分宗论，即是以禅宗之南顿北渐为喻，来区分山水画的派别，抬高南宗，贬低北宗。山水画的南北宗问题，是我国绘画创作和绘画美学思想发展史上的重大问题，与我国古代的文艺美学传统有十分密切关系。董其昌的书、画传世者很多，也都是极为珍贵的作品。其山水画的代表作是《江干三树图》《关山雪霁图》《高逸图》等，淡墨轻岚，风韵自然。其晚年佳作《松溪幽胜图》苍翠秀美，气韵生动。他和陈继儒等形成华亭画派，比他略早的莫是龙也是华亭人，今传其《画说》十六条与董其昌《画旨》中有关条目是重复的，不过，董其昌的《画旨》的论述有一百五十多条，他和莫是龙虽是忘年之交，但总不至于把比自己年长的莫是龙之画论全部据为己有，所以历来大家把主张山水画南北分宗论都看作董其昌的思想。董其昌在《画旨》中说："禅家有南北二宗，唐时始分。画之南北二宗，亦唐时分也，但其人非南北耳。北宗则李思训父子着色山水，流传而为宋之赵幹、赵伯驹、伯骕，以至马、夏辈。南宗则王摩诘始用渲淡，一变构斫之法，其传为张璪、荆、关、董、巨、郭忠恕、米家父子，以至元之四大家。亦如六祖之后有马驹、云门、临济儿孙之盛，而北宗微矣。要之摩诘所谓云峰石迹，迥出天机，笔意纵横，参乎造化者。东坡赞吴道子、王维画壁亦云：'吾于维也无间然。'知言哉。"对山水画的南北宗之区分，是从禅宗之由南北而来的，那么，两者之间有没有内在的思想上的联系，还是只是形式上的比喻？我认为这里绝不只是一个形式相类的比方，而是有深刻的思想上内在联系的。禅宗之南顿北渐，其讲"悟"的特点是很不相同的。北宗主渐悟，要靠人为之修行，修行功夫到家，方可领悟佛法至理；而南宗讲顿悟，则是重在天机相契，感灵默会，自然悟道，不借人为之修行。可以说南北二宗在禅家有重人为与重自然之别，画论中之南北宗正是受此影响而来，故北宗偏于人工精密修饰，而南宗则偏于自然天机神到，即以王维、李思训的创作来看，就有这样明显的差别。而董其昌所说的南宗画家也都有这种重在天机自然的特点。是精工细巧，还是平淡自然，是南北宗山水画家的区别所在。董其昌的绘画美学思想核心，是主张绘画作品应当具有"平淡天真"之美，要求生动传神，合乎自然造化，极其推崇“逸品”。董其昌确实清楚地认识到了南宗画与北宗画在美学思想上是存在着一些重要的原则分歧的。他的好友陈继儒在《偃曝余谈》中对此曾作了较为明确的论述。他说：“李派（指李思训）板细无士气，王派（指王维）虚和萧散，此又慧能之禅，非神秀所及也。”因此，董其昌的南北分宗论在具体论述中虽有许多疏漏不当之处，然而从根本上说是有道理的，提出了绘画发展史上的一个重大问题，其历史功绩是不能抹杀的。

董其昌的南北分宗论对清代的山水画的直接影响，就是“四王”的绘画和绘画理论。明代后期的李日华是坚定地支持董其昌分宗论的，他曾在《紫桃轩杂缀》中很多地方详细地阐述董其昌的思想。他说：“绘事必以微茫惨澹为妙境，非性灵廓彻者，未易证入。所谓气韵必在生知，正此虚澹中所含意多耳。其他精刻逼塞，纵极功力，于高流胸次间何关也。”清代“四王”：王时敏、王鉴、王翚、王原祁。王时敏是董其昌的学生，王鉴与他同一宗族，叔侄相称，王翚是王时敏弟子。王原祁是王时敏的孙子，他的绘画是学其祖父的，其画论也主要是发挥董其昌思想的。“四王”加上吴历、恽（格）寿平，被称为“清初六家”。他们都是受董其昌影响的南宗画家，特别注重学习元四家，成为清初画坛的主流。王时敏（1592—1680），字逊之，号烟客，晚年号西庐老人，江苏太仓人，特别注重学习黄公望。他的《落木寒泉图》《仙山楼阁图》《山水图》等层峦叠嶂，树丛苍劲，具有清雅醇厚的意趣，很富有董其昌所提倡的平淡天真特色。王鉴（1598—1677），是明代后七子的代表人物王世贞的孙子，字圆照，号湘碧，自称染香庵主，也是江苏太仓人。他的画以南宗为主，也兼取北宗之长，其山水画多仿古之作，但神韵盎然。王翚（1632—1717），字石谷，号耕烟散人，江苏常熟人。能合南北二宗于一手，他在《清晖画跋》中说要“以元人笔墨，运宋人丘壑，而泽以唐人气韵”，由此而自成一家。他在六十岁时曾主绘《康熙南巡图》，共十二大卷，康熙亲自书写“山水清晖”赐给他。王原祁（1642—1715），字茂京，号麓台。他受康熙之命主持编纂《佩文斋书画谱》，又主绘《万寿盛典图》，官至户部侍郎。他的画也是学习元四家的。清代的著名画家还有苦瓜和尚石涛、八大山人朱耷和“扬州八怪”。石涛(1642—约1718),原名朱若极,是明代皇室的后裔,号大涤子、清湘老人、苦瓜和尚等,他曾广泛游览名山大川,他的山水画是传统南宗文人画在清代的新发展,他的《淮扬秋洁图》《细雨虬松图》等,都可以看出潇洒的风度和深远的意蕴。他更为重要的贡献是在绘画理论批评上,他的《画语录》是中国古代画论中一部最完整、最系统也是最深刻的重要著作,有如文论中的《文心雕龙》和诗论中的司空图《二十四诗品》,是一部艺术哲学著作。《画语录》一共十八章,有严密的内在理论体系,其中心是要求画家把握“一画之法”,做到心与道合,使自己的主观精神、思想认识与宇宙万物之客观规律(即“道”)相统一、相融洽,这样就能够高度自由地进入从审美角度认识和表现宇宙万物的最高境界,从而使艺术创作从“必然的王国”进入“自由的王国”。画家达到心与道合的境界,就能对“山川人物之秀错,鸟兽草木之性情,池榭楼台之矩度”,皆可以“深入其理”而“曲尽其态”。他还提出艺术创作必须做到有自己的独创性,要不泥于古,懂得“至人无法”,“无法而法,乃为至法”,对中国古代有关“法度”和“自然”的关系作了深入的总结,研究了创作技巧上的“一”和“万”的关系,形与神的关系,质与饰的关系,要求内容和形式的高度统一,并对绘画和书法如何相得益彰,画家的思想修养等,提出了很重要的见解。和他同时的还有朱耷(1626—1705),号八大山人,也是明代的宗室。他画花鸟比较出名,以水墨为主,如《荷石水禽图》《柯石双禽图》《花鸟图》等,为其代表作。既水墨淋漓,又显得浑厚圆润。清代乾嘉时期的扬州是很热闹、很繁荣的,也是一个文化中心,“扬州八怪”就是聚集在这里的一批以画文人写意画为主的画家。八怪是哪些人,说法不太一致。据李玉棻《瓯钵罗室书画过目考》中说是:金农、黄慎、汪士慎、郑燮、李鱓、李方膺、高翔、罗聘。后来,凌霞在《扬州八怪歌》中去掉了汪士慎、高翔、罗聘,加上边寿民、高凤翰、杨法。还有说是九人的,总之,是一批风格接近的画家。而其中最有名的则是郑燮(1693—1766),字克柔,号板桥。江苏兴化人。他不仅绘画、书法有名,而且绘画理论也很突出,有自己独到见解。扬州八怪以画山水花鸟松柏竹石等为主,各有特点。如金农的《花果册》《玉壶春色图》,郑板桥的《双松图》《竹石图》,李方膺的《梅花图》,李鱓的《松石牡丹图》等,均十分清雅秀丽,逸韵无穷。他们最喜欢画松竹梅兰,以示高洁情操,画得非常自由,专以表达自己个性为主,所以和一般正统派的画不同,故称之为“怪”。郑燮还有很多精彩的画论,如他提出“画兰画竹画石,用以慰天下之劳人”;“我今不肯从人法,写出龙须凤尾排”;并说“胸中之竹”非“眼中之竹”,“手中之竹”又非“胸中之竹”;不仅要“胸有成竹”,而且还要“胸无成竹”;“必极工而后能写意,非不工而遂能写意也”。这就使中国古代绘画又达到一个新的高峰。

五　文学

1. 集部总论

集部的内容是文学，但是由于古代的文学观念很宽广，所以内容也比较复杂。集部收的是文人的各类诗文和著作，实际包括三个部分：一是总集，是各种诗文的选集；二是别集，也就是文人的文集；三是诗文评，也就是有关文学批评的著作。集部的内容比文学要宽泛得多，但是，文学创作和文学批评都包含在集部之内，是其中的主要部分。一般分为《楚辞》、总集、别集，附录为诗文评，而《楚辞》实际上属于总集。

四部的分类是属于图书的分类，但是也是中国古代文化类别区分的一种方法。文化的内容当然不限于有文字记载的部分，不过，这些图书文献是对丰富的中国文化的总结，是我们研究历史文化遗产的依据。正式的图书整理和编集工作，是从汉成帝时命令刘向和刘歆父子负责整理国家所藏的图书开始的。刘向的《别录》没有流传下来，但是刘歆的《七略》则是在《别录》的基础上形成的，后来班固的《汉书·艺文志》则又是根据《七略》来编辑的。《七略》分为辑略、六艺略、诸子略、诗赋略、兵书略、术数略、方技略。实际上这也是对学术流派的区分，辑略中包括的总序和各略分序和各种小序，是对学术史的阐述，也是对当时文化发展概况的论述。四部最早的出现是在西晋，当时的荀勖和张华依照《别录》整理图书，在曹魏时郑默《中经》的基础上编成《中经新簿》，分为甲、乙、丙、丁四部，即是经、子、史、集四部，子部里包括了兵书、术数等。正式奠定后来四部分类方法的是《隋书·经籍志》,次序为经、史、子、集,下分小类:经部十类,史部十三类,子部十四类,集部三类。此后,四部分类就一直固定下来,而没有发生变化。

2. 文集的起源和编辑:总集和别集

中国古代文集分为总集和别集,总集是诗文选集,别集是文人专集。总集的起源是比较早的,严格地说,《诗经》和《楚辞》都属于总集,但是历来把《诗经》列入经部,而《楚辞》又单独为集部一类,所以很多人往往把萧统主编的《昭明文选》作为最早的总集。其实,这是不恰当的,在萧统的《昭明文选》之前,已经有挚虞的《文章流别集》即属于文学的总集,只是没有流传下来。据《隋书·经籍志》记载,其后又有:《文章流别本》十二卷(谢混撰),《续文章流别》三卷(孔宁撰),《集苑》四十五卷,《集林》一百八十一卷(宋临川王刘义庆撰),《集林钞》十一卷,《集钞》十卷(沈约撰,梁有《集钞》四十卷,丘迟撰,亡),《翰林论》三卷(李充撰),《文苑》一百卷(孔逭撰),《文苑钞》三十卷,《文选》三十卷(梁昭明太子撰),《词林》五十八卷,《文海》五十卷,《赋集》九十二卷(谢灵运撰),《诗集》五十卷(谢灵运撰),《诗集钞》十卷(谢灵运撰),《古今诗苑英华》十九卷(梁昭明太子撰),《玉台新咏》十卷(徐陵撰),等等。诗文总集总计达一百零七部,二千二百一十三卷,连亡佚书在内达二百四十九部,五千二百二十四卷。《隋书·经籍志》说:“总集者,以建安之后,辞赋转繁,众家之集日以滋广。晋代挚虞苦览者之劳倦,于是采擿孔翠,芟剪繁芜,自诗赋下各为条贯,合而编之,谓为流别。是后文集总钞,作者继轨,属辞之士以为覃奥而取则焉。”从此之后,各代都编辑了大量的总集。诗歌方面比较重要的有:《全唐诗》(清康熙年间彭定求、沈三曾等奉敕编),《全五代诗》(清李调元编),《宋诗钞》(清初吴之振、吕留良、吴自牧编选),《全金诗》(清康熙年间郭元釪编),《元诗选》(清顾嗣立编),《明诗综》(清初朱彝尊编),《清诗铎》(清张应昌编),《唐诗别裁集》《明诗别裁集》《清诗别裁集》(清沈德潜编),等等。散文方面比较重要的有:《全唐文》(清董诰等编),《宋文鉴》(南宋吕祖谦编),《南宋文苑》(清庄仲方编),《金文最》(清张金吾编),《元文类》(元苏天爵编),《明文海》(清初黄宗羲编)等。辞赋方面重要的有:《历代赋汇》(清初陈元龙编),《七十家赋钞》(清张惠言编)。骈文方面有:《骈体文钞》(清李兆洛编),《骈文类纂》(清王先谦编)。词曲方面有:《词综》(清朱彝尊编),《元曲选》(明臧懋循编),《盛明杂剧》(明沈泰编),《六十种曲》(明末毛晋编)等。小说方面有《太平广记》(北宋李昉等编)等。今人在古代人编选的基础上又编选了很多总集,如《先秦汉魏晋南北朝诗》(逯钦立编),《全宋诗》(北京大学古籍所编),《全宋文》(曾枣庄、刘琳等编),《全宋词》(唐圭璋编)等。

别集是指文人的文集,但是中国古代文学的观念相当宽泛,所以别集也不仅是文学家文学创作的文集。一般说别集不同于学术专著,学术专著的编辑是比较早的,如果不算传统的六经,在春秋末年到战国就已经有了,如孔子后学所辑录整理的《论语》,这就是所谓最早的私家撰述。别集不是这类学术性著作,而是属于诗赋等文学创作和一般应用文章的文人专集。所以,别集的编辑是比较晚的。《四库全书总目提要》说:“集部之目,楚辞最古,别集次之,总集次之,诗文评又晚出,词曲则其闰余也。”其实,这个说法不太妥当,严格说《诗经》《楚辞》均应属于总集类。陈振孙《直斋书录解题》以《宋玉集》列为最早别集,实际那是后人编的。晁公武《郡斋读书志》则把《蔡中郎集》作为最早别集,他说:“昔屈原作《离骚》,虽诡谲不可为训,而英辨藻思,闳丽演迤,发于忠正,蔚然为百代词章之祖。众士慕乡,波属云委。自时厥后,缀文者接踵于斯矣。然轨辙不同,机杼亦异,各名一家之言。学者欲矜式焉,故别而序之,命之为集。盖其原起于东京,而极于有唐至七百余家。”别集“起于东京”之说,是《隋书·经籍志》提出来的,其实也并不确切。清代的章学诚在《文史通义·文集》篇中说:“集之兴也,其当文章升降之交乎?古者朝有典谟,官存法令,风诗采之闾里,敷奏登之庙堂,未有人自为书,家存一说者也。(刘向校书,叙录诸子百家,皆云出于古者某官某氏之掌,是古无私门著述之征也。余详外篇。)自治学分途,百家风起,周、秦诸子之学,不胜纷纷;识者已病道术之裂矣。然专门传家之业,未尝欲以文名,苟足显其业,而可以传授于其徒,(诸子俱有学徒传授,《管》《晏》二子书,多记其身后事,《庄子》亦记其将死之言,《韩非·存韩》之终以李斯驳议,皆非本人所撰,盖为其学者,各据闻见而附益之尔。)则其说亦遂止于是,而未尝有参差庞杂之文也。两汉文章渐富,为著作之始衰。然贾生奏议,编入《新书》;(即《贾子书》。唐《集贤书目》始有《新书》之名。)相如词赋,但记篇目:(《艺文志》《司马相如赋》二十九篇,次《屈原赋》二十五篇之后,而叙录总云,《诗赋》一百六家,一千三百一十八篇。盖各为一家言,与《离骚》等。)皆成一家之言,与诸子未甚相远,初未尝有汇次诸体,裒焉而为文集者也。自东京以降,讫乎建安、黄初之间,文章繁矣。然范、陈二史,(《文苑传》始于《后汉书》。)所次文士诸传,识其文笔,皆云所著诗、赋、碑、箴、颂、诔若干篇,而不云文集若干卷,则文集之实已具,而文集之名犹未立也。(《隋志》:'别集之名,《东京》所创。'盖未深考。)自挚虞创为《文章流别》,学者便之,于是别聚古人之作,标为别集;则文集之名,实仿于晋代。(陈寿定《诸葛亮集》二十四篇,本云《诸葛亮故事》,其篇目载《三国志》,亦子书之体。而《晋书·陈寿传》云,定《诸葛集》,寿于目录标题,亦称《诸葛氏集》,盖俗误云。)而后世应酬牵率之作,决科俳优之文,亦泛滥横裂,而争附别集之名,是诚刘《略》所不能收,班《志》所无可附。而所为之文,亦矜情饰貌,矛盾参差,非复专门名家之语无旁出也。夫治学分而诸子出,公私之交也。言行殊而文集兴,诚伪之判也。"章学诚认为别集之编辑实自挚虞《文章流别集》之后,这是有道理的。他又说:"荀勖《中经》有四部,诗赋图赞,与汲冢之书归丁部。王俭《七志》,以诗赋为文翰志,而介于诸子军书之间,则集部之渐日开,而尚未居然列专目也。至阮孝绪撰《七录》,惟技术、佛、道分三类,而经典、纪传、子兵、文集之四录,已全为唐人经、史、子、集之权舆;是集部著录,实仿于萧梁,而古学源流,至此为一变,亦其时势为之也。"至梁代阮孝绪撰《七录》分图书为经典录、记传录、子兵录、文集录、术伎录、仙道录、佛法录,而其文集录则分楚辞、别集、总集、杂文四部,这和后来集部分为楚辞、总集、别集、诗文评四部分已经相当接近了。别集的编辑有两种类型：一种由作者生前自己编定，一种在他死后由他的家属、亲戚、朋友、学生或后学之辈编定。别集的内容不包括作者专门的学术著作，主要是由他的诗赋和各类文章所构成。唐宋以后的文人别集一般也不包括他的词曲和小说戏剧作品，这是因为在封建社会中，这些属于不登大雅之堂的作品。

3. 文章和文章学：文学观念的演变和发展

由于别集所收的是广义的文章和诗赋，所以不能算是文学创作专集，这里涉及中国古代文学观念的理解问题，也涉及所谓文学的独立和自觉问题。这和我们理解集部的内容有很密切的关系。广义的文章和文章学与纯粹的文学和文学理论是不同的。中国古代的文学观念有一个发展演变过程，而文学观念又总是受文化发展状况及其特点的影响与制约的。先秦时期是文化发展的早期。这时，意识形态和文化领域内各个不同部门的界限还不很清楚，文史哲不分，诗乐舞合一，还没有明确的、科学的文学观念。中国最早的“文”的概念是非常宽广的，宇宙间凡是有文采的事物形式都是“文”，如天文、地文、动植之文等，人文不仅是用语言文字写的文章，而且人的服饰、语言、行为、动作、品德，亦皆为“文”。从另一个角度说，按照宇宙间人和物的特点，又可以分为形文（五色成文）、声文（五音为文）、情文。任何事物的形式，只要具有某种修饰性，均可称之为“文”。这种宽泛的“文”的概念在某种程度上是与“美”的概念接近的，是指事物的一种美的形式。比上述广义的“文”稍微狭隘一些的是文化之“文”。《论语》中记载孔子所说的“郁郁乎文哉，吾从周”，以及“天之将丧斯文也”中的“文”，都是指西周的文化。《论语》中说孔子的弟子中“文学：子游、子夏”，此“文学”乃指对西周文化的学习与研究。“文”有时也是指对语言的修饰，如《左传・襄公二十五年》引孔子所说“言之无文，行而不远”。郭绍虞先生在他的《中国文学批评史》中说先秦时期的“文”包含了博学与文章两个方面，这就文化之“文”的含义来说，有一定道理，但是，在战国中期以前，实际上文章的含义，亦即词章写作的含义，所占比重是很小的，主要是指学术。

可是，到战国中期以后，作为文化之“文”的概念中，文章方面的含义就大大增加了。由于百家争鸣的热烈展开，私家著述的繁荣发展，言辩才能受到高度重视，词章写作的地位显著地提高了，它在“文”的概念中之比重有了较大分量。这时出现了以下几个值得我们注意的现象：第一，从中国古代文学的发展来说，先秦时期的《诗经》和古谣谚，大部分都还属于民间诗歌，《诗经》中虽有一些作品有作者可考，但都不是专业文人的创作，诸子散文和史传散文也都不属于专业的文人创作，其性质主要还是思想史和历史著作，而只有战国后期《楚辞》中屈原和宋玉等的作品，才可以说是具有了专业文人创作的特点。当然中国古代的文学家往往也都是官场上的重要人物，我们所谓的专业文人，并不排斥他们可以是政治上的重要人物。但是他们在历史上的地位，主要是由于在政治上所起的作用，还是主要由于文学创作上的成就，这是不一样的。像屈原虽然也曾是楚国怀王的左徒，然而后来他被流放，在穷愁潦倒中才愤激至极而进行文学创作，他在历史上的地位主要是由他的《离骚》《天问》《九章》等文学作品的伟大成就所决定的，至于宋玉则更明显是以辞赋创作而著名的了。不过，从总的方面说，当时文学和学术还没有完全分离，各诸侯国还没有形成普遍的专业文人队伍，除楚国外还很少专业文人的文学创作。第二，诗、乐、舞三者的分离，《楚辞》中的主要作品如《离骚》《九章》等已不再与乐、舞相配。诗歌由主要是配乐、以声为用的地位向独立创作、以义为用的方面发展，可以看出文学已经逐渐发展成为一个独立的部门。第三，散文发展中人们驾驭语言文字的能力大大提高了，它使词章写作的重要性突显出来了。这特别表现在诸子散文由语录体形式向以议论说理为主的专题论文和专著形式的发展，历史散文中论辩色彩的增强和铺张叙事的描写水平之广泛提高上。第四，意识形态和文化领域中的各个不同部门的特点及其相互之间的差别，开始受到注意和重视，文史哲混同不分的状况开始发生了变化。人们对文学的特征之认识,能否把文学和历史、哲学等不同部门区分开来,是否把文学看作一个独立的部门,是文学自觉与否的基本前提。人类社会发展的早期,都有一个从文、史、哲混同不分到逐渐形成为各个独立部门的过程。中国古代在战国中期以前,文化领域内各部门的界限是不明确的,也很难把文学和历史、哲学等区分得很清楚。《诗经》虽是一部纯文学的诗歌总集,然而,在先秦时代却有很特殊的地位,它在人们心目中并不是纯粹的文学艺术,而是一部政治、伦理、道德、文化修养的百科全书,是当时人们立身行事、言语动作的准则,所以说:"《诗》《书》,义之府也;《礼》《乐》,德之则也。"(《左传·僖公二十七年》)孔子之所以要对他的儿子说:"不学《诗》,无以言。"(《论语·季氏》)是因为不懂《诗经》就不知道如何做人,怎样才能成为一个有教养的、能够修身齐家治国平天下的士大夫。《左传》是一部记事性的编年体历史著作,但它对历史事件和历史人物的描写生动传神,确有很强的文学性,运用了一些文学创作的表现方法,如通过事件、场面和人物的语言行动等来刻画人物性格,也采用了一些神话传说和寓言故事的内容,并运用了许多富有个性特点的人物对话,所以,其中有不少部分也可以看作记事性的文学散文。《庄子》是一部哲学著作,但是却描写了大量生动的文学形象来阐明深奥的哲理,以很多有趣的寓言故事、神话传说,如庖丁解牛、梓庆削木为鐻、黄帝游赤水而遗其玄珠、浑沌凿七窍而死等,来揭示不可言说的"道"的自然本性。他的哲学思想观点大多是浸透在文学形象中的,而并不是直截了当地说出来的,因此,《庄子》的很多篇章也可以说是优美的文学散文。这在当时是完全可以理解的必然现象。但是随着人类社会的进步,文明程度的提高,经济、文化的繁荣,文、史、哲等不同部门的特点就会逐渐凸显出来,他们之间的界限势必会愈来愈鲜明,特别值得我们注意的是战国中期荀子对除《易经》之外的五经异同的分析。《荀子·儒效》篇中说:"圣人也者,道之管也。天下之道管是矣。百王之道一是矣。故《诗》《书》《礼》《乐》之(道)归是矣。《诗》言是其志也,《书》言是其事也,《礼》言是其行也,《乐》言是其和也,《春秋》言是其微也。"传统的六经中包括了哲学、政治、历史、文学、艺术等不同的科学部门,荀子以前人们还没有注意到它们之间的区别,然而荀子在这段分析中,不仅指出了五经都是明道的共性,而且着重指出了五经在如何明道方面又是不同的,各有自己的不同内容、不同角度、不同方式,都具备自己的个性。荀子的论述虽然还不是对五经所属不同学科特征的科学概括,但是已经指出了它们各有自己特点。这个问题的提出,客观上反映了意识形态和文化领域中各部门独立性加强这一历史现状。有一些人的才能不是在学术研究方面,而是在词章写作方面。所以,吕不韦主持编撰的《吕氏春秋》,曾"布咸阳市门,悬千金其上,延诸侯游士宾客,有能增损一字者,予千金"(《史记·吕不韦传》)。从这里我们可以看出学术与文章分离的征兆。正是在这种背景下,文学的观念开始逐渐从学术向词章转化,这就是文学的独立和自觉的开始。

文学的独立和自觉有一个较长的发展过程,从战国后期的初露端倪,到西汉中后期则已经很明确了,这个过程的完成,我以为可以刘向校书而在《别录》中将诗赋专列一类作为标志。这是和文学观念的演变、文学创作的繁荣、各种文学体裁的成熟、文学理论批评的发展以及专业文人队伍的形成直接相联系的。魏晋之际,经学的衰微和玄学的兴起对文学思想和文学理论批评自然是有很大影响的,但其影响并不是在决定文学是否独立和自觉的方面,而是文学思想从重视文学外部规律研究到重视文学内部规律研究的变化。这可以从以下四个方面来说明:(1)中国传统文学观念形成于西汉。(2)汉代专业文人创作的扩大和专业文人队伍的形成。(3)汉代多种文学体裁的发展和成熟。(4)汉代文学理论批评发展的自觉。

从东汉末年到魏晋之交,文学思想和文学创作确实发生了很大的变化。经学的衰微,儒家独尊地位的丧失,玄学等诸家学说的兴起,使文学摆脱了儒家经学的桎梏,有了自由发展的广阔天地,从而在文学创作上开始由政教美刺的主题逐渐转变为个人悲欢离合、兴衰际遇的主题,从表现社会政治到刻画个人心灵,这是一个重大的变化。它反映在文学创作思想上就是从"言志"到"缘情"的变化,汉代文学批评在理论上认识到文学创作是在抒情中言志的特点，但是，这种“情”还是局限于儒家“礼义”范围内的情，而魏晋之际的“缘情”说目的正是突破儒家“礼义”之束缚，以便自由地抒发自己的感情。所以，在文学创作和文学理论批评上都强调要充分表现作家的创作个性，这就是曹丕提出“文以气为主”的意义所在，随着嵇康在《声无哀乐论》中认为声音只有本身是否具备“自然之和”，而无关于人情哀乐，也就否定了儒家“治世之音安以乐，其政和……”的说法，提高了艺术形式独立性的地位，从而大大加强了对文学艺术形式美之研究。魏晋之际文学创作和文学思想的这种变化，主要在于使文学由重视和强调文学作品的思想内容和社会教育作用，向重视和强调文学作品艺术形式方面转化。

汉代的文章观念基本上一直沿袭下来，虽然很多人探讨过这种广义的文章和纯文学的差别，但是并没有能研究得很清楚。研究集部的范围，正是和这种广义的文章范围基本一致的。为此，我们就要正确地认识古代的文章与文章学和纯粹的文学和文学理论是不一样的，绝对不可以混为一谈。

4. 诗文评

集部中除了《楚辞》、总集和别集外，还有诗文评的部分，这是属于古代文学批评的内容，主要是有关诗文的理论批评，也包括词曲的批评，但不包括小说、戏剧的批评在内。这部分内容我已经在《中国文学理论批评史》中详论，在这里就省略了。

结束语：国学的现代化

国学是传统学术文化,但我们研究要从今天的需要出发。现代中国的文化是多元的,而不是单一的。实际已经存在的现代文化、传统的古典文化、正在不断输入的各种西方文化,都同时并存着,文化思想的现状是十分复杂的,文化制度也需要不断完善,我们现在最需要的也是最缺乏的,是一种客观的、正确的、批判的眼光,最可怕的也是最没出息的,是哪边热闹时髦就往哪边靠。我们要有自己的判断准星,要有自己的衡量天平。不管是现代的、古典的、西方的,我们都要有一个符合历史发展规律的合适角度,借用刘勰的话来说,就是要"望今制奇,参古定法",立足现实,借鉴西方,参考古典,建设现代中华民族的新学术文化,是我们这一代人的神圣职责,也是历史赋予我们的光荣使命。

国学受到当今新时代的重视,不过一二十年。目前研究正在向着纵深方向发展。编辑儒藏,整理道藏、佛藏等工作正在全面系统地展开。国学理论的研究,思想史、文化史的研究也都愈来愈深入。通过研究国学,普及国学知识,来提高人们的基本素质,也都取得了初步成效。很多大学成立了国学研究院,招收了很多年轻有为的研究生。国学研究的前景非常宽广,我们不仅需要对国学发展的历史,以及其中的很多理论问题,作广泛深入的研究,而且需要大规模地整理国学文献,探讨其中对今天的思想文化发展必须吸收的内容。只有继续在新时代发展国学,使我们的传统学术文化发出新的光彩,才能为建设现代化的国家,大大地提高国民基本素质,起到积极作用。

中国古典小说的历史发展

一　中国古代的小说观念

1. 中国古典小说和西方不同,是比较复杂的

因为中国古代的小说观念一直是非常宽泛的,而且常常是和历史相混淆的,所以称为稗官野史。具体说来,有以下问题:一是与历史没有明确的界限;二是和四部(经史子集)的子部内容相混淆(图书分类列入子部,而不是集部);三是与散文、杂记等没有区别清楚;四是文言小说和白话小说之间的差别不只是语言运用差别,很多所谓文言小说其实不是真正的小说;五是小说的特点是什么不清晰。所以小说范围被大大扩大,不过实际上哪些是典型的小说还是可以看得很清楚的。

2. 怎么界定小说还是非小说

这是一个十分复杂的问题,尤其是研究中国古典小说。我个人以为应该要有如下基本要求:

第一,小说必须有虚构的特征,如果全是纪实的,除个别特殊的以外,一般不能算严格意义上小说。历史和小说(文学)的基本区别就在真实和虚构的关系上。

第二,小说是叙事文学,同时在叙事的基础上应该有完整的情节、结构和人物,这是和诗歌、戏剧、散文不同的地方,小说和戏剧都有情节、人物,但小说不像戏剧那样通过演员的演出、对话、动作来表现人物性格,特别是中国古典戏剧运用剧曲、演唱方式,类似西方的歌剧。

第三,小说要具有生动、形象的审美特性,既有典型概括意义,又有特殊个性,在夸张、想象基础上创造有意义的典型性格,同时还要有优美的语言艺术。

3. 中国古代的传统小说观念

从小说的观念说,从先秦开始出现的“小说”概念,和科学意义上的小说,或者说文学中的小说,是完全不同的。

《庄子·外物》篇中最早提出“小说”概念:“饰小说以干县令”。这是说的与学术思想无关的“琐屑之言”,“与后来所谓小说者固不同”(鲁迅《中国小说史略》)。庄子说的“小说”是指一些识见浅薄的见解。到了汉代,桓谭所说:“若其小说家合丛残小语,近取譬论,以作短书,治身理家,有可观之辞。”(李善注《文选》卷三十一江淹《李都尉从军》诗注引)其实是继续发挥庄子之意,亦与后世之小说大异。到了班固的《汉书·艺文志》所说的“小说家”,其实也是对传统小说观念的继承,所列十五家均属于稗官野史。其云:“小说家者流,盖出于稗官,街谈巷语,道听涂说者之所造也。孔子曰:‘虽小道,必有可观者焉,致远恐泥。是以君子弗为也。’然亦弗灭也,闾里小知者之所及,亦使缀而不忘,如或一言可采,此亦刍荛狂夫之议也。”魏徵《隋书·经籍志》则是继续发挥班固的说法:“小说者,街说巷语之说也,《传》载舆人之颂,《诗》美询于刍荛,古者圣人在上,史为书,瞽为诗,工诵箴谏,大夫规诲,士传言而庶人谤;孟春,徇木铎以求歌谣,巡省,观人诗,以知风俗,过则正之,失则改之,道听涂说,靡不毕纪。《周官》,诵训‘掌道方志以诏观事,道方慝以诏避忌,以知地俗’;而训方氏‘掌道四方之政事,与其上下之志,诵四方之传道而观其衣物’,是也。孔子曰:‘虽小道,必有可观者焉,致远恐泥。’”因此,严格说传统的小说观念,说的并不是真正的小说,如果把它看作和现代小说一样的观念,从文学理论角度说是不科学的。

二　先秦两汉、魏晋南北朝是中国古典小说的萌芽和产生时期

先秦到六朝是中国古典小说的萌芽和产生时期,为什么这样说?因为小说的基本条件这个时期还不具备,但是这些条件正在逐渐形成中。

1. 从先秦到六朝对小说形成发展有影响的,首先是先秦的神话传说和寓言故事。中国古代的神话是不发达的,没有办法和西方相比。西方的希腊神话成为后来文学发展的土壤,戏剧、小说都从那里取得营养。可是,中国古代的神话就比较简单,这可能和儒家思想影响有关。在先秦思想家那里,寓言故事是作为思想学说的形象化说明而出现的,并不是小说。不过,神话传说和寓言故事都是采用的叙事方式,而且有虚构的色彩,因此对后来小说的形成发展,产生了积极作用。

2. 中国古代小说的形成和发展受历史著作的影响特别大,所以传统观念把小说称为稗官野史,认为它就是不同于正史的民间野史。于是文学和历史的异同,成为小说创作和小说理论批评中的一个重大争议问题。在先秦两汉,一些正史著作的人物传记和事件场面的描写,尤其是《左传》和《史记》有非常高的水平,或者可以说实际上作者是运用了文学手法来描写某些人物和事件,虽然他们是严格遵循历史真实性的,不过采用了一些民间传闻,带有一定的夸张色彩,所以具备明显的文学性,这些无疑对小说创作有深刻影响。

3. 在上述观念下所说的汉魏六朝的小说,虽非严格意义上的小说,但是对后来科学的小说之发展,又是起了过渡、推动作用的。鲁迅

说的六朝时期志怪、志人小说，例如干宝《搜神记》等记载怪异的著作，其中的《韩凭夫妇》《干将莫邪》《吴王小女》（篇目名称为后人所加，下同）等都已经具有小说的雏形。刘义庆《世说新语》等著作对一些人物事迹的描写，对小说发展也有影响，因此我们这里要作一些具体分析。如干宝《搜神记》中的《韩凭夫妇》：

> 宋康王舍人韩凭，娶妻何氏，美，康王夺之。凭怨，王囚之，论为城旦。妻密遗凭书，缪其辞曰："其雨淫淫，河大水深，日出当心。"既而，王得其书，以示左右，左右莫解其意。臣苏贺对曰："其雨淫淫，言愁且思也；河大水深，不得往来也；日出当心，心有死志也。"俄而凭乃自杀。其妻乃阴腐其衣。王与之登台，妻遂自投台；左右揽之衣，不中手而死。遗书于带曰："王利其生，妾利其死，愿以尸骨，赐凭合葬！"王怒，弗听，使里人埋之，冢相望也。王曰："尔夫妇相爱不已，若能使冢合则吾弗阻也。"宿昔之间，便有大梓木生于二冢之端，旬日而大盈抱。屈体相就，根交于下，枝错于上。又有鸳鸯雌雄各一，恒栖树上，晨夕不去，交颈悲鸣，音声感人。宋人哀之，遂号其木曰："相思树。"相思之名，起于此也。南人谓此禽即韩凭夫妇之精魂。
>
> 今睢阳有韩凭城。其歌谣至今犹存。

这是一个可歌可泣的美丽悲剧，愤怒地揭发了康王的残暴，表现了韩凭夫妇坚贞的爱情和以死抗争的高尚品质，感动了天地，获得了人民永远的怀念。又如《三王墓》：

> 楚干将莫邪为楚王作剑，三年乃成。王怒，欲杀之。剑有雌雄。其妻重身当产，夫语妻曰："吾为王作剑，三年乃成。王怒，往必杀我。汝若生子是男，大，告之曰：'出户望南山，松生石上，剑在其背。'"于是即将雌剑往见楚王。王大怒，使相之。剑有二，一雄一雌，雌来雄不来。王怒，即杀之。

莫邪子名赤比,后壮,乃问其母曰:"吾父所在?"母曰:"汝父为楚王作剑,三年乃成。王怒,杀之。去时嘱我:'语汝子:出户望南山,松生石上,剑在其背。'"于是子出户南望,不见有山,但睹堂前松柱下,石低之上,即以斧破其背,得剑,日夜思欲报楚王。

王梦见一儿,眉间广尺,言欲报仇。王即购之千金。儿闻之,亡去。入山行歌。客有逢者,谓:"子年少,何哭之甚悲耶?"曰:"吾干将莫邪子也,楚王杀吾父,吾欲报之。"客曰:"闻王购子头千金。将子头与剑来,为子报之。"儿曰:"幸甚!"即自刎,两手捧头及剑奉之。立僵。客曰:"不负子也。"于是尸乃仆。

客持头往见楚王,王大喜。客曰:"此乃勇士头也,当于汤镬煮之。"

王如其言。煮头三日三夕,不烂。头踔出汤中,踬目大怒。客曰:"此儿头不烂,愿王自往临视之,是必烂也。"王即临之。客以剑拟王,王头随堕汤中,客亦自拟己头,头复堕汤中。三首俱烂,不可识别。乃分其汤肉葬之,故通名三王墓。今在汝南北宜春县界。

这也是一个感人肺腑的故事,歌颂了干将莫邪的儿子和不知名客人对暴虐楚王的英勇斗争和他们毫无畏惧的牺牲精神,以神话般的想象表达了善良人们的理想愿望,莫邪子赤比和见义勇为的客人性格虽然描写粗略,但也栩栩如生。又如《宗定伯卖鬼》写出了宗定伯的机智聪明,是一个很有戏谑特色的故事。又如刘义庆《幽明录》记载的《刘晨阮肇》也是很有小说味道的:

汉明帝永平五年,剡县刘晨、阮肇共入天台山取谷皮,迷不得返。经十三日,粮食乏尽,饥馁殆死。遥望山上,有一桃树,大有子实;而绝岩邃涧,永无登路。攀援藤葛,乃得至上。各啖数枚,而饥止体充。复下山,持杯取水,欲盥漱。见芜菁叶从山腹流出,甚鲜新,复一杯流出,有胡麻饭糁,相谓曰:"此知去人径不远。”便共没水，逆流二三里，得度山，出一大溪，溪边有二女子，姿质妙绝，见二人持杯出，便笑曰：“刘、阮二郎，捉向所失流杯来。”晨、肇既不识之，缘二女便呼其姓，如似有旧，乃相见忻喜。问：“来何晚邪?”因邀还家。其家铜瓦屋。南壁及东壁下各有一大床，皆施绛罗帐，帐角悬铃，金银交错，床头各有十侍婢，敕云：“刘、阮二郎，经涉山岨，向虽得琼实，犹尚虚弊，可速作食。”食胡麻饭、山羊脯、牛肉，甚甘美。食毕行酒，有一群女来，各持五三桃子，笑而言：“贺汝婿来。”酒酣作乐，刘、阮忻怖交并。至暮，令各就一帐宿，女往就之，言声清婉，令人忘忧。至十日后欲求还去，女云：“君已来是，宿福所牵，何复欲还邪?”遂停半年。气候草木是春时，百鸟啼鸣，更怀悲思，求归甚苦。女曰：“罪牵君，当可如何?”遂呼前来女子，有三四十人，集会奏乐，共送刘、阮，指示还路。既出，亲旧零落，邑屋改异，无复相识。问讯得七世孙，传闻上世入山，迷不得归。至晋太元八年，忽复去，不知何所。

刘晨、阮肇遇仙的故事表现了人民对理想的和平、幸福生活的向往和追求，千百年来被人们所传颂。唐代诗人刘禹锡曾在《玄都观桃花》诗中说：“紫陌红尘拂面来，无人不道看花回；玄都观里桃千树，尽是刘郎去后栽!”又在《再游玄都观》诗中说：“百亩庭中半是苔，桃花净尽菜花开。种桃道士归何处？前度刘郎今又来。”诗中的“刘郎”即诗人借刘、阮事自谓。以上这些都是作为怪异传闻记载下来的，虽然情节、结构简单，但初步有小说规模。

在所谓志人小说中刘义庆《世说新语》的《石崇燕集》虽是简单记载一件事，但也有点小说意味：

石崇每要客燕集，常令美人行酒，客饮酒不尽者，使黄门交斩美人。王丞相与大将军尝共诣崇，丞相素不能饮，辄自勉强，至于沉醉。每至大将军，固不饮以观其变。已斩三人，颜色如故，尚不肯饮。丞相让之，大将军曰：“自杀伊家人，何预卿事!”

石崇是西晋时期十分富有的官僚贵族，极其残暴，又骄奢淫逸，故事充分暴露了他的这种面目。同时也揭示了大将军王敦的无比冷酷和残忍本性。又如《世说新语》中的《谢道韫》：

> 谢太傅（谢安）寒雪日内集，与儿女讲论文义，俄而雪骤。公欣然曰："白雪纷纷何所似？"兄子胡儿（谢朗）曰："撒盐空中差可拟。"兄女（谢道韫）曰："未若柳絮因风起。"公大笑乐。即公大兄无奕女，左将军王凝之（王羲之之子）妻也。

大家熟悉的这个故事，深刻体现了才女谢道韫的聪明才华。

邯郸淳《笑林》的《山鸡凤凰》也很生动：

> 楚人有担山鸡者，路人问曰："何鸟也？"担者欺之曰："凤皇也。"路人曰："我闻有凤凰久矣，今真见之。汝卖之乎？"曰："然。"乃酬千金，弗与；请加倍，乃与之。方将献楚王，经宿而鸟死。路人不遑惜其金，惟恨不得以献耳。国人传之，咸以为真凤而贵，宜欲献之，遂闻于楚王。王感其欲献己也，召而厚赐之，过买凤之直十倍矣。

这个故事非常尖锐地讽刺了那些盲从轻信，不作认真思索研究的无知小人之可笑。以上都只是一个小片段，虽然很生动，但显然不能成为完整小说。

以上几例即可说明汉魏六朝的志怪、志人小说，已经初步具备了小说的规模和形态，不过，还不是有意识地创作小说，只是记载社会上的奇闻逸事和清谈名士的为人处世与生活轶事。故事的情节、结构也大都十分简单、粗糙，人物描写也还限于一时一事，缺少美的语言艺术。所以只能说是属于小说的萌芽状态，还不是真正意义上的小说。

三　唐人传奇和小说的成熟

1. 唐人传奇的名称和特点

小说的成熟是在唐代，它的重要标志是自觉以虚构方式来创作小说。明代胡应麟在《少室山房笔丛》中说道："变异之谈，盛于六朝，然多是传录舛讹，未必尽幻设语；至唐人乃作意好奇，假小说以寄笔端。"鲁迅在《中国小说史略》中说得更明确："小说亦如诗，至唐代而一变，虽尚不离于搜奇记逸，然叙述婉转，文辞华艳，与六朝之粗陈梗概者较，演进之迹甚明，而尤显者乃在是时则始有意为小说。"他并指出胡应麟说的"幻设""作意"，实际是强调小说本应是"意识之创造"。所以唐人小说大概能比较确切地符合我们前面所说的小说的三个基本方面。

后世称唐人小说为唐传奇，"传奇"之名盖出于晚唐裴铏的文言小说集《传奇》。宋代已经有"传奇体"的说法，例如陈师道《后山诗话》中说："范文正公为《岳阳楼记》，用对语说时景，世以为奇。尹师鲁读之，曰：'传奇体尔！'"元代陶宗仪在《辍耕录》中说："唐有传奇，宋有戏曲唱诨词说，金有院本杂剧。"至明胡应麟《少室山房笔丛》分小说为六类，其中之一即为传奇。不过，宋以后的小说不再称传奇，明清时期传奇乃是指戏曲。唐人传奇虽然是从六朝志怪小说发展来的，但是它较多取材于现实生活，和六朝之偏于鬼神怪异有很大的不同。

2. 唐人传奇发展的社会原因

第一，六朝少数门阀贵族统治的局面有了改变，很多望族开始败落，大量新兴的中下层士族和庶族登上政治舞台，诚如刘禹锡《乌衣巷》诗中写的："朱雀桥边野草花，乌衣巷口夕阳斜。旧时王谢堂前燕，飞入寻常百姓家。"文学方面也有了大批和社会、人民比较接近的文学家，文学创作领域增强了创新的精神。

第二，封建经济发展到一个辉煌的高峰，诚如杜甫《忆昔》诗中所说："忆昔开元全盛日，小邑犹藏万家室。稻米流脂粟米白，公私仓廪俱丰实。九州道路无豺虎，远行不劳吉日出。齐纨鲁缟车班班，男耕女桑不相失。"城市经济得到蓬勃发展，在长安等很多大城市中商业十分繁荣，人口密集，有各行各业的人物聚居，官僚、文人、士子、豪侠、商贾、僧道、歌伎等什么样人都有。这种社会发展的新面貌为小说创作提供了丰富的素材。

第三，唐代实行科举考试，士人有"行卷""温卷"风气，其中有很多传奇作品在内。

第四，唐代文学的繁荣，特别古文创作的盛行和发展，对传奇的发展起了积极的推动作用。传奇的作家很多都是古文家，例如韩愈、柳宗元、元稹、白行简、陈鸿、牛僧孺、李公佐、蒋防等等。

3. 唐人传奇的发展阶段

唐人传奇的发展大体可以分为三个时期：

第一是初唐时期，其特点为从魏晋六朝的志怪小说向自觉创作的唐人传奇的过渡阶段。这个时期的作品还没有完全脱离志怪的形态，但是已经开始向有意识的自觉小说创作发展，结构比较完整，情节也比较复杂，并有比较细致生动的描写。这个时期的代表作是隋末唐初王度的《古镜记》、无名氏的《补江总白猿传》、张鷟的《游仙窟》。《古镜记》以灵异的古镜为线索，写了十几个降妖伏怪的故事。《白猿传》写南朝梁代将领欧阳纥妻子被白猿掳去，后来经过一个多月欧阳纥方才杀死白猿救回妻子。其妻后来生了一个儿子，状貌像猿猴，长大后有文学才能，并善书法。《游仙窟》中作者自叙奉使河源经积石山，在神仙窟遇到十娘、五嫂，宴饮欢笑，并以诗相调谐，经宿而去，其实是借游仙而写文人狎妓醉酒的放荡生活。

第二时期是由盛唐到中唐,这是唐人传奇最繁荣辉煌的阶段。大部分唐传奇的优秀代表作都产生在这个时期。例如《李娃传》《霍小玉传》《任氏传》《柳毅传》《南柯太守传》《枕中记》《郭元振》等等。写女子争取婚姻恋爱自由,反抗虐待迫害,以及妓女的遭遇是相当突出的内容。同时也有不少对社会黑暗的揭露和对文人沉醉科举仕途的讽刺,以及对善良平民聪明智慧的歌颂。这一时期作品在艺术上有很高的成就,结构完整,情节曲折丰富,人物性格鲜明,描写细腻,语言生动。很多作品成为后来小说戏曲的重要素材。

第三时期是晚唐五代,数量很多,而且有很多专集出现。例如裴铏《传奇》、皇甫枚《三水小牍》、袁郊《甘泽谣》、牛僧孺《玄怪录》等等。出现许多豪侠、剑客形象,如虬髯客、红线女、聂隐娘等,为后来武侠小说发展打下基础。

4. 唐人传奇代表作品分析

《霍小玉传》

蒋防《霍小玉传》是唐人传奇中最优秀的作品之一,这是中国古代比较早的写妓女高尚品德的作品。从盛唐到中唐出现了很多妓女文学,是和当时的社会状况有密切关系的。与此相关的,如《李娃传》《莺莺传》《任氏传》《柳氏传》虽有不同,皆此类也。城市经济的繁荣,市民阶层的壮大,使得像长安等大城市里歌楼妓院林立,而大批文人往往因科举考试而云集京城,他们就自然涌到教坊等处取乐消遣,狎妓遨游成为风气,李白不也是如此吗?所以艳情文学的出现绝非偶然。

蒋防,字子徵(或作微),中唐时人,曾得到诗人李绅推荐,唐宪宗时做过翰林学士、中书舍人,有诗一卷。《霍小玉传》是他最著名的作品,塑造了一个色艺双全、很有见识,而遭遇悲惨、被侮辱、被遗弃的善良妓女形象。她羡慕当时著名诗人李益的才华与之相恋,感情非常真挚,一心一意,十分专注,但是她也非常清楚李益这样有地位的文人不可能娶她,所以她和李益初次欢好之夜,反觉悲哀。作品写道:“中宵之夜,玉忽流涕观生曰:‘妾本倡家,自知非匹。今以色爱,托其仁贤。但虑一旦色衰,恩移情替,使女萝无托,秋扇见捐。极欢之际,不觉悲至。’”尽管李益“引谕山河,指诚日月”,表示“粉身碎骨,誓不相舍”而且“如此二岁,日夜相从”,但在李益得官赴任之际,霍小玉还是十分清醒地只提出了一个小小的愿望。作品写道:“玉谓生曰:‘以君才地名声,人多景慕,愿结婚媾,固亦众矣。况堂有严亲,室无冢妇,君之此去,必就佳姻。盟约之言,徒虚语耳。然妾有短愿,欲辄指陈。永委君心,复能听否?’生惊怪曰:‘有何罪过,忽发此辞?试说所言,必当敬奉。’玉曰:‘妾年始十八,君才二十有二,迨君壮室之秋,犹有八岁。一生欢爱,愿毕此期。然后妙选高门,以谐秦晋,亦未为晚。妾便舍弃人事,剪发披缁,夙昔之愿,于此足矣。’生且愧且感,不觉涕流,因谓玉曰:‘皎日之誓,死生以之,与卿偕老,犹恐未惬素志,岂敢辄有二三。固请不疑,但端居相待。至八月,必当却到华州,寻使奉迎,相见非远。’更数日,生遂诀别东去。”固然,李益一回家,他母亲已经为他订了名门望族卢氏女,立即忘却了与小玉誓约。李家贫,遂外出访亲求贷,不仅不再赴与小玉之约,而且不让人透露信息给小玉,对小玉托人询问,他编了很多谎言来欺骗。霍小玉想尽了各种方法,托亲知打听,传递消息,但都毫无音信。为此霍小玉花尽了积蓄的钱财,变卖了所有值钱首饰,日夜思念,茶饭无心,怀抱怨恨,积劳成疾。李益回长安欲娶卢氏女,故意回避小玉,不见。后有李益朋友告知小玉真相,小玉“冤愤益深,委顿床”。长安风流之士均鄙薄李益,遂有豪士挟李益至小玉住所,并设酒席。作品写道:“玉乃侧身转面,斜视生良久,遂举杯酒,酬地曰:‘我为女子,薄命如斯。君是丈夫,负心若此。韶颜稚齿,饮恨而终。慈母在堂,不能供养。绮罗弦管,从此永休。征痛黄泉,皆君所致。李君李君,今当永诀!我死之后,必为厉鬼,使君妻妾,终日不安!’乃引左手握生臂,掷杯于地,长恸号哭数声而绝。”后来,李益屡娶,皆因猜疑而无终。小说歌颂了一个善良妓女的高尚品质,严厉斥责了薄情的李益,是唐传奇中一篇难得的好作品。小玉的形象十分鲜明，刻画极其细腻，情节曲折多变，结构相当严整，语言朴素华美。明代汤显祖的《紫箫记》和《紫钗记》都是写的霍小玉的故事。

《李娃传》

白行简的《李娃传》当时在教坊流传甚广，是说话人经常表演的节目。著名诗人元稹在《酬翰林白学士代书一百韵》中"翰墨题名尽，光阴听话移"下注云："乐天每与予游，无不书名屋壁。又尝于新昌宅说《一枝花话》，自寅至巳犹未毕词也。"这里的《一枝花话》就是《李娃传》的故事。白行简是著名诗人白居易的弟弟，擅长诗文写作，他的《李娃传》应该就是根据民间说话的故事来创作的。李娃也是一个妓女，不过和悲剧《霍小玉传》比，这篇是喜剧，最后荥阳公子和李娃的婚姻得到其父承认，荥阳公子做了高官，李娃被封为汧国夫人。李娃是一个有见识、有智慧，又善良多情的女子，她母亲见荥阳公子为了李娃，大把花钱毫不吝惜，对他很好。可是当荥阳公子钱花完之后，李娃母亲的态度就变了，为了摆脱荥阳公子，她设计让她妹妹和李娃骗他，把他甩了，另寻住所。荥阳公子无奈，因而落魄，贫病交加，成垂死之人，被弃置于凶肆（殡仪馆），大家喂食与他，总算活过来了，他就帮凶肆唱送葬哀歌。因为唱得好，很多人去听，其父也去听，其中有他幼年奶妈的女婿，认出后被他父亲带回去痛打致死，教他唱哀歌的老师找人把他埋葬，发现他还没死，带了回来。他虽活过来，可是被打伤之处皆溃烂，臭不可闻，遂被扔在路边。荥阳公子只好沿街乞讨。一日大雪，他饥寒交迫出去乞讨，刚好过李娃家门前。李娃追悔当初逐出荥阳公子，对他的遭遇十分同情，用钱向她母亲（实为鸨母）赎身，带荥阳公子另住，为他治病，使他恢复身体健康，并督促他努力读书，最后他策名第一，授成都府参军，并与父亲重逢，娶李娃为妻，后荥阳公子官做得很大，李娃也被封为汧国夫人。小说中李娃和荥阳公子的形象十分生动，情节曲折复杂，描写十分细致，是唐传奇中最有名的作品。元代杂剧中石君宝的《李亚仙花酒曲江池》即是演的李娃故事。

《柳毅传》

作者李朝威，生平不详，为陇西人，约在贞元、元和之际。《柳毅传》写的是有名的龙女牧羊故事。柳毅热心救助被虐待的龙女，不远千里去龙宫报信。龙女得救后，主动拒绝钱塘君要把龙女配他的提议，回家后，龙女化身卢氏，与他结合，最后返归龙宫，柳毅、龙女、钱塘君的性格均十分鲜明。柳毅热忱仗义、大胆干预，敢于担当、严拒婚姻，其形象十分高大。龙女敢于反抗邪恶势力，对柳毅情深如海，她的善良品质，让人十分尊敬。钱塘君疾恶如仇，性格刚烈。作品以神话形式深刻反映了社会现实，对封建婚姻的揭露和控诉非常有力，突出地歌颂了善良书生的高尚人品。元代尚仲贤《洞庭湖柳毅传书》、李好古《沙门岛张生煮海》、明代黄说仲《龙箫记》、清代李渔《蜃中楼》等都是写柳毅传书故事的。

《任氏传》

作者沈既济，中唐吴县人，以文章著名，另有《枕中记》，也是唐传奇中名作。《任氏传》中所写任氏是一个狐仙，这是最早的狐仙形象。作品非常热情地歌颂了狐仙任氏作为一个普通女子的聪明智慧和高尚品质。她忠于贫寒书生郑六，爱情坚贞，坚决反抗富家子弟韦崟的仗势强暴，在无奈之下“神色惨变”，对韦崟说：“郑生有六尺之躯，而不能庇一妇人，岂丈夫哉！且公少豪侈，多获佳丽，遇某之比者众矣。而郑生，穷贱耳。所称惬者，唯某而已。忍以有余之心，而夺人之不足乎？哀其穷馁不能自立，衣公之衣，食公之食，故为公所系耳。若糠糗可给，不当至是。”由于韦崟“豪俊有义烈”放弃了对她的强暴，并为她的刚直言行所感动，十分欣赏她，虽与她“狎昵”而“不及乱”。后郑生得官，邀她同去，她先因知路有危险而拒绝，但后来感于郑、韦诚意，仍同行，终遇猎狗而被害死。小说为我们塑造了一个美丽超群、善良多情、坚贞不屈、聪明智慧的普通女子形象。作者沈既济还著有《建中实录》，人们把他的古文和韩愈相比。

《柳氏传》

许尧佐也是中唐时人，他的《柳氏传》通过书生韩翊和柳氏悲欢离合的故事,反映了在动荡的社会中妇女的悲惨遭遇。柳氏是一个识见深远、个性坚强的女子,并为自己的低下地位和不幸命运进行了顽强的抗争。她本是富家子李生的姬妾,但大胆地爱上了李生的贫寒朋友韩翊,李生慷慨地把她送给了韩翊。可是在安史之乱中她被番将沙吒利所抢劫为妾,她忍辱负重,想办法和韩翊联络,后来得到豪侠许俊帮助,并得到节度使侯希逸帮助上奏皇帝,最后和韩翊团圆。她的不屈不挠努力,终于得到好的结果。

《南柯太守传》

李公佐的《南柯太守传》是一篇有名的讽刺文学作品,借主人公淳于棼的一个梦,对社会现实的黑暗和腐败,官场的尔虞我诈、矛盾斗争,以及文人醉心追求功名富贵,作了深刻的揭露和讽刺。淳于棼在大槐树下饮酒沉醉,做了一个梦,有槐安国使者请他去,并让他做了驸马。他虽然在梦中获取了功名,得到荣华富贵,并做到驸马、南柯太守,显赫一时,但是最后还是被流言所谗,一切都失落。此时方才梦醒,不过是南柯一梦。明代戏剧家汤显祖"临川四梦"之一《南柯记》、车任远的《四梦记》之一《南柯梦》等均是据此改编的。

《枕中记》

这是类似《南柯太守传》的一篇讽刺文学作品。卢生在邯郸旅店中遇道士吕翁,送给他一个枕头,他枕在头下睡着了。梦中娶望族崔氏为妻,中进士,立边功,虽经历坎坷,但最后为中书令,封燕国公,良田、甲第、佳人、名马不可胜数。醒来时主人黄粱米饭尚未蒸熟,隆名高位不过是一场春梦。作者辛辣地嘲讽了热衷功名富贵的文人。马致远的《邯郸道省悟黄粱梦》、汤显祖的《邯郸记》均据此改编。

《虬髯客传》

杜光庭(850—933)是晚唐人,有很多著作。他的《虬髯客传》以隋末事隐写唐末现实,塑造了红拂女、虬髯客、李靖三个人物,形象十分鲜明,后世称为"风尘三侠"。李靖是辅助李世民的将领,字药师,人称李药师,才智横溢,为人敬重。红拂本是隋末权贵杨素姬妾,但是她看中李靖是个豪杰,深夜投奔于他,亦侠女也,并引见其三兄虬髯客,共同投靠真主李世民,为后世传颂。

《聂隐娘传》

此是裴铏《传奇》中非常著名的一篇。聂隐娘本是将军之女,后得异人传授,修炼成剑客、侠女,识见高明,有胆略,并自选一磨镜青年男子为夫,后依附陈许节度使刘昌裔,并与精精儿、妙手空空儿斗法取胜,卫护了刘昌裔。这是晚唐剑侠小说中的优秀作品,对后来武侠小说发展很有影响。

5. 唐人传奇的艺术成就

唐人传奇有较高的艺术成就,主要表现在以下几点:

第一,人物形象生动鲜明,非常突出,主要人物都有自己独特的性格特点。许多栩栩如生的女子个性特点各不相同,如霍小玉、李娃、任氏、龙女、柳氏、无双等。不同的侠客形象性格也各不相同,如虬髯客、聂隐娘、红线女等。同是书生也各自特点不同,如李益、荥阳公子、柳毅、韩翊、郑公子、淳于棼、卢生等。

第二,是情节曲折,结构完整,故事引人入胜,有很多意想不到的发展,但又合情合理。

第三,是想象极为丰富,不少故事有超现实的浪漫主义特色,但又符合现实逻辑,特别是其中的狐鬼形象,写得富有浓厚人情味,为后来蒲松龄写《聊斋志异》奠定了良好的基础。

第四,描写十分细腻,语言华美,词汇丰富,骈散结合,并善于运用诗词来表现人物的心灵感情世界。

宋代也有很多传奇文言小说,但是其成就远不如唐人传奇,有些作品写得还不错,例如秦醇《谭意哥传》、无名氏《绿珠传》、无名氏《李师师外传》、康誉之《杨氏三兄弟》等;但是,总体上远远无法和唐人传奇相比,主要是回归六朝志怪、志人故事,而缺少唐人"尽设幻语""作意好奇"的创作特色。

四　宋代的说话艺术和白话小说的兴起

从宋代开始,中国古典小说有了一个巨大的发展和变化,这就是白话小说的繁荣,并取代了文言小说的主导地位。宋元时代的民间的说话艺术非常发达,其实就是为市民百姓讲故事,是一种口头文学,因此自然要用白话,那时的白话和近代的白话肯定是不同的,而是当时流行的口头语言。说话艺术的起源可以追溯到唐代。隋代侯白的《启颜录》中就记载了杨素之子杨玄感要侯白为他"说一个好话"的记载,就是说一个好听的故事之意。到了盛唐时代,据郭湜《高力士外传》记载:"太上皇(当为唐玄宗李隆基)移仗西内安置。……每日上皇与高公亲看扫除庭院,芟薙草木;或讲经、议论、转变、说话,虽不近文律,终冀悦圣情。"这里的"转变"指讲唱变文,而"说话"就是讲说故事。由此可见,当时说话艺术已经进入宫廷。前面曾说到中唐时元稹听《一枝花话》,说明那时在长安这样的城市,说话艺术已经非常繁荣。《唐会要》卷四记载:"元和十年(815)……韦绶罢侍读。绶好谐戏,兼通人间小说。"段成式《酉阳杂俎》续集卷四《贬误篇》记载:"予太和(827—835)末,因弟生日观杂戏,有市人小说,呼扁鹊作褊鹊,上声。"中晚唐时说话作为"杂戏"一种,十分普遍。李商隐《骄儿诗》云"或谑张飞胡,或笑邓艾吃",说明当时已有说三国故事的说话。但是说话人的底本很少流传下来。一直到光绪二十六年(1900)甘肃敦煌千佛洞发现几万卷藏书,里面有很多通俗文学抄本和部分刻本,得以重见天日。这些通俗文学包括讲佛经的俗讲文学、韵散相间的变文、长篇叙事俗赋、叙事诗式的词文,以及说话人的话本等。可惜,由于清政府的腐败无能,敦煌的藏书大部分被外国人如俄国的鄂登堡、英国的斯坦因、法国的伯希和、日本的吉川小一郎等劫走或盗走,目前都在海外。其中的话本,有《伍子胥》《庐山远公话》《韩擒虎画(话)本》、《唐太宗入冥记》《叶净能诗》等。宋代的说话艺术和白话小说,就是在这个基础上发展起来的。从文言小说发展到白话小说,是中国小说史上的一大变迁,奠定了后来古典小说发展的方向。为此,鲁迅先生在《中国小说的历史的变迁》一文中说:"这类作品,不但体裁不同,文章上也起了改革,用的是白话,所以实在是小说史上的一大变迁。"

宋代说话已经有四大门类(当时称为"家数")。宋代说话四家,据宋代灌园耐得翁《都城纪胜》的"瓦舍众伎"条记载:

> 说话有四家。一者小说,谓之银字儿,如烟粉、灵怪、传奇、说公案(皆是搏刀杆棒及发迹变泰之事)、说铁骑儿(谓士马金鼓之事)。说经,谓演说佛书;说参请,谓宾主参禅悟道等事。讲史书,讲说前代书史文传、兴废战争之事,最畏小说人,盖小说者能以一朝一代故事,顷刻间提破。合生,与起令随令相似,各占一事。

据此,再参考吴自牧《梦粱录》、周密《武林旧事》、罗烨《醉翁谈录》等记载,则说话四家为:一、小说;二、说经,包括说参请;三、讲史;四、合生。鲁迅《中国小说史略》和《中国小说的历史的变迁》即大致采用这种说法,孙楷第《宋朝说话人的家数问题》对此作过较详细的考证,可以参看。据《武林旧事》记载南宋杭州的说话人有一百多,或讲史,或说经,或演唱小说,这些人多数是小商贩,或城市贫民,也有落魄文人,甚至尼姑、和尚,其中有不少是妇女。他们的说话技艺精湛,生动传神,所谓"谈论古今,如水之流"(吴自牧《梦粱录》),或"如丸走坂,如水建瓴"(夏庭芝《青楼集》),"使观听者如在目前,谛听忘倦,惟恐不得闻"(胡祇遹《紫山大全集》)。话本就是说话人的底本,一般说是比较简略的,说话人可以自由发挥。宋元时期讲史话本一般称为平话,而短篇的说话,则称小说,说话人师徒相传,所以话本往往是在不断的修订补充之中形成起来的,应该说是集体创作。很多科举失意文人往往会参加到话本的修订工作中来,他们常被称为书会才人,他们还常把说话人的话本重新创作成为书面文学,这就是白话小说。说话人或话本作者的知识面是很丰富、很宽广的,罗烨的《醉翁谈录》中有“小说开辟”一篇,说到了当时话本创作的情况:

> 夫小说者,虽为末学,尤务多闻。非庸常浅识之流,有博览该通之理。幼习《太平广记》,长攻历代史书。烟粉奇传,素蕴胸次之间;风月须知,只在唇吻之上。《夷坚志》无有不览,《琇莹集》所载皆通。动哨、中哨,莫非《东山笑林》;引倬、底倬,须还《绿窗新话》。论才词有欧、苏、黄、陈佳句,说古诗是李、杜、韩、柳篇章……辨草木山川之物类,分州、军、县、镇之程途。讲历代年载废兴,记岁月英雄文武。

可见,说话人都是很有才华的。正式说话前还有“入话”,也称“得胜回头”,或“笑耍回头”,内容是讲与正文有关或相类似的内容,这些我们在三言、二拍中都可以看到。目的是等待听众,或者集中听众的注意力。话本中经常会穿插诗词、骈文,用来点染景物,或烘托气氛,也具有承上启下的效果。

话本的数量很多,根据《醉翁谈录》《也是园书目》《宝文堂书目》等的记载,还有一百四十多篇存目,全文保存下来的就很少了。宋元小说话本已经找不到当时刊本,主要见于明人洪楩的《清平山堂话本》和冯梦龙编辑的“三言”,但是究竟哪些是当时原本,哪些是经过明人修改或改写的,也已经不容易弄清楚了。袁行霈主编的《中国文学史》说:“依据《醉翁谈录》《也是园书目》《述古堂书目》等文献对宋元小说话本的记载,再与明人刻印的有关作品相互参证,下列作品是比较可靠的宋元小说话本:《张生彩鸾灯传》(见《熊龙峰刊行小说四种》);《风月瑞仙亭》《杨温拦路虎传》《西湖三塔记》《简帖和尚》《合同文字记》《柳耆卿诗酒玩江楼记》(以上见《清平山堂话本》);《宋四公大闹禁魂张》《张古老种瓜娶文女》(以上见《古今小说》);《错斩崔宁》(又题《十五贯戏言成巧祸》)、《闹樊楼多情周胜仙》(以上见《醒世恒言》);《碾玉观音》(又题《崔待诏生死冤家》)、《西山一窟鬼》(又题《一窟鬼癞道人除怪》)、《定山三怪》(又题《崔衙内白鹞招妖》)、《三现身包龙图断冤》《万秀娘仇报山亭儿》(以上见《警世通言》)等。此外,近年发现元代'福建建阳书坊所刊刻'的《新编红白蜘蛛小说》残页,是如今仅见的元刻小说话本,《醒世恒言》的《郑节使立功神臂弓》是其增订本。至于故事题材流行于宋元后经明人搜集整理、增删加工的作品,在明冯梦龙的'三言'等集子中应当还有一批。"可供我们参考。今天保留下来的话本中,为大家所推崇的比较优秀的作品有《碾玉观音》《快嘴李翠莲记》《错斩崔宁》等。

《碾玉观音》在《警世通言》中名为《崔待诏生死冤家》,故事写一个书画裱褙匠璩公的女儿璩秀秀会一手好刺绣,被节度使咸安郡王看中,强迫送进王府。青年碾玉工人崔宁手艺很好,郡王曾玩笑说要把秀秀配给崔宁。秀秀和崔宁彼此心中有意,但是他们知道这是不可能的。趁一次王府失火,他们一起逃出,并远去千里之外的潭州,开了碾玉铺,做了夫妻。可是他们并没能逃脱郡王魔掌,被抓回来后,秀秀被活活打死,她父母也受累跳河自杀。崔宁被杖罚充军,秀秀的鬼魂跟着崔宁到建康府居住,可还是被郡王知道了,派人去抓他们,秀秀揪住崔宁一起做鬼去。这是一个非常悲惨的故事,虽然秀秀和崔宁的大胆反抗没有成功,但是他们生死相爱、誓不屈服的坚强个性,他们可歌可泣的悲剧,给人们留下了永恒的感动。同时作品也充分地暴露和揭发了咸安郡王的无比残忍,对下层百姓的反抗给予了极大的歌颂。

《快嘴李翠莲记》则以生动明快的语言,刻画了率直、聪明、智慧、勇敢的民间女子李翠莲的善良品性,创造了一个敢于和传统"三从四德"的封建礼教相抗争的下层妇女形象。她不按封建礼教要求遵守的妇道,嘴特别快,还没到婆家就先把媒人得罪了:"大家张口吐舌,忍气吞声,簇拥翠莲上轿。一路上,媒妈妈吩咐:'小娘子,你到公婆门首,千万不要开口。’……且说媒人婆拿着一碗饭,叫道:‘小娘子,开口接饭。’只见翠莲在轿中大怒,便道:‘老泼狗,老泼狗,交我闭口又开口。正是媒人之口无量斗,怎当你没的番做有。你又不曾吃早酒,嚼舌嚼黄胡张口。方才跟着轿子走,分付交我休开口。甫能住轿到门首,如何又叫我开口?莫怪我今骂得丑,真是白面老母狗!’”到了婆家,因为口快又把公婆、大伯、姑嫂、丈夫得罪了。还对公婆说:

公是大,婆是大,伯伯、姆姆且坐下。两个老的休得骂,且听媳妇来禀话:你儿媳妇也不村,你儿媳妇也不诈。从小生来性刚直,话儿说了心无挂。公婆不必苦憎嫌,十分不然休了罢。也不愁,也不怕,搭搭凤子回去罢。也不招,也不嫁,不搽胭粉不妆画。上下穿件缟素衣,侍奉双亲过了罢。记得几个古贤人:张良、蒯文通说话,陆贾、萧何快调文,子建、杨修也不亚,张仪、苏秦说六国,晏婴、管仲说五霸,六计陈平、李左车,十二甘罗并子夏。这些古人能说话,齐家治国平天下。公公要奴不说话,将我口儿缝住罢!

她把父母的教训、哥嫂的规劝、公婆的责备、丈夫的埋怨,毫无顾忌地直接顶撞了回去,结果当然是随即被休了回家。父母兄嫂埋怨她,她就说:

爹休嚷,娘休嚷,哥哥、嫂嫂也休嚷。奴奴不是自夸奖,从小生来志气广。今日离了他门儿,是非曲直俱休讲。不是奴家牙齿痒,挑描刺绣能绩纺。大裁小剪我都会,浆洗缝联不说谎。劈柴挑水与炮厨,就有蚕儿也会养。我今年小正当时,眼明手快精神爽。若有闲人把眼观,就是巴掌脸上响。……孩儿生得命里孤,嫁了无知村丈夫。公婆利害由自可,怎当姆姆与姑姑?我若略略开得口,便去搬唆与舅姑。且是骂人不吐核,动脚动手便来拖。生出许多情切话,就写离书休了奴。止望回家图自在,岂料爹娘也怪吾。夫家娘家着不得,剃了头发做师姑。身披直裰挂葫芦,手中拿个大木鱼。白日沿门化饭吃,黄昏寺里称念佛祖念南无,吃斋把素用工夫。头儿剃得光光地,那个不叫一声小师姑。

就这样李翠莲就自己出家当了尼姑。小说以浓厚的民间色彩,用铺叙和夸张的手法、朴素明快泼辣的语言,把李翠莲的性格描绘得淋漓尽致。

《错斩崔宁》是公案题材作品,主要是揭露官府草菅人命。此篇见《醒世恒言》,题名《十五贯戏言成巧祸》,主要写刘贵经商亏本,从岳父处借得十五贯钱,回家后和妾陈二姐开了个玩笑,说是把陈二姐卖了得的钱,陈二姐信以为真,急忙回家告知爹娘,路上遇见卖丝的青年崔宁,结伴同行。不料刘贵夜里被杀,十五贯钱被盗,邻居发现追赶陈二姐,并在崔宁身上搜出十五贯钱,遂送官府,临安府认定陈二姐伙同奸夫崔宁谋杀亲父,抢劫钱财,将二人屈打成招,草草处以极刑,含冤而死。

此外,如《志诚张主管》《鸳鸯灯》写女子追求自由恋爱、婚姻自主,《简帖和尚》写和尚勾结官府诱骗良家妇女,等等,均是宋元话本中比较优秀的作品。由于宋元话本大都没有原刊本传下来,不少是明人所收集,很多经过文字加工,较难获得宋元原版。明人还仿照话本写作中短篇,后人称为拟话本,这些我们将在有关三言、二拍的部分再谈。

宋元说话人的讲史话本部分,也有一些平话流传下来。当时的讲史是非常繁荣的,据《武林旧事》记载讲史艺人非常之多,当然讲史话本也是很多的。不过流传下来的很少,我们现在看到的主要是元代刊印的《全相平话五种》,其中的《武王伐纣平话》讲述了殷纣王的残暴无道,武王、姜尚以仁义之师伐纣成功,已经初步具有后来《封神演义》的基本框架。《七国春秋平话》(后集)是讲述战国七雄故事的,为后来余邵鱼的《列国志传》提供了具体内容。《秦并六国平话》讲述秦国吞并六国和统一全国的故事。《前汉书平话》(续集)讲述刘邦登基后的种种矛盾和斗争,尤其是讲述吕后的阴险狠毒。《三国志平话》则已经具备了后来《三国演义》的主要情节。讲史平话对后来长篇小说的发展具有重要意义。另一本《大宋宣和遗事》则介乎讲史平话和小说之间,其中有关宋江和梁山泊的记载,为后来《水浒传》的写作奠定了初步基础。著录在《永乐大典》中的《薛仁贵征辽事略》则为后来的《薛仁贵征东》等小说给予了具体线索。

此外,说经话本如《大唐三藏取经诗话》则为后来《西游记》的写作提供了基本内容。从白话小说到后来白话长篇名著的出现,展示了中国古典小说发展的基本路径。

五　明代白话小说的繁荣
和《三国演义》等历史演义小说

1.《三国演义》的成书和版本

《三国演义》是我国古代小说名著，最早出现的长篇章回小说，也是历史演义小说成就最高、影响最大的作品。中国古典小说分为四大类：历史演义小说、英雄传奇小说、神魔小说、言情小说，基本符合我国小说发展实际。历史演义小说发展最早，它的代表作就是《三国演义》。

《三国演义》有一个成书过程，它是罗贯中在前代民间流传的三国故事基础上加工创作而成的。民间三国故事早在隋代就已经有了，根据杜宝《大业拾遗录》记载，隋炀帝观看的水上杂戏表演中，就有曹操谯水击蛟、刘备檀溪跃马的节目。成书于八世纪初的大觉《四分律行事钞批》有“死诸葛走生仲达”的故事。刘知幾《史通》卷五曾说三国故事“得之于行路，传之于众口”。宋代的说话艺术专门有“说三分”的科目和艺人，苏轼《东坡志林》中还有下列记载：“王彭尝云：涂巷中小儿薄劣，其家所厌苦，辄与钱，令聚坐听说古话。至说三国事，闻刘玄德败，频蹙有出涕者；闻曹操败，即喜唱快。”可见，这时三国故事已有明显的尊刘贬曹倾向。现存元代至治年间的《三国志平话》约有八万字，分上、中、下三卷，其内容并不受三国史实局限，而是受民间流传故事影响，有很多虚构和夸张的部分，如说张飞鞭打督邮后，还将其分尸六段；刘、关、张还一起到太行山落草；曹操劝说汉献帝让位给曹丕；张飞当阳桥喝退曹兵三十里；等等，具有浓厚的民间传说味道。平话虽然简略,叙述粗糙,但是也有了后来《三国演义》的初步规模。在宋元的戏曲中则有大量以三国故事为内容的作品。据陶宗仪《南村辍耕录》记载的金代院本名目中有《赤壁鏖兵》《大刘备》《骂吕布》等。宋元戏文《宦门子弟错立身》中提到有南戏《关大王独赴单刀会》《刘先主跳檀溪》等。钟嗣成《录鬼簿》中著录的元杂剧篇目中有四十多种三国故事的杂剧。关汉卿杂剧中有《关大王独赴单刀会》《关张双赴西蜀梦》。高文秀《刘玄德独赴襄阳会》、郑光祖《虎牢关三战吕布》、无名氏《诸葛亮博望烧屯》、无名氏《关云长千里独行》、无名氏《两军师隔江斗智》等。说明罗贯中创作《三国演义》之前,像桃园结义、三战吕布、刘备跃马檀溪、诸葛亮火烧博望、过五关斩六将、张飞当阳桥喝退曹兵、三顾茅庐、赤壁之战、单刀会、刘备白帝城托孤、死诸葛吓走生仲达等重要情节故事,早已经具备。罗贯中正是广泛地吸收了前代三国故事,参照陈寿《三国志》以及裴松之的注释,经过精心结构创作而成的。

《三国演义》的作者在明代有不同说法,一般认为是罗贯中作。罗贯中的有关资料非常之少,贾仲明在《录鬼簿续编》中说:“罗贯中,太原人,号湖海散人。于人寡合,乐府、隐语,极为清新。与余为忘年交,遭时多故,各天一方。至正甲辰(1364)复会,别来又六十余年,竟不知其所终。”贾仲明《录鬼簿续编》成书于明代永乐二十年(1422)那么,罗贯中当是生活在元末明初,据明代王圻的《稗史汇编》说他还“有志图王”,还有人说他和当时割据一方的张士诚有过联系。他写过杂剧《宋太祖龙虎风云会》,写过很多历史演义小说,而《三国演义》当是最成功的作品,其他还有《残唐五代史演义传》《隋唐两朝志传》《三遂平妖传》等。《三国演义》创作的时间大约在元明之交,所以有的学者把它列为元代文学,不过它的现存最早版本是明代嘉靖元年(1522)刊印的《三国志通俗演义》,前面有庸愚子(金华人蒋大器)弘治七年(1494)写的序。这个本子分二十四卷,二百四十则。明代万历后出版的新刊本很多,大概有文字较为芜杂的《三国志传》系统和文字较为精细的《三国志通俗演义》系统。至明末李卓吾评点的《三国志通俗演义》,把原来的二百四十则合为一百二十回。到了清代康熙年间,毛纶、毛宗岗父子对全书的回目、情节、文字作了全面的加工润饰,并加上很多评语,遂成为清代以后最为通行的本子。《三国演义》的写作虽然基本史实线索是以正史为基础的,但是它吸收了大量民间传说和戏曲话本的内容,已经离开真实历史很远。清代章学诚在《章氏遗书外编·丙辰札记》中曾说它是“七分实事、三分虚构”,可是当代很多学者认为实际上它是“七虚三实”。

2.《三国演义》的基本思想倾向

《三国演义》的基本思想倾向是“拥刘反曹”。这和陈寿《三国志》的思想倾向是不同的,也和司马光的《资治通鉴》的认识不同。陈寿和司马光都是以曹魏为正统的,他们是历史学家,是比较尊重历史的客观事实的。不过宋代的其他民间历史著作,如萧常、郝经的两种《续后汉书》等,则是偏向以刘备为正统的。这种状况到了朱熹的《资治通鉴纲目》就更加突出。朱熹此书,俗称《紫阳纲目》,他严厉批评了陈寿和司马光,认为他们以曹魏为正统是错误的,这是和南宋受金人的逼迫,民族危机深重有直接关系的。罗贯中身处元代外族统治时期,肯定“拥刘反曹”思想倾向是可以理解的。不过,“拥刘反曹”的倾向早在民间三国故事中已经具有,如上述苏轼《东坡志林》记载。因此,它并不是由于宋元时期民族矛盾的影响,而主要是体现传统的王道仁政和独裁暴政之对立。百姓是喜欢王道仁政的,他们最不喜欢独裁暴政,这是自古以来的人文主义思想的影响。《三国演义》中的刘备和曹操,一个是仁君,一个是奸雄,一个是处处为百姓着想的,一个是为了自己称霸随意杀戮百姓的,这就是“拥刘反曹”思想的产生原因。因此,《三国演义》的写作也是被理想化了的。这个基本思想倾向也直接影响到人物形象的描写。《三国演义》中写得最好的人物形象有三个,所以毛宗岗称为“三绝”,这就是曹操、诸葛亮、关羽。一个是奸雄的典型,一个是智慧的化身,一个是忠义的楷模。当然,其他很多人物也写得不错。

3.《三国演义》的人物形象

曹操

曹操在历史上本是一个伟大的政治家、军事家、文学家,然而在小说里却是一个奸雄,一个反面典型。奸雄,要从两方面来看,也就是“奸”和“雄”。小说虽然是坚决“反曹”的,然而实际也没有把他写得一无是处,曹操首先是英雄,然后是奸臣。第一回写道:“时人有桥玄者,谓操曰:‘天下将乱,非命世之才不能济。能安之者,其在君乎?’南阳何颙见操,言:‘汉室将亡,安天下者,必此人也。’汝南许劭,有知人之名。操往见之,问曰:‘我何如人?’劭不答。又问,劭曰:‘子治世之能臣,乱世之奸雄也。’操闻言大喜。”

《三国演义》中的曹操,我们看到他其实有很多过人之处,确实是个很有才能的政治家、军事家、文学家。小说写他在汉末动乱时期,曾参与削平黄巾叛乱;董卓专权,他敢于去刺杀;刺杀未成,他逃回家散家财,建义军,发布讨伐董卓的宣言,发起组织讨董联军;同时他又慧眼识英雄,与袁绍的歧视不同,建议让弓马手关羽出战华雄,并温酒为之壮行。他知人善任,很多的智谋、勇武之士投奔到他帐下,如荀彧、程昱、荀攸、郭嘉、满宠、典韦、许褚、乐进、李典、毛玠、于禁、吕虔等,可谓人才济济。他信任荀攸,按照其计烧毁袁绍乌巢粮仓,使号称百万之众的袁绍一战溃败;他听从郭嘉生前遗留的计谋,不穷追袁熙、袁尚,使公孙康自动送上袁熙、袁尚首级,不用一兵一卒定辽东。在和刘备煮酒论英雄时所说:“天下英雄,惟使君与操耳。”不只说明他有雄心壮志,也说明他是真正懂得谁才是英雄。曹操十分爱才,让赵子龙自由驰骋他的千军万马之中,不许用弓箭射他;陈琳为袁绍写讨伐曹操的檄文,痛骂他祖宗三代,可是袁绍大败,陈琳归顺曹操后,曹操只对他开了个玩笑,依然重用他。曹操对关公也是真心爱才,虽然关公最后还是走了,但是曹操并没有为难他,还送他锦袍,任他过五关斩六将。曹操扫平北方各路割据的军阀,统一了整个北方。他雄兵百万,虎视江东,横槊赋诗,确有宏大气魄。

小说自然也写了他很多的“奸”。例如年轻时不喜欢他叔叔告状而装中风;因误会反杀吕伯奢一家,“宁教我负天下人,休教天下人负我”;许田围猎,以己代君试众臣;为报父母被杀之仇,肆意屠城,杀戮徐州无辜百姓;缺军粮、防兵变,有意杀无罪粮官王垕,“借汝头以示众”;杀杨修,为立曹丕为太子扫除后患;借黄祖之手杀祢衡,又因衣带诏杀太医吉平及董承等朝廷大臣;杀伏皇后、皇子及伏后父伏完一家。这些都是要着重表现曹操的奸诈、残忍、专横、狠毒,以及他作为“汉贼”的篡夺行为。但是,这些并不能否定他作为英雄的实际,因此小说作者对曹操的描写是具有两面性的。

这里谈一谈曹操形象的真实性问题。小说中曹操的形象是从维护汉朝正统的观念出发去描写的,强调他是“篡汉”的“国贼”,任意残害忠臣、良民、百姓的奸臣,是阴险、狡诈、残忍、凶恶的暴君,并以刘备作为爱民的仁君典范,与曹操作鲜明的对比。所以曹操作为历史上雄才大略的优秀政治家、军事家、文学家,作为汉末动乱时代的杰出英雄,这一面被掩盖起来了,作者把曹操的负面极大地夸张和扩展了,从众多复杂的史实中,专门选取了一些材料来“抹黑”曹操,例如杀吕伯奢事,在《三国志》的裴松之注中,有多种不同内容:“《魏书》曰:‘太祖以卓终必覆败,遂不就拜,逃归乡里。从数骑过故人成皋吕伯奢。伯奢不在,其子与宾客共劫太祖,取马及物。太祖手刃击杀数人。’《世语》曰:‘太祖过伯奢,伯奢出行,五子皆在,备宾主礼。太祖自以背卓命,疑其图已,手剑夜杀八人而去。’孙盛《杂记》曰:‘太祖闻其食器声,以为图已,遂夜杀之。既而凄怆曰:宁我负人,毋人负我。遂行。’”或谓吕伯奢不在;或谓吕子与宾客真的要杀曹操并抢其马和财物;或谓操误杀其家人。实际吕伯奢并不在,而小说则是选择对曹操最不利的记载,又加以虚构夸大,才是现在这个样子。曹操杀杨修,小说描写是曹操忌才,因为有三件事说明杨修非常聪明,看出了曹操没有说出的意图,一是“一盒酥”,二是“门阔”,三是“鸡肋”,似乎是杨修太聪明了,曹操妒忌他,才把他杀了。历史记载则是因为杨修想帮助曹植获得太子之位,干扰了曹操立曹丕为太子的计划,为使政局稳定才杀了杨修。据《三国志·魏书》卷十九记载，曹植聪慧善文章，但是他“任性而行，不自雕励，饮酒不节”，“丁仪、丁廙、杨修等为之羽翼，太祖狐疑，几为太子者数矣”。然曹操最终没有立他。又因为他行为不端，故“植宠日衰。太祖既虑终始之变，以杨修颇有才策，而又袁氏之甥也，于是以罪诛修。植益内不自安”。可见，为了突出曹操的奸雄形象，小说作者并不按照历史真实来写，而是任意虚构夸张来写的。至于杀王垕，则是运用了宋代萧常《续后汉书》及元代郝经《续后汉书》的有关记载写的，而萧常、郝经都是嫌陈寿以曹魏为正统，而改为以刘备为正统，所以根据民间传说而把曹操写得很坏，是否真有此事也值得怀疑。至于曹操杀汉献帝衣带诏的有关人员，则是当时政治斗争中的不可避免情况，也不能因此否定曹操。历史上这一类事情太多了，被历代称颂的唐太宗李世民，不也有玄武门之变，杀死其兄及其弟吗？所以，曹操成为小说中的反面形象，其实是文学家的艺术构思和创造，并非历史真实，而只是艺术真实。同时我们也可以清晰看到《三国演义》创造人物过程常常是用的浪漫主义的理想化方法，而并不是现实主义的创作方法。

诸葛亮

诸葛亮是历史上实有的人物，也是三国时代著名的政治家和军事家。但是，他在小说中也是被理想化了的，成为神妙莫测的智慧化身。诸葛亮的隆中决策确实出自他极为高明的政治远见和十分正确的方针政策。这是符合历史事实的，亦见陈寿《三国志·蜀书·诸葛亮传》。然而，诸葛亮的神奇事迹则大多数是虚构、理想化的艺术描写，并非历史上真实如此。例如博望烧屯，据《三国志·蜀书》记载：“先主遣麋竺、孙乾与刘表相闻。表自郊迎，以上宾礼待之，益其兵使屯新野。荆州豪杰归先主者日益多，表疑其心，阴御之，使拒夏侯惇、于禁于博望。久之，先主设伏兵，一旦自烧屯伪遁，惇等追之，为伏兵所破。”小说写这是诸葛亮辅助刘备后的第一件大功和历史事实不符，实际并非诸葛亮所为，实乃刘备的计谋。然后，小说写诸葛亮舌战群儒，智激周瑜，草船借箭，借东风，派关公于华容道伏击曹操等一系列智谋。在赤壁鏖兵打败曹操过程中,诸葛亮成为最大功臣,其实也完全是极其夸张的理想化描写,实际上赤壁之战东吴的周瑜才是最主要的功臣。此后,小说写诸葛亮的一切军事上的神机妙算,也都是为了要把他写成智慧的化身。其实,我们知道,像空城计诸葛亮并没有用过,倒是孙权运用过,但作为艺术作品,把它放在诸葛亮身上,自然是可以的,不过这不是历史真实,而是艺术真实。

诸葛亮辅助刘备获得西川,因而成就王业。小说写他的高远政治智慧,懂得要三足鼎立,必须采取"北拒曹操,东和孙权"的战略方针,可惜刘备以及他的桃园结义兄弟关羽、张飞都不懂得,不能听取他的意见接受这个方针,结果造成了关羽丢失荆州,刘备彝陵大败,不得不白帝城托孤。好在西蜀后主刘禅懦弱,实际是诸葛亮掌权管治一切,才最终维持魏、蜀、吴三分天下。虽然诸葛亮能够七擒孟获,安定后方,而且还六出祁山伐魏,并显示了他神奇超凡的军事天才,比足智多谋的司马懿高出一筹,但是毕竟曹魏实力强大,未能成功,诸葛亮自己也劳累过度而"出师未捷身先死"。作者强调他对先主刘备之忠,伐魏多少过于勉强,知其不可为而为之。为了写他作为智慧化身,小说侧重在表现他无比聪慧的军事天才,如智取汉中、空城计、上方谷烧司马懿、制造木牛流马、死诸葛吓退生仲达、预防魏延谋反等,而其实历史上的诸葛亮并不善于军事指挥。《三国志·诸葛亮传》说他:"然亮才于治戎为长,奇谋为短;理民之干,优于将略。而所与对敌,或值人杰,加众寡不侔,攻守异体,故虽连年动众,未能有克。昔萧何荐韩信,管仲举王子城父,皆忖己之长,未能兼有故也。亮之器能政理,抑亦管、萧之亚匹也,而时之名将,无城父、韩信,故使功业陵迟,大义不及邪?盖天命有归,不可以智力争也。"可见,小说中的诸葛亮,大都是根据民间故事传说加以理想化地描写而成,亦属艺术真实而非历史真实也!

关羽

关羽是小说中"三绝"之一,是作者着力描写的人物,是忠义英勇的典型。小说对关羽的描写基本事实大体符合《三国志·关羽传》,但是在具体细节上则亦采取民间传说渲染甚多。例如关羽温酒斩华雄一节,根据《三国志·吴书》《资治通鉴》《通鉴纪事本末》及萧常、郝经《续后汉书》等记载,华雄乃是袁绍联军先锋孙坚攻打董卓时所杀,并非关羽所杀。小说是为了写关羽之勇武无双,改为关羽斩华雄。至于千里走单骑、过五关斩六将、单刀赴鲁肃宴会等也都是吸取民间传闻所写,在戏曲中已经有了。至于斩颜良、诛文丑、水淹七军、活捉庞德等虽然历史上有记载,但小说也是大大夸张了的。至如华容道放走曹操,则是专门为了表现他的义气,虽死不惜(他在孔明处立有军令状)。小说也写了他的刚愎自用、骄傲自大,最后导致失败,被杀身死。关公的形象经过《三国演义》的突出描写,对后世影响很大,甚至成了神,到处有关帝庙。

《三国演义》其他的人物,如吕布、赵云、周瑜、孙权等也写得很好。吕布的有勇无谋、狂妄自大;赵云的勇武精悍、善思考、有谋略;周瑜的精明能干、识见过人,孙权的深沉机智、善能用人,均写得十分成功。刘备则是一个仁君典型,虽是作者极为用心写作的重要人物,然而与曹操相比,则形象要单薄得多,甚至有故意做作之嫌,如其在赵云面前抛下自己儿子之类。

4.《三国演义》的表现特点和艺术结构

《三国演义》的表现特点是集中以政治、军事斗争来刻画人物性格,基本上没有写他们的具体生活状况,而是把这些人物放在社会上尖锐的政治和军事斗争旋涡中,以他们的言论、行为、表现来显示人物的思想性格。因为三国时期是一个社会动乱的局面,群雄崛起,争夺天下,互相之间矛盾复杂,想要奇军突起,力压群雄,就需要靠智慧、胆略、用人、策略等个人能力,以及财力、物力等客观条件。之所以最后形成三国鼎立,说明曹操、刘备、孙权确实有不同于其他人的长处。小说既不写人物的日常生活,也不写他们的个人感情,也不写他们像水浒英雄那样除暴安良的侠客行为,只是在当时重大的政治、军事斗争中,展示他们的突出表现,以此来刻画他们的性格特征。应该说这也是很不容易的。同时,小说作者又在一种主观的观念引导下,非常强烈地要把他们作为自己某种理想的代表,例如曹操是奸雄的典型,刘备是仁君的模范,诸葛亮是智慧的化身,关羽是忠义双全的英雄。从某种程度上说,则有过于理想化和类型化的倾向,这也符合早期长篇小说发展的特点。从创作方法上说,有现实主义成分,但是基本上是属于浪漫主义的。

《三国演义》在人物描写上也是相当成功的。除了善于从复杂激烈的政治、军事斗争中来刻画人物性格外,它还很善于运用虚实结合的方法,来表现人物思想性格和战争场面。例如写袁绍联军攻打董卓时华雄的英勇和关羽温酒斩华雄,都是采取虚写的方法,并没有正面写他们的斗杀状况。在关键的关羽和华雄一战中,作者却没有一笔正面描写,全是侧面虚写。其云:“(关羽)出帐提刀,飞身上马。众诸侯听得关外鼓声大振,喊声大举,如天摧地塌,岳撼山崩,众皆失惊。”毛宗岗批云:“亦用虚写。”接着小说又写:“正欲探听,鸾铃响处,马到中军,云长提华雄之头,掷于地上。其酒尚温。”连探子都没有他快。故毛批:“写得声势百倍。”而这“声势百倍”正是运用虚实结合的表现方法之结果,特别是虚写,在刻画云长的英雄气概中起了主要作用。又如写孔明也是如此,孔明没出来前,先写水镜先生之提出“伏龙、凤雏,两人得一,可安天下”,写单福(即徐庶)之辅助刘备获新野大捷,实际上都是为写孔明作铺垫的。第三十五回“玄德南漳逢隐贤　单福新野遇英主”毛批总评云:“此卷为玄德访孔明,孔明见玄德作引子耳。将有南阳诸葛庐,先有南漳水镜庄以引之;将有孔明为军师,先有单福为军师以引之。”“庞统二字在童子口中轻轻逗出,而玄德却不知此人即为凤雏;元直二字在水镜夜间轻轻逗出,而玄德却不知此人之即为单福。隐隐跃跃,如帘内美人,不露全身,只露半面,令人心神恍惚,猜测不定。至于诸葛亮三字通篇更不一露,又如隔墙闻环佩声,并半面亦不得见。纯用虚笔,真绝世妙文。”更为突出的是写刘备三顾茅庐一段对孔明形象的描写。此一段为了刻画孔明的性格纯用虚写:作者写刘备几次去拜访孔明而不见,于是写孔明的住处、环境,如何清静幽雅、柴门半掩,写孔明的朋友、岳父、兄弟乃至童子,都有隐居高士的风度，聪慧而多才，诸人均称孔明比他们要高明得多，从他们口中来隐隐约约地透露出孔明的性格特征。第三十七回毛宗岗总评写道：

> 此篇极写孔明，而篇中却无孔明。盖善写妙人者，不于有处写，而于无出写。写其人如闲云野鹤之不可定，而其人始远；写其人如威凤祥麟之不易睹，而其人始尊。且孔明虽未得一遇，而见孔明之居，则极其幽雅；见孔明之童，则极其古淡；见孔明之友，则极其高超；见孔明之弟，则极其旷逸；见孔明之丈人，则极其清韵；见孔明之题咏，则极其俊妙。不待接席言欢，而孔明之为孔明，于此领略过半矣！

经过这样的侧面虚写，然后再实写见到孔明的情状以及隆中对策，孔明的形象自然就高大地站立起来了。

小说的艺术结构基本以三国的历史发展为线索，从合久必分开始，写到分久必合。从黄巾起义、汉朝统治崩溃开始，发展为三国鼎立，一直到蜀、吴灭亡，西晋统一结束。场面十分壮阔，历史故事的穿插、安排极为细密，情节曲折复杂，三国发展交叉叙述，既大体符合历史大事件，又有很多的虚构想象，整体结构是相当完整的。

5. 其他历史演义小说

《三国演义》之后，历史演义小说发展很快。作品也相当多。比较重要的有嘉靖、隆庆年间余邵鱼的《列国志传》，这是在《七国春秋平话》和《秦并六国平话》基础上写成的。明末冯梦龙又有《新列国志》，参考了《左传》《国语》《史记》等所写，比余邵鱼的作品要丰富得多，篇幅也大得多。至清初蔡元放对《新列国志》加以修订润色，改名《东周列国志》，成为历史演义中仅次于《三国演义》的重要作品。蔡元放在《东周列国志读法》中曾作过这样一段分析，他说："《列国志》与别本小说不同，别本多是假话，如《封神》《水浒》《西游》等书，全是劈空撰出,即如《三国志》,最为近实,亦复有许多做造在于内。《列国志》却不然,有一件说一件,有一句说一句,连记实事也记不了,那里还有工夫去添造。故读《列国志》,全要把作正史看,莫作小说一例看了。"蔡元放本人的观点我们可以不论,但他说《列国志》在创作上虚构成分大大减少,注重史实更接近历史,是符合实际的。也正因此它的艺术水平反倒差了很多。其他明代比较重要的历史演义小说还有甄伟的《西汉通俗演义》,也有一定的文学价值。至于其他一些历史演义小说,则大都成为历史的通俗解说,没有多少文学价值了。

六 《水浒传》和明代的英雄传奇小说

和《三国演义》差不多同时的著名长篇小说是《水浒传》。鲁迅把《水浒传》一类小说和《三国演义》一起列入讲史类，一般我们称之为英雄传奇小说，因为它和历史演义小说是有区别的。这类小说大多也是写的历史题材，但是和历史演义不同，主要不是写政治、军事大事，而是写民间英雄的侠义行为和事迹，不以帝王将相为主要人物。英雄传奇小说中的人物和情节基本都是虚构的，参考很多民间传说，而不以正史为根据。

1.《水浒传》的成书和版本

《水浒传》是在民间流传的水浒故事和小说戏曲的水浒题材作品基础上创作而成的。水浒故事源于北宋后期所发生的以宋江为首的农民暴动，他们是流动作战，主要基地在山东的梁山泊，而活动范围遍及山东、河北、河南等地。这次农民暴动的声势较大，活动地区比较宽广，所以影响也比较大。由于宋江为首的这支队伍以“替天行道”为旗号，反对贪官奸臣和地方恶霸，劫富济贫、行侠仗义，故而在民间流传有很多他们的故事，并且成为小说戏曲的重要题材。关于这次农民暴动事件，《宋史》中的《徽宗本纪》《侯蒙传》《张叔夜传》等均有提及，徽宗宣和年间，宋江等“三十六人横行齐魏”，“转略十郡，官兵莫敢撄其锋”，后被张叔夜设计招降。在其他很多文献中也有记载，如方勺《泊宅编》、王称《东都事略》、李埴《皇宋十朝纲要》、徐梦莘《三朝北盟会编》等。到了南宋时期水浒故事成为说话表演的重要内容之一。据罗烨《醉翁谈录》记载,有“石头孙立”“戴嗣宗”“青面兽”“花和尚”“武行者”等等话本名目,虽然其内容看不到了,大概可以想象和《水浒传》中的故事应该是类似的。至于宋江及其队伍的结局,文献记载则各有不同,或说受招安后出征方腊,或说被完全镇压,目今尚无定论。根据记载南宋龚开有过《宋江三十六人画赞并序》,其画已佚,而赞语及序文则保留在周密的《癸辛杂识续集》中。序云:“宋江事见于街谈巷语,不足采著。虽有高如、李嵩辈传写,士大夫亦不见黜。余年少时壮其人,欲存之画赞,以未见信书载事,不敢轻为。及异时见《东都事略》中载侍郎《侯蒙传》有书一篇,陈制贼之计云:宋江以三十六人,横行河朔,京东官军数万,无敢抗者,其材必有过人,不若赦过招降,使讨方腊,以此自赎,或可平东南之乱。余然后知江辈真有闻于时者,于是即三十六人,人为一赞,而箴体在焉。”所赞三十六人之绰号,与后来《水浒传》基本一致。龚开是肯定宋江等接受招安和出征方腊的。至元代陆友(字友仁)曾写了《题宋江三十六仁画赞》诗,其云:

忆昔熙宁(宋神宗时年号)全盛日,百年曾未识干戈。江南丞相变法度,不恤人言新进多。蔡家京卞(蔡京、蔡卞兄弟)出门下,首乱中原倾大厦。睦州盗起势连北,谁挽长江洗兵马。京东宋江三十六,白日横行大河北。官军追捕不敢前,悬赏招之使擒贼。后来报国收战功,捷书夜奏甘泉宫。楚龚好古作画赞,不敢区区逢圣公。我尝舟过梁山泺(同“泊”),春水方生何渺漠。或云此是碣石村,至今闻之犹褫魄。

到宋元之交的《大宋宣和遗事》,其中专有一部分讲梁山泊故事,如“杨志卖刀”“智取生辰纲”“宋江杀惜”“九天玄女授天书”“败呼延绰(灼)”“受招安征方腊”等等。元初童瓮天的《瓮天脞语》中则把三十六人扩大为一百零八人,即“三十六大伙,七十二小伙”,根据地也确定为梁山泊,并有了宋江去李师师家谋求招安情节,故有假托宋江作的《念奴娇》词,其中有“借得山东烟水寨,来买凤城春色”,以及

"六六雁行连八九,只等金鸡消息"等句。而在很多水浒故事的戏曲(保存剧目有三十三种)中,保存下来的完整戏曲不多(六种),大致内容和后来《水浒传》是基本相同的,例如康进之《梁山泊李逵负荆》、高文秀的《黑旋风双献功》、李文蔚《同乐院燕青博鱼》、无名氏《鲁智深喜赏黄花峪》等。这些都为后来《水浒传》的创作奠定了很好的基础。

《水浒传》的作者在明代也有不同说法,有说施耐庵作,有说罗贯中作,也有说施耐庵、罗贯中作,明代嘉靖年间最早著录此书的高儒《百川书志》题作"钱塘施耐庵的本,罗贯中编次"。同时代郎瑛《七修类稿》亦有类似记载:"《三国》《宋江》二书,乃杭人罗本贯中所编。予意旧必有本,故曰编。《宋江》又曰钱塘施耐庵的本。"稍后如田汝成《西湖游览志余》、王圻《稗史汇编》等都认为是罗贯中作。明代万历年间胡应麟在《少室山房笔丛》中则又说是施耐庵作。李贽在《忠义水浒传序》中说是"施、罗二公"作。明末清初金圣叹又提出了施作罗续说。当代学者一般认为是施耐庵作。施耐庵可能是钱塘人,或谓江苏兴化人,均无确凿证据。他的生平事迹不详。

《水浒传》的版本则相当复杂,大概有繁、简两个系统。简本文字粗糙,细节描写简单。繁本则描写具体,今存有七十回本、一百回本、一百二十回本。简本则有明万历年间的《水浒志传评林》(一百零四回本)和明崇祯年间的《水浒忠义志传》(一百一十五回本),以及一百十回本、一百二十四回本、不分卷本。现存最早的繁本据高儒《百川书志》记载为《忠义水浒传》一百卷(一百回)本。另有明嘉靖年间武定侯郭勋所刻行的一百回本,也是较早的刻本,但此本在国内已失传,日本有"无穷会"所藏一种明刻清印本,从其版本特点来看,当是完整保存了郭本面貌的刊本。至于现存较完整的早期百回本,有天都外臣序本(序作于万历己丑即1589年),沈德符《万历野获编》说它是郭勋家所传,可能是郭勋家所藏的未经修改的早期本子。另有万历三十八年(1610)容与堂刊《李卓吾先生批评忠义水浒传》,也是比较早和比较有名的百回本。上述百回本在梁山泊大聚义后,只有平辽和平方腊故事,没有平田虎、王庆的故事。繁本中还有一种一百二十回本,是袁无涯根据杨定见所提供的本子刻行的,但增入了一般繁本系统所没有而只有简本系统才有的平田虎、王庆故事,并作了增饰,书名因此称为《李卓吾先生批评忠义水浒全传》。容与堂本和袁无涯本的李卓吾评点究竟哪个是真的李贽所评,学术界颇有争议,应该两个都不是李贽的评本,不过里面可能都有部分李贽评点内容。明末崇祯十四年(1641)左右,金圣叹自称发现《水浒传》七十回古本,实际是把一百回本的七十一回以后内容删除,伪造卢俊义的一个噩梦作结,又把第一回作为"楔子",并经过文字的修订而成的七十回本,因为文字较为精练,又保留了内容最精华的部分,所以成为此后三百年最为流行的本子。自鲁迅咒骂金圣叹"腰斩"《水浒传》,当代学者亦纷纷循此责备金圣叹,其实是可以商榷研究的。金圣叹对《水浒传》的删改、润色、评点是有功绩的,尤其是评点成就突出,影响深远,不可抹杀。

2.《水浒传》的主题思想和关于招安的评价

《水浒传》是一部描写"替天行道",英勇反抗奸臣、贪官迫害,为百姓除暴安良的英雄好汉之业绩和故事的作品。作品的中心是揭露当时社会的黑暗,奸臣、贪官当道,官逼民反,善良的人们被逼上梁山,不得不走上武装反抗的道路。前七十回就是分别叙述各个英雄好汉是如何被逼上梁山的,首以安分守己的王进为例,他为什么会夜奔延安府,就是因为小人当权,高俅逼得他没有活路。金圣叹就曾经用这样一个最普通的形式逻辑来加以说明:

高俅来而王进去矣;	A=B;
王进去而一百八人来矣;	B=C;
高俅来而一百八人来矣。	A=C.

因为"群小相聚",故"天下无道";"天下无道",故"乱自上作";"乱自上作",则一百八"逆天而行"之民来矣!所以他说《水浒传》是作者"怨毒著书"。金圣叹对《水浒传》的主题思想和产生原因之分

析,我以为是很正确的。金圣叹虽然不赞成反对皇权的武装暴动,然而他同情百姓,痛恨贪官奸臣,承认官逼民反,所以他实际上是肯定《水浒传》,并且给了很高评价的。在一百零八人被逼上梁山的描写中,写得最好的是鲁智深、林冲、杨志、武松等几个,前七十回写到一百零八人上山,粉碎官军的围剿,完成大聚义,情节发展达到了高峰。因此,金圣叹删改为七十回本,不是没有道理的。后三十回,或加征田虎、王庆的五十回,则是性质发生了变化,因为是写接受朝廷招安,并且替官府去镇压其他的起义队伍,最后战死的战死、出走的出走,而宋江等也被官府赐以毒酒害死,成为一出凄惨的悲剧。怎么评价《水浒传》,也就成了出现大争议的问题。

怎么认识和评价《水浒传》?我认为应当充分地肯定《水浒传》,因为:

第一,由于农民本身不是代表社会发展的新力量,农民起义或暴动的结果只可能有三个:一是被官军镇压;二是接受招安;三是推翻旧政权,建立一个新的封建王朝。即使是最后一种结果,建立的仍然是封建王朝,不过换了一个新皇帝。所以我们不必因为宋江接受招安,就否定《水浒传》的后半。

第二,现在《水浒传》的描写应该是符合历史真实和艺术真实的。而且,我们从中可以认识到农民起义和暴动虽然对推动历史发展有一定作用,但是从根本上说,它是不能改变封建专制主义的社会制度的,因此必然有它的历史局限性。因为他们不是新的生产力的代表,没有也不可能有先进的社会理想,他们没有民主自由、平等博爱的符合社会发展的新思想。

第三,《水浒传》作者已经写出了接受招安的结果,宋江等人最终也是被杀、被消灭;而且写出了大多数英雄好汉是不赞成招安的,然而他们并不能找出更好的办法,最多只是继续抗争下去,推翻旧王朝,建立新王朝,他们的力量还远远不够。

如何理解招安问题是和如何评价宋江形象紧密联系在一起的。金圣叹在批点《水浒传》时是否定宋江的,甚至认为施耐庵是独恨宋江,是以“曲笔”来写宋江的,处处揭露他的权诈、阴险,有意把宋江的形象作为反面人物来写,这自然是不符合施耐庵原意的。现代研究者批评宋江和金圣叹的角度自然是不同的,主要是批评他提倡招安的“投降主义”路线。其实,作者对宋江是肯定的,不过认为他的接受招安主张,实际上并不能给水浒英雄带来荣华富贵,结果是和他本来意愿相违背,是悲惨地失败的。因此,《水浒传》作者是批评招安的,例如写鲁智深、李逵等反对招安,写征方腊过程中很多英雄伤亡,李俊等的离开,鲁智深的再出家,以及最后宋江等被朝廷的药酒毒死,招安并没有好结果,是以凄惨的悲剧结束的。小说中的宋江完全是个正面人物。《水浒传》中的宋江至少有以下特点,值得我们注意:

第一,宋江是一个英雄。他虽是一个小官吏,但是他坚决反对贪官污吏,反对一切蠹害百姓的黑暗势力,同情和帮助被迫害的英雄好汉,仗义疏财,扶危济困,极有诚信。他曾甘冒“血海也似干系”,向晁盖通风报信救他们。故梁山英雄好汉都认他为唯一的大恩人,在他上山后一致要他当首领,而他则竭力拥护晁盖,自己只当副手。晁盖死后他自然是大家拥护的梁山泊领袖。他的外号是“呼保义”“及时雨”,说明他是一个受广大群众尊敬和拥护的人。

第二,他很有领导才能,有文化有知识有见解,既能出谋划策,又有组织能力,善于团结众多思想性格不同的英雄好汉,是一个很有天才的起义军领袖。梁山泊起义队伍的发展壮大,是和宋江的领导分不开的。

第三,宋江的为人准则是“忠义”,所以小说全名是《忠义水浒传》。“忠义”是宋江奉行的基本道德标准。“忠义”在小说中所体现的内容是很复杂的。一是以此反对不忠不义的奸臣贪官、残忍祸害百姓的恶霸小人。二是为国为民尽忠尽义,具体在宋江身上就是“替天行道”,要除掉像蔡京、童贯、高俅一类上层的害民贼,也要清除地方上的恶霸如西门庆、蒋门神、毛太公、祝朝奉一类坏人,但同时也还是拥护和支持好皇帝、贤臣清官,所以是反贪官不反皇帝。因此在这种提倡“忠义”的旗帜下,他才有接受招安和征方腊的行动。在当时情境下,在那个时代也是可以理解的。所以“忠义”有不同方面,我们可以参看李贽的《忠义水浒传序》。

第四,宋江也是被逼上梁山的。宋江的忠君观念是很深的,他虽然支持梁山,但自己并不想上梁山,他“杀惜”后,辗转避难,就是不想去水泊投奔晁盖。他被充军到江州,经过梁山泊,大家都要他留下,他坚决不肯留下,怕“上逆天理,下违父教,做了不忠不孝的人”。但是他在浔阳楼吟反诗,自然地流露了因“冤仇”所郁积的叛逆情绪。从江州法场的屠刀下被解救出来后,他一方面感激众位豪杰不避凶险,极力相救的“义”,另一方面也深感“如此犯下大罪,闹了两座州城,必然申奏去了”,再难在常规情况下尽“忠”,于是他表示“今日不由宋江不上梁山泊投托哥哥去”。上梁山后,他牢记着九天玄女“替天行道,为主全仗忠义,为臣辅国安民,去邪归正”的“法旨”,一再宣称:“小可宋江怎敢背负朝廷?盖为官吏污滥,威逼得紧,误犯大罪;因此权借水泊里避难,只待朝廷赦罪招安。”他坐上第一把交椅后,即把“聚义厅”改成“忠义堂”,进一步明确了梁山队伍“同心合意,同气相从,共为股肱,一同替天行道”的基本思想。所以他是有反抗精神的,然而又受“忠义”的局限,主张走招安的道路。

宋江的形象是符合他的身份和思想性格特点的。他是一个县城的小官吏,押司是一个刀笔吏,所以小说说宋江“刀笔精通,吏道纯熟”。他同情受迫害的英雄好汉,关心困苦的大众百姓,但是从没有想过要去武装暴动,反抗政府。他杀阎婆惜则是不得已,因为他“沟通”梁山泊“盗贼”的事被阎婆惜知道了,她拿到了置他于死地的证据。一直到被充军江州,他还是并不想反抗政府的。后来醉后题诗也是发泄内心感慨,被黄文柄发现诗中“他时若遂凌云志,敢笑黄巢不丈夫”,告到蔡九知府那里,定为反贼,并通报蔡京,显然是必死无疑,特别是戴宗传假信被黄文柄揭穿,宋江、戴宗即将被斩首,后得梁山众好汉江州劫法场,所以宋江除上梁山泊外,已经别无出路。他是最典型的不想上梁山,而被“逼上梁山”。所以他最后主张招安,希望“博个封妻荫子”,享受荣华富贵,本是很自然的,小说写宋江这个人物是很真实的。在那个时代,他能做到尽心于梁山事业,已经是不简单了,他的招安主张从他本心来说,想给山上英雄好汉找个好出路,也是可以理解的。一个封建社会的起义军领袖他能怎么办呢?他不可能否定皇权,而想推倒宋王朝,建立一个新王朝,他还没有那么大的力量,他能想到的就是争取朝廷的招安。所以我们似乎不必对他有过分的要求。当然他找的出路,其实也是一条死路,不过是他并没有想到的。

3.《水浒传》的人物形象描写特点

《水浒传》人物形象的性格是非常鲜明的。金圣叹特别在《读第五才子书法》中指出:“别一部书,看过一遍即休,独有《水浒传》,只是看不厌,无非为他把一百八个人性格,都写出来。”“《水浒传》写一百八个人性格,真是一百八样。若别一部书,任他写一千个人,也只是一样,便只写得两个人,也只是一样。”其《水浒传序三》中说:“《水浒》所叙,叙一百八人,人有其性情,人有其气质,人有其形状,人有其声口。”小说艺术的核心,是要创造与众不同的特殊性格,《水浒传》中创造独特性格的艺术经验,根据前人的研究,主要有以下几个方面:

第一,《水浒传》之所以能使它所写的一百零八人有一百零八样性格,是因为作者善于运用中国传统的文艺美学原则来描写人物,注重神似而不拘泥于形似,能够把“以形写神”“得其意思所在”这些艺术表现方法,运用来创造特殊性格,从而使自己笔下的人物能达到“传神”“逼真”的“化境”。比如写鲁智深的醉打蒋门神、大闹五台山、倒拔垂杨柳、带一群泼皮去帮助林冲、大闹野猪林等,真的是非常传神、逼真。又如第三十七回写李逵出场,原文云:“戴宗便起身下去,不多时引着一个黑凛凛大汉上楼来。宋江看见,吃了一惊。”“黑凛凛”是一种“形”的描写,即“画出李逵形状”,但目的是“传神”,表现出李逵的“顾盼”“性格”“心地”,这种“形”就是“神”之“得其意思所在”。“黑凛凛大汉”五字描写很传神,所以金圣叹说:“画李逵只五字,已画得出相。”又说:“黑凛凛三字,不惟画李逵形状,兼画出李逵顾盼、李逵性格、李逵心地来。下便紧接宋江吃惊句。盖深表李逵旁若无人,不晓阿谀，不可以威劫，不可以名服，不可以利动，不可以智取。宋江吃一惊，真吃一惊也。”这是符合实际的。

第二，要使人物形象传神和逼真，必须善于写出人物性格中的“同中之异”来，所以容与堂本的评点曾说《水浒传》写人物全在“同而不同处有辨”。只有写出了“同中之异”，才是真正的本事。金圣叹在《读第五才子书法》中说道：

> 《水浒传》只是写人粗卤处，便有许多写法。如鲁达粗卤是性急，史进粗卤是少年任气，李逵粗卤是蛮，武松粗卤是豪杰不受羁靮，阮小七粗卤是悲愤无说处，焦挺粗卤是气质不好。

都是粗鲁，又随着各人的思想品质、生活经历、文化教养等的不同而各有明显的差别，这样就显出了各人不同的个性。金圣叹又在第二回评语写道：

> 此回方写过史进英雄，接手便写鲁达英雄；方写过史进粗糙，接手便写鲁达粗糙；方写过史进爽利，接手便写鲁达爽利；方写过史进剀直，接手便写鲁达剀直。作者盖特地走此险路，以显自家笔力，读者亦当处处看他所以定是两个人，定不是一个人处，毋负良史苦心也。

鲁达和史进有很多共同之处，但作者写来完全是两个性格鲜明的不同的人，而不是一个人。尤其是作者偏要把他们两人的相同特点放在一处写，而又叫读者清楚地看到他们各人是各人，相混不得，从对比中来突出人物鲜明的个性特征。史进本是财主家少年公子，而鲁达则是军官出身，粗放惯了。他们的气概性情自然不同。第十二回写杨志与索超在北京比武，一场恶斗：

> 正南上旗牌官拿着销金“令”字旗，骤马而来，喝道：“奉相公

钧旨,教你两个俱各用心。如有亏误处,定行责罚;若是赢时,多有重赏。”二人得令,纵马出阵,都到教场中心。两马相交,二般兵器并举。索超忿怒,轮手中大斧,拍马来战杨志;杨志逞威,拈手中神枪来迎索超。两个在教场中间,将台前面。二将相交,各赌平生本事。一来一往,一去一回;四条臂膊纵横,八只马蹄撩乱。两个斗到五十余合,不分胜败,月台上梁中书看得呆了。两边众军官看了,喝采不迭。阵面上军士们递相厮觑,道:“我们做了许多年军,也曾出了几遭征,何曾见这等一对好汉厮杀!”李成、闻达在将台上不住声叫道:“好斗!”闻达心里只恐两个内伤了一个,慌忙招呼旗牌官拿着“令”字旗与他分了。将台上忽的一声锣响,杨志和索超斗到是处,各自要争功,那里肯回马。旗牌官飞来叫道:“两个好汉歇了,相公有令!”杨志、索超,方才收了手中军器,勒坐下马,各跑回本阵来,看那梁中书,只等将令。

这场比武周围的人都看呆了。然而观看的人中由于身份各不相同,其表现情状也各不相同。如金圣叹所说:“又要看他每一等人,有一等人身分。如梁中书只是呆了,是个文官身分。众军官便喝采,是个众官身分。军士们便说出许多话,是众人身分。李成、闻达叫好斗,是两个大将身分。”这就是“同中有异”,大家都看比武,可是人物的身份不同,在对待同一件事上也各有不同的态度和表达方式。掌握好这一表现方法,就能使人物性格一个个鲜明如画。

第三,金圣叹指出了《水浒传》中善于借次要人物的陪衬描写来突出主要人物的性格。第二回写鲁达在酒店中碰到唱曲的金老父女,同情他们的遭遇,要凑钱救济他们,因自己银子带得不多,便向史进借。史进拿出十两,说:“直什么要哥哥还!”金圣叹于此处批道:“史进银,多似鲁达一倍,非写史进也,写鲁达所以爱史进也。”接着他又向李忠借,说:“你也借些出来与洒家。”李忠从身边摸出二两银子,鲁达当面就说他:“也是个不爽利的人!”金圣叹批道:“虽与鲁达同是一‘摸’字,而一个摸得快,一个摸得慢,须知之。”又说鲁达骂他不爽利,“真是眼中不曾见惯”，说明此处写李忠小气也是为了反衬鲁达的豪爽性格。又比如第二十六回写武松在杀西门庆后到阳谷县自首，又被解到东平府。“且说陈府尹哀怜武松是个仗义的烈汉，时常差人看觑他。因此节级牢子，都不要他一文钱，倒把酒食与他吃。陈府尹把这招稿卷宗都改得轻了，申去省院详审议罪；却使个心腹人赍了一封紧要密书，星夜投京师替他干办。”金圣叹于此下批道：“此篇写武松既写得异常，则写四边人定不得不都写得异常。譬如画虎者，四边草木都须作劲势，不然，便衬不起也。不知文者竟漫谓难得陈文昭，真痴人说梦矣！”金圣叹指出作者把陈府尹和节级牢子等写得这么好，正是为了要突出武松是一个刚强烈汉。“不然，便衬不起也。”草木都作劲势，老虎的神威也就更加吓人了。

第四，《水浒》作者常常用以反托正的方法来生动地刻画人物性格。比如第二回写鲁智深打镇关西郑屠。鲁智深本是一个粗犷、直率、不会作假的人物，但是作者偏偏要他作假，又让读者一眼看穿。他本来做事比较鲁莽，但作者又偏偏要写他某些时候又有精细之处。他本来是光明磊落的大丈夫，作者又偏偏要写他某时某刻的“权诈”表现。例如他看到郑屠只有出气、没有入气了，便假意道：“你这厮诈死，洒家再打！”此处金批道：“鲁达亦有假意之口，写来偏妙。”鲁达见郑屠面皮渐渐地变了，知道已被打死，于是决定趁其未死及早撒开。此处金批道：“写粗人偏细，妙绝。”鲁达一边走一边骂：“你诈死！洒家和你慢慢理会！”然后大踏步走了。金批道：“鲁达亦有权诈之日，写来偏妙。”这种表现方法与中国古代诗词艺术中欲写静而故意写动，如“蝉噪林逾静，鸟鸣山更幽”“月出惊山鸟，时鸣春涧中”之类，有相似之处。第二十六回评语中，金圣叹还指出作者写武松杀嫂一节，武松完全是忠义烈汉，而在十字坡遇张青一节中耍孙二娘一段，则是“殊不知作者正故意要将顶天立地、戴发噙齿之武二，忽变作迎奸卖俏、不识人伦之猪狗”，这也是一种以反托正的表现方法。金圣叹指出《水浒传》作者懂得刻画人物性格，只从正面写有时反而不深入，而故意写一些相反的方面倒反能在更深层次上揭示出人物的正面性格特征。

第五十三回评语说:“李逵朴至人,虽极力写之,亦须写不出,乃此书但要写李逵朴至,便倒写其奸猾,便愈朴至,真奇事也。”第三十七回评语说:“写李逵粗直不难,莫难于写粗直人处处使乖说谎也。”可见,这种以反托正的写法是更不容易的。此回写李逵听戴宗说前面黑汉子即是宋江,不肯相信,对戴宗说:“节级哥哥,不要赚我拜了,你却笑我。”金批道:“偏写李逵作乖觉语,而其呆愈显,真正妙笔。”这确实比正面写他的呆要难得多。此种人物性格描写方法,也即是《读第五才子书法》中所说的“背面铺粉法”,“如要衬宋江奸诈,不觉写作李逵真率;要衬石秀尖利,不觉写作杨雄糊涂是也”。

第五,《水浒传》人物塑造方面善于使之合乎“人情物理”,而不是故意把英雄拔高、神化,使人感到他们既是理想的英雄,也是现实的、活生生的人。例如写武松打虎:

> 这武松提了哨棒,大着步,自过景阳冈来。约行了四五里路,来到冈子下,见一大树,刮去了皮,一片白,上写两行字。武松也颇识几字,抬头看时,上面写道:“近因景阳冈大虫伤人,但有过往客商可于巳、午、未三个时辰结伙成队过冈,请勿自误。”武松看了,笑道:“这是酒家诡诈,惊吓那等客人,便去那厮家里宿歇。我却怕甚么鸟!”横拖着哨棒,便上冈子来。那时已有申牌时分。这轮红日厌厌地相傍下山。武松乘着酒兴,只管走上冈子来。走不到半里多路,见一个败落的山神庙。行到庙前,见这庙门上贴着一张印信榜文。武松住了脚读时,上面写道:
>
> 阳谷县示:为景阳冈上新有一只大虫伤害人命,见今杖限各乡里正并猎户人等行捕,未获。如有过往客商人等,可于巳、午、未时辰结伴过冈;其余时分,及单身客人,不许过冈,恐被伤害性命。各宜知悉。政和　年　月　日。
>
> 武松读了印信榜文,方知端的有虎;欲待转身再回酒店里来,寻思道:“我回去时,须吃他耻笑,不是好汉,难以转去。”存想了一回,说道:“怕甚么鸟!且只顾上去看怎地!”武松正走,看看

酒涌上来，便把毡笠儿掀在脊梁上，将哨棒绾在肋下，一步步上那冈子来。回头看这日色时，渐渐地坠下去了。此时正是十月间天气，日短夜长，容易得晚。武松自言自说道："那得甚么大虫！人自怕了，不敢上山。"武松走了一直，酒力发作，焦热起来，一只手提着哨棒，一只手把胸膛前袒开，踉踉跄跄，直奔过乱树林来；见一块光挞挞大青石，把那哨棒倚在一边，放翻身体，却待要睡，只见发起一阵狂风。那一阵风过了，只听得乱树背后扑地一声响，跳出一只吊睛白额大虫来。武松见了，叫声"阿呀"，从青石上翻将下来，便拿那条哨棒在手里，闪在青石边。那大虫又饥又渴，把两只爪在地下略按一按，和身望上一扑，从半空里撺将下来。武松被那一惊，酒都做冷汗出了。说时迟，那时快，武松见大虫扑来，只一闪，闪在大虫背后。那大虫背后看人最难，便把前爪搭在地下，把腰胯一掀，掀将起来。武松只一闪，闪在一边。大虫见掀他不着，吼一声，却似半天里起个霹雳，振得那山冈也动，把这铁棒也似虎尾倒竖起来只一剪。武松却又闪在一边。原来那大虫拿人只是一扑，一掀，一剪，三般捉不着时，气性先自没了一半。那大虫又剪不着，再吼了一声，一兜兜将回来。武松见那大虫复翻身回来，双手轮起哨棒，尽平生气力，只一棒，从半空劈将下来。只听得一声响，簌簌地将那树连枝带叶劈脸打将下来。定睛看时，一棒劈不着大虫；原来打急了，正打在枯树上，把那条哨棒折做两截，只拿得一半在手里。那大虫咆哮，性发起来，翻身又只一扑，扑将来。武松又只一跳，却退了十步远。那大虫恰好把两只前爪搭在武松面前。武松将半截棒丢在一边，两只手就势把大虫顶花皮胳膊地揪住，一按按将下来。那只大虫急要挣扎，被武松尽气力捺定，那里肯放半点儿松宽。武松把只脚望大虫面门上、眼睛里，只顾乱踢。那大虫咆哮起来，把身底下爬起两堆黄泥做了一个土坑。武松把那大虫嘴直按下黄泥坑里去。那大虫吃武松奈何得没了些气力。武松把左手紧紧地揪住顶花皮，偷出右手来，提起铁锤般大小拳头，尽平生之力只顾打。打得

> 五七十拳,那大虫眼里、口里、鼻子里、耳朵里,都迸出鲜血来,更动掸不得,只剩口里兀自气喘。武松放了手,来松树边寻那打折的哨棒拿在手里,只怕大虫不死,把棒橛又打了一回。眼见气都没了,方才丢了棒,寻思道:"我就地拖得这死大虫下冈子去。"就血泊里双手来提时,那里提得动?原来使尽了气力,手脚都苏软了。
>
> 武松再来青石上坐了半歇,寻思道:"天色看看黑了,倘或又跳出一只大虫来时,却怎地斗得他过?且挣扎下冈子去,明早却来理会。"就石头边寻了毡笠儿,转过乱树林边,一步步捱下冈子来。走不到半里多路,只见枯草中又钻出两只大虫来。武松道:"阿呀!我今番罢了!"只见那两只大虫在黑影里直立起来。武松定睛看时,却是两个人,把虎皮缝做衣裳,紧紧绷在身上,手里各拿着一条五股叉,见了武松吃一惊,道:"你……你……你……吃了㺐狸心、豹子肝、狮子腿,胆倒包着身躯,如何敢独自一个,昏黑将夜,又没器械,走过冈子来!你……你……你……是人是鬼?"武松道:"你两个是甚么人?"那个人道:"我们是本处猎户。"

这里最典型的是可以看到小说写英雄符合人情物理,不把英雄人物神化的特点。金圣叹在第二十二回评语说:"天下莫易于说鬼,而莫难于说虎。无他,鬼无伦次,虎有性情也。说鬼到说不处,可以意为补接,若说虎到说不来时,真是大段着力不得。"他指出施耐庵写武松打虎的优点即是在能做到"皆是写极骇人之事,却尽用极近人之笔"。这在金圣叹对打虎一段的具体分析中,有很细致的阐述。金圣叹指出此段写武松并不是神,他对老虎也有害怕心理,他虽有打虎之威力,但毕竟也是人,也累,如果再有老虎出来,他也很难打得过了。金圣叹说:

> 读打虎一篇,而叹人是神人,虎是怒虎,固已妙不容说矣。乃其尤妙者,则又如读庙门榜文后,欲待转身回来一段(按:说明武松也怕虎,本待回店,怎奈已先夸口说绝了,不好回去得);风过虎来时,叫声"阿呀"翻下青石来一段;大虫第一扑从半空里撺将下

来时，被那一惊，酒都做冷汗出了一段；寻思要拖死虎下去，原来使尽气力手脚都苏软了，正提不动一段；青石上又坐半歇一段；天色看看黑了，惟恐再跳一只出来，且挣扎下冈子去一段；下冈子走不到半路，枯草丛中钻出两只大虫，叫声"阿呀，今番罢了"一段，皆是写极骇人之事，却尽用极近人之笔。

对英雄人物的不寻常行为描写，也必须合情合理，这才能给人以真实、自然之感，而其结果也就会更加使人敬仰。如果把英雄变成神，夸大得不近情理，也就必然要失去真实感，这样会丧失其艺术魅力。

第六，《水浒传》善于通过人物特殊的行为、动作、举止、处事方式，来表现其特殊的性格。第三十七回写李逵当知道面前真的就是一向所敬仰的宋江时，"扑翻身躯便拜"。金批道："写拜亦复不同。'扑翻身躯'字，写他拜得死心塌地。'便'字写他拜的更无商量。"在李逵骗得宋江十两银子后，"推开帘子，下楼去了"。金批道："要拜便拜，要去便去，要吃酒便吃酒，要说谎便说谎。嗟乎！世岂真有此人哉！"又说李逵抢钱，"一手兜银，一手提人，便一脚踢门矣，活画出此时李大哥来"。说明《水浒传》正是从描写李逵特有的行为、动作、举止，来刻画其性格特征的。又如第二回写鲁达打店小二"只一掌"，打镇关西"只一拳""只一脚"，金圣叹上有眉批云："一路鲁达文中皆用'只一掌'。'只一拳''只一脚'，写鲁达阔绰，打人亦打得阔绰。"第六回写林冲妻子被高衙内调戏，林冲一把扳过来，要打，只见是高衙内，先自手软了，只是怒气冲冲地瞅着他。此处金圣叹批道："写英雄在人廊庑下，欲说不得说，光景可怜。"鲁智深领了众泼皮来帮林冲打，反而是林冲劝住了他。金批道："是可让，何不可让？住人廊庑，虽林武师无可如何矣，哀哉！"又说："本是林冲事，却将醉后鲁达极力一写，便反做了林冲劝鲁达，真令人破涕为笑，奇文奇文。"回前总评还说："林冲娘子受辱，本应林冲气忿，他人劝回，今偏将鲁达写得声势，反用林冲来劝"，是"奇恣笔法"。这些地方都清楚地告诉读者，

《水浒传》在描写鲁达、林冲的性格特征时,非常注意他们有个性的动作和处事方式。

第七,《水浒传》中具有性格特征的人物语言非常生动。第三回写鲁达观看通缉他的榜文,被金老一把抱住拉开,并问他为什么这么大胆,差点被公人抓了。鲁达说:“洒家不瞒你说,因为你上,就那日回到状元桥下,正迎着郑屠那厮,被洒家三拳打死了,因此上在逃。”金批道:“是鲁达爽直声口,在别人口中便有许多谦逊,此却直直云‘因为你上’。”在赵员外家,金老拜倒在地。鲁达说:“却也难得你这片心。”金批道:“鲁达托大,声口如画。”赵员外很尊敬鲁达,待如上宾。鲁达说:“洒家是个粗卤汉子,又犯了该死的罪过;若蒙员外不弃贫贱结为相识,但有用洒家处,便与你去。”金批道:“活鲁达。”“泪下之言。”在桃花村刘太公庄上,鲁达说他会说因缘,教强盗不娶其女,刘太公很担心,说道:“好却甚好,只是不要捋虎须。”鲁达说:“洒家的不是性命?你只依着俺行。”金批道:“是鲁达语,他人说不出,快绝妙绝,一句抵千百句。”《水浒传》描写三阮时,金圣叹指出他们是渔民,没有文化,因此语言上也表现出这种特点。在讲到梁山泊被好汉占领,不好再去打金色鲤鱼时,阮小七说:“若是每常,要三五十尾也有,莫说十数个,再要多些,我弟兄们也包办得;如今便要重十斤的也难得。”金批道:“既说三五十尾,又说再要多些,写不通文墨人口中,杂沓无伦,摹神之笔。”当阮小七说:“这个梁山泊去处,难说难言!”金圣叹在下批道:“四字不通文墨之极,盖难说即难言也,难言即难说也,而必重之,不通极矣。”说明《水浒传》写渔民便有渔民语言,与有文化人语言完全不同。第五十二回写李逵让戴宗拴上马甲后,两腿如飞,不由自己作主,他说:“阿也!我这鸟脚不由我半分,只管自家在下边奔了去。不要讨我性发,把大斧砍了下来!”金批道:“如此妙语,自非李大哥,谁能道之!”又说:“以大斧唬吓自家之脚,妙语,非李大哥不能道。”第三十七回写李逵得知面前真是宋江时,便说:“我那爷,年何不早说些个,也教铁牛欢喜。”金批道:“称呼不类,表表独奇。”“却反责之,妙绝,妙绝。”“写得遂若不是世间性格,读之泪落。”“‘铁牛欢喜’四字，又是奇文。”可见《水浒传》中各个主要人物的语言，乃至一些次要人物的语言，也都有鲜明的个性特点。

由于《水浒传》在人物描写上有这些有力的艺术表现方法，所以书中的人物性格十分鲜明，而且成为文学史上不朽的艺术典型。其中最为突出的是鲁智深、林冲、杨志、武松、李逵等，他们是老百姓最为喜欢的英雄人物。鲁智深的特点是粗犷、爽直、豪爽、热情；林冲的性格是优柔寡断，逆来顺受，但是后来被逼得勇敢坚定；杨志只想在边疆立功，博个封妻荫子，最后走投无路，才上了梁山；武松刚强正直，疾恶如仇；李逵天真直率，一身正气，天不怕地不怕，反抗性极强。他们是脍炙人口的鲜活形象，具有永久的艺术魅力。

《水浒传》的艺术结构也很有特点。它的前七十回是采用单个人物的故事互相衔接而成的，每个故事又有起伏变化，逐渐发展到高潮，例如写林冲最为明显；同时，又有专门事件的故事，如三打祝家庄等，在事件过程中写英雄好汉逐个上山。七十一回以后则是写接受招安后的几次战争，实际是写起义队伍的衰落和悲剧的结局。总的说整体结构是完整的，但是从百回本到一百二十回，补充的部分没有太多价值，所以后半的结构略欠严密，不是很理想。

4. 明代的其他英雄传奇小说

除《水浒传》外，明代还有很多英雄传奇小说。比较重要的有写隋唐英雄故事的系列和写宋代杨家将抗辽故事的系列，以及岳飞抗金故事、明初朱元璋建国故事等。这些写历史内容的英雄传奇小说也是从历史演义小说发展来的，不过它们和一般的历史演义小说很不同，虽然也涉及一些历史人物和事件，但是并非按真实历史来写，书中很多人物也是历史上所没有的，大部分内容和人物是虚构的，或是根据民间传说来写的，所以和《水浒传》的特点比较相似，应该归入英雄传奇小说。

有关隋唐故事小说比较有名的是明末袁于令的《隋史遗文》，此前曾有一些历史演义作品，如罗贯中的《隋唐两朝志传》、熊大木的《唐书志传通俗演义》、无名氏《隋炀帝艳史》等,已经和一般历史演义不同,有较多虚构内容,但仍不脱离历史演义作品,至袁于令《隋史遗文》则已经属于英雄传奇小说,其书写隋唐间的英雄好汉故事,虽然他们后来都归附于真命天子李世民,但是小说不是以帝王为中心,而是描写了民间传说中的秦琼、程咬金、单雄信、罗士信等乱世英雄。特别是单雄信则由于李世民误杀他哥哥,而始终不降唐。书中写秦琼卖马、单雄信帮助救援秦琼、程咬金劫王杠、瓦岗寨起义事迹等,都非常生动感人。瓦岗寨的英雄,其实和梁山泊的英雄差不多。后来清人褚人获在前代有关隋唐的故事和小说基础上,创作一百回《隋唐演义》,兼有历史演义和英雄传奇特点。

有关杨家将故事的小说比较早的是明代万历三十四年(1606)题为秦淮墨客校阅、烟波钓叟参订的《杨家府世代忠勇通俗演义》(以下简称《杨家府演义》)。另有《北宋志传》情节文字与之基本相同,据三台馆刊本序,此书当为嘉靖时的书坊主人熊大木所作。北宋时期北方的契丹(后建立辽国)一直成为主要外患,杨家将故事主要是写抵抗辽国的入侵,杨老令公杨业和他儿子杨延昭是当时北宋抗辽的主要将领,但是历史上也只有极少的几笔记载,小说所写他们一家抗辽事迹,包括杨延昭子杨宗保,尤其是杨门女将,特别是穆桂英,基本都是虚构的,并无历史根据。而杨六郎手下的孟良、焦赞也是民间传说的绿林英雄,而非历史上实有人物,因此《杨家府演义》并非历史演义,而属于英雄传奇小说,不过小说主要宣扬民族大义,赞扬杨家一家报国卫民的英雄事迹。由于小说中的很多虚构人物形象十分鲜明,成为人民群众中流传很广的英雄形象。杨家将小说的故事早在民间就有广泛传播,南宋话本中有《杨令公》《五郎为僧》等,元明杂剧中则有很多,如《八大王开诏救忠臣》《杨六郎私下三关》《谢金吾诈拆清风府》《杨六郎调兵破天阵》《昊天塔孟良盗骨》《焦光赞活拿萧天佑》等。《杨家府演义》和《北宋志传》乃是在这些基础上创作而成。此后,有很多这一类小说,清代以来根据《杨家将演义》改编的还有《北宋金枪全传》《两狼山》《天门阵》《十二寡妇征西》、《平闽十八洞》(即《杨文广征南》)等中长篇小说。写南宋岳飞抗金故事的,则有明嘉靖年间熊大木编写的《新刊大宋中兴通俗演义》,也兼有历史演义和英雄传奇双重特色,但是除岳飞、秦桧等是历史上真实人物外,抗金故事内容也多半是虚构的,是根据民间传说所写,所以亦以英雄传奇为主。我们看到元明杂剧中有《地藏王证东窗事犯》《秦太师东窗事犯》《宋大将岳飞精忠》《精忠记》等等。有关岳飞的故事有比较强烈的忠奸斗争色彩,后来清代有钱彩的《说岳全传》(金丰增订),成为十分流行的本子。

至于写明代开国故事的则有《英烈传》(即《皇明开运英武传》),传说是嘉靖时武定侯郭勋所撰,但不可信。现存万历十九年(1591)重刻本,至万历四十四年刊行的《云合奇踪》,实际是《英烈传》的增订本。《英烈传》主要写出身微贱的朱元璋如何发迹变泰,描写了朱元璋和他的结义兄弟的一些豪侠行为,不过具有富贵天定的宿命论思想,说朱元璋是玉皇大帝的金童托生,故有很多神人辅助,他的不少将领也是上天星宿下凡。此外,崇祯年间刊行的《孙庞斗智演义》也有一定影响,小说批判了庞涓的嫉贤妒能,而孙膑则是智慧超人的真正豪杰,他虽被庞涓刖足,最后还是抓住庞涓报了仇。

七 《西游记》《封神演义》和其他神魔小说

神魔小说的发展是和佛道思想盛行分不开的。神魔小说中比较优秀的作品,虽然运用超现实的形式来写,但是有丰富的现实社会内容作为基础,其中尤以《西游记》和《封神演义》最为突出,影响最大。

1. 取经故事的演变和《西游记》的版本与作者

《西游记》写的是唐僧取经的故事。玄奘西天取经是在唐太宗贞观三年(629),到吴承恩写《西游记》将近九百年。在这个漫长的岁月中,取经故事从记载史实到形成小说,有很大的变化,主角由唐僧转变为孙悟空,主题由取经传播弘扬佛法,演变为对封建秩序的叛逆反抗和为民除害,扫除荼毒百姓的黑暗恶势力。而吴承恩的《西游记》正是按照这个方向,使之有了进一步发展,并在艺术上达到很高的水准。

玄奘去天竺(印度)取经历时十七年,取回佛经六百多卷。根据他西行取经的见闻,其弟子辩机曾写有《大唐西域记》一书,玄奘的弟子慧立等又在《大唐慈恩寺三藏法师传》中有所记述。这些主要是纪实,也有若干编造的奇迹故事,但似乎后来的流传过程中,神异色彩愈来愈浓厚。敦煌榆林窟所存玄奘取经壁画,大约作于西夏初年,约在北宋中期,其中已经有持棒的猴行者形象。宋代说话艺术盛行,取经故事成为重要题材。而说经话本《大唐三藏取经诗话》则刊印于南宋或元代,其中所描写的取经故事早已远离历史真实,而吸收了很多民间神话传说内容。其中猴行者化为白衣秀士自称“花果山紫云洞八万四千铜头铁额猕猴王”,神通广大,曾降服白虎精、九条馗头鼍龙等,是保护唐僧西天取经的主要护卫。这和南宋刘克庄所说“取经烦猴行者”是一致的,其为孙悟空前身。另有深沙神,当是沙和尚前身,但还没有猪八戒。元末有比较完整的《西游记平话》,原书已佚。但《永乐大典》一三一三九卷引“梦斩泾河龙”故事,摘自《西游记平话》,内容与现存百回本第九回前半部分基本相同。古代朝鲜的汉语教材《朴通事谚解》中也曾引述“车迟国斗圣”故事的片段,书中还有七条注文,介绍了《西游记平话》的主要情节,与今传百回本《西游记》相当接近。其中已讲到孙悟空出身和“大闹天宫”故事,说孙悟空“神变无测,闹乱天宫”,并偷取仙桃园蟠桃、老君灵丹药、王母绣仙衣,被捉住后给唐僧当了徒弟。这些内容不少亦见于杨景贤杂剧《西游记》。平话内容比杂剧丰富,包括“初到师陀国界遇猛虎毒蛇之害,次遇黑熊精、黄风怪、地涌夫人、蜘蛛精、狮子怪、多目怪、红孩儿怪”,又遇“棘钓洞、火炎山、薄屎洞、女人国,及诸恶山险水怪害”,并说“在路降妖去怪,救师脱难,皆是孙行者神通之力也”。而深沙神已变为沙和尚,并出现了黑猪精朱八戒。据此可以推测,元末的《西游记平话》已具有相当规模,并奠定了百回本《西游记》的基本框架,只是描写还不够精细,内容亦没有百回本《西游记》那么多。

《西游记》现存版本,最早是明万历二十年(1592)金陵唐氏世德堂刊本,二十卷一百回,不署作者。后来版本,或有误署丘处机撰的,然未有署吴承恩者。明天启《淮安府志》著录吴承恩的著作,有《西游记》一书,清人吴玉搢、阮葵生等据此推断吴承恩即是百回本小说《西游记》的作者。后又经鲁迅、胡适等肯定,此说被普遍接受。但国内外也有一些研究者认为,《淮安府志》所著录的吴承恩《西游记》是否就是今存百回本小说《西游记》,尚需作进一步证明。吴承恩(1500? —1582?),字汝忠,号射阳山人,淮安山阳县(今江苏淮安)人。“性敏而多慧,博极群书,为诗文下笔立成,清雅流丽,有秦少游之风。复善谐谑,所著杂记几种,名震一时。”(《淮安府志》)但科举考试屡试不中,中年以后约四十岁才补为岁贡生,授长兴县丞,不久即“拂袖而归”。所著诗文大都亡佚,后人辑录成《射阳先生存稿》四卷,当代出版改为《吴承恩诗文集》。他还有《禹鼎志》一书,为文言志怪小说,已佚,但存序一篇,其中说:“虽吾书名为志怪,盖不专明鬼,时纪人间变异,亦微有鉴戒寓焉。”此种创作意图亦见于《西游记》中。

2.《西游记》的思想与孙悟空的典型形象

吴承恩《西游记》的中心人物是孙悟空,小说实际写了两个部分内容:大闹天宫和降妖伏魔。十四回以前主要写孙悟空的出世和他蔑视玉皇大帝,大闹天宫;十四回以后则是写他在被如来佛压在五行山下五百年,后得观音菩萨应如来佛旨意,让他做唐僧徒弟才得从山下出来,一路上降妖伏魔,保护唐僧西天取经,但是头上还是被观音菩萨箍了紧箍咒,受唐僧控制。孙悟空取经路上的降妖伏魔,实际上更主要的是为民除害。小说中的唐僧已经不是主要人物,只是一个陪衬人物。大闹天宫是突出写孙悟空的大无畏的反抗叛逆精神,而降妖伏魔则不仅仅是为了扫清取经路上的障碍,更主要是表现孙悟空痛恨各种祸害百姓的邪恶势力,奋起为苦难中百姓除害,为老百姓能安居乐业,而除掉那些上上下下的妖魔精怪。所以他只要发现有妖精就会去打,表现了奋不顾身的勇敢精神和无比的英雄气概。

小说写孙悟空本是仙石因天地灵秀、日月精华孕育所产石卵,见风而化为石猴。他成为花果山猴王之后,过着“不伏麒麟辖,不伏凤凰管,又不伏人间王位所拘束”的自由自在生活,虽在仙山,但是暗中仍有阎王老子管着,故决定“云游海角,远涉天涯”,想法“学一个不老长生”。在得到菩提老祖传授有七十二般变化的神奇本事后,他不仅大肆搅乱四海龙王的宫殿,取走大禹治水用的神铁“如意金箍棒”,向龙王要了紫金冠、黄金甲、步云鞋,而且还在冥王府森罗殿让十代冥王拿出生死簿,强行勾去生死簿上猴类的名字。为此,四海龙王、十代冥王告到天庭玉皇大帝那里。玉皇大帝派天兵天将去收服孙悟空未果,只好采取太白金星的建议去招安,可是又只给孙悟空一个“弼马温”小官,因此孙悟空反出天庭,回到花果山。玉帝派出的托塔天王李靖、哪吒三太子等都打不过孙悟空，在无奈之下只好听从太白金星的建议，按孙悟空要求封他为"齐天大圣"，不过是空头的，并无实际职务与俸禄，后来派他管王母娘娘的蟠桃园，结果他把数千年一熟的大仙桃都偷吃了。又偷吃了蟠桃会上的玉液琼浆，还闯入太上老君的炼丹房，吃掉了他好几葫芦金丹，于是就有了长生不老、金刚不败之身。后来太上老君用金刚琢抓住他，把他放进八卦炉中烧，也没有能烧死他，他跑出来后打败所有天兵天将，玉皇大帝手下已经没有人能降伏他，只好派人到西方请如来佛帮忙。他面对如来佛还说："常言道：皇帝轮流做，明年到我家。只教他搬出去，将天宫让与我，便罢了。若还不让，定要搅攘，永不清平！"这和《水浒传》中的李逵不是很相似吗？当然，最后还是佛法无边，孙悟空跳不出如来佛手掌心，如来佛把他压在五指化成的五行山下，直到五百年后观音菩萨到大唐寻找取经人，让他皈依佛门，做唐僧徒弟，保护唐僧取经，才从五行山下出来。前八回写孙悟空大闹天宫，表面上是降服妖猴，实际上则是极大地歌颂了孙悟空蔑视皇权、要与玉帝轮流坐皇位的大胆叛逆思想，热烈赞扬了孙悟空天不怕地不怕的反抗精神。孙悟空喜欢自由自在、不受任何拘束的个性，是不是也体现了明代中后期思想界的活跃开放，表现了某些具有个性解放色彩的民主精神，很值得我们研究。孙悟空大闹天宫，也显示堂堂天庭竟无一个天神可以与孙悟空对垒，孙悟空大闹三界，如入无人之境，什么四大天王、托塔天王、哪吒，都败在孙悟空手下，连玉帝外甥二郎神真君也不过和他打个平手，对他没奈何。玉皇大帝完全束手无策，只能求如来佛帮忙，这其实是对当时王朝腐朽无能的一个十分尖锐的讽刺。虽然作者是描写了佛法无边，小说真正有艺术力量的是对孙悟空大闹天宫的描写。尽管写孙悟空是妖猴，可是读者看到的孙悟空则是毫无私心、热心保护群猴、为它们幸福生活奋不顾身的猴王，是群猴敬服的领袖，不仅没有一丝一毫妖的感觉，而且是一个性格天真、活泼可爱、一身正气的英雄。

第十四回以后写孙悟空保唐僧西天取经，表面上是要考验和锻炼唐僧师徒寻求佛法真经的诚意，实际上写唐僧到西天取真经，具有为百姓祈求平安和福祉的意义,所以孙悟空保护他顺利前往,一路上降妖伏魔也正是为民除害。孙悟空对沿途各国的百姓十分关切,扫除妖魔正是为了确保一方平安。所以只要听说有妖魔,不管是否阻挠唐僧取经,他都会立刻就去捉拿。驼罗庄李老儿请孙悟空捉妖,孙悟空朝上唱个喏道:“承照顾了!”书中猪八戒也说孙悟空:“听见说拿妖怪,就是他外公也不这般亲热。”每次捉住妖怪的头目后,还要把其他小妖都扫灭干净,以免给地方上留下祸患,充分体现了孙悟空疾恶如仇和除恶务尽的优秀品质。我们看到为了扇灭火焰山的火,他借来了芭蕉扇,在保护唐僧通过后,还要问罗刹女“如何治得除根?”他“使尽筋力”,连扇了四十九扇,为了使这个地区能够“五谷养生”,老百姓可以“依时收种,得安生”。作者经常借书中人物的口说孙悟空“专救人间灾害”,“与人间报不平之事,济困扶危,恤孤念寡”。因为这些妖魔不仅阻碍唐僧取经,更是祸害当地百姓的恶势力之化身。

小说写孙悟空对妖魔的警惕性非常之高,而且头脑十分清醒,他善于眼观四路、耳听八方,能以火眼金睛看出各种伪装的妖魔,而且毫不犹豫地狠狠打击。最著名的是“三打白骨精”,白骨精本是一堆粉骷髅,但是非常狡猾,为了吃唐僧肉,先变为送饭的十八岁美貌女子,又变为寻找女儿的八十岁老婆婆,再变为白发苍苍老公公,但是每次都被孙悟空的火眼金睛看穿。他善于找到妖精的破绽,例如发现女子送的饭不是炒面筋和香米饭,而是长蛆、青蛙、癞蛤蟆;又指出八十岁老婆婆不可能有十八岁女儿,说明一定是假装。孙悟空两次都没有打死妖精,第三次就请本处土地、山神来断了妖精的退路,才打死了妖精。可是唐僧却不仅不识妖精,还受妖精迷惑,信以为真,说孙悟空连杀三个善良百姓,一定要赶走孙悟空,并和他断绝师徒关系。小说借唐僧的糊涂、人妖不分,来和孙悟空作鲜明对比,更加突出了孙悟空的认识深刻、聪明智慧、坚决果断。由于孙悟空能明辨是非,所以在非常复杂的情况下能敏锐地发现疑点,追根究底,揭穿妖魔的种种伪装。

孙悟空在任何情况下,都有必胜的信心,不管妖魔有多高的武艺,多厉害的法宝,多阴险的计谋,全不放在眼里,总是百折不挠地勇敢战斗。例如平顶山的银角大王曾把他压在山下,还把他装进紫金葫芦里,要把他化成水,可是孙悟空施展腾挪变化手段,反而弄来了紫金葫芦把银角大王装进去了。老魔金角大王把他装进阴阳二气瓶,孤拐都烧软了,但孙悟空咬牙忍痛,拔下救命毫毛,钻透瓶底跑了出来,最后打败了老魔。

《西游记》中的唐僧不是主要人物。在早先的取经故事中,唐僧是主要人物,后来逐渐演变为次要人物,实际成为突出孙悟空形象的陪衬人物,而且成为一个被批判的人物。唐僧成为一个是非不分、善恶颠倒、迂腐顽固、懦弱无能、伪善自私、愚蠢可笑的典型。他处处以"慈善""仁爱"为信念,开口闭口要"念念不离善心","体好生之德","扫地恐伤蝼蚁命,爱惜飞蛾纱罩灯",可是他爱惜庇护的大都是假装好人的妖魔。而孙悟空打死了妖精,他不但不识,也不去了解查问,就责骂孙悟空是"无心向善之辈,有意作恶之人",大念紧箍咒,十分冷酷无情,毫不犹豫地赶走孙悟空。他最容易被花言巧语欺骗,一遇妖魔又吓得面无人色,"坐不稳雕鞍,翻根头跌下白马"。每次被捉,只是泪如雨下,束手待毙。他还怕孙悟空除妖会连累到自己,在孙悟空打死几个强盗后,赶紧"撮土焚香祷告",对那些鬼魂说:"你到森罗殿下兴词,倒树寻根,他姓孙,我姓陈,各居异姓;冤有头,债有主,切莫告我取经僧人。"哪里还有取经圣人的姿态!

小说中的猪八戒形象也写得很生动。他虽说是玉皇大帝手下的天蓬元帅,因为调戏仙女嫦娥被贬下凡,又错投在猪胎,实际则是一个很真实地具备农民两重性的典型。一方面他能吃苦,一副沉重的行李担子他一直挑到西天,过荆棘岭、稀柿同口,那些肮脏的活也都是他去干。早年他入赘在高老庄,也曾替高家"扫地通沟,搬砖运瓦,筑土打墙,耕田耙地,种麦插秧,创家立业"。和妖魔打斗被捉,他也没有屈服过。但是他遇到困难就容易动摇,多次在困难时提出散伙,又经不起金钱、美女、美食的引诱,爱偷懒、嫉妒、争功、占小便宜、耍小聪明,为了私利还搬弄是非,甚至编造谎言,挑拨唐僧和孙悟空的关系。总之,他是一个又可爱又可恨的形象,从某种意义上说也是孙悟空的陪衬。

3.《西游记》对明代社会黑暗腐朽的揭露和讽刺

《西游记》在描写孙悟空大闹天宫和降妖伏魔的过程中,还运用超现实的方法,对社会的黑暗、腐败作了很多的揭露和讽刺。除了前面所提到的玉皇大帝和天庭众人的庸俗无能外,小说还写到即使是西天佛祖如来的“大慈大悲”“劝人为善”,也不过是虚名,而骨子里则是爱财如命,在镇压孙悟空后,到天宫大吃大喝,捞了一大把“献礼”。孙悟空在保护唐僧到达西天后,因为“不曾备得人事”,而被如来手下的阿傩、迦叶百般刁难。如来居然还说什么“经不可以轻传,亦不可以空取。向时众比丘圣僧下山,曾将此经在舍卫国赵长者家与他诵了一遍,保他家生者安全,亡者超脱。只讨得他三斗三升麦粒黄金回来。我还说他们忒卖贱了,教后代儿孙没钱使用”。这是滑稽的调侃,也是尖刻的讽刺。

小说还经常借对妖魔的盘剥、残害百姓来对现实社会进行尖锐地揭露。例如写牛魔王和铁扇公主的儿子红孩儿,在他霸占的地方,连山神、土地神也被盘剥得精光。小说写道:

> 那行者打了一会,打出一伙穷神来,都披一片,挂一片,裈无裆,裤无口的,跪在山前,叫:“大圣,山神土地来见。”行者道:“怎么就有许多山神土地?”众神叩头道:“上告大圣,此山唤做六百里钻头号山。我等是十里一山神,十里一土地,共该三十名山神,三十名土地。昨日已此闻大圣来了,只因一时会不齐,故此接迟,致令大圣发怒,万望恕罪。”行者道:“我且饶你罪名。我问你:这山上有多少妖精?”众神道:“爷爷呀,只有得一个妖精,把我们头也磨光了,弄得我们少香没纸,血食全无,一个个衣不充身,食不充口,还吃得有多少妖精哩!”

红孩儿就是这里的土豪恶霸,把山神、土地都勒索得衣不蔽体、食不果腹,还经常要他们“烧火顶门”,黑夜里也要“提铃喝号”,小妖还要讨“常例钱”。在隐雾山孙悟空杀死豹子精后不只救出唐僧，也救出被抓的樵夫，樵夫有个年迈老母一直在倚门盼望。小说写道：

> 远见一个老妪，倚着柴扉，眼泪汪汪的，儿天儿地的痛哭。这樵子看见是他母亲，丢了长老，急忙忙先跑到柴扉前，跪下叫道："母亲！儿来也！"老妪一把抱住道："儿啊！你这几日不来家，我只说是山主拿你去，害了性命，是我心疼难忍。你既不曾被害，何以今日才来？你绳担、柯斧俱在何处？"樵子叩头道："母亲，儿已被山主拿去，绑在树上，实是难得性命，幸亏这几位老爷！这老爷是东土唐朝往西天取经的罗汉。那老爷倒也被山主拿去绑在树上，他那三位徒弟老爷，神通广大，把山主一顿打死，却是艾叶花皮豹子精；概众小妖，俱尽烧死，却将那老老爷解下救出，连孩儿都解救出来，此诚天高地厚之恩！不是他们，孩儿也死无疑了。如今山上太平，孩儿彻夜行走，也无事矣。"那老妪听言，一步一拜，拜接长老四众，都入柴扉茅舍中坐下。娘儿两个磕头称谢不尽，慌慌忙忙的，安排些素斋酬谢。八戒道："樵哥，我见你府上也寒薄，只可将就一饭，切莫费心大摆布。"樵子道："不瞒老爷说，我这山间实是寒薄，没甚么香蕈、蘑菇、川椒、大料，只是几品野菜奉献老爷，权表寸心。"

可见，在这些恶霸的管辖下，老百姓的灾难是多么深重！

又如驼罗庄的李老儿说，那妖精一来，就“将人家牧放的牛马吃了，猪羊吃了，见鸡鹅囫囵咽，遇男女夹活吞”。其实就是写的当时的贪官污吏对老百姓的肆意掠夺。在孙悟空打死蟒蛇怪为当地百姓除害后，地方百姓愿意凑钱为他们师徒买良田，请他们住下来，小说写道：“众老道：‘既如此说，都是受戒的高僧。既不要钱，岂有空劳之理！我等各家俱以鱼田为活，若果降了妖孽，净了地方，我等每家送你两亩良田，共凑一千亩，坐落一处，你师徒们在上起盖寺院，打坐参禅，强似方上云游。’行者又笑道：‘越不停当！但说要了田，就要养马当差，纳粮办草,黄昏不得睡,五鼓不得眠,好倒弄杀人也!’”作者暗示当时花样繁多的赋税徭役,也为百姓带来了无数灾难。至于写各地当权者随意抢占良家妇女、把持自然资源等就更多了。例如解阳山的如意真仙把持着落胎泉,老百姓去要水,要拿花红表礼羊酒果盘奉献;通天河金鱼妖,每年要吃一对童男童女,否则就要降灾,百姓不得安宁。

《西游记》里的很多妖魔其实都是最高统治者玉帝、佛祖手下的人,如黄袍怪乃是玉皇大帝手下的奎木狼星,平顶山的金角大王和银角大王则是太上老君看金炉、银炉的童子,陷空山无底洞的老鼠精则是托塔天王的干女儿,狮驼山的老怪、二怪原是文殊菩萨和普贤菩萨的坐骑——青狮、白象,麒麟山赛太岁是观音坐骑金毛犼。说明这些危害百姓的妖魔都是和最高层统治者有着千丝万缕的联系,是他们的部下。揭示了当时社会上上下下的统治者、大大小小的恶霸们结成一张残害百姓的黑网。

《西游记》还有一些揭露则是直接针对明代社会的,例如对当时皇帝好道祸国的批判。明代后期的很多皇帝都喜欢道士,追求长生不老和纵欲荒淫,所以常常封一些道士为国师,如封邵元节为“真人”,并让他做了礼部尚书。陶仲文除被封“真人”外,还被封为特进光禄大夫柱国少师少傅少保、礼部尚书等,可以和皇帝同坐。吴承恩在嘉靖二十九年(1550)寄居京师时,正是陶仲文炙手可热之时,所以吴承恩在小说中特别多写道士作恶,应该不是偶然的。第四十四回到四十五回写车迟国王敬道灭僧,几个道士实际都是妖魔变的,一个虎精变的虎力大仙,一个鹿精变的鹿力大仙,一个羊精变的羊力大仙,他们“会炼砂干汞,打坐存神,点水为油,点石成金。如今兴盖三清观宇,对天地昼夜看经忏悔,祈君王万年不老,所以就把君心惑动了”。而国王则完全相信他们,尊为国师,让他们任意在国内虐待和尚和百姓。不只和尚全抓来当佣工,而且“他这车迟国地界也宽,各府州县乡村店集之方,都有一张和尚图,上面是御笔亲题。若有官职的,拿得一个和尚,高升三级;无官职的,拿得一个和尚,就赏白银五十两,所以走不脱。且莫说是和尚,就是剪鬃、秃子、毛稀的,都也难逃。四下里快手又多,缉事的又广,凭你怎么也是难脱。我们没奈何,只得在此苦捱”。这里几乎有明代嘉靖年间特务横行的味道了。为了表达对道士的愤恨,还让猪八戒把三个道教祖师的圣像扔进茅坑。让猪八戒说:“三清三清,我说你听:远方到此,惯灭妖精,欲享供养,无处安宁。借你坐位,略略少停。你等坐久,也且暂下毛坑。你平日家受用无穷,做个清净道士;今日里不免享些秽物,也做个受臭气的天尊!”小说还写到比丘国国王宠信一个妖精变的道士,因为他进女色而被封为国丈。每次国丈到来,皇帝都下龙床迎接,国丈拿出延寿秘方,要一千一百一十一个小孩的心肝作药引,国王就迫使百姓把小孩养在鹅笼里,等待屠杀。小说对道士的态度明显有现实针对性。

4.《西游记》的艺术特色

《西游记》在艺术上是很成功的。它的主要特色有以下几个方面:

第一,成功地运用了超现实的神话表现形式,善于把幻想的形式和现实的内容,紧密和谐地结合在一起。《西游记》想象力丰富绚丽,天庭地府、龙宫仙境、奇山异水、五湖四海,描写了一个非常广阔而又光怪陆离、奇妙莫测的世界,这里有无数人间所没有的怪异形象,似人似妖,似神似鬼。但是这一切又似乎是十分现实的,辉煌庄严的天庭恰如人间朝廷的投影,所有神奇怪异的故事,都有着非常现实的内容,所有的神魔都极有世上人情。因此是全书似幻似真,幻中有真。幻想的世界和现实的世界,既是完全不同的,又是紧密相连的。这是和中国传统的浪漫主义文学特点一致的,也是对传统浪漫主义文学的极为重大的发展。《西游记》是一部神话小说,它的人物和故事都是超现实的,是作者极其丰富的艺术想象的体现,但是它又不是凭空杜撰的,而是建立在十分深刻的社会现实基础上的。明代“二拍”编撰者凌濛初在以睡乡居士名义写的《二刻拍案惊奇序》中说:

> 即如《西游》一记,怪诞不经,读者皆知其谬。然据其所载,师弟四人,各一性情,各一动止,试摘取其一言一事,遂使暗中摹

索，亦知其出自何人，则正以幻中有真，乃为传神阿堵。

“幻中有真”正是对《西游记》这种特点的极好概括。我们看《西游记》中的孙悟空、猪八戒既具有动物的特点，又具有人的性格；而他们虽是精怪，而言行举止，所作所为，却又和人一模一样。所以“试摘取其一言一事，遂使暗中摹索，亦知其出自何人”，说明这种幻想又是建立在现实生活基础之上的。《西游记》所写的天宫和玉皇大帝、天兵天将，其实就是人间封建王朝的缩影。《西游记》虽然是神话小说，但是它通过幻想的形式，反映了非常现实的生活和思想。

第二，主要形象孙悟空、猪八戒既有人的性情，又有动物的特性，是两者非常巧妙的结合。孙悟空是仙石里蹦出的石猴，具有猴子机灵、聪明、好动、淘气的特点，而这些又是和他的爱好自由、不受拘束、勇于反抗、从不服输的性格有机地结合在一起的。作者赋予他顽强不屈、坚毅不拔的奋斗精神，善于把猴子的特点和人们所理想的叛逆英雄的特点融合在一起。猪八戒是猪，有猪贪吃懒做、愚笨好睡的特点，又和他的落后农民个性结合在一起，非常之真切。而小说写那些妖魔，也常常从他们作为动物的生理素质中，引发出他们所擅长的法术和手段。例如黄袍怪是上界奎木狼星下凡，所以有狼的特点，他抓起宫女就血淋淋地咬吃；陷空山无底洞的地涌夫人是金鼻白毛老鼠精，住在三百多里深的地洞里，虽没有什么本事，但是会刁钻奸猾地在镇海寺变女人引诱人；蜘蛛精则会从脐孔中放出丝绳织成一个大丝篷罩人；蜈蚣精又称百眼魔君，两肋下有一千只眼放金光，照得人头昏目眩；月宫里的玉兔精跑得特别快，会用捣药杵打人…… 它们的动物特征和人的性情是相联系的，真假参半，真真假假，所以也是幻中有真。

第三，小说写取经途中历经九九八十一难，其中有五十多个完整的故事，但是没有给人重复感，而是各具特色，波澜起伏，引人入胜。如三打白骨精，尸魔三次变化，是一步进一步，互相勾连，层层深入，确实使唐僧难以认识而中计。又如孙悟空三调芭蕉扇，先是被骗拿了假扇，接着是孙悟空变牛魔王去铁扇公主那里骗来了真扇；可没想到牛魔王又变猪八戒从孙悟空那里骗走芭蕉扇，事情发展往往出人意料，所以使人不断地想看下去。

第四，小说文笔诙谐有趣，对话极富幽默感。例如猪八戒见福禄寿三星时，作者写道：

> 那八戒见了寿星，近前扯住，笑道："你这肉头老儿，许久不见，还是这般脱洒，帽儿也不带个来。"遂把自家一个僧帽，扑的套在他头上，扑着手呵呵大笑道："好！好！好！真是加冠进禄也！"那寿星将帽子掼了骂道："你这个夯货，老大不知高低！"八戒道："我不是夯货，你等真是奴才！"福星道："你倒是个夯货，反敢骂人是奴才！"八戒又笑道："既不是人家奴才，好道叫做添寿、添福、添禄？"

猪八戒和三星调侃，十分幽默有趣。又如写阿傩、迦叶向唐僧索要贿赂：

> 二尊者（阿傩、迦叶）复领四众，到珍楼宝阁之下，仍问唐僧要些人事。三藏无物奉承，即命沙僧取出紫金钵盂，双手奉上道："弟子委是穷寒路远，不曾备得人事。这钵盂乃唐王亲手所赐，教弟子持此，沿路化斋。今特奉上，聊表寸心，万望尊者不鄙轻亵，将此收下，待回朝奏上唐王，定有厚谢。只是以有字真经赐下，庶不孤钦差之意，远涉之劳也。"那阿傩接了，但微微而笑。被那些管珍楼的力士，管香积的庖丁，看阁的尊者，你抹他脸，我扑他背，弹指的，扭唇的，一个个笑道："不羞！不羞！须索取经的人事！"须臾把脸皮都羞皱了，只是拿着钵盂不放。

文字简洁朴素，极为通俗生动。

5.《封神演义》和明代其他神魔小说

明代的神魔小说除《西游记》外，最有名的是《封神演义》。《封神演义》产生于明代天启年间（鲁迅误断为隆庆、万历年间），现存舒载阳本题“钟山逸叟许仲琳编辑”，前有李云翔序，亦有人考证为明代陆西星所作。所写虽为武王伐纣故事，但如鲁迅《中国小说史略》所说：“侈谈神怪，什九虚造，实不过假商周之争，自写幻想。”《封神演义》的中心是歌颂仁政，反对暴政，提倡王道政治。它强调要顺应历史潮流，并认为对待不得民心的暴君，“人人得而诛之”，主张“天下非一人之天下，乃天下人之天下”，表现了对皇权永久性的怀疑和否定，具有一定的民主精神。小说以写阐教和截教的斗争为主，表现了道教内部正邪两派的对立，他们分别支持和协助武王伐纣的对立两方面。小说塑造了代表历史潮流的周文王、周武王和姜子牙的正面形象，以及以殷纣王为代表的逆潮流的暴君形象。同时塑造了正邪两派道教仙人形象，其中如哪吒、雷震子、杨任、土行孙、申公豹等形象比较鲜明。但是小说偏于叙事而略于写人，破阵斗法，大同小异，有程式化之嫌。此外明代神魔小说还有《三宝太监西洋记》《三遂平妖传》等。

《西游记》之后有许多续书，如《西游补》《东游记》《南游记》《北游记》等等，除《西游补》外，大多数缺乏现实生活基础，因此成就不高。

八　“三言”“二拍”、《金瓶梅》和其他言情小说

明代中叶以后,出现了很多白话短篇和长篇的言情小说,如笑花主人《今古奇观序》所说:“极摹人情世态之歧,备写悲欢离合之致。”这是小说发展中非常重要的变化。它和历史演义、英雄传奇小说很不同。言情小说写的主要是现实社会中的内容,不局限于帝王将相和英雄豪杰,也不是政治军事大事,而是有很多普通百姓的真实生活,题材大大地扩大了,人物也从社会上层转向中下层,特别是出现了很多商人和各类市民形象。这一时期小说中的思想也相当活跃,相对以前更加解放,虽然还免不了有不少传统伦理道德观念,但是也出现了很多新思想,特别是妇女观上对封建礼教有很多突破,重视和歌颂了很多个性坚强、有反抗性的,善良纯洁、品德高尚的,才华横溢、超越男子的女性形象。

1.“三言”“二拍”的编辑

冯梦龙的“三言”和凌濛初的“二拍”都是对宋元以来话本的整理、改编,并模仿话本新创作的所谓“拟话本”。明初和宋元一样也继续有平话艺术,到明代中后期,社会各阶层对通俗小说都产生了浓厚的兴趣。随着读者的增多、出版印刷业的发展,刊刻的话本也陆续增多。嘉靖年间晁瑮编的《宝文堂书目》中,就著录有几十种单刊话本。现存最早的话本小说总集为嘉靖年间洪楩编刊的《清平山堂话本》。原书分《雨窗》《长灯》《随航》《欹枕》《解闷》《醒梦》六集,每集又分上

下两卷，每卷五种，共六十种，又称《六十家小说》，现在还保存有二十七篇及两个残篇。其中保留了一些宋元以来流行的话本小说。到万历年间书商熊龙峰也刊印了一批话本小说，今存仅四种，藏于日本内阁文库，后来古典文学出版社以《熊龙峰四种小说》之名出版。另有1915年缪荃孙刊行《京本通俗小说》共包括九种，多数学者认为它是一部假书，系缪氏伪作。

白话短篇小说最重要的是冯梦龙编辑的《警世通言》《醒世恒言》《喻世明言》，合称“三言”。冯梦龙（1574—1646），字犹龙，别署龙子犹，又称墨憨斋主人、顾曲散人等，长洲（今苏州）人，书香门第出身，极有才情，诗文词曲都很精通，亦编选过当时民歌选集，六十一岁时任福建寿宁知县，清兵南下时曾参与抗清活动。冯梦龙生活在商业繁荣的苏州，出入青楼茶肆，尤其熟悉市民生活。他深受李贽思想影响，“酷嗜李氏之学”（许自昌《樗斋漫录》卷六），是晚明崇尚真情的通俗文学家。他改编过长篇小说《新列国志》《平妖传》，编辑过《情史》《古今谭概》《智囊》和散曲选集《太霞新奏》，撰写过传奇剧本十余种，合刊为《墨憨斋定本传奇》，编选了民歌集《挂枝儿》《山歌》等等。

《喻世明言》（亦名《古今小说》）、《警世通言》《醒世恒言》每集四十篇，共一百二十篇。分别刊刻于天启元年（1621）前后、天启四年、七年。这些作品凡辑录宋元明以来的旧话本，都作过不同程度的修改，但也有很多是新创作的。由此白话短篇小说进入一个繁荣发展的高峰。在冯梦龙的影响下，凌濛初编著了《初刻拍案惊奇》（刊刻于天启八年）和《二刻拍案惊奇》（刊刻于崇祯五年）也是各四十卷，即为“二拍”。凌濛初（1580—1644），字玄房，号初成，别号即空观主人，乌程（今浙江吴兴）人，五十五岁方任上海县丞，后因功擢徐州通判，除“二拍”外，还有戏曲《虬髯翁》《北红拂》以及其他类型的著作多种。“二拍”与“三言”不同，基本上都是个人创作 。“取古今所闻一二奇局可纪者演而成说，聊舒胸中磊块。”（《二刻拍案惊奇小引》）。它作为一部白话小说创作专集，标志着中国短篇小说的创作进入了一个新的阶段。“二拍”与“三言”在思想和艺术上相去不远。明末姑苏抱瓮老人,从“三言”“二拍”中选取四十篇编成《今古奇观》,后来流行甚广。现在一般学者称其中宋元时期的流行作品为“话本”,而把冯梦龙、凌濛初等明人仿照宋元话本新创作的小说称为“拟话本”。不过这个说法不是很科学,因为那些宋元流行的话本也已经在原话本基础上进行了较大修订,甚至重新创作,如《崔待诏生死冤家》《十五贯戏言成巧祸》等。而那些明人新创作的所谓“拟话本”,包括《杜十娘怒沉百宝箱》《卖油郎独占花魁》之类,也有着宋元以来民间的素材。像《杜十娘怒沉百宝箱》主要是把文言的《负情侬传》改成白话,变动不大;而大多数篇目则是根据前代笔记小说、传奇、历史故事以及当时的社会传闻创作的。

以“三言”“二拍”为代表的短篇白话小说,虽说是短篇,却和西方当代的短篇小说含义很不相同。这些短篇小说只是篇幅短,而其所写故事不只情节曲折离奇,而且都是有头有尾,人物有始有终,来龙去脉都交代得一清二楚,像长篇小说一样完整。不像西方的短篇小说,往往只是截取事物或人物的某个侧面,或一个片段,只是生活的一角,并没有全面的描写,不能窥其全豹。这是我国的短篇小说和西方之不同,即如文言短篇也是如此。

2.“三言”“二拍”的题材和思想内容

“三言”“二拍”都是以道德训诫的面目出现的,尤其从“三言”的名称即可看出,但是它们的实际内容是非常丰富的,很多作品体现的道德思想,也远远越出了道德训诫的范围,而具有时代新思想。

在“三言”“二拍”中小说的题材非常广泛,展示了世俗社会的人情百态、普通市民百姓的生活,乃至士人、农民、手工业者的情状。无论是商人、作坊主、工匠、妓女、艺人、船工、小贩,还是尼姑、道士、僧侣、强盗、小偷等等,都从不同角度有所反映,展现了一幅城市市民丰富充实生活的风情画。

商人形象的出现,以及商人生活遭遇的描写,是“三言”“二拍”很有新意的内容。在传统封建社会中,商人是被人看不起的,士、农、工、商的排序,商人在最末。但是在“三言”“二拍”中,商人及其职业得到正面的肯定,而且小说描写了很多善良、正直、辛苦经营的商人事迹,赞扬他们靠正当途径发财致富,获得美满生活。这是我们文学发展中很值得注意的新现象。如《醒世恒言·卖油郎独占花魁》中的卖油郎秦重“做生意甚是忠厚”,因而顾客“单单作成他”的买卖,并且他以诚实、善良的崇高品德,获得了花魁女的青睐。《警世通言·吕大郎还金完骨肉》中的吕玉、《醒世恒言·施润泽滩阙遇友》中的小商人施复等,都拾金不昧,心地善良。《醒世恒言·刘小官雌雄兄弟》中的小店主刘德“平昔好善”,赢得了“合镇的人”的“欣羡”。醒世恒言《徐老仆义愤成家》中的阿寄长途贩运,历尽艰辛,终于发财。正如作品中有诗赞道:“富贵本无根,尽从勤里得。”主人公凭经商的智慧,掌握行情,灵活应变从而获得了厚利。作者具有“好人致富”的思想。如《初刻拍案惊奇·转运汉遇巧洞庭红　波斯胡指破鼍龙壳》写一个破产商人出海经商,偶然获得鼍龙蜕变后留下的藏有珍珠的龟壳,而终于成为巨富。“转运汉”并不想发财,但好人有好报,偶然的运气让他改变了一生命运。这实际上是鼓励人们经商,希望一夜暴富发迹,肯定了投机冒险的欲望。又如《二刻拍案惊奇·叠居奇程客得助　三救厄海神显灵》中的徽商程宰本是世代儒门,小时还习读诗书,但是徽州是个著名的商业地区,时人均以“商贾为第一等生业,科第反在次着”,故他改行经商,先是到辽阳做人参、貂皮等生意,结果亏了本,后来得海神指点发了大财,终致暴富。《初刻拍案惊奇·乌将军一饭必酬　陈大郎三人重会》中的杨氏,一而再再而三地鼓励侄子“大胆天下去得”,为追求巨额利润而不怕挫折,不断冒险;这些人和事都得到了作者的赞美。所以,小说对商贾的观念发生了极大的转变,商人成为社会生活中十分重要的人物。

婚姻恋爱的题材在“三言”“二拍”中占有极大的比重,很多精彩篇章都是写这方面内容的。很多小说写了“情”对“礼”的突破,肯定了青年男女对自由恋爱婚姻的勇敢追求。例如《醒世恒言·乔太守乱点鸳鸯谱》的乔太守在判词中竟说:“一雌一雄,变出意外。移干柴近烈火，无怪其燃；以美玉配明珠，适获其偶。”“相悦为婚，礼以义起。所厚者薄，事可权宜。”这是代表作者的思想的，最终情战胜了礼。《醒世恒言·卖油郎独占花魁》里的卖油郎秦重和花魁女辛瑶琴的真诚相爱是经过了一系列事件后，他们互相认识到对方的高尚品质，感受到真诚的友谊和爱情，才产生了人们感到惊奇的结果。秦重，一见到花魁娘子“容颜娇丽，体态轻盈”，“身子都酥麻”了，他并没有非分之想，没有想到他能够有资格去亲近花魁娘子，只有羡慕而愿意为她做他能做的一切。辛瑶琴更没有把他放在眼里，但她从自己遭遇不幸中，感受到秦重“又忠厚，又老实”的无私帮助和体贴入微的照顾，逐渐突破了“可惜是市井之辈”的门户偏见，最后看清卖油郎不同于“豪华之辈、酒色之徒”，而是个“知心知意”的“志诚君子”时，由感激而生爱，才主动表示要嫁给他。而秦重也没有立即应允，他觉得这个“平昔住惯了高堂大厦，享用了锦衣玉食”的花魁女，怎么能当得了卖油郎的妻子？一直到辛瑶琴发出了“布衣蔬食，死而无怨”的坚定誓言后，他们两心才真正相沟通。他们的婚姻是建立在相互平等、相互尊重和相互了解基础上的，作者歌颂了这种真正的爱，突破了世俗之见，超越了礼的规范，终于使作品成为流传千古的不朽之作。《警世通言·杜十娘怒沉百宝箱》是“三言”中最精彩的作品，杜十娘是一个著名的妓女，她选择士人李甲，要跟他从良，没有想到李甲是个胆小怕事、无情无义之人，最后把她出卖了。杜十娘为了争取妇女的人格尊严、独立平等的地位、婚姻恋爱的自主，她手抱百宝箱投江，以生命撰写了一曲不朽的悲壮之歌。

在“三言”“二拍”中体现了新的、和传统观念完全不同的妇女观，突破了陈旧的封建礼教，很多作品肯定“情欲”是人的自然需要，抛弃了传统所谓“失节”和“淫荡”的观念，在《喻世明言·蒋兴哥重会珍珠衫》中对王三巧儿和陈商的奸情并没有进行严厉谴责，而是有某种程度的同情。王三巧儿被陈大郎引诱失贞，蒋兴哥知道后虽然非常痛苦，“如针刺肚”，只是责怪自己“贪着蝇头微利，撇他少年守寡，弄出这场丑来”。蒋兴哥虽然十分痛苦地休了她，但还是对她深情不减，十分尊重,封存了她的所有嫁妆。而三巧儿被休后,本欲自杀,被救后听了母亲“别选良姻”的劝导,也就同意改嫁,而蒋兴哥还把所有嫁妆全部退回,作为她改嫁的嫁妆,仍表现了他对三巧儿还是深爱着的,并不因为她不忠诚而怨恨她,抛弃她。而陈大郎的妻子在丈夫死后,也痛快地“寻了个对头”。最后蒋兴哥也不嫌三巧儿二度失身,又感谢她的营救,与她破镜重圆。在这些商人市民身上,讲究的是人生的真情实感和对爱情的尊重,传统的三从四德、贞操守节之类观念,早已荡然无存,完全失去了支配的作用。在“二拍”中,对于女性“失节”的问题,似乎表现得更为宽容。《初刻拍案惊奇·姚滴珠避羞惹羞　郑月娥将错就错》《酒下酒赵尼媪迷花　机中机贾秀才报怨》《徐茶酒乘闹劫新人　郑蕊珠鸣怨完旧案》等篇,都在不同程度上用谅解、同情的笔触写到了丈夫与失节之妇重归于好,甚至“越相敬重”。这种新的妇女观的思想基础,就是对于自然“情欲”的肯定,对女性的尊重。在《二刻拍案惊奇·满少卿饥附饱扬　焦文姬生仇死报》中就两性间的关系问题曾有这样一段议论:

> 天下事有好些不平的所在!假如男人死了,女人再嫁,便道是失了节,玷了名,污了身子,是个行不得的事,万口皆议;及至男人家丧了妻子,却又凭他续弦再娶,置妾买婢,做出若干的勾当,把死的丢在脑后,不提起了,并没有人道他薄幸负心,做一场说话。就是生前房室之中,女人少有外情,便是老大的丑事,人世羞言;及至男人家撇了妻子,贪淫好色,宿娼养妓,无所不为,总有议论不是的,不为十分大害。所以女子愈加可怜,男人愈加放肆。这些也是伏不得女娘们心里的所在。

这种对女性遭受的不公平的抗议,强调了男女平等的思想,是和明代中叶以后以李贽为代表的叛逆思想出现直接相联系的,也是李贽那种反对理学的“存天理,灭人欲”,肯定人性、人欲合理性,主张充分满足“饮食男女”自然需要,同时主张妇女要有和男子一样地位,批判“女子学道为见短”等等进步思想在文艺上的体现。

也有一些作品是赞赏正直善良却有才华的诚实贫穷青年，而批判鞭挞那些虚伪欺骗、浮华无赖的富家子弟的，如《醒世恒言·钱秀才错占凤凰俦》就赞扬了钱青的才华和品德，揭露了富家子弟颜俊的无耻行径，是让人高兴痛快的喜剧。类似的还有《醒世恒言·陈御史巧勘金钗钿》，批判了品德堕落、坏事做绝的流氓骗子梁尚宾，赞扬了正直的穷困书生鲁学曾。这两篇也都肯定了清廉有识见的清官。还有一些小说如《初刻拍案惊奇·李公佐巧解梦中言　谢小娥智擒船上盗》，热情地歌颂了妇女的勇敢、机智，坚决反抗黑暗恶势力。《二刻拍案惊奇·同窗友认假作真　女秀才移花接木》写妇女的出色聪明才智，远远超越男子。《喻世明言》的《金玉奴棒打薄情郎》歌颂了出身地位低下的妇女善良真诚的高尚人格。如此等等。值得我们注意的还有一个狐狸精的故事，和后来的《聊斋志异》很多篇章十分相似。这就是“二拍”中的《赠芝麻识破假形　撷草药巧谐真偶》，假狐狸精的妙药而使一个商人得以入赘书香之家，不仅赞扬了狐狸精的巧妙智慧，而且也为商人的幸福庆贺，表现了对正直商人的肯定。

“三言”“二拍”中也有很多揭露贪官污吏罪恶、官场腐败、社会黑暗等的作品。《初刻拍案惊奇·恶船家计赚假尸银　狠仆人误投真命状》开头指出：“如今为官做吏的人，贪爱的是钱财，奉承的是富贵，把那‘正直公平’四字撇却东海大洋。”他们只知道“侵剥百姓”“诈害乡民”“将良善人家拆得烟飞星散”，这些人比盗贼还坏；而在盗贼中，则“仗义疏财的到也尽有”，即所谓“每讶衣冠多盗贼，谁知盗贼有英豪”（《乌将军一饭必酬　陈大郎三人重会》）。在暴露官吏贪酷的篇章中，例如《二刻拍案惊奇·硬勘案大儒争闲气　甘受刑侠女著芳名》还把矛头指向了理学大师朱熹，写他挟私报复，心灵卑鄙，还行刑逼供，诬陷无辜，是十足的小人。

“三言”“二拍”很多作品的艺术水平也很高。不仅情节曲折复杂，而且人物形象鲜明生动，如杜十娘、卖油郎、金玉奴、谢小娥、蒋兴哥、三巧儿、钱青等，都是塑造得很出色的艺术典型。

3.《金瓶梅》和其他言情长篇小说

明代有“四大奇书”，这就是《三国演义》《水浒传》《西游记》《金瓶梅》。《金瓶梅》是首部言情长篇小说，以长篇形式来写平凡的日常生活，而且是作家的独立创作，不像其他三部都是在长期民间流传的基础上的创作，它无疑对后来《红楼梦》的创作产生了深刻影响。

《金瓶梅》产生在晚明，万历年间已有抄本流传。根据袁中郎于万历二十四年(1596)写给董其昌的信，他曾从董其昌处抄得此书的一部分。沈德符《万历野获编》记载，在万历三十七年他从袁中道处抄得全本，并将其带至吴中。后来就有刻本流传。现存最早刻本是卷首有万历四十五年丁巳东吴弄珠客序及欣欣子序的《金瓶梅词话》，共一百回，研究者认为这可能就是最初刻本。其后有崇祯年间刊行的《新刻绣像批评金瓶梅》，多数认为这是万历本的评改本。清康熙年间有张竹坡评点的《金瓶梅》，扉页上有“第一奇书”四字。它以崇祯本为底本，文字上略有修改，加上了很多评语。这个本子在清代是流传最广的版本。

《金瓶梅》的作者目前还不清楚，学术界没有确定的说法。根据《金瓶梅词话》卷首欣欣子所作的序称“兰陵笑笑生作”，但是兰陵笑笑生是谁，谁也不清楚。万历年间有人说是被“陆都督炳诬奏”者(屠本畯《山林经济籍》)，或者说是“嘉靖间大名士”(沈德符《万历野获编》)，也有说是“绍兴老儒”(袁中道《游居柿录》)，也有说是“金吾戚里”门客(谢肇淛《金瓶梅跋》)，但都没有确指某人。后来又有王世贞作、李开先作、贾三近作、屠隆作、汤显祖作、王稚登作等说法，但都只是推测，没有确凿证据。

《金瓶梅》的故事是从《水浒传》中武松杀西门庆、潘金莲申发出来的，但是和《水浒传》的故事结局不同，说武松并没有杀死西门庆，而是错杀了别人，结果被官府判充军孟州，然后展开正文。《金瓶梅》写西门庆娶回潘金莲后，他的一生和他的家庭生活。中心主角是西门庆和他妻妾中最宠爱的潘金莲、李瓶儿、庞春梅，故书名为《金瓶梅》。因为小说中有很多赤裸裸的两性关系描写，所以被认为是“淫书”，在封建时代也是“禁书”。但是这种看法只是片面强调了书的一个方面，其实《金瓶梅》的主要内容并不在这里，而具有十分深广的社会意义和价值。清人张道深在对它的评点中，就已经非常清楚地批评了所谓的“淫书”说，并且清楚地指出了它是一部世情小说，是有寓意的，是对社会黑暗腐朽、人情世态的丑恶强烈愤恨而写的一部“泄愤”之作。张道深在《竹坡闲话》中说：“《金瓶梅》何为而有此书也哉？曰：此仁人志士，孝子悌弟不得于时，上不能问诸天，下不能告诸人，悲愤呜咽，而作秽言以泄其愤也。”《金瓶梅》的主要人物是西门庆，他不仅是清河县的一霸，而且上通官府，直至朝廷蔡京，下结豪绅地痞、流氓无赖，荒淫酒色，无恶不作，作者借西门庆的典型形象来概括社会的丑恶面、黑暗面，对之进行了无情的揭露和批判。张道深说：“《金瓶梅》因西门庆一分人家，写好几分人家，如武大家一家，花子虚一家，乔大户一家，陈洪一家，吴大舅一家，张大户一家，王招宣一家，应伯爵一家，周守备一家，何千户一家，夏提刑一家，他如翟云峰在东京不算，伙计家以及女眷不往来者不算。凡这几家，大约清河县官员大户，屈指已遍，而因一人写及一县。”不只是由一人而写及一个县，而且还与上面朝廷的蔡太师等大官相联系：“西门庆之恶，十分满足，则蔡太师之恶，不言而喻矣。”（四十七回中评语）“夫太师之下，何止百千万西门，而一西门之恶已如此，其一太师之恶为何如也！”（四十八回评语）“夫作书者必大不得于时势，方作寓言以垂世。今止言一家，不及天下国家，何以见怨之深而不能忘哉。”（七十回回评）所以他说作者是“借用西门氏以发之”而“少泄吾愤”。西门庆的丑恶集中表现在对财色的迷恋，故张道深指出：“此书独罪财色。”其《第一奇书非淫书论》中有这样一段话：“‘《诗》三百，一言以蔽之，曰：思无邪。’注云：诗有善有恶，善者起发人之善心，恶者惩创人之逆志。圣贤著书立言之意，固昭然于千古也。今夫《金瓶》一书作者，亦是将《褰裳》《风雨》《箨兮》《子衿》诸诗细为摹仿耳。夫微言之而文人知儆，显言之而流俗皆知，不意世之看者，不以为惩劝之韦弦，反以为行乐之符节，所以目为淫书，不知淫者自见其为淫耳。”此篇文字是否确系张道深所作，尚待考定，然其思想无疑是符合其本意的，认为《金瓶梅》的作者对他所写的主要人物西门庆是极其痛恨的，“作者直欲使此清河县之西门氏冷到彻底，并无一人，虽属寓言，然而其恨此等人，直使之千百年后，永不复望一复燃之灰”。由于《金瓶梅》的主要思想是对社会黑暗腐朽的极其深刻的揭露和批判，所以，张道深在《批评第一奇书金瓶梅读法》中提出了“《金瓶梅》是一部《史记》”的看法。他说：“凡人谓《金瓶》是淫书，想必伊止知看其淫处也。若我看此书，纯是一部史公文字。”他认为《金瓶梅》中的人物都是有“寓意”的，但作者不存其人之真姓名，甚至“不露自己之姓名”，然而，其人其事又是确切真实存在于社会上的。他说《金瓶梅》是“一部炎凉书”，是描写世态炎凉的，又是一部“惩人的书”，可以作为世人“戒律”，因此它与《史记》有同样的社会效果。他认为读《金瓶梅》会使人产生愤世嫉俗的强烈感情，所以他说“读《金瓶》必须置唾壶于侧，庶便于击”，“必须列宝剑于右，或可划空泄愤”，“必置大白于左，庶可痛饮，以消此世情之恶”。《金瓶梅》是一部暴露社会黑暗的作品，它借助于写西门庆一家的罪恶，非常深刻、非常典型地暴露了当时整个社会的腐败与堕落。

西门庆本是一个小商人，但他凭着“近来发迹有钱”，靠勾结衙门，不法经商，拼命敛财，财富越积越多，而成为清河县豪富；他又靠金钱来贿赂官场，打通关节，在官场越攀越高。作者曾明确指出，当时“风俗颓败，赃官污吏，遍满天下，役烦赋重，民穷盗起，天下骚然”，西门庆就是出现在这样的社会环境里。因为“奸臣当道”，而且得到皇上“宠信”，西门庆一直贿赂到朝廷大臣，从太师蔡京手中买来一纸“理刑副千户”的“告身札付”，就是由“朝廷钦赐”给蔡京的。虽然曾御史弹劾西门庆“贪肆不职”的罪状条条确凿，但由于西门庆“打点”了蔡京，结果一道圣旨下来，曾御史受到了处罚，西门庆反得到了嘉奖。于是，他变成清河县的大恶霸，周围有一批无赖流氓，也就是以他为首的所谓十兄弟（西门庆、应伯爵、谢希大、祝实念、孙天化、吴典恩、云理守、常峙节、卜志道、白赉光），肆意欺压普通百姓，抢劫掠夺别人的财富,用各种手段强占别人妻女,他除了妻子吴月娘,弄来的妾就有六七个,成天过的是酒色无度的罪恶生活。他还肆无忌惮地任意淫人妻女,贪赃枉法,杀人害命,真正是无恶不作。西门庆一生所追求的就是"财""色"二字,而且是永远不满足的、不惜一切手段地拼命追求,而最后他自己也淹没在财富、色欲的海洋之中。他的一群妻妾也在争风吃醋、妒忌刻毒、钩心斗角、纵欲无度中败落,甚至丧失年轻的生命。作者对"财""色"并不是全部否定的,认为人有基本的"货""色"的生活欲求,但是不能毫无节制地去崇拜"货""色",不能为了"货""色"而挖空心思地损人利己,使人性的丑恶方面无限制地膨胀,并走向罪孽邪恶,而且还以此为荣。《金瓶梅》的缺点是对两性关系的过分赤裸裸的描写,虽然它也是有暴露西门庆罪恶的方面,但是太多太细的描写显然也是不必要的,而且会产生不良的反面效果,尤其对青少年影响不好。《金瓶梅》之所以出现这种状况也是和明代后期的社会风气和文化思想有关系的,一是从反理学、反禁欲主义,走向了另一个极端;二是与西方文艺复兴思潮表现出相通性。所以晚明这种状况在很多小说中都有反映。

《金瓶梅》在小说发展史上有重要的地位。它虽然托名为写宋代的事,实际上全是写的明代后期的现实生活。以对当时世俗人情的具体而细微的描写,非常生动地展示了当代生活的场景。这是《三国演义》《水浒传》《西游记》都无法比拟的,把小说的视角从历史、帝王将相、神魔妖怪,拉向普通百姓的日常生活。应该说,《金瓶梅》除了有些自然主义色彩外,基本上是现实主义的(或者说是自然主义的),是对当时现实生活非常真实、非常细腻、非常深刻的描写。对人物性格的刻画都是通过日常的普通生活来表现的。例如西门庆奸占李瓶儿,逼迫气死花子虚,派人讹诈、殴打蒋竹山,勾通官府把蒋竹山收监,然后强娶李瓶儿,霸占花子虚的家财,写他的狠毒、奸猾、阴险、横蛮、霸道,如闻其声,如见其人。由于《金瓶梅》在艺术表现上运用了白描的手法,让人感到身临其境,极其自然,展示了生活的本来面目。

明代除《金瓶梅》外,也还有一些《金瓶梅》的续书,如《玉娇李》

(佚)、《隔帘花影》等。言情的白话长篇小说,比较好的是《醒世姻缘传》,相传是明末作品,然而现存本则是清代刊印本,题“西周生辑著”,也有人说是蒲松龄所作。至于其他的很多书则是以描写两性关系为主的,后人称为香艳类小说,如《肉蒲团》之类。实际是发展了《金瓶梅》的缺点一面,因而没有多少价值。

九　《聊斋志异》和清代前期小说的发展

1. 蒲松龄和《聊斋志异》

清代小说发展中有三部名著,这就是《聊斋志异》《儒林外史》《红楼梦》。《聊斋志异》早一些,《儒林外史》和《红楼梦》成书时间比较接近,比《聊斋志异》要晚一些。

蒲松龄(1640—1715),字留仙,又字剑臣,号柳泉,山东淄川(今属山东淄博)人。蒲松龄生活在一个儒生兼商人家庭,到他长大时,家境开始衰落。据他在《元配刘孺人行实》中说:"居惟农场老屋三间,旷无四壁,小树丛丛,蓬蒿满之。"他年轻时热衷功名,但是屡试不第,后一直在乡绅人家设帐教学,直至七十一岁始援例出贡,五年后去世。他大半生都是在穷困潦倒中度过的。他是神韵派诗人王渔洋(王士禛)的好朋友,王渔洋很欣赏他的才学,为他的文集作序,还评点过《聊斋志异》。王渔洋在题《聊斋志异》眉批诗中说:"姑妄言之姑听之,豆棚瓜架雨如丝。料应厌作人间语,爱听秋坟鬼唱诗。"蒲松龄生活贫困,长期生活在社会下层,接触过很多城市平民,也和普通农民有不少过往,为《聊斋志异》的写作积累了不少材料。他对社会有很多牢骚和不满,这些大都借《聊斋志异》作为寄托。二十世纪五十年代发现部分《聊斋志异》手稿,现存半部藏辽宁图书馆。最早的完整版本是雍正元年(1723)殿春亭本,它是根据蒲松龄原稿本抄录的,但已经失传。乾隆十六年(1751)历城张希杰根据暨南朱氏殿春亭抄本过录的《铸雪斋抄本聊斋志异》,是现在保存下来的最早版本。又有康熙、雍正时期的抄本《异史》及乾隆时期的二十四卷本抄本。通行的青柯亭本为乾隆三十一年严州太守赵起杲刻于浙江,共四百三十一篇。上海古籍出版社出的会校会注会评本收集到四百九十一篇,是目前最为齐全的。蒲松龄在《聊斋自志》中说:“才非干宝,雅爱搜神;情同黄州(指苏轼,曾被贬官黄州),喜人谈鬼。闻则命笔,遂以成编。久之,四方同人,又以邮筒相寄,因而物以好聚,所积益伙。”《聊斋志异》的内容大致可分为两个部分:一是比较简单的奇闻逸事的记载,往往没有什么情节;二是以花妖狐鬼为主体的小说,内容生动丰富、情节曲折离奇,都是很完整的故事。它的主要成绩在后一部分,大约占全书一半,最精彩的作品也都在这一部分。蒲松龄在很多故事的后面有自己的评论,以“异史氏曰”的方式表达看法,这些对我们认识作品的意义有重要参考价值。清代对《聊斋志异》作过评论的有著名的王士禛(渔洋山人),还有但明伦、冯镇峦、何守奇等。

《聊斋志异》题材宽广,内容丰富,是一部脍炙人口的文言短篇杰作,大部分优秀篇章均以花妖狐鬼作为主要形象,并具有丰富的想象,绚丽的浪漫主义形式,故为大家所赞赏。

《聊斋志异》的主要思想内容,大概有以下三方面:

第一,借花妖狐鬼肯定和赞扬了普通百姓的人性美。

《聊斋志异》的最重要题材是有关爱情婚姻的,突出地描写了对恋爱婚姻自主大胆的追求,对封建礼教有强烈的反抗精神,主人公大都嫉恨邪恶,热爱正义,聪明智慧,乐于助人,具有高尚品德,展示了美好的善良人性。这些作品中的主要人物虽然以花妖狐鬼形象出现,但是她们身上都有普通人的性情,故事合乎人情物理,具有美丽、柔和、纯洁、真挚的品格。例如《红玉》中狐女红玉和穷书生冯相如相好,但被生父斥责,她知和冯生缘尽,遂出白金四十两帮冯生迎娶卫氏女,卫氏女与冯生育一子。后冯生因清明扫墓被御史邑绅宋氏杀父、夺妻、殴打,冯生抱子告官,直至督抚处仍不得申冤。有侠士不平,助冯生杀宋氏父子。冯生被官府下狱,幼子流落。县官遭飞刀警告,遂释冯生。红玉携其子返,并帮他持家,辛勤劳作,还助他获得功名。小说塑造了一个善良、诚挚、勤劳、聪慧的美女形象。与此类似的还有《辛十四娘》,辛十四娘本为狐仙,冯生得狐女后,因评议文章得罪邑中有权势的楚公子,遂遭其诬陷,谓生"逼奸杀婢",狐女相助,遣一婢女为之上诉,而遂平反,并为其觅娶良家女禄儿为妻,自己离开去修道,还为他留下了很多银钱,也是一个富有侠义心肠的狐仙。《连琐》中写的女鬼连琐是一个极有才情的女子,诗文俱佳,琴棋书画,亦样样精通,与杨生诗词唱和,友谊情深,而不及乱。但她在阴间也是十分柔弱,被龌龊鬼欺负,强逼要她做妾,连琐求杨生帮助,杨生义愤填膺,遂于梦中与龌龊鬼斗杀,在王生帮助下杀了龌龊鬼。连琐感激王生帮忙赠送他家传宝刀,后得杨生精血而复活,遂为杨妻。小说不仅塑造了连琐这样一个善良、温柔、聪明、美丽的女性,而且也歌颂了杨生的正直、仗义、勇敢、无私,最后得到好报。《伍秋月》中伍秋月父原为巫者,通《周易》,课预卜未来。知秋月早死,故不嫁,曰:"女秋月,葬无冢;三十年,嫁王鼎。"王鼎梦与女鬼相恋。后伍秋月带王鼎一起游阴间,见到王兄无故被拘押,牢狱吏肆虐,王鼎愤而杀之,救出其兄。为此伍秋月被拘禁,受牢狱吏虐待、调戏,王鼎愤而杀之,带伍秋月逃出,得伍秋月父亲生前所赐符书,而使伍秋月复活,娶其为妻。作者以"异史氏曰"名义说:"余欲上言定律:'凡杀公役者,罪减平人三等。'盖此辈无有不可杀者也。"可见蒲松龄对官吏及作恶衙役之痛恨!《连城》一篇则歌颂了乔生和连城的生生死死的真诚相恋,乔生是一个有信义、有文才的书生,不仅照顾去世朋友顾生的妻儿,而且和他"以文相契重"的邑宰死后,他不惜"破产扶柩"往返两千里,为之安葬。乔生与史孝廉女连城相知,女病,他为知己不惜割肉,连城为知己宁可死去,不从王生,二人之赤诚相爱,实为难得。最后历经曲折,连城终获复活。作品对父母作主的封建婚姻,毫不含糊地加以谴责,是对礼教的重大突破。《鸦头》写的是一个狐女妓女,实际是人间妓女的投影。鸦头不希望过天天受鸨母虐待的青楼生活,希望投靠一个真心爱自己的人,而王生也不富裕,因朋友赵东楼出资帮助,才得与鸦头有一宵欢爱。鸦头鼓动他和自己逃走,因为是狐女,知道逃出百里以外,鸨母就难以知道,也找不到他们。鸦头非常勤劳,和王生两个人过着粗茶淡饭的自由生活,一年多后家庭经济略有改善。可是后来因为被鸨母知道下落,鸦头被强制带回。数年后王生在育婴堂发现一个极像自己的婴儿,把他领回后才知道是自己儿子。儿子长大到十八岁,勇武有力,善识狐仙。王生遇赵东楼,得鸦头书信,方知她一直不屈服,而被鸨母拷打折磨,并被囚禁。鸦头请求王生带儿子去救她,其子击杀鸨母及帮手妓女妮子,遂知她们均为狐狸精。鸦头后割断其子拗筋,一家人最终和睦相处。鸦头的真挚、善良、聪慧,她的勇敢反抗、坚贞不屈,十分感人。《封三娘》则写狐女封三娘与范十一娘为密友,封三娘善相人,欲为范十一娘选择好的夫婿,谓同里孟安仁目今虽贫,然人品貌皆优,将来则定能发达,于是为她做媒,以金凤钗为凭。然范家因孟生家贫不允,另许权要之乡绅家。十一娘誓死不嫁,于婚日上吊自杀。封三娘嘱孟生偷发掘十一娘坟,取尸体归,以异药使之复生,并移居五十里外山村,成就他们姻缘,自己离开。封三娘的热心、诚恳、正直、友善、乐于助人、识见深邃,在小说中十分生动、感人。《聂小倩》描写了一个非常善良的女鬼,得到宁采臣的怜悯,仗义帮助安葬骸骨,终于摆脱了恶鬼夜叉的奴役。因为宁母害怕,小倩以兄事宁生,共读经书,后得宁母怜爱,终成宁生之妻,又勤劳治家,宁母亦不以为鬼。宁生得剑侠燕赤霞之助,逃避了夜叉毒害,离别时蒙燕客赠剑囊,最后使夜叉为剑囊所除,聂小倩也最终获救,与宁生结为美满家庭。《莲香》写一狐一鬼俱爱桑生,两世转生,亲如姐妹,而其情爱之真挚、友善之诚恳、信念之坚定、生死之不渝,实已超越世俗之真人,所以王渔洋赞叹:“贤哉莲娘!巾帼中吾见亦罕,况狐耶!”《香玉》中的香玉和绛雪乃白牡丹和耐冬花神,为黄生之妻及密友,相互之间情深如海,纯洁相处,后黄生死亦为牡丹,他们之间感情无比坚贞。道观中老道士得黄生嘱咐,灌溉培植,黄生所化牡丹不开花,生长茂盛,老道士死,其徒弟不会爱惜,将之斫去。于是白牡丹与耐冬亦皆枯死。异史氏曰:“情之至者,鬼神可通。花以鬼从,而人以魂寄,非其结于情者深耶?一去而两殉之,即非坚贞,亦为情死矣。人不能贞,亦其情之不笃耳。仲尼读《唐棣》而曰‘未思’,信矣哉!”《婴宁》则塑造了一个无拘无束、憨直任性、蔑视礼教、敢笑敢说、开朗活泼、天真烂漫的狐女形象。封建礼教要求闺阁女子目不斜视，笑不露齿，言辞庄重，举止消停，可是婴宁却“孜孜憨笑，似全无心肝者”，说话率直，不忌礼法，还敢上树顶，“狂笑欲堕”，婚礼时也“笑极不能俯仰”。按照封建家庭规矩看，婴宁完全是一个不懂礼法、不符规矩、没有教养的野性女子，可是蒲松龄对她却倾注了极大热情，对她真情外露、无所顾忌的个性十分赞赏，喜爱之心溢于言表，故于“异史氏曰”中说：“观其孜孜憨笑，似全无心肝者。……至凄恋鬼母，反笑为哭，我婴宁殆隐于笑者矣。窃闻山中有草，名‘笑矣乎’。嗅之，则笑不可止。房中植此一种，则合欢、忘忧，并无颜色矣；若解语花，正嫌其作态耳。”从这里，我们也可以看出蒲松龄的妇女观，对封建礼法的明显突破，表现了他对普通百姓特别是女性的人性美的热烈歌颂。

第二，《聊斋志异》对社会的黑暗腐败的深刻揭露和批判。

蒲松龄对平民百姓有深厚的同情，而对残害平民百姓的官衙和恶吏无比愤恨。例如《梦狼》中写白翁的儿子在外面做官，白翁有一天做梦，进入儿子衙署，只见巨狼当道，白骨如山，“堂上、堂下、坐者、卧者，皆狼也”。醒来就让小儿子送信给做官的大儿子白甲，告诫他要关心百姓，可是白甲却说：“黜陟之权，在上台不在百姓。上台喜，便是好官；爱百姓，何术能令上台喜也？”第二年白甲固然因为贿赂上司而升了官，但是在赴任路上被寇所杀。诸寇说：“我等来，为一邑之民泄冤愤耳！”一个神人还把白甲的头安在他肩膀上，因他作为“邪人不宜使正，以肩承颔可也”。小说不仅揭露了官场的罪恶，而且表达了百姓的愤恨。“异史氏曰：窃叹天下之官虎而吏狼者，比比也。即官不为虎，而吏且将为狼，况有猛于虎者耶！”与此类似的是《梅女》，封生住梅家旧宅，因与梅女鬼魂相识。原来梅女的父亲抓到一个小偷送交典史，可是典史收了小偷三百钱贿赂，就诬陷梅女和小偷私通，要捉梅女来公堂审验，梅女一气之下自缢身死。封某与梅女鬼魂相爱，但梅女只和他一起游戏，而不及乱。后梅女引冥妓爱卿同来，介绍和封生相好。这爱卿就是典史死去的爱妻。典史听说封生有鬼妻，欲通过其鬼妻联络已去世的年轻妻子，没想到其妻在阴间已经做了冥妓，就拿大碗砸她，而冥妓的鸨母出来把典史大骂一顿："汝本浙江一无赖贼，买得条乌角带，鼻骨倒竖矣！汝居官有何黑白。袖有三百钱，便而翁也！神怒人怒，死期已迫，汝父母代哀冥司，愿以爱媳入青楼。代汝偿贪债，不知耶？"把官府的罪恶暴露得淋漓尽致。

大家所熟悉的脍炙人口名篇《促织》，前半部分写的是由"宫中尚促织（蟋蟀）之戏，岁征民间"造成的一幕民间悲剧。因为宫中要促织，给老百姓带来巨大痛苦："市中游侠儿，得佳者笼养之，昂其直，居为奇货。里胥滑黠假此科敛丁口，每责一头，辄倾数家之产。"有一个叫成名的，因为贡不出一只善斗的促织，而被官吏打得"两股间脓血流离"，后来在一个巫婆指引下，好不容易捕到一只，"举家庆贺"，准备"留待限期，以塞官责"，可是又被九岁的儿子不小心弄死了。儿子害怕父母责怪，投井自杀了。成名夫妇"化怒为悲，抢呼欲绝。夫妻向隅，茅舍无烟，相对默然，不复聊赖"。后半部分以幻化之笔，写他儿子变成一只神奇善斗的促织，被上交官府，经过层层转送，到达皇帝那里。皇帝大悦，结果抚臣受到恩宠，县令得到好评，不幸丧子、献虫的平民成名也得到了厚爱。真是："天子一跬步，皆关民命，不可忽也。"在揭露批判之余，作者还以冷语讽刺道："天将以酬长厚者（指主人公成名），遂使抚臣、令尹并受促织恩荫。闻之，一人飞升，仙及鸡犬。信夫！"可见作者对从上到下的官僚是多么愤怒、痛恨！

第三，愤怒揭露科举制度的黑暗和弊端，讽刺嘲笑热衷追求功名富贵的丑恶行径。

《聊斋志异》中写书生科举失意、嘲讽科场考官的篇章也不少。蒲松龄十九岁进学，文名日起，却屡应乡试不中，断绝了功名之路。他饱受科举的折磨，一次次名落孙山，沮丧、悲哀、愤懑不仅倾注于诗词里，也假谈鬼说狐发泄出来。《叶生》中的叶生，"文章词赋，冠绝当时，而所如不偶，困于名场"。这也是他自己的境况。叶生怀才不遇，抑郁而死，死不瞑目，幻形留在世上，将生前拟就的制艺文传授给一个年轻人。同样的文章产生了不同的结果，那个青年连试皆捷，进入仕途。叶生表白说:“是殆有命,借福泽为文章吐气,使天下人知半生沦落,非战之罪,愿亦足矣。”谓困于场屋并非文章不好,而是命运不济,其实是作者的心声。对蒲松龄来说,这番话有几分自信,却更多无可奈何的悲哀。所以,作者又随即表示这种心迹幻象是不实际的:叶生自己也乡试中举,衣锦还乡,迎头却是妻子的棒喝:“君死已久,何复言贵?……勿作怪异吓生人。”叶生闻之,“怃然惆怅”,“扑地而灭”。以此结束其得意的魂游,可见作者心情的沉痛。此篇末尾一大段“异史氏曰”,直抒其科场失意之悲愤,语言极为激烈,同作者壮年所作《大江东去·寄王如水》《水调歌头·饮李希梅斋中》两首词,意思完全相同,语句也多一致,不难看出小说与词作的内在联系。清人冯镇峦评点说:“余谓此篇即聊斋自作小传,故言之痛心。”《司文郎》的讽刺十分尖锐,写一个盲僧居然能用鼻子嗅出文章的好坏,三个士子与之共试,先烧古代大作家的文章,盲僧大叫“妙哉”!于是,余杭生又烧自己的文章,盲僧“咳逆数声”说:“勿再投矣!格格而不能下,强受之以鬲;再焚,则作恶矣。”几天后放榜,余杭生偏偏高中了。盲僧听说后,感叹说:“仆虽盲于目,而不盲于鼻;帘中人并鼻盲矣。”他叫余杭生拿各个试官文章来烧一烧,就能分辨出谁是你老师。“生焚之,每一首,都言非是;至第六篇,忽向壁大呕,下气如雷。众皆粲然。僧拭目向生曰:‘此真汝师也!初不知而骤嗅之,刺于鼻,棘于腹,膀胱所不能容,直自下部出矣!’”这是多么有力的讽刺!《王子安》则活生生地描绘了一个在科举制度毒害下发疯似地狂想的士子。王子安在醉卧之时忽觉有报马报告他中了进士,点了翰林,于是便耀武扬威,狂呼大叫,不可一世。作者于篇末以“异史氏曰”名义说:“秀才入闱,有七似焉:初入时,白足提篮似丐。唱名时,官呵隶骂似囚。其归号舍也,孔孔伸头,房房露脚,似秋末之冷蜂。其出场也,神情惝恍,天地异色,似出笼之病鸟。迨望报也,草木皆惊,梦想亦幻。时作一得志想,则顷刻而楼阁俱成;作一失志想,则瞬息而骸骨已朽。此际行坐难安,则似被絷之猱。忽然而飞骑传人,报条无我,此时神色猝变,嗒然若死,则似饵毒之蝇,弄之亦不觉也。初失志,心灰意败,大骂司衡无目,笔墨无灵,势必举案头物而尽炬之;炬之不已,而碎踏之;踏之不已,而投之浊流。从此披发入山,面向石壁,再有以'且夫''尝谓'之文进我者,定当操戈逐之。无何,日渐远,气渐平,技又渐痒,遂似破卵之鸠,只得衔木营巢,从新另抱矣。如此情况,当局者痛哭欲死,而自旁观者视之,其可笑孰甚焉。"

《聊斋志异》有很高的艺术水平。它的最大特色是想象力丰富的浪漫主义表现形式:

第一,借花妖狐鬼题材的小说,寄托作家怨愤之情。它以超现实的曲折方式,对现实社会的黑暗进行揭露和批判,或是对人间美好真情的歌颂,都有深刻寓意,和真实地描写现实生活的作品有同样的社会教育作用。虽然它所写的是些"子不语"的内容,但却"足辅功令教化之所不及",实"可与六经同功"(高珩序),乃是"有关世教之书"(冯镇峦语),"于人心风化,实有裨益"(但明伦序)。蒲松龄在他的《聊斋自志》中曾说:"披萝带荔,三闾氏感而为骚;牛鬼蛇神,长爪郎吟而成癖。自鸣天籁,不择好音,有由然矣。松落落秋萤之火,魑魅争光;逐逐野马之尘,魍魉见笑。"可见,他是深受屈原和李贺创作的影响而进行《聊斋志异》创作的,不论是屈原的香草美人,还是李贺的幽灵鬼怪,都是寄托了作者深深的感慨和现实寓意的。蒲松龄也是如此,所谓"集腋为裘,妄续幽冥之录;浮白载笔,仅成孤愤之书:寄托如此,亦足悲矣!"作者所写虽似记载街谈巷议的奇闻逸事,甚至是些荒诞不经的鬼怪传说,然而十之八九都有寄寓在内。雍正元年(癸卯)的南村题跋说:"余读《聊斋志异》竟,不禁推案起立,浩然而叹曰:嗟乎!文人之不可穷有如是夫!聊斋少负艳才,牢落名场无所遇,胸填气结,不得已为是书。余观其寓意之言,十固八九,何其悲以深也!向使聊斋早脱鞴去,奋笔石渠、天禄间,为一代史局大作手,岂暇作此郁郁语,托街谈巷议,以自写其胸中磊块诙奇哉!"

第二,花妖狐鬼故事都有深厚的现实生活基础。高珩认为《聊斋志异》艺术上的主要特点是:"驰想天外,幻迹人区。"前者说的是其浪漫主义特色,后者则是指其根植于现实土壤而说的,天外之景不过是人间社会的一个幻影而已。这种对浪漫主义特点的看法,在历史上也是有深刻渊源的。刘勰在论《楚辞》的创作经验时就曾说过:“酌奇而不失其真(贞),玩华而不坠其实。”(《文心雕龙·辨骚》)皮日休曾说李白的诗是“口吐天上文,迹作人间客”(《七爱诗·李翰林》)。明人评《西游记》所谓“幻中有真”也是此意。但清人对《聊斋志异》的评论则进一步发展了这种思想。余集在序中指出,《聊斋志异》所写的虽是狐鬼而非人类,而人类却有很多比狐鬼更不如者,蒲松龄正是有感于此,才借狐鬼来与之对比,而歌颂美好,惩罚丑恶的。余集说:

> 嗟夫!世固有服声被色,俨然人类;叩其所藏,有鬼蜮之不足比,而豺虎之难与方者。下堂见虿,出门触蜂,纷纷沓沓,莫可穷诘。惜无禹鼎铸其情状,镯镂(宝剑)决其阴霾,不得已而涉想于杳冥荒怪之域,以为异类有情,或者尚堪晤对;鬼谋虽远,庶其警彼贪淫。呜呼!先生之志荒,而先生之心苦矣!

人世间有多少表面上道貌岸然,而实际上其行藏远比鬼怪豺虎更为凶狠恶毒者,蒲松龄书中不少狐鬼却是善良多情、品行高洁者,作者正是以此来讽刺、鞭挞这些人间丑类的。作者对现实有细致的观察、深刻的认识,所以蓄积了无限的感慨,然后寄寓于创作之中,因此其作品都有丰富的现实内容。正如冯镇峦《读聊斋杂说》中所说:“先生意在作文,镜花水月,虽不必泥于实事,然时代人物,不尽凿空。”《聊斋志异》所写从这方面说,对世态人情实是作了相当广泛而深入的描写的。蒲松龄的孙子蒲立德说得很好,他指出蒲松龄不仅有许多诗文著作,“而于耳目所睹记,里巷所流传,同人之籍录,又随笔撰次而为此书。其事多涉于神怪,其体仿历代志传;其论赞或触时感事,而以劝以惩;其文往往刻镂物情,曲尽世态,冥会幽深,思入风云;其义足以动天地,泣鬼神,俾畸人滞魄,山魑野魅,各出其情状而无所遁隐”。蒲松龄创作的源泉在现实生活之中,他将从民间搜集的许多故事结合自己对现实生活的认识所写成的《聊斋志异》,不是毫无目的的随意笔录,更不是作者荒唐好奇的主观臆想，而大都是有深刻的社会内容的。

第三，《聊斋志异》在浪漫主义艺术表现方法上的特征是作品在描写花妖狐鬼时都使它具有人的性情，让人感到她们并不是花妖狐鬼，而都是真实的现实之人。作品艺术结构安排上也都符合现实的人情物理，故而具有真真假假之妙。此点，冯镇峦说得最透彻："盖虽海市蜃楼，而描写刻画，似幻似真，实一一如乎人人意中所欲出。"他还说：

> 昔人谓：莫易于说鬼，莫难于说虎。鬼无伦次，虎有性情也。说鬼说到不来处，可以意为补接；若说虎到说不来处，大段着力不得。（按：此是金圣叹在评《水浒》武松打虎时所说的一段话。）予谓不然。说鬼也要亦要有伦次，说鬼亦要得性情。谚语有之：说谎亦须说得圆。此即性情伦次之谓也。试观《聊斋》说鬼狐，即以人事之伦次，百物之性情说之。说得极圆，不出情理之外；说来极巧，恰在人人意愿之中。虽其间亦有意为补接，凭空捏造处，亦有大段吃力处，然却喜其不甚露痕迹牵强之形，故所以能令人人首肯也。

这种浪漫主义作品看来似乎是在说谎，但是又能说得很圆，合情合理，不使人感到是在说谎，反而给人一种强烈的真实感，这才是其艺术的高明之处。写的虽然是狐鬼，但给人的印象则是活生生的人，而作者正是借助这种似真非真、似幻非幻的艺术方法，非常充分地表达了人们在现实中难以实现的愿望。所以，"山精水怪，不妨以假为真；牛鬼蛇神，未必将无作有"（乾隆辛未练塘老渔跋）。这些花妖狐鬼因为具备了人的性情，所以使读者感到十分亲切。他们既有花妖狐鬼的特征，又有人的性格，是两者的复合体。故"凡事境奇怪，实情致周匝，合乎人意中所欲出，与先正不背在情理中也"（冯镇峦语）。所以《聊斋志异》中的人物形象鲜明，个性丰满，呼之欲出，如在目前，而故事情节曲折离奇，出人意料，腾挪跌宕，起伏多变，文字精粹凝练，词汇极其丰富。

清代《聊斋志异》风行一时,所以仿照它的文言短篇小说也非常之多。例如乾隆时期沈起凤的《谐铎》十卷,邦额的《夜谭随录》十二卷,长白浩歌子的《萤窗异草》三编十二卷,等等。但是无论在思想和艺术上和《聊斋志异》都相去甚远。乾隆后期比较重要的文言短篇小说,就是袁枚的《子不语》(又称《新齐谐》)二十四卷,续编十卷,其自序中说:“文史外无以自娱,乃广采游心骇耳之事,妄言妄听,记而存之。”相较于蒲松龄之有所寄托,在创作态度上很不相同。鲁迅说:“其文屏去雕饰,反近自然,然过于率意,亦多芜秽。”另有纪昀的《阅微草堂笔记》,写于乾隆五十四年(1789)至嘉庆三年(1798)间,包括《滦阳消夏录》《如是我闻》《槐西杂志》《姑妄听之》《滦阳续录》五种。嘉庆五年他的门人盛时彦将其合刊为《阅微草堂笔记五种》。纪昀是《四库全书》总纂,曾官至礼部尚书,其书不只是“追录旧闻,姑以消遣岁月”,而且也是强调“不乖于风教”,“有益于劝惩”,较多宣扬封建道德,而少揭露社会黑暗,在创作上以记载传闻为主,很少虚构创造。所以如鲁迅所说:“虽尚有《聊斋》遗风,而摹绘之笔顿减,终乃类于宋明人谈异之书。”后来这一类小说就没有什么好作品了。如道光年间许仲元《三异笔谈》、俞鸿渐《印雪轩随笔》等,“鬼事不过什一而已”。同治以后王韬的作品,则鬼狐渐少,而烟花粉黛就增多了。

2. 清代前期的长篇白话小说

清代前期的白话长篇小说也有很大发展,属于英雄传奇方面的作品,以《水浒后传》最为传颂。作者为陈忱,字遐心,号雁宕山樵,浙江吴兴人。他生活在明末至康熙年间,很有民族意识,曾与顾炎武等组织反清秘密社团“惊隐诗社”。他的《水浒后传》是《水浒传》的一部续书。写水浒英雄征方腊后,以李俊为首的一些将领聚集起来继续水浒英雄的斗争,并参加了抗金活动,后来去到海外,建立基业,接受南宋的封号,纳贡称臣,表现了反清的意识。另有褚人获的《隋唐演义》一百回,介于历史演义和英雄传奇之间,从隋末瓦岗寨英雄秦琼、程咬金等写起，到草泽英雄归附真命天子李世民，创建大唐帝国，还写到武则天荒淫乱唐，一直到唐明皇、杨贵妃的风流艳事。此外，还有写明代太监奸臣魏忠贤劣迹的《梼杌闲评》五十回，作者不详。《樵史通俗演义》四十回，题“江左樵子编辑”，也是写魏忠贤罪恶，一直到南明福王政权的覆灭，有清初刻本。《女仙外史》一百回，吕熊作，约刊行于康熙五十年(1711)，借用了明初唐赛儿起义事件，但将之神秘化，很多是虚构的。

清代前期还有很多的才子佳人小说。这类小说在明末清初很流行，无非是写才子佳人一见钟情，私订终身，后经小人挑拨，产生种种波折，最后一举登第，皇帝下诏，结成美满婚姻。这些曹雪芹在《红楼梦》第一回中曾经严厉批评过。比较重要的作品是《玉娇梨》《平山冷燕》《好逑传》等。《玉娇梨》作者为张匀，写苏友白和白红玉、卢梦梨的爱情故事。《平山冷燕》的作者不详，故事写燕白颔和山黛、平如衡和冷绛雪两对青年的婚姻故事。都是写才子和佳人的爱情事迹。《好逑传》十八回，署名是“名教中人编次”，又名《侠义风月传》，写铁中玉和水冰心的婚姻故事。在清初才子佳人小说中，这是比较好的一本。鲁迅说：“文辞较佳，人物之性格亦稍异。”铁中玉是个“既美且才，美而又侠”的人物，“人若缓急求他”，“慨然周济”。大夬侯沙利强夺穷秀才韦佩的未婚妻，是铁中玉巧施计谋把她救出来还给韦佩。水冰心不仅是才女，还是一个机智聪明、泼辣干练、不畏强暴的女性。不过，才子佳人小说是适应清初统治者提倡理学和三纲五常的产物，大都千篇一律。所以曹雪芹在《红楼梦》第一回中说：“至若佳人才子等书，则又千部共出一套，且其中终不能不涉于淫滥，以致满纸潘安、子建、西子、文君，不过作者要写出自己的那两首情诗艳赋来，故假拟出男女二人名姓，又必旁出一小人其间拨乱，亦如剧中之小丑然。且鬟婢开口即者也之乎，非文即理。故逐一看去，悉皆自相矛盾，大不近情理之话。”

十　《儒林外史》和清代中后期小说

1. 吴敬梓及其《儒林外史》的写作

清代乾隆中期的《儒林外史》比《红楼梦》成书略早，曹雪芹死的时候刚修改到第八十回，吴敬梓这时已经完成《儒林外史》的写作。

吴敬梓（1701—1754），字敏轩，一字文木，号粒民，安徽全椒人。后来移家南京，自称秦淮寓客，其书斋署名为文木山房，故而晚年又自号文木老人。吴敬梓出身科举世家。他的曾祖父一辈，兄弟五人，有四人中进士。他曾祖父吴国对是顺治十五年（1658）殿试第三名探花，曾为翰林院侍读，提督顺天学政。他的族祖父吴昺是康熙三十年（1691）殿试第二名榜眼。他父亲曾为赣榆县教谕，是个清贫的学官。吴敬梓十四岁随父到赣榆任所，弱冠之年曾考取秀才，此后在科举路上一直未有任何进展。康熙六十一年，其父吴霖起被罢免了县学教谕，吴敬梓随父回到全椒。父亲死后，吴敬梓对人生道路的态度发生了较大转折，由愤激而变为任性放诞，“迩来愤激恣豪侈，千金一掷买醉酣。老伶少蛮共卧起，放达不羁如痴憨”（金两铭《和（吴檠）作》），追慕阮籍、嵇康，慷慨任气、挥霍放荡以致财产耗尽，“田庐尽卖，乡里传为子弟戒”（吴敬梓《减字木兰花》，《文木山房集》卷四）。三十三岁后他变卖了在全椒的祖产，移居南京开始卖文生涯，生活陷入困境，常典当度日，甚至断炊挨饿。乾隆十九年（1754）十月二十八日在扬州与朋友欢聚之后，溘然而逝。“涂殡匆匆谁料理？可怜犹剩典衣钱！”（程晋芳《哭吴敏轩》，《勉行堂诗集》卷九）十分悲惨地结束了坎坷一生。他的毕生成就是《儒林外史》，他的朋友程晋芳说：

"外史纪儒林,刻画何工妍！吾为斯人悲,竟以稗说传。"(《怀人诗》十八首之十六)《儒林外史》主要是在吴敬梓迁居南京后写作的,大约在乾隆十四年他四十九岁时已基本完稿。其友程晋芳于乾隆三十五年至三十六年间写的《文木先生传》中说:"《儒林外史》五十卷,穷极文士情态,人争传写之。"《儒林外史》所写人物,大都实有其人。吴敬梓取材于现实儒林,其中一些人物原型很多是他周围的亲友、相识者,如杜少卿或以为是作者的自况,但是经过作者的想象虚构和典型化。

《儒林外史》的版本最早据说是乾隆三十三年至四十四年间金棕亭刻本,但是此本至今没有发现过。现存最早刻本是嘉庆八年(1803)卧闲草堂的巾箱本(简称"卧本"),共十六册,五十六回,卷首有闲斋老人序。国家图书馆和复旦大学图书馆均有收藏。其后有嘉庆二十一年的清江浦注礼阁本和艺古堂本,藏国家图书馆,均为卧本的复印本,据传有五十回本,未见;五十五回本,只有上海亚东图书馆铅印本,将五十六回作附录。

吴敬梓除《儒林外史》外还有《文木山房集》四卷,清乾隆年间刻本,收入他四十岁以前的诗文,近年陆续发现《文木山房集》以外的诗文三十余篇。据金和、沈大成的记载,吴敬梓的儿子吴烺在其父身后编定有十二卷本《文木山房集》,可惜至今未发现。至于程晋芳在《文木先生传》中说还有"《诗说》若干卷",其手抄本四十三则,直至1999年始见于上海图书馆,另从前人的诗文和《儒林外史》中亦可看到只言片语。

2.《儒林外史》对科举制度腐败及其对士人心灵毒害的揭露、讽刺和批判

《儒林外史》是一道封建知识分子形象的画廊,它不仅深刻地批判了科举制度的黑暗和腐败,而且生动地揭露了它对知识分子心灵的毒害。作者一开始借理想化的正面知识分子王冕之口说:"这个法(指科举制度)却定的不好,将来读书人既有此一条荣身之路,把那文行出处都看得轻了。"这就是全书宗旨。明清两代的科举都以八股文取士,八股文是一种内容空洞、形式僵化的文体，考题必须取自《四书》中的文句，考生必须依据朱熹《四书集注》来解释经义，作者不能发表自己的独立见解。文章的形式是完全固定的，连字数也有限制。八股文亦称制艺、时文，它由下列八个部分组成：破题、承题、起讲、入手、起股、中股、后股、束股。后四部分，各有两股排比对偶的文字。自从推行八股取士以来，明清两代有很多进步文人曾经强烈反对，吴敬梓就是其中一个最坚决的反对者。

《儒林外史》为我们描绘了科举制度下知识分子的种种丑态，很多人的遭遇是很可怜的，但当他们一举成名后，又是极其可恶的。小说一开始写的周进、范进就是非常典型的例子。科举制度下的考试其实并不是谁有学问就能考取，而是和权势、勒索、贿赂等等腐败现象直接联系着的。所以很多人考了一辈子也没有获得功名。周进考到六十多岁还是个童生，只靠在村子里教书糊口，受尽了年轻秀才和得势举人的嘲弄欺负，后来连教书先生也做不成了，只能去帮人记账，可他热衷功名之心不死，一定要去参观一下贡院，看到"号板"，一下子情绪激动，一头撞到号板上，撞得人事不知，大家把他救醒来，又一头撞去，号啕大哭，从一号哭到二号，二号哭到三号，直到口里吐出血来。大家把他抬出来，喝了碗茶，还是眼泪鼻涕，哭个不住。他姐夫的生意朋友看他可怜，各人出点钱，凑了二百两银子，让他去捐了个监生，终于考中了举人，这下情况就完全变了，钱也有了，然后殿试又考中进士，名列三甲，做了御史，钦点广东学道，做了大官。他因自己经历怜悯范进。范进从二十岁考到五十四岁也没考上秀才，胡须花白，戴顶破毡帽，冬天还穿着麻布直裰，冻得发抖。周进把他取了第一，让他中了秀才。他要去考举人，向丈人胡屠户要点盘缠，结果"被胡屠户一口啐在脸上，骂了一个狗血喷头道：不要失了你的时了！你自己只觉得中了一个相公，就'癞虾蟆想吃起天鹅肉'来！我听见人说，就是中相公时，也不是你的文章，还是宗师看见你老，不过意，舍与你的，如今痴心就想中起老爷来！这些中老爷的，都是天上的文曲星；你不看见城里张府上那些老爷，都有万贯家私，一个个方面大耳。像你这尖嘴猴腮,也该撒抛尿自己照照;不三不四,就想天鹅屁吃!趁早收了这心,明年在我们行事里,替你寻一个馆,每年寻几两银子,养活你那老不死的老娘和你老婆才是正经!你问我借盘缠,我一天杀一个猪,还赚不得钱把银子,都把与你去丢在水里,叫我一家老小嗑西北风?'一顿夹七夹八,骂得范进摸门不着”。可是,范进偷着去考举人,居然中了!范进过度喜悦,终于疯了。小说于是有以下一段极其精彩的描写:

到出榜那日,家里没有早饭米,母亲吩咐范进道:“我有一只生蛋的母鸡,你快拿集上去卖了,买几升米来煮餐粥吃。我已是饿的两眼都看不见了!”范进慌忙抱了鸡,走出门去。才去了到两个时辰,只听得一片声的锣响,三匹马闯将来;那三个人下了马,把马拴在茅草棚上,一片声叫道:“快请范老爷出来,恭喜高中了!”母亲不知是甚事,吓得躲在屋里;听见中了,方敢伸出头来说道:“诸位请坐,小儿方才出去了。”那些报录人道:“原来是老太太。”大家簇拥着要喜钱。正在吵闹,又是几匹马,二报、三报到了,挤了一屋的人,茅草棚地下都坐满了。邻居都来了,挤着看。老太太没奈何,只得央及一个邻居去寻他儿子。

那邻居飞奔到集上,一地里寻不见;直寻到集东头,见范进抱着鸡,手里插个草标,一步一踱的,东张西望,在那里寻人买。邻居道:“范相公,快些回去!你恭喜中了举人,报喜人挤了一屋里。”范进道是哄他,只装不听见,低着头往前走。邻居见他不理,走上来就要夺他手里的鸡。范进道:“你夺我的鸡怎的?你又不买。”邻居道:“你中了举人,叫你回家去打报子哩。”范进道:“高邻,你晓得我今日没有米,要卖这只鸡去救命,为甚么拿这话来混我?我又不同你顽,你自己回去罢,莫误了我卖鸡。”邻居见他不信,劈手把鸡夺了,掼在地下,一把拉了回来。报录人见了道:“好了,新贵人回来了!”正要拥着他说话,范进三两步进屋里来,见中间报帖已经升挂起来,上写道:“捷报贵府老爷范讳进,高中广东乡试第七名亚元,京报连登黄甲。”

范进不看便罢,看了一遍,又念一遍,自己把两手拍了一下,笑了一声道:“噫!好了!我中了!”说着,往后一交跌倒,牙关咬紧,不省人事。老太太慌了,慌将几口开水灌了过来;他爬将起来,又怕着手大笑道:“噫!好了!我中了!”笑着,不由分说,就往门外飞跑,把报录人和邻居都吓了一跳。走出大门不多路,一脚踹在塘里,挣起来,头发都跌散了,两手黄泥,淋淋漓漓一身的水,众人拉他不住。拍着笑着,一直走到集上去了。众人大眼望小眼,一齐道:“原来新贵人欢喜得疯了。”老太太哭道:“怎生这样苦命的事!中了一个甚么举人,就得了这个拙病!这一疯了,几时才得好!”娘子胡氏道:“早上好好出去,怎的就得了这样的病,却是如何是好?”众邻居劝道:“老太太不要心慌,我们而今且派两个人跟定了范老爷。这里众人家里拿些鸡蛋、酒、米,且管待了报子上的老爹们,再为商酌。”

当下众邻居有拿鸡蛋来的,有拿白酒来的,也有背了斗米来的,也有捉两只鸡来的。娘子哭哭啼啼,在厨下收拾齐了,拿在草棚下。邻居又搬些桌凳,请报录的坐着吃酒,商议:“他这疯了,如何是好?”报录的内中有一个人道:“在下倒有一个主意,不知可以行得行不得?”众人问:“如何主意?”那人道:“范老爷平日可有最怕的人?只因他欢喜狠了,痰涌上来,迷了心窍;如今只消他怕的这个人来打他一个嘴巴,说:‘这报录的话都是哄你,你并不曾中。’他吃了这一吓,把痰吐了出来,就明白了。”众邻都拍手道:“这个主意好得紧!妙得紧!范老爷怕的,莫过于肉案上胡老爹。好了!快寻胡老爹来!他想是还不知道,在集上卖肉哩。”又一个人道:“在集上卖肉,他倒好知道了。他从五更鼓就往东头集上迎猪,还不曾回来,快些迎着去寻他!”

一个人飞奔去迎,走到半路,遇着胡屠户来;后面跟着一个烧汤的二汉,提着七八斤肉,四五千钱,正来贺喜。进门见了老太太,老太太哭着告诉了一番;胡屠户诧异道:“难道这等没福!”外边人一片声请胡老爹说话。胡屠户把肉和钱交与女儿,走了出来,众人如此这般,同他商议。胡屠户作难道:“虽然是我女婿,如今却做了老爷,就是天上的星宿;天上的星宿是打不得的。我听得斋公们说:‘打了天上的星宿,阎王就要捉去打一百铁棍,发在十八层地狱,永不得翻身。’我却是不敢做这样的事。”邻居内一个尖酸人说道:“罢了!胡老爹!你每日杀猪的营生,白刀子进去,红刀子出来,阎王也不知叫判官的簿子上记了你几千条铁棍,就是添上这一百棍,也打甚么要紧?只恐把铁棍子打完了,也算不到这笔帐上来!或者你救好了女婿的病,阎王叙功,从地狱里把你提上第十七层来,也不可知!”报录的人道:“不要只管讲笑话。胡老爹,这个事须是这般,你没奈何,权变一权变?”屠户被众人局不过,只得连斟两碗酒喝了,壮一壮胆,把方才这些小心收起,将平日的凶恶样子拿出来,卷一卷那油晃晃的衣袖,走上集去,众邻居五六个都跟着走。老太太赶出来叫道:“亲家,你只可吓他一吓,却不要把他打伤了!”众邻居道:“这个自然,何消吩咐?”说着,一直去了。

来到集上,见范进正在一个庙门口站着,散着头发,满脸污泥,鞋都跑掉了一只,兀自拍着掌,口里叫道:“中了!中了!”胡屠户凶神似的走到跟前,说道:“该死的畜生!你中了甚么?”一个嘴巴打将去,众人和邻居见这模样,忍不住的笑。不想胡屠户虽然大着胆子打了一下,心里到底还是怕的,那手早颤起来,不敢打到第二下。范进因这一个嘴巴,却也打晕了,昏倒于地,众邻居齐上前,替他抹胸口,捶背心。舞了半日,渐渐喘息过来,眼睛明亮,不疯了。众人扶起,借庙门口一个外科郎中“跳驼子”板凳上坐着,胡屠户站在一边,不觉那只手隐隐的疼将起来。自己看时,把个巴掌仰着,再也弯不过来;自己心里懊恼道:“果然天上文曲星是打不得的,而今菩萨计较起来了!”想一想,更疼的狠了,连忙问郎中讨了个膏药贴着。

范进看了众人,说道:“我怎么坐在这里?”又道:“我这半日昏昏沉沉,如在梦里一般。”众邻居道:“老爷,恭喜高中了!适才欢喜的有些引动了痰,方才吐出几口痰来,好了。快请回家去打发报录人。”范进说道:“是了。我也记得是中的第七名。”范进一面自绾了头发,一面问郎中借了一盆水洗洗脸。一个邻居早把那一只鞋寻了来,替他穿上。见丈人在跟前,恐怕又要来骂。胡屠户上前道:“贤婿老爷!方才不是我敢大胆,是你老太太的主意,央我来劝你的。”邻居内一个人道:“胡老爹方才这个嘴巴打的亲切,少顷范老爷洗脸,还要洗下半盆猪油来!”又一个道:“老爹,你这手明日杀不得猪了。”胡屠户道:“我那里还杀猪!有我这贤婿,还怕后半世靠不着也怎的?我每常说:我的这个贤婿才学又高,品貌又好;就是城里头那张府、周府这些老爷,也没有我女婿这样一个体面的相貌。你们不知道,得罪你们说,我小老这一双眼睛,却是认得人的,想着先年我小女在家里,长到三十多岁,多少有钱的富户要和我结亲,我自己觉得女儿像有些福气的,毕竟要嫁与个老爷。今日果然不错!”说罢,哈哈大笑。众人都笑起来,看看范进洗了脸,郎中又拿茶来吃了,一同回家。范举人先走,屠户和邻居跟在后面;屠户见女婿衣裳后襟滚皱了许多,一路低着头替他扯了几十回。到了家门,屠户高声叫道:“老爷回府了!”老太太迎着出来,见儿子不疯,喜从天降。众人问报录的,已是家里把屠户送来的几千钱,打发他们去了。范进拜了母亲,也拜谢丈人。胡屠户再三不安道:“些须几个钱,不够你赏人!”范进又谢了邻居。正待坐下,早看见一个体面的管家,手里拿着一个大红全帖,飞跑了进来:“张老爷来拜新中的范老爷。”说毕,轿子已是到了门口。胡屠户忙躲进女儿房里,不敢出来,邻居各自散了。

这里作者不仅可怜范进,也深刻揭露了科举制度的罪恶,尖锐讽刺了胡屠户、张静斋的势利小人面孔。张静斋给范进又送银子,又送房屋。没几天范进家什么房子、钱财、丫头、奴仆,样样都有了。他母亲没想到这些都是她的了,还有细瓷碗盏、镶银杯箸都是她的了,哈哈大笑,欢喜得痰迷心窍,昏绝而死。周进、范进作为沉醉于功名的士人,最终还算有运气,但也真的好可怜!

因为考中科举立刻社会地位大变,所以士人中八股迷多如牛毛。鲁编修一家三代都陷入其中,鲁编修是靠科举得官的,所以他把八股文吹得神乎其神,一本正经地教训女儿说:"八股文章若做的好,随你做甚么东西——要诗就诗,要赋就赋,都是一鞭一条痕,一掴一掌血;若是八股文章欠讲究,任你做出甚么来,都是野狐禅,邪魔外道!"他女儿受他影响,就在"晓妆台畔,刺绣床前,摆满了一部部的文章;每日丹黄烂然,蝇头细批"。可惜她嫁了个丈夫不善此道,只好寄希望于下一代,逼着刚满四岁儿子讲四书,读文章。可见八股流毒之深广。

马二先生更是如此。他对科举不仅着迷,而且深信那是人生唯一的出路。他自己补廪二十四年,考过六七个案首,却始终没有考中过举人。可是仍然热衷钻研八股文,还到处宣传科举八股。他对蘧駪夫说:"举业二字,是从古及今人人必要做的……到本朝用文章取士,这是极好的法则。就是夫子在而今,也要念文章,做举业,断不讲那'言寡尤,行寡悔'的话。何也?就日日讲究'言寡尤,行寡悔',那个给你官做?"他还对匡超人说:"人生世上,除了这事,就没有第二件可以出头……书中自有黄金屋,书中自有千钟粟,书中自有颜如玉。"这就是这些热衷科举的士人之赤裸裸的心灵状态。

很多儒生在科举制度下,变成了贪官污吏和土豪劣绅,肆无忌惮地残害平民百姓。例如高要县的汤知县、做过知县的劣绅张静斋、念念不忘"三年清知府,十万雪花银"的南昌太守王惠等。都是十分典型的例子。汤知县听信张静斋的话,把给他送牛肉的老师傅,枷了示众,还把五十斤牛肉堆在枷上,老师傅被枷死,引发回民鸣锣罢市。而汤知县还请求上司把抓的为首几个充军发落。张静斋不做知县回到家乡,无恶不作,到处霸占平民的田地。还有一些家境富裕的士人,则有了个秀才头衔就自以为了不起,在乡里横行霸道,勾结官府,欺压百姓,他们读的书都是狗屁不通的,只是借此来向上爬的。最典型的就是严贡生严大位，一个土豪恶霸，奸诈小人。作者通过两件小事：以虚钱实契讹诈农民计赚邻居的小猪，就揭露了他的奸猾本性；为了赖船钱，把云片糕说成是珍贵良药。而他企图霸占弟弟家产，无比奸猾，欺负他弟媳妇，更是展示了其丑恶卑劣灵魂。

《儒林外史》对那些满口仁义道德，一肚子男盗女娼的假装正经的秀才，也作了极其尖锐的嘲笑和讽刺。像严监生的两个小舅子王德、王仁就完全是伪君子，见钱眼开，顷刻变脸。嘴里说："我们念书的人，全在纲常上做功夫，就是做文章，代孔子说话，也不过是这个理。"可是一心想的就是银子，有了银子什么事都可以做，什么话也都能说。《儒林外史》还深刻地批判了封建伦理纲常的虚伪性，有一个笃信程朱理学、严守礼教纲常的王玉辉，居然坚决鼓励自己女儿绝食殉夫，说"这是青史上留名的事"，逼死女儿后，老妻哭得死去活来，他却说："他这死的好，只怕我将来不能像他这一个好题目死哩！"竟哈哈大笑，口里喊着"死得好，死得好"走了出去。可是到了大家在烈女祠公祭的时候，他"转觉心伤，辞了不肯来"。他在家看见妻子那么伤心悲哀，心下不忍，就外出游玩，到了苏州看见船上一个年少穿白的妇女，"他又想起女儿，心里哽咽，那热泪直滚出来"。作者写他的内心矛盾，直接针对封建礼教的"饿死事小，失节事极大"，给予了有力的鞭挞。小说还特别揭露那些所谓的风流名士，其实不过是些鸡鸣狗盗的骗子、流氓、无赖。有些科举仕途上不得意的士人，就作诗谈文，标榜清高，实际只是一些达官贵人的帮闲，像相府的娄三公子、娄四公子招揽的一些"名士"，如杨执中、权勿用之流，都是些混饭吃的家伙。杨执中乡试过十六七次，都没有中，没有办法，到一家盐店去当管账，结果亏空了七百多两银子。他在一张纸上抄了半首元朝人的诗，娄氏兄弟就佩服得五体投地。权勿用整天咬文嚼字，实际上是一个奸拐尼姑的恶棍。他请来的侠客"张铁臂"被娄氏公子当成英雄，其实是用猪头冒充人头，骗走五百两银子的无赖。还有牛浦郎、匡超人两个"小名士"，本来出身贫寒，但是在科举制度下堕落成为骗子、无赖。匡超人本来受到马二先生的怂恿，读经书，写八股，但在杭州结识了景兰江、赵雪斋、支剑锋、浦墨卿等,看到他们经常和官僚往来,各处诗选上都刻着他们的诗,"只怕比进士享名多着哩","才知道天下还有这一种道理"。于是,匡超人也和各方"名士"混在一起,做歪诗,打秋风,还在赌场抽头,伪造印信,署名代考,什么罪恶勾当都做了。他跑到北京还当上了教习,口气更加不同,俨然以大臣自居,肆意贬低马二先生,成为一个吹牛说谎、不知羞耻的流氓。牛浦郎家里是开小香腊店的,没有钱送他进学堂。他看见"名士"牛布衣的诗稿后,发现只要作几句诗,并不一定要进学堂中举,也能和官僚贵族往来,就假冒死去的牛布衣名字,把牛布衣的诗稿当成自己的作品到处骗人,把董孝廉请到家里,让自己的舅丈人当仆役出来捧茶,成为典型的附庸风雅的骗子。可见在腐败的科举制度下,风气所及,儒生们不择手段地追名逐利,变得失去人格,成为什么坏事都干得出来的无赖骗子。

《儒林外史》中也写几个士人中的正面人物,如虞博士、庄绍光、迟衡山等,最突出的是作者理想化的人物杜少卿。杜少卿鄙弃功名富贵,不过也带有一些道学色彩。他讨厌人们在他面前说做官,也讨厌说人有钱,反对科举制度,最看不起作八股文。他家本是比较有钱的,但是他把银子都拿去资助别人,甚至把田产也卖光了,自己去卖文为生。他在南京一手拿着金酒杯,一手携着妻子,一起去逛清凉山,边走边大笑,使路旁游人不敢仰视,具有离经叛道的味道。在他身上体现了某些具有启蒙主义的思想光芒,不只是对旧制度的不满与叛逆,还有怡情任性的个性解放色彩,甚至有博爱平等的因素,这也是那个时代的反映,与《红楼梦》有异曲同工之妙。杜少卿也明显带有作者自己的烙印。

3.《儒林外史》的艺术成就

第一,杰出的讽刺艺术。

《儒林外史》在艺术成就上最突出的就是运用得极其成功的讽刺艺术。因为作者所写的都是儒林的丑恶行径,所以很多都通过尖锐的讽刺来揭露和嘲笑。不过,对不同状况的人,运用的讽刺手段是不同的。例如对周进、范进这样受科举制度毒害,又非常可怜、没做过丧心病狂坏事的人,他的讽刺是善意的,如描写他们热衷功名的卑屈心态,在同情他们的情况下,也讽刺他们的迂腐、可笑,嘲笑他们受社会风气和那些伪君子影响的表现。如范进在居母丧期间跟着张静斋去打秋风,不肯用镶银的碗筷,却把一个大虾丸子放进嘴里之类。又如对书呆子杨执中、马二先生、鲁编修、鲁小姐的嘲笑,深深地带着对他们被毒害而不自知的感叹,等等。对标榜秀才、举人的儒生面貌,而干尽男盗女娼坏事的张静斋、汤奉、严贡生之类,以及堕落为无赖、骗子的匡超人、牛浦郎之类,还有那些不学无术、品德低下、虚伪无耻的王德、王仁之类,属于严厉打击的对象,他则是无情地狠狠揭露他们的罪恶,尖刻地讽刺他们的丑行,寓怒骂于嬉笑之中。鲁迅在《什么是"讽刺"》一文中,曾经说过:"'讽刺'的生命是真实;不必是曾有的实事,但必须是会有的实情。所以它不是'捏造',也不是'诬蔑';既不是'揭发阴私',又不是专记骇人听闻的所谓'奇闻'或'怪现状'。它所写的事情是公然的,也是常见的,平时是谁都不以为奇的,而且自然是谁都毫不注意的。不过这事情在那时却已经是不合理,可笑,可鄙,甚而至于可恶。但这么行下来了,习惯了,虽在大庭广众之间,谁也不觉得奇怪;现在给它特别一提,就动人。"(《且介亭杂文二集》)真实的描写是讽刺艺术的最重要基础。《儒林外史》的现实主义描写,使它的讽刺艺术达到了前所未有的高峰。

第二,高超的白描的手法。

《儒林外史》生动具体地再现了现实生活的真实,达到了高度逼真、传神的艺术水平。闲斋老人序中说,人们常夸《水浒传》《金瓶梅》"章法之奇,用笔之妙,且谓其摹写人物事故,即家常日用米盐琐屑,皆各穷神尽相,画工化工合为一手,从来稗官无有出其右者",实际上《儒林外史》比它们要高明得多,只是他们没有看见的缘故。他说《儒林外史》"以功名富贵为一篇之骨,有心艳功名富贵而媚人下人者;有倚仗功名富贵而骄人傲人者,有假托无意功名富贵自以为高,被人看破耻笑者,终乃以辞却功名富贵、品地最上一层为中流砥柱。篇中所载之人不可枚举,而其人之性情心术,一一活现纸上。读之者,无论是何人品,无不可取以自镜”。用极其朴素的艺术表现方法,把现实生活如实地写出来,使各种不同人物一一活现纸上,达到传神写照的程度,这是很不容易的,同时也是《儒林外史》的很重要的艺术特点。卧闲草堂本的评论是很肯定《韩非子》中“画鬼魅易,画犬马难”的观点的,这一点和欧阳修、冯镇峦等重视浪漫主义的观点不同。卧闲草堂本第六回回评说:

> 此篇是放笔写严老大官之可恶,然行文有次第,有先后,如源泉盈科,放乎四海,虽支分派别,而脉络分明,非犹俗笔稗官,凡写一可恶之人,便欲打、欲骂、欲杀、欲割,惟恐人不恶之,而究竟所记之事皆在情理之外,并不能行之于当世者,此古人所谓“画鬼怪易,画人物难”。世间惟最平实而为万目所共见者,为最难得其神似也。

卧评指出《儒林外史》的艺术描写,作者不加许多主观评述,而如实地表现最平实而为大家所见到的事实,所以更具有传神写照之妙,而使人感到呼之欲出,如在目前。例如第四十五回评道:“观余敷、余殷两弟兄之口谈,知其为一字不通之人,堪舆之学不必言矣。其妙处在于活色生香,呼之欲出,呆形呆气,如在目前也。”作者不加粉饰,不加雕琢,纯用白描手法,让现实生活以其本来面目展示在读者面前,又如第二十三回写牛浦郎假冒诗人牛布衣一段,这回的回评说:“牛浦未尝不同安东董老爷相与,后来至安东时董公未尝不迎之致敬以有礼,然在子午宫会道士时,则未尝一至安东与董公相晋接也,刮刮而谈,诌出许多话说,书中之道士不知是谎,书外之阅者深知其谎,行文之妙,真李龙眠白描手也。”

第三,细节描写的生动性和丰富性。

《儒林外史》中善于运用传统的“以形写神”“得其意思所在”的艺术表现方法,抓住有代表性的细节来刻画人物的性格,所以人物的个性极为鲜明生动，表现出其蕴含的深刻典型概括意义。如第五回“王秀才议立偏房　严监生寿终正寝”在描写严氏兄弟、王氏兄弟、偏房赵氏等人物的各自性格都是十分生动传神的，特别是其中所着意描写的几个典型细节，更是给人以难忘的印象，如写巴不得正房王氏早死的赵氏在王氏病床前的哭泣，写王氏兄弟见“遗念”（王氏留给他们的每人一百两银子）前后的截然不同表现，写猫跳翻篾篓露出银子时严监生对王氏的追念，写严监生寿终正寝时伸出两个手指头不肯断气等，把赵氏的虚伪、严监生的吝啬、王氏兄弟的无耻，刻画得淋漓尽致。卧本评曰：

此篇是从“功名富贵”四个字中，偶然拈出一个“富”字，以描写鄙夫小人之情状，看财奴之吝啬，荤饭秀才之巧黠，一一画出，毛发皆动，即令龙门执笔为之，恐亦不能远过乎此。

严老大官之为人，都从二老官口中写出，其举家好吃，绝少家教，漫无成算，色色写到，恰与二老官之为人相反。然而大老官骗了一世的人，说了一世的谎，颇可消遣，未见其有一日之艰难困苦；二老官空拥数十万家财，时时忧贫，日日怕事，并不见其受用一天。此造化之微权，不知作者从何窥破，乃能漏泄天机也。

赵氏谋扶正之一席，想与二老官图之久矣。在床脚头哭泣数语，虽铁石人不能不为之打动，而王氏之心头口头，若老大不以为然者。然文笔如蚁，能穿九曲之珠也。

王氏兄弟是一样性情心术，细观之，觉王仁之才又过乎王德。所谓识时务者呼为俊杰也。未见“遗念”时“本丧着脸，不则一声”，既见“遗念”时，“两眼便哭的红红的”。因时制宜，毫发不爽。想此辈必自以为才情可以驾驭一切，习惯成自然了，不为愧怍矣。

除夕家宴，忽然被猫跳翻篾篓，掉出银子来，因而追念逝者，渐次成病，此亦柴米夫妻同甘共苦之真情。觉中庭取冷，遗挂犹存，未如此之可伤可感也。文章妙处真是在语言文字之外。

单这一回中就写了这么多的生动深刻的典型细节,也正是这些细节使各个人物都活生生地站立在读者面前。这正是对中国传统美学中"以形写神""得其意思所在"的艺术表现方法在小说创作中的灵活运用,也是对这种艺术表现方法的继承和发展。第十一回写老阿呆杨执中也是很突出地表现了这种艺术手法的,卧本评曰:"杨执中是一个活呆子。今欲写其呆状呆声,使俗笔为之,将从何处写起?看此文只用摩弄香炉一段,叙说误认姓柳的一段,闯进醉汉一段,便活现出一个老阿呆的声音笑貌。此所谓颊上三毫,非绝世文心未易办此。"《儒林外史》中所写的这种细节都是日常生活中的真实存在,它并非作者的虚构想象,只是一般人常常不甚注意,而吴敬梓却观察得特别细,把它凸显了出来,这样就对刻画人物性格起到了十分重要的作用。

第四,春秋笔法在小说中的运用。

《儒林外史》的现实主义创作特征还表现在作家的是非褒贬态度都是通过客观的真实的描写流露出来的,作家本人决不加任何主观的评说。卧本第四回评道:"张静斋劝堆牛肉一段,偏偏说出刘老先生一则故事,席间宾主三人侃侃而谈,毫无愧怍,阅者不问而知此三人为极不通之品。此是作者绘风绘水手段,所谓直书其事,不加断语,其是非自见也。"这实际上就是中国古代传统所谓的"春秋笔法""微言大义",司马迁写《史记》也是如此,作家的倾向是通过叙事表现出来的,而不是由自己在作品中叙说的。卧本第七回评语也说:"荀员外报丁忧是第三段。呜呼,天下岂有报丁忧而可以再商议者乎!妙在谋之于部书,而部书另自有法;谋之于老师,而老师酌量而行;迨至万无法想,然后只得递呈。当其时举世不以为非,而标目方且以'敦友谊'三字许王员外。然则作者亦胸怀贸贸然竟不知此辈之不容于圣王之世乎?曰:奚而不知也!此正古人所谓直书其事,不加论断,而是非立见者也。"表面看来,作者只是客观地描写,不加任何主观的判断,而实际上在如实的描写中,读者可以鲜明地感觉到作家的是非褒贬态度。像这种"直书其事,不加论断,而是非立见"的特点,在《水浒传》《红楼梦》等作品中,也都有所体现,它乃是中国古代小说中现实主义的重要特点之一。

第五,《儒林外史》的艺术结构。

《儒林外史》的艺术结构是很独特的,它没有一个贯穿全书的中心人物,也没有一个全书完整的故事情节,像走马灯似的,上来一个人物,叙述完他的科举故事,就又引出另一个人物,讲另一个故事,这样不断延续,不断发展。但是所有的人物和故事都有一个主题,就是写科举制度的腐败,它对士人心灵的毒害,以及迷醉于科举的士人之种种丑态,甚至是极其恶劣、卑鄙的行径。所以全书又是非常严密的,有统一的艺术构思,并不让人觉得松散。这是和以往的其他小说的艺术结构完全不同的,也是很有特点的。

4.《红楼梦》以及清代中期以后的小说

(1)曹雪芹及其《红楼梦》

曹雪芹的《红楼梦》成书略晚于《儒林外史》。由于我们有《红楼梦》专题课,所以本课中省略。(见本卷《论曹雪芹及其〈红楼梦〉》)

(2)清代中后期的小说创作

乾隆年间有两部属于英雄传奇方面的比较重要作品,就是《说岳全传》和《说唐全传》。《说岳全传》据书前金丰的序,大约成书于乾隆九年(1744)前,题钱彩编次。《说唐全传》现存有乾隆四十八年刊本,作者不详。两书都在前代有关小说的基础上,改编而成,都成为流传最广的说岳和说唐小说。《说岳全传》中的牛皋形象是明代此类小说中所没有的。《说唐全传》以瓦岗寨群雄为中心,不像《隋史遗文》以秦琼为主要角色。嘉庆年间,还有《五虎平西前传》《五虎平南后传》《万花楼杨包狄演义》,写宋代狄青的故事。《粉妆楼全传》写唐代罗成后人的故事。《双凤奇缘》写汉代王昭君故事。

乾隆时期比较重要的有《绿野仙踪》,八十回,李百川著,作者生平不详,写明代嘉靖年间冷于冰求仙得道的故事。他曾被推荐给严嵩做书启先生,后与严嵩闹翻,被逐出相府。他深感忠良为奸臣所害,对前途心灰意冷，转而求仙学道，但也并没有忘记现实。其书还是反映了严嵩父子贪赃枉法的罪恶，对社会黑暗有一定的揭露，也有一定的讽刺意义。《济公传》，二百四十回，作者郭小亭，写活佛济颠帮助百姓解决危难，“普度群迷，教化众生”。另有《野叟曝言》，一百五十四回，作者为夏敬渠，也成书于乾隆时期。其《凡例》中说：“题名曰《野叟曝言》，自谓野老无事，曝日闲谈耳。”作者编造了一个“铮铮铁汉，落落奇才”文素臣，在奸党谋反中立下大功，拜相封爵，娶了一妻五妾，生了二十四个儿子，一百二十个孙子，一百四十个曾孙。还有一本《蟫史》，二十卷，屠绅作，写书生桑蠋生航海堕水漂流遇指挥甘鼎，后桑蠋生帮助他平定少数民族叛乱的事迹。

嘉庆年间比较有价值的一部小说是《镜花缘》，一百回，作者李汝珍。小说写武则天时的唐敖考中探花后，被告发与叛臣徐敬业结拜兄弟，被革去功名，随妻兄林之洋等出海贸易，游历了四十多个国家，见识了形形色色的海外风土人情。后来唐敖女儿唐小山又出海寻父，虽然未找到，但也游览了很多异境。后半部写武则天开女试，由花神托生的一百多个女子皆考中才女，在庆贺宴席上弹琴赋诗、行令论文，各自显示了杰出才华。小说借虚幻的海外世界描写，实际对社会现实人情世态，做了揭露和讽刺。在妇女观上比较进步开放，还对缠足这类落后的陋习进行了讽刺和批评，具有一定民主主义思想。

嘉庆以后又有不少公案小说出现。公案小说源于宋代说话，到明代有写宋代包公和明代海瑞的公案小说，如《海刚峰先生居官公案传》以及写包公的《龙图公案》等。清代中期有著名的《施公案》，或名《施案奇闻》，作者不详，把侠义和公案结合在一起，主要是体现百姓希望有清官和侠义英雄来为他们主持正义和公道。其中黄天霸本是绿林好汉，劫富济贫，后来投靠施爷，为其破案。此类小说，还有《绿牡丹全传》，刊印于道光年间，六十四回，作者不详，写唐代的花振芳和鲍自安流落江湖，成了响马、水寇，专门劫杀奸人，而对“公平商贾，忠良仕宦”则不加害。他们后来投靠狄仁杰，为唐中宗复位，立下汗马功劳。鲁迅先生说清代侠义小说“大旨在揄扬勇侠，赞美粗豪，然又必不背于忠义。”

到了近代，由于中国社会状况的变化，西方文明的输入，小说创作发生了很大变化，受改良主义思潮影响，有一批揭露清政府腐败，提倡改革的小说出现，这就是一般说的“四大谴责小说”：李宝嘉（伯元）《官场现形记》、吴沃尧（趼人）《二十年目睹之怪现状》、刘鹗（铁云）《老残游记》、曾朴（孟朴）《孽海花》。除此之外，还有比较著名的侠义公案小说《三侠五义》，是根据石玉昆的说唱本编成，后来俞樾修订改成《七侠五义》，后有续书《小五义》《续小五义》等，并有《彭公案》等小说。近代还有不少写妓女的狭邪小说，如《品花宝鉴》《花月痕》《海上花列传》《九尾龟》等，专门写妓女和嫖客、名伶和公子的故事，表现了当时社会生活中腐朽糜烂的方面。其中《海上花列传》是用吴语方言所写的作品。

论曹雪芹及其《红楼梦》

一 为什么要研究和学习《红楼梦》

作为中国和世界文学的杰作,《红楼梦》是值得我们好好学习和研究的。当《红楼梦》还没有正式刊印,而只有手稿流传时,就已经得到社会的广泛关注。还在曹雪芹修订和整理《红楼梦》(初名《石头记》)的时候,就已经有了脂砚斋的评点。乾隆、嘉庆年间的著名学者郝懿行在《晒书堂笔录》中曾说:"余以乾隆、嘉庆间入都,见人家案头必有一本《红楼梦》。"乾隆、嘉庆时期的缪艮曾说:"《红楼梦》一书,近世稗官家翘楚也。家弦户诵,妇竖皆知。"(见《文章游戏》初编卷六《红楼梦歌》后按语)早在清末光绪时期就已经出现了"红学"的说法,赞美之词不绝。李放《八旗画录》注说:"光绪初,京朝士大夫尤喜读之,自相矜为红学云。"民国初年还有人说"吾之经学,系少一横三曲者"(即指"红"字)。《红楼梦》的续书之多,也是任何其他小说所无法比拟的。《红楼梦》的研究从二十世纪以来愈来愈繁荣,特别是二十世纪后期到本世纪,研究著作之多是任何中国文学作品都没有过的。作为中文系的学生,尽管你不一定研究小说,但如果不读《红楼梦》,实在是一件很遗憾的事。研究《红楼梦》的人非常之多,研究著作也不可胜数,但是对曹雪芹和《红楼梦》一书中的诸多问题,仍然是众说纷纭,莫衷一是。例如,曹雪芹的父亲是谁,他的生卒年,他的生活和思想,《红楼梦》的版本,脂砚斋是谁,他和曹雪芹是什么关系,后四十回是不是高鹗的续作,有没有曹雪芹的原稿,《红楼梦》是不是曹雪芹自传,其中人物是不是以曹家人为模特,《红楼梦》的主题思想究竟是什么,黛玉、宝钗都是正面人物还是相对立的,怎样正确评价钗黛合一论,为什么会出现拥钗派和拥黛派,等等,红学界并没有一致看法,对许多资料的理解也很分歧。因此，值得我们研究的实在是太多了！同时，从中国小说史的发展来看，《红楼梦》的产生基础又是什么？它和前代言情小说的关系怎样？这些都还没有进一步研究，更没有结论。目前，红学研究已经成为一门世界性的显学，已经有二十多种外语翻译，包括英国、德国、法国、俄国、荷兰、意大利、瑞典、匈牙利、罗马尼亚、捷克、斯洛伐克、西班牙等国家的语种，以及亚洲的日本、泰国、印度尼西亚、越南、蒙古等国家的语种，共有一百六十多个版本。《红楼梦》1793 年就传到日本长崎。《红楼梦》在俄罗斯的传播，最早是俄国东正教使团成员帕维尔·库尔梁德采夫在 1832 年将《红楼梦》刻本带回到莫斯科，当作文献资料研究使用，1958 年有一百二十回俄译本，以后各种外语译本陆续产生。所以我们更应该对它作认真的学习和研究。

从中国古代小说的历史发展来说，《红楼梦》是最高峰。从世界文学发展来说，《红楼梦》也是极为了不起的，是现实主义小说中的难以企及的高峰。

二　曹雪芹的身世和《红楼梦》的写作

要了解《红楼梦》,必须要了解作者曹雪芹的家世和生平。

1. 曹雪芹的家世

曹雪芹的祖先本是汉人,后沦为满族奴仆,成为包衣汉人。曹家原籍是辽宁辽阳,女真族首领努尔哈赤于明代万历四十四年(1616)建立后金,建元天命,并在明代天启元年(1621)攻陷沈阳、辽阳及辽河以东一带,曹氏祖先曹世选(或谓世选是他的字,名为锡远)一家当在此前后被俘虏,沦为满人包衣。天启五年后金迁都沈阳,后称盛京。崇祯三年(1630),曹世选之子曹振彦在后金官学任教习(教官)。崇祯七年曹振彦为努尔哈赤第十四子多尔衮的包衣,是多尔衮的家奴和家臣。多尔衮当时为镶白旗旗主,曹振彦在他手下当旗中包衣汉人头领之一,叫旗鼓牛录章京(顺治后称旗鼓佐领),身份仍为多尔衮家奴。崇祯九年,努尔哈赤第八子皇太极称帝,定国号为清,改元崇德,多尔衮进位和硕睿亲王。崇祯十六年皇太极暴卒,其幼子福临继承王位,即后来的顺治帝,由多尔衮和济尔哈朗(努尔哈赤弟弟舒尔哈齐第六子)辅政。崇祯十七年李自成攻占北京,明代灭亡。多尔衮率兵南下,在吴三桂的帮助下入关,占领北京,福临正式登基,是为顺治元年(1644),封多尔衮为叔父摄政王。是年曹振彦随多尔衮入关,并受田在宝坻(今天津西北)之西。顺治五年,多尔衮被尊为皇父摄政王。顺治六年,多尔衮兵发大同镇压明大同总兵姜瓖,曹振彦子曹玺时为多尔衮侍卫,随军去大同。顺治七年,多尔衮平定山西平阳府三十六州县,曹振彦被任命为平阳府吉州知州,多尔衮于本年十二月出猎古北口,死于喀喇城。顺治八年以篡逆罪,追撤多尔衮封爵、抄家,其所管正白旗归皇帝,由是皇帝的镶黄旗、正黄旗及正白旗为上三旗,其他五旗为下五旗。上三旗的包衣均供职于内务府,内务府为专管皇室事务的机构,负责宫内的典礼、仓储、财务、工程、警卫、供给、刑狱等。曹玺为内廷侍卫,主管銮仪,而其弟曹尔正一度任正白旗旗鼓佐领。曹振彦授奉直大夫,夫人封宜人。顺治九年,又升任大同府知府。顺治十一年玄烨(即后来的康熙皇帝)生,曹玺妻孙氏为玄烨保姆。顺治十二年,曹振彦升任两浙都转盐运使。顺治十五年九月初七,孙子曹寅(字子清,号荔轩)生,即为曹雪芹祖父。

顺治十八年,福临死。玄烨即位,为康熙元年(1662)。曹玺升为内务府内工部郎中。次年(1663)为江宁织造,专差久任。自康熙元年起,织造不限年更替,曹玺为不限更替之第一人。康熙二年,曹寅六岁,其胞弟曹宣是年生,兄弟皆在江宁织造府。著名文学家周亮工与曹玺交好,并教曹寅古文。康熙十三年,曹寅十七岁赴京任内廷侍卫。康熙十四年追封曹玺祖曹世选为光禄大夫,妻张氏为一品夫人,追封曹玺父曹振彦为光禄大夫,妻欧阳氏、继室袁氏为一品夫人。康熙十五年,曹寅在銮仪卫供职,同年,著名词人纳兰性德为皇帝侍卫。曹寅与纳兰性德交好,并与大诗人、诗歌批评家王士禛友好交往,与戏剧家尤侗交好。曹寅有诗集《楝亭诗钞》,康熙十九年续娶李氏(曹寅青年丧妻),其为内务府正白旗包衣李煦之胞妹。康熙二十年,曹寅为内务府正白旗旗鼓佐领,兼銮仪卫职。康熙二十三年曹玺死于江宁织造府,任江宁织造近二十二年。桑格继任江宁织造。康熙首次南巡,曾至江宁抚慰曹玺家属,并遣内大臣祭奠。曹寅服丧期间,与江南名士交游往来。康熙二十五年,曹寅任内务府慎刑司郎中。康熙二十八年康熙第二次南巡,曹宣随行。曹寅改任内务府广储司郎中,管理银、皮、缎、衣、瓷、茶六库出纳,故曹寅又被称为“户部”或“司农”。这年曹颙(小名连生,字孚若)生。康熙二十九年曹寅由内务府广储司郎中出任苏州织造(清代有江宁、苏州、杭州三处织造)。康熙三十年,曹寅弟曹宣为皇帝侍卫。康熙三十一年,曹寅游越,途中撰有《北红拂记》剧本。康熙三十二年,曹寅调任江宁织造,而其内兄李煦则出任苏州织造。康熙三十六年,曹宣三十五岁,有第四子曹頫出生。康熙三十八年,康熙第三次南巡,住曹寅江宁织造府。康熙见曹寅母孙氏(乃康熙幼年之保姆),御书"萱瑞堂"三字于庭上。康熙至明孝陵祭奠,亲书"治隆唐宋"四字,由曹寅制碑,并行勒石,以垂永远。其碑后有"管理江宁织造内务府三品郎中加五级臣曹寅"刻记,今尚存南京明孝陵内。康熙四十二年,康熙第四次南巡,亦住江宁织造府,曹寅奉旨与李煦轮流掌管盐务。是年曹寅有《太平乐事》杂剧完稿,洪昇为之作序。康熙四十三年七月,康熙钦点曹寅兼任巡视两淮盐课监察御史。巡盐御史府在扬州,故曹寅也经常去扬州。康熙四十四年康熙第五次南巡,亦住江宁织造府,并决定两淮盐务由曹寅和李煦轮流负责,各管一年。康熙并在南巡中令曹寅负责刊刻《全唐诗》。曹寅编成自己的诗集《楝亭诗钞》,著名文学家朱彝尊来访,为之作序(后人刻印《楝亭诗钞》后附有《楝亭诗别集》《楝亭词钞》《楝亭词钞别集》《楝亭文钞》)。是年曹宣卒,其子曹頫由曹寅带在江宁织造府抚养。康熙四十五年曹寅兼任通政使司通政使衔,是年内《全唐诗》刻成。康熙四十六年,康熙第六次南巡,亦住江宁织造府。康熙四十八年曹寅捐助朱彝尊刻成《曝书亭集》,朱不久病逝。由于曹家四次接待康熙南巡,花去大量钱财,亏空巨大,这也是造成雍正年间曹家被抄家的重要原因。康熙五十年皇帝曾指示曹寅要重视大量亏空。康熙五十一年,康熙指示曹寅和李煦合作刊刻《佩文韵府》。此年曹寅去世,弥留之际,念及亏空三十多万两"无赀可赔,无产可变",因而"槌胸抱恨",死不瞑目。李煦奏请将代管盐务一年所得补曹寅亏空,蒙康熙允准。此年以曹寅子曹颙补江宁织造,并加主事职衔。康熙五十二年,《佩文韵府》刻成。此年,李煦将一年巡盐所得补曹寅江宁织造所欠九万多两,两淮盐务所欠二十三万多两。康熙五十四年,曹颙病故,康熙说他是看着曹颙长大的,认为他是个"文武全才",去世非常可惜,故专门指示由内务府出面,议定将曹宣第四子曹頫过继给曹寅之妻为子，并补江宁织造，仍给主事职衔。十二月户部尚书面奏，江宁、苏州织造亏欠八十多万两，康熙说："曹寅、李煦用银之处甚多，朕知其中情由，故将伊等所欠银二十四万两，令李陈常以两淮盐课羡余之银代赔。"实际还亏欠不少。曹雪芹大约出生于这一年，有说是曹颙的遗腹子，也有说是曹頫之子，尚难断定。根据后来发现的曹氏家谱，曹颙之遗腹子为曹天佑，学者或认为曹天佑即曹霑，也就是曹雪芹。如曹天佑不是曹雪芹，则曹雪芹当为曹頫之子。但是曹雪芹为曹寅之孙，则没有问题。曹頫继任江宁织造后，康熙还是很宽容，很照顾，找人帮他归还欠款。不过，曹頫为人平庸，无甚才能，以致到康熙去世后，仍然不能还清债务。雍正就不像康熙那么宽容了，在皇室之争大致结束后，就开始处理曹家之亏欠。雍正五年曹家遭到清算、抄家。雍正任命绥赫德为江宁织造，曹頫待罪查办；令江南总督范时绎查封曹家财物，缉拿重要家人，等待绥赫德到后处理。绥赫德于雍正六年二月到任后，细查曹家有住房十三处，共四百八十三间，地八处，共十九顷零六十七亩，家人男女大小一百十四口。雍正帝把曹家在京城和江南的田产房屋人口全部赏给了绥赫德，按照八旗人员的规定，曹頫家属全部返归北京。雍正还算客气，下谕："少留房屋以资赡养。"于是绥赫德从赏给他的房屋人口中，把北京崇文门蒜市口的十七间半房屋和家仆三对，拨给了曹家度日。此时曹雪芹十三岁左右。曹頫被革职，并因"骚扰驿站"被枷号。由此，曹家进入了穷困潦倒时期。

曹家的世系可列表如下：

曹家世系表

曹世选——辽阳人，清兵攻陷辽阳，被掳为满族八旗包衣

曹振彦——世选子，后金教习，后为多尔衮家奴（包衣），为多尔衮正白旗之旗鼓牛录章京。随多尔衮入关。为吉州知州，奉直大夫，大同府知府，两浙都转盐运使

曹玺——曹振彦长子，多尔衮侍卫，内务府郎中，康熙时出任江宁织造

孙氏——其妻，为康熙幼时保姆

曹寅——曹玺子，内务府侍卫，江宁织造，两淮巡盐御使

李氏——续娶，李煦胞妹(李煦亦为包衣)

曹颙——曹寅子，江宁织造

曹霑(雪芹)——曹颙遗腹子(？)

曹宣——曹玺次子，康熙侍卫

曹頫——曹宣第四子，曹颙死后，过继给曹寅妻李氏，江宁织造

曹霑(雪芹)——曹頫子(？)

曹尔正——曹振彦次子，供职内务府

曹宜——曹尔正之子，护军参领

2. 曹雪芹生平

曹雪芹，名霑，字芹圃，号雪芹，又号芹溪居士，别号梦阮。约生于康熙五十四年(1715)。不过，曹雪芹的生年都是根据他的朋友记载他的卒年(壬午1762年或癸未1763年)及死时不到五十岁或四十多岁，再往前推算的。因此也有学者认为他出生于雍正二年(1724)。曹雪芹出生在曹家由繁荣昌盛开始转向潦倒败落的前夕，他出生那年曹颙去世，所以现在学术界对他是曹颙之遗腹子，还是曹頫的儿子，有不同见解。曹雪芹幼年是在江宁织造府度过的，那时虽然曹寅时代已经过去，但是康熙对曹家十分信任和关照，对曹颙很喜欢，对曹颙早死(二十六岁亡故)十分惋惜。曾传谕内务府："曹颙系朕眼看自幼长成，此子甚可惜。朕所使用之包衣子嗣中，尚无一人如他者。看起来生长的也魁梧，拿起笔来也能写作，是个文武全才之人。他在织造上很谨慎。朕对他曾寄予很大的希望。他的祖、父，先前也很勤劳。"所以特别让在曹宣诸子中找一个能奉养曹颙之母(李氏)如同生母的过继给李氏，后选定曹頫，随即下旨曹頫继任江宁织造。曹頫在江宁织造任职到雍正六年被革职、抄家，共达十二三年，也就是说，曹雪芹在

十二三岁前一直生活在豪华富裕的江宁织造府,享受着秦淮风月旁的上等贵族家庭待遇。尽管这时已经不能和曹寅时代的显赫相比,开始走向没落,不过,百足之虫死而不僵,曹雪芹仍是一个纨绔子弟,过着舒适的日子。然而,就在他逐渐成长之时,曹家却发生了巨大变故,被雍正下旨抄家,曹頫也成为枷号待罪之人,而且,举家离开南京,回到北京,开始过凄凉潦倒的贫穷生活。这个巨大的转折,不能不震撼他还幼小的心灵,造成难以磨灭的深深伤痛,他仿佛从天上一下掉到了地下。

我们目前能掌握的有关曹雪芹的资料是非常之少的,只能通过他的朋友给他的诗文有大致了解。其中最重要的是清代皇室后裔敦敏、敦诚兄弟,以及张宜泉等和他的交往记录。尤其是敦敏、敦诚写给他的诗,最真实地让我们了解到曹雪芹的为人和品格。敦敏(1729—1796)、敦诚(1734—1791)是多尔衮同母胞兄阿济格的五世孙,由于曹雪芹祖先为多尔衮家奴,所以,他们和曹雪芹是很好的朋友。曹家没落后寄寓北京西郊,正好敦敏兄弟也在北京,和曹雪芹有不少往来。张宜泉的《春柳堂诗稿》中也有几首写曹雪芹的。这些是我们研究曹雪芹生平思想的珍贵材料。从这些资料中,我们可以知道曹雪芹家被抄没后迁到北京,先可能在崇文门蒜市口居住,后来可能难以度日,又迁至北京西边西山一带荒郊,在那里曹雪芹度过了一生主要的时光,一直到死。《红楼梦》应该也是在那里写成的。曹雪芹为人正直有骨气,豪放旷达,才华横溢,工诗善画,喜酒豪饮。他在北京西郊的生活,主要是游览西山风光,常于寺庙憩息。吟诗、作画、饮酒、写作是他主要的生活内容。由于家庭的贫困,他要靠卖画换钱过日子。诚如张宜泉《题芹溪居士》所说:"爱将笔墨逞风流,庐结西郊别样幽。门外山川供绘画,堂前花鸟入吟讴。"敦敏《赠曹雪芹》说:"碧水青山曲径遐,薜萝门巷足烟霞。寻诗人去留僧壁,卖画钱来付酒家。"其穷困潦倒状况,可从敦诚《赠曹芹圃》诗中看到:"满径蓬蒿老不华,举家食粥酒常赊。衡门僻巷愁今雨,废馆颓楼梦旧家。司业青钱留客醉,[1]步兵白眼[2]向人斜。阿谁买与猪肝食,[3]日望西山餐暮霞。”曹雪芹虽然回忆旧家感慨万千,但并不颓废、消沉,而是充满傲骨,一身正气,豪放不羁,诗酒佯狂,白眼看他世上人,写出了举世名著《红楼梦》。敦敏《题芹圃画石》说:“傲骨如君世已奇,嶙峋更见此支离。醉余奋扫如椽笔,写出胸中块垒时。”他创作诗、画、小说之余,也游览北京西郊的山水寺庙。张宜泉有《和曹雪芹西郊信步憩废寺原韵》:“君诗曾未等闲吟,破刹今游寄兴深。碑暗定知含雨色,墙隤可见补云阴。蝉鸣荒径遥相唤,蛩唱空厨近自寻。寂寞西郊人到罕,有谁曳杖过烟林。”曹雪芹一生中对自己家当年的荣华富贵和现今的败落萧条,经常有深沉的感伤,诚如敦敏所说:“秦淮旧梦人犹在,燕市悲歌酒易醺。”《赠芹圃》也说:“燕市哭歌悲遇合,秦淮风月忆繁华。新愁旧恨知多少,一醉毷氉白眼斜。”他把对人世社会的认识生动深刻地写在了《红楼梦》中。

曹雪芹什么时候去世,也不易断定。据脂砚斋甲戌本评语:“壬午除夕,书未成,芹为泪尽而逝。余尝哭芹,泪亦待尽,每忆觅青埂峰再问石兄,奈不遇癞头和尚何!怅怅!今而后,惟愿造化主再出一芹一脂,是书何幸!余二人亦大快遂心于九泉矣!甲午八月泪笔。”壬午为乾隆二十七年(1762),农历壬午除夕已经是1763年2月12日,据此则曹雪芹当死于1763年。曹雪芹晚年朋友张宜泉的《伤芹溪居士》诗题下有注云:“其人素性放达,好饮,又善诗画,年未五旬而卒。”从康熙五十四年至乾隆二十七年(壬午),约为四十八年,与张宜泉说接近。或谓曹雪芹死于癸未(1763),系据敦诚的《挽曹雪芹》诗,该诗注明是

---

① 杜甫《戏简郑广文虔兼呈苏司业源明》诗:“广文到官舍,系马堂阶下。醉则骑马归,颇遭官长骂。才名三十年,坐客寒无毡。赖有苏司业,时时乞酒钱。”郑虔,字若齐,一作弱齐,是唐代著名的文学家和艺术家,其诗、书、画被唐玄宗誉为“三绝”,曾在广文馆任职。苏源明,原名预,字弱夫,武功人,曾任国子司业之职。司业,国子监的学官,曹雪芹可能在敦敏、敦诚读书时在右翼宗学任过该职。

② 《晋书·阮籍传》载,阮籍“见礼俗之士,以白眼对之……赍酒挟琴造焉,籍大悦,乃见青眼”。阮籍为了喝到好酒就到兵营里当了一名步兵,故得号“阮步兵”。

③ 《后汉书·周黄徐姜申屠列传》记载:东汉闵仲叔是个很有气节的人,住在山西安邑,因年老家贫,无钱买肉,只能每天买一片猪肝。店主嫌麻烦,常不肯卖给他。安邑县的县官知道后,便指令县吏照顾他。

甲申年写的，其云："四十年华付杳冥，哀旌一片阿谁铭。孤儿渺漠魂应逐(原注：前数月，伊子殇，因感伤成疾)，新妇飘零目岂瞑！牛鬼遗文悲李贺，[①]鹿车荷锸葬刘伶。[②] 故人惟有青山泪，絮酒生刍[③]上旧垧。"其注中说"前数月，伊子殇，因感伤成疾"，说明曹雪芹因月前殇子，哀痛成疾，不治而死。"絮酒生刍"是祭祀新死者物品，"旧垧"指旧郊。则曹雪芹应为乾隆二十八年农历癸未岁除夕(已是公元1764年2月1日)去世，活了四十多岁。他的妻子可能是续弦，年纪尚轻，故有"新妇飘零目岂瞑"之叹。故敦诚于甲申春曹雪芹下葬时写成挽诗。敦敏也有《河干集饮题壁兼吊雪芹》："花明两岸柳霏微，到眼风光春欲归。逝水不留诗客杳，登楼空忆酒徒非。河干万木飘残雪，村落千家带远晖。凭吊无端频怅望，寒林萧寺暮鸦飞。"则也说明曹雪芹死于冬春之交。究竟死于壬午还是癸未除夕，尚难断定。

3.《红楼梦》的写作

曹雪芹就是在这样一种贫穷潦倒的境况下写作《红楼梦》的。虽然书没有写完就去世了，但是他写好的前八十回已经奠定了全书的基本部分，对八十回以后部分他也是有考虑的，或者说已经有了初稿，但是在他生前已经被借阅而"迷失"了很多，所以随着他的去世而完全散失了。曹雪芹大约在三十岁(乾隆十年，1745年)开始写作《红楼梦》，因为脂砚斋在乾隆十九年(甲戌)抄阅再评本中，在第一回中就有："后因曹雪芹于悼红轩中披阅十载，增删五次，纂成目录，分出章回，则题曰《金陵十二钗》。并题一绝云：'满纸荒唐言，一把辛酸泪。都云作者痴，谁解其中味！'"上推十年，当在是年前后。这不仅说明他写作和修改《红楼梦》用了十年工夫，而且现存甲戌本当是最早流传的本子，是曹雪芹刚刚完成的本子，可惜现在只存十六回。甲戌本前面

① 杜牧《李长吉歌诗集序》说："鲸呿鳌掷，牛鬼蛇神，不足为其虚荒诞幻也。"

② 《太平御览》载，晋代"竹林七贤"之一的刘伶好饮酒，"常乘鹿车，携一壶酒，使人荷锸而随之，谓曰'死便埋我'"。这里用刘伶之仆荷锸葬伶的典故，有自谦之意。鹿车：一种窄小的车子。荷锸：扛着铁锹。

③ 新刈的草。结草吊丧，是古时的一种礼俗。

的“凡例”中有曹雪芹的题诗，其中说“字字看来皆是血，十年辛苦不寻常”。甲戌本是脂砚斋第一次评阅的本子，脂砚斋当是曹雪芹的挚爱亲友，也给他写作《红楼梦》提过不少意见，如甲戌本中已听取其意见，删去“秦可卿淫丧天香楼”部分。乾隆二十四年（己卯），前八十回有一次“定本”，而脂砚斋已经是第四次评阅，现存己卯本只留下四十一个整回又两个半回。至乾隆二十五年（庚辰）八十回有新的修改定本，脂砚斋第四次评阅延续到本年。前八十回是曹雪芹原作，但是一直到他去世还没有全部修改完，因此其中也有很多枝节问题的不统一或矛盾抵牾之处。八十回以后部分，涉及很多人物的结局，其实这些《红楼梦》第五回“游幻境指迷十二钗，饮仙醪曲演红楼梦”中已经展示了作者的设想，例如贾宝玉睡梦中警幻仙姑引他看“金陵十二钗”的“正册”“副册”“又副册”（宝玉只看了“正册”全部和“副册”一曲、“又副册”二曲），即主要女子，包括主要丫鬟。警幻仙姑又演示《红楼梦》套曲十二支给他听，这样就把《红楼梦》的基本故事情节和主要人物的遭遇和大致最后结果，全告诉给读者了。

现存《红楼梦》一百二十回本最早是乾隆五十六年的程甲本，即有程伟元序的萃文书店活字本。乾隆五十七年又有程乙本，即有程伟元、高鹗引言的萃文书店活字本。现在一百二十回的后四十回是不是高鹗所续写，学术界一直有争议。续作说是胡适提出的，根据是：清人俞樾的《小浮梅闲话》中引述清张问陶（1764—1815）《船山诗草》中的一首诗的注释。这首诗题作《赠高兰墅鹗同年》（张与高同为乾隆五十三年［1788］顺天乡试举人，故称同年），作于嘉庆六年（1801）九月，时张问陶与高鹗同任顺天乡试考官。二人共同主持举人考试时有酬唱。张问陶诗云：“无花无酒耐深秋，洒扫云房且唱筹。侠气君能空紫塞，艳情人自说红楼（自注：传奇《红楼梦》八十回以后，俱兰墅所补）。逶迟把臂如今雨，得失关心此旧游。弹指十三年已去，朱衣帘外亦回头。”胡适根据这一条小注说：“后四十回是高鹗补的，这话自无可疑。”“张问陶的诗及注，此为最明白的证据。”胡适的看法虽然曾经产生很大影响，几乎成为定论，但是不少著名红学家并不同意，如周绍良在《红楼论集》中专门有论高鹗续书问题的，他认为最早的一百二十回本前有程伟元（程甲本）的序，其中说："《红楼梦》小说，本名《石头记》，作者相传不一，究未知出自何人，惟书内记雪芹曹先生删改数过。好事者每传抄一部，置庙市中，昂其值得数十金，可谓不胫而走者矣。然原目一百廿卷，今所传只八十卷，殊非全本。即间称有全部者，及检阅仍只八十卷，读者颇以为憾。不佞以是书既有百廿卷之目，岂无全璧？爰为竭力搜罗，自藏书家甚至故纸堆中无不留心，数年以来，仅积有廿余卷。一日偶于鼓担上得十余卷，遂重价购之，欣然翻阅，见其前后起伏，尚属接笋，然漶漫不可收拾。乃同友人细加厘剔，截长补短，抄成全部，复为镌板，以公同好。《红楼梦》全书始至是告成。书成，因并志其缘起，以告海内君子。凡我同人，或亦先睹为快者欤？——小泉程伟元识。"这里说明"原目一百廿卷"，那么曹雪芹的八十回本前面回目实际有一百二十回。程伟元几年中在坊间收集到二十余卷，后又偶然在鼓担上得十余卷，但是虽前后"接笋"，然而"漶漫不可收拾"，于是和友人"细加厘剔，截长补短，抄成全部，复为镌板，以公同好"。而在高鹗的序中也说："予闻《红楼梦》脍炙人口者，几廿余年，然无全璧，无定本。向曾从友人借观，窃以染指尝鼎为憾。今年春，友人程子小泉过予，以其所购全书见示，且曰：'此仆数年铢积寸累之苦心，将付剞劂，公同好，子闲且惫矣，盍分任之？'予以是书虽稗官野史之流，然尚不谬于名教，欣然拜诺，正以波斯奴见宝为幸，遂襄其役。工既竣，并识端末，以告阅者。——时乾隆辛亥（乾隆五十六年，1791年）冬至后五日铁岭高鹗叙并书。"在程乙本前的凡例中，程、高说："书中后四十回系就历年所得，集腋成裘，更无他本可考。惟按其前后关照者，略为修辑，使其有应接而无矛盾。至其原文，未敢臆改。俟再得善本，更为厘定，且不欲尽掩其本来面目也。"程、高这个说法是否真实需要研究，胡适认为程伟元、高鹗说法是不可靠的，但是也无确凿根据，不过是以张问陶诗注来否定它。我们从比程伟元甲本早三年的《红楼梦》舒元炜序中已经可以知道其《红楼梦》虽只八十回，但是有一百二十回回目。他说："惜乎《红楼梦》之观止八十回也；

全册未窥,怅神龙之无尾;阙疑不少,隐斑豹之全身。”“漫云用十而得五,业已有二于三分。”“核全函于斯部,数尚缺夫秦关。”秦关为一百二十之数,已有三分之二,即八十回文字。此和程伟元所说“原目一百廿卷”是一致的。而且,还有一个材料更可以说明一百二十回回目是八十回本上就有的,就是裕瑞(1771—1838,多尔衮同母弟豫亲王多铎的五世孙)在《枣窗随笔》中的《程伟元续红楼梦自九十回至百二十回书后》一文中说:“诸家所藏抄本八十回书,及八十回书后之目录,率大同小异者。”裕瑞是不相信程本后四十回的,但是他明确说了各种八十回抄本后均有后四十回回目。程伟元和高鹗在修订编辑过程中,也做了不少增补,对曹雪芹没有写完或过于简单的部分,给予补足,同时也使其前后连贯。从后四十回的内容看,主要方面是和曹雪芹的设想符合的,例如贾、林的悲剧,林黛玉被逼死,贾宝玉出家,乃至探春、惜春、史湘云、王熙凤、袭人等的结局,和第五回梦游太虚幻境里写的诗词内容也是基本一致的。当然,后四十回文字有好些是不如前八十回的,高鹗的修补是比较拙劣的,而且也有些是他按照自己观点改动的,但是这也许和后四十回只是曹雪芹初稿、草稿有关,而前八十回是经过他“披阅十载,增删五次”的产物,这些草稿、初稿自然不会像前八十回那么精致。不过,目前已经很难断定哪些是曹雪芹的原稿,哪些是高鹗的补文了。红学界也有不少人作过推测,但是并无多少确凿根据。

4.《红楼梦》的版本

《红楼梦》的版本相当复杂,因为曹雪芹只完成了八十回,后四十回一般认为是高鹗所续写,但是也可能是据流传的曹雪芹部分初稿改编的。所以《红楼梦》的版本主要有两个系统:八十回的脂砚斋评本和一百二十回的程伟元本,每个系统又有很多不同版本,尤其是脂评系统,由于传抄和再传抄,本子很多。不过,脂评系统是曹雪芹的著作,而程本系统则后四十回恐非曹雪芹原作,可能是有流传原稿,而经程伟元、高鹗修补过的,或谓系高鹗所续作。一百二十回本也因刊刻时间不同而有所差别。现存的主要版本有如下几种：

(1)甲戌(乾隆十九年,1754 年)本,《脂砚斋重评石头记》,抄本,存十六回,原藏美国康奈尔大学(胡适旧藏),现藏上海博物馆。

(2)己卯(乾隆二十四年,1759 年)本,《脂砚斋重评石头记》,抄本,存四十五回,现藏国家图书馆(一至二十回、三十一至四十回、六十一至七十回)、国家博物馆(五十五下半回、五十六至五十八回、五十九上半回)。

(3)庚辰(乾隆二十五年,1760 年)本,《脂砚斋重评石头记》,抄本,存七十八回,现藏北京大学图书馆、北京师范大学图书馆。

(4)戚本,《石头记》,八十回,戚蓼生序。此本有三种：

上海有正书局石印本《国初钞本原本红楼梦》;

张开模旧藏,抄本,存上海书店;

陈群旧藏,抄本,存南京图书馆。

(5)舒本,《红楼梦》,四十回,抄本,舒元炜序。吴晓铃旧藏,现存首都图书馆。

(6)俄本,《石头记》,七十八回,抄本,俄罗斯科学院东方学研究所圣彼得堡分所藏。

(7)郑本,《石头记》,二回,抄本,郑振铎旧藏,现藏国家图书馆。

(8)梦本(甲辰本),《红楼梦》,八十回,抄本,梦觉主人序,现藏国家图书馆。

(9)程甲本,《新镌全部绣像红楼梦》,一百二十回,程伟元序,乾隆五十六年萃文书屋活字本,现藏中国社会科学院文学研究所等处。

(10)程乙本,《新镌全部绣像红楼梦》,一百二十回,程伟元、高鹗引言,乾隆五十七年萃文书屋活字本,有上海亚东图书馆排印本。

(11)蒙本,《石头记》,一百二十回,抄本,清代蒙古王府旧藏,现存国家图书馆。

(12)杨本,《红楼梦稿》,一百二十回,抄本,杨继振旧藏,现存中国社会科学院文学研究所。

(13)俞校本,《红楼梦八十回校本》,俞平伯校订,王惜时参校,人民文学出版社,1958 年出版。

(14)红校本,《红楼梦》,一百二十回,中国艺术研究院红楼梦研究所校注,人民文学出版社,1982 年出版。

(15)蔡校本,《红楼梦》,一百二十回,蔡义江校注,浙江文艺出版社,1993 年出版。

(16)刘校本,《红楼梦》,一百二十回,刘世德校注,江苏古籍出版社,1994 年出版。

八十回脂评本,特别是甲戌本、己卯本、庚辰本都是在曹雪芹生前流传的,有脂砚斋评语,应该说是最真实的曹雪芹所写本。庚辰本有八十回,说明在曹雪芹生前,八十回已经基本定稿,并已经有了广泛的抄本流传。不过,现存八十回本脂评《红楼梦》还有一些小的矛盾和抵牾之处,说明它还不是完全的最后定稿。一百二十回本(特别是后四十回)当是经过程伟元和高鹗作过文字修订的,当代不少红学家对它作过校注(如上述第 14 至 16 种),可以帮助我们比较好地读懂《红楼梦》。特别是第 14 种注释本,花的功夫很大,以庚辰本为底本,参考其他各种版本,是适合我们阅读的较好版本。

三　《红楼梦》的历史意义

《红楼梦》是中国文学史上最伟大的作品，也是世界文学史上的伟大作品。曹雪芹通过描写一个封建贵族家庭由繁荣昌盛逐渐腐朽没落的过程，揭示了封建专制主义社会必然要崩溃的历史趋势，热情地歌颂了具有自由平等、个性解放的叛逆精神的新人物的萌芽和出现，对他们的悲剧命运给予了无限的同情，狠狠地鞭挞了黑暗的封建专制社会种种无耻、丑恶、卑鄙、堕落的病态现象，对那些虚伪的仁义道德、奸诈的恶毒行为、残忍的阴谋迫害、庸俗的吃喝玩乐，给予了无情的讽刺和深刻的揭露。《红楼梦》是十八世纪中国社会的生动丰富的历史画卷，作品描写了以贾宝玉、林黛玉的婚姻恋爱不能自主的悲剧为中心的广阔社会生活，写出了这个悲剧发生、发展的复杂细致的现实内容，揭示了造成这个悲剧的深刻的社会根源，从悲剧主人公思想性格上来看那内在深处的真相，并且塑造了以贾、林为首和大观园很多女性的各类人物，真实生动、个性鲜明、感人肺腑、含义深远，塑造了很多栩栩如生的不朽艺术典型，极大地丰富了中国文学和世界文学的艺术宝库。

《红楼梦》的核心是贾宝玉和林黛玉的爱情悲剧，而这两个人物正是代表着当时已经出现的朦胧新思想和处于萌芽状态的新人物，他们是封建专制主义的贰臣逆子，是旧社会叛逆者，他们的失败和悲剧的形成，是在强大的封建专制主义压迫下不可避免的结果。但是我们在这里却可以看见封建黑暗社会中透露出来的一缕光亮。《红楼梦》在这根主线的周围同时展现了很多不同类型的悲剧，以及社会生活的方方面面、各个角落。

《红楼梦》第一回开端，曹雪芹就交代了其写作的目的，他说：

此开卷第一回也。作者自云:因曾历过一番梦幻之后,故将真事隐去,而借"通灵"之说,撰此《石头记》一书也,故曰"甄士隐"云云。但书中所记何事何人?自又云:"今风尘碌碌,一事无成,忽念及当日所有之女子,一一细考较去,觉其行止见识,皆出于我之上。何我堂堂须眉,诚不若彼裙钗哉?实愧则有余,悔又无益之大无可如何之日也!当此,则自欲将已往所赖天恩祖德,锦衣纨袴之时,饫甘餍肥之日,背父兄教育之恩,负师友规训之德,以至今日一技无成、半生潦倒之罪,编述一集,以告天下人;我之罪固不免,然闺阁中本自历历有人,万不可因我之不肖,自护己短,一并使其泯灭也。虽今日之茅椽蓬牖,瓦灶绳床,其晨夕风露,阶柳庭花,亦未有妨我之襟怀笔墨者。虽我未学,下笔无文,又何妨用假语村言,敷演出一段故事来,亦可使闺阁昭传。复可悦世之目,破人愁闷,不亦宜乎?"故曰"贾雨村"云云。此回中凡用"梦"用"幻"等字,是提醒阅者眼目,亦是此书立意本旨。

《红楼梦》从写"甄士隐"和"贾雨村"这两个虚构人物开始,就是表示曹雪芹要把"真事隐去",用"假语村言"来写作《红楼梦》,使之更有广泛的典型意义。《红楼梦》在描写贾宝玉、林黛玉爱情悲剧同时,作品还着力描写了很多纯洁、善良的女孩子,展示了她们的不同的悲剧命运,不论是史湘云、迎春、探春、惜春、李纨这些贵族小姐;还是晴雯、鸳鸯,香菱、司棋、紫鹃、平儿这些丫鬟,她们的才华品德、思想境界、道德观念、立身处世,虽各有不同,然而结局都是十分悲惨的。曹雪芹对她们给予了无限的同情,为她们的不幸遭遇痛惜,对那些造成她们悲剧的黑暗罪恶势力和吃人的封建伦理道德进行了愤怒的控诉,狠狠地鞭挞了那些贪婪、淫荡、凶残、狠毒的专制主义维护者。

曹雪芹对当时的小说创作状况进行了尖锐批评,尤其对那些千篇一律的才子佳人小说非常不满意,他说:"但我想,历来野史,皆蹈一辙,莫如我这不借此套者,反倒新奇别致,不过只取其事体情理罢了,又何必拘拘于朝代年纪哉!再者,市井俗人喜看理治之书者甚少,爱适趣闲文者特多。历来野史,或讪谤君相,或贬人妻女,奸淫凶恶,不可胜数;更有一种风月笔墨,其淫秽污臭,涂毒笔墨,坏人子弟,又不可胜数。至若才子佳人等书,则又千部共出一套,且其中终不能不涉于淫滥,以致满纸潘安、子建、西子、文君,不过作者要写出自己的那两首情诗艳赋来,故假拟出男女二人名姓,又必旁出一小人其间拨乱,亦如剧中之小丑然。且鬟婢开口即者也之乎,非文即理。故逐一看去,悉皆自相矛盾、大不近情理之话,竟不如我半世亲睹亲闻的这几个女子,虽不敢说强似前代书中所有之人,但事迹原委,亦可消愁破闷;也有几首歪诗熟话,可以喷饭供酒。至若离合悲欢,兴衰际遇,则又追踪蹑迹,不敢稍加穿凿,徒为供人之目而反失其真传者。今之人,贫者日为衣食所累,富者又怀不足之心,纵一时稍闲,又有贪淫恋色、好货寻愁之事,那里去有工夫看那理治之书?所以我这一段故事,也不愿世人称奇道妙,也不定要世人喜悦检读,只愿他们当那醉淫饱卧之时,或避事去愁之际,把此一玩,岂不省了些寿命筋力?就比那谋虚逐妄,却也省了口舌是非之害,腿脚奔忙之苦。再者,亦令世人换新眼目,不比那些胡牵乱扯,忽离忽遇,满纸才人淑女、子建文君红娘小玉等通共熟套之旧稿。"

那么,《红楼梦》写的是不是曹家的事呢?有些红学家认为《红楼梦》是曹雪芹的自传。《红楼梦》中自然有曹家的影子,例如曹家原籍在南京,《红楼梦》里的贾家虽然在北京,但是他们的原籍也是南京。大观园也可能是参照北京的王府家园来描写的,例如有人说恭王府就是大观园的原型等等,然而,大观园更多体现的是江南园林的模式。贾家的显赫和曹玺、曹寅时代的曹家亦不相上下。曹家也经历了抄家和败落,也许贾宝玉身上也有曹雪芹的某些影子。但是,《红楼梦》绝不是曹雪芹的自传,只不过他确实是经历了秦淮风月的繁华和燕赵悲歌的辛酸,以虚构的小说来表达他对腐朽的封建社会必然要没落的认识,以及具有叛逆思想的新人物的必然要出现的敏锐观察。虽然他们在强大的旧势力压迫下灭亡了,但是预示了社会一定会新生。小说是对当时社会生活的提炼、概括和典型化,所以具有更加深刻的意义。

四　《红楼梦》的悲剧和典型人物

《红楼梦》以清代豪门贵族——贾府为核心,从普通的日常生活描写出发,真实地展示了当时社会生活的方方面面。《红楼梦》的艺术构思非常精细、巧妙,众多的人物和故事汇集在一起互相联系、互相补充,构成一幅丰富多彩的广阔社会现实生活画面,深刻地展示了封建社会后期社会的矛盾和各种不同势力的冲突,揭示了它不可避免要崩溃、没落的必然性。而这一切都体现在许许多多不同性格的人物之中。

《红楼梦》的最核心人物是贾宝玉、林黛玉、薛宝钗,作品是以他们三人之间的婚姻恋爱故事为主线展开的,而其间又以贾宝玉和林黛玉的爱情悲剧为轴心。围绕这条主线,《红楼梦》还有很多的副线、分支,在荣府还有贾琏、王熙凤一支,这一支上又生出尤二姐和贾琏的故事,王熙凤和贾瑞、贾蓉的故事。还有赵姨娘、贾环一支,李纨、贾兰一支,他们的上面则是贾政、贾母。而所有这些都是和贾、林、薛的婚姻恋爱主线不可分割地联系在一起的。在宁府则有贾珍、尤氏,以及贾珍和秦可卿一事,于是就有宝玉和秦钟的故事,秦钟和智能儿的故事,尤二姐和贾琏的故事,尤三姐和柳湘莲的故事。贾、林、薛的恋爱故事,又和下层的丫鬟们故事纠缠在一起,于是有金钏儿的悲剧、晴雯的悲剧、香菱的悲剧、司棋的悲剧、鸳鸯的悲剧等等。主线和各条副线交织在一起,最后构成一个大悲剧。这一切都是在平凡的日常生活中发展的,互相勾连、互相影响,使大家生动清晰地看到这个"昌明隆盛之邦,诗礼簪缨之族,花柳繁华地,温柔富贵乡",是如何一步步地腐朽、糜烂、败落下去,是如何“树倒猢狲散”,“好一似食尽鸟投林,落了片白茫茫大地真干净”!曹雪芹以非凡的才华、生花的妙笔,把这些极其自然、真实地描写得淋漓尽致。在贾、林、薛三人中尤其是贾宝玉和林黛玉,是作者倾尽全部心血来描写的人物,因此要了解《红楼梦》的思想和艺术,必须从分析这三个主要人物入手。

1. 贾宝玉的典型形象

贾宝玉思想性格是非常复杂的,他是一个贵族公子,有着很多贵族公子的臭毛病,但是他并不让人感到可恶,而是让人感到平易、善良、亲切,他是一个让有传统伦理道德观念的人无法理解的、具有叛逆思想的新人物。贾宝玉思想性格出现有他的历史大环境,也有他的家庭小环境,他出生和生活在封建专制主义社会后期的最后一个“盛世”,也就是康熙、乾隆时期。这时一方面它有着表面的繁荣昌盛,另一方面它又是已经发展到崩溃没落前夜的、极端腐败黑暗的时期。贾府也许有曹家的影子,但是它更是具有这个社会中有典型代表意义的高等贵族家庭,是这个后期封建专制主义社会的缩影。贾宝玉就是这样一个典型环境下成长起来的具有典型性格的人物。对这个家庭的状况,第二回“贾夫人仙逝扬州城　冷子兴演说荣国府”里,作者借冷子兴之口对贾雨村作了这样的介绍:

子兴叹道:“老先生休如此说。如今的这宁、荣两门,也都萧疏了,不比先时的光景!”雨村道:“当日宁、荣两宅的人口也极多,如何就萧疏了呢?”冷子兴道:“正是,说来也话长。”雨村道:“去岁我到金陵地界,因欲游览六朝遗迹,那日进了石头城,从他宅门前经过。街东是宁国府,街西是荣国府,二宅相连,竟将大半条街占了。大门外虽冷落无人,隔着围墙一望,里面厅殿楼阁,也还都峥嵘轩峻,就是后边一带花园子里面树木山石,也都还有蓊蔚洇润之气,那里像个衰败之家?”冷子兴笑道:“亏你是进士出身,原来不通。古人有云:‘百足之虫,死而不僵。’如今虽说不及

> 先年那样兴盛,较之平常仕宦之家,到底气象不同。如今生齿日繁,事务日盛,主仆上下,安富尊荣者尽多,运筹谋画者无一,其日用排场费用又不能将就省俭。如今外面的架子虽未甚倒,内囊却也尽上来了。——这还是小事。更有一件大事:谁知这样钟鸣鼎食之家,翰墨诗书之族,如今的儿孙,竟一代不如一代了!"

"如今外面的架子虽未甚倒,内囊却也尽上来了。"这说的是贾府,其实就是那个表面上看来"太平盛世"的康熙、乾隆时期的真实状况。"如今的儿孙,竟一代不如一代了!"说的就是清代贵族阶层的没落。过去,封建社会中有"五世而斩"的说法,即是指一个朝代的开国君主往往是比较有作为的,以后一代不如一代,到第五代大概就完了。清代是中国封建社会的最后一个王朝,从皇太极建立清朝,到顺治、康熙、雍正、乾隆,以后就败落了。曹家从曹振彦发家,经历曹玺、曹寅、曹頫、曹雪芹,也是五代。贾家从宁荣二公(贾演、贾源)到代字辈(代化、代善)、文字辈(贾敷、贾敬、贾赦、贾政)、玉字辈(贾珍、贾琏、贾珠、贾宝玉、贾环),到草字辈(贾蓉、贾兰、贾蔷等),也是五代,被抄家而彻底败落。贾家男性的腐朽无能,使这个贵族之家出现了封建纲纪毁堕的所谓"牝鸡司晨"的现象。《尚书·牧誓》:"牝鸡无晨,牝鸡之晨,惟家之索。"妇女掌握家庭大权,这是封建社会认为伦常颠倒、家庭败落的征兆。所以,贾家从第四代开始出现了像贾宝玉那样的"怪人",而实际正是封建社会没落时期产生的萌芽状态的新思想代表。所以这"一代不如一代"应该有两种含义:主要是指后代弟子愈来愈败落、腐朽无能、丑恶无耻,同时也指已经有了和传统要求不相符合的新人物之产生。不过,从封建家庭的角度看,新人物则是不学好的败家子、不忠不孝的逆子。

(1)贾宝玉思想性格的特点

贾宝玉思想性格的特点主要表现在以下三个方面:

第一,对封建传统的违背和叛逆。

他不符合封建专制主义要求,没有成为"忠臣孝子",而成为一个像薛宝钗说的"富贵闲人",不仅如此,更重要的是他以"疯""痴""傻"

形象出现，是具有叛逆思想性格的典型。他背弃了贵族家庭的厚望，是“于国于家无望”的“天下无能第一，古今不肖无双”。《红楼梦》的时代背景有点像十九世纪的俄国，黑暗的专制主义已经腐败到顶点，然而它又势力强大，扼杀着新生的思想和人物。俄罗斯在十九世纪的文学里描写很多所谓“多余的人”，他们是“语言的巨人，行动的矮子”。像奥涅金（普希金《叶甫盖尼·奥涅金》）、毕巧林（莱蒙托夫《当代英雄》）、罗亭（屠格涅夫《罗亭》）、奥勃洛摩夫（冈察洛夫《奥勃洛摩夫》）等，他们是专制主义孵化出来的“废人”，对这个社会来说是多余的。不过，俄国十九世纪文学中，也描写了反封建专制，提倡自由、民主、平等、博爱的新一代人，这就是所谓的“新人”形象，像英沙罗夫（屠格涅夫《前夜》）、巴扎洛夫（屠格涅夫《父与子》）、拉赫美托夫（车尔尼雪夫斯基《怎么办》），《红楼梦》创作于十八世纪，比俄国文学中的这些人物时代要早了将近一百年，其主人公还远远达不到十九世纪俄国“新人”形象水平，但是比“多余的人”又更加丰富深刻，而且具有当时社会还很少的新的思想性格之萌芽。

曹雪芹在封建社会发展的最后高峰时期（清代康乾盛世），已经敏锐地感觉到了时代脉搏的跳动，发现了在那些逆子、怪癖的人物身上，具有叛逆传统思想观念的特点，他们之出现，虽然在那个黑暗势力强大的时代，显得有些病态，但是贾宝玉、林黛玉身上的新思想萌芽，确实是十分珍贵的。它就像俄罗斯先进的革命民主主义文学批评家杜勃罗留波夫所说的，是“黑暗王国中的一线光明”（评奥斯特洛夫斯基《大雷雨》中的卡捷琳娜形象意义）。在世人的眼里，贾宝玉是一个无法被世俗观念理解的“怪人”“祸胎”“孽障”。《红楼梦》又称《石头记》，曹雪芹说贾宝玉是被女娲丢弃的一块不能“补天”的顽石幻化入世的，之所以编造这个幻想故事，其实是要说明贾宝玉不是人们一般所可以理解的人。第一回中他说这块顽石是：“无材可去补苍天，枉入红尘若许年。此系身前身后事，倩谁记去作奇传？”所谓补天，就是补封建专制王朝之天，三万六千五百块都用去补天了，而此一块顽石却没有这种缘分，所以被女娲丢弃在大荒山无稽崖青埂峰下。这就是说贾宝玉这个人乃是被封建专制社会认为是不符合要求,而被遗弃的人,是和传统社会格格不入的。因此贾宝玉在"红尘"中被认为是呆的、傻的、疯的,是"混世魔王",是没有人能理解的,只除林黛玉等个别人之外,全部不把他当作正常人看待。贾宝玉的出场是后于林黛玉出场的,作者借林黛玉的眼光来介绍贾宝玉的形象,而当贾宝玉出现在林黛玉面前时,作者特别用两首《西江月》词来概要说明贾宝玉的性格特征。其云:

无故寻愁觅恨,有时似傻如狂。纵然生得好皮囊,腹内原来草莽。　　潦倒不通世务,愚顽怕读文章。行为偏僻性乖张,那管世人诽谤!

又曰:

富贵不知乐业,贫穷难耐凄凉。可怜辜负好时光,于国于家无望。　　天下无能第一,古今不肖无双。寄言纨袴与膏粱:莫效此儿形状!

这里用的是一种以贬而褒的写法,看起来好像是贬斥,实际上则是一种欣赏,说明他的特点是天生就有一种叛逆的质素,与传统的世俗期望完全不同。但是在林黛玉的眼里,则感觉非常之好!看着觉得特别舒畅:

贾母因问黛玉念何书。黛玉道:"只刚念了四书。"黛玉又问姊妹们读何书,贾母道:"读的是什么书,不过是认得两个字,不是睁眼的瞎子罢了。"一语未了,只听外面一阵脚步响,丫鬟进来笑道:"宝玉来了。"黛玉心中正疑惑着,这个宝玉不知是怎样个惫懒人物,懵懂顽童?倒不见那蠢物也罢了。心中想着,忽见丫鬟话未报完,已进来了一位年轻的公子:头上戴着束发嵌宝紫金冠,齐眉勒着二龙戏珠金抹额,穿一件二色金百蝶穿花大红箭袖,束着五彩丝攒花结长穗宫绦,外罩石青起花八团倭缎排穗褂,登着青缎粉底小朝靴。面若中秋之月,色如春晓之花,鬓若刀裁,眉如墨画,面如桃瓣,目若秋波,虽怒时而若笑,即瞋视而有情。项上金螭璎珞,又有一根五色丝绦,系着一块美玉。黛玉一见便吃一大惊,心下想道:"好生奇怪,倒像在那里见过一般,何等眼熟到如此!"只见这宝玉向贾母请了安,贾母便命:"去见你娘来。"宝玉即转身去了。一时回来再看,已换了冠带,头上周围一转的短发都结成小辫,红丝结束,共攒至顶中胎发,总编一根大辫,黑亮如漆,从顶至梢,一串四颗大珠,用金八宝坠脚。身上穿着银红撒花半旧大袄,仍旧带着项圈、宝玉、寄名锁、护身符等物,下面半露松花撒花绫裤腿,锦边弹墨袜,厚底大红鞋。越显得面如傅粉,唇若施脂,转盼多情,语言常笑。天然一段风韵,全在眉梢;平生万种情思,悉堆眼角。看其外貌最是极好,却难知其底细。(第三回)

这不只是写林黛玉对贾宝玉一见钟情,而且写只有林黛玉才真正能领会贾宝玉性格的深层价值。而贾宝玉一见林妹妹也觉得一股特殊的清爽,一个神仙似的妹妹!他感觉到与林黛玉性格上的相投:"宝玉早已看见多了一个姊妹,便料定是林姑妈之女,忙来作揖,厮见毕归坐,细看形容,与众各别:'两弯似蹙非蹙罥烟眉,一双似泣非泣含露目。态生两靥之愁,娇袭一身之病。泪光点点,娇喘微微。闲静时如姣花照水,行动处似弱柳扶风。心较比干多一窍,病如西子胜三分。'宝玉看罢,因笑道:'这个妹妹,我曾见过的。'贾母笑道:'可又是胡说,你又何曾见过他?'宝玉笑道:'虽然未曾见过他,然我看着面善,心里就算是旧相识,今日只作远别重逢,亦未为不可。'贾母笑道:'更好,更好!若如此,更相和睦了。'"从此林黛玉就成为他思想性格方面最为投缘的密友。

贾宝玉最怕他的父亲贾政,因为贾政是一个他的父兄辈里最为"正派""规矩"、道貌岸然的官僚,对贾宝玉的管教按照封建专制贵族家庭的要求,特别严格。要他陪客(官吏和政客),熟读经书,否则不是打就是骂。贾宝玉“潦倒不通世务,愚顽怕读文章”,对他父亲要他和清客相公会面聊天特别恼火。所以贾宝玉一听书童茗烟告诉他,老爷要他陪客,就极其沮丧,又害怕不得不去。贾政一声叫唤,他就会“不觉打了个焦雷”,见了他老子就像个“避猫鼠儿”一样。即使在大观园里读书,贾母、王夫人也要让丫鬟袭人监视着他。他一读经书就烦,看见晴雯来送茶,就要替她画眉;袭人看见就认为他是凤凰混在乌鸦队。他对宝钗的劝告特别不满,“或如宝钗辈,有时见机导劝,反生起气来,只说:‘好好的一个清净洁白女儿,也学的钓名沽誉,入了国贼禄鬼之流。这总是前人无故生事,立言竖辞,原为导后世的须眉浊物。不想我生不幸,亦且琼闺绣阁中亦染此风,真真有负天地钟灵毓秀之德!’因此祸延古人,除四书外,竟将别的书焚了。众人见他如此疯颠,也都不向他说这些正经话了。独有黛玉自幼儿不曾劝他去立身扬名等语,所以深敬黛玉。”(第三十六回)有一回史湘云也是劝导他,他就毫不客气地下了逐客令:

> 正说着,有人来回说:“兴隆街的大爷来了,老爷叫二爷出去会。”宝玉听了,便知贾雨村来了,心中好不自在。袭人忙去拿衣服。宝玉一面蹬着靴子,一面抱怨道:“有老爷和他坐着就罢了,回回定要见我!”史湘云一边摇着扇子,笑道:“自然你能会宾接客,老爷才叫你出去呢。”宝玉道:“那里是老爷?都是他自己要请我去见的。”湘云笑道:“‘主雅客来勤’,自然你有些警他的好处,他才只要会你。”宝玉道:“罢,罢,我也不敢称雅,俗中又俗的一个俗人,并不愿和这些人往来。”湘云笑道:“还是这个性情不改!如今大了,你就不愿读书,去考举人进士的,也该常常的会会这些为官做宰的人们,谈谈讲讲些仕途经济的学问,也好将来应酬世务,日后也有个朋友。没见你成年家只在我们队里搅些什么!”宝玉听了道:“姑娘请别的姊妹屋里坐坐,我这里仔细污了你知经济学问的!”袭人道:“云姑娘快别说这话。上回也是宝姑娘

也说过一回,他也不管人脸上过的去过不去,他就咳了一声,拿起脚来走了。这里宝姑娘的话也没说完,见他走了,登时羞的脸通红,说又不是,不说又不是。幸而是宝姑娘,那要是林姑娘,不知又闹到怎么样、哭的怎么样呢!提起这些话来,真真的宝姑娘叫人敬重。自己讪了一会子去了。我倒过不去,只当他恼了,谁知过后还是照旧一样,真真有涵养,心地宽大。谁知这一个反倒同他生分了。那林姑娘见你赌气不理他,你得赔多少不是呢!"宝玉道:"林姑娘从来说过这些混账话不曾?若他也说过这些混账话,我早和他生分了。"袭人和湘云都点头笑道:"这原是混账话。"原来黛玉知道史湘云在这里,宝玉又赶来,一定说麒麟的原故。因心下忖度着,近日宝玉弄来的外传野史,多半才子佳人,都因小巧玩物上撮合,或有鸳鸯,或有凤凰,或玉环金佩,或鲛帕鸾绦,皆由小物而遂终身。今忽见宝玉亦有麒麟,便恐借此生隙,同史湘云也做出那些风流佳事来。因而悄悄走来,见机行事,以察二人之意。不想刚走来,正听见湘云说经济一事,宝玉又说"林妹妹不说这样混账话,若说这话,我也和他生分了"。黛玉听了这话,不觉又喜又惊,又悲又叹。所喜者:果然自己眼力不错,素日认他是个知己,果然是个知己;所惊者:他在人前一片私心称扬于我,其亲热厚密,竟不避嫌疑;所叹者:你既为我之知己,自然我亦可为你之知己矣,既你我为知己,又何必有金玉之论哉?既有金玉之论,亦该你我有之,则又何必来一宝钗哉!所悲者:父母早逝,虽有铭心刻骨之言,无人为我主张;况近日每觉神思恍惚,病已渐成,医者更云:"气弱血亏,恐致劳怯之症。"你我虽为知己,但恐不能久待;你纵为我知己,奈我薄命何!想到此间,不禁滚下泪来。(第三十二回)

这里可以看出贾宝玉叛逆性格的特点,也可以看出他为什么热恋林黛玉而不喜欢薛宝钗与史湘云。

贾宝玉不喜欢当时官场和御用文人的庸俗无知,更看不惯他们的奉承拍马，他身上的思想气质和他们有天渊之别，完全是另一种人。在他身上我们体会到有别于腐朽丑恶、低级无聊的高雅清新、深邃别致，真正具有新青年的才华、敏锐和过人的气魄。这可以从大观园题诗的描写中清晰地看出来。作者在"大观园试才题对额　荣国府归省庆元宵"一回中，借助给大观园的景点题名和写对联，把贾政同他身边政客之平庸低俗和贾宝玉的聪慧才情作了鲜明的对比。其实这也是要表现贾宝玉乃是当时让人感到窒息的没落腐败封建社会中，少有的、具有新鲜气息的新一代。大观园的题名和对联，全都是用的宝玉的。作者还让宝玉发表了很多精彩的见解，尖锐地批驳了贾政和他的酸臭跟班文人，表现了曹雪芹对他们也是对当时社会风气的无比憎恶和极端轻蔑。由此也可见贾宝玉的所谓"痴""傻""呆""疯"，不过是对封建旧传统而言，其实他是一个非常聪明、极有智慧的新青年。例如：

> 说毕，命贾珍在前引导，自己扶了宝玉，逶迤进入山口。抬头忽见山上有镜面白石一块，正是迎面留题处。贾政回头笑道："诸公请看，此处题以何名方妙？"众人听说，也有说该题"叠翠"二字，也有说该提"锦嶂"的，又有说"赛香炉"的，又有说"小终南"的，种种名色，不止几十个。原来众客心中早知贾政要试宝玉的功业进益如何，只将些俗套来敷衍。宝玉亦料定此意。贾政听了，便回头命宝玉拟来。宝玉道："尝闻古人有云：'编新不如述旧，刻古终胜雕今。'况此处并非主山正景，原无可题之处，不过是探景一进步耳。莫若直书'曲径通幽处'这句旧诗在上，倒还大方气派。"众人听了，都赞道："是极！二世兄天分高，才情远，不似我们读腐了书的。"贾政笑道："不可谬奖。他年小，不过以一知充十用，取笑罢了。再俟选拟。"

这就是把那些迂腐、庸俗的文人墨客和不读四书五经的贾宝玉作了鲜明的对比，嘲笑了他们的不学无术和愚蠢拙劣，展示了贾宝玉不同寻常的才情。而下一段则把贾政的俗儒面目和宝玉的聪明灵巧作了对

照,非常清晰地表现了作者对贾政这样的官僚政客的蔑视和讥笑:

> 说着,进入石洞来,只见佳木茏葱,奇花烂灼,一带清流,从花木深处曲折泻于石隙之下。再进数步,渐向北边,平坦宽豁,两边飞楼插空,雕甍绣槛,皆隐于山坳树杪之间。俯而视之,则清溪泻雪,石磴穿云,白石为栏,环抱池沿,石桥三港,兽面衔吐。桥上有亭,贾政与诸人上了亭子,倚栏坐了,因问:"诸公以何题此?"诸人都道:"当日欧阳公《醉翁亭记》有云:'有亭翼然',就名'翼然'。"贾政笑道:"'翼然'虽佳,但此亭压水而成,还须偏于水题方称。依我拙裁,欧阳公之'泻出于两峰之间',竟用他这一个'泻'字。"有一客道:"是极,是极。竟是'泻玉'二字妙。"贾政拈髯寻思,因抬头见宝玉侍侧,便笑命他也拟一个来。宝玉听说,连忙回道:"老爷方才所议已是。但是如今追究了去,似乎当日欧阳公题酿泉用一'泻'字,则妥,今日此泉若亦用'泻'字,则觉不妥。况此处虽云省亲驻跸别墅,亦当入于应制之例,用此等字眼,亦觉粗陋不雅。求再拟较此蕴藉含蓄者。"贾政笑道:"诸公听此论若何?方才众人编新,你又说不如述古,如今我们述古,你又说粗陋不妥。你且说你的来我听。"宝玉道:"有用'泻玉'二字,则莫若'沁芳'二字,岂不新雅?"贾政拈髯点头不语。众人都忙迎合,赞宝玉才情不凡。贾政道:"匾上二字容易。再作一副七言对联来。"宝玉听说,立于亭上,四顾一望,便机上心来,乃念道:"绕堤柳借三篙翠,隔岸花分一脉香。"贾政听了,点头微笑。众人先称赞不已。

为官多年、满口经史的贾政远不如一个少年公子。腐臭和清新的对比是何等明显!以下贾宝玉题"有凤来仪""杏帘在望""蓼汀花溆"等等,皆是如此,作者把贾政和他的一帮御用文人讽刺挖苦得体无完肤!我们只引这些就可以充分看出:贾宝玉这个不喜欢读四书五经、不喜欢写八股文章,被人们认为不懂经济学问的无能叛逆的不肖之子,却远比那些整天讲仕途经济的帮闲,甚至正经当朝为官的父亲贾政,其聪明智慧不知要高出多少倍!可见曹雪芹写他的“疯”“痴”“傻”“呆”不过是指传统观念和世俗社会人的看法,而在曹雪芹眼里,他才是这真正有新颖睿智、有才华、有学识,远胜正统文人的青年!

但是,贾宝玉的这种悖逆传统、自由自在的思想性格必然要迎来他父亲贾政的狂怒和毒打。宝玉被打这事件表面上看是因为他和琪官(蒋玉菡)的交往与金钏儿之死,但是实际上是贾宝玉的叛逆性格和以他父亲为代表的正统封建势力的尖锐搏斗。先说宝玉和琪官的交往。在封建社会里戏子是最低贱的,尤其像琪官是演小旦的,虽是男性,但是在戏台上像漂亮的女子,他们往往成为贵族亲王、达官贵人包养的“男妓”,像奴隶一样,没有自由。贾宝玉非常同情他们的不幸遭遇,以平等、尊重、亲切、友善的态度和他们相处。所以,贾宝玉和他们交往,是和薛蟠之流大不相同的,是出于对他们的低下地位与不幸遭遇的真正同情,感觉到他们身上没有贵族男子的污秽、低俗,而具有真正的人性光辉。所以他帮助琪官从忠顺亲王府逃出来,避居到东郊。然而忠顺亲王府就派长史官到贾府找贾政,要让宝玉交出琪官。刚好贾环又在贾政面前诬告宝玉强奸王夫人丫鬟金钏儿不遂,以致金钏儿投井自杀。其实金钏儿的投井自杀,并不是贾宝玉要强奸她,而是贾宝玉母亲王夫人的逼迫和残害。第三十回写道:

(贾宝玉)来到王夫人上房内。只见几个丫头子手里拿着针线,却打盹儿呢。王夫人在里间凉榻上睡着,金钏儿坐在旁边捶腿,也乜斜着眼乱恍。宝玉轻轻的走到跟前,把他耳朵上的坠子一扚。金钏儿睁开眼,见是宝玉。宝玉悄悄的笑道:“就困的这么着?”金钏抿嘴一笑,摆手令他出去,仍合上眼。宝玉见了他,就有些恋恋不舍的,悄悄的探头瞧瞧王夫人合着眼,便自己向身边荷包里带的香雪润津丹掏了一丸出来,便向金钏儿口里一送。金钏儿并不睁眼,只管噙了。宝玉上来便拉着手,悄悄的笑道:“我明日和太太讨你,咱们在一处罢。”金钏儿不答。宝玉又道:“不然，等太太醒了，我就讨。”金钏儿睁开眼，将宝玉一推，笑道：“你忙什么？‘金簪子掉在井里头——有你的只是有你的。’连这句话语难道也不明白？我告诉你个巧宗儿，你往东小院子里拿环哥儿和彩云去。”宝玉笑道：“凭他怎么去罢，我只守着你。”只见王夫人翻身起来，照金钏儿脸上就打了个嘴巴子，指着骂道：“下作小娼妇！好好的爷们，都叫你教坏了！”宝玉见王夫人起来，早一溜烟去了。

这里金钏儿半边脸火热，一声不敢言语。登时众丫头听见王夫人醒了，都忙进来。王夫人便叫玉钏儿：“把你妈叫来！带出你姐姐去。”金钏儿听见，忙跪下哭道：“我再不敢了！太太要打要骂，只管发落，别叫我出去就是天恩了。我跟了太太十来年，这会子撵出去，我还见人不见人呢！”王夫人固然是个宽仁慈厚的人，从来不曾打过丫头们一个，今忽见金钏儿行此无耻之事，此乃平生最恨者，故气忿不过，打了一下，骂了几句。虽金钏儿苦求，亦不肯收留，到底唤了金钏儿之母白老媳妇来领了下去。那金钏儿含羞忍辱的出去，不在话下。

金钏儿受此屈辱自然十分不平，而且她性格刚烈，后来就投井自杀了。贾宝玉平常每天要去母亲那里问安，和金钏儿自然也是随便惯了。他见大热天金钏儿为睡午觉的王夫人捶腿，还在打盹儿，很辛苦，就想要她到身边做他的丫鬟，虽说这里面也不是完全没有性爱的成分，但他是个泛爱主义者，主要是表示关心、爱护，从事情本身说则终归是他挑起的。王夫人明明听见了，并不去责怪儿子，而是把怒气发在金钏儿身上。经过赵姨娘和她儿子贾环的夸张，贾环又借机陷害宝玉，说他逼奸母婢。正好碰上贾政为贾宝玉和琪官的事发火，这一下就更加火上添油，贾政认为宝玉是个大逆不道的孽子，做出了玷辱门楣的丑行，说明他不读经史、不习仕途经济，整天和丫鬟、戏子做朋友，将来不仅于国于家无望，而且会辱没祖宗、弑君杀父。于是气得要绝他狗命，拿绳子勒死他！“宝玉急的跺脚，正没抓寻处，只见贾政的小厮走来,逼着他出去了。贾政一见,眼都红紫了,也不暇问他在外流荡优伶,表赠私物,在家荒疏学业,淫辱母婢等语,只喝令:'堵起嘴来,着实打死!'小厮们不敢违拗,只得将宝玉按在凳上,举起大板,打了十来下。贾政犹嫌打轻了,一脚踢开掌板的,自己夺过来,咬着牙狠命盖了三四十下。众门客见打的不祥了,忙上前夺劝。贾政那里肯听?说道:'你们问问他干的勾当,可饶不可饶!素日皆是你们这些人把他酿坏了,到这步田地还来解劝!明日酿到他弑君杀父,你们才不劝不成?'众人听这话不好听,知道气急了,忙又退出,只得觅人进去给信。王夫人不敢先回贾母,只得忙穿衣出来,也不顾有人没人,忙忙赶往书房中来,慌得众门客小厮等避之不及。王夫人一进房来,贾政更如火上浇油一般,那板子越发下去的又狠又快。按宝玉的两个小厮忙松了手走开,宝玉早已动弹不得了。贾政还欲打时,早被王夫人抱住板子。贾政道:'罢了,罢了!今日必定要气死我才罢!'王夫人哭道:'宝玉虽然该打,老爷也要自重。况且炎天暑日的,老太太身上也不大好,打死宝玉事小,倘或老太太一时不自在了,岂不事大?'贾政冷笑道:'倒休提这话!我养了这不肖的孽障,已不孝;教训他一番,又有众人护持。不如趁今日一发勒死了,以绝将来之患!'说着,便要绳索来勒死。王夫人连忙抱住哭道:'老爷虽然应当管教儿子,也要看夫妻分上。我如今已将五十岁的人,只有这个孽障,必定苦苦的以他为法,我也不敢深劝。今日越发要他死,岂不是有意绝我!既要勒死他,快拿绳子来先勒死我,再勒死他!我们娘儿们不敢含怨,到底在阴司里得个依靠。'说毕,爬在宝玉身上大哭起来。贾政听了此话,不觉长叹一声,向椅上坐了,泪如雨下。王夫人抱着宝玉,只见他面白气弱,底下穿着一条绿纱小衣,皆是血渍。禁不住解下汗巾看,由臂至胫,或青或紫,或整或破,竟无一点好处,不觉失声大哭起来,'苦命的儿吓'。因哭出'苦命儿'来,忽又想起贾珠来,便叫着贾珠哭道:'若有你活着,便死一百个我也不管了!'此时里面的人闻得王夫人出来,那李宫裁、王熙凤与迎春姊妹早已出来了。王夫人哭着贾珠的名字,别人还可,惟有宫裁禁不住也放声哭了。贾政听了,那泪珠更似滚瓜一般滚了下来。”贾政之所以下如此毒手,就是因为贾宝玉的叛逆思想性格和封建专制主义、传统伦理道德水火不能兼容。

贾宝玉挨打后伤重休息,薛宝钗和林黛玉曾先后去看望他。她们对贾宝玉被毒打的看法是不一致的。薛宝钗送去治疗皮肉伤的药,感叹地说:“早听人一句话,也不至今日。”但是宝玉并无回应。黛玉只是默默地坐在他床边无声而泣。“宝玉半梦半醒,都不在意。忽又觉有人推他,恍恍忽忽听得有人悲戚之声。宝玉从梦中惊醒,睁眼一看,不是别人,却是林黛玉。宝玉犹恐是梦,忙又将身子欠起来,向脸上细细一认,只见两个眼睛肿的桃儿一般,满面泪光,不是黛玉,却是那个?宝玉还欲看时,怎奈下半截疼痛难忍,支持不住,便‘嗳哟’一声,仍就倒下,叹了一声,说道:‘你又做什么跑来!虽说太阳落下去,那地上的余热未散,走两趟又要受了暑。我虽然捱了打,并不觉疼痛。我这个样儿,只装出来哄他们,好在外头布散与老爷听,其实是假的。你不可认真。’此时林黛玉虽不是嚎啕大哭,然越是这等无声之泣,气噎喉堵,更觉得利害。听了宝玉这番话,心中虽然有万句言词,只是不能说得,半日,方抽抽噎噎的说道:‘你从此可都改了罢!’宝玉听说,便长叹一声,道:‘你放心,别说这样话。就便为这些人死了,也是情愿的!’”黛玉明白他是不会对封建势力的压迫屈服的,所以并不再说什么。其实黛玉是试试他,看他是不是由此就屈服了。但是宝玉明白她的深意。由此可以看出,贾宝玉并不因为遭受毒打而悔改,而且更坚定了他叛逆的决心。他不和宝钗说,而和黛玉说,就是因为她们思想性格一致,而与宝钗完全不同。这也可看出贾、林相爱的思想基础,而宝钗虽然也十分爱护宝玉,但是出发点则是和贾政、贾母、王夫人一致的。因此,她和贾宝玉、林黛玉明显不是一路人。

第二,反对封建等级制度的平等、博爱新思想。

与贾宝玉思想性格的叛逆一面相联系的,是他所流露出来的善良的人性光芒和平等、博爱的新思想。封建社会有三纲:君为臣纲,父为子纲,夫为妻纲,等级非常森严,尤其是妇女更处在最底层,女性中的绝大多数是处于被奴役、被玩弄的低下地位,她们的未来是自己不能掌握的，特别是《红楼梦》中贾府的年轻丫鬟，她们大都没有人身自由，一个个都是十分可怜的。虽然她们的为人处世、思想性格很不相同，但是基本命运是一样的。即便像王熙凤的贴身丫鬟平儿，还做了贾琏的妾，可是，当贾琏偷奴仆妻子被王熙凤撞见时，王熙凤和贾琏竟然都殴打平儿出气。贾府的男人把她们当奴隶和玩物，贾府的女主人个个不把她们当人看待，一不顺气对她们不是打就是骂，稍不满意就可以把她们卖掉。然而，贾宝玉却与众不同，从来没有把她们看作下人、奴婢，反而一直用非常平等的态度对待她们，对她们特别的爱护和关心，喜欢她们的善良、纯真，尤其深深地同情她们的不幸遭遇和悲惨命运。贾宝玉和贾府其他男性的庸俗无能、毫无见识、荒淫无耻、作恶多端、精神堕落、道德败坏不同，他是和他们完全不同的另一类人，不仅聪明智慧、识见高远，而且真诚热情、博爱平等、同情弱者、帮助下人、关心丫鬟，具有非常丰富的人性美，这是贾宝玉思想性格中具有民主主义光辉色彩的重要部分。

《红楼梦》第二回“贾夫人仙逝扬州城　冷子兴演说荣国府”介绍贾宝玉时有一段内容：

“……这政老爹的夫人王氏，头胎生的公子，名唤贾珠，十四岁进学，不到二十岁就娶了妻生了子，一病死了。第二胎生了一位小姐，生在大年初一，这就奇了，不想次年又生了一位公子，说来更奇，一落胎胞，嘴里便衔下一块五彩晶莹的玉来，上面还有许多字迹，就取名叫作宝玉。你道是新奇异事不是？”

雨村笑道：“果然奇异。只怕这人来历不小。”子兴冷笑道：“万人皆如此说，因而乃祖母便先爱如珍宝。那年周岁时，政老爹便要试他将来的志向，便将那世上所有之物摆了无数，与他抓取。谁知他一概不取，伸手只把些脂粉钗环抓来。政老爹便大怒了，说：“‘将来酒色之徒耳！’因此便大不喜悦。独那史老太君还是命根一样。说来又奇，如今长了七八岁，虽然淘气异常，但其聪明乖觉处，百个不及他一个。说起孩子话来也奇怪，他说：‘女儿是水作的骨肉,男人是泥作的骨肉。我见了女儿,我便清爽,见了男子,便觉浊臭逼人。'你道好笑不好笑?将来色鬼无疑了!"雨村罕然厉色忙止道:"非也!可惜你们不知道这人来历。大约政老前辈也错以淫魔色鬼看待了。若非多读书识事,加以致知格物之功,悟道参玄之力,不能知也。"

说贾宝玉认为"女儿是水作的骨肉,男人是泥作的骨肉。我见了女儿,我便清爽,见了男子,便觉浊臭逼人"。冷子兴以为是"色鬼无疑",而贾雨村则对此说给予了严正驳斥,认为这种人是天地间的灵秀之气和逸出的残忍怪癖之气相搏击而赋之于人的结果,这应该是曹雪芹自己的看法,而借贾雨村之口来说出。这种人虽然似乎有点病态,但却具有世俗社会所没有的新思想光芒。所以"若生于公侯富贵之家,则为情痴情种。若生于诗书清贫之族,则为逸士高人",曹雪芹写贾宝玉鄙视男性和钟爱女性,是因为在男尊女卑的封建专制社会里,女人是没有地位的,她们的一切都不能自主,绝大部分的命运是非常悲惨的。当然这特别体现在大观园里那些年轻的女孩子身上,她们未来的命运还是未知数。这些女孩子不管是以"三春"为代表的贵族小姐,还是各类奴婢丫鬟,宝玉都非常同情她们,觉得她们没有受过世俗社会的污染,最纯洁、最清爽,是人性的真实流露。因此冷子兴说他是"色鬼无疑",曹雪芹自然是完全不同意的。贾宝玉不是从女色的角度去喜欢她们,不是因为她们长得年轻漂亮,像贾珍、贾琏、薛蟠那样,怀着无耻、卑鄙、淫荡的下流欲念去喜欢她们、想占有她们,而是从她们善良、清纯、天真、无瑕的角度去羡慕她们、喜欢她们,从她们身上感受到一种世俗人间没有的真正的诗意和美,让他的心灵感受到无比的清爽、舒适。贾宝玉从大观园的年轻少女身上,特别是很多丫鬟婢女身上感到的这种真诚、自然、和谐的纯洁人性和生活乐趣,这是他在这个贵族家庭里所不可能得到的。虽然他是贾母的宝贝,王夫人的命根子,要什么有什么,什么吃的、玩的都可以得到,但是在这个贵族家庭里得不到真正的人与人之间感情温暖,体会不到人性的和谐与美。

因此他“每每甘心为诸丫鬟充役”，乐意为她们“理妆”“换裙”，当贾琏无耻勾引鲍二家的女人被王熙凤撞破，平儿因此被贾琏、凤姐当作出气筒挨打后，躲到大观园，宝玉就请她到自己住的怡红院里，以能为平儿理妆为极度称心满意的事。第四十四回写道：

宝玉便让平儿到怡红院中来，袭人忙接着，笑道：“我先原要让你的，只因大奶奶和姑娘们都让你，我就不好让的了。”平儿也陪笑说：“多谢。”因又说道：“好好儿的，从哪里说起！无缘无故白受了一场气！”袭人笑道：“二奶奶素日待你好，这不过是一时气急了。”平儿道：“二奶奶倒没说的，只是那淫妇治的我，他又偏拿我凑趣！况还有我们那糊涂爷倒打我。”说着，便又委曲，禁不住落泪。宝玉忙劝道：“好姐姐，别伤心，我替他两个赔不是罢。”平儿笑道：“与你什么相干？”宝玉笑道：“我们弟兄姊妹都一样。他们得罪了人，我替他赔个不是也是应该的。”又道：“可惜这新衣裳也沾了。这里有你花妹妹的衣裳，何不换了下来，拿些烧酒喷了熨一熨，把头也另梳一梳。”一面说，一面便吩咐了小丫头子们舀洗脸水，烧熨斗来。

平儿素习只闻人说，宝玉专能和女孩儿们接交。宝玉素日因平儿是贾琏的爱妾，又是凤姐儿的心腹，故不肯和他厮近，因不能尽心，也常为恨事。平儿今见他这般，心中也暗暗的敁敪：果然话不虚传，色色想的周到。又见袭人特特的开了箱子，拿出两件不大穿的衣裳来与她换，便赶忙的脱下自己的衣服，忙去洗了脸。宝玉一旁笑劝道：“姐姐还该擦上些脂粉，不然倒像是和凤姐姐赌气了似的。况且又是他的好日子，而且老太太又打发了人来安慰你。”平儿听了有理，便去找粉，只不见粉。宝玉忙走至妆台前，将一个宣窑瓷盒揭开，里面盛着一排十根玉簪花棒，拈了一根递与平儿。又笑向他道：“这不是铅粉，这是紫茉莉花种，研碎了兑上香料制的。”平儿倒在掌上看时，果见轻白红香，四样俱美，摊在面上也容易匀净，且能润泽肌肤，不似别的粉青重涩滞。然后看见胭脂也不是成一张的,却是一个小小的白玉盒子,里面盛着一盒,如玫瑰膏子一样。宝玉笑道:“那市卖的胭脂都不干净,颜色也薄。这是上好的胭脂拧出汁子来,淘澄净了渣滓,配了花露蒸叠成的。只用细簪子挑一点儿抹在手心里,用一点水化开抹在唇上,手心里就够打颊腮了。”平儿依言妆饰,果见鲜艳异常,且又甜香满颊。宝玉又将盆内的一支并蒂秋蕙用竹剪刀撷了下来,与他簪在鬓上。忽见李纨打发丫头来唤他,方忙忙的去了。

宝玉因自来从未在平儿前尽过心——且平儿又是个极聪明极清俊的上等女孩儿,比不得那起俗蠢拙物——深为恨怨。今日是金钏儿生日,故一日不乐。不想落后闹出这件事来,竟得在平儿前稍尽片心,亦今生意中不想之乐也。因歪在床上,心内怡然自得。忽又思及贾琏,惟知以淫乐悦己,并不知作养脂粉;又思平儿并无父母兄弟姊妹,独自一人,供应贾琏夫妇二人。贾琏之俗,凤姐之威,他竟能周全妥帖,今儿还遭荼毒,想来此人薄命,比黛玉犹甚。想到此间,便又伤感起来。不觉洒然泪下。因见袭人等不在房内,尽力落了几点痛泪。复起身,又见方才的衣裳上喷的酒已半干,便拿熨斗熨了叠好;见他的手帕子忘去,上面犹有泪渍,又拿至脸盆中洗了晾上。又喜又悲,闷了一回,也往稻香村来。说了一回闲话,掌灯后方散。

宝玉身边有众多的丫鬟服侍他,她们也是真心爱护他,因为他是她们一点也不怕的“宝二爷”,永远是以平等的姿态对待她们,努力保护她们的。如果她们有什么事做错了,“宝二爷”一定出来替她们担当。第六十一回王夫人屋里失窃,少了玫瑰露、茯苓霜等东西,林之孝家的带人到怡红院,莲花儿说看见过玫瑰露瓶子,在厨房里找到,还找出一包茯苓霜,就认为是柳五儿偷的,其实这是弄错了。五儿的玫瑰露是宝玉让芳官给她的,茯苓霜是她舅舅当看门人时广东官员送给他的,她舅舅把分得的给了她。林之孝家的搜出来,把柳五儿当成小偷,软禁起来,凤姐要叫人打四十板送出去卖了。凤姐让平儿处理,平儿到怡红院查询,事情传到宝玉那里,晴雯直率地说:“太太那边的露再无别人,分明是彩云偷了给环哥儿去了。”平儿也说:“谁不知是这个原故,但今玉钏儿急的哭。悄悄的问他,他若应了,玉钏儿也罢了,大家也就混着不问了。难道我们好意揽这事不成?可恨彩云不但不应,他还挤玉钏儿,说他偷了去了。两个人窝里发炮,先吵的合府皆知,我们如何装没事人?少不得要查的。殊不知告失盗的就是贼,又没赃证,怎么说他?”这件事涉及的不只是五儿,实际上还涉及彩云、玉钏儿。结果是宝玉应下来了。“宝玉道:‘也罢。这件事,我也应起来,就说是我唬他们顽的,悄悄的偷了太太的来了:两件事就都完了。’”此事凤姐本来是不信的,亏得平儿打了圆场,最终没事。贾府因为做了贵妃的元春要回来省亲,专门从南方买回一个戏班子,有十二个女孩子,还聘请了教习,省亲结束后把她们留在梨香院,后来因为元春也没再回来省亲,就把她们散了,愿意回家的遣返回家,不愿意的留在各房做丫鬟。分配给黛玉的藕官为纪念已经逝去的药官(曾与她为戏中夫妻),在大观园山石那边烧纸钱被抓,也是宝玉自己应了,把她保下来。第五十八回写道:

> 正自胡思间,忽见一股火光从山石那边发出,将雀儿惊飞。宝玉吃一大惊,又听那边有人喊道:“藕官,你要死!怎弄些纸钱进来烧?我回去回奶奶们去,仔细你的肉!”宝玉听了,益发疑惑起来,忙转过山石看时,只见藕官满面泪痕,蹲在那里,手里还拿着火,守着些纸钱灰作悲。宝玉忙问道:“你与谁烧纸钱?快不要在这里烧!你或是为父母兄弟,你告诉我姓名,外头去叫小厮们打了包袱写上名姓去烧。”藕官见了宝玉,只不作一声。宝玉数问不答。忽见一婆子恶狠狠走来拉藕官,口内说道:“我已经回了奶奶们了,奶奶气的了不得。”藕官听了,终是孩气,怕辱没了没脸,便不肯去。婆子道:“我说你们别太兴头过余了,如今还比你们在外头随心乱闹呢!这是尺寸地方儿。”指宝玉道:“连我们的爷还守规矩呢,你是什么阿物儿,跑来胡闹!怕也不中用,跟我快

> 走罢！”宝玉忙道：“他并没烧纸钱，原是林姑娘叫他来烧那烂字纸的，你没看真，反错告了他。”藕官正没了主意，见了宝玉，也正添了畏惧；忽听他反遮掩，心内转忧成喜，也便硬着口说道：“你很看真是纸钱了么？我烧的是林姑娘写坏了的字纸。”那婆子听如此，亦发狠起来，便弯腰向纸灰中拣出不曾化尽的遗纸，拣了两点在手内，说道：“你还嘴硬？有据有证在这里，我只和你厅上讲去。”说着，拉了袖子，就拽着要走。宝玉忙把藕官拉住，用拄杖敲开那婆子的手，说道：“你只管拿了那个回去。实告诉你：我昨夜做了一个梦，梦见杏花神和我要一挂白纸钱，不可叫本房人烧，要一个生人替我烧了，我的病就好的快。所以我请了这白钱，巴巴儿的和林姑娘烦了他来，替我烧了祝赞。原不许一个人知道的，所以我今日才能起来，偏你看见了。我这会子又不好了，都是你冲了！你要还要告他去。藕官，只管去，见了他们你就照依我这话说。等老太太回来，我就说他故意来冲神祇，保佑我早死。”藕官听了益发得了主意，反倒拉着婆子要走。那婆子听了这话，忙丢下纸钱，陪笑央告宝玉道：“我原不知道，二爷若回了老太太，我这老婆子岂不完了？我如今回奶奶们去，就说是爷祭神，我看错了。”宝玉道：“你也不许再回去了，我便不说。”婆子道：“我已经回了，叫我来带他，我怎好不回去的。也罢，就说我已经叫到了他，林姑娘叫了去了。”宝玉想一想，方点头应允。那婆子只得去了。

这样藕官方没事了。由此可见，宝玉实际是那些丫鬟婢女的保护伞。所以，大观园那些下层的女孩儿全是真心诚意地服侍宝玉，对他既不怕，还特别感激，有什么事都知道宝玉会保护他们。她们和宝玉之间的友谊是平等、真诚、纯洁、亲密的。

表面上看来，贾宝玉对女孩子的有些行为似乎是性爱、好色，其实，在他身上只是天真无邪的对清爽女孩儿的爱慕。例如他幼年时代有“吃胭脂”的事，其实不能归到好色的范围去看，因为他从小在女孩子堆里长大,一起相处是纯真的、善良、和谐的。例如第二十三回贾政叫他去时,他害怕得不得了,在王夫人门外站着的很多丫鬟看着他,金钏儿故意逗他、取笑他,“一把拉住宝玉,悄悄的笑道:‘我这嘴上是才擦的香浸胭脂,你这会子可吃不吃了?’彩云一把推开金钏,笑道:‘人家正心里不自在,你还奚落他!趁这会子喜欢,快进去罢’”。第二十四回鸳鸯来叫宝玉到贾母那里去,宝玉在等袭人拿鞋换的时候,“回头见鸳鸯穿着水红绫子袄儿,青缎子背心,束着白绉绸汗巾儿,脸向那边低着头看针线,脖子上戴着花领子。宝玉便把脸凑在他脖项上,闻那香油气,不住用手摩挲,其白腻不在袭人以下。便猴上身去,涎皮笑道:‘好姐姐,把你嘴上的胭脂赏我吃了罢!’一面说着,一面扭股糖似的粘在身上。鸳鸯便叫道:‘袭人,你出来瞧瞧!你跟他一辈子,也不劝劝,还是这么着’”。对贾宝玉来说,这不能从好色的角度来看,而是他对平素一直看顾他的女孩子(祖母的贴身丫鬟)的一种表示亲密的坦率纯真行为。因为他对那些在被糟践的命运笼罩下的善良女孩子,总是抱着深切的同情、爱护、亲热和体贴之心的,比照起那些代表封建罪恶势力的世俗男子来,从内心和外表都会显出耀人心目的纯洁、美丽和可亲可爱。

其实贾宝玉也并不是对男人都厌恶,也不是一概都觉得男人都是“浊臭逼人”,他对琪官(蒋玉菡)、柳湘莲、秦钟十分钟情,也是莫逆之交,因为他们和他在贾府看到的其他男人不同,他们是正直、高尚的,和贾宝玉一样,具有平等、博爱思想,受封建社会迫害,而痛恨那些腐朽、卑鄙、丑恶的纨绔子弟。但他们并不是像有些人说的什么同性恋,而是思想情趣相投。琪官和柳湘莲性格有所不同,但是都是戏子(优伶)。封建社会里的戏子地位是十分低下的,和妓女的地位差不多,都是被有钱人玩弄,供他们娱乐、泄欲。所以贵族家庭是不许他们的公子和戏子做朋友的。贾宝玉愿意和他们交朋友,正是他平等、自由思想的体现。

其实贾宝玉也并不是对所有的女人都喜欢,而只是同情和喜欢那些被奴役、被迫害、不能掌握自己命运的弱小女子。在《红楼梦》里,贾宝玉对那些成年的女性长辈(婶婶、叔母等)、女管家、女仆人,并不喜欢,甚至非常憎恶,如对周瑞家的、林之孝家的、王善保家的,甚至对他的奶妈李嬷嬷也很讨厌。他甚至提出为什么女人一结婚,沾染了世俗男子,就也变得浊臭不堪,甚至比那些世俗男子更可恶!因为这些人是帮助贾母、王夫人、王熙凤等代表传统的旧势力,来具体实施对纯洁的年轻女孩子迫害的走狗。例如陷害晴雯、搜查司棋,凶狠地把她们拉出大观园,都是这些人具体实施的。宝玉对她们十分憎恨,因为她们是为封建势力掌权者张目的可恶的帮凶。所以他对这些女孩儿都那么好,体现了一种平等博爱的思想,坚决抛弃那种“男尊女卑”的传统观念,甚至认为女人比男人要高出很多。贾宝玉对女孩子也是有区别的,他最爱的是林黛玉,不只是因为林黛玉才貌双全,聪明过人,而主要是在思想观念上的一致。他对薛宝钗、史湘云的认识,感觉到她们和林黛玉不是一路人,也是逐渐体会到的。

第三,任性而行,追求自由和个性解放。

贾宝玉思想性格中具有向往自由、追求个性解放的特色,充满了清纯的“赤子之心”。作为贵族公子,贾宝玉是不能自由外出的,实际上是被“拘禁”在贾府和大观园之内的,是不允许和外界接触的。严格地说,他的个性是被封建专制的伦理道德和各种规矩紧紧地束缚着的,一切思想和行动都要按照这个贵族家庭的“规矩”来进行。但是他对这种禁锢和束缚进行了顽强的抗争。第六十六回兴儿向尤三姐介绍宝玉:

> 忽见尤三姐笑问道:“可是你们家那宝玉,除了上学,他作些什么?”兴儿笑道:“姨娘别问他,说起来姨娘也未必信。他长了这么大,独他没有上过正经学堂。我们家从祖宗直到二爷,谁不是寒窗十载,偏他不喜读书。老太太的宝贝,老爷先还管,如今也不敢管了。成天家疯疯癫癫的,说的话人也不懂,干的事人也不知。外头人人看着好清俊模样儿,心里自然是聪明的,谁知是外清而内浊,见了人,一句话也没有。所有的好处,虽没上过学,倒难为

他认得几个字。每日也不习文，也不学武，又怕见人，只爱在丫头群里闹。再者也没刚柔，有时见了我们，喜欢时没上没下，大家乱顽一阵，不喜欢各自走了，他也不理人。我们坐着卧着，见了他也不理，他也不责备。因此没人怕他，只管随便，都过的去。”尤三姐笑道：“主子宽了，你们又这样，严了，又抱怨。可知难缠。”尤二姐道：“我们看他倒好，原来这样。可惜了一个好胎子。”尤三姐道：“姐姐信他胡说，咱们也不是见一面两面的，行事言谈吃喝，原有些女儿气，那是只在里头惯了的。若说糊涂，那些儿糊涂？姐姐记得，穿孝时咱们同在一处，那日正是和尚们进来绕棺，咱们都在那里站着，他只站在头里挡着人。人说他不知礼，又没眼色。过后他没悄悄的告诉咱们说：‘姐姐不知道，我并不是没眼色。想和尚们脏，恐怕气味熏了姐姐们。’接着他吃茶，姐姐又要茶，那个老婆子就拿了他的碗倒。他赶忙说：‘我吃脏了的，另洗了再拿来。’这两件上，我冷眼看去，原来他在女孩子们前不管怎样都过的去，只不大合外人的式，所以他们不知道。”

贾宝玉就是这样随便惯了的，尤三姐个性和宝玉有一致之处，她厌恶纨绔子弟，又违背传统礼教，所以懂得宝玉。宝玉对自由任性、个性解放的追求，在他和秦钟的交往中也体现得很明显。第九回写道：

原来这贾家之义学，离此也不甚远，不过一里之遥，原系始祖所立，恐族中子弟有贫穷不能请师者，即入此中肄业。凡族中有官爵之人，皆供给银两，按俸之多寡帮助，为学中之费。特共举年高有德之人为塾掌，专为训课子弟。如今宝、秦二人来了，一一的都互相拜见过，读起书来。自此以后，他二人同来同往，同坐同起，愈加亲密。又兼贾母爱惜，也时常的留下秦钟，住上三天五日，与自己的重孙一般疼爱。因见秦钟不甚宽裕，更又助他些衣履等物。不上一月之工，秦钟在荣府便熟了。宝玉终是不安本分之人，竟一味的随心所欲，因此又发了癖性，又特向秦钟悄说道：

“咱们俩个人一样的年纪，况又是同窗，以后不必论叔侄，只论弟兄朋友就是了。”先是秦钟不肯，当不得宝玉不依，只叫他“兄弟”，或叫他的表字“鲸卿”，秦钟也只得混着乱叫起来。

贾宝玉就喜欢“随心所欲”，想怎样就怎样。

这种思想性格也特别体现在他和林黛玉的相处中，林黛玉是非常高傲任性的，贾宝玉对她就是一切随她所愿，绝对不勉强她。林黛玉是很任性的，可是贾宝玉从不怪她，只要林黛玉喜欢的，他都会努力去满足。完全不考虑什么封建的伦理道德规范。同样，这种思想性格也很典型地表现在晴雯撕扇一事中。第三十一回写道：

宝玉笑道：“既这么着，你也不许洗去，只洗洗手来拿果子吃罢。”晴雯笑道：“我慌张的很，连扇子还跌折了，那里还配打发吃果子！倘或再打破了盘子，还更了不得呢。”宝玉笑道：“你爱打就打。这些东西，原不过是借人所用，你爱这样，我爱那样，各自性情不同。比如那扇子，原是扇的，你要撕着玩儿也可以使得，只是不可生气时拿他出气；就如杯盘，原是盛东西的，你喜听那一声响，就故意的碎了也可以使得，只是别在生气时拿他出气。这就是爱物了。”晴雯听了，笑道：“既这么说，你就拿了扇子来我撕。我最喜欢撕的。”宝玉听了，便笑着递与他。晴雯果然接过来，“嗤”的一声，撕了两半。接着“嗤”“嗤”又听几声。宝玉在旁笑着说：“响的好！再撕响些！”

正说着，只见麝月走过来，笑道：“少作点孽罢！”宝玉赶上来，一把将他手里的扇子也夺了，递与晴雯，晴雯接了，也撕了几半子，二人都大笑起来。麝月道：“这是怎么说？拿我的东西开心儿！”宝玉笑道：“打开扇子匣子你拣去，什么好东西！”麝月道：“既这么说，就把匣子搬出来，让他尽力撕，岂不好？”宝玉笑道：“你就搬去。”麝月道：“我可不造这孽。他也没折了手，叫他自己搬去。”晴雯笑着，倚在床上，说道：“我也乏了！明儿再撕罢。”宝玉笑道:“古人云:‘千金难买一笑。’几把扇子,能值几何?”

在贾宝玉看来什么物质东西都不重要,重要的是要顺着各人的性情,想怎么着就怎么着,“你爱这样,我爱那样,各自性情不同”。所以贾宝玉从来不勉强别人,尊重每个人的个性自由。因为他在这个封建家庭里看到太多的不自由,尤其是丫鬟婢女不可以有自己的意志、思想、行为,一切都要听从老爷太太。他希望在他的怡红院里能使这些女孩子比较自由、平等,随顺自己的个性、意志生活。而且更希望大观园的各处也都能这样。他之所以特别敬重林黛玉,也是因为林黛玉特别尊重他的个性,从不去劝他要如何如何,尤其是不劝他按封建家庭的要求去安排自己的思想行为。

(2)贾宝玉思想性格形成的原因

第一,贾母、王夫人的保护和大观园的环境。

贾宝玉的叛逆的思想性格的形成,有他特殊的家庭条件。因为在贾家宁荣两府中,他是唯一被寄予希望的正宗子孙;因为“牝鸡司晨”,宁荣两府中辈分最高的贾母掌握着最大的权力,贾宝玉是她认为最有希望的嫡亲孙子。宁府的贾珍不是她的嫡系孙子,虽然宁府是长房,但是侄儿贾敬好道,继承爵位的贾珍和儿子贾蓉两个荒淫无耻,无恶不作。而在荣府里,贾母的大儿子贾赦虽袭着他父亲的官职,但是个庸俗无能的酒色之徒。儿子贾琏和他一样,而且不读书,庸俗无能。所以,贾母把宝玉看作贾家能够光祖耀宗、继承家业的唯一的希望。千方百计地保护他,纵容他,尽管他不喜欢读四书五经,不喜欢结交官宦清客,骂他们是禄蠹国贼,贾母也是不喜欢的,但是不因此限制他,不让贾政过严管教,怕他夭折。因为他衔玉而生,贾母更认为是上天要降福贾家的吉祥征兆。因此,贾宝玉得以在贾母庇护下肆无忌惮地自由自在发展他的思想性格。宝玉挨打被贾母保护下来,后来赖嬷嬷曾对宝玉说:“不怕你嫌我,如今老爷不过这么管你一管,老太太护在头里。当日老爷小时挨你爷爷的打,谁没看见的。老爷小时,何曾像你这么天不怕地不怕的了。还有那大老爷,虽然淘气,也没像你这扎窝子的样儿,也是天天打。还有东府里你珍哥儿的爷爷,那才是火上浇油的性子,说声恼了,什么儿子,竟是审贼!如今我眼里看着,耳朵里听着,那珍大爷管儿子倒也像当日老祖宗的规矩,只是管的到三不着两的。他自己也不管一管自己,这些兄弟侄儿怎么怨的不怕他?你心里明白,喜欢我说,不明白,嘴里不好意思,心里不知怎么骂我呢。"不过到贾宝玉时情况已经完全不同了。贾元春作为宝玉的亲姐姐,从小教导他,也庇护他,让他和姊妹们一起住在大观园,是大观园里唯一的男子。所以贾宝玉虽然也受到贾政的打骂斥责,王夫人甚至还派指使袭人监督他,但却并没有受到大挫折,他的思想性格反而得到比较顺利的发展。但是,王夫人更主要的还是要保护他,因为没有宝玉,王夫人就会失去她在贾府的地位,甚至不如赵姨娘。由此我们可以知道贾母的溺爱和庇护是宝玉得以任性而行的重要原因,既是贾母的宝贝,贾政自然也不敢严管,宝玉对传统的叛逆,也得以自由发展。

第二,在下层女孩子——一群丫鬟围绕下长大。

宝玉从小是在女孩子群里长大的,更正确地说,是在一群丫鬟婢女护卫下成长的。这些女孩子主要是丫鬟婢女,她们都是下层社会的贫苦人家女儿。贾家的丫鬟有两类,一类是贾府奴仆的女儿,叫"家生子儿",她们的父母本是贾府的仆人,如鸳鸯的父母亲、哥哥嫂子都是贾府的奴仆,她父亲金彩是在南京帮贾家看老房子的,母亲是聋子。她哥哥是贾母的买办,嫂子是贾母那边浆洗衣服的头儿。又如小红家里是贾府世仆,她父亲是贾府管各处田房事务的,她十四岁就到贾府做丫头。再如五儿的母亲是大观园里厨房管做饭的厨役,五儿的最大愿望是到宝玉怡红院做丫鬟。另一类是穷人家的女儿,因为生活不下去,只好被家里卖到贾家做奴隶,例如袭人就是因为饿的没饭吃,被她妈以几两银子卖给了贾家。晴雯家里父母都不在了,她哥嫂把她卖给了贾家。至于唱戏的十二个女孩,也都是贫穷人家女孩,是贾蔷从苏州采买回来的。这些女孩子虽然受封建观念的影响深浅不同,思想品格也各不相同,但是她们都处于被蹂躏被奴役的地位,都有一番辛酸悲苦,饱和着血和泪的身世和经历,而且等待着她们的也是尚不知道的惨淡的未来命运。她们围绕在宝玉周围,服侍他、看护他,都以一颗纯真的心对待他、关爱他。宝玉自小和她们一起,不仅在生活上而且在精神上和她们都十分亲密。这些女孩子都有纯洁真挚、自由不羁的一面,有的还有很刚烈的个性,很强的反抗性。例如赵姨娘因为芳官把茉莉粉当作蔷薇硝,跑去责问芳官,把茉莉粉照着芳官脸上撒去,还骂她、打她,芳官泼哭泼闹起来说:“你打得起我么?你照照那模样儿再动手!我叫你打了去,我还活着!”于是一头撞到赵姨娘怀里叫她打。这时藕官、蕊官、葵官、荳官闻讯芳官被欺负,都赶来了。“荳官先便一头,几乎不曾将赵姨娘撞了一跌。那三个也便拥上来,放声大哭,手撕头撞,把个赵姨娘裹住。晴雯等一面笑,一面假意去拉。急的袭人拉起这个,又跑了那个,口内只说:‘你们要死!有委曲只好说,这没理的事如何使得!’赵姨娘反没了主意,只好乱骂。蕊官藕官两个一边一个,抱住左右手;葵官荳官前后头顶住,四人只说:‘你只打死我们四个就罢!’芳官直挺挺躺在地下,哭得死过去。”真是热闹非凡!但确实可以看出这些女孩子真有很强的反抗精神!袭人也是看不惯赵姨娘的,但仍是维护赵姨娘的,毕竟她是主子方面的人,但是晴雯就不同了,所以是“假意去拉”!毫无疑问,贾宝玉生活在这样一群女孩子里面,她们的思想品格不能不对贾宝玉产生深刻的影响。

第三,和城市下层平民的交往。

与此同时,贾宝玉还和那些贾府以外的男子有朋友关系,如琪官(蒋玉菡)、柳湘莲、秦钟,都是他很亲密的朋友。这些人物身居贫贱,或是没落了的旧家少年,他们和花天酒地的贵族纨绔子弟完全不同,具有较为明显的平等观念、对封建传统的轻蔑与不尊重、自由自在的个性解放色彩,而且也有较强的反抗精神。宝玉和秦钟之所以成为亲密朋友,是因为他看惯了贾府那些不学无术、道德沦丧、庸俗可耻、无恶不作的男人,现在发现在贾府之外居然还有秦钟这样寒门薄宦家的清秀人物,故而十分羡慕。“那宝玉自见了秦钟的人品出众,心中似有所失,痴了半日,自己心中又起了呆意,乃自思道:‘天下竟有这等人物！如今看来，我竟成了泥猪癞狗了。可恨我为什么生在这侯门公府之家？若也生在寒门薄宦之家，早得与他交接，也不枉生了一世。我虽如此比他尊贵，但锦绣纱罗，也不过裹了我这根死木头；美酒羊羔，也不过填了我这粪窟泥沟。富贵二字，不料遭我荼毒了。'秦钟自见了宝玉形容出众，举止不凡，更兼金冠绣服，艳婢侈童，心中亦自思道：'果然这宝玉怨不得人溺爱他。可恨我偏生于清寒之家，不能与他耳鬓交接，可知贫窭二字限人，亦世间之大不快事。'二人一样的胡思乱想。"宝玉和秦钟私塾闹学，也表现了他们的"任性"和"反叛"。贾宝玉同情和支持秦钟与智能儿的自由恋爱关系，秦钟的死就是他父亲干预他和智能儿恋爱的直接结果。智能儿居然偷偷入城去看望因为风寒生病的恋人秦钟，其大胆和不惜一切可以想见，结果秦钟父亲把她逐出，痛打秦钟，并气得老病发作而死，秦钟也因此大受刺激，最后病死。宝玉由此更坚定他的叛逆性格，所以大家祝贺元春封凤藻宫尚书、加封贤德妃时，两府热闹非凡，而贾宝玉则因秦钟的不幸遭遇，对他亲姐姐被封一事却十分冷淡，根本没理会他亲姐姐的晋升。"宝玉心中怅然如有所失。虽闻得元春晋封之事，亦未解得愁闷。贾母等如何谢恩，如何回家，亲朋如何来庆贺，宁荣两处近日如何热闹，众人如何得意，独他一个皆视有如无，毫不曾介意。因此众人嘲他越发呆了。"柳湘莲是个十分有性格的人，本是世家子弟，读书不成，父母双亡。他豪爽侠义，任性独行，但又疾恶如仇，不识趣的薛蟠把他当"男妓"优伶看待，调戏轻慢，被他诱到郊外痛打一顿，还让他喝泥塘脏水。可是他对宝玉则非常友善，虽然一贫如洗，还是张罗着在夏天雨季为秦钟修坟。他们的友谊也是建立在平等、自由、真诚的基础上的。这些自然对宝玉思想性格的形成也起着重要作用。

2. 林黛玉的典型形象

林黛玉的人生是一曲哀艳凄绝的恋歌。她是一个为追求理想的美好爱情而最终悲惨丧生的纯洁少女。曹雪芹是满含着血泪来铸造这个让人无限同情的艺术形象的，她是被罪恶的封建黑暗势力残酷迫害致死的。

林黛玉也和贾宝玉一样是一个对封建传统观念有背叛和反抗精神、具有新思想的人物,不过她的表现和贾宝玉不同,主要体现在:第一,坚决保持自己清白、高洁的人格,不与污浊的周围环境妥协,这主要体现在她的孤傲、清高的思想性格特点上。如果说贾宝玉是表现为痴、傻、呆,那么林黛玉是表现为清、傲、独。第二,是勇敢、坚决地追求纯洁、真挚、深沉的自由爱情,宁死不屈地反抗封建礼教和贵族家庭的迫害。第三,是聪慧绝伦,才华横溢,极端鄙视世俗的势利、平庸、丑恶、堕落。

林黛玉出生于一个已经衰落的旧书香门第,她自幼生活在一个正派、清白的文人家庭。她的母亲早死,弟弟夭折,此外没有兄弟姐妹,父亲特别疼爱林黛玉,她自小就孤独、任性。后来因为她体弱多病,父亲无力照顾养育,把她送到了贾府外祖母那里。而且没有过多久,她父亲也死了,她就成了一个无依无靠的可怜孤儿,寄人篱下。当她来到贾府这个声势显赫的侯门大族家庭时,其周围环境实在是十分险恶的。在这个势利、富贵的门庭里,她一个孤苦伶仃的女孩,必须十分小心谨慎。面对腐败、堕落、虚伪、庸俗的贵族大家庭,她竭力与之保持距离,不参与各种事务,不随意发表言论,也不奉承恭维家庭的长辈,只是努力维护自己人格的独立,希望保持自己内心精神的一片净土。她的性格也是在这样的环境和遭遇下发展起来的。在贾府和大观园里,只有林黛玉是从来不劝宝玉读书仕进、结交官宦,更不喜欢宝玉去做一个人情练达、学习经世治国的世俗庸人。因为林黛玉也非常看不起那些丑陋的做官人,她不希望宝玉把做官、发财看作人生的唯一追求,她对贾府(包括社会上)那些肮脏的男性一直是十分鄙视的,看到他们的虚伪、残暴、腐败、堕落极其厌恶,甚至宝玉给她北静王送的鹡鸰香串,她也不要,说:“什么臭男人拿过的,我不要他!”即使是她的老师贾雨村要见见她,她也是借故拒绝了。她只希望有个清静、纯洁、平易、多情的知心人如贾宝玉一样陪着她。她并不喜欢做封建社会要求的贤惠淑女,更不会去向上上下下的人拍马讨好,而是矜持、严谨保持自己的独立人格和风度,她只是平等待人,尊重各人个性,爱好自由,任性而为。而正是这些和宝玉不谋而合,所以她和贾宝玉的爱情是有深刻的思想基础的,这也是他们争取恋爱婚姻自由,和以往的《西厢记》《牡丹亭》等里面的人物之大不同处。

小说写宝黛的爱情比较多的是在四十回以前,写林黛玉的性格也特别突出。林黛玉一直保持着清高、孤傲的人格,真诚而坦率的个性,不愿意也特别担心被这个贵族家庭的人和世俗的人看不起,“心较比干多一窍”(比干有七窍玲珑心),所以就有周瑞家的送宫花时她尖刻的问话。第七回写道:

> 周瑞家的进来笑道:“林姑娘,姨太太着我送花儿与姑娘戴来了。”宝玉听说,便先问:“什么花儿?拿来给我。”一面早伸手接过来了。开匣看时,原来是宫制堆纱新巧的假花儿。黛玉只就宝玉手中看了一看,便问道:“还是单送我一人的,还是别的姑娘们都有呢?”周瑞家的道:“各位都有了,这两枝是姑娘的了。”黛玉冷笑道:“我就知道,别人不挑剩下的也不给我。”周瑞家的听了,一声儿不言语。

林黛玉的小心眼儿是她的处境所造成的。她感觉到在贾府只有宝玉对她是真诚、善良、爱护、关心的,是可以信赖的知心朋友,因此她也把自己未来的希望寄托在贾宝玉身上,她企求的无非是能够有自己满意的美好爱情,她沉醉在纯洁的恋爱世界,似乎都没有想到过人生还不可避免有其他生活内容,也似乎没有去考虑在她的恋爱小圈子外还有一个复杂的客观世界。

在大观园的众多少女中,林黛玉的含蓄多情、聪慧敏捷、娇嗔美貌、出众才华,都是无与伦比的。她的真率、纯洁的人品,更显得在贾府是鹤立鸡群,和周围的腐朽丑恶环境形成了尖锐的对立。只有贾宝玉是她唯一知己,趣味最为投合,和她在心灵上是息息相通的。他们之间不需要讲很多,互相就能理解。他们有着很多的共同之处,喜欢平等、自由相待，追求个性解放、婚姻自主，对仕途经济、官场宦海鄙弃厌恶……所以他们特别能够体谅对方的心情。她和贾宝玉在童年相识，就心心相印，似乎早就认识。又由于贾母的溺爱，从小把他们安排在一起，住在碧纱橱里外。林黛玉年幼进贾府，天天和宝玉相聚，两小无猜，青梅竹马，关系当然非同一般。但是，自薛宝钗进府后，由于薛家的财势，宝钗母亲是王夫人亲妹妹，宝钗又聪明美貌，知书达理，善于做人，还有金锁和宝玉相配，情况就发生了变化。林黛玉敏锐地觉察到她有了一个实力雄厚的强大竞争者。和薛宝钗相比，林黛玉不能不感到一种无形的威胁，她寄人篱下、孤苦伶仃的地位，没有有钱有势的家庭背景，除了贾母是嫡亲外祖母，其他人都把她当作外来寄食的贫寒亲戚，林黛玉自然会对周围的一切十分敏感。宝钗的出现，对自己和宝玉自小以来的纯洁、亲密感情能否持续发展，是一个极大的考验。宝玉会不会变心，她是非常担心的。所以她经常以尖利的讽刺语言来刺探宝玉。第八回写在薛姨妈家喝酒道：

> 那李嬷嬷听如此说，只得和众人去吃些酒水。这里宝玉又说："不必温暖了，我只爱吃冷的。"薛姨妈忙道："这可使不得，吃了冷酒，写字手打飐儿。"宝钗笑道："宝兄弟，亏你每日家杂学旁收的，难道就不知道酒性最热，若热吃下去，发散的就快，若冷吃下去，便凝结在内，以五脏去暖他，岂不受害？从此还不快不要吃那冷的了。"宝玉听这话有情理，便放下冷酒，命人暖来方饮。
>
> 黛玉磕着瓜子儿，只抿着嘴笑。可巧黛玉的小丫鬟雪雁走来与黛玉送小手炉，黛玉因含笑问他："谁叫你送来的？难为他费心，那里就冷死了我！"雪雁道："紫鹃姐姐怕姑娘冷，使我送来的。"黛玉一面接了，抱在怀中，笑道："也亏你倒听他的话。我平日和你说的，全当耳旁风，怎么他说了你就依，比圣旨还快些！"宝玉听这话，知是黛玉借此奚落他，也无回复之词，只嘻嘻的笑两声罢了。宝钗素知黛玉是如此惯了的，也不去睬他。薛姨妈因道："你素日身子弱，禁不得冷的，他们记挂着你倒不好？"黛玉笑道：

“姨妈不知道。幸亏是姨妈这里，倘或在别人家，人家岂不恼？好说就看的人家连个手炉也没有，巴巴的从家里送个来。不说丫鬟们太小心过余，还只当我素日是这等轻狂惯了呢。”薛姨妈道：“你这个多心的，有这样想，我就没这样心。”

林黛玉没有别的本钱，只有对宝玉真挚、深沉、炽烈的感情。前期他们吵架、猜疑很多，就是因为她内心已有强烈爱恋，又不能明白地表现出来，只能处处猜测、试探作为自己唯一希望的宝玉是否真的对自己一往情深，是否真的生死不渝、独一无二。第十九回写道：

黛玉因看见宝玉左边腮上有钮扣大小的一块血渍，便欠身凑近前来，以手抚之细看，又道：“这又是谁的指甲刮破了？”宝玉侧身，一面躲，一面笑道：“不是刮的，只怕是才刚替他们淘漉胭脂膏子，攉了一点儿。”说着，便找手帕子要揩拭。黛玉便用自己的帕子替他揩拭了，口内说道：“你又干这些事了。干也罢了，必定还要带出幌子来。便是舅舅看不见，别人看见了，又当奇事新鲜话儿去学舌讨好儿，吹到舅舅耳朵里，又该大家不干净惹气。”

宝玉总未听见这些话，只闻得一股幽香，却是从黛玉袖中发出，闻之令人醉魂酥骨。宝玉一把便将黛玉的袖子拉住，要瞧笼着何物。黛玉笑道：“冬寒十月，谁带什么香呢。”宝玉笑道：“既然如此，这香是那里来的？”黛玉道：“连我也不知道。想必是柜子里头的香气，衣服上熏染的也未可知。”宝玉摇头道：“未必，这香的气味奇怪，不是那些香饼子、香球子、香袋子的香。”黛玉冷笑道：“难道我也有什么‘罗汉’‘真人’给我些香不成？便是得了奇香，也没有亲哥哥亲兄弟弄了花儿、朵儿、霜儿、雪儿替我炮制。我有的是那些俗香罢了。”（第七回写“冷香丸”的制作：“要春天开的白牡丹花蕊十二两，夏天开的白荷花蕊十二两，秋天的白芙蓉蕊十二两，冬天的白梅花蕊十二两。将这四样花蕊，于次年春分这日晒干，和在药末子一处，一齐研好。又要雨水这日的雨水十二钱……白露这日的露水十二钱,霜降这日的霜十二钱,小雪这日的雪十二钱。把这四样水调匀,和了药,再加十二钱蜂蜜,十二钱白糖,丸了龙眼大的丸子,盛在旧磁坛内,埋在花根底下。若发了病时,拿出来吃一丸,用十二分黄柏煎汤送下。")

宝玉笑道:"凡我说一句,你就拉上这么些,不给你个利害,也不知道,从今儿可不饶你了。"说着翻身起来,将两只手呵了两口,便伸手向黛玉膈肢窝内两肋下乱挠。黛玉素性触痒不禁,宝玉两手伸来乱挠,便笑的喘不过气来,口里说:"宝玉,你再闹,我就恼了。"宝玉方住了手,笑问道:"你还说这些不说了?"黛玉笑道:"再不敢了。"一面理鬓笑道:"我有奇香,你有'暖香'没有?"

宝玉见问,一时解不来,因问:"什么'暖香'?"黛玉点头叹笑道:"蠢才,蠢才!你有玉,人家就有金来配你,人家有'冷香',你就没有'暖香'去配?"宝玉方听出来,笑道:"方才求饶,如今更说狠了。"说着,又去伸手。黛玉忙笑道:"好哥哥,我可不敢了。"宝玉笑道:"饶便饶你,只把袖子我闻一闻。"说着,便拉了袖子笼在面上,闻个不住。黛玉夺了手道:"这可该去了。"宝玉笑道:"去,不能。咱们斯斯文文的躺着说话儿。"说着,复又倒下。黛玉也倒下。用手帕子盖上脸。宝玉有一搭没一搭的说些鬼话,黛玉只不理。宝玉问他几岁上京,路上见何景致古迹,扬州有何遗迹故事,土俗民风。黛玉只不答。

林黛玉需要的就是贾宝玉真心地陪伴她,担心的就是宝玉会被薛宝钗、史湘云吸引过去,所以特别多心,处处想法用讽刺的语言来提醒宝玉。她并没有去想过除宝玉外,真正可以决定他们命运的其他方面因素。她只浸沉在和宝玉的爱恋中,只希望宝玉对她不会变心,她很少去想决定他们爱情结局的真正关键。从这个角度看,其实她是非常单纯、非常天真的,也是十分纯洁的。又如第二十回有这样一段描写:

且说宝玉正和宝钗顽笑,忽见人说:"史大姑娘来了。"宝玉听了,抬身就走。宝钗笑道:“等着,咱们两个一齐走,瞧瞧他去。”说着,下了炕,同宝玉一齐来至贾母这边。只见史湘云大笑大说的,见他两个来,忙问好厮见。正值林黛玉在旁,因问宝玉:“在那里的?”宝玉便说:“在宝姐姐家的。”黛玉冷笑道:“我说呢,亏在那里绊住,不然早就飞了来了。”宝玉笑道:“只许同你顽,替你解闷儿。不过偶然去他那里一趟,就说这话。”林黛玉道:“好没意思的话!去不去管我什么事,我又没叫你替我解闷儿。可许你从此不理我呢!”说着,便赌气回房去了。

宝玉忙跟了来,问道:“好好的又生气了?就是我说错了,你到底也还坐在那里,和别人说笑一会子。又来自己纳闷。”林黛玉道:“你管我呢!”宝玉笑道:“我自然不敢管你,只没有个看着你自己作践了身子呢。”林黛玉道:“我作践坏了身子,我死,与你何干!”宝玉道:“何苦来,大正月里,死了活了的。”林黛玉道:“偏说死!我这会子就死!你怕死,你长命百岁的,如何?”宝玉笑道:“要像只管这样闹,我还怕死呢?倒不如死了干净。”黛玉忙道:“正是了,要是这样闹,不如死了干净。”宝玉道:“我说我自己死了干净,别听错了话赖人。”正说着,宝钗走来道:“史大妹妹等你呢。”说着,便推宝玉走了。这里黛玉越发气闷,只向窗前流泪。

没两盏茶的工夫,宝玉仍来了。林黛玉见了,越发抽抽噎噎的哭个不住。宝玉见了这样,知难挽回,打叠起千百样的款语温言来劝慰。不料自己未张口,只见黛玉先说道:“你又来作什么?横竖如今有人和你顽,比我又会念,又会作,又会写,又会说笑,又怕你生气拉了你去,你又作什么来?死活凭我去罢了!”宝玉听了忙上来悄悄的说道:“你这么个明白人,难道连‘亲不间疏,先不僭后’也不知道?我虽糊涂,却明白这两句话。头一件,咱们是姑舅姊妹,宝姐姐是两姨姊妹,论亲戚,他比你疏。第二件,你先来,咱们两个一桌吃,一床睡,长的这么大了,他是才来的,岂有个为他疏你的?”林黛玉啐道:“我难道为叫你疏他?我成了个什么人了呢!我为的是我的心。”宝玉道:“我也为的是我的心。难道你就知你的心,不知我的心不成?”林黛玉听了,低头一语不发,半日说道:“你只怨人行动嗔怪了你,你再不知道你自己怄人难受。就拿今日天气比,分明今儿冷的这样,你怎么倒反把个青肷披风脱了呢?”宝玉笑道:“何尝不穿着,见你一恼,我一暴躁就脱了。”林黛玉叹道:“回来伤了风,又该饿着吵吃的了。”

这是宝黛爱情发展中非常重要的一段,说明他们的爱情已经成熟,并且互相真正表明了心迹,两人都明白了对方和自己一样是真诚相爱的。不过,林黛玉总对宝玉不是特别放心,所以不管碰到什么事,都要和他们的爱情联系起来。例如第二十二回关于把她比戏子的事,实际别人不是有心作践她,但是她马上觉得是看不起她,拿她和低贱的戏子去比较,而且还由此对宝玉产生了疑心:

至晚散时,贾母深爱那作小旦的与一个作小丑的,因命人带进来,细看时益发可怜见。因问年纪,那小旦才十一岁,小丑才九岁,大家叹息一回。贾母令人另拿些肉果与他两个,又另外赏钱两串。凤姐笑道:“这个孩子扮上活像一个人,你们再看不出来。”宝钗心里也知道,便只一笑不肯说。宝玉也猜着了,亦不敢说。史湘云接着笑道:“倒像林妹妹的模样儿。”宝玉听了,忙把湘云瞅了一眼,使个眼色。众人却都听了这话,留神细看,都笑起来了,说果然不错。一时散了。

晚间,湘云更衣时,便命翠缕把衣包打开收拾,都包了起来。翠缕道:“忙什么,等去的日子再包不迟。”湘云道:“明儿一早就走。在这里作什么?——看人家的鼻子眼睛,什么意思!”宝玉听了这话,忙赶近前拉他说道:“好妹妹,你错怪了我。林妹妹是个多心的人。别人分明知道,不肯说出来,也皆因怕他恼。谁知你不防头就说了出来,他岂不恼你。我是怕你得罪了他,所以才使眼色。你这会子恼我,不但辜负了我,而且反倒委曲了我。若是别人,那怕他得罪了十个人,与我何干呢。”湘云摔手道:“你那花言巧语别哄我。我也原不如你林妹妹,别人说他,拿他取笑都使得,只我说了就有不是。我原不配说他。他是小姐主子,我是奴才丫头,得罪了他,使不得!”宝玉急的说道:“我倒是为你,反为出不是来了。我要有外心,立刻就化成灰,叫万人践踹!”湘云道:“大正月里,少信嘴胡说。这些没要紧的恶誓、散话、歪话,说给那些小性儿、行动爱恼的人、会辖治你的人听去!别叫我啐你。”说着,一径至贾母里间屋里,忿忿的躺着去了。

宝玉没趣,只得又来寻黛玉。刚到门槛前,黛玉便推出来,将门关上。宝玉又不解何意,在窗外只是吞声叫“好妹妹”。黛玉总不理他。宝玉闷闷的垂头自审。袭人早知端的,当此时断不能劝。那宝玉只是呆呆的站在那里。黛玉只当他回房去了,便起来开门,只见宝玉还站在那里。黛玉反不好意思,不好再关,只得抽身上床躺着。宝玉随进来问道:“凡事都有个原故,说出来,人也不委曲。好好的就恼了,终是什么原故起的?”林黛玉冷笑道:“问的我倒好,我也不知为什么原故。我原是给你们取笑的——拿我比戏子取笑。”宝玉道:“我并没有比你,我并没笑,为什么恼我呢?”黛玉道:“你还要比?你还要笑?你不比不笑,比人家比了笑了的还利害呢!”宝玉听说,无可分辩,不则一声。

黛玉又道:“这一节还恕得。再者你为什么又和云儿使眼色?这安的是什么心?莫不是他和我顽,他就自轻自贱了?他原是公侯的小姐,我原是贫民的丫头,他和我顽,设若我回了口,岂不他自惹人轻贱呢。是这主意不是?这却也是你的好心,只是那一个偏又不领你这好情,一般也恼了。你又拿我作情,倒说我小性儿,行动肯恼。你又怕他得罪了我,我恼他。我恼他,与你何干?他得罪了我,又与你何干?”

然后又有第二十三回共读《西厢记》,这是宝黛爱情自觉成熟的标志,互相进一步明白了对方的心,但是他们都不敢明白地说出。宝玉在大观园偏僻地方阅读当时是禁书的《西厢记》是不怕黛玉知道的。

他的这些书是书童茗烟从外面买来的,并嘱咐他不可带进大观园,但是他把最好的几本带进来了。第二十三回写道:

> 宝玉听了喜不自禁,笑道:"待我放下书,帮你来收拾。"黛玉道:"什么书?"宝玉见问,慌的藏之不迭,便说道:"不过是《中庸》《大学》。"黛玉道:"你又在我跟前弄鬼。趁早儿给我瞧,好多着呢!"宝玉道:"好妹妹,若论你,我是不怕的,你看了,好歹别告诉别人去。真真这是好书!你要看了,连饭也不想吃呢!"一面说,一面递了过去。林黛玉把花具且都放下,接书来瞧,从头看去,越看越爱看,不到一顿饭工夫,将十六出俱已看完。自觉词藻警人,余香满口。虽看完了书,却只管出神,心内还默默记诵。宝玉笑道:"妹妹,你说好不好?"林黛玉笑道:"果然有趣。"宝玉笑道:"我就是个'多愁多病身',你就是那'倾国倾城貌'。"黛玉听了,不觉带腮连耳通红,登时竖起两道似蹙非蹙的眉,瞪了两只似睁非睁的眼,微腮带怒,薄面含嗔,指着宝玉道:"你这该死的胡说!好好的把这淫词艳曲弄了来,还学了这些混话来欺负我。我告诉舅舅舅母去!"说到"欺负"两个字上,早又把眼睛圈儿红了,转身就走。宝玉着了急,向前拦住说道:"好妹妹,千万饶我这一遭!原是我说错了。若有心欺负你,明儿我掉在池子里,教个癞头鼋吞了去,变个大忘八,等你明儿做了'一品夫人'病老归西的时候,我往你坟上替你驮一辈子的碑去。"说的林黛玉嗤的一声笑了,一面揉着眼睛,一面笑道:"一般也唬的这个调儿,还只管胡说。呸!原来是个苗而不秀,是个'银样镴枪头'。"宝玉听了,笑道:"你这个呢?我也告诉去。"林黛玉笑道:"你说你会过目成诵,难道我就不能一目十行么?"

宝玉只有和黛玉才能如此地息息相通,趣味一致,他们都被《西厢记》中张生和莺莺争取婚姻自主、勇敢地和传统观念决裂的大胆思想行为所感动,根本没有考虑这是不是禁书,而是一起沉醉在《西厢记》的绝妙好词中,他们的思想受到巨大的鼓舞,彼此心心相印,要学张生和莺莺。这就充分说明黛玉和宝玉一样具有那种蔑视传统、追求个性解放,希望爱情婚姻自主的思想性格,宝玉的思想性格正是因为有了黛玉而更加坚定,也是他们恋爱成熟的标志。

但是,和《西厢记》相比,《红楼梦》要高出很多很多。《西厢记》中张生和莺莺追求恋爱婚姻自主,固然有强烈的反封建色彩,毕竟还只是郎才女貌、一见钟情,他们大胆地幽会,勇敢地私自结合,自然也是很不容易的,但其思想基础和《红楼梦》无法比拟。莺莺敢于大胆追求恋爱婚姻的自主,甚至到西厢和张生幽会,毫无疑问是突破了封建礼教的藩篱,是背叛了传统观念的勇敢行为。但是,莺莺实际上传统观念的包袱很重,如果不是红娘的促进,很难走出这艰难的一步。而且没有贾、林那种刻意背叛传统,自觉追求自由、平等、个性解放的新思想,张生和莺莺更多是体现了一种人性的觉醒,自然达不到贾、林的思想境界。张生虽然鄙薄功名,但还是答应老夫人去应试,他最后的成功,也还是靠科举场上的一举成名。可是《红楼梦》就大不相同,就贾宝玉和林黛玉的爱情来说,是有共同的叛逆传统和向往平等自由的新思想作为基础的。林黛玉从不劝他读书做官,走封建家庭给他安排的路,所以他对林黛玉特别敬重,第三十六回写贾宝玉讨厌和责骂薛宝钗劝他读书做官道:“或如宝钗辈有时见机导劝,反生起气来,只说‘好好的一个清净洁白女儿,也学的钓名沽誉,入了国贼禄鬼之流。这总是前人无故生事,立言竖辞,原为导后世的须眉浊物。不想我生不幸,亦且琼闺绣阁中亦染此风,真真有负天地钟灵毓秀之德!’因此祸延古人,除四书外,竟将别的书焚了。众人见他如此疯颠,也都不向他说这些正经话了。独有林黛玉自幼不曾劝他去立身扬名等语,所以深敬黛玉。”他对林黛玉从敬重到热爱,发展非常自然。因为这样,他们的爱情也就生死不渝、牢不可破。这就比《西厢记》远远高出了很多。

接着作者又写林黛玉听到戏班唱《牡丹亭》,联想到《西厢记》,觉得无限感慨。林黛玉虽然“心较比干多一窍”,但这是她的特殊处境和地位造成的。其实林黛玉是一个非常单纯、天真的女孩儿,她虽然也有千金小姐的架子和脾气,那是林如海对独生女儿溺爱形成的,然而她对那些命运悲苦的下层婢女是很同情和尊重的,她和紫鹃形同姐妹,对晴雯如宝玉所说,“况且素日你又待他甚厚”。她本来对宝钗是带有“敌意”的,但是在宝钗关心她,送她燕窝后,她对宝钗是十分真诚的,并且和宝玉说,她以前对宝钗的看法是错了。她出生于一个正派的读书人家庭,家境败落,父亲林如海没有儿子,把她当作儿子看待,请贾雨村来家教她读书,使她有机会获得较高的文化修养。她没有接触过当时社会污浊、势利、腐败、堕落的一面,故而一到贾家感觉十分紧张,不敢多说一句话,不敢多走一步路。只是躲开这个腐朽贵族家庭的丑恶、黑暗一面,努力保持自己清高、孤傲的人格。她非常欣赏宝玉没有其他贵族子弟的庸俗、下流、卑鄙、龌龊,从宝玉的平等、善良、真诚、热情中感受到一种少有的清爽、纯洁,为此把他引为唯一的知己。她以为只要巩固了和宝玉的爱情,有宝玉的任性坚持和贾母、王夫人对宝玉的纵容溺爱,他们的爱情婚姻是不会有问题的,所以她只重视和宝玉的恋爱之正常发展、巩固和一步步深化,对有关宝玉的态度,尤其是涉及宝钗、湘云特别地敏感,反应极为强烈。凡是黛玉对宝钗、湘云的抵触,一定会变成黛玉与宝玉的冲突。贾母为宝钗过生日而安排唱戏,黛玉向宝玉发牢骚;元春赏赐大家礼物,独宝钗与宝玉一样,黛玉更向宝玉发牢骚。宝玉把自己的拿给黛玉让她挑,黛玉说:“我没这么大福禁受,比不得宝姑娘,什么金什么玉的,我们不过是草木之人!”宝玉向她发誓:“我心里的事也难对你说,日后自然明白。除了老太太、老爷、太太这三个人,第四个就是妹妹了。要有第五个人,我也说个誓。”林黛玉道:“你也不用说誓,我很知道你心里有‘妹妹’,但只是见了‘姐姐’,就把‘妹妹’忘了。”黛玉这种妒忌心自然不是没有道理的,也是完全可以理解的。为此,她和宝玉还大吵一场。第二十九回到三十回宝黛为此又吵架,可以看出林黛玉不仅一心一意对宝玉,而且她的心也完全只在和宝玉的感情上,但并没有真正理解和认识到他们爱情的关键究竟在哪里。请看这次争吵:

且说宝玉因见林黛玉又病了，心里放不下，饭也懒去吃，不时来问。林黛玉又怕他有个好歹，因说道："你只管看你的戏去，在家里作什么？"宝玉因昨日张道士提亲，心中大不受用，今听见林黛玉如此说，心里因想道："别人不知道我的心还可恕，连他也奚落起我来。"因此心中更比往日的烦恼加了百倍。若是别人跟前，断不能动这肝火，只是林黛玉说了这话，倒比往日别人说这话不同，由不得立刻沉下脸来，说道："我白认得了你。罢了，罢了！"林黛玉听说，便冷笑了两声道："我也知道白认得了我，那里像人家有什么配的上呢。"宝玉听了，便向前来直问到脸上："你这么说，是安心咒我天诛地灭？"林黛玉一时解不过这个话来。宝玉又道："昨儿还为这个赌了几回咒，今儿你到底又准我一句。我便天诛地灭，你又有什么益处？"林黛玉一闻此言，方想起上日的话来。今日原是自己说错了，又是着急，又是羞愧，便颤颤兢兢的说道："我要安心咒你，我也天诛地灭。何苦来！我知道，昨日张道士说亲，你怕阻了你的好姻缘，你心里生气，来拿我煞性子。"

原来那宝玉自幼生成有一种下流痴病，况从幼时和黛玉耳鬓厮磨，心情相对，及如今稍明时事，又看了那些邪书僻传，凡远亲近友之家所见的那些闺英闱秀，皆未有稍及林黛玉者，所以早存了一段心事，只不好说出来，故每每或喜或怒，变尽法子暗中试探。那林黛玉偏生也是个有些痴病的，也每用假情试探。因你也将真心真意瞒了起来，只用假意，我也将真心真意瞒了起来，只用假意，如此两假相逢，终有一真。其间琐琐碎碎，难保不有口角之争。即如此刻，宝玉的心内想的是："别人不知我的心，还有可恕，难道你就不想我的心里眼里只有你！你不能为我烦恼，反来以这话奚落堵我。可见我心里一时一刻白有你，你竟心里没我。"心里这意思，只是口里说不出来。那林黛玉心里想着："你心里自然有我，虽有'金玉相对'之说，你岂是重这邪说不重我的。我便时常提这'金玉'，你只管了然自若无闻的，方见得是待我重，而毫无此心了。如何我只一提'金玉'的事，你就着急，可知你心里时时有‘金玉’,见我一提,你又怕我多心,故意着急,安心哄我。”

看来两个人原本是一个心,但都多生了枝叶,反弄成两个心了。那宝玉心中又想着:“我不管怎么样都好,只要你随意,我便立刻因你死了也情愿。你知也罢,不知也罢,只由我的心,可见你方和我近,不和我远。”那林黛玉心里又想着:“你只管你,你好我自好,你何必为我而自失。殊不知你失我自失。可见是你不叫我近你,有意叫我远你了。”如此看来,却都是求近之心,反弄成疏远之意。如此之话,皆他二人素习所存私心,也难备述。

如今只述他们外面的形容。那宝玉又听见他说“好姻缘”三个字,越发逆了己意,心里干噎,口里说不出话来,便赌气向颈上抓下通灵宝玉,咬牙恨命往地下一摔,道:“什么捞什骨子,我砸了你完事!”偏生那玉坚硬非常,摔了一下,竟文风没动。宝玉见没摔碎,便回身找东西来砸。林黛玉见他如此,早已哭起来,说道:“何苦来,你摔砸那哑巴物件。有砸他的,不如来砸我。”二人闹着,紫鹃雪雁等忙来解劝。后来见宝玉下死砸玉,忙上来夺,又夺不下来,见比往日闹的大了,少不得去叫袭人。袭人忙赶了来,才夺了下来。宝玉冷笑道:“我砸我的东西,与你们什么相干!”

…………

那贾母见他两个都生了气,只说趁今儿那边看戏,他两个见了也就完了,不想又都不去。老人家急的抱怨说:“我这老冤家是那世里的孽障,偏生遇见了这么两个不省事的小冤家,没有一天不叫我操心。真是俗语说的,‘不是冤家不聚头’。几时我闭了这眼,断了这口气,凭着这两个冤家闹上天去,我眼不见心不烦,也就罢了。偏又不咽这口气。”自己抱怨着也哭了。这话传入宝林二人耳内。原来他二人竟是从未听见过“不是冤家不聚头”的这句俗语,如今忽然得了这句话,好似参禅的一般,都低头细嚼这句话的滋味,都不觉潸然泣下。虽不曾会面,然一个在潇湘馆临风洒泪,一个在怡红院对月长吁,却不是人居两地,情发一心!

第三十回接着写道：

> 那林黛玉本不曾哭，听见宝玉来，由不得伤了心，止不住滚下泪来。宝玉笑着走近床来，道："妹妹身上可大好了？"林黛玉只顾拭泪，并不答应。宝玉因便挨在床沿上坐了，一面笑道："我知道妹妹不恼我。但只是我不来，叫旁人看着，倒像是咱们又拌了嘴的似的。若等他们来劝咱们，那时节岂不咱们倒觉生分了？不如这会子，你要打要骂，凭着你怎么样，千万别不理我。"说着，又把"好妹妹"叫了几万声。林黛玉心里原是再不理宝玉的，这会子听见宝玉说别叫人知道他们拌了嘴就生分了似的这一句话，又可见得比人原亲近，因又撑不住哭道："你也不用哄我。从今以后，我也不敢亲近二爷，二爷也全当我去了。"宝玉听了笑道："你往那去呢？"林黛玉道："我回家去。"宝玉笑道："我跟了你去。"林黛玉道："我死了。"宝玉道："你死了，我做和尚！"林黛玉一闻此言，登时将脸放下来，问道："想是你要死了，胡说的是什么！你家倒有几个亲姐姐亲妹妹呢，明儿都死了，你几个身子去作和尚？明儿我倒把这话告诉别人去评评。"

这就可见出：宝黛爱情在双方心中都已经根深蒂固，但是黛玉还总是有担心，时时窥伺着宝玉的心向着谁跳动，她的灵魂永远在紧张、惊愕之中，生怕宝玉对自己的感情又有变化。这样她总是让深重的疑虑、忧郁、苦痛愈来愈深地侵蚀自己，自然人生的路也愈走愈窄了，她的恋爱一直是充满了悲剧性的，她的清白之身不容于当时污浊的尘世，也就是她的思想性格不可能为这个社会所接受。作者在这里同时也预示着他们将来的结局，必然是黛玉凄凉死去，宝玉出家做和尚。这是和后四十回的结局一致的。林黛玉和薛宝钗不同的是，她一直没有想到周围环境和贾母、王夫人等对她的态度，会对他们爱情结局有什么影响。一直到死，还误认为只是宝玉对爱情的背叛。虽然临死前她已经认识到这个府中其实并没有人真正是关心她的，但是，她并没有完全认识到和宝玉爱情悲剧结局的真正深刻的社会原因。第三十二回宝玉和黛玉的“诉肺腑”，是他们非常直接的对爱情的表白，那是在林黛玉无意中听见宝玉赶走劝他读书仕进的史湘云，袭人责备他，他就说：“林妹妹不说这样混账话，若说这话，我也和她生分了。”林黛玉为此十分感动，“林黛玉听了这话，不觉又喜又惊，又悲又叹。所喜者，果然自己眼力不错，素日认他是个知己，果然是个知己。所惊者，他在人前一片私心称扬于我，其亲热厚密，竟不避嫌疑。所叹者，你既为我之知己，自然我亦可为你之知己矣，既你我为知己，则又何必有金玉之论哉；既有金玉之论，亦该你我有之，则又何必来一宝钗哉！所悲者，父母早逝，虽有铭心刻骨之言，无人为我主张。况近日每觉神思恍惚，病已渐成，医者更云气弱血亏，恐致劳怯之症，你我虽为知己，但恐自不能久待，你纵为我知己，奈我薄命何！”接下来就有“诉肺腑”一段：

> （林黛玉）想到此间，不禁滚下泪来。待进去相见，自觉无味，便一面拭泪，一面抽身回去了。
>
> 这里宝玉忙忙的穿了衣裳出来，忽见林黛玉在前面慢慢的走着，似有拭泪之状，便忙赶上来，笑道：“妹妹往那里去？怎么又哭了？又是谁得罪了你？”林黛玉回头见是宝玉，便勉强笑道：“好好的，我何曾哭了。”宝玉笑道：“你瞧瞧，眼睛上的泪珠儿未干，还撒谎呢。”一面说，一面禁不住抬起手来替他拭泪。林黛玉忙向后退了几步，说道：“你又要死了！作什么这么动手动脚的！”宝玉笑道：“说话忘了情，不觉的动了手，也就顾不的死活。”林黛玉道：“你死了倒不值什么，只是丢下了什么金，又是什么麒麟，可怎么样呢？”一句话又把宝玉说急了，赶上来问道：“你还说这话，到底是咒我还是气我呢？”林黛玉见问，方想起前日的事来，遂自悔自己又说造次了，忙笑道：“你别着急，我原说错了。这有什么的，筋都暴起来，急的一脸汗。”一面说，一面禁不住近前伸手替他拭面上的汗。宝玉瞅了半天，方说道“你放心”三个字。林黛玉听了，怔了半天，方说道：“我有什么不放心的？我不明白这话。你

倒说说怎么放心不放心?”宝玉叹了一口气,问道:“你果不明白这话?难道我素日在你身上的心都用错了?连你的意思若体贴不着,就难怪你天天为我生气了。”林黛玉道:“果然我不明白放心不放心的话。”宝玉点头叹道:“好妹妹,你别哄我。果然不明白这话,不但我素日之意白用了,且连你素日待我之意也都辜负了。你皆因总是不放心的原故,才弄了一身病。但凡宽慰些,这病也不得一日重似一日。”林黛玉听了这话,如轰雷掣电,细细思之,竟比自己肺腑中掏出来的还觉恳切,竟有万句言语,满心要说,只是半个字也不能吐,却怔怔的望着他。此时宝玉心中也有万句言语,不知从那一句上说起,却也怔怔的望着黛玉。两个人怔了半天,林黛玉只咳了一声,两眼不觉滚下泪来,回身便要走。宝玉忙上前拉住,说道:“好妹妹,且略站住,我说一句话再走。”林黛玉一面拭泪,一面将手推开,说道:“有什么可说的。你的话我早知道了!”口里说着,却头也不回竟去了。

这时,他们算是比较直接地互相表露了内心的真实感情和意愿。接着是宝玉挨打,黛玉在傍晚时分坐在宝玉床边暗暗哭泣,她回去后,宝玉支开了袭人,特别找来晴雯,让她给黛玉送去自己经常给黛玉擦眼泪的手帕。第三十四回写道:

晴雯听了,只得拿了帕子往潇湘馆来。只见春纤正在栏杆上晾手帕子,见他进来,忙摆手儿,说:“睡下了。”晴雯走进来,满屋魆黑。并未点灯。黛玉已睡在床上,问是谁。晴雯忙答道:“晴雯。”黛玉道:“做什么?”晴雯道:“二爷送手帕子来给姑娘。”黛玉听了,心中发闷:“做什么送手帕子来给我?”因问:“这帕子是谁送他的?必是上好的,叫他留着送别人去罢,我这会子不用这个。”晴雯笑道:“不是新的,就是家常旧的。”林黛玉听见,越发闷住,着实细心搜求,思忖一时,方大悟过来,连忙说:“放下,去罢。”晴雯听了,只得放下,抽身回去,一路盘算,不解何意。

这里林黛玉体贴出手帕子的意思来，不觉神魂驰荡：宝玉这番苦心，能领会我这番苦意，又令我可喜，我这番苦意，不知将来如何，又令我可悲，忽然好好的送两块旧帕子来，若不是领我深意，单看了这帕子，又令我可笑，再想令人私相传递与我，又可惧，我自己每每好哭，想来也无味，又令我可愧。如此左思右想，一时五内沸然炙起。黛玉由不得余意绵缠，令掌灯，也想不起嫌疑避讳等事，便向案上研墨蘸笔，便向那两块旧帕上走笔写道：

眼空蓄泪泪空垂，暗洒闲抛却为谁？
尺幅鲛绡劳解赠，叫人焉得不伤悲！

其二

抛珠滚玉只偷潸，镇日无心镇日闲，
枕上袖边难拂拭，任他点点与斑斑。

其三

彩线难收面上珠，湘江旧迹已模糊，
窗前亦有千竿竹，不识香痕渍也无？

林黛玉还要往下写时，觉得浑身火热，面上作烧，走至镜台揭起锦袱一照，只见腮上通红，自羡压倒桃花，却不知病由此萌。

这手帕和题诗成了他们感情的信物，也是互相"诉肺腑"实证。宝黛以共同精神思想凝聚的爱情，发展到了至真至纯的程度。然而，作者又点明了这实际是宝黛悲剧开始走向幻灭的开端。此后书中很长一段内容作者已经把他们的恋爱搁起，用贾府的其他恋爱悲剧来衬托他们的悲剧，象征他们的悲剧结局，如宝玉在金钏儿自杀周年的祭奠，鸳鸯的悲剧，尤二姐、尤三姐的悲剧，司棋的悲剧，晴雯的悲剧。随后就是后四十回宝玉的丢失通灵宝玉和得病神思昏迷，黛玉的惊梦，以及她的死。

黛玉的思想性格在她的葬花一事和那首著名的葬花词中得到了生动、深刻的体现。葬花，是林黛玉对自己身世的感慨，也是对自己身世命运的形象化描绘。第二十七回写道：

宝玉因不见了林黛玉，便知他躲了别处去了，想了一想，索性迟两日，等他的气消一消再去也罢了。因低头看见许多凤仙石榴等各色落花，锦重重的落了一地，因叹道："这是他心里生了气，也不收拾这花儿来了。待我送了去，明儿再问着他。"说着，只见宝钗约着他们往外头去。宝玉道："我就来。"说毕，等他二人远了，便把那花兜了起来，登山渡水，过树穿花，一直奔了那日同林黛玉葬桃花的去处来。将已到了花冢，犹未转过山坡，只听山坡那边有呜咽之声，一行数落着，哭的好不伤感。宝玉心下想道："这不知是那房里的丫头，受了委曲，跑到这个地方来哭。"一面想，一面煞住脚步，听他哭道是：

花谢花飞花满天，红消香断有谁怜？
游丝软系飘春榭，落絮轻沾扑绣帘。
闺中女儿惜春暮，愁绪满怀无释处，
手把花锄出绣闺，忍踏落花来复去。
柳丝榆荚自芳菲，不管桃飘与李飞。
桃李明年能再发，明年闺中知有谁？
三月香巢已垒成，梁间燕子太无情！
明年花发虽可啄，却不道人去梁空巢也倾。
一年三百六十日，风刀霜剑严相逼，
明媚鲜妍能几时，一朝飘泊难寻觅。
花开易见落难寻，阶前闷杀葬花人，
独倚花锄泪暗洒，洒上空枝见血痕。
杜鹃无语正黄昏，荷锄归去掩重门。
青灯照壁人初睡，冷雨敲窗被未温。
怪奴底事倍伤神，半为怜春半恼春：
怜春忽至恼忽去，至又无言去不闻。
昨宵庭外悲歌发，知是花魂与鸟魂？

花魂鸟魂总难留，鸟自无言花自羞。
愿奴胁下生双翼，随花飞到天尽头。
天尽头，何处有香丘？
未若锦囊收艳骨，一抔净土掩风流。
质本洁来还洁去，强于污淖陷渠沟。
尔今死去侬收葬，未卜侬身何日丧？
侬今葬花人笑痴，他年葬侬知是谁？
试看春残花渐落，便是红颜老死时。
一朝春尽红颜老，花落人亡两不知！
宝玉听了不觉痴倒。

二十八回接写：

话说林黛玉只因昨夜晴雯不开门一事，错疑在宝玉身上。至次日又可巧遇见饯花之期，正是一腔无明正未发泄，又勾起伤春愁思，因把些残花落瓣去掩埋，由不得感花伤己，哭了几声，便随口念了几句。不想宝玉在山坡上听见，先不过点头感叹，次后听到"侬今葬花人笑痴，他年葬侬知是谁"，"一朝春尽红颜老，花落人亡两不知"等句，不觉恸倒山坡之上，怀里兜的落花撒了一地。试想林黛玉的花颜月貌，将来亦到无可寻觅之时，宁不心碎肠断！既黛玉终归无可寻觅之时，推之于他人，如宝钗，香菱，袭人等，亦可到无可寻觅之时矣。宝钗等终归无可寻觅之时，则自己又安在哉？且自身尚不知何在何往，则斯处、斯园、斯花、斯柳，又不知当属谁姓矣！——因此一而二，二而三，反复推求了去，真不知此时此际欲为何等蠢物，杳无所知，逃大造，出尘网，使可解释这段悲伤。正是：花影不离身左右，鸟声只在耳东西。

林黛玉去看贾宝玉，结果因为薛宝钗访宝玉深夜未走，看门的晴雯生了气，也没听清来敲门的是林黛玉，还说宝玉吩咐一概不让进，让林黛玉吃了个闭门羹,返回时又看见是宝玉送宝钗出来,为此大为伤心,便不理宝玉,为了排遣懊丧心情,才去葬花,于极度悲哀之中,吟诵了葬花词。其实这确也是作者对林黛玉命运向读者的预告。在《红楼梦》的诗词中应该说这是写得最好、最感人的,处处说花,处处说人,正是林黛玉一生遭遇的生动形象表现。林黛玉就是无比纯洁、鲜艳的一朵花,可是她在“一年三百六十日,风刀霜剑严相逼”的环境下,被活活地逼死了!这“风刀霜剑”就是黑暗封建势力的象征。林黛玉的清高、孤傲、纯洁、真挚,则是和封建贵族家庭的习惯传统,水火不相容的!

林黛玉这种孤傲清高的个性,又没有任何的家庭背景支撑,显然不会得到贾府中上上下下的肯定,也不会获得贾母、王夫人的欢心。她既没有财富作本钱向上上下下散施(即使有她也不会这样做),更不想低三下四地去讨好贾府的任何人,因此虽然在这场爱情悲剧中得到贾宝玉的真心相待,可是在那个时代婚姻并不是只存在于男女双方之间,而是被操控在家长手里的。尽管她和宝玉生死不渝,然而贾母和王夫人那里通不过也是白搭。由于林黛玉一心在如何巩固她和贾宝玉的爱情方面,但是毕竟在她身上也还有封建传统观念的影响,她不可能非常明确地向宝玉表白,总是暗暗地试探宝玉,当试探感觉不好时她流泪悲伤,而试探满意时也是感伤流泪,也许这就是作者说的“还泪”。实际是她的处境和性格所造成的必然结果。她的孤傲让人觉得好像不可亲近,她的悲哀让人觉得可怜可叹。

林黛玉的性格和悲剧在后四十回得到进一步发展。我相信后四十回对林黛玉的描写如果不是曹雪芹的原稿,那也是按照曹雪芹的构思来写的,如果是出自续写者的手笔,那么应该是十分成功的。她的凄凉死去是对黑暗的封建恶势力之极其有力的揭露和控诉。贾母对她的冷淡和残忍,她的无比凄惨境况,她以怯弱之躯挣扎于病床上,在炭火盆前焚稿断痴情,对紫鹃的血泪嘱咐,绝命于宝玉、宝钗的婚礼鼓乐声中,让我们看到一个完整的悲剧人物的典型。我们看第九十七回写黛玉临死前绝望焚诗稿、烧诗帕一节:

且说黛玉虽然服药,这病日重一日。紫鹃等在旁苦劝,说道:“事情到了这个分儿,不得不说了。姑娘的心事,我们也都知道。至于意外之事是再没有的。姑娘不信,只拿宝玉的身子说起,这样大病,怎么做得亲呢。姑娘别听瞎话,自己安心保重才好。”黛玉微笑一笑,也不答言,又咳嗽数声,吐出好些血来。紫鹃等看去,只有一息奄奄,明知劝不过来,惟有守着流泪,天天三四趟去告诉贾母。鸳鸯测度贾母近日比前疼黛玉的心差了些,所以不常去回。况贾母这几日的心都在宝钗宝玉身上,不见黛玉的信儿也不大提起,只请太医调治罢了。

黛玉向来病着,自贾母起,直到姊妹们的下人,常来问候。今见贾府中上下人等都不过来,连一个问的人都没有,睁开眼,只有紫鹃一人。自料万无生理,因扎挣着向紫鹃说道:“妹妹,你是我最知心的,虽是老太太派你服侍我这几年,我拿你就当作我的亲妹妹。”说到这里,气又接不上来。紫鹃听了,一阵心酸,早哭得说不出话来。迟了半日,黛玉又一面喘一面说道:“紫鹃妹妹,我躺着不受用,你扶起我来靠着坐坐才好。”紫鹃道:“姑娘的身上不大好,起来又要抖搂着了。”黛玉听了,闭上眼不言语了。一时又要起来。紫鹃没法,只得同雪雁把他扶起,两边用软枕靠住,自己却倚在旁边。

黛玉那里坐得住,下身自觉硌的疼,狠命的撑着,叫过雪雁来道:“我的诗本子。”说着又喘。雪雁料是要他前日所理的诗稿,因找来送到黛玉跟前。黛玉点点头儿,又抬眼看那箱子。雪雁不解,只是发怔。黛玉气的两眼直瞪,又咳嗽起来,又吐了一口血。雪雁连忙回身取了水来,黛玉漱了,吐在盒内。紫鹃用绢子给他拭了嘴。黛玉便拿那绢子指着箱子,又喘成一处,说不上来,闭了眼。紫鹃道:“姑娘歪歪儿罢。”黛玉又摇摇头儿。紫鹃料是要绢子,便叫雪雁开箱,拿出一块白绫绢子来。黛玉瞧了,撂在一边,使劲说道:“有字的。”紫鹃这才明白过来,要那块题诗的旧帕,只得叫雪雁拿出来递给黛玉。紫鹃劝道:“姑娘歇歇罢,何苦又劳神，等好了再瞧罢。”只见黛玉接到手里，也不瞧诗，扎挣着伸出那只手来狠命的撕那绢子，却是只有打颤的分儿，那里撕得动。紫鹃早已知他是恨宝玉，却也不敢说破，只说：“姑娘何苦自己又生气！”黛玉点点头儿，掖在袖里，便叫雪雁点灯。雪雁答应，连忙点上灯来。

黛玉瞧瞧，又闭了眼坐着，喘了一会子，又道：“笼上火盆。”紫鹃打谅他冷。因说道：“姑娘躺下，多盖一件罢。那炭气只怕耽不住。”黛玉又摇头儿。雪雁只得笼上，搁在地下火盆架上。黛玉点头，意思叫挪到炕上来。雪雁只得端上来，出去拿那张火盆炕桌。那黛玉却又把身子欠起，紫鹃只得两只手来扶着他。黛玉这才将方才的绢子拿在手中，瞅着那火点点头儿，往上一撂。紫鹃唬了一跳，欲要抢时，两只手却不敢动。雪雁又出去拿火盆桌子，此时那绢子已经烧着了。紫鹃劝道：“姑娘这是怎么说呢。”黛玉只作不闻，回手又把那诗稿拿起来，瞧了瞧又撂下了。紫鹃怕他也要烧，连忙将身倚住黛玉，腾出手来拿时，黛玉又早拾起，撂在火上。此时紫鹃却够不着，干急。雪雁正拿进桌子来，看见黛玉一撂，不知何物，赶忙抢时，那纸沾火就着，如何能够少待，早已烘烘的着了。雪雁也顾不得烧手，从火里抓起来撂在地下乱踩，却已烧得所余无几了。那黛玉把眼一闭，往后一仰，几乎不曾把紫鹃压倒。

又第九十八回写道：

却说宝玉成家的那一日，黛玉白日已昏晕过去，却心头口中一丝微气不断，把个李纨和紫鹃哭的死去活来。到了晚间，黛玉去又缓过来了，微微睁开眼，似有要水要汤的光景。此时雪雁已去，只有紫鹃和李纨在旁。紫鹃便端了一盏桂圆汤和的梨汁，用小银匙灌了两三匙。黛玉闭着眼静养了一会子，觉得心里似明似暗的。此时李纨见黛玉略缓，明知是回光返照的光景，却料着还有一半天耐头，自己回到稻香村料理了一回事情。

这里黛玉睁开眼一看,只有紫鹃和奶妈并几个小丫头在那里,便一手攥了紫鹃的手,使着劲说道:“我是不中用的人了。你服侍我几年,我原指望咱们两个总在一处。不想我……”说着,又喘了一会子,闭了眼歇着。紫鹃见他攥着不肯松手,自己也不敢挪动,看他的光景比早半天好些,只当还可以回转,听了这话,又寒了半截。半天,黛玉又说道:“妹妹,我这里并没亲人。我的身子是干净的,你好歹叫他们送我回去。”说到这里又闭了眼不言语了。那手却渐渐紧了,喘成一处,只是出气大入气小,已经促疾的很了。

紫鹃忙了,连忙叫人请李纨,可巧探春来了。紫鹃见了,忙悄悄的说道:“三姑娘,瞧瞧林姑娘罢。”说着,泪如雨下。探春过来,摸了摸黛玉的手已经凉了,连目光也都散了。探春紫鹃正哭着叫人端水来给黛玉擦洗,李纨赶忙进来了。三个人才见了,不及说话。刚擦着,猛听黛玉直声叫道:“宝玉,宝玉,你好……”说到“好”字,便浑身冷汗,不作声了。紫鹃等急忙扶住,那汗愈出,身子便渐渐的冷了。探春李纨叫人乱着拢头穿衣,只见黛玉两眼一翻,呜呼,香魂一缕随风散,愁绪三更入梦遥!

当时黛玉气绝,正是宝玉娶宝钗的这个时辰。紫鹃等都大哭起来。李纨探春想他素日的可疼,今日更加可怜,也便伤心痛哭。因潇湘馆离新房子甚远,所以那边并没听见。一时大家痛哭了一阵,只听得远远一阵音乐之声,侧耳一听,却又没有了。探春李纨走出院外再听时,惟有竹梢风动,月影移墙,好不凄凉冷淡!

《红楼梦》后四十回写黛玉之死和宝钗大婚是最为精彩感人的部分,也是悲剧发展的高峰,不仅在前八十回基础上继续完美地塑造了林黛玉的完整形象,使之成为世界文学史上不朽的艺术典型,也使《红楼梦》的中心事件有了一个合乎作者原意的结局。

3. 薛宝钗的典型形象

曹雪芹写薛宝钗的形象显然是作为林黛玉的对照典型而出现的。

从一个一般的形象来说，薛宝钗在容貌、品德、才智等方面，不但处处可以与林黛玉相媲美，甚至有压倒林黛玉的力量，她被环境所推崇、赞许，为众人所喜欢，待人处世圆润和谐，是封建时代完美的贤惠淑女。她没有林黛玉的“小心眼”，她没有林黛玉的“任性”，也没有林黛玉的“孤僻”，她更没有林黛玉的尖刻、林黛玉的锋芒外露、林黛玉的不饶人……所以她对贾宝玉也有很大的吸引力，足以使贾宝玉留恋彷徨，不能专注于林黛玉。然而薛宝钗和林黛玉虽然都是“有才有貌”，可是在思想性格和待人处世上，则有根本的不同。薛宝钗出生在一个家财万贯、极其富有的皇商家庭。虽然她也读书、识字，聪明有智慧，而且美貌出众，端庄贤惠，为人平易，但是在思想深处封建传统观念非常强烈，她是封建社会里最标准的正统女子。薛家要送她入京，希望她能选入宫廷，自然是有所考虑的。因为薛家豪富，挥金如土，但是他们家没有官场的势力和背景，所以薛姨妈入京要投靠的是她姐姐，或是哥哥王子腾家，特别是势力显赫的侯门贾府。薛蟠抢香菱打死冯渊，虽说他也不怕，觉得无非是花几个钱就可了事。但是，实际还是要找贾府帮助，利用贾家的政治势力，使贾雨村不得不胡乱结案。后来，薛蟠又打死酒馆跑堂，就没有那么容易了，差点被判了死刑。这就是因为他家没有官府的背景和势力。送宝钗选秀准备入宫，也是出于这种考虑。在当时，那些善良的父母，都是不愿意把女儿送入宫廷的，实际等于把女儿卖了，再也见不到了。当然对薛宝钗来说，也不一定希望被选入宫，但是她也并没有反对的意思。因为她识大体，懂得她们家需要有官方势力支撑，知道光有钱还是不行的。同时，出身商业世家的薛宝钗，自然具有善于计较利害、把握尺度的特质，她懂得怎样控制自己的感情，从不直率地任意表露自己的感情，她永远以平静的态度、精细的方法处理一切。即使贾宝玉对她的劝告还没等她说完（要他关心仕途经济，多和官场人物交往），就非常不礼貌地“咳了一声，拿起脚来走了”（第三十二回），她也不在乎，尽管“羞的脸通红”，仍然很礼貌地对待，“自己讪了一会子去了”，所以袭人说她“过后还是照旧一样，真真有涵养，心地宽大”。她特别会做人，善于在不同情景下,毫无破绽地妥帖处理好各种人事关系,说话做事让所有人都满意。例如第十八回贾元春被封为贵妃后回来省亲,要姐妹们作诗,薛宝钗看见贾宝玉有“绿玉春犹卷”的句子,便指点她元妃不喜欢“红香绿玉”题字,才改为“怡红快绿”,教宝玉把“绿玉”改为“绿蜡”。第三十七回写史湘云加入海棠诗社,她要先做东,又没有钱。宝钗就从自家店里要来许多螃蟹,给她做东用。书中写道:“湘云灯下计议如何设东拟题。宝钗听他说了半日,皆不妥当,因向他说道:‘既开社,便要作东。虽然是顽意儿,也要瞻前顾后,又要自己便宜,又要不得罪了人,然后方大家有趣。你家里你又作不得主,一个月通共那几串钱,你还不够盘缠呢。这会子又干这没要紧的事,你婶子听见了,越发抱怨你了。况且你就都拿出来,做这个东道也是不够。难道为这个家去要不成?还是往这里要呢?’一席话提醒了湘云,倒踌蹰起来。宝钗道:‘这个我已经有个主意。我们当铺里有个伙计,他家田上出的很好的肥螃蟹,前儿送了几斤来。现在这里的人,从老太太起连上园里的人,有多一半都是爱吃螃蟹的。前日姨娘还说要请老太太在园里赏桂花吃螃蟹,因为有事还没有请呢。你如今且把诗社别提起,只管普通一请。等他们散了,咱们有多少诗作不得的。我和我哥哥说,要几篓极肥极大的螃蟹来,再往铺子里取上几坛好酒,再备上四五桌果碟,岂不又省事又大家热闹了。’湘云听了,心中自是感服,极赞他想的周到。宝钗又笑道:‘我是一片真心为你的话。你千万别多心,想着我小看了你,咱们两个就白好了。你若不多心,我就好叫他们办去的。’湘云忙笑道:‘好姐姐,你这样说,倒多心待我了。凭他怎么糊涂,连个好歹也不知,还成个人了?我若不把姐姐当作亲姐姐一样看,上回那些家常话烦难事也不肯尽情告诉你了。’”一件小事可以清楚看出宝钗为人处世的老到,其用心之细密。又第三十二回写金钏儿挨打被逐,愤而投井自杀,王夫人心里懊恼,“宝钗叹道:‘姨娘是慈善人,固然这么想。据我看来,他并不是赌气投井。多半他下去住着,或是在井跟前憨顽,失了脚掉下去的。他在上头拘束惯了,这一出去,自然要到各处去顽顽逛逛,岂有这样大气的理!纵然有这样大气,也不过是个糊涂人,也不为可惜。’王夫人点头叹道:‘这话虽然如此说,到底我心不安。’宝钗叹道:‘姨娘也不必念念于兹,十分过不去,不过多赏他几两银子发送他,也就尽主仆之情了。’王夫人道:‘刚才我赏了他娘五十两银子,原要还把你妹妹们的新衣服拿两套给他妆裹。谁知凤丫头说可巧都没什么新做的衣服,只有你林妹妹作生日的两套。我想你林妹妹那个孩子素日是个有心的,况且他也三灾八难的,既说了给他过生日,这会子又给人妆裹去,岂不忌讳。因为这么样,我现叫裁缝赶两套给他。要是别的丫头,赏他几两银子就完了,只是金钏儿虽然是个丫头,素日在我跟前比我的女儿也差不多。’口里说着,不觉泪下。宝钗忙道:‘姨娘这会子又何用叫裁缝赶去,我前儿倒做了两套,拿来给他岂不省事。况且他活着的时候也穿过我的旧衣服,身量又相对。’王夫人道:‘虽然这样,难道你不忌讳?’宝钗笑道:‘姨娘放心,我从来不计较这些。’一面说,一面起身就走。王夫人忙叫了两个人来跟宝姑娘去。一时宝钗取了衣服回来,只见宝玉在王夫人旁边坐着垂泪。王夫人正才说他,因宝钗来了,却掩了口不说了。宝钗见此光景,察言观色,早知觉了八分,于是将衣服交割明白”。如此的宝钗,王夫人怎么会不特别喜欢她呢?第五十六回回目是“敏探春兴利除宿弊　时宝钗小惠全大体”,王熙凤病了,探春代管家务,王夫人派宝钗协助,这本来是个难题,然而宝钗却能以消极应付的本事取积极协助的姿态,做出了使大家都满意的事来。探春决定把大观园中的花果生产交给几个老婆子掌管,宝钗就提出了一个调剂性的建议:凡经营生产收入,除供应头油香粉外,其盈余不必再交到账房,而作为经营人的贴补,而且应当也分些给其他的婆子媳妇们。这样,公家虽然省了钱,却不显得太啬刻。其他未经手的人们得到利益,也便不致抱怨或暗中破坏别人。于是各个方面都欢喜感服,作者非常精当地说她这一措施是“小惠全大体”。说明宝钗对人事的警觉性是很高的,她从不做一件妨碍人的事,从不说一句刺激人的话。第二十七回写宝钗偶然高兴扑两个蝴蝶,却不想恰好听到滴翠亭内丫头小红和另一个丫头坠儿在密商和贾芸换手帕的事(贾芸拣了小红手帕,对小红有意,让坠儿去还手帕,还要报答),宝钗知道躲闪不及,就立刻假装是去寻找躲藏的林黛玉,以免让小红知道宝钗窥察了她的秘密,果然小红不怀疑她,反倒担心被林黛玉偷听了去。这些都说明宝钗为人非常精细,不让任何人对她有不满。大观园人事复杂,情弊日多,危机四伏,宝钗看得很清楚,但她却从不指摘什么。在大观园因绣春囊事件而被王夫人查抄时,虽然不查她住的蘅芜院,但是她断定这是搬出去的机会,于是假托母亲身体不好无人照看,毫无痕迹地搬回自己家里去了。宝钗之精通处世,绝不是黛玉也包括湘云所能够领悟的。

其实,在《红楼梦》中作者并没有写过宝钗和宝玉爱恋的事实,虽然宝玉也对宝钗的美貌和才华流露过一些爱慕,但从未有过真正的爱情,宝玉和黛玉的相识是一下子触动了爱的心弦,具有强大的心灵震撼,犹如《西厢记》中普救寺佛堂张生见莺莺之"惊艳"。而宝玉和宝钗的相见,即使是彼此认看宝玉和金锁(是他们命定的象征物),宝玉对她却没有任何心灵的感应,那宝玉金锁上的"莫失莫忘,仙寿恒昌"和"不即不离,芳龄永继",还是莺儿说出了它们是一对。宝玉又念了两遍才说:"姐姐这八个字倒真与我的是一对。"宝钗当然明白是象征她和宝玉姻缘的,但是一句话也不说。随着宝玉对宝钗为人的了解,他对宝钗愈来愈敬而远之,第三十六回作者写道:"或如宝钗辈有时见机导劝,反生起气来,只说'好好的一个清净洁白女儿,也学的钓名沽誉,入了国贼禄鬼之流。这总是前人无故生事,立言竖辞,原为导后世的须眉浊物。不想我生不幸,亦且琼闺绣阁中亦染此风,真真有负天地钟灵毓秀之德!'"宝玉不仅对宝钗的世俗习气看不惯,很厉害地斥骂她,而且当黛玉怀疑他感情转移时,他非常郑重地向黛玉声明"亲不间疏,先不僭后",表明他和黛玉的关系毫无疑问是更为亲密的。还向黛玉说:"除了别人说什么金什么玉,我心里要有这个想头,天诛地灭,万世不得人身!"(第二十八回)而且当宝钗关心黛玉,黛玉非常感激时,宝玉假借《西厢记》词句问黛玉:"是几时孟光接了梁鸿案?"宝玉反应非常冷淡,说明他对宝钗是有看法的。宝玉经常和黛玉闹别扭,而和宝钗则从没有怄过气,其实正说明宝玉和黛玉的亲密超乎所有人,而和宝钗则是客客气气地互相敬重地相处。但是宝玉特别不满意于所谓“金玉良缘”的命定论,多次要砸那块玉。有一次宝钗听他在睡梦中说梦话,“这里宝钗只刚做了两三个花瓣,忽见宝玉在梦中喊骂说:‘和尚道士的话如何信得?什么是金玉姻缘,我偏说是木石姻缘!’薛宝钗听了这话,不觉怔了”(第三十六回)。作者为什么要让宝钗听见?就是要让宝钗明白宝玉爱的是黛玉而不是她,她虽然“不觉怔了”,但是仍然平静对待,因为她懂得那个时代婚姻不是自己决定的。曹雪芹和宝玉一样虽然肯定她是一个贤惠淑女,但是不喜欢她维护传统的思想性格,对她感情从不外露,过于冷涩,是颇不感兴趣的,所以第八回宝玉去梨香院看她,作者介绍宝钗的特点是:“罕言寡语,人谓藏愚,安分随时,自云守拙。”这显然是有点讽刺意味的,作者让她姓薛(雪),又常常服用“冷香丸”,都是要说明她性格之“冷”。而在第六十三回“寿怡红群芳开夜宴　死金丹独艳理亲丧”时让宝钗抽到的酒签是牡丹花,题词是“艳压群芳”而附注诗句则是:“任是无情也动人。”虽是花王,但是并无天真烂漫的真情。这应该就是贾宝玉不喜欢她而喜欢林黛玉的原因之一,宝玉的态度也是曹雪芹对薛宝钗的态度。宝玉还当着黛玉等人的面奚落宝钗,说她像杨贵妃。第三十回写宝玉说:“怪不得他们拿姐姐比杨妃,原来也体丰怯热。”宝钗虽然心里“大怒”,但是表面上还是很平静,只说:“我倒像杨妃,只是没一个好哥哥好兄弟可以作得杨国忠的!”以上足可看出《红楼梦》里不只是宝玉对宝钗并没有爱意,而且作者曹雪芹对宝钗心里也是明显不满意的。

薛宝钗并不是一个坏人,她不仅长得容貌丰美,且才华敏捷,知识丰富,端庄大方,而且也很懂人情世故,善于周到待人处世。她不像王熙凤那样心狠手辣、两面三刀,也不像林黛玉那样清高、孤傲,更不像赵姨娘那样低级庸俗,她是封建社会典型的高雅、贤惠淑女,然而她并不是没有追求的,她要像贾元春那样入宫做贵妃,以她这样商人家庭出身而无雄厚官方背景,自然是十分困难的,她的目标其实早就确定在宝二奶奶的位置上,她深深懂得如何才能达到这个目标。她曾经写过一首《临江仙》词说：

> 白玉堂前春解舞，东风卷得均匀。蜂团蝶阵乱纷纷。几曾随逝水，岂必委芳尘。　　万缕千丝终不改，任他随聚随分。韶华休笑本无根，好风频借力，送我上青云！

这是她心灵世界和人生道路的集中表现。她的为人就是“随聚随分”，虽然是“韶华休笑本无根”，却要待“好风频借力，送我上青云”。这就是要凭借贾母、王夫人、王熙凤之力，送她上宝二奶奶的宝座。这是她在贾府逐渐认识到的。宝钗知道宝玉的心是完全在林黛玉身上，并不在她身上，但是她知道这婚姻大事并不是由宝黛自己决定的。林黛玉追求的是生死不渝的真情，薛宝钗要的是贾家宝二奶奶的位置。她并不把林黛玉当作情敌来对待，当林黛玉投来一支支枪箭的时候，她总是忍让不还击的。她的做法是要以封建社会贤淑女子典范的风貌气度出现在贾府，不仅要让贾母、王夫人、王熙凤等掌权者喜欢她，而且要让所有贾府的人，包括林黛玉乃至赵姨娘，以及各个丫头，都说她好，从心里喜欢她。她尤其是借此来处理和林黛玉的关系。薛宝钗虽然读书很多，也未必不认为《西厢记》《牡丹亭》不是绝妙好词，但是她严守封建伦常，把它们看作淫词艳曲，对她们这样上层女子来说，是不可以随便去阅读、赞赏的。所以当林黛玉在和刘姥姥吃酒，与鸳鸯行酒令时，无意之中引用了《牡丹亭》“良辰美景奈何天”、《西厢记》“纱窗也没有红娘报”（原文为“纱窗外定有红娘报”），“宝钗听了，回头看着他。黛玉只顾怕罚，也不理论”。第二天，宝钗就把黛玉叫到蘅芜院，第四十二回写道：

> 且说宝钗等吃过早饭，又往贾母处问过安，回园至分路之处，宝钗便叫黛玉道：“颦儿跟我来，有一句话问你。”黛玉便同了宝钗，来至蘅芜苑中。进了房，宝钗便坐了笑道：“你跪下，我要审你。”黛玉不解何故，因笑道：“你瞧宝丫头疯了！审问我什么？”

宝钗冷笑道:"好个千金小姐!好个不出闺门的女孩儿!满嘴说的是什么?你只实说便罢。"黛玉不解,只管发笑,心里也不免疑惑起来,口里只说:"我何曾说什么?你不过要捏我的错儿罢了。你倒说出来我听听。"宝钗笑道:"你还装憨儿。昨儿行酒令你说的是什么?我竟不知那里来的。"黛玉一想,方想起来昨儿失于检点,那《牡丹亭》《西厢记》说了两句,不觉红了脸,便上来搂着宝钗,笑道:"好姐姐,原是我不知道随口说的。你教给我,再不说了。"宝钗笑道:"我也不知道,听你说的怪生的,所以请教你。"黛玉道:"好姐姐,你别说与别人,我以后再不说了。"宝钗见他羞得满脸飞红,满口央告,便不肯再往下追问,因拉他坐下吃茶,款款的告诉他道:"你当我是谁,我也是个淘气的.从小七八岁上也够个人缠的。我们家也算是个读书人家,祖父手里也爱藏书。先时人口多,姊妹弟兄都在一处,都怕看正经书。弟兄们也有爱诗的,也有爱词的,诸如这些《西厢》《琵琶》以及《元人百种》,无所不有。他们是偷背着我们看,我们却也偷背着他们看。后来大人知道了,打的打,骂的骂,烧的烧,才丢开了。所以咱们女孩儿家不认得字的倒好。男人们读书不明理,尚且不如不读书的好,何况你我。就连作诗写字等事,这不是你我分内之事,究竟也不是男人分内之事。男人们读书明理,辅国治民,这便好了。只是如今并不听见有这样的人,读了书倒更坏了。这是书误了他,可惜他也把书糟踏了,所以竟不如耕种买卖,倒没有什么大害处。你我只该做些针黹纺织的事才是,偏又认得了字,既认得了字,不过拣那正经的看也罢了,最怕见了些杂书,移了性情,就不可救了。"一席话,说的黛玉垂头吃茶,心下暗伏,只有答应"是"的一字。

这里,我们就可以看见黛玉、宝钗之间的差异,黛玉思想是很开放的,她是真正从心里欣赏《西厢记》《牡丹亭》,所以在行酒令时顺口就带出来了,自己也没有觉得怎么样,说明她内心是十分欣赏《西厢记》《牡丹亭》的,不认为有什么问题。被宝钗教训了这一顿,她当然是不能反驳,只能感激的,毕竟是在那样的社会环境里,自己身上也还有不少传统观念影响,故而"心下暗伏",只答应"是"。然而,宝钗则不同。她自然也是读过《西厢记》《牡丹亭》的,也熟悉里面的内容和词句,但她则认为那是违背封建伦理纲常的,女孩子只能"偷背"一些,绝对不可以公开露出欣赏之意的,所以把黛玉叫去教训了一顿。但是,宝钗还是从关心黛玉出发的,也是一番好意。不过,从这里我们可以看出黛玉的天真、单纯,而宝钗则精通人情世故,知道在那个社会的贵族家庭里,什么可以做,什么可以想,什么不可以做,什么不可以想。她心里未见得不喜欢《西厢记》《牡丹亭》,但是她懂得那是封建家庭的大忌,女孩子是千金小姐,怎么能学这些坊间戏文呢,岂不会被认为是淫荡吗?

宝钗和黛玉的差别主要就在这里,她们并不是品德好坏的不同,而是思想性格、人生境界的不同。林黛玉身上有很多和封建贵族家庭格格不入的地方,她不只是十分痛恨厌恶那些罪恶、堕落、无耻、肮脏的现象,而且具有蔑视传统的叛逆精神,追求自由、平等、个性解放,沉醉于纯洁、真挚的自由恋爱,坚决不和那个黑暗的旧世界同流合污,要保持自己洁净的人格操守,所以决不去附和这个贵族家庭的要求,做违背自己自由意志的事,决不去虚伪地巴结和讨好贾母和王夫人。薛宝钗在这方面和林黛玉完全不同,她按照自己的做人标准,去表达对林黛玉的关心和帮助,确实也是真心诚意的。例如第四十五回写道:

> 黛玉每岁至春分秋分之后,必犯嗽疾,今秋又遇贾母高兴,多游玩了两次,未免过劳了神,近日又复嗽起来,觉得比往常又重,所以总不出门,只在自己房中将养。……
>
> 这日宝钗来望他,因说起这病症来。宝钗道:"这里走的几个太医虽都还好,只是你吃他们的药总不见效,不如再请一个高明的人来瞧一瞧,治好了岂不好?每年间闹一春一夏,又不老又不小,成什么?不是个常法。"黛玉道:"不中用。我知道我这样病是

不能好的了。且别说病,只论好的日子我是怎么形景,就可知了。”宝钗点头道:“可正是这话。古人说‘食谷者生’,你素日吃的竟不能添养精神气血,也不是好事。”黛玉叹道:“‘死生有命,富贵在天’,也不是人力可强的。今年比往年反觉又重了些似的。”说话之间,已咳嗽了两三次。宝钗道:“昨儿我看你那药方上,人参肉桂觉得太多了。虽说益气补神,也不宜太热。依我说,先以平肝健胃为要,肝火一平,不能克土,胃气无病,饮食就可以养人了。每日早起拿上等燕窝一两,冰糖五钱,用银铫子熬出粥来,若吃惯了,比药还强,最是滋阴补气的。”

黛玉叹道:“你素日待人,固然是极好的,然我最是个多心的人,只当你心里藏奸。从前日你说看杂书不好,又劝我那些好话,竟大感激你。往日竟是我错了,实在误到如今。细细算来,我母亲去世的早,又无姊妹兄弟,我长了今年十五岁,竟没一个人像你前日的话教导我。怨不得云丫头说你好,我往日见他赞你,我还不受用,昨儿我亲自经过,才知道了。比如若是你说了那个,我再不轻放过你的,你竟不介意,反劝我那些话,可知我竟自误了。若不是从前日看出来,今日这话,再不对你说。你方才说叫我吃燕窝粥的话,虽然燕窝易得,但只我因身上不好了,每年犯这个病,也没什么要紧的去处。请大夫,熬药,人参肉桂,已经闹了个天翻地覆,这会子我又兴出新文来熬什么燕窝粥,老太太、太太、凤姐姐这三个人便没话说,那些底下的婆子丫头们,未免不嫌我太多事了。你看这里这些人,因见老太太多疼了宝玉和凤丫头两个,他们尚虎视眈眈,背地里言三语四的,何况于我?况我又不是他们这里正经主子,原是无依无靠投奔了来的,他们已经多嫌着我了。如今我还不知进退,何苦叫他们咒我?”宝钗道:“这样说,我也是和你一样。”黛玉道:“你如何比我?你又有母亲,又有哥哥,这里又有买卖地土,家里又仍旧有房有地。你不过是亲戚的情分,白住了这里,一应大小事情,又不沾他们一文半个,要走就走了。我是一无所有,吃穿用度,一草一纸,皆是和他们家的姑娘一样,那起小人岂有不多嫌的。”……黛玉道:“晚上再来和我说句话儿。”宝钗答应着便去了,不在话下。

这里也充分体现了林黛玉确实是非常纯洁、善良的,她本来对宝钗是有看法的,觉得她虚伪藏奸,可是宝钗真诚地关心她,她马上就坦率地和盘托出,并检讨自己过往对宝钗的看法是错了。当然,宝钗也不是虚伪藏奸,她从内心真诚地认为封建社会的伦理纲常和道德规范是好的,她也很看不惯她哥哥薛蟠的堕落、淫荡、庸俗、无能,也看不惯贾府类似薛蟠的那些男人,也不会像王熙凤那么奸猾、残忍、狠毒,说不出王熙凤那种奸诈的花言巧语,也不会王熙凤那种阴险的口蜜腹剑,做不出赵姨娘那样的无赖耍泼行为,她是一个自己行得正、走得直,没有任何小辫子可以让人抓住的人,是很有能力见识的非常正统的贤惠淑女,是真正可以为封建社会“补天”的典范妇女。同时也可看出宝钗为人确实不简单,她对贾府的上上下下能够广结善缘,例如薛蟠做生意回来送给她的东西,她就一人一份地送给园中姊妹,甚至环儿也有一份。第六十七回写道:

且说宝钗到了自己房中,将那些玩意儿一件一件的过了目,除了自己留用之外,一分一分配合妥当,也有送笔墨纸砚的,也有送香袋扇子香坠的,也有送脂粉头油的,有单送顽意儿的。只有黛玉的比别人不同,且又加厚一倍。一一打点完毕,使莺儿同着一个老婆子,跟着送往各处。……

且说赵姨娘因见宝钗送了贾环些东西,心中甚是喜欢,想道:“怨不得别人都说那宝丫头好,会做人,很大方,如今看起来果然不错。他哥哥能带了多少东西来,他挨门儿送到,并不遗漏一处,也不露出谁薄谁厚,连我们这样没时运的,他都想到了。若是那林丫头,他把我们娘儿们正眼也不瞧,那里还肯送我们东西?”

能够让赵姨娘都赞她好,还去告诉王夫人,可见宝钗做人的本事!她能够让林黛玉也敬佩她、赞赏她,那么她在贾府就没有人不夸她的了。这并不是说薛宝钗是假意做作,而是说这是她为人的准则,要让周围的人都会夸赞她,而展示她为人的风度。她尤其对贾母十分热心照顾,贾母喜欢什么她就做什么。第二十二回贾母给宝钗过生日,叫她点戏,她就点贾母喜欢的热闹戏,如《西游记》《鲁智深醉闹五台山》之类。这里我们还要看到,宝钗刚入贾府时和后来的思想行为是不完全相同的,《红楼梦》第三回写林黛玉进贾府,第四回就写薛宝钗进贾府,而第八回就写宝玉看望宝钗,两人互相鉴赏宝玉、金锁,莺儿说金锁:"是个癞头和尚送的,她说必须錾在金器上——"宝钗就没有让她再说下去。这就意味着宝钗是很明白她的目标是能和宝玉结合,她的家庭也需要有一个侯门的女婿。但是一个封建社会的女孩子是不可能自己去表达的,她的办法是尽量多和宝玉接触,获得他的好感。她懂得宝玉是贾家的宝贝,只要宝玉看中,贾母和王夫人一定是会依从他的。所以,我们看她从进入贾府到二十回前,一直是围绕着宝玉转的,书中写只要宝玉和黛玉在一起,马上宝姐姐就来了。其实,黛玉也是如此,只要宝玉和宝钗在一起时,她也会很快出现。不过写宝钗更明显,因此为了金锁宝玉的金玉相配,林黛玉总是和宝玉吵架,总是对宝玉不放心。可是大约从二十二回,贾母特别拿出二十两银子为宝钗过生日,宝钗开始意识到贾母这次给她过生日是比较特别的,有特别看中她的意思,不同于一般给孩子过生日。所以她不仅竭力奉承贾母,点她喜欢吃的甜食,选她喜欢看的吉祥戏文,她意识到她和宝玉的婚姻,不应该只在宝玉身上下功夫,而且在那方面她比不过林黛玉,因为宝玉和黛玉自小一起,两小无猜、特别亲密,更重要的,她是要在贾母、王夫人、凤姐等,宝玉周围起关键作用的人身上下功夫。故而,她不再老跟在宝玉后面转,而是双管齐下,既要讨宝玉喜欢,也要讨贾府家长喜欢,在宝玉面前是非常周到的关心,并显示自己的才学让他佩服,而在家长面前则是表现端庄贤惠、善解人意。不仅对贾母、王夫人,而且在元春面前也要不特别炫耀自己,不特别显露才华,而是十分稳重。所以对元春发出的灯谜,本来她早已猜着,但是偏装猜不着,东猜西猜，最后才猜着。第二十八回元春赏赐端午节礼物，宝玉和宝钗是一样的。“袭人又道：‘昨儿贵妃打发夏太监出来，送了一百二十两银子，叫在清虚观初一到初三打三天平安醮，唱戏献供，叫珍大爷领着众位爷们跪香拜佛呢。还有端午儿的节礼也赏了。’说着命小丫头子来，将昨日所赐之物取了出来，只见上等宫扇两柄，红麝香珠二串，凤尾罗二端，芙蓉簟一领。宝玉见了，喜不自胜，问‘别人的也都是这个？’袭人道：‘老太太的多着一个香如意，一个玛瑙枕。太太、老爷、姨太太的只多着一个如意。你的同宝姑娘的一样。林姑娘同二姑娘、三姑娘、四姑娘只单有扇子同数珠儿，别人都没了。大奶奶、二奶奶他两个是每人两匹纱，两匹罗，两个香袋，两个锭子药。’宝玉听了，笑道：‘这是怎么个原故？怎么林姑娘的倒不同我的一样，倒是宝姐姐的同我一样！别是传错了罢？’袭人道：‘昨儿拿出来，都是一份一份的写着签子，怎么就错了！你的是在老太太屋里的，我去拿了来了。老太太说了，明儿叫你一个五更天进去谢恩呢。’宝玉道：‘自然要走一趟。’说着便叫紫鹃来：‘拿了这个到林姑娘那里去，就说是昨儿我得的，爱什么留下什么。’紫鹃答应了，拿了去，不一时回来说：‘林姑娘说了，昨儿也得了，二爷留着罢。’”元春的端午礼物，已经明显地告诉大家，她已经选中薛宝钗做她的弟媳妇，实际是宣告宝玉和宝钗的订婚。宝玉非常敏感，所以提出为什么他的礼物不和林黛玉的一样，而和薛宝钗的一样。他自然是领会到了元春的意思的，但是，他不愿意这样。他还没有清楚意识到贾母、王夫人和元春的想法是一致的。他还是非常天真地认为只要他坚持，贾母和王夫人是会依从他的。所以，他就装作不明白，也不去深究，因为元春毕竟没有明说。可是宝钗呢？她心里自然也是明白的，第二十八回写道：“薛宝钗因往日母亲对王夫人等曾提过‘金锁是个和尚给的，等日后有玉的方可结为婚姻’等语，所以总远着宝玉。昨儿见元春所赐的东西，独他与宝玉一样，心里越发没意思起来。”她是一个心胸不外露，隐藏很深很深的人。

宝钗知道宝玉爱的是黛玉，贾母和王夫人心里也是明白的。宝玉婚姻的最终决定权在哪里，宝钗非常清楚，所以她虽然心里切盼得到宝二奶奶位置,但是在外面是毫不显露的,更不在宝玉面前流露,反而尽可能远着他,而且她绝不和林黛玉争爱。她的功夫是用在贾府的权力层,她的做法最终大大地获得了成功!薛宝钗和林黛玉的处理方式是迥然不同的,大概地说,林黛玉是注重感情,而薛宝钗是非常理性的。林黛玉把全部努力倾注在对贾宝玉的爱恋中,只注意到宝玉对她是不是一心一意,对周围人都不大看得起,更不去重视别人对自己是否有好感,从个性自由解放角度我行我素。她并不去关注别人对她的看法是否会影响到她和宝玉的爱情未来结果,尤其是贾母、王夫人、王熙凤对自己怎么看,对他和宝玉的爱情会怎么对待。她可以说完全生活在和宝玉的恋爱象牙塔中,而从不去看看周围是什么形势。这也说明林黛玉是很天真、很单纯的,也可以说是完全不懂得这个家庭里复杂人情世故的。她时时刻刻关注的只是宝玉对她是不是真心、是不是毫无二心地爱她。可是宝钗就不同了,她对和宝玉的关系,以及这个大家庭的周围环境是非常注意的,她能够非常理性地看待一切,看待她和宝玉的关系。她当然是希望能够和宝玉结合的,无论从贾府的政治地位,还是宝玉的相貌、才华、个性,都是最理想的选择,更何况还有癞头和尚的金锁配宝玉之预言。但是她非常清醒地认识到:无论从感情方面说,还是从宝玉的方面说,她都是没法和林黛玉相比的,不过,她又很清楚地懂得婚姻并不取决于感情,婚姻是“父母之命,媒妁之言”的结果。她明白虽然宝玉不爱她,但是不等于她和宝玉不会结合。所以自贾母特别为她过生日,后来元春又在送礼物时明显把她和宝玉两人同等对待,王夫人是她亲姨妈,故而,她已经非常明白家长们的意愿,为此,她由追逐宝玉,发展到双管齐下,到完全倒向贾母、王夫人一边,而结果当然是她如愿以偿了,完全战胜了林黛玉!虽然宝玉的情爱不在她那里,但是她还是做了宝二奶奶。尽管她始终没能得到宝玉的爱,但宝二奶奶的宝座她是得到了。

而贾府也必定会选她做宝二奶奶的。林黛玉是贾母亲外孙女,刚到贾府的一段时间,贾母、王夫人看到她的才貌,和贾宝玉又如此亲密无间,自然也是考虑过可否配给贾宝玉,一开始并不认为她不适合。

但是随着林黛玉的清高、孤僻性格逐渐被大家强烈感受到，又由于她身子单薄、多病，特别是宝钗进府，相形之下自然会觉得宝钗更为合适。尤其是贾母和王夫人考虑宝玉的婚姻，不只是看宝玉喜欢不喜欢，而是和贾家的前景和发展相联系考虑的。

第一，宝玉是贾家唯一的希望所在，又有衔玉而生的吉祥征兆，所以一定要有个能够扶助他走“正道”的媳妇，让他改掉那些“疯”“傻”“呆”的毛病，规矩读书，学习仕途经济，往官宦方向发展。

第二，贾家虽然排场很大，是侯门公府，但是实际上内囊空虚，入不敷出，王熙凤掌管家务对此最清楚，但她只是拼命乘机把钱落到自己腰包，至于整个贾府的败落，她是管不了也不管的。经济上的枯竭随处可以看出来，贾琏要通过鸳鸯把贾母的金银器皿偷出来变卖，王熙凤病了要吃人参，家里东寻西找，只有些参须，或是早就坏了的人参。因此贾家需要一个有钱人家的女儿，薛家是皇商之家，是暴发户，虽然没有官位作支撑，但是钱是很不少的，家境十分富裕，在这一点上薛宝钗比林黛玉条件要好得多。贾家需要在金钱上有依靠，当然会选择薛宝钗。薛家也恰好需要贾家的官府背景，以加强自己的政治势力。所以，我们可以看到贾母对薛姨妈是特别地热情、关照，总是“姨太太”“姨太太”的十分客气，总要把她拉到自己身边坐。薛姨妈也是竭力地讨贾母的好感，恭维她的姐姐王夫人。

第三，贾家是“牝鸡司晨”，而且内部也有很多矛盾。王熙凤累病了，其实主要是维持不下去这个家了，于是由探春出来帮助理家。从荣府来说，本来贾赦是长子，但是他什么都做不了，整天和几个小妾喝酒玩乐。他老婆邢夫人胆小怕事，只是讨老公喜欢，帮老公找小妾，也根本管不了家。儿子贾琏更是一个无耻的淫棍、庸俗的痞子。贾母的小儿子、贾赦的亲弟弟贾政则是一个无能、俗气、浅薄的小官僚。于是整个荣府就落在王熙凤身上，当她病得起不了床时，贾政儿媳妇李纨又是个“大菩萨”，于是只得请闺房小姐探春理家。怕探春不适应，于是，王夫人就叫宝钗去帮助她，为什么叫宝钗这个亲戚关系上比较疏远的外姓女孩去帮助管家？这不是很奇怪吗？其实是王夫人内心早定了要娶她做宝玉妻子，成为贾家新的二奶奶，好像早就定了让袭人做宝玉之妾一样，虽无公开说明，但月银上早已是姨娘的待遇了。这说明贾母和王夫人早已选中了宝钗，看到她的能力不在王熙凤之下，也是一个理家的能手，而且处事公正为上下众人所服。也就是说贾家需要一个能够管家的媳妇。

可见，贾家是非选宝钗不可的。不过，贾母也是有犹豫的，因为她知道宝玉心中只有黛玉，她生怕宝玉闹出什么事来，毕竟宝玉是她也是贾家的命根子。所以，贾母迟迟不做决定。其实她早就看中了宝钗，为她过很特殊的生日，就可充分说明这一点。如果我们懂得宝玉、黛玉悲剧后面这些深刻的社会根源，就会知道发生这样的悲剧是必然的，不可避免的。即使黛玉不是“多愁多病”，不孤傲清高，即使她也迎合和讨好贾母，也是不会被选中的。而宝玉和黛玉都没有也不可能认识到他们的恋爱必然只能是悲剧的结局。他们都只天真地认为只要他们真诚相爱、生死不渝，就一定会成功，他们想到的只是贾母对宝玉的宠爱，必定会顺从宝玉的挑选。黛玉只是害怕担心宝玉会被宝钗、湘云或宝琴所吸引，而对她不忠诚。宝玉呢，认为他已经真心诚意爱黛玉，忠贞不二，更相信贾母、王夫人一定会依自己的选择，对迫害他们的旧势力毫不在意。而且可悲的还在于宝玉想要依靠的势力，恰恰正是要扼杀他的新思想观念、反对他与林黛玉恋爱的势力。于是，这惨不忍睹的最大悲剧就这样发生了。

4. 贾、林爱情悲剧的发展及其和其他悲剧的关系

贾、林的思想性格是在小说中心悲剧——贾、林恋爱悲剧的发展过程中，逐渐发展和成熟的，并且定型的，同时也受到许多周围的一桩桩、一件件悲惨的、血淋淋的悲剧的深刻影响。

《红楼梦》的中心事件是贾、林的爱情悲剧。《红楼梦》的悲剧和一般的悲剧不同，它是在展示中国十八世纪广阔社会历史画卷的背景下出现的，表现封建专制社会没落的必然性，歌颂了叛逆性新思想的萌芽，具有极大的典型意义，它不同于西方古代的命运悲剧和性格悲

剧,是一出体现风云变幻历史的壮阔社会悲剧。

贾、林的思想性格是和这个悲剧的产生、发展、结局直接紧密地联系着的。从林黛玉进贾府,贾宝玉和林黛玉的自由恋爱就开始了,他们自幼一起相处,青梅竹马,十分真诚、和谐,特别是贾母的宠爱,使他们关系更加密切,而他们思想性格的投缘,更成为他们爱情的重要思想基础。然而随着薛家进入贾府,薛宝钗的出现,使他们的关系变得复杂起来。而他们之间恋爱的悲剧性就开始产生,而且逐步有所发展。虽然贾宝玉的心都在林黛玉身上,但是在封建贵族家庭里,婚姻是由父母决定的。由于出身和性格的差异,薛宝钗的优势愈来愈明显,林黛玉对贾宝玉的猜疑也就愈来愈多,难以言喻的悲哀就愈来愈不可解脱,使她一直和眼泪、忧伤相陪伴。随着林、薛思想性格的明显差异,贾宝玉的倾向也更加清楚。他非常明确地和林黛玉愈来愈近,而和薛宝钗愈来愈疏远。但是在贾府,林黛玉孤傲、清高、乖僻,愈来愈得不到贾母和王夫人的喜欢,而薛宝钗则愈来愈受到贾母、王夫人、王熙凤等当权者的青睐。贾宝玉开始并没有清醒地意识到这一点,而悲剧发展却在不断地加深中。

在这个中心悲剧的主线外,发生在贾府的其他许多悲剧,也更进一步影响了贾、林思想性格的发展,启示了贾、林悲剧的必然悲惨结果。贾府除宝黛悲剧以外的无数悲剧,都是宝黛悲剧的前奏,也是对宝黛悲剧最后结果的清晰启示。我们从一百二十回的故事发展来看,这个过程也是非常清晰的。

(1)秦钟和智能儿的悲剧

这是《红楼梦》中最早的一桩悲剧。最早是尤氏请王熙凤,宝玉听说就要随凤姐到宁国府,见到秦可卿后,知道她的弟弟秦钟也在,就去会见秦钟,两人成了好朋友,并计划一起到贾府家塾去读书,后来演变为大闹私塾。不久,秦可卿病死,宝玉由此看到宁国府的淫乱堕落,亲耳听到焦大的责骂,接着是随王熙凤去铁槛寺为秦可卿办丧事,在馒头庵秦钟遇见他钟情的小尼姑智能儿,两人在幽会时被宝玉撞见,宝玉是完全支持他们恋爱的。后来,因为秦钟贪恋和智能儿的私情,感冒得病。没想到智能儿非常大胆，逃出尼姑庵到秦钟家里去探望，被秦钟父亲发现，狠打秦钟一顿，逐出智能儿，他父亲自己也气死了。秦钟之病也愈来愈重，"因此宝玉心中怅然如有所失。虽闻得元春晋封之事，亦未解得愁闷。贾母等如何谢恩，如何回家，亲朋如何来庆贺，宁荣两处近日如何热闹，众人如何得意，独他一个皆视有如无，毫不曾介意。因此众人嘲他越发呆了"。秦钟死后，"宝玉痛哭不已，李贵等好容易劝解半日方住，归时犹是凄恻哀痛。贾母帮了几十两银子，外又另备奠仪，宝玉去吊纸。七日后便送殡掩埋了，别无述记。只有宝玉日日思慕感悼，然亦无可如何了"。秦钟死后，宝玉还十分关心他的坟，问柳湘莲春天雨水大的时候，有没有去照顾秦钟的坟，为它添土。这事对宝玉刺激很大，他本是支持秦钟和智能儿的自由恋爱的，秦钟和智能儿的悲剧也许就是宝玉悲剧的最早前奏。

(2)金钏儿的悲剧

金钏儿的悲剧是《红楼梦》众丫鬟中比较早出现的，前面我们已经在讲宝玉思想性格时说到过了。她本是王夫人的贴身丫鬟，但是因为她和宝玉的一个玩笑话，被打嘴巴并逐出贾府，她在羞愧之中投井自杀，表现了十分刚烈的个性。其实她本来没有什么问题，不过成了王夫人管治宝玉的替罪羊。

宝玉没有想到金钏儿如此刚烈，他的亲生母亲、一向以为对下人宽慈的王夫人，如此狠毒地对待一个纯洁、天真、坦率的女孩子，把她逼得跳井。其实，这事本来是他对金钏儿表示友好、亲爱，没想到发生了这样的事件。金钏儿的悲剧是和他直接相关的，他感到内心的愧疚，所以对诗社最热心的他，竟然在诗社正日走了，借故到北门外在水仙庵找了个清净地方去祭奠金钏儿了。因为那刚好是金钏儿的祭日，为此，他还编造了一个谎言，说北静王的爱妾死了，他去看望北静王。金钏儿自杀毫无疑问对宝玉具有十分深刻的影响，使他看到了他亲生母亲的冷酷、残忍一面，同时金钏儿的刚烈也更坚定了他背叛传统的决心。他在被贾政毒打后对林黛玉说："就便为这些人死了，也是情愿的！"这当然是指琪官，但显然也有受金钏儿事件的刺激，包含着对金钏儿之死的忏悔。

(3)鸳鸯抗婚及其后来的自杀悲剧

接下来就是鸳鸯的抗婚。鸳鸯是贾母的贴身丫鬟,因为宝玉是贾母的命根子,所以鸳鸯和宝玉也是非常熟悉的。鸳鸯是属于家生子一类的丫鬟。她被老色鬼贾赦看上了,逼着邢夫人去向贾母要。鸳鸯坚决不同意,这是非常壮烈的一幕。宝玉从这里清楚看到这个家庭的腐朽堕落,鸳鸯的勇敢抗婚,毫无疑问给予了宝玉极其深刻的印象,实际为宝玉后来的反抗提供了借鉴。鸳鸯的抗婚和最后的上吊,也是《红楼梦》中非常悲壮惨烈的事件。她是一直服侍贾母,而且侍候得非常好,特别得到贾母喜欢,是贾母一步也离不开的贴身丫头。所以在《红楼梦》众丫头中,她的地位是最高的,甚至连王夫人、王熙凤都很尊重她,让她三分。她到哪里都是代表贾母的,去帮贾母传达意思。她为人很正,善解人意,待人和蔼,宽容公正。然而,尽管她如此得宠,但毕竟只是一个丫头,实际上她的遭遇是很不幸的,结果也非常悲惨。因为刚刚碰到大老爷贾赦要收她为妾,本来是逃不过去的,贾赦是荣府贾母长子,又世袭着荣国公职位,其地位和权势哪个下人敢违背他的意愿?所以贾赦曾要她哥哥告诉她:“我这话告诉你,叫你女人向他说去。就说我的话‘自古嫦娥爱少年’,他必定嫌我老了。大约他恋着少爷们,多半是看上了宝玉,只怕也有贾琏。果有此心,叫他早早歇了心。我要他不来,以后谁还敢收?此是一件。第二件,想着老太太疼他,将来自然往外聘作正头夫妻去。叫他细想,凭他嫁到了谁家去,也难出我的手心!除非他死了,或是终身不嫁男人,我就服了他!若不然时叫他趁早回心转意,有多少好处。”可是鸳鸯并没有被逼屈服,她抱着最多一死的决心,借着贾母离不开她,做出了令人震惊、更让人钦佩的举动:哥哥受贾赦威逼转告鸳鸯时,鸳鸯坚决不从,剪发要去当尼姑,这才引得贾母愤怒,“气的浑身乱战,口内只说:‘我通共剩了这么一个可靠的人,他们还要来算计!’”这样,鸳鸯才暂时逃过一劫。小说没有写林黛玉在场,可是贾宝玉是目睹了这一切的。宝玉也从鸳鸯那里看到了她在封建势力迫害面前宁死不屈的品格。贾赦还说她想嫁给宝玉,她对此坚决表示谁也不嫁!她的结局在后四十回,后来贾母死了,虽然因为贾家被抄家,贾赦获罪被罚到边疆服役,可是一旦回来,鸳鸯知道还是逃不过贾赦毒手的,那时已无贾母,真的就没辙了。为此,她决定趁贾母之死,以自杀殉葬名义,结束自己生命。所以,第一百一十一回写道:"谁知此时鸳鸯哭了一场,想到'自己跟着老太太一辈子,身子也没有着落。如今大老爷虽不在家,大太太的这样行为我也瞧不上。老爷是不管事的人,以后便乱世为王起来了,我们这些人不是要叫他们掇弄了么。谁收在屋子里,谁配小子,我是受不得这样折磨的,倒不如死了干净。但是一时怎么样的个死法呢?'一面想,一面走回老太太的套间屋内。……鸳鸯这么一想,邪侵入骨,便站起来,一面哭,一面开了妆匣,取出那年绞的一绺头发,揣在怀里,就在身上解下一条汗巾,按着秦氏方才比的地方拴上。自己又哭了一回,听见外头人客散去,恐有人进来,急忙关上屋门,然后端了一个脚凳自己站上,把汗巾拴上扣儿套在咽喉,便把脚凳蹬开。可怜咽喉气绝,香魂出窍。"曹雪芹在这里把鸳鸯之死的真实原因交代得多么清楚!宝玉对此是特别感动的,所以在贾政说鸳鸯为贾母殉葬,不可以当丫头看待时,贾宝玉借此向鸳鸯灵位"磕了不少头"。(这一段描写也显示出秦可卿的死因还是曹雪芹听取脂砚斋意见修改前的情节,所以也可说明有他原稿的影子。)

(4)尤二姐和尤三姐的悲剧

再就是"红楼二尤"的悲剧。"红楼二尤"虽是贾珍妻子尤氏的妹妹,但是尤氏继母所生女儿,家境清贫,她们是在贾敬去世,宁国府大办丧事期间,尤氏请来帮忙的。然而,贾珍、贾蓉父子却不顾热孝在身,以为有机可乘,就时不时地去调戏她们,甚至企图霸占她们。贾珍、贾蓉父子之前就和尤二姐有暧昧关系,此点曹雪芹已经有过暗示。贾琏素知贾珍父子有"聚麀"之禽兽行为,于是也生了贪欲之心,不断去纠缠尤二姐。贾珍要对尤三姐下手,就把尤二姐介绍给贾琏做二房,贾琏畏惧王熙凤就在外面偷娶尤二姐。尤二姐性格善良,以为贾琏可以依靠,也没想到凤姐有多厉害。第六十五回写道:"无奈二姐倒是个多情人，以为贾琏是终身之主了，凡事倒还知疼着痒。若论起温柔和顺，凡事必商必议，不敢恃才自专，实较凤姐高十倍，若论标致，言谈行事，也胜五分。虽然如今改过，但已经失了脚，有了一个'淫'字，凭他有甚好处也不算了。偏这贾琏又说：'谁人无错，知过必改就好。'故不提已往之淫，只取现今之善。"可是，好景不长，贾琏出差之际，王熙凤知道了此事，王熙凤怎么会容她呢？王熙凤在听说贾琏外面有二房后，当即严厉审问兴儿，在了解详情后想出了一个十分阴险、狠毒的计划，亲自上尤二姐家门，假装十分贤惠、极其宽容，要迎二姐回府。实际上是把她赚入大观园，软禁了起来，然后想方设法折磨她，只给吃点剩的冷饭菜。另一方面是带她到贾母处，表示自己的大度，卖足了面子，让大家以为她真的非常仁义；可是实际上又去威胁和逼迫已经退婚的张华去告状，非要娶回尤二姐，同时王熙凤又到宁国府去大闹，臭骂贾珍、贾蓉、尤氏，让他们拿出大把的银钱。尤二姐实际被王熙凤软禁在大观园内，受尽王熙凤百般折磨，还不敢有怨恨。第六十九回写尤二姐被摧残得病后，曾梦见尤三姐托梦："那尤二姐原是个花为肠肚雪作肌肤的人，如何经得这般磨折，不过受了一个月的暗气，便恹恹得了一病，四肢懒动，茶饭不进，渐次黄瘦下去。夜来合上眼，只见他小妹子手捧鸳鸯宝剑前来说：'姐姐，你一生为人心痴意软，终吃了这亏。休信那妒妇花言巧语，外作贤良，内藏奸狡，他发恨定要弄你一死方罢。若妹子在世，断不肯令你进来，即进来时，亦不容他这样。此亦系理数应然，你我生前淫奔不才，使人家丧伦败行，故有此报。你依我将此剑斩了那妒妇，一同归至警幻案下，听其发落。不然，你则白白的丧命，且无人怜惜。'尤二姐泣道：'妹妹，我一生品行既亏，今日之报既系当然，何必又生杀戮之冤。随我去忍耐。若天见怜，使我好了，岂不两全。'小妹笑道：'姐姐，你终是个痴人。自古"天网恢恢，疏而不漏"，天道好还。你虽悔过自新，然已将人父子兄弟致于麀聚之乱，天怎容你安生。'尤二姐泣道：'既不得安生，亦是理之当然，奴亦无怨。'小妹听了，长叹而去。尤二姐惊醒，却是一梦。"她为人善良、和蔼，觉得能嫁给贾琏这样的贵族公子，即使做二房也是情愿的,可是没想到王熙凤的残忍凶狠和两面三刀。尤二姐中了圈套还不知情,反而感激王熙凤,受尽侮辱、欺凌、折磨,还不知是怎么回事,真的是太过于善良了。最终被王熙凤逼死,她还没有一句埋怨王熙凤的话。她的委曲求全和软弱忍耐,不仅没有任何效果,反而被凤姐设计陷害,终于使她陷入绝境,最后不得不吞金而死。

她妹妹尤三姐可不像她那样,非常清醒,性格刚烈,同时又有智慧、魄力,敢作敢为,把贾珍、贾蓉父子臭骂一顿不说,还要得他们哭笑不得。第六十五回写道:"尤三姐站在炕上,指贾琏笑道:'你不用和我花马吊嘴的,清水下杂面,你吃我看见。见提着影戏人子上场,好歹别戳破这层纸儿。你别油蒙了心,打谅我们不知道你府上的事。这会子花了几个臭钱,你们哥儿俩拿着我们姐儿两个权当粉头来取乐儿,你们就打错了算盘了。我也知道你那老婆太难缠,如今把我姐姐拐了来做二房,偷的锣儿敲不得。我也要会会那凤奶奶去,看他是几个脑袋几只手。若大家好取和便罢,倘若有一点叫人过不去,我有本事先把你两个的牛黄狗宝掏了出来,再和那泼妇拼了这命,也不算是尤三姑奶奶!'"尤三姐是"以其人之道,还治其人之身",她知道论权势、钱财他们是什么都有,想要治他们没有别的办法,只有让他们近不得又远不得。其识见之高远、办法之奇特、臭骂之痛快,实在只有尤三姐才做得出!可是,后来她自选柳湘莲,本以为选择了柳湘莲已经没有问题,不想柳湘莲听说她是宁府尤氏亲戚,他和宝玉说他们府里只有那两个石头狮子是干净的。尤三姐虽然有见识,有智慧,却不为柳湘莲所知,柳湘莲以为她和宁国府的人一样不干净,决心退婚。尤三姐为表明清白,遂以鸳鸯剑之雌剑自刎,又何等刚烈!在那个社会里她们并没有力量可以抗争,不肯任人摆布,就只有走上绝路。

"红楼二尤"的悲惨遭遇不能不对贾宝玉和林黛玉产生深刻的影响。尤二姐被王熙凤软禁和折磨,只有宝玉和黛玉是十分同情和担心的,第六十九回写道:"园中姊妹如李纨、迎春、惜春等人,皆为凤姐是好意,然宝黛一干人暗为二姐担心。虽都不便多事,惟见二姐可怜,常来了,倒还都悯恤他。每日常无人处说起话来,尤二姐便淌眼抹泪,又不敢抱怨。”说明只有宝玉和黛玉是明白凤姐内里装的肯定不是好心，看出来了尤二姐必然是个悲剧。尤三姐的事，柳湘莲不相信贾府的人，也是对宝玉说的。他和宝玉是非常知心的朋友，他满怀对尤三姐的愧疚远走他乡，宝玉也是非常同情的。“红楼二尤”的悲剧自然也极大地震撼了宝玉和黛玉，他们对凤姐的假意殷勤是明白的，一直为尤二姐担心。实际上二尤之死，不也预示着宝黛爱情悲剧的未来吗？

(5)司棋的悲剧

司棋的命运也是十分悲惨的，但她也是个个性很刚烈的人。她是迎春的丫头，和她主人的性格完全不同，迎春懦弱，司棋刚强。她从小就和表兄好，两人在大观园中幽会，偶被鸳鸯撞见。鸳鸯是个对姐妹有情意的，绝不会去告发她。这里显示出司棋是个非常大胆、坚强、个性鲜明、很有识见的女孩子。第七十一回写道：“(司棋知道)素日鸳鸯又和自己亲厚不比别人，便从树后跑出来，一把拉住鸳鸯，便双膝跪下，只说：‘好姐姐，千万别嚷！’鸳鸯反不知因何，忙拉他起来，笑问道：‘这是怎么说？’司棋满脸红胀，又流下泪来。鸳鸯再一回想，那一个人影恍惚像个小厮，心下便猜着了八九，自己反羞的面红耳赤，又怕起来。因定了一会，忙悄问：‘那个是谁？’司棋复跪下道：‘是我姑舅兄弟。’鸳鸯啐了一口，道：‘要死，要死。’司棋又回头悄道：‘你不用藏着，姐姐已看见了，快出来磕头。’那小厮听了，只得也从树后爬出来，磕头如捣蒜。鸳鸯忙要回身，司棋拉住苦求，哭道：‘我们的性命，都在姐姐身上，只求姐姐超生要紧！’鸳鸯道：‘你放心，我横竖不告诉一个人就是了。’”到了抄检大观园时，司棋的事被查出来，于是被轰出大观园。第七十四回写道：“凤姐见司棋低头不语，也并无畏惧惭愧之意，倒觉可异。料此时夜深，且不必盘问，只怕他夜间自愧去寻拙志，遂唤两个婆子监守起他来。带了人，拿了赃证回来，且自安歇，等待明日料理。”此事回明王夫人后，司棋即被逐出。尽管她哀求迎春帮她，然而迎春是个软弱的女孩子，虽与司棋感情好，也无法救她。司棋的结局在第九十一回：“忽然那一日他表兄来了，他母亲见了，恨得什么似的,说他害了司棋,一把拉住要打。那小子不敢言语。谁知司棋听见了,急忙出来老着脸和他母亲道:'我是为他出来的,我也恨他没良心。如今他来了,妈要打他,不如勒死了我。'他母亲骂他:'不害臊的东西,你心里要怎么样?'司棋说道:'一个女人配一个男人。我一时失脚上了他的当,我就是他的人了,决不肯再失身给别人的。我恨他为什么这样胆小,一身作事一身当,为什么要逃。就是他一辈子不来了,我也一辈子不嫁人的。妈要给我配人,我原拚着一死的。今儿他来了,妈问他怎么样。若是他不改心,我在妈跟前磕了头,只当是我死了,他到那里,我跟到那里,就是讨饭吃也是愿意的。'他妈气得了不得,便哭着骂着说:'你是我的女儿,我偏不给他,你敢怎么着。'那知道那司棋这东西糊涂,便一头撞在墙上,把脑袋撞破,鲜血直流,竟死了。他妈哭着救不过来,便要叫那小子偿命。他表兄说道:'你们不用着急。我在外头原发了财,因想着他才回来的,心也算是真了。你们若不信,只管瞧。'说着,打怀里掏出一匣子金珠首饰来。他妈妈看见了便心软了,说:'你既有心,为什么总不言语?'他外甥道:'大凡女人都是水性杨花,我若说有钱,他便是贪图银钱了。如今他只为人,就是难得的。我把金珠给你们,我去买棺盛殓他。'那司棋的母亲接了东西,也不顾女孩儿了,便由着外甥去。那里知道他外甥叫人抬了两口棺材来。司棋的母亲看见诧异,说:'怎么棺材要两口?'他外甥笑道:'一口装不下,得两口才好。'司棋的母亲见他外甥又不哭,只当是他心疼的傻了。岂知他忙着把司棋收拾了,也不啼哭,眼错不见,把带的小刀子往脖子里一抹,也就抹死了。"两个年轻人为了真诚爱情,双双刚烈自尽。宝玉的悲剧不是已经在这里预演了吗?曹雪芹对这些下层女孩儿是多么同情,对她们的高尚品德给予了真诚的歌颂。

(6)晴雯的悲剧

晴雯的结局是最惨的,她是《红楼梦》里下人中最富有反抗性,思想最为激进,个性最为刚强,也最为高傲的一个丫鬟典型。她是宝玉除黛玉外,最喜爱、最亲信的人,也是影响宝玉性格最深的人。黛玉、晴雯和宝玉思想性格相近,她们从来不劝他走所谓"正道",三人是

《红楼梦》中各以不同性格与方式勇敢反抗传统、追求自由平等、鄙视专制权势、痛恨腐化堕落的代表。如果说宝玉、黛玉作为贵族公子和千金小姐，多少还有一些旧传统习惯影响，那么晴雯则是最刚烈、最豪爽、最清俊，晶莹透彻、光明磊落的一颗美丽的星星。曹雪芹非常之钦佩和欣赏晴雯，赞扬她的刚直、自傲、纯洁、美丽，特别同情她的悲惨遭遇，给了她最高的评价"心比天高，身为下贱"，这是对晴雯的最为确切精当的概括。她的思想行为让人感到真正的痛快，她的言论行为，即使是赌钱玩儿也有不同一般俗人的风格，而她的撕扇子"千金一笑"，她肯定宝玉和戏子做朋友，讽刺袭人以做姨娘（妾）为崇高荣耀，斥责和嘲讽秋纹得了王夫人旧衣服的高兴，面对抄检时勇敢甩出一切物件，重病中坚持为宝玉修补雀金裘，最后临死前见宝玉时赠送两根葱管似的指甲与贴身的红绫袄，以及她死别前说的话，真正是催人肺腑、痛心肠断："（宝玉）一面想，一面流泪问道：'你有什么说的，趁着没人告诉我。'晴雯呜咽道：'有什么可说的！不过挨一刻是一刻，挨一日是一日。我已知横竖不过三五日的光景，就好回去了。只是一件，我死也不甘心的：我虽生的比别人略好些，并没有私情密意勾引你怎样，如何一口死咬定了我是个狐狸精！我太不服。今日既已担了虚名，而且临死，不是我说一句后悔的话，早知如此，我当日也另有个道理。不料痴心傻意，只说大家横竖是在一处。不想平空里生出这一节话来，有冤无处诉。'说毕又哭。宝玉拉着他的手，只觉瘦如枯柴，腕上犹戴着四个银镯，因泣道：'且卸下这个来，等好了再戴上罢。'因与他卸下来，塞在枕下。又说：'可惜这两个指甲，好容易长了二寸长，这一病好了，又损好些。'晴雯拭泪，就伸手取了剪刀，将左手上两根葱管一般的指甲齐根铰下，又伸手向被内将贴身穿着的一件旧红绫袄脱下，并指甲都与宝玉道：'这个你收了，以后就如见我一般。快把你的袄儿脱下来我穿。我将来在棺材内独自躺着，也就像还在怡红院的一样了。论理不该如此，只是担了虚名，我可也是无可如何了。'宝玉听说，忙宽衣换上，藏了指甲。晴雯又哭道：'回去他们看见了要问，不必撒谎，就说是我的。既担了虚名，越性如此，也不过这样了。'"

晴雯和宝玉之间清白、纯真的深厚情谊，晴雯的人品思想于此已经清晰如画。所以宝玉之有《芙蓉女儿诔》之作，绝非偶然！诚如脂砚斋所评，宝玉之诔晴雯，其实也是诔黛玉，这也是对黛玉未来命运的一个预示，所以他和黛玉对诔文写作的谈话中，宝玉说可以把“红绡帐里，公子多情，黄土垄中，女儿薄命”，改为“茜纱窗下，我本无缘，黄土垄中，卿何薄命”。这时“黛玉听了，忡然变色”，心中产生“无限的狐疑乱拟”，说明黛玉也感觉到了，这说的就是她和宝玉的命运。这自然也是曹雪芹的意思。

在第八十回中晴雯的遭遇，她的无故被迫害，生着病被撵出大观园，不能不让宝玉的叛逆思想性格更加巩固，并且发展到了高峰。晴雯在怡红院宝玉身边地位是仅次于袭人的，而且从宝玉来看，是他真正信任并且思想性格接近的最亲密之人，所以他把自己用过的手帕送林黛玉，也是叫晴雯去的。晴雯也最能理解他和黛玉的感情，同时对他又是特别真诚的，即使在重病之中，还坚持撑着为他补雀金裘。可是，就是这样一个人却不为王夫人所容，借口她“妖冶”，在病中把她撵了出去，很快死去。晴雯死后，宝玉专门写了很长的一篇《芙蓉女儿诔》，可说是情深如海，感伤无穷，对晴雯给予了崇高的评价，对她之被谗、屈死，发出了愤怒的控诉：“独有宝玉，一心凄楚。回至园中，猛然见池上芙蓉，想起小丫鬟说晴雯作了芙蓉之神，不觉又喜欢起来，乃看着芙蓉嗟叹了一会。忽又想起死后并未到灵前一祭，如今何不在芙蓉前一祭，岂不尽了礼？比俗人去灵前祭吊又更觉别致。想毕，便欲行礼。忽又止住道：‘虽如此，亦不可太草率，也须得衣冠整齐，奠仪周备，方为诚敬。’想了一想：‘如今若学那世俗之奠礼，断然不可；竟也还要别开生面，另立排场，风流奇异，于世无涉，方不负我二人之为人。’……(乃)用晴雯素日所喜之冰鲛縠一幅，楷字写成，名曰《芙蓉女儿诔》，前序后歌；又备了四样晴雯所喜之物。于是夜月下，命那小丫头捧至芙蓉前，先行礼毕，将那诔文即挂于芙蓉枝上，乃泣涕念曰：‘维太平不易之元，蓉桂竞芳之月，无可奈何之日，怡红院浊玉谨以群花之蕊、冰鲛之縠、沁芳之泉、枫露之茗：四者虽微，聊以达诚申信，乃致祭于白帝宫中抚司秋艳芙蓉女儿之前曰：窃思女儿自临浊世，迄今凡十有六载。其先之乡籍姓氏，湮沦而莫能考者久矣。而玉得于衾枕栉沐之间，栖息宴游之夕，亲昵狎亵，相与共处者，仅五年八月有畸。噫！女儿曩生之昔，其为质则金玉不足喻其贵，其为性则冰雪不足喻其洁，其为神则星日不足喻其精，其为貌则花月不足喻其色。姊妹悉慕媖娴，妪媪咸仰惠德。孰料鸠鸩恶其高，鹰鸷翻遭罦罬；赉葹妒其臭，茝兰竟被芟锄。花原自怯，岂奈狂飙？柳本多愁，何禁骤雨！偶遭蛊虿之谗，遂抱膏肓之疚。故尔樱唇红褪，韵吐呻吟；杏脸香枯，色陈顑颔。诼谣謑诟，出自屏帏；荆棘蓬榛，蔓延户牖。岂招尤则替，实攘诟而终。既忳幽沉于不尽，复含罔屈于无穷。高标见嫉，闺帏恨比长沙；直烈遭危，巾帼惨于羽野。自蓄辛酸，谁怜夭折？仙云既散，芳趾难寻。洲迷聚窟，何来却死之香？海失灵槎，不获回生之药。……读毕，遂焚帛奠茗，犹依依不舍。小丫鬟催至再四，方才回身。”宝玉在《芙蓉女儿诔》里表达了对晴雯的无限深情，对那些陷害她的人予以无情的痛斥，可以看出他对封建旧势力的无比憎恨，也显示了他与传统势力决不妥协的决心。这些也是曹雪芹的思想与人格之体现，在程、高本所删的一段话中也可以看得很清晰，所以林黛玉都说可与《曹娥碑》并传于世。这表明宝玉的思想性格已经十分巩固，决心要对封建家庭背叛到底。写《芙蓉女儿诔》已到第七十八回，也就是曹雪芹亲自改定的八十回之末尾。特别是他的诔文恰恰是被林黛玉听到了，宝玉写《芙蓉女儿诔》和黛玉对诔文的看法，都显示出他们思想性格的一致和对彼此感情的忠贞。所以脂砚斋评说这实际上是为黛玉写诔文，是有道理的。第七十九回写道：

> 话说宝玉祭完了晴雯，只听花影中有人声，倒唬了一跳。走出来细看，不是别人，却是林黛玉，满面含笑，口内说道：“好新奇的祭文！可与《曹娥碑》并传的了。”宝玉听了，不觉红了脸，笑答道：“我想着世上这些祭文都蹈于熟滥了，所以改个新样，原不过是我一时的顽意，谁知又被你听见了。有什么大使不得的，何不

> 改削改削。”黛玉道:“原稿在那里?倒要细细一读。长篇大论,不知说的是什么,只听见中间两句,什么‘红绡帐里,公子多情,黄土垄中,女儿薄命。’这一联意思却好,只是‘红绡帐里’未免熟滥些。放着现成真事,为什么不用?”宝玉忙问:“什么现成的真事?”黛玉笑道:“咱们如今都系霞影纱糊的窗槅,何不说‘茜纱窗下,公子多情’呢?”宝玉听了,不禁跌足笑道:“好极,是极!到底是你想的出,说的出。可知天下古今现成的好景妙事尽多,只是愚人蠢子说不出想不出罢了。但只一件:虽然这一改新妙之极,但你居此则可,在我实不敢当。”说着,又接连说了一二百句“不敢”。黛玉笑道:“何妨。我的窗即可为你之窗,何必分晰得如此生疏。古人异姓陌路,尚然同肥马,衣轻裘,敝之而无憾,何况咱们。”宝玉笑道:“论交之道,不在肥马轻裘,即黄金白璧,亦不当锱铢较量。倒是这唐突闺阁,万万使不得的。如今我越性将‘公子’‘女儿’改去,竟算是你诔他的倒妙。况且素日你又待他甚厚,故今宁可弃此一篇大文,万不可弃此‘茜纱’新句。竟莫若改作‘茜纱窗下,小姐多情,黄土垄中,丫鬟薄命。’如此一改,虽于我无涉,我也惬怀的。”黛玉笑道:“他又不是我的丫头,何用作此语。况且小姐丫鬟亦不典雅,等我的紫鹃死了,我再如此说,还不算迟。”宝玉听了,忙笑道:“这是何苦又咒他。”黛玉笑道:“是你要咒的,并不是我说的。”宝玉道:“我又有了,这一改可妥当了。莫若说‘茜纱窗下,我本无缘,黄土垄中,卿何薄命。’”黛玉听了,忡然变色,心中虽有无限的狐疑乱拟,外面却不肯露出,反连忙含笑点头称妙,说:“果然改的好。再不必乱改了,快去干正经事罢。”

除了黛玉,其他任何人看了诔文都会责骂宝玉,可是黛玉不仅没有说宝玉,反而非常赞赏,并且让宝玉改两句关键之文,他们的心情和思想性格是多么一致!特别是黛玉明显从晴雯的命运看到了自己,所以当宝玉修订为“茜纱窗下,我本无缘,黄土垄中,卿何薄命”时,“黛玉听了,忡然变色,心中虽有无限的狐疑乱拟,外面却不肯露出,反连忙含笑点头称妙”。其实这篇诔文也可以说是为后来宝玉奠祭黛玉的预演。它和后四十回宝黛悲剧的发展脉络是一致的,也是能够连贯的。前八十回已经把宝黛的恋爱写到了高峰阶段,发展下去必然是悲剧的结局。这就是后四十回写的悲剧高潮:黛玉之死和宝玉被骗成婚,而结果直接导致了宝玉弃家出走,去做了和尚。

上述秦钟和智能儿、金钏儿、鸳鸯、尤氏姐妹、司棋、晴雯等的悲剧,是和宝黛悲剧紧紧相环绕,对宝黛主悲剧起着重要衬托作用,更显示宝黛悲剧的普遍性和典型意义,说明它们都是贾府传统封建罪恶势力所制造的,也是曹雪芹用浓墨重彩特别描写的部分,他们和宝黛的核心悲剧,共同表现了曹雪芹对这个没落崩溃封建社会的愤怒谴责和强烈控诉!

贾宝玉至此,经历了一系列的惨痛悲剧后,其思想性格也发展到顶峰。而作为小说主线,他和林黛玉的爱情悲剧也逐渐发展到不可挽回,于是就有后四十回的结局。

5. 曹雪芹对悲剧和人物的预示与《红楼梦》后四十回的评价

研究贾、林悲剧必然要涉及后四十回对他们的描写和前八十回描写是否一致的问题,关系到后四十回是否有曹雪芹原稿及其真伪等重要问题。后四十回最重要的内容是贾、林、薛的恋爱婚姻悲剧结局和贾家败落,所以对后四十回的评价十分重要,也可以说是《红楼梦》研究中的一个关键问题。林黛玉的死,贾宝玉被骗与薛宝钗结婚,以及他对此的态度,贾宝玉对林黛玉去世的深沉怀念,他参加科举考试中举与出走做和尚,这些描写是否符合曹雪芹的原意,是值得我们深入研究的。

曹雪芹在第五回中借贾宝玉梦游太虚幻境,通过警幻仙姑给贾宝玉看的《金陵十二钗》“正册”“副册”“又副册”的判词和《红楼梦》仙曲十二支,已经对贾家及其主要人物的未来,作出了清晰的预示。这无疑是我们考察后四十回真伪问题的重要参考。下面我们对它作一点具体分析。

警幻仙姑给贾宝玉的《金陵十二钗》,他只看了“正册”全部和“副册”一篇、“又副册”两篇。一共涉及十五位女子,而仙曲十二支则是对“正册”十二钗的具体补充。仙曲的引子和收尾则是对全书的故事和其结局的表述。所以这判词和仙曲可以说是对《红楼梦》全书概要说明。现在我们结合后四十回的描写来看看曹雪芹是如何对悲剧和人物进行预示的。第五回写宝玉首先是翻阅“又副册”的两篇,是写晴雯和袭人的。写晴雯是:“只见这首页上画着一幅画,又非人物,也无山水,不过是水墨滃染的满纸乌云浊雾而已。后有几行字迹,写的是:‘霁月难逢,彩云易散。心比天高,身为下贱。风流灵巧招人怨,寿夭多因毁谤生,多情公子空牵念。’”晴雯死在前八十回,没问题,自然是符合的。

写袭人是:“宝玉看了,又见后面画着一簇鲜花,一床破席,也有几句言词,写道是:‘枉自温柔和顺,空云似桂如兰,堪羡优伶有福,谁知公子无缘。’”袭人后来的故事在后四十回,贾府败落、宝玉出走后,她嫁给了琪官蒋玉菡,那么和第五回提示也是一致的。宝玉看“副册”一本,“只见画着一株桂花,下面有一池沼,其中水涸泥干,莲枯藕败,后面书云:‘根并荷花一茎香,平生遭际实堪伤。自从两地生孤木,致使香魂返故乡’”。这是写的香菱,也就是英莲,这和后四十回结局不同。

最重要的是“正册”对林黛玉和薛宝钗的提示:“宝玉看了仍不解。便又掷了,再去取‘正册’看,只见头一页上便画着两株枯木,木上悬着一围玉带,又有一堆雪,雪下一股金簪。也有四句言词,道是:‘可叹停机德,堪怜咏絮才。玉带林中挂,金簪雪里埋。’”为什么其他女孩子都是单独一页,而把最主要的林黛玉和薛宝钗合放在一页呢?因为全书描写她们太多了,同时她们一是宝玉恋人,一是宝玉妻子,正好对比。而且简单的四句把他们的最终结果已经交代得很清楚了。一个有德、一个有才;一个被永远牵挂,一个被冷落抛弃,多么鲜明!和后四十回的结局是完全一致的。特别是仙曲中的《终身误》和《枉凝眉》从宝玉角度对判词作了具体阐述,把宝黛悲剧和贾、薛悲剧写得十分清楚,与后四十回是完全一致的。“[终身误]都道是金玉良姻,俺只念木石前盟。空对着,山中高士晶莹雪,终不忘,世外仙姝寂寞林。叹人间,美中不足今方信。纵然是齐眉举案,到底意难平。”“[枉凝眉]一个是阆苑仙葩,一个是美玉无瑕。若说没奇缘,今生偏又遇着他,若说有奇缘,如何心事终虚化?一个枉自嗟呀,一个空劳牵挂。一个是水中月,一个是镜中花。想眼中能有多少泪珠儿,怎经得秋流到冬尽,春流到夏!”所以后四十回中林黛玉的逝世,以及贾宝玉和薛宝钗结婚,应当是曹雪芹原来构思的基本内容。前八十回已经有很多预示林黛玉早逝的地方,因为她一直心情压抑,身体又非常衰弱。葬花词中已经用春天的落花和她相比,“他年葬侬知是谁”,说明她必然是一个凄惨的悲剧结局。贾宝玉无法反抗家庭安排与薛宝钗结婚,自然是曹雪芹早就确定的结局,第五回的判词里说得已经非常清楚。一百二十回本的第九十四回至第九十八回写贾宝玉丢失通灵宝玉,王熙凤设计调包,林黛玉焚稿断痴情,悲惨凄凉病死潇湘馆,贾宝玉被骗与薛宝钗结婚,应该是后四十回最为精彩的部分。这些是不是曹雪芹原稿,我们不敢说,但是应该是符合曹雪芹意图的。不管怎么说,如果没有后四十回,贾宝玉的形象是不完整的,《红楼梦》的悲剧也是不完整的,因此不能否定后四十回。贾宝玉、林黛玉的思想性格是在他们的恋爱悲剧发展过程中,一步步巩固和成熟起来的,也是在这个悲剧的发展过程中凸显出来的,但是这个悲剧的顶点却是在后四十回。

《红楼梦》中实际是两个悲剧:贾宝玉和林黛玉的爱情悲剧,贾宝玉和薛宝钗的婚姻悲剧,它们是交织在一起的。这是《红楼梦》的中心事件,正是从这两个互相交织的悲剧之产生、发展、结局,小说表现封建社会的崩溃和没落,展示了新思想和新人物的出现,以及其在庞大的黑暗封建势力中挣扎、搏斗,最后失败的悲惨结果,使人们对这个丑恶、腐朽的旧社会产生无比强烈的憎恨,对当时还是幼稚、弱小的新生事物赋予了热切的同情和希望,激发了人们奋起改造旧社会、创造新社会的勇气和决心。这两个悲剧的性质不同,贾、林的悲剧是在共同的新思想基础上,争取恋爱自由而和黑暗的封建旧势力之间的矛盾和斗争,是新与旧的生死斗争,是《西厢记》中张生和莺莺为争取恋爱婚姻自由的斗争在新时代的继续和发展。贾、薛的婚姻悲剧和贾、林的恋爱悲剧不同,它是思想性格不同、两种不同特点人物被强制撮合在一起,所必然要产生的悲剧结局。这两个悲剧都是有它的社会环境和思想性格根源的。贾宝玉处在这两个悲剧之中,作者则是借这两个悲剧深刻地挖掘了人物的思想性格,塑造了具有世界意义的光辉艺术典型。如果没有后四十回,那么这两个悲剧就都是不完整的。前八十回已经把宝黛的恋爱发展到高潮,后四十回黛玉之死和宝玉被骗成婚,是对前八十回悲剧发展的一个升华,直接导致了宝玉弃家出走,去做了和尚,这是必然的悲剧结局。应该说后四十回中对宝黛悲剧的描写,和前八十回所展示的发展方向是一致的。后四十回对宝黛悲剧的描写,它已经成为《红楼梦》整体的不可或缺的部分,没有了这一部分,《红楼梦》就不可能成为脍炙人口的杰作,成为世界文学史上的伟大作品。尽管红学家们对后四十回有各种各样的看法,我们也必须充分肯定其中对宝黛悲剧的描写。一边是黛玉孤独凄凉地死去,一边是宝钗轰轰烈烈的婚礼,这种鲜明的、强烈的对比描写,让读者惊心动魄,催人肺腑!无论如何,这是《红楼梦》中最精彩、最感人的段落,谁也不能不承认这一点!

黛玉之死我们前面已经讲过,这里我们再看宝玉被骗。黛玉死时,宝玉正被骗,以为是和林黛玉结婚,可是在兴高采烈之际猛一揭去新娘红盖头,发现并不是黛玉而是宝钗,于是一下子真正变昏傻了。第九十七回写道:

> 宝玉此时到底有些傻气,便走到新人跟前说道:“妹妹身上好了?好些天不见了,盖着这劳什子做什么!”欲待要揭去,反把贾母急出一身冷汗来。宝玉又转念一想道:“林妹妹是爱生气的,不可造次。”又歇了一歇,仍是按捺不住,只得上前揭了。喜娘接去盖头,雪雁走开,莺儿等上来伺候。宝玉睁眼一看,好像宝钗,心里不信,自己一手持灯,一手擦眼,一看,可不是宝钗么!只见他盛妆艳服,丰肩愞体,鬟低鬓軃,眼瞤息微,真是荷粉露垂,杏花烟

润了。宝玉发了一回怔,又见莺儿立在旁边,不见了雪雁。宝玉此时心无主意,自己反以为是梦中了,呆呆的只管站着。众人接过灯去,扶了宝玉仍旧坐下,两眼直视,半语全无。贾母恐他病发,亲自扶他上床。凤姐尤氏请了宝钗进入里间床上坐下,宝钗此时自然是低头不语。宝玉定了一回神,见贾母王夫人坐在那边,便轻轻的叫袭人道:“我是在那里呢?这不是做梦么?”袭人道:“你今日好日子,什么梦不梦的混说。老爷可在外头呢。”宝玉悄悄儿的拿手指着道:“坐在那里这一位美人儿是谁?”袭人握了自己的嘴,笑的说不出话来,歇了半日才说道:“是新娶的二奶奶。”众人也都回过头去,忍不住的笑。宝玉又道:“好糊涂,你说二奶奶到底是谁?”袭人道:“宝姑娘。”宝玉道:“林姑娘呢?”袭人道:“老爷作主娶的是宝姑娘,怎么混说起林姑娘来。”宝玉道:“我才刚看见林姑娘了么,还有雪雁呢,怎么说没有。你们这都是做什么顽呢?”凤姐便走上来轻轻的说道:“宝姑娘在屋里坐着呢。别混说,回来得罪了他,老太太不依的。”宝玉听了,这会子糊涂更利害了。本来原有昏愦的病,加以今夜神出鬼没,更叫他不得主意,便也不顾别的了,口口声声只要找林妹妹去。贾母等上前安慰,无奈他只是不懂。又有宝钗在内,又不好明说。知宝玉旧病复发,也不讲明,只得满屋里点起安息香来,定住他的神魂,扶他睡下。众人鸦雀无闻,停了片时,宝玉便昏沉睡去。

第九十八回又写道:

话说宝玉见了贾政,回至房中,更觉头昏脑闷,懒待动弹,连饭也没吃,便昏沉睡去。仍旧延医诊治,服药不效,索性连人也认不明白了。

…………

到家,宝玉越加沉重,次日连起坐都不能了。日重一日,甚至汤水不进。…… 宝玉片时清楚,自料难保,见诸人散后,房中只有袭人,因唤袭人至跟前,拉着手哭道:“我问你,宝姐姐怎么来的?我记得老爷给我娶了林妹妹过来,怎么被宝姐姐赶了去了?他为什么霸占住在这里?我要说呢,又恐怕得罪了他。你们听见林妹妹哭得怎么样了?”袭人不敢明说,只得说道:“林姑娘病着呢。”宝玉又道:“我瞧瞧他去。”说着,要起来。岂知连日饮食不进,身子那能动转,便哭道:“我要死了!我有一句心里的话,只求你回明老太太:横竖林妹妹也是要死的,我如今也不能保。两处两个病人都要死的,死了越发难张罗。不如腾一处空房子,趁早将我同林妹妹两个抬在那里,活着也好一处医治服侍,死了也好一处停放。你依我这话,不枉了几年的情分。”袭人听了这些话,便哭的哽嗓气噎。……宝钗听了这话,便又说道:“实告诉你说罢,那两日你不知人事的时候,林妹妹已经亡故了。”宝玉忽然坐起来,大声诧异道:“果真死了吗?”宝钗道:“果真死了。岂有红口白舌咒人死的呢。老太太、太太知道你姐妹和睦,你听见他死了自然你也要死,所以不肯告诉你。”宝玉听了,不禁放声大哭,倒在床上。忽然眼前漆黑,辨不出方向,心中正自恍惚,只见眼前好像有人走来,宝玉茫然问道:“借问此是何处?”那人道:“此阴司泉路。你寿未终,何故至此?”宝玉道:“适闻有一故人已死,遂寻访至此,不觉迷途。”那人道:“故人是谁?”宝玉道:“姑苏林黛玉。”那人冷笑道:“林黛玉生不同人,死不同鬼,无魂无魄,何处寻访!凡人魂魄,聚而成形,散而为气,生前聚之,死则散焉。常人尚无可寻访,何况林黛玉呢。汝快回去罢。”宝玉听了,呆了半晌道:“既云死者散也,又如何有这个阴司呢?”

这两回对宝玉之婚和黛玉之死描写,实在是相当精彩的。如果这不是曹雪芹的原稿,那么这续写者的水平也毫无疑问是十分高明的!如果没有这样的结局描写,仅有八十回,那么《红楼梦》怎么可能成为世界名著呢!不仅如此,“潇湘闻鬼哭”一节写得更为感人。第一百零八回写给宝钗过生日行酒令时,因李纨掷的是“十二金钗”,宝玉又想起警幻仙姑演“《红楼梦》十二支曲”来，眼前独不见黛玉，“一时按捺不住，眼泪便要下来”，假说身上躁得慌，就出去了。其下写道：

> 且说宝玉一时伤心，走了出来，正无主意，只见袭人赶来，问是怎么了。宝玉道：“不怎么，只是心里烦得慌。何不趁他们喝酒咱们两个到珍大奶奶那里逛逛去。”袭人道：“珍大奶奶在这里，去找谁？”宝玉道：“不找谁，瞧瞧他现在这里住的房屋怎么样。”袭人只得跟着，一面走，一面说。走到尤氏那边，又一个小门儿半开半掩，宝玉也不进去。只见看园门的两个婆子坐在门槛上说话儿。宝玉问道：“这小门开着么？”婆子道：“天天是不开的。今儿有人出来说，今日预备老太太要用园里的果子，故开着门等着。”宝玉便慢慢的走到那边，果见腰门半开，宝玉便走了进去。袭人忙拉住道：“不用去，园里不干净，常没有人去，不要撞见什么。”宝玉仗着酒气，说：“我不怕那些。”袭人苦苦的拉住不容他去。婆子们上来说道：“如今这园子安静的了。自从那日道士拿了妖去，我们摘花儿，打果子一个人常走的。二爷要去，咱们都跟着，有这些人怕什么。”宝玉喜欢，袭人也不便相强，只得跟着。
>
> 宝玉进得园来，只见满目凄凉，那些花木枯萎，更有几处亭馆，彩色久经剥落，远远望见一丛修竹，倒还茂盛。宝玉一想，说：“我自病时出园住在后边，一连几个月不准我到这里，瞬息荒凉。你看独有那几杆翠竹菁葱，这不是潇湘馆么！”袭人道：“你几个月没来，连方向都忘了。咱们只管说话，不觉将怡红院走过了。”回过头来用手指着道：“这才是潇湘馆呢。”宝玉顺着袭人的手一瞧，道：“可不是过了吗！咱们回去瞧瞧。”袭人道：“天晚了，老太太必是等着吃饭，该回去了。”宝玉不言，找着旧路，竟往前走。
>
> 你道宝玉虽离了大观园将及一载，岂遂忘了路径？只因袭人恐他见了潇湘馆，想起黛玉又要伤心，所以用言混过。岂知宝玉只望里走，天又晚，恐招了邪气，故宝玉问他，只说已走过了，欲宝玉不去。不料宝玉的心惟在潇湘馆内。袭人见他往前急走，只得

赶上,见宝玉站着,似有所见,如有所闻,便道:“你听什么?”宝玉道:“潇湘馆倒有人住着么?”袭人道:“大约没有人罢。”宝玉道:“我明明听见有人在内啼哭,怎么没有人!”袭人道:“你是疑心。素常你到这里,常听见林姑娘伤心,所以如今还是那样。”宝玉不信,还要听去。婆子们赶上说道:“二爷快回去罢。天已晚了,别处我们还敢走走,只是这里路又隐僻,又听得人说这里林姑娘死后常听见有哭声,所以人都不敢走的。”宝玉袭人听说,都吃了一惊。宝玉道:“可不是。”说着,便滴下泪来,说:“林妹妹,林妹妹,好好儿的是我害了你了!你别怨我,只是父母作主,并不是我负心。”愈说愈痛,便大哭起来。袭人正在没法,只见秋纹带着些人赶来对袭人道:“你好大胆,怎么领了二爷到这里来!老太太、太太他们打发人各处都找到了,刚才腰门上有人说是你同二爷到这里来了,唬得老太太、太太们了不得,骂着我,叫我带人赶来,还不快回去么!”宝玉犹自痛哭。袭人也不顾他哭,两个人拉着就走,一面替他拭眼泪,告诉他老太太着急。宝玉没法,只得回来。

后四十回写宝玉虽然已经和宝钗结为夫妻,但是始终爱恋和怀念着林黛玉,他永远不能辜负林黛玉,“终不忘,世外仙姝寂寞林”。而更重要的是,他终于和这个腐朽、糜烂的家庭决裂了,不再做他们的孝子贤孙了。宝玉是在考试结束后出来在人丛中走失,其实,这当然是有意的,表示他已经报答这个养育他的家了,从此可以心无挂碍地按照他的意愿走了,坚决不与这个俗世和传统家庭相妥协,他对宝钗则没有任何热情,为她留下一个遗腹子,已经报答了薛宝钗对他的情谊,但是他不能和她相守到白头,这就导致他最后出家做和尚。宝玉最后出家做和尚,是曹雪芹早就安排了的。我们看到第三十回就有预告。至于后四十回写他去考科举、然后出家,有遗腹子也不一定和曹雪芹原意不符,某种意义上说,可能更符合作为有新思想萌芽的封建公子特点,这样的处理也许更合乎实际,而毕竟最后他是毫不犹豫地离开了这个家,也实际上抛弃了薛宝钗!这里我还要对后四十回的评价再作出一点分析,特别是要具体研究第五回的预示和后四十回内容的关系。红学家们对后四十回的批评已经很多了,有的甚至几乎是不屑一顾,不过,这真的是太偏激了。对宝黛爱情悲剧也有的红学家认为后四十回描写和曹雪芹原意完全不符。例如蔡义江先生认为林黛玉之死和婚姻没有关系,也不是贾母、王夫人、王熙凤等的阻挠,选择薛宝钗,更没有调包计之类,也不是宝玉变心,而是主张"还泪"说,并认为黛玉之死是因为贾家败落,贾家被抄家、没收财产、主要人员待罪狱神庙,宝玉被迫出走,黛玉为此急死。我们认为这些说法并无充分根据,而是曲解了脂评的某些评语,是没有什么价值的。当然,后四十回有些是不一定符合曹雪芹原意的,例如贾家的结局是一种大团圆的处理,抄家以后,皇帝又返回家产,复贾赦、贾珍原职,即所谓"沐天恩""延世泽""复家业"等,最后"兰桂齐芳",这和曹雪芹第五回对贾家结局的描写是相违背的。这些描写虽然只在第一百一十九回有简单的叙述,但是应该说是十分勉强的,不太符合曹雪芹原意。另外对有些人物的结局处理,也和第五回的展示不全相同。例如写王熙凤的结局,按照第五回的意思,她应该是在贾府被抄家后,被贾琏休了,凄惨地返回原籍金陵的。"正册"中记王熙凤的是:"后面便是一片冰山,上面有一只雌凤。其判曰:凡鸟偏从末世来,都知爱慕此生才。一从二令三人木,哭向金陵事更哀。""凡鸟"即王熙凤,而"一从二令三人木",则目前还没有大家满意的解释。有人说是指先都听从贾琏,其后大权独揽,可以命令贾琏,最后贾府事败,被贾琏休弃,孤独凄凉返回金陵。但这种解说也没有确凿根据。八十回以后曹雪芹之原稿肯定是有的,王熙凤的事也是有写的,所以脂评第二十一回评语中说到"后曰'薛宝钗借词含讽谏''王熙凤知命强英雄'。……此日阿凤英气何如是也!他日之强,何身微运蹇,展眼何如彼耶!人世之变迁,倏尔如此!"脂砚斋可能是看到过曹雪芹对王熙凤后来状况描写的。有人据此说贾琏休她,并据脂评说是因为贾琏一直保留着"多浑虫"媳妇的头发,被王熙凤发现,贾琏大怒。而王熙凤待罪于狱神庙,这大约是因为在贾琏房内查出两箱房地契和一箱借票,皆是重利盘剥,违例取利的,连北静王和西平王也无法照顾。这应该都是王熙凤所为,她身上是有几条人命的。获罪返回后,她还拿着笤帚在大观园怡红院门口扫雪。但是这些也是推测。现在的后四十回写王熙凤在贾府被抄家后,已经没有能耐,众叛亲离,"力诎失人心",吐血病死,与此不同。又写巧姐儿被其舅舅王仁、贾蔷等欺骗拐卖,被刘姥姥设计营救,许配给了正派的小户人家周秀才,这本是曹雪芹原意,但后四十回再写贾赦、贾珍得到大赦,恢复两府及世袭官职,又把巧姐儿接回家则是显然杜撰的。另外,对香菱的描写,结局和"副册"不同,曹雪芹原意是香菱被夏金桂虐待死的,现在是夏金桂想毒死她不成,被宝蟾调碗而药死自己,香菱还在薛蟠被放出来后,由薛姨妈做主扶正,做了薛蟠的妻子,后来是难产而死,并为薛蟠留下一个儿子。这和"自从两地生孤木,致使香魂返故乡",是显然不同的。不过,曹雪芹在修改过程中,也可能改变了原来的设计,这也不是没有可能。除了这些以外,第五回宝玉所看的"正册"十二册(林黛玉、薛宝钗、贾元春、贾探春、史湘云、妙玉、贾迎春、贾惜春、王熙凤、巧姐儿、李纨、秦可卿),"副册"一册(香菱)、"又副册"两册(晴雯、袭人),后四十回描写基本上和曹雪芹原意是一致的。至于妙玉最后到底是被杀,还是被卖给了妓院,则就无可考了。所以我们应该对后四十回给予正确的评价,而不应该过多贬斥。而且第五回对元春、探春、湘云、迎春、惜春、李纨、秦可卿的判词,也是和后四十回之结局基本一致,对妙玉的判词也与后四十回之结局大致差不多。

6.《红楼梦》中的其他人物

(1)贾府的女性当权者形象——贾母、王夫人、王熙凤

《红楼梦》中代表封建势力的主要是贾母、贾政、王熙凤,他们扮演着不同的角色。三人之中,王熙凤和贾母形象比贾政形象写得好。贾母是以慈祥老人的形象出现的,然而她又是真正的最高掌权者,也是宝玉的真正管教者和宝玉思想行为的反对者,可是恰恰又是宝玉所想要依靠的主要力量。从慈祥老人的角度说,她也的确不是伪装的。她

是真正爱护这个封建家庭的,宠爱她的孙子、外孙女、侄孙女,如宝玉、黛玉、湘云,也十分关照她的孙子辈媳妇,如对王熙凤、李纨,以及后来的宝钗。对下人也是比较宽厚和善的,如对鸳鸯、平儿、袭人、晴雯等,而且平时为人也喜欢说笑话,常常还有点幽默和风趣。但是贾母形象还有另一面,在她内心里维护传统的原则性是非常坚定的,也是毫不动摇的。对于违背或不符合封建伦理道德传统的,她是毫不客气地严厉制止和反对的。即使是宝玉,她在保护他同时,也是要求他"学好"。她临终前还是嘱咐宝玉:"我的儿,你要争气才好!"她痛骂贾政,是因为贾政不明"大理"、不明白宝玉是唯一有希望的"独苗",但是她心里是肯定贾政的管教的,只是不同意他要勒死宝玉的无知冲动。所以对宝玉娶妻的条件,她也是重视贾政的标准的。她虽然因为林黛玉是亲外孙女,对林黛玉很关心,但她不喜欢林黛玉的性格,因为林黛玉的清高、孤傲,看不起周围的腐败、堕落,不想融入这个贵族家庭,不会故意讨好她、奉承她;也因为林黛玉多一点"心计"、保持着一种"警惕",防止上上下下对她有任何一点看不起;也因为林黛玉身子过弱,多愁多病,觉得她不可能活得长远,所以贾母早就抛弃了把她配给宝玉的念头,明显地对她愈来愈冷淡,可见贾母的是非界限是非常之清楚的。她在宝玉婚姻问题上,不是没有考虑过黛玉,但是很快打消了念头,不过她在很长时间内是犹豫的。因为她考虑到宝玉,怕宝玉因此会闹出大事来,甚至陷入完全的疯傻。紫鹃和宝玉开个玩笑,说林黛玉要回苏州自己家里去,结果宝玉就当真,昏厥过去,醒来继续表现痴傻,贾母对此是很害怕的,为此对宝玉婚姻问题一直拖着,内心非常矛盾。然而,无论如何她是不会改变她的原则的,必须找可以扶持宝玉走"正道"的人。愈到后期她对林黛玉愈是冷淡,认为辜负了她的爱护和关心。所以她在听王夫人告诉她袭人说到宝玉和黛玉的"心事"后,只是担心宝玉知道给他娶宝钗会不依而大闹,根本没有把林黛玉知道后会有什么影响放在心上,反而更不满意林黛玉:"贾母叹道:'别的事都好说。林丫头倒没有什么;若宝玉真是这样,这可叫人作了难了。'"于是凤姐才想出了"掉包"的法子,贾母马上就同意了。她听紫鹃说林黛玉听傻大姐讲宝玉要娶宝钗的情况后,她没有任何同情和关心,"贾母心里只是纳闷,因说:'孩子们从小儿在一处儿顽,好些是有的。如今大了懂的人事,就该要分别些,才是做女孩儿的本分,我才心里疼他。若是他心里有别的想头,成了什么人了呢!我可是白疼了他了。你们说了,我倒有些不放心。'因回到房中,又叫袭人来问。袭人仍将前日回王夫人的话并方才黛玉的光景述了一遍。贾母道:'我方才看他却还不至糊涂,这个理我就不明白了。咱们这种人家,别的事自然没有的,这心病也是断断有不得的。林丫头若不是这个病呢,我凭着花多少钱都使得。若是这个病,不但治不好,我也没心肠了。'"由此可见,贾母对林黛玉是很冷酷的。后来她在知道黛玉去世后,也没有坚持一定要去看看,还对王夫人说:"你替我告诉他的阴灵:'并不是我忍心不来送你,只为有个亲疏。你是我的外孙女儿,是亲的了,若与宝玉比起来,可是宝玉比你更亲些。倘宝玉有些不好,我怎么见他父亲呢。'"所以,从贾母的慈祥和爱护来说,其实内中有她虚伪的一面,而且由此可以看出她作为这个家庭里封建传统势力的总代表,在慈祥和善的外表下,其精神本质上则是冷酷的,甚至是残忍的。

王夫人似乎笔墨不多,其实作者在不多的描写中,展示了其表面是和善、宽厚、平易的,本质上则是十分狠毒、冷酷、残忍的。宝玉是她在贾府具有很高地位的原因,所以她要拼命保住宝玉,决不让贾政勒死。她又是最不能让宝玉不走"正道"的,否则,她也就无法真正保持她在贾府被大家尊重、被贾母赞赏的地位。她一方面是保护宝玉,而另一方面则严密监视宝玉的思想行为,决不允许他走"邪道"。对于可能影响宝玉不走"正道"的人和事,采取最严厉的打压措施,极其凶狠、残忍、无比冷酷。金钏儿就是因为一句玩笑话,被她狠打一个嘴巴,并立即逐出,结果金钏儿被迫自杀。晴雯因为被人诬陷和告发,尽管病得几日水米不进,也被立即硬拖出去,赶出大观园,结果不久就死去。司棋被查出藏了她表哥的东西,虽和宝玉无关,也被逐出,结果和她表哥双双自杀。四儿因为长得像晴雯,和宝玉同生日,也被赶出。芳官因为灵巧，曾提议宝玉要柳五儿到怡红院，也被逐出，并借此把所有分给姑娘们的小戏子全部逐出。她还非常明确地向贾母说，林黛玉虽然有貌有才，但是多愁多病福分浅，不如薛宝钗贤惠端庄有福相，更和王熙凤一起提出调包计，生生地逼死了林黛玉。在她这个和善、宽厚的侯门太太身上起码有四条无辜的人命。更可恶的是，她收买袭人放在宝玉身边做"密探"。因为王夫人感到袭人是真正帮助宝玉走"正道"的，把她当作宝玉未明言的妾，给她姨娘的月钱，而袭人也感恩戴德，衷心充当她的助手，把怡红院的一切向她详细通报。所以在晴雯等被逐出大观园时，宝玉实际已经怀疑袭人了。作者也向我们明白表述了袭人确确实实是王夫人安置在宝玉和他周围人的"心耳神意"。请看第七十七回描写王夫人搜检大观园，赶走晴雯、司棋和许多小戏官后，宝玉就怀疑是袭人、麝月、秋纹中有人告的密：

> 如今且说宝玉只当王夫人不过来搜检搜检，无甚大事，谁知竟这样雷嗔电怒的来了。所责之事皆系平日私语，一字不爽，料必不能挽回的。虽心下恨不能一死，但王夫人盛怒之际，自不敢多言一句，多动一步，一直跟送王夫人到沁芳亭。王夫人命："回去好生念念那书，仔细明儿问你。才已发下狠了。"宝玉听如此说，方回来，一路打算："谁这样犯舌？况这里事也无人知道，如何就都说着了。"一面想，一面进来，只见袭人在那里垂泪。且去了第一等的人，岂不伤心，便倒在床上也哭起来。袭人知他心内别的还犹可，独有晴雯是第一件大事，乃推他劝道："哭也不中用了。你起来我告诉你，晴雯已经好了，他这一家去，倒心净养几天。你果然舍不得他，等太太气消了，你再求老太太，慢慢的叫进来也不难。不过太太偶然信了人的诽言，一时气头上如此罢了。"宝玉哭道："我究竟不知晴雯犯了何等滔天大罪！"袭人道："太太只嫌他生的太好了，未免轻佻些。在太太是深知这样美人似的人必不安静，所以恨嫌他，像我们这粗粗笨笨的倒好。"宝玉道："这也罢了。咱们私自顽话怎么也知道了？又没外人走风的，这可奇怪。"袭人

道:“你有甚忌讳的,一时高兴了,你就不管有人无人了。我也曾使过眼色,也曾递过暗号,倒被那别人已知道了,你反不觉。”宝玉道:“怎么人人的不是太太都知道,单不挑出你和麝月秋纹来?”袭人听了这话,心内一动,低头半日,无可回答,因便笑道:“正是呢。若论我们也有顽笑不留心的孟浪去处,怎么太太竟忘了?想是还有别的事,等完了再发放我们,也未可知。”宝玉笑道:“你是头一个出了名的至善至贤之人,他两个又是你陶冶教育的,焉得还有孟浪该罚之处!只是芳官尚小,过于伶俐些,未免倚强压倒了人,惹人厌。四儿是我误了他,还是那年我和你拌嘴的那日起,叫上来作些细活,未免夺占了地位,故有今日。只是晴雯也是和你一样,从小儿在老太太屋里过来的,虽然他生得比人强,也没甚妨碍去处。就是他的性情爽利,口角锋芒些,究竟也不曾得罪你们。想是他过于生得好了,反被这好所误。”说毕,复又哭起来。袭人细揣此话,好似宝玉有疑他之意,竟不好再劝,因叹道:“天知道罢了。此时也查不出人来了,白哭一会子也无益。倒是养着精神,等老太太喜欢时,回明白了再要他是正理。”宝玉冷笑道:“你不必虚宽我的心。等到太太平服了再瞧势头去要时,知他的病等得等不得。他自幼上来娇生惯养,何尝受过一日委屈。连我知道他的性格,还时常冲撞了他。他这一下去,就如同一盆才抽出嫩箭来的兰花送到猪窝里去一般。况又是一身重病,里头一肚子的闷气。他又没有亲爷热娘,只有一个醉泥鳅姑舅哥哥。他这一去,一时也不惯的,那里还等得几日。知道还能见他一面两面不能了!”说着又越发伤心起来。

宝玉是善良的,虽然怀疑有人向王夫人告密,但是也不想责备袭人,而袭人又是故意岔开,宝玉也就不再追问。但是,这段描写中可以看出,王夫人说她的“心耳神意”时时都在怡红院,其实袭人就是王夫人在怡红院的“心耳神意”,不是再明显不过了吗?

在宝玉周围以王夫人为中心形成了一个包围圈,上面奉和贾母意愿,有四个全是王家人:王夫人、王熙凤、薛姨妈、薛宝钗,这里王夫人是当然的头儿,她是宝玉的亲生母亲,贾母最喜欢的儿媳妇。王夫人手下则有以袭人为首的宝玉贴身丫鬟,包括麝月、秋纹,王夫人经常赏赐她们衣服等东西,只有晴雯嘲笑她们,看不起她们领贾母、王夫人赏的得意劲儿:

> 秋纹笑道:"提起瓶来,我又想起笑话。我们宝二爷说声孝心一动,也孝敬到二十分。因那日见园里桂花,折了两枝,原是自己要插瓶的,忽然想起来说,这是自己园里的才开的新鲜花,不敢自己先顽,巴巴的把那一对瓶拿下来,亲自灌水插好了,叫个人拿着,亲自送一瓶进老太太,又进一瓶与太太。谁知他孝心一动,连跟的人都得了福了。可巧那日是我拿去的。老太太见了这样,喜的无可无不可,见人就说:'到底是宝玉孝顺我,连一枝花儿也想的到。别人还只抱怨我疼他。'你们知道,老太太素日不大同我说话的,有些不入他老人家的眼的。那日竟叫人拿几百钱给我,说我可怜见的,生的单柔。这可是再想不到的福气。几百钱是小事,难得这个脸面。及至到了太太那里,太太正和二奶奶、赵姨奶奶、周姨奶奶好些人翻箱子,找太太当日年轻的颜色衣裳,不知给那一个。一见了,连衣裳也不找了,且看花儿。又有二奶奶在旁边凑趣儿,夸宝玉又是怎么孝敬,又是怎样知好歹,有的没的说了两车话。当着众人,太太自为又增了光,堵了众人的嘴。太太越发喜欢了,现成的衣裳就赏了我两件。衣裳也是小事,年年横竖也得,却不像这个彩头。"晴雯笑道:"呸!没见世面的小蹄子!那是把好的给了人,挑剩下的才给你,你还充有脸呢。"秋纹道:"凭他给谁剩的,到底是太太的恩典。"晴雯道:"要是我,我就不要。若是给别人剩下的给我,也罢了。一样这屋里的人,难道谁又比谁高贵些?把好的给他,剩下的才给我,我宁可不要,冲撞了太太,我也不受这口软气。"秋纹忙问:"给这屋里谁的?我因为前儿病了几天,家去了,不知是给谁的。好姐姐,你告诉我知道知道。"

晴雯道:“我告诉了你,难道你这会退还太太去不成?”秋纹笑道:“胡说,我白听了喜欢喜欢。那怕给这屋里的狗剩下的,我只领太太的恩典,也不犯管别的事。”众人听了都笑道:“骂的巧,可不是给了那西洋花点子哈巴儿了。”袭人笑道:“你们这起烂了嘴的!得了空就拿我取笑打牙儿。一个个不知怎么死呢。”秋纹笑道:“原来姐姐得了,我实在不知道。我陪个不是罢。”袭人笑道:“少轻狂罢。你们谁取了碟子来是正经。”麝月道:“那瓶得空儿也该收来了。老太太屋里还罢了,太太屋里人多手杂。别人还可以,赵姨奶奶一伙的人见是这屋里的东西,又该使黑心弄坏了才罢。太太也不大管这些,不如早些收来正经。”晴雯听说,便掷下针黹道:“这话倒是,等我取去。”秋纹道:“还是我取去罢,你取你的碟子去。”晴雯笑道:“我偏取一遭儿去。是巧宗儿你们都得了,难道不许我得一遭儿?”麝月笑道:“通共秋丫头得了一遭儿衣裳,那里今儿又巧,你也遇见找衣裳不成。”晴雯冷笑道:“虽然碰不见衣裳,或者太太看见我勤谨,一个月也把太太的公费里分出二两银子来给我,也定不得。”说着,又笑道:“你们别和我装神弄鬼的,什么事我不知道。”一面说,一面往外跑了。秋纹也同他出来,自去探春那里取了碟子来。

可见,王夫人不只是收买袭人,也是想尽可能把宝玉身边的丫鬟都争取过来的,除了晴雯,宝玉身边其他丫鬟也都是听袭人的。不过,没有袭人那样和王夫人有私密约定。所以在王夫人下边有一个以袭人为首的下人圈子,王夫人是通过袭人来控制她们的。可是宝玉却只有黛玉和晴雯是亲信,两种势力相形之下强弱可知,他和林黛玉的悲剧当然是不可避免的了。

王熙凤也是《红楼梦》里写得非常出色的典型人物。她作为这个封建家庭的实际掌权者和操持者的形象出现的。她是荣府的管家,也做过办秦可卿丧事时的宁府代理管家。毫无疑问,她是一个十分聪明、极其精明、善于做人也很有才干的女强人。同时她又是一个脸慈心狠、两面三刀、手段毒辣、无比贪婪、凶恶残酷的女人。死在她手里的有好几条无辜的人命,如鲍二家的、尤二姐、贾瑞、大财主张家的女儿金哥、长安守备儿子等,光是串通长安节度使云光,胁迫守备退婚,她独得了三千两银子。林黛玉也死在她的调包计之下。贾母向林黛玉介绍王熙凤时说她是"我们这里有名的一个泼皮破落户儿","你只叫他'凤辣子'就是了",虽是戏谑称谓,但也体现王熙凤的真实性格特征。不过,从表面上看,王熙凤是和蔼的、风趣的,既有画眉鸟一般的逗人俏语,又有无止境的欢声笑语,贾母离不了她,贾府也离不了她,可是内里的机灵、权变和毒辣,才是她真正的本质。蛇蝎胆、虎狼心、花柳姿、鸾凤仪,在她身上巧妙地融合到了一起!第六回刘姥姥进荣国府时周瑞家的向她介绍:

> 刘姥姥因说:"这凤姑娘今年大还不过二十岁罢了,就这等有本事,当这样的家,可是难得的。"周瑞家的听了道:"我的姥姥,告诉不得你呢。这位凤姑娘年纪虽小,行事却比世人都大呢。如今出挑的美人一样的模样儿,少说些有一万个心眼子。再要赌口齿,十个会说话的男人也说他不过。回来你见了就信了。就只一件,待下人未免太严些个。"

贾珍要她协理宁国府时说她:"从小儿大妹妹顽笑着就有杀伐决断,如今出了阁,越发历练老成了。"她协理宁国府一开始就看出宁府五大弊端:"头一件是人口混杂,遗失东西;第二件,事无专执,临期推委;第三件,需用过费,滥支冒领;第四件,任无大小,苦乐不均;第五件,家人豪纵,有脸者不服钤束,无脸者不能上进。"她就对症下药:分班管理,职责分明;精细考核,不容混冒;赏罚分明,树立威信。于是宁府中人才知凤姐利害,自此各人兢兢业业,不敢偷安。但是她的才干和利害何止是协理宁国府!她可以让掉入她的圈套、被她折腾死的尤二姐至死对她"不敢抱怨",让兴儿不停地打自己嘴巴,使宁府贾珍、贾蓉陪尽小心、主动拿出大把银子放到她面前,把尤氏弄得丢尽颜面、无可奈何地向她求饶！贾瑞被浇粪水，写下银子借条，至死都不知道是她设计的圈套！金哥和她的未婚夫白白上吊，都不知道被谁害了！一个调包计逼死了林黛玉、逼疯了贾宝玉！贾府里都夸她治家有威严、为人有风范，下人们服服帖帖地任她奴役、听她驱使，贾母、王夫人依靠她，她也哄着贾母、王夫人，从而得到重用。人人赞她能干，同情她过度劳累，宝玉和姊妹们全尊称她“凤姐姐”，感激她为他们办生日宴，为诗社出钱，等等，可是谁也不知道她在管家、管钱的过程中，无声无息地中饱私囊。大家庭入不敷出，可是凤姐屋里却藏了一大箱的借票和两大箱的房地契！然而，王熙凤要做好贾府管家也不是很容易的。但她善于见风使舵，多方应付。她婆婆邢夫人要她为公公讨鸳鸯做妾，她很巧妙地摆脱了。王夫人怀疑大观园里捡的绣春囊是她的，她委婉地洗刷了。她看出贾母偏爱宝钗，就加倍铺张地为她办生日。看出王夫人把袭人当宝玉妾对待，就从各方面去优待袭人。看出贾母喜欢刘姥姥，拿她当最好的消遣品，就把这乡下老太婆当“宝贝”似的捧着。曹雪芹把这位手腕灵活、目光四射的少妇写得入木三分。曹雪芹对凤姐的描写真是十分生动、深刻、精彩的，特别从她为人处世的真实详细描写中，展示了她的狰狞面目和丑恶本质，这集中表现在协理宁国府，弄权铁槛寺，毒设相思局，尤二姐赚入大观园，被虐待吞金自逝，大闹宁国府，调包计逼死林黛玉等事件中。同时也揭示了在贾家的败落中，王熙凤也得到了她应有的报应，在贾母丧事中，已经没有人听她指挥，她只能哀求大家帮助！最后凄惨病死，真是“机关算尽太聪明，反算了卿卿性命”！

(2)贾府的男性形象——贾赦、贾政、贾敬、贾珍、贾琏

贾府为什么会“牝鸡司晨”？就是因为贾府主要的男性人物不是庸俗、无能，就是腐化、堕落。前者以贾敬、贾政为代表，后者以贾赦、贾珍、贾琏为代表，他们象征着整个封建社会上层的黑暗与腐朽。曹雪芹正是通过他们揭示了整个封建专制主义必然要走向崩溃与没落的无法抗拒的命运。贾敬一味好道，追求长生不老，把世袭的官位让给了儿子，他自己“一心想作神仙”，“只在都中城外和道士胡羼”，家

事“一概不管”,全交给儿子贾珍。贾政是宁荣两府中唯一一个走“正道”的“正经”“规矩”人、道貌岸然的读书人和很守规矩的做官人,然而又是一个极其平庸、毫无才华、头脑简单、碌碌无为的官僚。贾政一共生过三个儿子,大儿子贾珠二十岁就死了,留下一个寡妻李纨和幼子贾兰,而贾政之妾赵姨娘所生贾环,不仅属于庶出,而且愚蠢不堪,低俗无能。贾政的庸俗无能在大观园题词一回中暴露无遗,围绕着他的一批清客相公,更加让人呕吐喷饭,全是只会吹牛拍马,毫无真才实学的一帮禄蠹蠢材。曹雪芹就是借宝玉来衬托他们的庸俗丑陋,同时也揭露了贾政的空虚。贾政对宝玉的残酷毒打,其实不过体现了他的简单粗暴,外面是一副虚伪的臭架子,内里对宝玉完全没办法。治家不会,教子无方,处事窝囊,不过是个无用的废物。他的哥哥贾赦虽然世袭祖父官职,却不过是个无耻的淫棍、色鬼,每天只是和小老婆一起喝酒玩乐,妻妾儿孙一大堆,还想要母亲的贴身丫鬟鸳鸯做妾。正如平儿所说:“真真这话论理不该我们说,这个大老爷太好色了,略平头正脸的,他就不放手了。”为了强迫鸳鸯嫁给他,则是什么狠毒招数全使出来了,逼迫妻子邢夫人去贾母处讨鸳鸯,又找来鸳鸯哥哥、嫂子,威胁利诱,甚至要去南京把她父母找来,还说谁也逃不出他的手心,一副恶霸面孔。他的儿子贾琏更得其父亲真传,屋里已经有王熙凤、平儿两个美人儿,还是偷鸡摸狗,连下人鲍二家的、多姑娘等也都往屋子里拉,又偷娶偏房尤二姐,不仅继承了他父亲贾赦衣钵,而且更加肆无忌惮。他明知老婆王熙凤是个“老虎”,还非要偷娶尤二姐,甚至和贾珍一起去调戏尤三姐。当贾赦赏给他秋桐后,又任着秋桐去折磨尤二姐,不过是一个禽兽,哪里还有人样!而宁国府的贾珍“那里肯读书,只一味高乐不了,把宁国府竟翻了过来,也没有人敢来管他”。他更加胆大妄为,不仅和媳妇秦可卿乱伦,还在秦可卿死后,倾家之资大办丧事,花三千两银子为贾蓉捐了个龙禁尉,让秦可卿丧事更加风光些!完全不顾羞耻、脸面。他在父亲去世的丧亲热孝期间和儿子贾蓉到尤二姐、尤三姐那里去鬼混,所以焦大骂他们“爬灰的爬灰,养小叔子的养小叔子”,是腐朽不堪的纨绔子弟。贾珍等人甚至强迫良家妻女为妾，其女不从，勒逼致死；此外还为首聚众赌博，把个宁国府都弄得翻了天。

(3)贾府的其他丫鬟——袭人、香菱、平儿、紫鹃

袭人是小说中描写篇幅最多的丫头，也是宝玉身边最为重要的丫头。袭人是一直贴身伺候宝玉的，宝玉的吃饭、睡觉、喝茶、穿衣、盖被，都由袭人细心服侍，宝玉的那块宝玉和所有东西，都由袭人极其认真地保管。宝玉外出晚一点回来，她就倚门而望，或四处寻找。宝玉在神气面容上有一点异样，她最先觉察到。她时刻担心关注宝玉，不让他有一丝一毫的烦恼和不安。她对宝玉是真好，如第三回所说："袭人亦有些痴处，服侍贾母时，心中眼中只有一个贾母；如今服侍宝玉，心中眼中又只有一个宝玉。"贾母就因为她"心地纯良"，把她给了宝玉。袭人自认为她是贾母给了宝玉的人，即使和宝玉有什么关系，也不算非礼，所以第五回贾宝玉神游太虚幻境后，和她发生性关系，她不但并不拒绝，反而对宝玉"更为尽心"了。她让宝玉感到在日常生活中绝对少不了袭人，她成为怡红院绝对的真正主人。她知道她能得到的最高待遇就是做侍候宝玉的妾，事实上王夫人、王熙凤都是按这个地位来对待她的，她的月银是王夫人从自己的钱中抽出来给她的，是和赵姨娘一样的等级。袭人母亲死了，她回家守丧，王熙凤是安排赵姨娘的等级派车护送照顾的。她当然知道她是无法替代黛玉或宝钗的地位的，但是她知道要保持她的地位，选宝钗比黛玉要好得多。所以她总是在宝玉面前赞扬宝钗的好，和宝钗的关系特别亲密，不过，她非常清楚宝玉的心是在黛玉那里，所以也不会在宝玉面前说黛玉不好。她不仅对宝玉，对周围的人也都是很温顺柔和的，当晴雯、黛玉她们嘲笑、讽刺她时，她都是一再忍耐、委曲求全，从不回击。

袭人不像晴雯那样有强烈的反奴性、叛逆性，她是一个典型的绝对顺从的奴仆，只想做一个受到贵族家庭喜欢的好奴隶，努力在奴隶中占有上层地位，所以一定要得到贾母、王夫人、王熙凤的信任和好感。凭什么？就是温柔和顺，"似桂如兰"，尽心尽责地侍候好宝玉，按照王夫人的要求，努力委婉规劝他要读书上进，尽力阻止他去做那些

"出格"的事,如与戏子交朋友,吃丫头嘴上的胭脂,看《西厢记》之类禁书等。她甚至敢到王夫人那里对如何管教宝玉进言,还曾向王夫人建议让宝玉搬出大观园,为此她得到王夫人的绝大信任,王夫人甚至为她的言行感动落泪。第三十六回在凤姐向王夫人征求给丫头如何分月银时写道:"王夫人想了半日,向凤姐儿道:'明儿挑一个好丫头送去老太太使,补袭人,把袭人的一分裁了。把我每月的月例二十两银子里,拿出二两银子一吊钱来给袭人。以后凡事有赵姨娘、周姨娘的,也有袭人的,只是袭人的这一分都从我的分例上匀出来,不必动官中的就是了。'凤姐一一的答应了,笑推薛姨妈道:'姑妈听见了,我素日说的话如何?今儿果然应了我的话。'薛姨妈道:'早就该如此。模样儿自然不用说的,他的那一种行事大方,说话见人和气里头带着刚硬要强,这个实在难得。'王夫人含泪说道:'你们那里知道袭人那孩子的好处?比我的宝玉强十倍!宝玉果然是有造化的,能够得他长长远远的服侍他一辈子,也就罢了。'"这样,她就完全巩固了在众多丫头中仅次于鸳鸯、平儿的地位。

袭人是一个很有心计的人,她知道她的前途本来不过是配个贾府小厮,或交官卖,如果贾府开恩把她放回家,最多也不过嫁个市井小民,而宝玉姨太太的位置则无疑是最理想的,当然这也是很不容易的,所以她以一百次忍耐,一千个小心,一万种涵养,求其事事妥帖,与人人和好,造成一个对她十分有利的周围环境。同时,她更要费尽心机,想方设法,要让宝玉被她控制在手里。第十九回写过年时袭人的母亲接她回家吃年茶,听说她母亲和哥哥想赎她回家,大吵了一架,说本来是你们要把我卖出去,现在死也不回来了。可是回到怡红院,为了规劝宝玉,反假装说明年要回去骗宝玉,让宝玉急了,再来规劝他。

> 如今且说袭人自幼见宝玉性格异常,其淘气憨顽自是出于众小儿之外,更有几件千奇百怪口不能言的毛病儿。近来仗着祖母溺爱,父母亦不能十分严紧拘管,更觉放荡弛纵,任性恣情,最不喜务正。每欲劝时,料不能听,今日可巧有赎身之论,故先用骗

词,以探其情,以压其气,然后好下箴规。今见他默默睡去了,知其情有不忍,气已馁堕,自己原不想栗子吃的,只因怕为酥酪又生事故,亦如茜雪之茶等事,是以假以栗子为由,混过宝玉不提就完了。于是命小丫头们将栗子拿去吃了,自己来推宝玉。只见宝玉泪痕满面,袭人便笑道:"这有什么伤心的,你果然留我,我自然不出去了。"宝玉见这话有文章,便说道""你倒说说,我还要怎么留你,我自己也难说了。"袭人笑道:"咱们素日好处,再不用说。但今日你安心留我,不在这上头。我另说出两三件事来,你果然依了我,就是你真心留我了,刀搁在脖子上,我也是不出去的了。"

宝玉忙笑道:"你说,那几件?我都依你。好姐姐,好亲姐姐别说两三件,就是两三百件,我也依。只求你们同看着我,守着我,等我有一日化成了飞灰,——飞灰还不好,灰还有形有迹,还有知识。——等我化成一股轻烟,风一吹便散了的时候,你们也管不得我,我也顾不得你们了。那时凭我去,我也凭你们爱那里去就去了。"话未说完,急的袭人忙握他的嘴,说:"好好的,正为劝你这些,倒更说的狠了。"宝玉忙说道:"再不说这话了。"袭人道:"这是头一件要改的。"宝玉道:"改了,再要说,你就拧嘴。还有什么?"

袭人道:"第二件,你真喜读书也罢,假喜也罢,只是在老爷跟前或在别人跟前,你别只管批驳诮谤,只作出个喜读书的样子来,也教老爷少生些气,在人前也好说嘴。他心里想着,我家代代读书,只从有了你,不承望你不喜读书,已经他心里又气又愧了。而且背前背后乱说那些混话,凡读书上进的人,你就起个名字叫作'禄蠹',又说只除'明明德'外无书,都是前人自己不能解圣人之书,便另出已意,混编纂出来的。这些话,怎么怨得老爷不气,不时时打你。叫别人怎么想你?"宝玉笑道:"再不说了,那原是那小时不知天高地厚,信口胡说,如今再不敢说了。还有什么?"

袭人道:"再不可毁僧谤道,调脂弄粉。还有更要紧的一件,再不许吃人嘴上擦的胭脂了,与那爱红的毛病儿。”宝玉道:“都改,都改。再有什么,快说。”袭人笑道:“再也没有了。只是百事检点些,不任意任情的就是了。你若果都依了,便拿八人轿也抬不出我去了。”宝玉笑道:“你在这里长远了,不怕没八人轿你坐。”袭人冷笑道:“这我可不希罕的。有那个福气,没有那个道理。纵坐了,也没甚趣。”

可见,袭人是个很有主意、很有想法的人,待人处世很不简单。提出这三件事,就是要宝玉回归正道。宝玉挨打后,王夫人叫她来问话,有如下内容:

袭人见王夫人这般悲感,自己也不觉伤了心,陪着落泪。又道:“二爷是太太养的,岂不心疼。便是我们做下人的服侍一场,大家落个平安,也算是造化了,要这样起来,连平安都不能了。那一日那一时我不劝二爷,只是再劝不醒。偏生那些人又肯亲近他,也怨不得他这样,总是我们劝的倒不好了。今儿太太提起这话来,我还记挂着一件事,每要来回太太,讨太太个主意。只是我怕太太疑心,不但我的话白说了,且连葬身之地都没了。”王夫人听了这话内有因,忙问道:“我的儿,你有话只管说。近来我因听见众人背前背后都夸你,我只说你不过是在宝玉身上留心,或是诸人跟前和气,这些小意思好,所以将你和老姨娘一体行事。谁知你方才和我说的话全是大道理,正和我的想头一样。你有什么只管说什么,只别教别人知道就是了。”

袭人道:“我也没什么别的说。我只想着讨太太一个示下,怎么变个法儿,以后竟还教二爷搬出园外来住就好了。”王夫人听了,吃一大惊,忙拉了袭人的手问道:“宝玉难道和谁作怪了不成?”袭人连忙回道:“太太别多心,并没有这话。这不过是我的小见识。如今二爷也大了,里头姑娘们也大了,况且林姑娘宝姑娘又是两姨姑表姊妹,虽说是姊妹们,到底是男女之分,日夜一处起坐不方便,由不得叫人悬心,便是外人看着也不像。一家子的事,俗语说的'没事常思有事',世上多少无头脑的人,多半因为无心中做出,有心人看见,当作有心事,反说坏了。只是预先不防着,断然不好。二爷素日性格,太太是知道的。他又偏好在我们队里闹,倘或不防,前后错了一点半点,不论真假,人多口杂,那起小人的嘴有什么避讳,心顺了,说的比菩萨还好,心不顺,就贬的连畜牲不如。二爷将来倘或有人说好,不过大家直过没事,若要叫人说出一个不好字来,我们不用说,粉身碎骨,罪有万重,都是平常小事,但后来二爷一生的声名品行岂不完了,二则太太也难见老爷。俗语又说'君子防不然',不如这会子防避的为是。太太事情多,一时固然想不到。我们想不到则可,既想到了,若不回明太太,罪越重了。近来我为这事日夜悬心,又不好说与人,惟有灯知道罢了。"

王夫人听了这话,如雷轰电掣的一般,正触了金钏儿之事,心内越发感爱袭人不尽,忙笑道:"我的儿,你竟有这个心胸,想的这样周全!我何曾又不想到这里,只是这几次有事就忘了。你今儿这一番话提醒了我。难为你成全我娘儿两个声名体面,真真我竟不知道你这样好。罢了,你且去罢,我自有道理。只是还有一句话:你今既说了这样的话,我就把他交给你了,好歹留心,保全了他,就是保全了我。我自然不辜负你。"袭人连连答应着去了。

由此,袭人的思想个性已经清清楚楚地呈现在我们眼前。她确确实实是王夫人安排在宝玉身边,照顾宝玉、管理宝玉,又控制宝玉、监察宝玉的"心耳神意"。

《红楼梦》中其他重要的丫头还有香菱、平儿、紫鹃等,香菱的身世悲惨,平儿处境极为复杂,紫鹃成了林黛玉最亲密的异姓妹妹。这几个丫头写的个性也十分鲜明,由于篇幅关系我们就不详细讲了。

(4)贾府以外的人物——柳湘莲、蒋玉菡、刘姥姥

柳湘莲和蒋玉菡都是戏子,但是他们的个性则不大相同。柳湘莲

刚强，蒋玉菡柔弱。柳湘莲有侠气，敢作敢为，他不仅把薛蟠诱出去痛打一顿，教他喝烂泥塘脏水，而且在听说尤三姐是宁府尤氏亲戚后，决心退婚，要回鸳鸯剑。并在尤三姐刚烈自杀后，决心不再婚娶，而远走出家。他和宝玉关系也是建立在热爱自由、个性解放的共同思想基础之上的。而蒋玉菡（琪官）则比较软弱，被亲王欺负侮辱，而求助宝玉，到东郊避难。但是他和柳湘莲一样都是城市下层百姓，向往自由生活，也和宝玉有建立在共同的叛逆传统思想基础上的深厚友谊，最后蒋玉菡娶袭人为妻。

刘姥姥是小说中的一个喜剧角色，作者借用刘姥姥这个普通贫寒百姓的眼光来客观描述贾府的豪华与衰落，凤姐给她二十两银子，是她没有想到的，感激之余，顺口说出了："瘦死的骆驼比马大，凭他怎样，你老拔根寒毛比我们的腰还粗呢！"贾家自贾母起都拿她开心，她反而高兴，只要能得到救济银两，有吃有喝有拿，在她绝对是意外收获，所以也故意出丑让贾母等开心。不过，她后来救巧姐出火坑，并且使她有个好的结局，也说明刘姥姥的善良和仗义。从曹雪芹对刘姥姥这个人物的描写上，可以看出他对普通百姓的同情和尊敬。刘姥姥虽然是个喜剧人物，却可以和贾府的各类人物形成鲜明的对比。

五　《红楼梦》的艺术表现特色

《红楼梦》在艺术上是小说中水平最高的，目前对《红楼梦》艺术成就的研究还不是十分深刻，并没有很多精湛的分析和阐述。在中国古典小说的发展上，《红楼梦》不同于《三国演义》《水浒传》《西游记》，它的小说艺术虽是在《金瓶梅》的基础上发展起来的，但是比《金瓶梅》的艺术水平要高出很多，又没有《金瓶梅》的缺陷。中国古典小说受历史著作影响很深，尤其是《史记》，所以最早的白话小说，是写帝王将相比较突出的，而成就最高的当推《三国演义》，然后发展出来写英雄传奇的作品，其成就最高者为《水浒传》，而神魔小说则借助虚构想象较为曲折地反映社会生活。明代的短篇白话小说很繁荣，"三言""二拍"中开始有许多描写普通百姓日常生活的作品，虽然还是挑选了一些特殊的故事，但是毕竟把笔触从帝王将相、英雄豪杰，转向了平民百姓，内容也偏向一般人情，这是一个重大发展。《金瓶梅》作为这方面成就最高的长篇言情小说，以写一个恶霸西门庆为中心，来揭露当时社会的黑暗与腐朽，是一部暴露性的作品。它揭示了封建社会后期最肮脏、丑恶的一面，创造了西门庆这样一个集财主、地痞、流氓、恶霸于一身的艺术典型。但和《红楼梦》相比，《金瓶梅》不仅有它自然主义、过多色情描写的缺点，而且它只是暴露，并没有看到在专制主义封建社会没落过程中已经出现的民主主义思想的萌芽，并不能从一个更高的角度去批判这个旧世界，没有值得同情和歌颂的新思想，没有代表这种新思想的新人物，不能让人看到未来的一线光明，而在艺术上也存在着不足。《红楼梦》才是中国古典小说中无论在思想还是艺术上,都达到了真正登峰造极地步的作品,它展示了一幅十分生动丰富的广阔社会生活图景,展现了新旧思想、两种不同社会势力的殊死拼搏,预告了封建专制社会的必然崩溃,赞扬了反抗旧势力、旧传统的新生力量。虽然他们在强大的黑暗旧势力摧残下失败了,死的死、走的走、出家的出家,但是它引起了读者对旧势力、旧传统的无比愤慨和切齿痛恨,对新思想、新人物的深切同情和热忱赞扬,激发读者的抗争精神,并奋力反抗黑暗的旧社会。

《红楼梦》在艺术上的成就,大致可以归纳为以下几个方面:

第一,它是具有高度现实主义水平的作品。

现实主义的特征是真实反映社会生活的实际,充分表现社会生活的本质方面,同时也要求细节描写的真实性,并能创造出典型环境中的典型性格。我们读《红楼梦》非常突出地感觉到它的无与伦比的高度真实自然,甚至使人不觉得它是小说,尽管作者说他写的都是"假语村言"(贾雨村),已经把"真事隐去"(甄士隐),但是我们却完全不觉得这是作者虚构的内容,而感觉到全是生活中最真实的现象之生动具体叙述,诚如作者所说其间"离合悲欢,兴衰际遇,则又追踪蹑迹,不敢稍加穿凿"。所谓"追踪蹑迹"就是按照生活真实状况详细地加以描写,所谓"不敢稍加穿凿",就是不随意去改变生活真实,而加上作家主观的描写。

《红楼梦》不管是对贾府日常生活的描写(例如:薛宝钗、王熙凤过生日,宝玉、秦钟闹私塾,贾宝玉被贾政殴打,宝黛共读《西厢记》,林黛玉葬花,大观园内宝玉和姊妹们结诗社,刘姥姥进大观园,鸳鸯抗婚,探春理家,等等),还是对贾府发生的比较重大事件的描写(例如:贾元春被选入宫中,又晋升为凤藻宫尚书,并加为贤德妃;贾府建造省亲别墅大观园,大观园各处题词;宁国府媳妇秦可卿去世大办丧事,王熙凤兼管宁国府;王夫人抄检大观园;等等),甚至对饮食、衣着、器用、茶道、园景、礼节、交通等等,都是刻画非常之细腻真实,自然贴切,让读者感到好像就生活在贾府,完全想不到是在读小说。小说通过对这些极为普通的日常生活的逼真描写,展示出各个不同人物的生动鲜明个性,让他们栩栩如生地呈现在人们面前,而作品的思想意义也十分清晰地显现出来。我们可以拿宝钗、王熙凤过生日作为典型例子来分析。写宝钗过生日,是为了突出贾母特别欣赏宝钗的端庄大方、善解人意、贤惠懂事,并且暗示贾母已经对选择宝玉媳妇一事有了初步考虑。同时也充分借助宝钗在生日上的表现,刻画了她的特殊性格。尤其是她专门讨好贾母,专点贾母喜欢的热闹戏,来引得贾母的高兴,同时又借演戏表现林黛玉的妒忌(让宝玉也叫个戏班子为自己演出)、史湘云的直率(说戏子像林黛玉)。写王熙凤过生日,用小家子家办法凑份子,从中写凤姐的精明、吝啬、卖好,也写她的威势,以及其他各类人物的不同态度,同时也写尤氏的借机收买人心,过生日中发生了贾琏和鲍二家的幽会,恰被凤姐撞见大闹,平儿挨打,鲍二家的吊死,着重写凤姐的泼辣,这样就对凤姐的性格作了深入的刻画。平儿为此到怡红院躲避,遂有宝玉为平儿理妆一段,既描写了平儿的个性为人,又写了宝玉对下人悲惨遭遇的同情与怜悯。正是这样自然真实的具体描写,体现了作家现实主义创作方法的力量,把现实生活的真实面貌正确、生动地描述出来,从而呈现出不同人物的性格特征,以及深刻的思想意义。

《红楼梦》对每一个细节的描写都是十分生动深刻的,不仅具有生活的真实,而且都是为刻画人物性格服务的。例如送宫花,宝钗分送薛蟠带回来的东西,宝玉让晴雯给黛玉送自己的旧手帕,元春分送端午节礼物,王夫人屋里丢失蔷薇露,晴雯勇补雀金裘,琪官赠送宝玉茜香罗,等等,都是生活中细小的事情,但是在作者笔下,不只是还原了生活的本来面目,而且还体现了深刻的思想意义,非常生动鲜明地刻画了人物的思想性格特征。

《红楼梦》在真实描写现实生活时,不是为真实而真实,而是着重要说明历史发展的必然,也就是从封建贵族家庭的衰败和没落,揭示整个封建社会必然覆亡的历史命运,并且热情歌颂了具有新思想的新人物,对他们的悲剧给予了极大的同情,愤怒控诉了迫害他们的黑暗旧势力,赞扬了他们不屈服的殊死斗争精神。所以小说的现实主义不仅有广度,而且有深度,《红楼梦》成为世界现实主义文学中的精品。

《红楼梦》中的人物是非常有代表性的典型环境中的典型人物。西方重视现实主义作品中的典型环境中的典型人物是在十九世纪,而中国则早在一百多年前就已经出现了《红楼梦》,它的人物形象的典型性是如此突出,而他们又都是产生于一个非常典型的环境之中。贾府的贵族家庭是非常有典型性的,宁、荣二公是开国功臣,在清朝全盛的康熙时代,其家族之荣耀也是无与伦比的,他们家庭的腐朽没落,正是整个封建社会腐朽没落之缩影。在这种无比黑暗的环境里必然会有不满的情绪和人物,自然也就会有叛逆传统的贾宝玉出现,而贾府“牝鸡司晨”的局面,也自然不能不纵容宝玉,在客观上保护了宝玉性格的形成和发展,从而使他追求自由平等、个性解放的思想能够生存,大观园的环境更有利于他特殊思想性格的稳固与成熟。贾宝玉是封建家庭的希望之所寄托,也是封建社会孕育出来的新一代,既保留了旧制度下贵族子弟的习气,又有新时代的朦胧新意识、新思想,确实是时代的缩影。

《红楼梦》不只是描写了贾宝玉这一个典型人物,而且塑造了一系列的典型人物,其中包括着各种类型的典型。具有叛逆性、反抗性的典型形象在贾府也不只是贾宝玉一个,还有林黛玉、晴雯、鸳鸯、司棋、妙玉等,以及贾府以外的柳湘莲、蒋玉菡、尤三姐、金哥、长安守备儿子等,腐朽堕落的贵族公子也不只是贾珍、贾琏,更有贾赦、贾敬、贾蓉、贾瑞等等,而每一种类型里,各人都有不同的典型个性。代表坚守旧传统、维护礼教的人物形象也有不同,如贾母、王夫人、王熙凤、薛宝钗、薛姨妈、袭人等,都是各有不同性格特点的典型。人物描写中作者善于写出人物性格的复杂性、多样性,而不把人物性格简单化。例如薛宝钗虽然是信仰传统道德观念、符合封建礼教的淑女,但是她也确实体现了我国传统妇女的不少优良品德,平易温顺、宽厚大度、贤惠善良、善解人意等,所以红学界才会有“钗黛之争”。袭人虽是王夫人耳目,是丫头中奴性最突出的一个,但是她并不让人讨厌,她内心有极为善良的一面,不管她的思想立场如何,她对宝玉是绝对忠心,是真好。

所以宝玉虽和她在思想趣味上南辕北辙，但是仍然离不开她，需要她的无微不至地悉心照顾，这方面林黛玉是不能代替的，所以宝玉还是非常喜欢她的。王熙凤虽然泼辣、狠毒、贪婪、奸诈，但是她的精明能干，善于照顾各个不同家庭成员，维持这么大一个复杂家庭的正常运作，确实是一个治家能手，让人不能不佩服。虽然她的内心是奸诈狠毒的，但是平常待人处世，还是温和体贴，关照众人十分周全的，包括她出钱支持大观园的诗社，安排他们吃得好，玩得开心，等等。她是被大家欢迎，而不是被大家讨厌的人。

《红楼梦》的现实主义艺术特色还表现在它在真实地描写现实生活时，能够做到巧夺天工，而丝毫不见人工痕迹。这种艺术美特色本是中国固有的传统，从先秦的庄子开始一直延续了两千多年，但是在小说中只有《红楼梦》才达到了其顶峰。读《红楼梦》感觉不到它有虚构的地方，可是实际上是隐含着很多虚构典型化的内容的，但我们感到的只是它的"追踪蹑迹"，完全是真实的实际生活，而不觉得那些是作者有意虚构的。读《红楼梦》也更看不到有任何夸张之处，可是艺术是不可能没有夸张的，正如刘勰所说："自天地以降，豫入声貌，文辞所被，夸饰恒存。"（《文心雕龙·夸饰》篇）然而，要做到虽有夸张，而能让读者看不到夸张之处，这才是高手笔。作者写贾宝玉、林黛玉、薛宝钗，乃至袭人、晴雯，或者王熙凤、贾政，一直到刘姥姥、焦大，毫无疑问都有虚构、夸张的成分，然而却绝对不会让你感觉到。

第二，《红楼梦》的艺术结构。

鲁迅先生在《中国小说的历史的变迁》一文中说："自有《红楼梦》出来以后，传统的思想和写法都打破了。"《红楼梦》有着自己很有特点的艺术结构，这是过去的小说所没有的。它是主线和大小副线错综结合的立体圆形结构。它的艺术结构是非常完整的，我们这里是从一百二十回的本子来说的，因为后四十回基本上还是依据曹雪芹原来的布局来写的，其中应该有不少他未经修改的原稿。

贾、林、薛的恋爱婚姻悲剧是全书的主线，随着主线的向前发展，其间穿插着很多条副线，并且和主线有着十分密切的联系，影响着主线的发展。这些大大小小的副线,比较重要的有香菱的悲剧、秦可卿的悲剧、秦钟的悲剧、贾瑞的悲剧、金钏儿的悲剧、鸳鸯的悲剧、红楼二尤的悲剧,以及琪官的故事、柳湘莲的故事、赵姨娘和环儿的故事、刘姥姥的故事、王熙凤生病与探春理家的故事等等,这些副线全部是和主线错综交叉地结合,不可分割地融合在一起,互相产生着极为重要的影响,形成一张编织严密的生活网,从而构成一个立体的圆形,其后随着主要人物的死去、出家而最终结束。这样的艺术结构需要作家呕心沥血地去构思,全面细致地周密思考,终于创造出了小说艺术发展的奇迹。这样高超的艺术结构,是中国古代小说史上从来没有过的。相比之下,以前的小说艺术结构就显得比较幼稚和简单了。《三国演义》《水浒传》《西游记》,总的说其艺术结构都是比较粗疏的,《金瓶梅》进了一步,但是也没有《红楼梦》复杂,基本上还是单线的,一切以西门庆为中心,因此展示的生活面远没有《红楼梦》广阔。《红楼梦》虽然以贾、林、薛的悲剧为主线,但是它并不只是写这个悲剧,而是通过与它相连的各条副线,触及了社会生活的各个方面。很多丫鬟们的悲剧揭示了下层奴隶们的辛苦悲惨状况;"红楼二尤"的悲剧、张华的故事,涉及下层平民的生活与遭遇;"四春"的故事展示了贵族小姐的不同命运,金哥与长安守备儿子的悲剧体现了贵族官僚对普通百姓任意欺压和横行霸道;庄头乌进孝交租清晰地反映了贵族地主对农民的盘剥;贾代儒和贾瑞的故事表现了贾府贫寒亲戚的鄙俗;贾雨村的仕途进退和波折可以看出那些攀附权贵的中下层官吏的贪赃枉法以及追逐名利的知识分子之丑恶嘴脸;薛蟠的横蛮霸道,则显示了官商恶霸、纨绔子弟的典型作派;琪官蒋玉菡、侠义柳湘莲展示了下层艺人的低下地位;北静王的生日可见王室的奢侈腐化;如此等等,在我们面前展现了一幅封建制度下广阔社会生活的画面。

《红楼梦》艺术结构之错综复杂和整体结构的完整性,可能是世界文学中所少有的。它的出现比西方的著名现实主义小说家法国的巴尔扎克和俄国的托尔斯泰的代表性小说早了一百来年,而其现实主义的深度和广度,却绝不在巴尔扎克和托尔斯泰之下。从一部作品来说,它超越了巴尔扎克和托尔斯泰的任何一部作品的艺术结构,展现了宏伟的历史画卷,不论从反映社会的深刻性和广阔性方面看,还是从反映生活的高度真实性方面看,很少有哪一部作品可以和它相比,包括像雨果的《悲惨世界》、司汤达的《红与黑》、奥斯汀的《傲慢与偏见》、福楼拜的《包法利夫人》等等十九世纪名作。此处无意于比较中西伟大作家的优劣,应该说他们各有所长,不能彼此代替,只是想说明《红楼梦》不仅可以和各国世界名著并列,而且绝不逊色于其他世界名著。

《红楼梦》的艺术结构的独特性,还在它的严密的安排与组织上。它善于把极其纷繁复杂的社会生活非常自然地组织在一个有机的整体里面,并且按照生活本身的逻辑十分自然地向前推进。贾家的生活和社会生活上上下下的各个阶层,都有着不可分割的联系,上至皇室、亲王,大小官府的各个层面,以至僧院、道观、尼姑庵、农村庄院的各方人物,一直到平民百姓、戏子艺人等等,全部融合在一个画面里,各有合适的出场时宜,成为小说不可或缺的组成部分。我们不能不为作家的悉心的构思和细腻的组织,感到惊叹不已!

《红楼梦》的艺术结构看似松散,实际却是非常紧密的。我们读《红楼梦》的时候似乎写的都是随手摘来,好像没有特别的缘由,可以写这,也可以写那,实际并非如此,它们都是在极为细致的构思上,不可或缺的一个个链环,有着十分严格的内在逻辑的。每一回、每一件事、每一个细节,都是不可更改、不可移动的,它们都有特定的作用,是和人物性格的合理发展、整个故事的逐步推进紧密相连的。例如秦可卿和秦钟的出现和死去,他们和宝玉的思想性格发展的关系,对贾府腐败没落的揭示和预告,以及整个《红楼梦》艺术结构的布局,都是直接相关的。《红楼梦》写贾府中的日常生活事件有大有小,形成了疏密相间、波澜起伏的情节。前五回是总论,介绍贾家宁、荣二府,以第五回贾宝玉梦游太虚幻境来预告整个故事及其结局。而第六回则从刘姥姥进荣国府开始展开对贾府生活和人物故事的描写。然后从大事来说,就是秦可卿之死,宁国府贾珍大办丧事。中间插入秦钟得趣馒头庵、王熙凤弄权铁槛寺、金哥与长安守备儿子自杀等。接着就是贾元春封贵妃，建造省亲大观园，宝玉和众姐妹住进大观园，接着写大观园内生活琐事，而这些所谓琐事又是刻画人物思想性格的重要内容，如写过年袭人回家吃年茶，宝玉私访袭人家，李嬷嬷吃酥酪，袭人劝宝玉，黛玉讽暖香，宝玉读《庄子》，宝黛读《西厢》，赵姨娘请马道婆使魇魔法，林黛玉葬花，琪官赠茜香罗，元春送端午节礼物，晴雯撕扇子等，写这些平淡小事逐步发展到宝玉被打的"大事"，进入一个高潮。然后宝玉养伤又转入舒缓的阶段，于是有结诗社一事，借助诗词来表现人物个性，刘姥姥二进大观园，宝玉撮土为香祭奠金钏儿，凤姐生日及平儿理妆，鸳鸯抗婚又起小高潮。由柳湘莲痛打薛蟠再转入香菱学诗；年关又近，晴雯补雀金裘；王熙凤生病，探春理家；由失窃玫瑰露、蔷薇硝到平儿行权。贾敬去世并未大写，而是突出了"红楼二尤"的具有独立性故事，又发展到一个高潮。稍作舒缓，写林黛玉重建桃花社。紧接着进入大高潮，王夫人抄检大观园，晴雯等被逐出，宝玉写《芙蓉女儿诔》。曹雪芹亲自改定的八十回，其内在结构之细密多变，逻辑层次之鲜明清晰，可以说没有其他小说可以与之相比。后四十回之大体情节安排，大致是符合曹雪芹第五回原意的，主要是对黛玉之死、宝玉宝钗大婚、宝玉出家的描写，因此在基本结构上是完整的，当然也存在一些与全书结构安排不一致的地方。《红楼梦》大致是按年代来写贾府的事件和生活，每年有不同特点和内容，而且大小情节和故事，一张一弛，疏密有间，小事件常常是在大事件中插入，互相配合，逐步推进。总之，它的艺术结构是多线的、立体的，既以宝黛悲剧为中心，又有其他悲剧和故事互相穿插，形成一个复杂错综的多面立体结构，在中国古代小说中处于空前绝后的伟大高峰。

第三，《红楼梦》人物形象描写的特点。

《红楼梦》中所写的人物，据红学家统计有四百多人，不管各人的笔墨有多少的不同，我们几乎看不到有雷同的人物，而且个个都十分真实，就像我们在日常生活中所见到的一样，极其自然真切，没有一点故意捏造的感觉。在人物形象刻画方面，我们可以看到有几个较为突出的特点：

首先是在极为平凡的普通日常生活描写中,来展示人物生动鲜明的思想性格特征。

既没有政治军事事件,也没有英雄豪杰行为,更没有浪漫主义的情节,就在这些看起来很琐碎、不起眼、人人可以遇到的生活小事中,把人物的特殊个性写得异常丰满充实,这是非常不容易的。例如写林黛玉的性格,就是通过进贾府前后的描写特别是贾宝玉的摔玉、与薛宝钗家进府的对比、宝玉探宝钗黛玉含酸、宝玉挨打黛玉探望、送宫花、读《西厢》、葬花、手帕题诗等等,事情都很小,但是却能鲜明地体现黛玉的思想性格。写晴雯就只是送旧手帕、谈论可否和戏子做朋友、赌钱、撕扇子、骂秋纹、嘲讽袭人、补雀金裘等等。例如第三回写宝玉摔玉后林黛玉的感受,表现她心思的细腻:

> 是晚,宝玉李嬷嬷已睡了,他见里面黛玉和鹦哥犹未安息,他自卸了妆,悄悄进来,笑问:"姑娘怎么还不安息?"黛玉忙让:"姐姐请坐。"袭人在床沿上坐了。鹦哥笑道:"林姑娘正在这里伤心,自己淌眼抹泪的说:'今儿才来,就惹出你家哥儿的狂病,倘或摔坏了那玉,岂不是因我之过!'因此便伤心,我好容易劝好了。"袭人道:"姑娘快休如此,将来只怕比这个更奇怪的笑话儿还有呢!若为他这种行止,你多心伤感,只怕你伤感不了呢。快别多心!"

又如第八回写宝玉探宝钗:

> 一语未了,忽听外面人说:"林姑娘来了。"话犹未了,林黛玉已摇摇的走了进来,一见了宝玉,便笑道:"嗳哟,我来的不巧了!"宝玉等忙起身笑让坐,宝钗因笑道:"这话怎么说?"黛玉笑道:"早知他来,我就不来了。"宝钗道:"我更不解这意。"黛玉笑道:"要来一群都来,要不来一个也不来,今儿他来了,明儿我再来,如此间错开了来着,岂不天天有人来了?也不至于太冷落,也不至

于太热闹了。姐姐如何反不解这意思?"

宝玉因见他外面罩着大红羽缎对衿褂子,因问:"下雪了么?"地下婆娘们道:"下了这半日雪珠儿了。"宝玉道:"取了我的斗篷来不曾?"黛玉便道:"是不是,我来了他就该去了。"宝玉笑道:"我多早晚儿说要去了?不过拿来预备着。"……

黛玉磕着瓜子儿,只抿着嘴笑。可巧黛玉的小丫鬟雪雁走来与黛玉送小手炉,黛玉因含笑问他:"谁叫你送来的?难为他费心,那里就冷死了我!"雪雁道:"紫鹃姐姐怕姑娘冷,使我送来的。"黛玉一面接了,抱在怀中,笑道:"也亏你倒听他的话。我平日和你说的,全当耳旁风,怎么他说了你就依,比圣旨还快些!"宝玉听这话,知是黛玉借此奚落他,也无回复之词,只嘻嘻的笑两声罢了。宝钗素知黛玉是如此惯了的,也不去睬他。薛姨妈因道:"你素日身子弱,禁不得冷的,他们记挂着你倒不好?"黛玉笑道:"姨妈不知道。幸亏是姨妈这里,倘或在别人家,人家岂不恼?好说就看的人家连个手炉也没有,巴巴的从家里送个来。不说丫鬟们太小心过余,还只当我素日是这等轻狂惯了呢。"薛姨妈道:"你这个多心的,有这样想,我就没这样心。"

说话时,宝玉已是三杯过去。李嬷嬷又上来拦阻。宝玉正在心甜意洽之时,和宝黛姊妹说说笑笑的,那肯不吃。宝玉只得屈意央告:"好妈妈,我再吃两钟就不吃了。"李嬷嬷道:"你可仔细老爷今儿在家,提防问你的书!"宝玉听了这话,便心中大不自在,慢慢的放下酒,垂了头。黛玉先忙的说:"别扫大家的兴!舅舅若叫你,只说姨妈留着呢。这个妈妈,他吃了酒,又拿我们来醒脾了!"一面悄推宝玉,使他赌气,一面悄悄的咕哝说:"别理那老货,咱们只管乐咱们的。"那李嬷嬷不知黛玉的意思,因说道:"林姐儿,你不要助着他了。你倒劝劝他,只怕他还听些。"林黛玉冷笑道:"我为什么助他?我也不犯着劝他。你这妈妈太小心了,往常老太太又给他酒吃,如今在姨妈这里多吃一口,料也不妨事。必定姨妈这里是外人,不当在这里的也未可定。"李嬷嬷听了,又是急,又是笑,说道:"真真这林姐儿,说出一句话来,比刀子还尖。你这算了什么。"宝钗也忍不住笑着,把黛玉腮上一拧,说道:"真真这个颦丫头的一张嘴,叫人恨又不是,喜欢又不是。"薛姨妈一面又说:"别怕,别怕,我的儿!来这里没好的你吃,别把这点子东西唬的存在心里,倒叫我不安。只管放心吃,都有我呢。越发吃了晚饭去,便醉了,就跟着我睡罢。"因命:"再烫热酒来!姨妈陪你吃两杯,可就吃饭罢。"宝玉听了,方又鼓起兴来。

林黛玉的思想性格跃然纸上。又第八回写晴雯道:

宝玉听了这话,公然又是一个袭人。因笑道:"我在这里坐着,你放心去罢。"麝月道:"你既在这里,越发不用去了,咱们两个说话顽笑岂不好?"宝玉笑道:"咱两个作什么呢?怪没意思的,也罢了,早上你说头痒,这会子没什么事,我替你篦头罢。"麝月听了便道:"就是这样。"说着,将文具镜匣搬来,卸去钗钏,打开头发,宝玉拿了篦子替他一一的梳篦。只篦了三五下,只见晴雯忙忙走进来取钱。一见了他两个,便冷笑道:"哦,交杯盏还没吃,倒上头了!"宝玉笑道:"你来,我也替你篦一篦。"晴雯道:"我没那么大福。"说着,拿了钱,便摔帘子出去了。

宝玉在麝月身后,麝月对镜,二人在镜内相视。宝玉便向镜内笑道:"满屋里就只是他磨牙。"麝月听说,忙向镜中摆手,宝玉会意。忽听唿一声帘子响,晴雯又跑进来问道:"我怎么磨牙了?咱们倒得说说。"麝月笑道:"你去你的罢,又来问人了。"晴雯笑道:"你又护着。你们那瞒神弄鬼的,我都知道。等我捞回本儿来再说话。"说着,一径出去了。

此处晴雯直爽、尖锐的个性清晰如画。

其次是突出的白描的手法。

借用卧闲草堂本《儒林外史》的评语来说,就是"直书其事,不加断语,其是非立见”。作者写这些日常生活事件,无论大小,一般都不加自己的判断,很少对这些事件描述说出自己的判断和观点、见解,他只作客观的叙述,然而在这些真实具体的描述中,读者又可以非常清晰地感受到其是非曲直,以及作者的褒贬态度。这些不是由作者来说的,而是体现在真实的描写之中。人物的思想性格特点,都是用他们自己的表情、行为、动作、语言来表现,作家绝对不加一句主观的述说和介绍。白描的手法是渊源于老庄道家崇尚自然的思想,也深受《春秋》《左传》写作的影响,而在陶渊明的诗歌创作中就具有很典型的表现,如“平畴交远风,良苗亦怀新”(《癸卯岁始春怀古田舍》),“狗吠深巷中,鸡鸣桑树巅”(《归田园居》),“芳菊开林耀,青松冠岩列”(《和郭主簿》),“有风自南,翼彼新苗”(《时运》),等等。但是,白描手法主要还是体现在小说中。这种写法对《儒林外史》也产生了十分明显的影响。《红楼梦》里很多这样的描写,曹雪芹从不以作者论说的方式来表达自己的观点和倾向,而是在真实客观具体的描述中,来显现人物的思想性格,以及显示作者的褒贬态度。例如第十九回写袭人从家里回来的一段:

> 少时,宝玉回来,命人去接袭人。只见晴雯躺在床上不动,宝玉因问:“敢是病了?再不然输了?”秋纹道:“他倒是赢的,谁知李老太太来了,混输了,他气的睡去了。”宝玉笑道:“你别和他一般见识,由他去就是了。”说着,袭人已来,彼此相见。袭人又问宝玉何处吃饭,多早晚回来,又代母妹问诸同伴姊妹好。一时换衣卸妆。宝玉命取酥酪来,丫鬟们回说:“李奶奶吃了。”宝玉才要说话,袭人便忙笑道:“原来是留的这个,多谢费心。前儿我吃的时候好吃,吃过了好肚子疼,足闹的吐了才好。他吃了倒好,搁在这里倒白遭塌了。我只想风干栗子吃,你替我剥栗子,我去铺床。”(第八回写晴雯就不是如此。“宝玉嘻嘻的笑道:‘又哄我呢。’说着又问:‘袭人姐姐呢?’晴雯向里间炕上努嘴。宝玉一看,只见袭人和衣睡着在那里。宝玉笑道:‘好,太渥早了些。’因

又问晴雯道：'今儿我在那府里吃早饭，有一碟子豆腐皮的包子，我想着你爱吃，和珍大奶奶说了，只说我留着晚上吃，叫人送过来的，你可吃了？'晴雯道：'快别提。一送了来，我知道是我的，偏我才吃了饭，就放在那里。后来李奶奶来了看见，说：宝玉未必吃了，拿来给我孙子吃去罢。他就叫人拿了家去了。'"结果惹得宝玉要撵走李嬷嬷。）

宝玉听了信以为真，方把酥酪丢开，取栗子来，自向灯前检剥，一面见众人不在房里，乃笑问袭人道："今儿那个穿红的是你什么人？"袭人道："那是我两姨妹子。"宝玉听了，赞叹了两声。袭人道："叹什么？我知道你心里的缘故，想是说他那里配红的。"宝玉笑道："不是，不是。那样的不配穿红的，谁还敢穿。我因为见他实在好的很，怎么也得他在咱们家就好了。"袭人冷笑道："我一个人是奴才命罢了，难道连我的亲戚都是奴才命不成？定还要拣实在好的丫头才往你家来。"宝玉听了，忙笑道："你又多心了。我说往咱们家来，必定是奴才不成？说亲戚就使不得？"袭人道："那也搬配不上。"宝玉便不肯再说，只是剥栗子。袭人笑道："怎么不言语了？想是我才冒撞冲犯了你，明儿赌气花几两银子买他们进来就是了。"宝玉笑道："你说的话，怎么叫我答言呢。我不过是赞他好，正配生在这深堂大院里，没的我们这种浊物倒生在这里。"袭人道："他虽没这造化，倒也是娇生惯养的呢，我姨爹姨娘的宝贝。如今十七岁，各样的嫁妆都齐备了，明年就出嫁。"

宝玉听了"出嫁"二字，不禁又嗐了两声，正是不自在，又听袭人叹道："只从我来这几年，姊妹们都不得在一处。如今我要回去了，他们又都去了。"宝玉听这话内有文章，不觉吃一惊，忙丢下栗子，问道："怎么，你如今要回去了？"袭人道："我今儿听见我妈和哥哥商议，叫我再耐烦一年，明年他们上来，就赎我出去的呢。"宝玉听了这话，越发怔了，因问："为什么要赎你？"袭人道："这话奇了！我又比不得是你这里的家生子儿，一家子都在别处，独我一个人在这里，怎么是个了局？"宝玉道："我不叫你去也难。"袭人道:“从来没这道理。便是朝廷宫里,也有个定例,或几年一选,几年一入,也没有个长远留下人的理,别说你了!”

宝玉想一想,果然有理。又道:“老太太不放你也难。”袭人道:“为什么不放?我果然是个最难得的,或者感动了老太太,老太太必不放我出去的,设或多给我们家几两银子,留下我,然或有之,其实我也不过是个平常的人,比我强的多而且多。自我从小儿来了,跟着老太太,先服侍了史大姑娘几年,如今又服侍了你几年。如今我们家来赎,正是该叫去的,只怕连身价也不要,就开恩叫我去呢。若说为服侍的你好,不叫我去,断然没有的事。那服侍的好,是分内应当的,不是什么奇功。我去了,仍旧有好的来,不是没了我就不成事。”宝玉听了这些话,竟是有去的理,无留的理,心内越发急了,因又道:“虽然如此说,我只一心留下你,不怕老太太不和你母亲说,多多给你母亲些银子,他也不好意思接你了。”袭人道:“我妈自然不敢强。且漫说和他好说,又多给银子,就便不好和他说,一个钱也不给,安心要强留下我,他也不敢不依。但只是咱们家从没干过这倚势杖贵霸道的事,这比不得别的东西,因为你喜欢,加十倍利弄了来给你,那卖的人不得吃亏,可以行得。如今无故平空留下我,于你又无益,反叫我们骨肉分离,这件事,老太太、太太断不肯行的。”宝玉听了,思忖半晌,乃说道:“依你说,你是去定了?”袭人道:“去定了。”宝玉听了,自思道:“谁知这样一个人,这样薄情无义。”乃叹道:“早知道都是要去的,我就不该弄了来,临了剩我一个孤鬼儿。”说着,便赌气上床睡去了。

原来袭人在家,听见他母兄要赎他回去,他就说至死也不回去的。又说:“当日原是你们没饭吃,就剩我还值几两银子,若不叫你们卖,没有个看着老子娘饿死的理。如今幸而卖到这个地方,吃穿和主子一样,也不朝打暮骂。况且如今爹虽没了,你们却又整理的家成业就,复了元气。若果然还艰难,把我赎出来,再多掏澄几个钱,也还罢了,其实又不难了。这会子又赎我作什么?

权当我死了,再不必起赎我的念头!"因此哭闹了一阵。

他母兄见他这般坚执,自然必不出来的了。况且原是卖倒的死契,明仗着贾宅是慈善宽厚之家,不过求一求,只怕身价银一并赏了还是有的事呢。二则,贾府中从不曾作践下人,只有恩多威少的。且凡老少房中所有亲侍的女孩子们,更比待家下众人不同,平常寒薄人家的小姐,也不能那样尊重的。因此,他母子两个也就死心不赎了。次后忽然宝玉去了,他二人又是那般景况,他母子二人心下更明白了,越发石头落了地,而且是意外之想,彼此放心,再无赎念了。

这里从袭人的行为、语言把她的性格特征写得栩栩如生。再看第五十二回晴雯补雀金裘一段,贾母给宝玉的珍贵雀金裘被炭火烧了一个洞,外面的能干工匠都补不了,为了赶第二天正日子穿,晴雯不顾病着的身子,挑灯夜补:

晴雯方才又闪了风,着了气,反觉更不好了,翻腾至掌灯,刚安静了些。……忍不住翻身说道:"拿来我瞧瞧罢。没个福气穿就罢了。这会子又着急。"宝玉笑道:"这话倒说的是。"说着,便递与晴雯,又移过灯来,细看了一会。晴雯道:"这是孔雀金线织的,如今咱们也拿孔雀金线就像界线似的界密了,只怕还可混得过去。"麝月笑道:"孔雀线现成的,但这里除了你,还有谁会界线?"晴雯道:"说不得,我挣命罢了。"宝玉忙道:"这如何使得!才好了些,如何做得活。"晴雯道:"不用你蝎蝎螫螫的,我自知道。"一面说,一面坐起来,挽了一挽头发,披了衣裳,只觉头重身轻,满眼金星乱迸,实实撑不住。若不做,又怕宝玉着急,少不得恨命咬牙捱着。便命麝月只帮着拈线。晴雯先拿了一根比一比,笑道:"这虽不很像,若补上,也不很显。"宝玉道:"这就很好,那里又找俄罗斯国的裁缝去。"晴雯先将里子拆开,用茶杯口大的一个竹弓钉牢在背面,再将破口四边用金刀刮的散松松的,然后用针纫了两条,分出经纬,亦如界线之法,先界出地子后,依本衣之纹来回织补。补两针,又看看,织补两针,又端详端详。无奈头晕眼黑,气喘神虚,补不上三五针,便伏在枕上歇一会。

宝玉在旁,一时又问:"吃些滚水不吃?"一时又命:"歇一歇。"一时又拿一件灰鼠斗篷替他披在背上,一时又命拿个拐枕与他靠着。急的晴雯央道:"小祖宗!你只管睡罢。再熬上半夜,明儿把眼睛抠搂了,怎么处!"宝玉见他着急,只得胡乱睡下,仍睡不着。一时只听自鸣钟已敲了四下,刚刚补完,又用小牙刷慢慢的剔出绒毛来。麝月道:"这就很好,若不留心,再看不出的。"宝玉忙要了瞧瞧,说道:"真真一样了。"晴雯已嗽了几阵,好容易补完了,说了一声:"补虽补了,到底不像,我也再不能了!"嗳哟了一声,便身不由主倒下了。

这里把晴雯对宝玉的深厚情意,以及她的为人之真挚热情和倔强个性,描绘得淋漓尽致。第十九回写宝玉和黛玉之间的真率、诚挚感情,黛玉的担心与对宝钗的妒忌:

宝玉自去黛玉房中来看视。……黛玉听了,嗤的一声笑道:"你既要在这里,那边去老老实实的坐着,咱们说话儿。"宝玉道:"我也歪着。"黛玉道:"你就歪着。"宝玉道:"没有枕头,咱们在一个枕头上。"黛玉道:"放屁!外头不是枕头?拿一个来枕着。"宝玉出至外间,看了一看,回来笑道:"那个我不要,也不知是那个脏婆子的。"黛玉听了,睁开眼,起身笑道:"真真你就是我命中的'天魔星'!请枕这一个。"说着,将自己枕的推与宝玉,又起身将自己的再拿了一个来,自己枕了,二人对面倒下。

黛玉因看见宝玉左边腮上有钮扣大小的一块血渍,便欠身凑近前来,以手抚之细看,又道:"这又是谁的指甲刮破了?"宝玉侧身,一面躲,一面笑道:"不是刮的,只怕是才刚替他们淘漉胭脂膏子,擩上了一点儿。”说着,便找手帕子要揩拭。黛玉便用自己的帕子替他揩拭了,口内说道:“你又干这些事了。干也罢了,必定还要带出幌子来。便是舅舅看不见,别人看见了,又当奇事新鲜话儿去学舌讨好儿,吹到舅舅耳朵里,又该大家不干净惹气。”宝玉总未听见这些话,只闻得一股幽香,却是从黛玉袖中发出,闻之令人醉魂酥骨。……(黛玉)笑道:“我有奇香,你有‘暖香’没有?”宝玉见问,一时解不来,因问:“什么‘暖香’?”黛玉点头叹笑道:“蠢才,蠢才!你有玉,人家就有金来配你,人家有‘冷香’,你就没有‘暖香’去配?”

这里把黛玉的个性,以及她和宝玉的真诚、坦率感情,通过行为、动作、语言,描写得无比真切。

再次是善于运用诗词曲来表现和概括人物性格,隐寓作家的评价。

《红楼梦》的诗词都写得非常好,作者在描写现实生活的过程中从不下自己的判断,都是运用白描的手法来写的,但是,我们在这些诗词中却可以清晰地看出他对人物的认识和评价。这些诗词有的是直接写人物的思想性格的,其中也包含着作者对人物的评价,例如林黛玉的《葬花词》《桃花行》,贾宝玉的《芙蓉女儿诔》,薛宝钗的《临江仙》;有些则是表现作者对人物和事件的评价的,例如第五回贾宝玉梦游太虚幻境中的《红楼梦》仙曲十二支,各册的判词。至于诗社中各人的诗词更是体现各人不同思想性格的了。这里以林黛玉《桃花行》为例,第七十回写道:

宝玉一壁走,一壁看那纸上写着《桃花行》一篇,曰:
桃花帘外东风软,桃花帘内晨妆懒。
帘外桃花帘内人,人与桃花隔不远。
东风有意揭帘栊,花欲窥人帘不卷。
桃花帘外开仍旧,帘中人比桃花瘦。

花解怜人花也愁,隔帘消息风吹透。
风透湘帘花满庭,庭前春色倍伤情。
闲苔院落门空掩,斜日栏杆人自凭。
凭栏人向东风泣,茜裙偷傍桃花立。
桃花桃叶乱纷纷,花绽新红叶凝碧。
雾裹烟封一万株,烘楼照壁红模糊。
天机烧破鸳鸯锦,春酣欲醒移珊枕。
侍女金盆进水来,香泉影蘸胭脂冷。
胭脂鲜艳何相类,花之颜色人之泪,
若将人泪比桃花,泪自长流花自媚。
泪眼观花泪易干,泪干春尽花憔悴。
憔悴花遮憔悴人,花飞人倦易黄昏。
一声杜宇春归尽,寂寞帘栊空月痕!

桃花就是黛玉,只有短暂的鲜艳,林黛玉是非常了解自己可能具有的命运的,总是歌唱悲音。所以宝玉一看就明白了。小说接着写:"宝玉看了并不称赞,却滚下泪来。便知出自黛玉,因此落下泪来,又怕众人看见,又忙自己擦了。因问:'你们怎么得来?'宝琴笑道:'你猜是谁作的?'宝玉笑道:'自然是潇湘子稿。'宝琴笑道:'现是我作的呢。'宝玉笑道:'我不信。这声调口气,迥乎不像蘅芜之体,所以不信。'宝钗笑道:'所以你不通。难道杜工部首首只作"丛菊两开他日泪"[①]之句不成!一般的也有"红绽雨肥梅"[②]"水荇牵风翠带长"[③]之媚语。'宝玉笑道:'固然如此说。但我知道姐姐断不许妹妹有此伤悼语句,妹妹虽有此才,是断不肯作的。比不得林妹妹曾经离丧,作此哀音。'众人听说,都笑了。"

再看薛宝钗的《临江仙》:

---

① 杜甫《秋兴》八首之一:"丛菊两开他日泪,孤舟一系故园心。"
② 杜甫《陪郑广文游何将军山林》十首之五:"绿垂风折笋,红绽雨肥梅。"
③ 杜甫《曲江对雨》:"林花着雨燕脂落,水荇牵风翠带长。"

白玉堂前春解舞，东风卷得均匀。蜂团蝶阵乱纷纷。几曾随逝水，岂必委芳尘。　　万缕千丝终不改，任他随聚随分。韶华休笑本无根，好风频借力，送我上青云！

这几乎就是薛宝钗的思想性格的集中概括！她的人生哲学就是要像"东风卷得均匀"那样，什么都处理得圆圆满满。她的为人就是"万缕千丝终不改，任他随聚随分"。而她的理想就是："好风频借力，送我上青云！"

至于林黛玉于宝玉所赠旧手帕上的题诗，更是体现了林黛玉的无限深情，也表现了黛玉对与宝玉恋爱的悲观心态：

其一

眼空蓄泪泪空垂，暗洒闲抛却为谁？
尺幅鲛绡劳解赠，叫人焉得不伤悲！

其二

抛珠滚玉只偷潸，镇日无心镇日闲，
枕上袖边难拂拭，任他点点与斑斑。

其三

彩线难收面上珠，湘江旧迹已模糊，
窗前亦有千竿竹，不识香痕渍也无？

《红楼梦》中的诗词在刻画人物思想性格方面起了很大的作用，特别是在诗社集会时各人写的同样题材、限韵的诗作，却反映出了完全不同的个性特征。都是写海棠的诗，林黛玉的风格清新别致，而隐含幽怨悲凉；薛宝钗的风格温厚含蓄，而心气平和深沉。诗题都是咏白海棠，限门、盆、魂、痕、昏。宝钗的是：

珍重芳姿昼掩门，自携手瓮灌苔盆。
胭脂洗出秋阶影，冰雪招来露砌魂。

淡极始知花更艳，愁多焉得玉无痕。
欲偿白帝凭清洁，不语婷婷日又昏。

黛玉的是：

半卷湘帘半掩门，碾冰为土玉为盆。
偷来梨蕊三分白，借得梅花一缕魂。
月窟仙人缝缟袂，秋闺怨女拭啼痕。
娇羞默默同谁诉，倦倚西风夜已昏。

又如以菊花为题的诗，题目是先定好的。咏菊的诗一共十二首，规定是"起首是《忆菊》；忆之不得，故访，第二是《访菊》；访之既得，便种，第三是《种菊》；种既盛开，故相对而赏，第四是《对菊》；相对而兴有余，故折来供瓶为玩，第五是《供菊》；既供而不吟，亦觉菊无彩色，第六便是《咏菊》；既入词章，不可不供笔墨，第七便是《画菊》；既为菊如是碌碌，究竟不知菊有何妙处，不禁有所问，第八便是《问菊》；菊如解语，使人狂喜不禁，第九便是《簪菊》；如此人事虽尽，犹有菊之可咏者，《菊影》《菊梦》二首续在第十第十一。末卷便以《残菊》总收前题之盛。这便是三秋的好景妙事都有了"（宝钗、宝玉、探春各两首；黛玉、湘云各三首）。虽然每首内容有规定，但是宝钗和黛玉的诗也是情调、风貌各异。例如宝钗的《忆菊》：

怅望西风抱闷思，蓼红苇白断肠时。
空篱旧圃秋无迹，瘦月清霜梦有知。
念念心随归雁远，寥寥坐听晚砧痴，
谁怜我为黄花病，慰语重阳会有期。

《画菊》：

诗余戏笔不知狂，岂是丹青费较量。
聚叶泼成千点墨，攒花染出几痕霜。
淡浓神会风前影，跳脱秋生腕底香。
莫认东篱闲采掇，粘屏聊以慰重阳。

黛玉的《咏菊》：

无赖诗魔昏晓侵，绕篱欹石自沉音。
毫端蕴秀临霜写，口齿噙香对月吟。
满纸自怜题素怨，片言谁解诉秋心。
一从陶令平章后，千古高风说到今。

《问菊》：

欲讯秋情众莫知，喃喃负手叩东篱。
孤标傲世偕谁隐，一样花开为底迟？
圃露庭霜何寂寞，鸿归蛩病可相思？
休言举世无谈者，解语何妨片语时。

《菊梦》：

篱畔秋酣一觉清，和云伴月不分明。
登仙非慕庄生蝶，忆旧还寻陶令盟。
睡去依依随雁断，惊回故故恼蛩鸣。
醒时幽怨同谁诉，衰草寒烟无限情。

黛玉的三首诗被李纨评为第一、第二、第三，认为“题目新，诗也新，立意更新”。而这三首实际更清晰地体现了黛玉的心情个性，所谓“孤标傲世”正是林黛玉的特征，而“满纸自怜题素怨，片言谁解诉秋心”，岂非黛玉之悲哀伤情？“休言举世无谈者，解语何妨片语时”，也正是林黛玉深情孤独，盼望有知心能“片语”解心结。而“睡去依依随雁断”四句则更是黛玉时时惊心、怨情无限的真实心态之流露。而宝钗之诗虽也有些微“闷思”愁情，但是更多是自信和期待，“谁怜我为黄花病，慰语重阳会有期”。她的一番努力必然是会有回报的，“聚叶泼成千点墨，攒花染出几痕霜”。各自心态个性跃然纸上。

又如黛玉的《五美吟》，吟的是西施、虞姬、明妃、绿珠、红拂，表面上看来比较端庄、浑厚，似乎不像黛玉惯常那样忧伤、悲切，但是曹雪芹已经说了是“悲题”，林黛玉从历史上的五个美女想到了自己。西施最后是跟随范蠡浪迹江湖，一起离开了复国的越王勾践，她和范蠡都深深懂得与君王可以共患难，而不可以共欢乐，所以对黛玉来说，贾府“梁园虽好，不是久恋之家”。虞姬的命运十分悲壮，她的《和垓下歌》：“汉兵已略地，四方楚歌声。大王意气尽，贱妾何聊生！”为使项羽没有后顾之忧，她坚决拔剑自刎。而黛玉自然也意识到她的命运将会比虞姬更加凄惨。明妃虽然受到元帝宠幸，摆脱了毛延寿的陷害和冷宫凄苦，但是等待她的是更加悲惨地远离祖国，外嫁匈奴，红颜终究薄命。绿珠虽然得到石崇的无比宠幸，但是最终命运悲惨，在赵王伦的逼迫下坠楼而死。红拂是一个大胆追求自由幸福的女子，她敢于背叛杨素，而与李靖结合，这种侠女的情怀自然也是林黛玉所特别钦敬的。又如薛宝钗的《螃蟹咏》：

> 桂霭桐阴坐举殇，长安涎口盼重阳。①
> 眼前道路无经纬，皮里春秋空黑黄。
> 酒未敌腥还用菊，性防积冷定须姜。
> 于今落釜成何益，月浦空余禾黍香。

这展示了她性格中的另一面，她虽然端庄沉静、温柔和顺，但是并不是

① 杜甫《饮中八仙歌》：“汝阳（李琎）三斗始朝天，道逢曲车口流涎，恨不移封向酒泉。”

一个怯弱的女子,也有她内含的刚强,绝非任人宰割的弱女子,所以她也有愤怒骂人的时候,不过还是骂得很含蓄的。

第四,《红楼梦》的语言艺术。

《红楼梦》语言运用之自然、生动、鲜明、丰富,可以说达到了古典小说语言艺术的最高峰。特别在人物语言的个性化方面,让我们感觉到已经不是小说,而是活生生的真实人物在说话。我们试看小说中王熙凤大闹宁国府的描写:

> 这里凤姐儿带着贾蓉走来上房,尤氏正迎了出来,见凤姐气色不善,忙笑说:"什么事这等忙?"凤姐照脸一口吐沫啐道:"你尤家的丫头没人要了,偷着只往贾家送!难道贾家的人都是好的,普天下死绝了男人了!你就愿意给,也要三媒六证,大家说明,成个体统才是。你痰迷了心,脂油蒙了窍,国孝家孝两重在身,就把个人送来了。这会子被人家告我们,我又是个没脚蟹,连官场中都知道我利害吃醋,如今指名提我,要休我。我来了你家,干错了什么不是,你这等害我?或是老太太、太太有了话在你心里,使你们做这圈套,要挤我出去。如今咱们两个一同去见官,分证明白。回来咱们公同请了合族中人,大家觌面说个明白。给我休书,我就走路。"一面说,一面大哭,拉着尤氏,只要去见官。急的贾蓉跪在地下碰头,只求:"姑娘婶子息怒。"凤姐儿一面又骂贾蓉:"天雷劈脑子五鬼分尸的没良心的种子!不知天有多高,地有多厚,成日家调三窝四,干出这些没脸面没王法败家破业的营生。你死了的娘阴灵也不容你,祖宗也不容,还敢来劝我!"哭骂着扬手就打。贾蓉忙磕头有声说:"婶子别生气,仔细手,让我自己打。婶子别生气。"说着,自己举手左右开弓自己打了一顿嘴巴子,又自己问着自己说:"以后可再顾三不顾四的混管闲事了?以后还单听叔叔的话不听婶子的话了?"众人又是劝,又要笑,又不敢笑。
>
> 凤姐儿滚到尤氏怀里,嚎天动地,大放悲声,只说:"给你兄弟娶亲我不恼。为什么使他违旨背亲,将混账名儿给我背着?咱们

只去见官,省得捕快皂隶来拿。再者咱们只过去见了老太太、太太和众族人,大家公议了,我既不贤良,又不容丈夫娶亲买妾,只给我一纸休书,我即刻就走。你妹妹我也亲身接来家,生怕老太太、太太生气,也不敢回,现在三茶六饭金奴银婢的住在园里。我这里赶着收拾房子,和我一样的道理,只等老太太知道了。原说接过来大家安分守己的,我也不提旧事了。谁知又有了人家的。不知你们干的什么事,我一概又不知道。如今告我,我昨日急了,纵然我出去见官,也丢的是你贾家的脸,少不得偷把太太的五百两银子去打点。如今把我的人还锁在那里。"说了又哭,哭了又骂,后来放声大哭起祖宗爹妈来,又要寻死撞头。把个尤氏揉搓成一个面团,衣服上全是眼泪鼻涕,并无别语,只骂贾蓉:"孽障种子!和你老子作的好事!我就说不好的。"凤姐儿听说,哭着两手搬着尤氏的脸紧对相问道:"你发昏了?你的嘴里难道有茄子塞着?不然他们给你嚼子衔上了?为什么你不告诉我去?你若告诉了我,这会子平安不了?怎得经官动府,闹到这步田地,你这会子还怨他们。自古说:'妻贤夫祸少,表壮不如里壮。'你但凡是个好的,他们怎得闹出这些事来!你又没才干,又没口齿,锯了嘴子的葫芦,就只会一味瞎小心图贤良的名儿。总是他们也不怕你,也不听你。"说着啐了几口。尤氏也哭道:"何曾不是这样。你不信问问跟的人,我何曾不劝的,也得他们听。叫我怎么样呢,怨不得妹妹生气,我只好听着罢了。"

尤氏认错,贾蓉还跪着求情,王熙凤又马上变了一副容颜:

凤姐见他母子这般,也再难往前施展了,只得又转过了一副形容言谈来,与尤氏反陪礼说:"我是年轻不知事的人,一听见有人告诉了,把我吓昏了,不知方才怎样得罪了嫂子。可是蓉儿说的'胳膊折了往袖子里藏',少不得嫂子要体谅我。还要嫂子转替哥哥说了,先把这官司按下去才好。"尤氏贾蓉一齐都说:"婶子放心,横竖一点儿连累不着叔叔。婶子方才说用过了五百两银子,少不得我娘儿们打点五百两银子与婶子送过去,好补上的,不然岂有反教婶子又添上亏空之名,越发我们该死了。

以上凤姐的几段话,把王熙凤的泼辣、无赖、尖狠、机敏写得栩栩如生。她说的话是任何别的人都无法说出来的。又如第三十一回写晴雯撕扇前宝玉和晴雯的拌嘴,以及袭人的劝解,把晴雯和袭人的思想性格通过对话描写得无比生动:

这日正是端阳佳节,蒲艾簪门,虎符系臂。……今日之筵,大家无兴散了,林黛玉倒不觉得,倒是宝玉心中闷闷不乐,回至自己房中长吁短叹。偏生晴雯上来换衣服,不防又把扇子失了手跌在地下,将股子跌折。宝玉因叹道:“蠢才,蠢才!将来怎么样?明日你自己当家立事,难道也是这么顾前不顾后的?”晴雯冷笑道:“二爷近来气大的很,行动就给脸子瞧。前儿连袭人都打了,今儿又来寻我们的不是。要踢要打凭爷去。就是跌了扇子,也是平常的事。先时连那么样的玻璃缸、玛瑙碗不知弄坏了多少,也没见个大气儿,这会子一把扇子就这么着了。何苦来!要嫌我们就打发我们,再挑好的使。好离好散的,倒不好?”宝玉听了这些话,气的浑身乱战,因说道:“你不用忙,将来有散的日子!”

袭人在那边早已听见,忙赶过来向宝玉道:“好好的,又怎么了?可是我说的‘一时我不到,就有事故儿’。”晴雯听了冷笑道:“姐姐既会说,就该早来,也省了爷生气。自古以来,就是你一个人服侍爷的,我们原没服侍过。因为你服侍的好,昨日才挨窝心脚,我们不会服侍的,到明儿还不知是个什么罪呢!”袭人听了这话,又是恼,又是愧,待要说几句话,又见宝玉已经气的黄了脸,少不得自己忍了性子,推晴雯道:“好妹妹,你出去逛逛,原是我们的不是。”晴雯听他说“我们”两个字,自然是他和宝玉了,不觉又添了酸意,冷笑几声,道:“我倒不知道你们是谁,别教我替你们害臊了！便是你们鬼鬼祟祟干的那事儿，也瞒不过我去，那里就称起'我们'来了。明公正道，连个姑娘还没挣上去呢，也不过和我似的，那里就称上'我们'了！"袭人羞的脸紫胀起来，想一想，原来是自己把话说错了。宝玉一面说："你们气不忿，我明儿偏抬举他。"袭人忙拉了宝玉的手道："他一个糊涂人，你和他分证什么？况且你素日又是有担待的，比这大的过去了多少，今儿是怎么了？"晴雯冷笑道："我原是糊涂人，那里配和我说话呢！"袭人听说道："姑娘倒是和我拌嘴呢，是和二爷拌嘴呢？要是心里恼我，你只和我说，不犯着当着二爷吵，要是恼二爷，不该这们吵的万人知道。我才也不过为了事，进来劝开了，大家保重。姑娘倒寻上我的晦气。又不像是恼我，又不像是恼二爷，夹枪带棒，终久是个什么主意？我就不多说，让你说去。"说着便往外走。……

这里不仅通过个性化的语言写晴雯、袭人的性格，同时也涉及宝玉、黛玉的性格。人物语言个性化是《红楼梦》非常突出的特点。由此可见《红楼梦》语言艺术之高超美妙，丰富多彩。

六　《红楼梦》的续书

《红楼梦》刊行后，相继出现了一大批续书，如逍遥子的《后红楼梦》内容是“为黛玉、晴雯吐气”。秦子忱的《续红楼梦》（或谓清朝咸丰、同治年间的彭宝姑所著），陈少海的《红楼复梦》，海圃主人的《续红楼梦》，归锄子的《红楼梦补》，临鹤山人的《红楼圆梦》，以及其他的续书，如《红楼梦补》《红楼展梦》《红楼幻梦》《红楼梦影》《绮楼重梦》《红楼后梦》《红楼重梦》《红楼再梦》《红楼翻梦》《红楼残梦》《红楼余梦》《红楼真梦 》《红楼梦醒》《新红楼梦》《增红楼梦》《增补红楼梦》《疑红楼梦》《大红楼梦》《蜃楼情梦》《红楼梦传奇》《红楼梦新补》《红楼梦别本》《再续红楼梦》《三续红楼梦》《红楼三梦》《红楼四梦》《幻梦奇缘》《新石头记》《石头补记》《木石缘》《宝黛因缘》《太虚幻境》《鬼红楼》《风月梦》等，有三四十种。这些续作有的接在《红楼梦》第一百二十回之后，也有的接在第九十七回“林黛玉焚稿断痴情　薛宝钗出闺成大礼”之后，情况十分复杂。有些作品将原书的爱情悲剧改为庸俗的大团圆，让悲剧主人公或死后还魂得遂夙愿，或冥中团聚终成眷属。也有的写金榜题名，夫贵妻荣，一夫多妾，和睦相处，家道复初，天下太平。很多如秦子忱《续红楼梦》卷首郑师靖序所说：“遂使吞声饮恨之红楼，一变而为快心满志之红楼。”由于多数续作者思想庸俗，境界不高，艺术上十分拙劣，甚至荒诞不经，他们的续书与曹雪芹《红楼梦》实在无法相比，有天壤之别。不过，有这么多续书出现，也说明《红楼梦》本身确有巨大的成就和不朽的艺术魅力。

元曲概说

一　中国古代戏剧的产生和元代戏曲发展的概况

元曲是和汉赋、唐诗、宋词齐名的特定时代的新兴文学形式。所谓“元曲”实际包含两个不同的部分:杂剧和散曲。有的学者指出,元曲应该只是指散曲,它实际是诗歌,杂剧则是戏剧,性质和散曲完全不同。这当然是有道理的。不过,中国古代的杂剧,其主体部分是由散曲构成的,特别是元代的杂剧,宾白很少,基本上是演唱成套的散曲。而明代整理元杂剧的著名戏剧家臧懋循所编辑的元代和明初杂剧,称为《元曲选》,元杂剧的作品绝大部分包括在内,共有一百种。所以,后来讲元曲反而杂剧占有主要地位了。杂剧由剧曲和宾白两部分组成。剧曲是戏剧中的曲子,它和宾白相配合,构成完整的故事情节来演出,这就是杂剧。散曲是清唱的抒情曲子,是和诗、词一样的金元时期的新兴诗体。我们这里主要讲杂剧。“杂剧”的名称最早见于晚唐,李德裕任西川节度使时曾讲到文宗大和年间,南蛮军陷成都,在被掠夺的人中有“杂剧丈夫”(《第二状奉宣令更商量奏来者》),实际就是杂剧演员。但是,元代以前的“杂剧”含义很广泛,包括歌舞戏文、杂耍等,不是纯粹的戏剧,到元代的正式戏剧中才成为专有名词。

元代的杂剧标志着我国戏剧艺术走向成熟,并发展到一个成就卓越的高峰。我国古代的戏剧从先秦时代的歌舞演出开始,是一直存在并不断发展的,汉代的“百戏”在汉武帝时已经有了,所谓“戏”就是带有戏谑性的表现,而且往往是和杂要、武术等连在一起的。东汉的张衡在《西京赋》中曾讲到当时京城里有倡家扮神仙、娥皇、女英、白虎、苍龙等的演出,葛洪的《西京杂记》里记载有东海人黄公善为幻术、兼有武功的演出，汉帝取为“角抵之戏”。南北朝时期，北朝有所谓“踏摇娘”，也是一种以歌舞为主又带有演出的戏，是说一士人貌丑而好酒，喝醉了回来就殴打其妻，其妻色美、善歌，自为怨苦之词歌唱之。后来民间就配以管弦演出，女边唱边摇其身，是为踏摇娘。这种歌舞戏在唐代有新的发展，有所谓以滑稽内容为主的参军戏。参军戏本来是演汉代石躭的故事的，唐人段安节在《乐府杂录》中记载，后汉的馆陶令石躭贪赃枉法，汉和帝怜惜其才能，免其罪，每当宴乐时，叫他穿白夹衫，让俳优戏弄他。唐代开元中，有个叫李仙鹤的最善演此故事的戏，后来唐明皇授他韶州同正参军，所以自开元中以后，把这类戏弄、嘲笑官员的戏皆谓之参军戏。参军戏中有参军和苍鹘两个角色，一智一愚，实际只具有十分简单的戏剧形式。宋代开始有“杂剧”的名称。不过，宋代杂剧有广义和狭义的区别。广义的杂剧有杂戏、百戏的含义，也就是说，歌舞、杂耍等全部包括在内。狭义的杂剧是指有戏剧性质的演出，如滑稽戏、歌舞戏、傀儡戏、哑杂剧等。到北宋后期杂剧才成为戏剧表现形式的专门名词。宋代杂剧以诙谐滑稽为主，托故事以讽刺时事，已经有了较多角色，各自作用也较为明显，情节布置也较为复杂，并逐渐成为综合性的艺术，是后来戏剧的雏形。戏剧的真正繁荣是在金元时期。金人的杂剧称为院本，已经和元代杂剧比较接近。宋辽金时代的杂剧有以下一些特征：以表演故事为主，故事有时是完整的，有时则是其中主要片段；滑稽和调笑占有比较重要的地位；歌唱、说白、舞蹈、武打等各种表演形式都有所运用；音乐演奏是不可或缺的必要部分。当南宋和金对立时，杂剧流播到南方，和南方的歌舞、戏曲表演形式相结合，逐渐演变为南戏。北宋杂剧在金人统治的北方有广泛的流传，至元代而极盛，我们现在说的元曲主要是北曲杂剧。

元杂剧的明抄本、明刊本和元代刊本是很不同的。比如臧懋循《元曲选》中所收集的杂剧作品，其实是经过后来的戏剧家和戏剧演员加工过的，和元代这些杂剧的本来面貌有不少差异。元杂剧的元刊本原为明代中期著名文学家和戏曲理论家李开先（1502—1568）所收藏的,后来这些元刊本杂剧归清代的收藏家黄丕烈(1763—1825)所有。他题名为《元刻古今杂剧乙编》(甲编为宋刻本)。后来此书又为罗振玉(1866—1940)所得。1914年日本京都帝国大学从罗振玉处借得原书,请著名刻工陶子麟覆刻,出版时题名为《覆元椠古今杂剧三十种》,前面有日本学者狩野直喜的序文。1924年上海的中国书店用此覆刻本照相石印,名为《元刻古今杂剧三十种》,请元曲研究著名学者王国维考定作者,排列次序,并撰写《元刊杂剧三十种序录》。1958年,《古本戏曲丛刊》第四集收入此书,名为《元刊杂剧三十种》。二十世纪六十年代起,有一些学者曾对它进行过标点和校注。在这三十种里有十六种是其他抄本、刊本中所有的,不过,明代刊本、抄本和它们在体制和文字上都有不少差异。其中有十四种是只见于此书的,所以是非常珍贵的资料。这十四种是:《拜月亭》《调风月》《西蜀梦》《三夺槊》《紫云亭》《贬夜郎》《介子推》《东窗事犯》《霍光鬼谏》《七里滩》《周公摄政》《追韩信》《张千替杀妻》《焚儿救母》。王国维在《元刊杂剧三十种序录》中说:"凡戏剧诸书,经后人写刊者,往往改易体例,增损字句。此本虽出坊间,多讹别之字,而元剧之真面目,独赖是以见,诚可谓惊人秘笈矣。"从元刊本中,我们可以看到元代的杂剧宾白是很少的,关目也不是很清楚,其重点是在演唱套曲。从元到明的戏曲发展过程中,关目情节才不断丰富,而宾白也愈来愈充实,于是戏剧表演和情节曲折的重要性及作用进一步凸显出来,并且逐渐和唱词同样构成杂剧的必要部分。

元杂剧是一种散文和韵文相结合的戏剧文学,它的结构一般都是由四折组成,一折其实就是一套乐曲,是音乐的单位,但也是故事情节的一个段落,好像现在戏剧的一幕戏。一折戏里面还可以分为几场,有的只有一场,有的有两场或三场等,如关汉卿的《窦娥冤》第一折有两场,第二折有三场。分场是以前台全部演员下场为标准的。有的杂剧还有楔子,一般放在前面作为序幕,多数在第一折之前,也有在折与折之间的。它不用套曲,只是一两支曲子。楔子是在正式演出前交代故事的背景和戏剧发生前的基本情况,起着开场或过场的作用。楔子一般用的曲调是〔仙吕·赏花时〕或连〔幺篇〕、〔仙吕·端正好〕或连〔幺篇〕。偶尔也有用〔仙吕·忆王孙〕或〔越调·金蕉叶〕连〔幺篇〕的。宾白是杂剧中人物的说白,因为中国古代的戏剧是以演唱为主的,以说白为辅助,故而说白称为宾白。宾白是用的当时的口语,不过是经过提炼、加工的口语。宾白一般是由白话和韵语组成,其中常常包含有诗、词或长短不齐的顺口溜。宾白分对白、独白、带白三种:对白是人物的对话。独白是人物叙述自己心里的话,在舞台上常常是背过身子,好像在另一个地方说的,别人是听不见的,剧本里常用“背云”来表示。带白是在唱词中偶尔插入几句说白,但这只有主唱的角色才可能有。宾白的情况比较复杂,因为元代的杂剧刊本和明代的元杂剧刊本,在宾白的繁简方面差别很大。同时在同样的元刊本和同样的明刊本里,宾白的多少、繁简也是很不同的。明代的王骥德的《曲律》和臧懋循的《元曲选序》中都认为宾白不是剧作家所写,王骥德认为是“教坊乐工先撰成间架说白,却命供奉词人作曲”,臧懋循认为“其宾白则演剧时伶人自为之”,前说不妥当,也不符合事实。后说有一定道理,但也不全是这样。剧作家创作时可能还是有宾白的,不过是比较概要的。演员在演出时可以自己丰富宾白的内容。所以后来的版本里宾白就比较充实、详细。剧本的最后说明“题目正名”,一般用两句或四句对子来概括全剧内容,并以最后一句为剧名。

元杂剧的角色分工细致,主次分明。一般说有四类:一是末,剧中的男角色,主要男主角为正末,相当于京剧中的生。其他有副末、冲末、大末、二末、三末、小末、外末、末泥等。二是旦,剧中女角色,女主角为正旦,还有副旦、贴旦、外旦、老旦、大旦、小旦、花旦、色旦、搽旦等名目。正末和正旦是剧中主唱的角色。三是净,一般是演刚强猛戾的人物,即京剧中的花脸,指性格刚烈、粗鲁或奸险的人,有净、副净、二净、丑等。元杂剧中有时净和末可以互易,和后世不同。四是杂角,如孤(官吏角色)、祗从(侍从人员)、卒子(士兵)、卜儿(老妇角色)、孛老(老男角色)、细酸(穷秀才、书生)、徕儿(小孩儿)、邦老(盗贼)、曳剌(番兵)、杂当(杂色人员)等。

杂剧的曲词有很严格的韵律要求，但是它比散曲用衬字更多。衬字是曲和词不同的重要形式特点，它是对曲谱的正字加以具体说明。剧曲可以变格增句，比散曲要自由得多。杂剧的曲调每一套曲子同属于一个宫调，元杂剧一般有九个宫调，即五宫四调：正宫、中吕宫、南吕宫、仙吕宫、黄钟宫、大石调、双调、商调、越调，相当于今天歌曲的曲调。元杂剧每折的第一支曲子上一定标明属于什么宫或什么调，如〔仙吕·点绛唇〕或〔商调·新水令〕，前者即是仙吕宫调，以下各曲均是此调；后者即是商调，以下各曲均是此调。中国古代用有五声十二律来区别音阶的高低，以形成不同的曲调。十二律为六律六吕，是以不同的管长来区别音阶的高低，它和五声的对应关系如下：

黄钟	大吕	太簇	夹钟	姑洗	中吕	蕤宾	林钟	夷则	南吕	无射	应钟
宫		商		角	变徵		徵		羽		变宫
C		D		E	F		G		A		B
do		re		mi	fa		so		la		si

十二律和七声相配共有八十四调，但是实际大部分不用。元杂剧用韵非常有特点，它的唱曲是平、上、去三声通押，没有入声，例如《汉宫秋》的第一折：

〔仙吕·点绛唇〕车碾残花，玉人月下，吹箫罢。未遇宫娃，是几度添白发。

〔混江龙〕料必他竹帘不挂，望昭阳一步一天涯。疑了些无风竹影，恨了些有月窗纱。他每见弦管声中寻玉辇，恰便似斗牛星畔盼浮槎。（旦做弹科）（驾云）是那里弹的琵琶响？（内官云）是。（正末唱）是谁人偷弹一曲，写出嗟呀？（内官云）快报去接驾。（驾云）不要。（唱）莫便要忙传圣旨，报与他家。我则怕乍蒙恩，把不定心儿怕，惊起宫槐宿鸟、庭树栖鸦。

这里“花”是阴平,“涯”是阳平,“发”是入声作上声,“怕”是去声,这些全可以通押。元曲的音韵分类也是和唐、宋以来的音韵分类不同的,它分为十九韵:一、东钟,二、江阳,三、支思,四、齐微,五、鱼模,六、皆来,七、真文,八、寒山,九、桓欢,十、先天,十一、萧豪,十二、歌戈,十三、家麻,十四、车遮,十五、庚青,十六、尤侯,十七、侵寻,十八、监咸,十九、廉纤。

杂剧的演出有一定的程序,一开始是“冲场”。演出时首先出场的一般不是主要演员,最多是以冲末先出场,也有少数是以正末、正旦、搽旦、净等出场的。他出来时必有四句“上场诗”,诗的内容是按照人物的身份、职业、年龄和剧情,各不相同的。如老年的旦角出场时,往往念:“花有重开日,人无再少年。不须长富贵,安乐是神仙。”如果是比较穷苦的,往往念:“教你当家不当家,及至当家乱如麻。早晨起来七件事:柴米油盐酱醋茶。”官吏出场往往念:“龙楼凤阁九重城,新筑沙堤宰相行。我贵我荣君莫羡,十年前是一书生。”恶霸或花花公子出场,往往念:“花花太岁为第一,浪子丧门世无对。闻著名儿脑也疼,则我是有权有势×××。”书生出场往往念:“黄卷青灯一腐儒,九经三史腹中居。试看金榜标名姓,养子如何不读书?”老年的中小地主出场往往念:“月过十五光阴少,人到中年万事休。儿孙自有儿孙福,莫为儿孙作马牛。”一般商人出场往往念:“买卖归来汗未消,上床犹自想来朝。为甚当家头先白?日夜思量计万条。”与此相对有的有“下场诗”,但很多是没有的。一折结束,人物下场时有时也往往要念四句诗,这是和剧情相结合的。如《梁山泊李逵负荆》第一折后没有,第二折后是宋江念:“老王林出乖露丑,李山儿将没做有。如今去杏花庄前,看谁输六阳魁首。”第三折后是王林念:“做甚么老王林夜走梁山道,也则为李山儿恩义须当报。但愁他一涌性杀了假宋江,连累我满堂娇要带前夫孝。”第四折后是宋江念:“宋公明行道替天,众英雄聚义林泉。李山儿拔刀相助,老王林父子团圆。”

元杂剧剧本还有科范,简称科,说明演员的主要动作,以加强舞台效果。科,也有叫介的。剧本中凡是写到“××科”的地方,演员就要做相应的动作和表情。例如:“做叹科”,要做叹气的动作和神态;“做谢科”,要做道谢的动作和神态;“做相见科”,要表演两人相见的动作和姿态;“做饮酒科”,要做喝酒的动作;“做寻思科”,要做出思考的表情和姿态;“三科了”,表示要做三次动作;“做悲科”,要做出悲哀的样子;“做倒科”,是摔倒的姿势。表演滑稽的动作和说使人发笑的语言,称为“插科打诨”。

杂剧收尾也是有一定规矩的,有的是以套曲的尾曲直接结束,然后是题目正名。有的则在套曲结束后,题目正名前,由地位较高的重要人物“断出”或“下断”,对剧情进行总结处理,说一段宾白(也有不说的),再念一首诗或七字句顺口溜,也有念一首词的。如《感天动地窦娥冤》最后由做了大官的窦天章“下断”:

> (窦天章云)唤那蔡婆婆上来。你可认得我么?(蔡婆婆云)老妇人眼花了,不认的。(窦天章云)我便是窦天章。适才的鬼魂,便是我屈死的女孩儿端云。你这一行人,听我下断:张驴儿毒杀亲爷,奸占寡妇,合拟凌迟,押赴市曹中,钉上木驴,剐一百二十刀处死。升任州守桃杌,并该房吏典,刑名违错,各杖一百,永不叙用。赛卢医不合赖钱,勒死平民;又不合修合毒药,致伤人命,发烟障地面,永远充军。蔡婆婆我家收养,窦娥罪改正明白。(词云)莫道我念亡女与他灭罪消愆,也只可怜见楚州郡大旱三年。昔于公曾表白东海孝妇,果然是感召得灵雨如泉。岂可便推诿道天灾代有,竟不想人之意感应通天。今日个将文卷重行改正,方显的王家法不使民冤。

这里是一段结案判断,表示对是非曲直的褒贬态度。后面念的是一首词。也有的“断出”或“下断”是在套曲的“煞”或“尾”的前面,如《赵盼儿风月救风尘》。又如《诸葛亮博望烧屯》在最后一曲唱完后,由刘备出场“下断”:

(刘末断出):因为那曹操奸雄,将夏侯惇拜为先锋。遇赵云佯输诈败,追赶到博望城中。着云长提闸放水,使刘封簸土扬尘。俺军师故使巧计,举火箭博望烧屯。则今日收军罢战,再不许起动刀兵。

这里没有宾白,只是一首七言诗,也像是顺口溜。

元杂剧演员的脸部化妆逐渐趋于定型,如红脸为正直忠义人物,如关羽、姜维等。黑脸为鲁莽勇敢人物,如牛皋、张飞等。白脸多为机智狡诈的奸佞人物,如赵高、曹操等。譬如《关大王独赴单刀会》里说关公"髯长一尺八,面如挣枣红",《黑旋风双献功》里说李逵"烟薰的子路,墨染的金刚"等。中国古代戏剧很少真实的道具,一般是用虚拟的手势来表示的,也有一些用小实物来模拟,这在元杂剧里已经相当突出。

杂剧作家众多,据元代钟嗣成《录鬼簿》记载有一百五十二人,明代初年贾仲明《录鬼簿续编》记载,元明之交有七十一人,说明有姓名可考的有二百二十三人。不过其中有的是明代人,所以元代杂剧作家的实际人数要少一些。明初朱权《太和正音谱》著录元代剧作家有一百八十七人,如果加上一些无名氏作家,至少有二百来人,应该说是不少的了。元代的剧本,数量很多。现存剧本名目,杂剧有五百三十多种,南戏有二百一十多种,然而大部分都已经散失。根据钟嗣成《录鬼簿》记载,"前辈已死名公、才人"作品三百四十八本,"方今已亡名公、才人余相知者"作品六十七本,"方今才人相知者"作品三十七本,共计四百五十二本。贾仲明《录鬼簿续编》记载有作家姓名的七十八本,没有作家姓名的七十八本,共计一百五十六本,不过,其中有的是明代作家的作品。朱权《太和正音谱》记载元代作家剧本四百一十七本,民间剧本十一本,古今无名杂剧一百一十本,共计为五百三十八本。今人傅惜华《元代杂剧全目》著录元代有作家姓名剧本五百本,无名氏剧本五十本,元明之际无名氏剧本一百八十七本,共计七百三十七本,为目前最齐全的著录,除去明人作品,大概为五六百种。元代仅一百多年历史,应该说这么多剧本也是非常可观的了。当然,它们大部分已经散失了,现存可信的元代杂剧有一百三十多种。

王国维在《宋元戏曲史》(赵万里、王国华编纂《海宁王静安先生遗书》改为《宋元戏曲考》)中将元代戏剧的发展分为三个时期:一是蒙古时期,自元太宗窝阔台取中原(于1234年灭金)到元统一之初(约1234—1276),这是元杂剧的繁荣时期,一些著名作家如关汉卿、马致远、白朴、康进之、王实甫等均产生在这一时期。二是统一时期,自至元后至至顺、后至元年间(约1277—1340),著名作家有宫天挺、郑光祖、乔吉等人。这时元杂剧已经由盛而衰。三是至正时期(1341—1368),这是元代末期,作家有秦简夫、萧德祥、罗贯中等。这已经到了尾声。

关于杂剧的分科,据《太和正音谱》分为十二类:一是神仙道化,如《吕洞宾三醉岳阳楼》等;二是隐居乐道,如《严子陵垂钓七里滩》等;三是披袍秉笏,即写君臣的,如《宋太祖龙虎风云会》等;四是忠臣烈士,如《忠义士豫让吞炭》等;五是孝义廉节,如《死生交范张鸡黍》等;六是叱奸骂谗,如《承明殿霍光鬼谏》等;七是逐臣孤子,如《苏子瞻风雪贬黄州》等;八是钹刀杆棒,如《小尉迟将斗将认父归朝》等;九是风花雪月,如《崔莺莺待月西厢记》等;十是悲欢离合,如《相国寺公孙合汗衫》等;十一是烟花粉黛,如《李亚仙花酒曲江池》等;十二是神头鬼面,如《关张双赴西蜀梦》等。元杂剧的题材是以历史故事为主,同时也有现实题材。大体可以分为四类:一是纯粹历史题材,如《辅成王周公摄政》等;二是历史故事演绎,如《鲁大夫秋胡戏妻》;三是假历史名人,虚构编辑故事,如《李太白匹配金钱记》等;四是以历史朝代为掩饰,实际上写现实题材的,如《包待制三勘蝴蝶梦》等。元代杂剧的分科和宋代的讲唱文学的分科比较接近,可以看出它受宋代讲唱文学的影响很深。

元杂剧作为有中华民族传统特色的戏剧,在艺术上的重要特点是曲词占有很突出的地位,曲实际也就是诗词,所以特别注重意境的创造。王国维在《宋元戏曲史》中说:

然元剧最佳之处，不在其思想结构，而在其文章。其文章之妙，亦一言以蔽之，曰：有意境而已矣。何以谓之有意境？曰：写情则沁人心脾，写景则在人耳目，述事则如其口出是也。古诗词之佳者，无不如是。元曲亦然。明以后其思想结构，尽有胜于前人者，唯意境则为元人所独擅。兹举数例以证之。其言情述事之佳者，如关汉卿《谢天香》第三折：

［正宫·端正好］我往常在风尘，为歌妓，不过多见了几个筵席，回家来仍作个自由鬼；今日倒落在无底磨牢笼内！

马致远《任风子》第二折：

［正宫·端正好］添酒力晚风凉，助杀气秋云暮，尚兀自脚趔趄醉眼模糊。他化的我一方之地都食素，单则俺杀生的无缘度。

语语明白如画，而言外有无穷之意。又如《窦娥冤》第二折：

［斗虾蟆］空悲戚，没理会，人生死，是轮回。感着这般病疾，值着这般时势，可是风寒暑湿，或是饥饱劳役，各人证候自知。人命关天关地，别人怎生替得？寿数非干一世 。相守三朝五夕 ，说甚一家一计？又无羊酒缎匹，又无花红财礼；把手为活过日，撒手如同休弃。不是窦娥忤逆，生怕旁人论议。不如听咱劝你，认个自家悔气，割舍的一具棺材停置，几件布帛收拾，出了咱家门里，送入他家坟地。这不是你那从小儿年纪，指脚的夫妻。我其实不关亲，无半点凄怆泪。休得要心如醉，意似痴，便这等嗟嗟怨怨，哭哭啼啼。

此一曲直是宾白，令人忘其为曲。元初所谓当行家，大率如此；至中叶以后，已罕觏矣。

王国维把元曲的意境特点讲得非常深入，这是我们在阅读中可以进一步体会的。

二　关汉卿的生平思想和戏剧创作

元曲作家以关汉卿、马致远、白朴（白仁甫）、郑光祖最为著名，并称“元曲四大家”。

关汉卿，生卒年不详，约生于金末，卒于元大德年间。汉卿是他的字，名不详，号已斋叟。大都（北京）人，不过也有人说他是“燕人”，或解州（山西运城解州镇）人，或祁州（今河北安国）伍仁村人，他大概祖籍山西解州，后到祁州，最后定居大都的。《录鬼簿》说他做过“太医院尹”，但元代又无此官职，也许和太医院有点关系吧。贾仲明在《录鬼簿续编》中为他写的挽词中说：“珠玑语唾自然流，金玉词源即便有，玲珑肺腑天生就。风月情，忒惯熟，姓名香四大神洲，驱梨园领袖，总编修师首，捻杂剧班头。”说明他是当时有名望的书会才人，戏班的班主，剧坛的领袖。他还自己参加演出，是一位谙熟杂剧舞台艺术的戏剧艺术家。明代臧懋循《元曲选序》中说他“躬践排场，面傅粉墨，以为我家生活，偶倡优而不辞者”。在个人气质上，元代熊自得的《析津志》说他“生而倜傥，博学能文，滑稽多智，蕴藉风流，为一时之冠”。关汉卿在他的散曲〔南吕 · 一枝花 · 不伏老〕中说：“我是个普天下郎君领袖，盖世界浪子班头。愿朱颜不改常依旧，花中消遣，酒内忘忧。”“占排场风月功名首，更玲珑又剔透；我是个锦阵花营都帅头，曾玩府游州。”“我是个蒸不烂煮不熟捶不扁炒不爆响珰珰一粒铜豌豆。”可见，他的个性是很坚强的，博学多识，才华出众，诙谐幽默，风流倜傥。他共写过六十多个剧本，现存十八种，比较重要的有《窦娥冤》《救风尘》《单刀会》《鲁斋郎》《蝴蝶梦》《望江亭》《谢天香》《金线池》《调风月》《拜月亭》《玉镜台》等,此外还有不少散曲作品。

《感天动地窦娥冤》(简称《窦娥冤》)是关汉卿最主要的代表作,属于公案戏,它也是中国古代最为杰出的悲剧。它的内容和《汉书·于定国传》《搜神记》中记载的东海孝妇故事有一定关系。《汉书》卷七十一《于定国传》有如下一段记载:

> 于定国字曼倩,东海郯人也。其父于公为县狱史,郡决曹,决狱平,罗文法者于公所决皆不恨。郡中为之生立祠,号曰于公祠。东海有孝妇,少寡,亡子,养姑甚谨,姑欲嫁之,终不肯。姑谓邻人曰:"孝妇事我勤苦,哀其亡子守寡。我老,久絫丁壮,柰何?"其后姑自经死,姑女告吏:"妇杀我母。"吏捕孝妇,孝妇辞不杀姑。吏验治,孝妇自诬服。具狱上府,于公以为此妇养姑十余年,以孝闻,必不杀也。太守不听,于公争之,弗能得,乃抱其具狱,哭于府上,因辞疾去。太守竟论杀孝妇。郡中枯旱三年。后太守至,卜筮其故,于公曰:"孝妇不当死,前太守强断之,咎党在是乎?"于是太守杀牛自祭孝妇冢,因表其墓,天立大雨,岁孰。郡中以此大敬重于公。

此事在干宝的《搜神记》中也有记载:

> 汉时,东海孝妇,养姑甚谨。姑曰:"妇养我勤苦。我已老,何惜余年,久累年少。"遂自缢死。其女告官云:"妇杀我母。"官收系之,拷掠毒治。孝妇不堪苦楚,自诬服之。时于公为狱吏,曰:"此妇养姑十余年,以孝闻彻,必不杀也。"太守不听。于公争不得理,抱其狱词,哭于府而去。自后郡中枯旱,三年不雨。后太守至,于公曰:"孝妇不当死,前太守枉杀之,咎当在此。"太守即时身祭孝妇冢,因表其墓。天立雨,岁大熟。长老传云:"孝妇名周青。青将死,车载十丈竹竿,以悬五幡。立誓于众曰:'青若有罪,愿杀,血当顺下;青若枉死,血当逆流。'既行刑已,其血青黄,缘幡竹

而上标,又缘幡而下云。"

元代也有些剧作家曾以这个历史故事来作为剧本创作的素材,如关汉卿的朋友梁进之写过《东海郡于公高门》杂剧,王仲元写过《厚阴德于公高门》杂剧,王实甫也写过《东海郡于公高门》杂剧,这些杂剧虽已不传,但是说明元代剧作家对这故事是很感兴趣的,有的关汉卿可能也见到过,但是《窦娥冤》主要是关汉卿根据现实生活实际来创作的,并不是简单对一个历史上传闻故事的改编。剧本中也有"做什么三年不见甘霖降,也只为东海曾经孝妇冤"的曲词,说明作者是联想到历史上的故事的,但是《窦娥冤》作品的内容、情节和东海孝妇故事已经有根本的不同。其中窦娥被冤杀和被杀时血飞白练,以及她死后大旱三年,虽然受到东海孝妇故事的影响,但那只是关汉卿为了突出窦娥的冤屈及其反抗精神,吸收了其中的某些情节,进行了浪漫主义的夸张描写。

关汉卿创作《窦娥冤》的目的,主要是揭露当时吏治的黑暗腐败,同情下层妇女在种种封建压迫下的悲惨命运,歌颂她们善良正直的高尚品德。作者通过描写窦娥的凄苦遭遇,控诉了当时贪官污吏的凶狠残暴,歌颂了窦娥坚贞不屈的反抗精神。窦娥的父亲窦天章是一个落魄的穷秀才,因为还不起蔡婆婆的高利贷借款,只好把女儿端云给蔡婆婆做童养媳抵债,自己"上朝应举",一去十三年。窦娥长大后嫁给蔡婆婆的儿子,但不幸丈夫结婚不到两年就病死了。蔡婆婆在向赛卢医讨债时被骗,赛卢医把她引到偏僻路上要勒死她,正好被泼皮恶棍张驴儿父子撞见救下。张驴儿父子听说她家只有她和寡媳,遂起歹心,硬要婆媳俩嫁给他们父子,不然就要勒死她。蔡婆婆无奈只得同意,并带他们回家住下。但是,窦娥知道后坚决不同意。蔡婆婆生病,张驴儿就想趁机毒死她霸占窦娥。张驴儿到赛卢医处威胁他,叫他给毒药,并把它放在窦娥给婆婆做的汤里。可是没想到蔡婆婆又不想喝了,给了张驴儿的父亲喝,张父当时即被毒死。张驴儿诬陷是窦娥放的毒,要挟窦娥嫁给他,否则就要告官。窦娥不从,遂被告到官府。那贪赃枉法的官府不详细审讯，就动大刑，逼迫窦娥招认，窦娥誓死不招，官府就要对蔡婆婆动大刑。窦娥为救婆婆，被迫委屈招认，遂被判死刑。窦娥在刑场上悲愤地控诉不分青红皂白的官府，使“为善的受贫穷更命短，造恶的享富贵又寿延”，并责问天地：“地也，你不分好歹何为地？天也，你错勘贤愚枉做天！”并发下三桩誓愿，以示自己的冤屈：一要求把丈二白练挂在旗枪上，被砍头后一腔热血要全部飞在白练上；二要在这三伏天降下三尺白雪来掩埋自己尸体；三要楚州大旱三年。窦娥被杀后，三桩誓愿全部实现。后来他父亲做了参知政事，并加两淮提刑肃政廉访使，巡视到楚州，追究三年大旱的原因，最后为女儿申冤。

剧中的人物个个都有自己独特的性格，特别是几个主要人物更是十分鲜明。窦娥是剧本中的主要人物，关汉卿把她塑造成为一个心地善良、意志坚强、不畏强权、誓死抗争的优秀妇女形象。窦娥的悲剧形象深刻地揭露了封建社会中“官吏每无心正法，使百姓有口难言”的黑暗现实。窦娥作为一个戏剧中的女性形象，和一般元代杂剧中的女性形象不同，她不是佳人才女，而是一个极其普通的下层社会平凡女子。窦娥身世悲惨，三岁丧母，七岁离父，在蔡婆婆家当童养媳，勤劳正直，聪明智慧，是非分明，疾恶如仇，坚强刚毅，英勇无畏。她委婉地批评婆婆的软弱、妥协、胆怯、糊涂，对婆婆的引狼入室是很不满意的，但是她也知道婆婆是被逼迫而不得不如此，她没有过多责备婆婆，但也明确告诉婆婆，自己是不会嫁给张驴儿的：“婆婆，你要招你自招，我并然不要女婿。”但在公堂上当黑心的赃官要对婆婆动大刑时，她又怕婆婆冤屈受不住大刑，而自己屈招毒死公公甘心赴死。这些说明她对婆婆的弱点和缺点认识得非常清楚，但是又非常地孝顺长辈，宁愿自己来承担一切。这就把她的善良性格表现得非常突出。她在邪恶势力面前，又非常勇敢地进行抗争，绝对没有一点妥协的表示，她的三桩誓愿就是对封建社会的黑暗之强烈抗议，表现了她崇高的精神境界。在她和张驴儿的针锋相对斗争中，尤其可以清楚地看到她的优秀品德。在张驴儿要进入她家时，她就很有力地斥责他：“兀那厮，靠后！”张驴儿去拉扯她时,她把他推了一跤。婆婆要她嫁给张驴儿,她坚决不同意。她清醒地揭露了张驴儿的投毒恶行,不和他私了。她在衙门里虽受酷刑而丝毫不屈服,为了营救年迈的婆婆,又毫不犹豫地接受官府冤屈的判决。窦娥不屈服的反抗精神还表现在她死后变成鬼魂,仍然争取她父亲为她平反。窦天章在当了正三品的肃政廉访使大官后,"随处审囚刷卷,体察滥官污吏",并有"先斩后奏"的大权,但是他到了楚州看到窦娥的冤案时,竟因为同姓之人犯了毒死公公的"十恶不赦"之罪,而不看案卷,把它放到最底层。为此,窦娥只好借鬼魂把案卷几次翻到上面,可是窦天章就是不看。无奈之下她才托梦给她父亲,当她父亲知道窦娥就是他女儿端云时,却大骂她不守"三从四德",一直到窦娥说明真相才明白女儿屈死冤情。然而,窦天章在审案时碰到张驴儿抵赖,说不是他下的毒药,竟然没有办法,只好请女儿鬼魂来辩白。可见,最后的平反也是窦娥勇敢斗争的结果。作者为我们塑造了一个极其高大的光辉女性形象。蔡婆婆是一个放高利贷者,她贪财怕死,在张驴儿父子的逼迫下,不仅自己同意嫁给张驴儿父亲,还自作主张答应把媳妇嫁给张驴儿,在张驴儿父亲死后,又想接受张驴儿的"私了"要求,但是她又不是一个完全伤天害理的坏人,当窦娥不同意嫁给张驴儿时,她也没有去逼迫她。对窦娥的死她表示了极大的悲痛,也就是说,她还是一个没有完全丧失良知的普通市民。她放高利贷剥削人,但是她也是在当时黑暗势力中的受害者。张驴儿则是一个极其奸诈狡猾的无赖、泼皮、流氓,他和他父亲只是在无意中救了蔡婆婆,一听说蔡婆婆家有个年轻的寡媳,立即起了歹心,要和他父亲一起入赘蔡婆婆家。可以说一切坏主意全是他出的。当窦娥坚决拒绝嫁给他时,他就想出了毒死蔡婆婆的计策,又威胁赛卢医给他配毒药。没想到却毒死了他父亲。这时他又要逼迫窦娥,嫁祸于她,以达到"私了"、实际是霸占窦娥的目的。一副卑劣小人的面貌,活现在读者面前。

关汉卿的另一部名剧是《赵盼儿风月救风尘》(简称《救风尘》),这是歌颂具有正义感、聪明智慧的妓女赵盼儿的。如果说《窦娥冤》是一部悲剧的话，那么《救风尘》可以说是一部喜剧。喜剧的特点和悲剧不同，悲剧是以必然性为基础的，其戏剧冲突是以历史的必然要求和这个要求在实际上不可能实现的矛盾来构成的。例如《窦娥冤》中的窦娥本来是清白无辜的，她虽然命苦并心甘情愿地说“我将这婆侍养，我将这服孝守，我言词须应口”，但是现实却让她无法正常生活下去。悲剧就是这样产生的。喜剧则不同，它表现社会矛盾往往是借助于偶然性的事件来实现的。黑格尔说，喜剧往往是“运用外在偶然的事故，这种偶然事故导致情境的错综复杂的转变，使得目的和实现，内在的人物性格和外在情况都变成了喜剧性的矛盾而导致一种喜剧性的解决”（《美学》第三卷下册 292—293 页）。从偶然性的巧合中富有戏谑性地来表现社会矛盾，实现善良人们的理想愿望，《救风尘》就是这样一部典型的喜剧。汴梁城中的歌妓宋引章原与洛阳秀才安秀实相恋，后又结识了郑州同知的儿子、富商周舍，因贪图其钱财，又被其虚情假意所欺骗，就嫁给了他。没想一到郑州就被他打了五十杀威棒，此后朝打暮骂，度日如年，无奈之中托人带信给八拜之交的姐姐赵盼儿，希望她能想法救自己。赵盼儿决心要救出宋引章，遂来到郑州，假意要嫁给周舍，但要求周舍先休了宋引章，并发誓以为证。在周舍写了修书后，赵盼儿提前和宋引章一起往汴梁进发。周舍赶来抢了宋引章的休书撕碎，要宋引章回去，不想那竟是赵盼儿事先准备的假休书。最后告到官府，郑州太守李公弼判周舍杖六十，与民一体当差，宋引章归为安秀实之妻。作者有力地揭露了官商周舍的凶残和虚伪，对善良不幸的妓女给予了深深的同情，也委婉地批评了宋引章贪图荣华富贵的缺点，而对赵盼儿的义气、胆略给予了热烈的赞扬。剧中这三个人物的性格非常清晰，各有不同特点：宋引章善良幼稚、爱慕虚荣，周舍奸诈狡猾、心狠手辣，赵盼儿勇敢机智、胆识过人。作为剧中最主要人物的赵盼儿，虽然身处风月场中，但是对那些玩世不恭的花花公子和虚伪卑劣的嫖客子弟，却有极为清醒的认识。她早就看透了周舍这类人的本质，“你道这子弟情场甜似蜜，但娶到他家里，多无半载周年相弃掷。早努牙突嘴，拳椎脚踢，打的你哭啼啼”。她很尖锐地批评了宋引章的弃贫爱富，撺掉安秀实嫁给周舍，很尖锐地斥责宋引章："这妮子是狐魅人女妖精，缠郎君天魔祟。则他那裤儿里休猜做有腿，吐下鲜红血则当做苏木水。耳边休采那等闲食，那的是最容易剜眼睛嫌的，则除是亲近着他便欢喜。"但是当她听到宋引章真的在受苦时，则毫不犹豫地决定去救她出火坑，而且利用周舍好色的弱点，引得他休了宋引章。她非常聪明地预料到周舍不会善罢甘休，巧妙地用真假休书迫使他就范。这样就把赵盼儿的侠义、智慧、胆略表现得淋漓尽致。

《救风尘》在结构上是非常之曲折巧妙的。剧本的中心是一个"救"字，是围绕这个字来展开戏剧的矛盾冲突的：剧本开始写宋引章嫁周舍，她的好友赵盼儿认真劝阻，但是宋引章不听，结果陷入周舍圈套，不得不向赵盼儿求"救"，这就把戏剧矛盾清楚地展示出来。然而，赵盼儿和周舍这矛盾的双方，显然是赵盼儿处于弱势，周舍处于强势。周舍有钱有权，又是风月场中狡猾的老手，娶宋引章也是经过其母同意的正式婚嫁。赵盼儿虽然对周舍这类人有深刻的认识，也劝过宋引章不要嫁，但她本身也是一个无权无势的妓女，在这种情况下，赵盼儿救不救、怎样救，成为读者关注的中心。赵盼儿是风尘中的侠女，她痛恨周舍这类纨绔子弟，同情自己的姐妹宋引章，决定全力营救，这是可以理解的。剧本的核心是在如何"救"上，作者以极其巧妙和精细的情节安排，以奇特和出人意料的结构，营造了一幕生动有趣的喜剧。作者在写赵盼儿在决定去营救宋引章前特地埋下了伏笔，在第二折中写她在听取了宋引章母亲叙说后，即问她带信来的人走了没有？知道还未走，就让他带一封信给宋引章，但是内容则没有交代，并且说："我将这知心书亲自修，教他把天机休泄漏。"他知道周舍是个色鬼，所以她把自己打扮得特别漂亮，决定以自己的色相去引诱周舍，让他休了宋引章，然后自己再设法摆脱周舍，让他两头落空。这显然是有危险性的，但是赵盼儿信心十足，因为她对周舍这种败类的本质有非常清醒的认识。她说："你(指宋引章)收拾了心上忧，你展放了眉间皱，我直着花叶不损觅归秋。那厮爱女娘的心，见的便似驴共狗，卖弄他玲珑剔透,可不是一场风月,我着那汉一时休。”第三折是最富有喜剧风趣的。赵盼儿来到郑州,住进了周舍叫店小二物色美女的旅店,她不仅穿着华艳,打扮得俏丽,而且自己带了好酒、熟羊和红罗绸缎这些结婚礼品,表面上是让周舍觉得赵盼儿是真心要嫁他,实际上却另有巧妙的运用。这也是一个伏笔。正当周舍在旅店里和赵盼儿亲热,想娶她回家的时候,事先得到赵盼儿密信的宋引章来到旅店责问周舍,大吵大闹。而赵盼儿则假装说是周舍让他媳妇来骂自己,就要走。周舍一怒一急之下,当场就说一回去就要休了宋引章。赵盼儿也进一步提出,只要他休了宋引章,她发誓一定会嫁给他。其实,宋引章在旅店的出现和狠狠地咒骂周舍,正是赵盼儿事先设计的圈套。而周舍也就不知不觉地陷了进去,一点也不知道。更有趣的是周舍回家休了宋引章后,赶到旅店准备迎娶赵盼儿时,发现赵盼儿已经和宋引章走了。他本来就是估计到有可能会“尖担两头脱”的,这时就急急赶去。追上她们后,他首先骗宋引章说休书上少一个指印,只有四个,不是五个。等宋引章拿出休书,他一把抢过来放在嘴里嚼烂了。可他怎么也不会想到赵盼儿已经巧妙地从宋引章那里换了休书,他嚼烂的是假休书!周舍发觉已经没法再要回宋引章,就转而要赵盼儿,说她已经答应做他的妻子,并说已经喝了酒,接受了熟羊,收了红罗。这时赵盼儿明确指出,这好酒、熟羊、红罗都是她自己带来的!更为巧妙的是,在周舍拉着她们去衙门告官时,赵盼儿派人告诉安秀实,宋引章已经拿到休书,叫他马上来告官,说周舍强占他的妻子。于是在人证、物证齐全的情况下,郑州太守李公弼判罚了周舍,断宋引章为安秀实之妻。这些细致、精密的安排,体现了赵盼儿过人的聪明智慧和她的胆略才华。同时,让我们看到喜剧是怎样在很多的偶然性中深刻而真实地揭示和描写了社会矛盾,生动地刻画了剧本中主要人物的性格特征。

《单刀会》是历史剧,写的是三国的故事:刘备曾向东吴借荆州安身,答应取得西蜀后归还,但是,在得到西蜀后却不还,命关羽镇守荆州。东吴鲁肃奉命讨还荆州,他设计宴请关羽,企图逼迫刘备归还荆州。但是,关羽单刀赴会,以自己的英勇和正义,制服了鲁肃,使鲁肃不得不送关羽上船返回荆州。剧本歌颂了关羽的英雄本色和他的汉家节气,在元代外族统治的历史条件下,表现了关汉卿的民族思想。《鲁斋郎》是关汉卿的一部有代表性的包公戏,虽然假借宋代包公的断案,但是实际上是写元代社会现实的。剧本中的鲁斋郎是一个恶霸,仗着有皇帝支持的官府背景,欺压百姓,无恶不作,在许州抢了银匠李四的妻子,回到他家郑州。李四到郑州要去告他,病倒在街头,得到六案都孔目张珪和妻子李氏的救助,并认李氏为义姐,得知鲁斋郎势大无法告他,遂返回许州。清明节张珪带一家去祭坟,鲁斋郎遇到又强占他妻子,并把李四的妻子说成是自己妹子送给他,正好李四因一双子女走失,只好到郑州投奔义姐李氏,恰与自己妻子相会。张珪知道情由,又得知自己一双儿女也已走失,遂绝望赴华山出家。后来包公得知鲁斋郎作恶多端,以"鱼齐即"的名字上书皇帝,列数其罪恶把他杀了。后皇帝要召见鲁斋郎时,包公在"鱼"下加"日"字,"齐"下加"小"字,在"即"上添一点,说鲁斋郎已经御批斩了。包公又收养了李四和张珪的各一双儿女,后两个儿子各自考中得官,并在云台寺相会,两家均团圆又结为亲家。作品深刻地揭露了社会上依仗皇帝和官府欺压百姓的黑暗势力的罪恶,表现了对普通平民的悲惨命运的深厚同情,也歌颂了像包公这样的为老百姓主持正义、不惧权势的清官。

关汉卿的戏剧在艺术上取得了很高的成就。他作品中的主要人物,都有独特个性,鲜明突出;作品情节曲折,富有戏剧性;语言平易通俗,生动有趣;还能够发挥杂剧艺术"务为滑稽"的传统特色,寓揭露讽刺批评于引人发笑的滑稽描写之中。例如《窦娥冤》中写桃杌太守的贪婪,在其上场自我介绍中就说:"我做官人胜别人,告状来的要金银。"见到张驴儿来告状,就说:"但来告状的,就是我衣食父母。"说得赤裸裸,在悲剧中的局部描写上又具有喜剧的特色,但全剧则是非常典型的悲剧。而《救风尘》则是更为突出地体现了用喜剧的形式来写一个悲剧性的故事,歌颂侠义精神和作为普通百姓的杰出智慧和胆略。由此我们可以看到中国古代的悲剧、喜剧和西方的悲剧、喜剧之间,有着明显的不同。中国古代的悲剧不像现代悲剧或外国悲剧,在悲剧最后常常有一个好的结局。例如《窦娥冤》在窦娥死后,还有其父窦天章为她申冤的一折。这可能是中国的文化传统习惯,人们在遭受悲惨境遇时总盼望有雨过天晴的时候,总有着美好的理想。

三　白朴的《梧桐雨》和马致远的《汉宫秋》

白朴(1226—?),字仁甫,原名恒,字太素,号兰谷。原籍隩州(今山西河曲县)。白朴的祖父白宗完并未做过官,一生虔诚信仰佛教,有三个儿子。白朴的伯父白贲,是泰和三年(1202)进士,是有名的诗人,官至岐山令。叔父为和尚法名宝莹,也是诗人。白朴的父亲白华是贞祐三年(1215)进士,在金朝官至枢密院判官,也是一位诗人,与著名诗人元好问相契,故人称"元白"。当金朝首都南京(即汴梁,今河南开封)危急时,白华随金哀宗外出,白朴母亲在动乱中失踪。当时白朴才7岁,跟着元好问一起逃难。白华于1233年在邓州投降南宋,但未受到重视,后于1235年又投降蒙古。他回到北方依附最早投降蒙古、驻守真定的史天泽,但他对从政已经没有多少兴趣,主要是带着儿子读书。白朴一生没有出仕,对故国兴亡有深沉的感慨。白朴年轻时在真定,与当时很多杂剧作家有密切联系,后弃家南游,曾经到过燕京、河南、江淮等地,他拒绝了史天泽的荐举,一生精力都在诗词、杂剧和散曲的创作上。白朴现存有词集《天籁集》,共收词一百零五首,另有散曲小令三十三支,套曲四组,今存杂剧剧目十五种:《唐明皇秋夜梧桐雨》(简称《梧桐雨》)、《鸳鸯简墙头马上》(简称《墙头马上》)、《秋江风月凤凰船》《唐明皇游月宫》《韩翠蘋御水流红叶》《董秀英花月东墙记》《汉高祖斩白蛇》《祝英台死嫁梁山伯》《阎师道赶江》《楚庄王夜宴绝缨会》《萧翼智赚兰亭记》《泗上亭长》《崔护谒浆》《苏小小月夜钱塘梦》《薛琼琼月夜银筝怨》。但是保存下来的只有两种,即《梧桐雨》和《墙头马上》,另有《董秀英花月东墙记》,是否原作尚有待进一步考证。

《梧桐雨》和《墙头马上》是白朴主要的代表性作。《梧桐雨》的主题和白居易的《长恨歌》是一样的，都是写唐明皇和杨贵妃的爱情悲剧，它的基本内容和情节，都是取材于白居易的《长恨歌》，但是，《梧桐雨》按照剧情的发展需要，参考了当时的实际历史背景，也吸取了民间传闻的许多丰富内容，比《长恨歌》更加充实、更加具体了。作品虽然也批评了唐明皇的沉湎酒色，“目不识人”，导致荒淫误国，但是，更多的还是对他和杨贵妃爱情的歌颂，突出描写他对杨贵妃的深沉怀念。白朴在年幼的时候遭遇金朝灭亡，他借这个剧本多少还是表现了对故国兴亡的感慨和悲哀惆怅的情怀。《梧桐雨》虽然基本上是以白居易的《长恨歌》为素材来写的，但是它没有写《长恨歌》中临邛道士为唐明皇上天宫找杨贵妃魂魄的部分，摒弃了那些带有神话色彩的成分，而是着重写到唐明皇回长安后深夜听雨滴梧桐时的凄惨心情，并加上一个短暂的梦来结束，使之变得更加符合生活实际，成为一部感人至深的悲剧。《梧桐雨》作为一部典型的悲剧，它没有像一般古典悲剧一定要加上一个团圆的结局或惩罚恶人的完满结果，而完全是把美好的东西毁灭给人看，激发读者深深的悲哀，真正是像白居易《长恨歌》所写的“天长地久有时尽，此恨绵绵无绝期”。它既是爱情的悲剧，也是历史的悲剧，造成这个悲剧的原因，不是别人，而正是悲剧主人公本身，但是剧中的主人公唐明皇并不让人感到痛恨、愤怒，而恰恰是让人同情，被他对杨贵妃的深厚感情所感动，和他一样悲哀、沉痛。

剧本把爱情悲剧和国家兴衰交织联系在一起，认为李、杨爱情悲剧的产生，是和唐王朝从兴旺发达到衰败没落有着不可分割的密切联系的。剧本批评了唐明皇对安禄山没有清醒的认识，把一个本来应该斩首的失机蕃将，在没有任何新功劳的情况下，随意地加官晋爵，并赐予杨贵妃为义子；而且因为杨贵妃喜欢安禄山会跳胡旋舞，说话又乖巧，居然还想把他一下子升为平章政事；虽因杨国忠等的劝诫而没有让他当，但是，仍然封他为渔阳节度使，给了他兵权，致使他拥兵自重，成为严重祸患，导致“安史之乱”的发生，唐王朝也由此一蹶不振，走上衰败道路。此外，作品也委婉地批评了唐明皇因为宠爱杨贵妃，不仅封她的三个姐妹都做了夫人，还封她的哥哥杨国忠做丞相，掌握了朝政大权；讽刺唐明皇沉湎于杨贵妃的美色，荒淫过度，不理朝政，甚至抛弃了原来“任人唯贤”的正确方针，而采用了“任人唯亲”的错误方针；指出这不仅给国家百姓带来了灾难和祸害，也使他自己原来无比甜蜜的爱情彻底被毁灭。从这个意义上说，作者对李、杨爱情悲剧的伤痛，也寄托着自己对国家兴衰的感慨。不过，作品的主要方面还是在表现唐明皇和杨贵妃之间生死不渝的爱情，特别是写唐明皇在不得不赐杨贵妃自缢身死后，在入蜀的路上凄凄惨惨，严重压抑的悲伤心情，使他已经不可能再振作起来，因此在“安史之乱”平定后回到长安，退居西宫，再也无心于政事，并对生活已经失去了兴趣，只剩下了对杨贵妃无穷无尽的思念，剧本用整整一折来抒写他对杨贵妃的回忆和怀念，表达了他遗恨万千、伤心难忍的悲观绝望情绪。我们不能认为这也都是作者寄托对故国兴亡的感慨，其实更多是对真挚爱情的歌颂，而且，这才是全剧的核心所在。

剧本的主题思想一直是引起争议的问题。以往很多学者总以帝王没有真挚的爱情来看待唐明皇和杨贵妃的故事，为了肯定剧本就只强调它对唐明皇荒淫误国的批判，认为那才是剧本的主题思想所在，其实这是很不妥当的，实际上就是用所谓的以阶级性来否定人性的存在。帝王虽然“后宫佳丽三千”，但是他的真正感情所属也常常是在某个人身上。同时文学作品创造的是一种艺术典型，它虽然是以李、杨故事为素材，写的是帝王和贵妃之间的爱情，但不过是借这个历史上真实存在的故事，来表现作者对爱情的认识和看法，其实也是概括了现实生活中人们的爱情理想，歌颂了坚贞专一、真挚感人的深情厚谊和“在天愿作比翼鸟，在地愿为连理枝”的纯洁愿望。应该说，剧本的主题是以歌颂理想的爱情为主，而以讽刺和批评唐明皇荒淫误国为次的，不应把这两方面颠倒过来。

《梧桐雨》非常集中地塑造了唐明皇的形象，基本上是和历史上的唐明皇一致的。唐明皇并不是一个无能的昏君,他本来是一个聪明而有作为的皇帝。他之所以成为封建社会最为繁荣的开元、天宝盛世的君王,并不是完全靠他祖先创下基业的成果,也和他自己任用著名的贤相姚崇、宋璟等,实施比较开明的政治统治,采取了一系列发展经济、文化的有效政策,加强军事力量,扩大了唐帝国的领土和疆域,有非常密切的关系。只是在他晚年满足于太平盛世,安享逸乐,不思进取,醉心酒色、音乐、歌舞,荒废朝政,乃至听信谗佞小人,重用李林甫、杨国忠等奸臣,才导致政治、经济、军事等方面的逐渐衰败,最终引发"安史之乱",使唐王朝也是整个封建社会发生重大的质的变化,由繁荣发展的最高峰跌落下来,以致一落千丈不可收拾。剧本对唐明皇的描写也是复杂的,剧本对他是有讽刺批评的,但是又充分肯定他对杨贵妃的真诚热烈感情,尤其是在第二折中写他和杨贵妃七夕晚上在长生殿乞巧时,他和杨贵妃的一段悄悄的情话,他送杨贵妃金钗钿盒,并发誓要和杨贵妃白首偕老,"在天愿作比翼鸟,在地愿为连理枝",都体现了他对爱情的诚挚和专一,他后来的一切表现也充分说明当时的誓言,并非一时的冲动,而是非常真实的。第三折里写他在马嵬坡面对六军不发的严重形势十分无奈,被迫命杨贵妃自缢,给予了深深的同情,非常细致地刻画了他当时那种极其复杂的矛盾心情。至于第四折完全是写他对杨贵妃的思念,充满了血泪的回忆和感伤。可见,剧本的绝大部分是写他对杨贵妃的深厚感情,而且他对自己的沉湎酒色、荒淫误国也不是完全没有认识,只是悔恨已晚而已。剧本的题目本身也告诉我们,作者着重要表现的是唐明皇对杨贵妃的思念,表现他对杨贵妃生生死死、始终不渝的深厚感情。

《梧桐雨》在艺术上特别有成就的是它极为浓厚的抒情气氛,尤其是第四折全部都是写漫长秋夜雨滴梧桐,使唐明皇不能入眠,而引起他对杨贵妃的深深思念,几乎没有什么说白,也没有什么情节,而是让唐明皇对着杨贵妃的画卷,差不多连续唱了二十三个曲子,来抒发因思念杨贵妃而产生的无限悲哀和感伤。无论是听到的还是看到的,如杨柳、芙蓉、银灯、玉漏、帏帐、窗帘、梧桐、雨滴、粉蝶、流莺、雁声、落叶……无不在触发唐明皇怀念杨贵妃的深厚情意。这是全剧的高潮,也是最为感动人的部分。这里也充分显示出元杂剧重视情景交融的深远意境的创造,例如〔叨叨令〕一曲唱词在雨滴梧桐的形象描绘中,把唐明皇的复杂心情表现得极为生动传神:"一会价紧呵,似玉盘中万颗珍珠落;一会价响呵,似玳筵前几簇笙歌闹;一会价清呵,似翠岩头一派寒泉瀑;一会价猛呵,似绣旗下数面征鼙操;兀的不恼杀人也么哥!兀的不恼杀人也么哥!则被他诸般儿雨声相聒噪。"特别是最后一曲〔黄钟煞〕,更把唐明皇的凄苦寂寞、伤痛悲哀的心情,柔和着雨滴梧桐的情景渲染得淋漓尽致:"顺西风低把纱窗哨,送寒气频将绣户敲。莫不是天故将人愁闷搅?度铃声响栈道,似花奴羯鼓调,如伯牙《水仙操》。洗黄花,润篱落,渍苍苔,倒墙角,渲湖山,漱石窍,浸枯荷,溢池沼;沾残蝶粉渐消,洒流萤焰不着,绿窗前促织叫,声相近雁影高,催邻砧处处捣,助新凉分外早。斟量来这一宵,雨和人紧厮熬,伴铜壶点点敲;雨更多,泪不少。雨湿寒梢,泪染龙袍,不肯相饶,共隔着一树梧桐直滴到晓。"

马致远,生卒年不详,号东篱,是大都(今北京)人。他的生活年代略晚于关汉卿、白朴等,其生年据推测在1250年左右,死于1321年左右。他的生平也很萧条,曾在大都生活了二十余年,后来又曾漂泊江西、湖南、四川等地,晚年可能隐居江南,元大德年间做过江浙行省务官,其他身世不详。

他的杂剧著作据记载有十五种,现存七种,《破幽梦孤雁汉宫秋》(简称《汉宫秋》)、《西华山陈抟高卧》《江州司马青衫泪》《半夜雷轰荐福碑》《吕洞宾三醉岳阳楼》《马丹阳三度任风子》及与他人合作一种《开坛阐教黄粱梦》。《刘阮误入桃源洞》仅存第四折。其他如《吕太后人彘戚夫人》《风雪骑驴孟浩然》《吕蒙正风雪斋后钟》《大人先生酒德颂》《王祖师三度马丹阳》《孟朝云风雪岁寒亭》《冻吟诗踏雪寻梅》,均只有剧目。

明初的贾仲明在《录鬼簿续编》中说马致远是"战文场,曲状元",是著名的杂剧高手,他最有名的代表作是《汉宫秋》,明代臧懋循编《元曲选》,将它列为首篇,剧本写的是汉代王昭君的故事。但是剧本中的故事和实际汉代王昭君的故事有很大的差别。剧情是这样的:汉元帝要奸臣毛延寿到全国各地征选宫女,毛延寿在湖北秭归选得绝色美女王嫱,字昭君。毛延寿要她出百两黄金,选为第一,但她不肯。于是,毛延寿在她的画像上加了黑点,使她终生不得见君王,但是在宫中一个偶然机会她被汉元帝看到,元帝遂大加宠爱,封为明妃,并要杀毛延寿。毛延寿带着王昭君的画像逃往匈奴,向匈奴单于献上画像,挑唆匈奴单于向汉廷索要王昭君。匈奴单于遂亲率大军临近汉境,逼迫汉元帝以王昭君和番。王昭君为了国家安全,迫不得已,情愿和番。汉元帝迫于匈奴的大兵压境威胁,又无良将为他平番,在群臣要求下,不得不牺牲自己深爱的明妃让她去和番,无奈只能在灞桥怅然送别。但是没想到王昭君在行至边境时,毅然跳江自尽而死。匈奴单于遂命绑缚毛延寿送给汉朝,并同意讲和。可是,历史上真实的王昭君原是宫女,匈奴单于来汉求婚,她是自愿前往,并和单于呼韩邪生有一子;呼韩邪死后,又嫁给其前妻之子,为新单于之妻,生有二女。马致远的改编突出了对卖国求荣的毛延寿的批评,着重写了汉元帝和王昭君的生死之情,从这个爱情悲剧中寄托了对国家命运的关心,也把王昭君的形象写得更高大了。

剧本中的基本矛盾冲突是在汉元帝、王昭君和毛延寿之间展开的。剧本的主角虽然是汉元帝,王昭君只是配角,没有唱词,仅有几句道白,但是王昭君的形象在剧本中相当突出。她性格坚强,不肯屈服于毛延寿的敲诈勒索,虽受奸臣毛延寿的陷害,而被冷落在后宫,过着不见天日的凄凉生活,但是一个偶然的机会,她被汉元帝发现,得到汉元帝的极度宠幸,被看作月宫嫦娥,并封为明妃。汉元帝和她恩爱情深,甚至“如痴似醉,久不临朝”。然而好景不长,她再次受到毛延寿的陷害,被匈奴单于指定要她去和番。作者写王昭君深明大义,看到国家的危难,在汉元帝犹豫不决之时,主动表示愿意去和番,然而又难以割舍自己和元帝的真挚爱情。她说:“妾既蒙陛下厚恩,当效一死,以报陛下。妾情愿和番,得息刀兵,亦可留名青史。但妾与陛下闱房之情,怎生抛舍也!”剧本还表现她对大汉的恋恋不舍之悲痛心情,她要求把汉宫的衣服留下,实际就是表达对汉朝和元帝的忠诚。当她在到达番汉交界处的黑龙江边时,要一杯酒,遥望汉廷,祭奠南方,并投江而死,这就展示了她忠于自己祖国的崇高思想品格。她和毛延寿的贪污受贿、奸诈狡猾、阴险毒辣、卖国求荣的丑恶形象,形成鲜明的对照。作者特别借汉元帝之口,尖刻地讽刺和嘲笑了那些文武大臣的腐朽无能,他说:“太平时、卖你宰相功劳,有事处、把俺佳人递流。你们干请了皇家俸,着甚的分破帝王忧?那壁厢锁树的怕弯着手,这壁厢攀栏的怕颠破了头。”他们除了贪图高官厚禄之外,完全是一群废物。所以说:“休休,少不的满朝中都做了毛延寿!”“我道您文臣安社稷,武将定戈矛;您只会文武班头,山呼万岁,舞蹈扬尘,道那声诚惶顿首。”虽然写的是历史,实际上更主要的还是对元代当时现实的深刻揭露和批判。汉元帝是剧本中的主角,作者虽然也批评他在太平盛世不思进取,贪恋女色,甚至在得到王昭君后不理朝政,但是,认为他还不是像殷纣王那样的腐朽暴君,并“不曾彻青霄高盖起摘星楼”,他眷恋王昭君也不像纣王之宠妲己,而是正常的、无可非议的。王昭君是受迫害的,元帝邂逅王昭君,发现毛延寿的劣迹,立即要杀毛延寿,也是应该的,是大快人心的。当毛延寿逃亡匈奴,引匈奴单于大兵压境,逼他以王昭君和番时,他愤怒谴责和讽刺以五鹿充宗为代表的腐败无能的文武官员,也是理所当然的。他和《梧桐雨》中的唐明皇有所不同,安禄山的骄横、跋扈、叛乱,并攻陷长安,最后导致李、杨的爱情悲剧,是唐明皇的昏庸荒淫、不理朝政、任用奸臣所造成的。而《汉宫秋》里汉元帝虽然也有安享太平、荒废朝政、任用小人的一面,但是他和王昭君的悲剧,主要是毛延寿的阴险刻毒、卖国求荣和文武官员的平庸无能所造成的。所以汉元帝的形象似乎更容易为人们所同情,他对王昭君的刻骨思念和深沉感情,也就更能引起读者在感情上的强烈共鸣。

和白朴的《梧桐雨》相比,两出戏在主题思想和艺术表现上有很多相似的地方,都是写帝王和爱妃之间的爱情悲剧,借男女之情写家国兴亡大事,都是以秋夜的景色,或是雨滴梧桐,或是孤雁长鸣,来抒写浓厚的悲剧气氛。尤其是两本杂剧的第四折,都是写帝王在凄凉的夜晚思念已经去世的妃子,而且两个妃子都是皇帝在国家危亡之际被迫牺牲的自己的心上人,一个被赐吊死,一个被送去和番,最终跳江自杀。甚至像都做了梦,梦见已经死去的爱妃,这样的细节也是一致的。但是,两个剧又有明显的不同:《汉宫秋》的现实性要更强些,借历史来揭露和批判现实的特色更为突出一些,卖国求荣的毛延寿成为反面人物的典型;《梧桐雨》中杨贵妃的形象则远不如王昭君形象来得高大而光辉,《汉宫秋》中的王昭君可以说是作者着意刻画的一个正面形象,寄托了作者的浓厚的爱国主义思想和为国家安全不惜牺牲自己的高尚民族气节;汉元帝的形象也更加值得人们的同情,他在剧本中并不是以被批判的反面角色出现的。不过在写思念之情和悲剧气氛方面来说,《梧桐雨》要比《汉宫秋》反而更为突出一点。《汉宫秋》第四折曲词的感染力没有《梧桐雨》那么强烈,汉元帝所唱的十三曲中只有最后两曲比较感人:"〔尧民歌〕呀呀的飞过蓼花汀,孤雁儿不离了凤凰城。画檐间铁马响丁丁,宝殿中御榻冷清清,寒也波更,萧萧落叶声,烛暗长门静。""〔随煞〕一声儿绕汉宫,一声儿寄渭城,暗添人白发成衰病,直恁的吾当可也劝不省。"但和《梧桐雨》相比,无论感情和文辞都已经差了一截。

四　纪君祥的《赵氏孤儿》、康进之的《李逵负荆》和石君宝的《秋胡戏妻》

元杂剧中比较优秀的悲剧、喜剧作品，还有纪君祥的《赵氏孤儿》、康进之的《李逵负荆》和石君宝的《秋胡戏妻》。

纪君祥的《赵氏孤儿》是元杂剧中著名的壮烈历史悲剧。纪君祥是大都人，据《录鬼簿》记载，他"与李寿卿、郑廷玉同时"，他们都是元杂剧前期作家，生平事迹均不详。《赵氏孤儿》中有关晋国赵盾和屠岸贾矛盾冲突的故事在《左传·成公八年》《史记·晋世家》以及刘向的《说苑》《新序》中等均有记载。纪君祥的杂剧基本内容是根据历史文献来创作的，但是也有些和历史记载不完全一致，改编时为了突出晋国国君的昏庸，把事件的发生放在晋灵公时期，因为晋灵公是个有名的无道昏君。剧本的中心写一场惊心动魄的忠奸斗争，特别是热情歌颂了为国献身的仗义烈士。剧本写的是为晋国的繁荣和称霸作出过重大贡献的赵盾，被奸佞权臣屠岸贾陷害、残杀的故事。而其核心则是写以草泽医生程婴和告老还乡的忠臣公孙杵臼为代表的忠烈之士，如何为保全赵家一个孤儿的动人事迹。剧中塑造得最成功的人物形象是程婴，他本是赵盾儿子、驸马赵朔门客，但他是草泽医生，赵氏家属名录上没有他名字，因此免于受害。他是个善良忠烈的义士，受驸马、公主重托，不顾自己和家人死活，拼命要救出赵氏孤儿。而且他又是个很有智慧的人，善于应对各种复杂艰险的局面。他在宫门口遇到屠岸贾安排的守卫将军韩厥，知道韩厥虽在屠岸贾门下，却是个正直的忠贞之人，所以也就坦率地直言相告，一番大义凛然的恳切之言，也触动了韩厥内心的忠贞，不仅放他出去，而且自刎而死，以绝后患，实为忠良义士。当他知道屠岸贾发现孤儿失踪，屠岸贾为保证斩草除根，而要大开杀戒，把晋国的同龄儿童全杀死时，就决定去找因为不满屠岸贾专横和晋灵公昏庸而告老还乡的老宰相公孙杵臼。他已经想好了计谋，决定让老宰相去抚育赵氏孤儿，用自己亲生儿子当作赵氏孤儿，去献给屠岸贾，这样不仅可以保护好赵氏孤儿，而且也可以挽救全晋国和赵氏孤儿同龄的儿童。这真是一个伟大而悲壮的计谋，而且也充分表现了他为国为民为忠良后代，不惜牺牲自己和亲生儿子的生命！这样也就把他的高大形象生动真实地呈现在读者面前。当公孙杵臼用自己的生命、程婴用自己亲生儿子的生命，保全了赵氏孤儿之后，程婴以“献孤”之功得到屠岸贾的器重，其子（实即孤儿）被屠岸贾收为义子后，还不得不屈辱地以笑脸逢迎仇人，并且承受国人的唾弃，晋国的忠良和百姓视他为“卖友求荣”的无耻之徒，他忍辱负重二十年，为的就是把赵氏孤儿抚养成人，锤炼他成为文武双全的栋梁之材，不仅使他能报全家之深仇大恨，并为晋国除去残忍、狠毒的奸佞之臣，为国家的振兴和百姓的安乐尽自己最大的努力。终于在晋悼公即位后，借助元老大臣魏绛的帮助和支持，赵氏孤儿擒住屠岸贾，由悼公下令处以极刑，并灭其全族。这样，程婴这个草泽医生的形象不仅忠烈悲壮，而且有了相当的思想深度，十分感人。《赵氏孤儿》也被称为《八义士》，就是讲在赵家被害和保护孤儿过程中，有八个义士不顾个人安危，毫不犹豫地挺身而出，如被屠岸贾派去刺杀赵盾、不愿杀害忠良、触槐而死的钼麑，保护赵盾、一瓜锤打倒神獒、劈杀神獒的殿前太尉提弥明，替赵朔去死的周坚（此见明人徐元的《八义记》，载《六十种曲》），帮赵盾逃脱的灵辄，为屠岸贾守宫门，但放走程婴和孤儿、自刎的韩厥，还有公孙杵臼、程婴，以及程婴的亲生儿子（或谓庄姬公主的侍从丫鬟卜凤）。但是在这些众多的义士中，毫无疑问程婴是最为突出的，也是塑造得最为成功的形象。《赵氏孤儿》在元刊杂剧中是四折，而明人臧懋循《元曲选》中则为五折。两本曲词也有较大不同,元刊本有十二支曲为臧本所无,臧本有四支曲为元本所无。

康进之,或称陈进之,是棣州(今山东惠民)人,事迹不详,有以水浒故事写的杂剧两种:《梁山泊黑旋风负荆》(简称《李逵负荆》)、《黑旋风老收心》,今存前者。元杂剧中有不少水浒戏,说明在《水浒传》出现以前,已经有很多水浒故事在民间流传。其中康进之的《李逵负荆》是最好的一种。剧本写的是在杏花庄开酒店的老王林,有一个十八岁的女儿满堂娇。正值清明时节,有两个贼人宋刚和鲁智恩假冒梁山泊头领宋江和鲁智深,到店里来喝酒,看见满堂娇长得漂亮,就丢下一个红褡膊(钱物袋),强抢回山寨做宋刚的压寨夫人,并说过三天再送回来。他们刚走,梁山泊的李逵紧接着也来到王林酒店,看到王林悲伤哭泣,问出是宋江和鲁智深抢走了他女儿,立刻火冒三丈,赶回梁山泊当堂质问宋江,甚至气得砍倒了"替天行道"的杏黄旗,并要宋江和鲁智深到酒店让王林指认。后来经王林证实不是宋江和鲁智深后,自己砍了一捆荆柴,背到梁山泊聚义堂,要宋江责罚他。最后是老王林把送其女儿回来的假冒梁山泊头领的宋刚和鲁智恩灌醉,到梁山泊叫来李逵,杀了这两个无耻蟊贼,李逵和宋江复归和好。剧本中着重塑造了李逵的形象,他一身正气,疾恶如仇,尽管他一向对宋江佩服得五体投地,视其为最亲密的哥哥,可是当听王林说是宋江抢了满堂娇,而且还有红褡膊做"显证"时,立即"怒气如雷",道:"俺两个半生来,岂有些嫌隙,到今日却做个日月交食!"他气冲冲赶回梁山,和宋江在军师吴用面前立下军令状,和宋江赌个"六阳会首"。剧本写他也并不是一味简单粗鲁,也是有智慧的,当他和宋江、鲁智深一起到王林酒店请王林指认时,开始还不相信王林,虽然他知道王林说得有道理,"一个是青眼儿长子,如今这个是黑矮的;那一个是稀头发腊梨,如今这个是剃头发的和尚",但是他仍怕王林是慑于宋江作为梁山首领的淫威不敢指认,情急之下还打了王林。最后当他确认真的不是宋江和鲁智深的时候,他又敢于承认自己的错误,决定负荆请罪,这就更加展示了他光明磊落的性格。同时,他的许多行为、动作、语言,也显示出他天真淳朴的性格特点,他砍倒杏黄旗、负荆请罪的做法,他要王林再指认时说的“老王，我的儿，你再认去”等语言，都是非常典型地体现他的个性的。从《李逵负荆》这个杂剧中，我们也可以看出李逵的性格和为人与后来《水浒传》中的描写已经没有什么差别。在《水浒传》中，这个故事是在第七十三回“黑旋风乔捉鬼　梁山泊双献头”中，不过情节略有不同。小说中写的是李逵和燕青一起在刘太公庄上住宿，而刘太公的女儿是被贼人假冒宋江和柴进抢去的，后来李逵和燕青经过查访寻找，才知道是牛头山道院的王江和董海做的坏事，于是把他们杀了，救出了刘太公的女儿。这说明水浒故事在当时有很多不同版本的流传，不过杂剧中的“李逵负荆”故事基本思想内容和小说是一致的。

石君宝，平阳（今山西临汾）人，生平事迹不详，善画竹，有杂剧十种，现存《鲁大夫秋胡戏妻》（简称《秋胡戏妻》）、《李亚仙花酒曲江池》《诸宫调风月紫云亭》三种。孙楷第《元曲家考略》中认为即是石盏德玉，字君宝，女真族，原籍辽东盖州（今辽宁盖州）。但也有研究者不同意孙楷第的说法。《秋胡戏妻》着重刻画了秋胡之妻罗梅英的形象，梅英的父亲罗大户原是有钱的财主，后来破落了，所以女儿嫁了一个穷苦人家。梅英结婚刚三天，丈夫秋胡就被抓去从军服役，一去就是十年，最后因战功做了官，皇帝还给他一块金子作为养家之用。罗大户由于贫困向李大户借了很多粮食，李大户看到梅英长得好，遂假装说秋胡已经死了，要罗大户把梅英嫁给自己。罗大户虽然答应了，也收了聘礼，但是梅英坚决不同意，还把来娶亲的李大户推倒，然后就跑出去到桑园里采桑叶了。这时恰好秋胡回到了家乡。他在桑园看到梅英，已经不认得是他妻子了，因为看到梅英长得漂亮，就在桑园里调戏她，要她嫁给自己，甚至还动手动脚，由于梅英严正抗拒，秋胡又拿出皇帝给他养家的那块金子来引诱，可是仍然遭到梅英的坚决拒绝，还把他痛骂一顿。秋胡讨了没趣，才回到家里见老母，告诉她自己已经做了官。正在此时，梅英也从桑园逃回来，方知调戏自己的原来就是出门多年的丈夫。梅英一怒之下，向秋胡讨休书，坚决不认丈夫。这时，李大户来抢亲，被秋胡叫手下人绑送衙门。最后是秋胡母亲向梅英求情,才使梅英答应认丈夫,两人终于和好。剧本歌颂了罗梅英不辞辛苦地侍奉婆婆,十年而无怨言,还坚决不同意嫁给李大户,表现了她对秋胡的无限忠贞,绝不屈服于有钱有势的李大户的强权,在发现秋胡的不良品行后,并不因为他做了官、有了钱就原谅他,体现了一个平民女子的正直而高尚的品德。这也是元杂剧中塑造得非常成功的女性形象。《秋胡戏妻》杂剧的故事流传很早,最初见于刘向的《列女传》,后来传说为葛洪撰的《西京杂记》中也有记载,唐代有说唱文学《秋胡变文》。但是石君宝的杂剧内容则有很多改动,其中最重要的是:原来故事中秋胡之妻在发现调戏自己的男人就是新婚后即去服役从军的丈夫时,因羞愧而投河自尽。而石君宝杂剧中秋胡的妻子则在婆婆的劝说下和丈夫复归和好。此外,杂剧中的秋胡是在新婚的第三天即被抓去从军,十年后才得官回来。而刘向《列女传》中秋胡是新婚五日后离家至陈,为官五年而返。《西京杂记》则是说秋胡新婚三月后游宦三年。可见杂剧中的改动正是为了更好地突出戏剧的矛盾冲突,达到更好的演出效果。

五　郑光祖的《倩女离魂》和无名氏的《陈州粜米》

郑光祖,字德辉,生卒年不详,平阳襄陵(今山西襄汾)人。据元代钟嗣成《录鬼簿》记载:“光祖,字德辉,平阳襄陵人。以儒补杭州路吏。为人方直,不妄与人交,故诸公多鄙之,久则见其情厚,而他人莫之及也。病卒,火葬于西湖之灵芝寺。诸吊送各有诗文。公之所作,不待备述。名香天下,声振闺阁,伶伦辈称‘郑老先生’,皆知其为德辉也。惜乎所作贪于俳谐,未免多于斧凿,此又别论焉。”他的杂剧著作有十八种,现存八种,《迷青琐倩女离魂》(简称《倩女离魂》)、《㑳梅香翰林风月》《放太甲伊尹扶汤》《周公辅成王摄政》《醉思乡王粲登楼》《虎牢关三战吕布》《程咬金斧劈老君堂》《丑齐后无盐破连环》。其中以《倩女离魂》最为著名,剧本是根据唐人传奇《离魂记》来创作的。剧情大致是这样的:王文举和张倩女原是双方父母指腹为婚的,可是文举父母去世,家境不好,一直未能成婚。后文举在上京应考前到岳母家,岳母嫌他没有功名,要他考中得官后方允许成婚。文举上京应试,倩女相思得病,其灵魂离开肉体,追上文举。文举以为是真倩女,遂一起上京。文举得官后,与倩女一起回到倩女家。原来倩女躯体一直卧病在床,此时方得灵魂和躯体复合,遂欢宴成婚。剧中的张倩女是一个塑造得相当成功的女性形象,她对爱情的真挚热烈追求和大胆争取美好生活的勇敢精神,特别是倩女灵魂主动寻找文举的一段,深刻地体现了对封建礼教的背叛,并和文举的传统道德观念形成鲜明对照。作者用了一种超现实的浪漫主义表现手法,为了突出她对王文举的思念，以及担心王文举考中后禁不住富贵的诱惑，所以写她的灵魂和肉体相分离，让她的灵魂化为活生生的倩女，去追赶王文举，要和他一起进京赶考。而王文举则斥责她瞒着母亲私出家门，有违礼教有伤风化，要赶她回去。这时倩女说出了自己内心的担忧：怕他考中后另娶名门而遗弃自己。她说："你若是赴御宴琼林罢；媒人每拦住马，高挑起染渲佳人丹青画，卖弄他生长在王侯宰相家。你恋着那奢华，你敢新婚燕尔在他门下？"虽然，王文举表示他决不会忘了倩女，但是倩女还是不放心，她说："你做了贵门娇客，一样矜夸。那相府荣华，锦绣堆压，你还想飞入寻常百姓家？那时节似鱼跃龙门播海涯，饮御酒，插宫花；那其间占鳌头、占鳌头登上甲。"王文举遂反问："小生倘不中呵，却是怎生？"倩女的灵魂回答说："你若不中呵，妾身荆钗裙布，愿同甘苦。"这样终于使王文举感动了，遂答应她陪自己一起去赶考。从这里我们可以看到倩女为了追求自由的、真诚的爱情，不仅敢于大胆冲破礼教的束缚，而且也不嫌王文举贫贱，甘愿和他终生厮守在一起，这种高尚的精神品格和她母亲贪图功名富贵的传统观念是完全不同的，同时也教育了王文举，使他不仅爱慕倩女，也更体会到了倩女思想中的光辉。

元杂剧中有好些作品已经不知道作者是谁，但是这些作品却一直流传下来，而且在艺术上也是比较成熟的。《陈州粜米》就是这些无名氏作品中非常优秀的一部。今人严敦易在《元剧斟疑》中提出，《陈州粜米》可能就是陈登善的《开仓粜米》，但是《开仓粜米》的剧情不详，难以断定是否为同一杂剧。《陈州粜米》是一部非常杰出的包公戏，和关汉卿的《鲁斋郎》一样，也是揭露权豪势要盘剥欺压百姓罪行的著作，它的现实性非常强，批判现实社会黑暗也相当深刻，是元代留下来的众多无名氏杂剧中最为优秀的一部。陈州就是现在的河南淮阳，据《宋史·仁宗本纪》记载，明道元年（1032）、二年陈州确实发生过严重旱灾，二年春皇帝曾下诏书赈济江淮灾民，包拯也写过奏章要求开义仓米赈济饥民。《陈州粜米》就是在此历史背景下，根据民间传说编写的。作品的楔子中写范仲淹奉旨选官去陈州赈灾，刘衙内推荐他的一子、一婿前往。可是其子刘得中和其婿杨金吾都是无恶不作的贵族子弟,他们在刘衙内的指使下,到陈州后不仅把钦定的粜米价格提高一倍,在米中掺杂泥土糠皮,还使用八升小斗、加三的大秤,大肆坑害受灾的百姓,拼命中饱私囊。并用御赐紫金锤对付敢于抗争的百姓,打死了揭露他们无法无天罪行的无辜百姓张憋古。其子小憋古遵照父亲临死前嘱咐,到开封府向包拯告状。范仲淹得知陈州刘得中、杨金吾胡作非为、贪赃枉法,奏明圣上派包拯前往,并赐势剑金牌,可以先斩后奏。包拯经过暗地私访,查清了刘得中、杨金吾的罪行,利用势剑金牌斩了杨金吾,又让小憋古用紫金锤杀了刘得中。刘衙内虽然请得皇上赦书,但是为时已晚,反而小憋古获得了赦免。剧本的第一折最为出色,非常生动形象地具体描绘了刘、杨二人在陈州借赈灾坑害灾民的罪恶,正直坚毅而有反抗精神的张憋古和他们的顽强斗争以及最后被他们打死的惨状。剧本中对那些凶残贪婪的权豪势要、地痞恶霸进行了尖锐的讽刺和鞭挞。例如刘、杨二人出场时,作者写他们自称:“俺是刘衙内的孩儿,叫做刘得中;这个是我妹夫杨金吾。俺两个全仗俺父亲的虎威,拿粗挟细,揣歪捏怪,帮闲钻懒,放刁撒泼,那一个不知我的名儿!见了人家的好玩器好古董,不论金银宝贝,但是值钱的,我和俺父亲的性儿一般,就白拿白要,白抢白夺。若不与我呵,就踢就打,就捋毛,一交别番倒,剁上几脚。拣着好东西揣着就跑,随他在那衙门内兴词告状。我若怕他,我就是癞虾蟆养的。”而刘衙内也自称:“花花太岁为第一,浪子丧门世无对。闻着名儿脑也疼,则我是有权有势刘衙内。小官刘衙内是也。我是那权豪势要之家,累代簪缨之子。打死人不要偿命,如同房檐上揭一个瓦。”剧本把张憋古写成一个对官府有非常清醒认识的人,他知道“这官吏知情,外合里应,将穷民并”,他们“故违了皇宣命,都是些吃仓廒的鼠耗,咂脓血的苍蝇”,“正是饿狼口里夺脆骨,乞儿碗底觅残羹”。他的反抗性特别强,决不屈服于这些贪官污吏的淫威,敢于当面责骂刘、杨二人:“你这两个害民的贼,于民有损,为国无益。”应该说,这都是直接针对元代的社会现实的。

六　王实甫和他的《西厢记》

元杂剧中最为突出的是王实甫的《西厢记》。王实甫，名德信，生卒年不详，大都人。他大约和关汉卿同时或略早一点。贾仲明《录鬼簿续编》为他写的吊词说："风月营，密匝匝列旌旗。莺花寨，明飚飚排剑戟。翠红乡，雄纠纠施谋智。作词章，风韵美。士林中，等辈伏低。新杂剧，旧传奇，《西厢记》天下夺魁。"他也是生活在杂剧作家和演艺人的圈子里的。王实甫共写过十四种杂剧，《东海郡于公高门》《韩彩云丝竹芙蓉亭》《曹子建七步成章》《孝父母明达卖子》《苏小卿月夜贩茶船》《才子佳人拜月亭》《赵光普进梅谏》《陆绩怀橘》《诗酒丽春园》《双蕖怨》《娇红记》等只有剧目。现存《崔莺莺待月西厢记》(简称《西厢记》)、《四大王歌舞丽春堂》《吕蒙正风雪破窑记》。《西厢记》是一部多本连演一个故事的杂剧，共五本二十折，前有楔子。张生和莺莺的故事本于唐代元稹的《会真记》，但是在王实甫之前，金代就有董解元的《西厢记诸宫调》(简称《董西厢》)，王实甫是在《董西厢》的基础上改编创作的。诸宫调，是指用多种宫调组成的套曲。在元稹的小说中，张生和莺莺最终并没有成为夫妻，张生是"始乱终弃"，在考中科举后把莺莺给遗弃了。小说的矛盾存在于张生和莺莺之间。到董解元的《西厢记诸宫调》则有了发展，不仅张生和莺莺最终结为夫妻，而且剧本的主要矛盾也转变为张生、莺莺为争取婚姻自主，而和老夫人发生了尖锐的冲突。这是一个具有突破性的大变化。而王实甫的《西厢记》在争取婚姻自由方面比《董西厢》更为突出，一方面是强调了老夫人的多次阻挠和反对，另一方面又加强了张生性格积极面的描写，他不像董西厢中的那么软弱，而是据理力争，更为坚强。在五本的情节安排上《西厢记》也把张生和莺莺的相思、红娘的牵线写得更为细致充实，因而把他们的心理状态刻画得非常深入。

剧本的第一本《张君瑞闹道场》就把故事的背景交代得很清楚：前朝相国的女儿崔莺莺和她母亲送其父灵柩回乡安葬，途中寄居河中府普救寺。书生张珙上京应考路经河中府，在参观普救寺时巧遇莺莺，一见钟情，遂也寄居普救寺。在莺莺为父做道场那天，他们得以见面，互相顾盼。第二本《崔莺莺夜听琴》写叛军孙飞虎因闻说莺莺貌美，遂率兵包围普救寺，要抢崔莺莺。老夫人无奈之中，提出有可以退得孙飞虎兵者，即把莺莺许配给他。张生遂写信请他同学杜确（时为大元帅，镇守蒲关）带兵来解了围。但是，老夫人又悔婚，叫莺莺拜张生为兄。在红娘的帮助下，张生夜间弹琴向莺莺诉说心情，莺莺也向他表白了爱情。第三本《张君瑞害相思》写张生相思得病，经过红娘的牵线，他们暗通书简，写诗互诉爱慕之情。莺莺遂约张生在花园幽会，然而，见面时莺莺由于传统思想影响变卦，把张生训斥一顿。张生之病遂更加沉重。莺莺得知后深受感动，就再次约会张生。第四本《草桥店梦莺莺》写张生和莺莺在西厢幽会，得遂平生之愿。由此往来一月有余，老夫人发觉莺莺神情恍惚，遂拷问红娘。红娘说出真情，并谴责老夫人背信弃义。老夫人无奈只好同意婚事，但要张生赴京应考，有功名后方得成婚，并安排筵席在十里长亭为张生送别。张生夜宿草桥店，梦中见莺莺前来相会。第五本《张君瑞庆团圆》写张生考中为官，命琴童送信给莺莺，谁知老夫人原来曾许配女儿给侄子郑恒，此时郑恒来到普救寺，假称张生已被卫尚书招为女婿，老夫人遂将莺莺又许配给郑恒。最后是张生授河中府尹衣锦荣归，杜确前来祝贺，终于真相大白，郑恒触树而死，张生和莺莺完婚。

《西厢记》是中国文学史上一部具有冲击封建礼教、争取婚姻自主的重大社会意义的作品，它热情地歌颂了张生和莺莺对真挚爱情的热烈追求，赞美了他们不屈不挠的反抗精神，而最终是以他们斗争的胜利、获得美满婚姻来结束的。作品的三个主要角色（莺莺、张生、红娘)的性格非常鲜明,莺莺既是封建礼教的大胆叛逆者,又是一个矜持胆怯的相国之女,她既主动爱慕张生,又要摆贵族小姐的架子,有很多传统思想束缚,所以犹豫不决、反反复复,虽然有争取婚姻自主的强烈愿望,但是又受传统思想影响,有很多顾虑,常常要作假,充满了矛盾的心理。其实,她第一次见到张生就已经产生了爱慕之情,在听红娘说到张生打听他的情况时,心里是很高兴的,所以她晚上花园里烧香祝告时,被红娘一下猜中,她说:“心中无限伤心事,尽在深深两拜中。”偷看的张生也马上猜出了她已经动情,知道她有顾盼之意。但是莺莺在嘴上则是一丝不露,实际上她对张生的思念并不比张生少。莺莺思想性格上的矛盾在花园约会中表现得非常突出。约会本来是她主动的,并通过红娘传递消息向张生提出的:

(红唱)禁不得你甜话儿热趱。好着我两下里做难人。我没来由分说。小姐回与你的书,你自看者。(末接科,开读科)呀,有这场喜事,撮土焚香,三拜礼毕 。早知小姐简至,理合远接,接待不及,勿令见罪! 小娘子,和你也欢喜。(红云)怎么?(末云)小姐骂我都是假,书中之意,着我今夜花园里来,和他哩也波哩也啰哩。(红云)你读书我听。(末云)“待月西厢下,迎风户半开,隔墙花影动,疑是玉人来。”(红云)怎见得他着你来?你解与我听咱。(末云)“待月西厢下”,着我月上来;“迎风户半开”,他开门待我;“隔墙花影动,疑是玉人来”,着我跳过墙来。(红笑云)他着你跳过墙来,你做下来。端的有此说么?(末云)俺是个猜诗谜的社家,风流隋何,浪子陆贾,我那里有差的勾当。(红云)你看姐姐,在我行也使这般道儿。

可是等到相见之际,莺莺又反悔了,摆出相国小姐的正经姿态,用传统道德规范把张生臭骂一通,说他是贼,还叫红娘把张生送到老夫人那里去,红娘明白莺莺其实是装样子,所以用巧妙的斥责把张生骂了一回,放他回去,但张生失望而归,病更重了。我们看张生跳墙进去后的一段描写：

(末做跳墙搂旦科)(旦云)是谁？(末云)是小生。(旦怒云)张生，你是何等之人！我在这里烧香，你无故至此；若夫人闻知，有何理说！(末云)呀，变了卦也！(红唱)

〔锦上花〕为甚媒人，心无惊怕；赤紧的夫妻每，意不争差。我这里蹑足潜踪，悄地听咱：一个羞惭，一个怒发。

〔幺篇〕张生无一言，呀，莺莺变了卦。一个悄悄冥冥，一个絮絮答答。却早禁住隋何，迸住陆贾，叉手躬身，妆聋做哑。

张生背地里嘴那里去了？向前搂住丢翻，告到官司，怕羞了你！(唱)

〔清江引〕没人处则会闲嗑牙，就里空奸诈。怎想湖山边，不记"西厢下"。香美娘处分破花木瓜。(旦云)红娘，有贼。(红云)是谁？(末云)是小生。(红云)张生，你来这里有甚么勾当？(旦云)扯到夫人那里去！(红云)到夫人那里，恐坏了他行止。我与姐姐处分他一场。张生，你过来跪着！你既读孔圣之书，必达周公之礼，夤夜来此何干？(唱)

〔雁儿落〕不是俺一家儿乔作衙，说几句衷肠话。我则道你文学海样深，谁知你色胆有天来大？(红云)你知罪么？(末云)小生不知罪。(红唱)

〔得胜令〕谁着你夤夜入人家，非奸做贼拿。你本是个折桂客，做了偷花汉；不想去跳龙门，学骗马。姐姐，且看红娘面饶过这生者！(旦云)若不看红娘面，扯你到夫人那里去，看你有何面目见江东父老？起来！(红唱)谢小姐贤达，看我面遂情罢。若到官司详察。你既是秀才，只合苦志于寒窗之下，谁教你夤夜辄入人家花园，做得个非奸即盗。先生呵，准备精皮肤吃顿打。(旦云)先生虽有活人之恩，恩则当报。既为兄妹，何生此心？万一夫人知之，先生何以自安？今后再勿如此，若更为之，与足下决无干休。(下)(末朝鬼门道云)你着我来，却怎么有偌多说话！(红扳过末云）羞也，羞也，却不风流隋何，浪子陆贾？（末云）得罪波社家，今日便早则死心塌地。

这就把莺莺性格的复杂矛盾表现得十分透彻。这种状况在全本戏曲的一系列事件中都体现得很清楚。不论是孙飞虎来抢亲，还是杜确的白马解围；不管是老夫人的赖婚，还是张生的生病；乃至要红娘传书、送药，一直到最后的幽会见面，处处都体现她的这种复杂心理状态。花园约会后张生相思病重，莺莺又急了，让红娘送信、送药，决定去西厢看望。可是到约定时间又犹豫了，幸亏红娘促进才使幽会得以圆满成功。第四本楔子写道：

（旦上云）昨夜红娘传简去与张生，约今夕和他相见，等红娘来做个商量。（红上云）姐姐着我传简帖儿与张生，约他今宵赴约。俺那小姐，我怕又有说谎，送了他性命，不是耍处。我见小姐，看他说甚么。（旦云）红娘，收拾卧房，我睡去。（红云）不争你要睡呵，那里发付那生？（旦云）甚么那生？（红云）姐姐，你又来也！送了人性命，不是耍处。你若又番悔，我出首与夫人，你着我将简帖儿约下他来。（旦云）这小贱人倒会放刁，羞人答答的，怎生去！（红云）有甚的羞，到那里只合着眼者。（红催莺云）去来去来，老夫人睡了也。（旦走科）（红云）俺姐姐语言虽是强，脚步儿早先行也。（唱）

〔仙吕〕〔端正好〕因姐姐玉精神，花模样，无倒断晓夜思量。着一片志诚心盖抹了漫天谎。出画阁，向书房；离楚岫，赴高唐；学窃玉，试偷香；巫娥女，楚襄王；楚襄王敢先在阳台上。

莺莺的思想性格及其矛盾在这里表现得极为鲜明。

张生是一个才子和狂生，对功名富贵看得很淡，敢于不顾一切地追求爱情，同时，他又是极有才华而富有正义感的青年，在孙飞虎兵围普救寺的时候，能够挺身而出，急人危难。请杜确白马解围，虽说是为了能娶莺莺，但也表现了他的勇敢仗义的精神。张生的形象和元稹《莺莺传》中的张生相比，有了根本的不同，比《董西厢》中的张生也要更加具有反抗性，当张生知道老妇人反悔，要他们兄妹相称，张生的回答和责问显示了他内心的不满，甚至欲以自尽来决绝：

> (末云)小生醉也，告退。夫人跟前，欲一言以尽意，未知可否？前者贼寇相迫，夫人所言，能退贼者，以莺莺妻之。小生挺身而出，作书与杜将军，庶几得免夫人之祸。今日命小生赴宴，将谓有喜庆之期；不知夫人何见，以兄妹之礼相待？小生非图哺啜而来，此事果若不谐，小生即当告退。(夫人云)先生纵有活我之恩，奈小姐先相国在日，曾许下老身侄儿郑恒。即日有书赴京唤去了，未见来。如若此子至，其事将如之何？莫若以金帛相酬，先生拣豪门贵宅之女，别为之求，先生台意若何？(末云)既然夫人不与，小生何慕金帛之色？却不道"书中有女颜如玉"？则今日便索告辞。(夫人云)你且住者，今日有酒也。红娘，扶将哥哥去书房中歇息，到明日咱别有话说。(红扶末科)(末念)有分只熬萧寺夜，无缘难遇洞房春。(红云)张生，少吃一盏却不好！(末云)我吃甚么来！(末跪红科)小生为小姐昼夜忘餐废寝，魂劳梦断，常忽忽如有所失。自寺中一见，隔墙酬和，迎风待月，受无限之苦楚。甫能得成就婚姻，夫人变了卦，使小生智竭思穷，此事几时是了！小娘子怎生可怜见小生，将此意伸与小姐，知小生之心。就小娘子前解下腰间之带，寻个自尽。(末念)可怜刺股悬梁志，险作离乡背井魂。

特别是他对莺莺一见钟情，而且确实是始终不渝，真挚热烈。科举对他来说已经没有意义和兴趣，他最后不得不去赶考，也是因为老夫人的逼迫。特别是《草桥店梦莺莺》一本的第四折，其对莺莺情意之深长，真令人感动又感伤，非常真实地写出了一个多情公子的深沉思念。张生被逼赴京赶考，心情极其凄凉怅茫："〔双调〕〔新水令〕望蒲东萧寺暮云遮,惨离情半林黄叶。马迟人意懒,风急雁行斜。离恨重叠,破题儿第一夜。想着昨日受用,谁知今日凄凉?”在草桥店昏蒙蒙睡下,梦见莺莺来找到他,要和他一起赴京赶考。当梦醒之时:

(卒子抢旦下)(末惊觉云)呀,原来却是梦里。且将门儿推开看。只见一天露气,满地霜华,晓星初上,残月犹明。无端燕鹊高枝上,一枕鸳鸯梦不成!

〔雁儿落〕绿依依墙高柳半遮,静悄悄门掩清秋夜。疏剌剌林梢落叶风,昏惨惨云际穿窗月。

〔得胜令〕惊觉我的是颤巍巍竹影走龙蛇,虚飘飘庄周梦蝴蝶,絮叨叨促织儿无休歇,韵悠悠砧声儿不断绝。痛煞煞伤别,急剪剪好梦儿应难舍;冷清清的咨嗟,娇滴滴玉人儿何处也!

(仆云)天明也。咱早行一程儿,前面打火去。(末云)店小二哥,还你房钱,鞴了马者。(唱)

〔鸳鸯煞〕柳丝长咫尺情牵惹,水声幽仿佛人呜咽。斜月残灯,半明不灭。唱道是旧恨连绵,新愁郁结;恨塞离愁,满肺腑,难淘泻。除纸笔代喉舌,千种相思对谁说。(并下)

〔络丝娘煞尾〕都则为一官半职,阻隔得千山万水。

张生的形象和元稹《会真记》相比,已经完全变了样,成为一个争取恋爱婚姻自由、蔑视功名富贵、反抗封建道德、具有一定程度叛逆精神的新青年。

红娘是剧本中一个写得非常出色的形象,她是张生和莺莺爱情故事中的穿针引线人物,在关键时刻都是她起了主导作用,特别是在“拷红”一出戏中她那一番合情合理而又智勇双全的辩说,使老夫人默然无语,只得同意莺莺和张生的婚事:

(红唱)

〔秃厮儿〕我则道神针法灸,谁承望燕侣莺俦。他两个经今月余则是一处宿,何须你一一问缘由?

〔圣药王〕他每不识忧,不识愁,一双心意两下投。夫人得好休,便好休,这其间何必苦追求?常言道"女大不中留"。

(夫人云)这端事都是你个贱人。(红云)非是张生小姐红娘之罪,乃夫人之过也。(夫人云)这贱人倒指下我来,怎么是我之过?(红云)信者,人之根本,"人而无信,不知其可也。大车无輗口,小车无(轨),其何以行之哉?"当日军围普救,夫人所许退军者,以女妻之。张生非慕小姐颜色,岂肯区区建退军之策?兵退身安,夫人悔却前言,岂得不为失信乎?既然不肯成就其事,只合酬之以金帛,令张生舍此而去。却不当留请张生于书院,使怨女旷夫,各相早晚窥视,所以夫人有此一端。目下老夫人若不息其事,一来辱没相国家谱;二来张生日后名重天下,施恩于人,忍令反受其辱哉?使至官司,夫人亦得治家不严之罪。官司若推其详,亦知老夫人背义而忘恩,岂得为贤哉?红娘不敢自专,乞望夫人台鉴:莫若恕其小过,成就大事,搁之以去其污,岂不为长便乎?(唱)

〔麻郎儿〕秀才是文章魁首,姐姐是仕女班头;一个通彻三教九流,一个晓尽描鸾刺绣。

〔幺篇〕世有、便休、罢手,大恩人怎做敌头?起白马将军故友,斩飞虎叛贼草寇。

〔络丝娘〕不争和张解元参辰卯酉,便是与崔相国出乖弄丑。到底干连着自己骨肉,夫人索穷究。

(夫人云)这小贱人也道得是。我不合养了这个不肖之女。待经官呵,玷辱家门。罢罢!俺家无犯法之男,再婚之女,与了这厮罢。红娘唤那贱人来!

红娘的勇敢、大胆、智慧和莺莺相比,形成很鲜明的对照:她们都是不满意封建礼教的女性,但是红娘非常坚决、非常彻底,而莺莺则犹豫、动摇,相当软弱。红娘知道莺莺和张生互相爱慕,而且郎才女貌,是非常合适的一对,所以她努力促成他们的结合,主动为他们传递书信诗词,给他们出很多主意;而莺莺呢,本是她自己的事,反而忸忸怩怩,顾虑重重,欲言不言,欲行不行,很被动,很不爽快。张生和莺莺西厢幽会,是剧情发展的关键,可以说完全是在红娘的安排和督促下完成的。莺莺虽然又一次约会张生,但是她并没有决心去真正实现。如果没有红娘,很可能又和花园约会一样,成为一场骗局。莺莺明知自己让红娘传简约张生在西厢见面,可是又不好意思去,叫红娘收拾卧房准备睡觉。红娘就告诉她如果再次骗张生,是会断送张生性命的;而且明白地对莺莺说:“你若又番悔,我出首与夫人,你着我将简帖儿约下他来。”这一招很厉害,莺莺害怕了,才最后决定去见张生。正是在这里我们可以清楚地看见红娘和莺莺性格的差异。

《西厢记》全剧的戏剧冲突安排得也非常巧妙,五本戏是一本扣一本,围绕着张生和莺莺的爱情,一个波折接一个波折,逐渐达到戏剧的高潮。先是互相有情,但是无缘接近;这时出现了孙飞虎兵围寺庙,而得张生请杜确解围,似乎婚姻得成;可是老夫人又变卦,让他们兄妹相称;他们在红娘帮助下,书信往来,诗词通情,感情愈加深厚;然而又有莺莺受传统教养的影响,作假反悔,于花园斥责张生;接着是张生病重,莺莺感动,而实现幽会;此时,又被老夫人觉察,拷红问出真情,虽许婚但要张生考得功名;在张生获得功名后,又出现郑恒的故意诬陷张生,使老夫人又悔婚;最后才真相大白,张生和莺莺方团圆成婚。全剧的唱词和语言也都非常自然优美,并且很多地方富有喜剧气氛,十分生动感人。

七　元代的南戏

南戏是宋元时期南曲戏文的简称,是指宋元时期南方的戏曲。南曲戏文是和北曲杂剧相对而说的,它们都是在北宋杂剧的基础上发展起来的,都具有中国古典戏曲的特征,但是由于南北语言的差异,它们在方言、语音和歌曲等方面各有不同的地方特色。所以,成为两个不同的戏曲派别。南戏的产生约在宋高宗南渡之后,当时在金人的侵袭下,宋高宗南逃到浙江温州,后因和金人达成绍兴和议,才定都临安,也就是现在的杭州。当时大批北方南下的贵族都聚居于温州,很多艺人也汇集在温州。也就是说,他们把北方的杂剧带到了南方。由于南方语言和风俗习惯的差异,这些流传到南方的戏剧,自然会按照当地人的习惯和语言加以改造,于是就有了南曲戏文的产生。明代祝允明《猥谈》说:"南戏出于宣和(1119—1125)之后,南渡之际,谓之'温州杂剧'。"并举《赵贞女蔡二郎》为例。明代的徐渭在《南词叙录》中则说:"南戏始于宋光宗朝(1190—1194),永嘉人所作《赵贞女》《王魁》二种实首之,故刘后村(刘克庄)有'死后是非谁管得,满村听唱《蔡中郎》'之句。"两说相差七十余年,大概南戏本身有一个缓慢的发展过程。南戏称一场为一出,曲词的组织一般有引子、过曲和尾声。每曲不限用一个宫调,可以换韵。南戏各种角色都可以唱,也可以对唱、合唱。南戏以管乐伴奏为主,曲调比较柔和婉转。南戏的真正繁荣是在元朝后期,现存宋元南戏的剧目有二百三十八种,但是大部分没有保存下来,南戏发展的转折关键是元末高明《琵琶记》的出现。高明(1305?—1359?),字则诚,号菜根道人,温州瑞安人,元至正五年

(1345)进士,做过处州录事、江浙行省丞相掾、江南行台掾、福建行省都事、庆元路推官等。除《琵琶记》外,他还有《闵子骞单衣记》(已佚),诗文集《柔克斋集》(已佚),现有诗、文、词五十多篇。《琵琶记》是根据民间流传的南戏《赵贞女》改编而成的,说的是蔡邕(字伯喈,曾为左中郎将)和赵五娘的故事。陆游在《小舟游近村舍舟步归》诗中说:"斜阳古柳赵家庄,负鼓盲翁正作场。死后是非谁管得,满村听唱蔡中郎。"可见,蔡伯喈故事在南宋已成为流行的讲唱文学题材,蔡邕原是东汉末年的著名文人,然而在民间传说中只是借用历史人物之名。民间的蔡伯喈背信弃义,最后被暴雷震死,是个不忠不孝的反面人物。赵五娘则是正面人物,她十分孝顺公婆,勤俭持家;在公婆去世后,她用罗裙包土安葬公婆,背着琵琶上京寻夫,可蔡伯喈却不相认。《琵琶记》对这个剧情进行了重大改动,把蔡伯喈写成一个忠孝双全的正面人物,把他入京应考说成是他本来不愿意去,是因父亲之命不得不从;把他重婚牛府写成是迫不得已,是牛丞相强迫他入赘相府,他不得不从;蔡伯喈要求辞官,又被皇帝驳回,他不得不从皇命。这就是所谓的"三不从"。在赵五娘卖唱入京,到他家做佣人后,是他说服牛氏夫人,容纳赵五娘,一家团圆。同时《琵琶记》中还大大加强了对赵五娘的描写,把她写成一个自觉遵循封建伦理道德的严格按照封建礼教去行事的完美典型。这就是"有贞有烈赵贞女,全忠全孝蔡伯喈"。蔡中郎不再是一个"背亲弃妇"的负情者,而是一个在无法违背皇帝和牛丞相意愿,陷入矛盾和苦闷之中的状元才子。这样做既挽回了历史上著名的蔡邕在民间所背负的恶名,又突出地宣传了封建伦理道德,强调了"不关风化体,纵好也徒然"的思想。《琵琶记》结构整齐严密、情节交错穿插、语言生动清新,有很高的艺术水平,被认为是南戏之楷模。元末明初,南戏有四大名作:柯丹邱的《荆钗记》、无名氏的《白兔记》(即《刘知远白兔记》)、施惠的《拜月亭》、徐畛的《杀狗记》,被称为"荆刘拜杀"。四戏中以《拜月亭》最为著名,成就最高,它的全名是《王瑞兰闺怨拜月亭》,是根据关汉卿的同名杂剧改编的。它写的是在蒙古人攻占金朝首都中都、金室迁往汴梁的过程中,中都书生蒋世隆和金朝忠臣陀满海牙的儿子兴福结为兄弟。在逃亡中,蒋世隆和他妹妹瑞莲失散,而兵部尚书王镇的夫人和她女儿瑞兰也失散了。由于瑞莲和瑞兰的名字字音相近,在呼唤中王夫人和瑞莲相遇,而蒋世隆则和瑞兰相遇。瑞莲被王夫人收为义女,而蒋世隆和瑞兰因互相帮助而结为夫妻。后来王镇从边城探视军情回来,在旅店遇到瑞兰,他不赞成她和蒋世隆的婚姻,不管蒋世隆生病在床,把王瑞兰带回家。蒙、金议和,王尚书一家在汴梁团圆,晚上王瑞兰幽闺拜月,其心事被蒋瑞莲识破。后来,蒋世隆和兴福分别考中文武状元,王瑞兰和蒋世隆、蒋瑞莲和兴福结为夫妻,全戏以大团团圆结局。《拜月亭》的语言生动而有本色美,自然流畅,一直为人所称道。《荆钗记》写书生王十朋以荆钗为聘,娶钱玉莲为妻。他考中状元后拒绝了万俟丞相的逼婚,而玉莲则不屈从富豪孙汝权和继母的逼迫,投江自杀遇救,他们经历了无数波折,最后夫妻团圆。《白兔记》写后汉高祖刘知远故事,刘知远发迹前入赘李家庄,后被逼从军,而入赘岳帅府。其妻李三娘在家为兄嫂所不容,不得不在磨房生下一子,婴儿被送至刘知远处抚养。十五年后儿子因猎兔而见母,始得团圆。《杀狗记》也是根据元杂剧同名剧本改编,写孙华、孙荣兄弟因为柳龙卿、胡子传的挑拨而失和。孙华妻设计杀狗假扮死尸,柳、胡听说死人都避祸远去,亲弟不计旧恨,帮助移尸,最后归于和好。南戏发展到明清,被称为传奇。明清戏曲主要是从南戏演变而来。

八　元代的散曲

散曲是指清唱的曲词,也是一种新兴的诗体作品。曲和词在本质上是一样的,而且都属于隋唐以来的燕乐系统,但是曲乐受民间乐曲和民族乐曲影响更大,在内容和风格上有较大变化,和词有明显不同。散曲分小令和套数两种。小令是独立的单支曲子,句式长短不齐,有一定的格式。但和词不同,没有双调或三叠、四叠的调。曲可以加衬字,故有特殊腔调,语言也更为生动活泼。套数又称散套,是用同宫调的两支以上曲子写成,和杂剧中的套曲相似。在格律形式方面,散曲与词有若干重要的不同:一是韵脚较为细密,常常是句句押韵,不能转韵;二是韵部的区分是根据北方的实际口语划分的;三是押韵平仄可以相通。此外,曲的对仗的变化较多,句式变化较大,还有最突出的一点是可以添加衬字,字数从一字到十数字不等。比如关汉卿〔南吕·一枝花〕〔不伏老〕套数中的一句"我是个蒸不烂煮不熟捶不匾炒不爆响珰珰一粒铜豌豆",只有"我是一粒铜豌豆"七字为曲谱所规定的,其余都是衬字。散曲的语言运用俗语和口语比较多,如"哎哟""嗟呀"等。同时,散曲的句法比较完整,不大省略虚词语助之类,不太讲究精练含蓄。散曲还常常通过一个情节写人物的思想情绪,有点戏剧性的效果。例如比较有名的马致远的小令〔越调·天净沙·秋思〕:"枯藤老树昏鸦,小桥流水人家,古道西风瘦马。夕阳西下,断肠人在天涯。"一幅生动逼真的荒野夕阳、羁愁旅思的孤独悲凉图画,清晰地展示在我们面前,意境十分深远。

元代比较重要的散曲作家有王和卿、关汉卿、白朴、马致远、睢景臣等。

王和卿，大名人。他与关汉卿是很好的朋友，为人滑稽风趣。他比较有名的是〔仙吕·醉中天·咏大蝴蝶〕一首：

弹破庄周梦，两翅驾东风。三百座名园一采一个空。谁道风流种？唬杀寻芳的蜜蜂。轻轻的飞动，把卖花人扇过桥东。

此曲是借蝴蝶写一个放荡不羁的风流才子，构思夸张，想象奇特，语言诙谐，风趣盎然。

关汉卿的〔双调·沉醉东风〕：

咫尺的天南地北，霎时间月缺花飞，手执着饯行杯，眼阁着别离泪。刚道得声"保重将息"，痛煞煞教人舍不得。好去者，望前程万里。

这是写男女离愁别绪，蕴藉含蓄，细腻真切，堪和柳永的名篇《雨霖铃》相比美，但更为率直、自然。

又如杂剧作家乔吉（约1280—1345），字梦符，号笙鹤翁，又号惺惺道人。他一生穷愁潦倒，其〔正宫·绿幺遍·自述〕写他一生的为人处世状况道：

不占龙头选，不入名贤传。时时酒圣，处处诗禅，烟霞状元，江湖醉仙。笑谈便是编修院。留连，批风抹月四十年。

睢景臣，字景贤，扬州人，撰有杂剧《屈原投江》等三种。他的套数〔般涉调·哨遍·高祖还乡〕是很有名的作品，共有八个曲子组成，揭了刘邦的老底，十分风趣。如"你身须姓刘，你妻须姓吕。把你两家儿根脚从头数：你本身做亭长，耽几盏酒；你丈人教村学，读几卷书。曾在俺庄东住，也曾于与我喂牛切草，拽坝扶锄"，语言通俗，生动有趣。

中西文论要点比较

按：本篇是我在中国文学理论批评史课上给学生补充讲授的内容，对几个主要文学理论问题上中西的不同作简要比较，介绍西方部分比较多，而对中国部分只是点到为止，没有展开，因为具体内容已在课程主体部分讲过了。

一　文学的本质和文学的真实性

1. 大概地说，对文学本质的看法，中国传统是在说明文学是文学家主体意识的体现，即是作者思想感情的表现，所以说“言志”，说“缘情”，都是从这个角度出发的。《尚书》所说“诗言志”和纬书中说的“诗者，持也”，刘勰解释说“持人性情”，《毛诗大序》说诗歌“发乎情”。其实，“言志”中有“缘情”，“缘情”中有“言志”。中国古代强调文学是感情的表现，最为突出的在魏晋南北朝当推陆机和钟嵘，在隋唐五代则是皎然和司空图，宋元时期是理学昌盛时期，但是也有苏轼、严羽、元好问等，尤其是严羽的主情主张对后代影响深远。而到了明清时期则达到高峰，最出名的是袁宏道、袁枚的“性灵”说，汤显祖的“情真”说，王夫之的“心之元声”说，把中国古代文学的情志论发挥到了极致。《文心雕龙》认为文本于道，提出原道的思想，但是这个道在人文就是心，“心生而言立，言立而文明，自然之道也”。广义的文本于道，道是内在的本质，文是外在的形式。这个道确是客观的，体现在万物之中。但是，人和天地万物一样，也是道的体现，而人是有灵性的，人的心也是道的体现。所以具体的人文既是道的体现，而道又是通过人心来表现的。所以文道论是强调客观的道和主观的心的结合，是主体和客体统一的体现，实际上还是认为心为文之本，所以“文果载心，余心有寄”。中国也有强调文学是现实的真实反映的理论,例如班固在《汉书·艺文志·诗赋略论》里说:“自孝武立乐府而采歌谣,于是有代、赵之讴,秦、楚之风,皆感于哀乐,缘事而发,亦可以观风俗、知薄厚云。”司马迁的“实录”精神及其在文学上的运用,还有王充强调一切都要绝对的真实,也是体现了重视真实反映现实生活。唐代白居易写《秦中吟》和《新乐府》也很明显地强调“直书”和“实录”,他在《秦中吟序》中说:“贞元、元和之际,予在长安,闻见之间,有足悲者,因直歌其事,命为《秦中吟》。”小说理论批评和戏剧理论批评也很重视对现实的真实再现。曹雪芹在《红楼梦》第一回批判了才子佳人小说之后说:“竟不如我半世亲睹亲闻的这几个女子,虽不敢说强似前代书中所有之人,但事迹原委,亦可以消愁破闷,也有几首歪诗熟话,可以喷饭供酒。至若离合悲欢,兴衰际遇,则又追踪蹑迹,不敢稍加穿凿,徒为供人之目而反失其真传者。”“虽其中大旨谈情,亦不过实录其事。”但是在中国,主张反映现实都和表现主体意识不可分割地联系在一起。因为中国古代在强调文学是人的感情的表现时,认识到情是受物的感触而产生的,情志在文学作品中也是寄寓于物的描写之中的,所以和表现主体意识不可分割地联系在一起。

2. 西方对文学本质的看法,则从古希腊、古罗马时代起,就强调模仿,认为文学是模仿现实世界的产物。也就是说它重在再现现实生活的面貌。古希腊的模仿说最早起源于公元前六世纪的哲学家毕达哥拉斯(Pythagoras)的自然哲学思想,他认为美在于和谐,然后赫拉克利特(Heraclitus,约前540—约前480)提出艺术的和谐是出于“模仿自然”,“绘画在画面上混合着白色和黑色、黄色和红色的部分,从而造成与原物相似的形象”。其后,德谟克利特(Democritus,约前460—约前370)进一步强调了模仿自然的思想,他说:“在许多重要事情上,我们是模仿禽兽,做禽兽的小学生。从蜘蛛我们学会了织布和缝纫;从燕子我们学会了造房子,从天鹅和黄莺等会唱歌的鸟学会了唱歌。”他们认为模仿的对象是真实的现实事物,文艺也是真实的。后来苏格拉底(Socrates)的学生柏拉图(Plato,前427—前347)所讲的模仿就和他们不同了。柏拉图认为世界的本源是“理式”,现实世界是对“理式”的模仿,而文艺则是对现实世界的模仿,他所说的“理式”则是神造的,并不是现实存在的。他说的三张床,第一张是神造的“理式”的床,而第二张工匠造的床,是对“理式”的床的模仿,第三张文艺作品里的床,则是对现实的床的模仿,所以是“模仿的模仿”,“影子的影子”。他说:“床不是有三种吗?第一种是在自然中本有的,我想无妨说是神创造的,因为没有旁人能制造它。”“‘床之所以为床’那个理念,也就是床的真实体。”而工匠所制造的床只是对“理式”的床的临摹,“它不是实体,只是近似真实体的东西”,是“理式”的不完全摹本。画家所画的床,不过是“幻想的床”。因此,“理式”世界是第一性的,现实世界是第二性的,而文艺则是第三性的。

柏拉图的学生亚里士多德(Aristotle,前384—前322)所讲的模仿则和柏拉图不同,但是他们对文学本源是模仿现实的说法是相同的。亚里士多德批评了柏拉图的“理式”世界,认为所谓“理式”其实是不存在的、子虚乌有的东西。他说:“当然不设想,在看得见的房屋之外还存在着一般的房屋。”“说实体和那些以之为实体的东西会彼此独立,似乎也是不可能的。”“‘理念’既然是事物的实体,如何能够独立存在呢?”他认为文艺所模仿的现实世界是真实的,并非是“理式的影子”。一般性的概念只能存在于具体事物之中,而不能抽象地独立存在。他认为柏拉图的理式论割裂了一般和个别、抽象和具体相统一的关系,也歪曲了人们从具体到抽象的认识过程。他明确指出广义的诗起源于模仿,他说:“史诗和悲剧、喜剧和酒神颂以及大部分双管箫乐(按:酒神颂采用双管箫乐)和竖琴乐(按:日神颂采用竖琴乐)——这一切实际上是模仿,只有三点差别,即模仿所用的媒介不同,所取的对象不同,所采用的方式不同。”诗、画、乐等属于媒介不同,悲剧、喜剧属于对象不同,史诗、戏剧、抒情诗属于方式不同。他又说:“一般说来,诗的起源仿佛有两个原因(按:指模仿的本能、音调感与节奏感),都是出于人的天性。人从孩提的时候起就有模仿的本能(按:人和禽兽的分别之一,就在于人最善于模仿,他们最初的知识就是从模仿得来的),人对于模仿的作品,总是感到快感。……模仿出于我们的天性,而音调感和节奏感(至于'韵文'则显然是节奏的段落)也是出于我们的天性,起初那些天生最富于这种资质的人使它一步步发展,后来就由临时口占而作出了诗歌。"特别值得注意的是,亚里士多德以前的模仿说,只回答了艺术模仿什么的问题,而没有回答艺术怎样模仿的问题。而亚里士多德则专门说明了艺术怎样模仿自然的问题。他认为艺术家是通过创造艺术形式去模仿自然的。例如维纳斯的雕像,是经过雕塑艺术家的创造,而把一块木头或石头赋予维纳斯的形式才形成的。

所以,他认为艺术对自然的模仿,并不是对自然进行原封不动的抄袭,而是进行能动的创造的结果。在艺术中,本质是通过个别的偶然的现象体现出来的。他说:"诗人的职责不在于描述已发生的事,而在于描述可能发生的事,即按照可然律或必然律可能发生的事。"

西方经过中世纪的神学迷信阶段,到十五世纪,意大利文艺复兴时期杰出的艺术家达·芬奇(Leonardo da Vinci,1452—1519)在他的论画笔记中专门强调艺术应该像一面镜子一样真实地反映自然。他说:"画家的心应当像一面镜子,将自己转化为对象的颜色并如实摄进摆在面前所有物体的形象。应该晓得,假设你不是一个能够用艺术再现自然一切形态的多才多艺的能手,也就不是一位高明的画家。"但是他还指出画家不应该只是抄袭自然,要求是一个"运用理性的画家",要使他笔下的自然成为经过画家思索创造的"第二自然"。他说:"画家如果拿旁人的作品做自己的标准或典范,他画出来的画就没有什么价值;如果努力从自然事物学习,他就会得到很好的结果。用这种办法,他的心就会像一面镜子真实地反映面前的一切,就会变成好像是第二自然。"这就是说,艺术不仅是模仿自然,而且由于艺术家的创造,它还可以高于自然,比自然更加真实。十七世纪法国新古典主义的代表人物布瓦洛(Nicolas Boileau-Despréaux,1636—1711)在《诗的艺术》中把模仿自然看成是文艺的基本任务,因为他们崇尚理性,“要爱理性,让你的一切文章,永远只从理性获得价值和光芒”。他们坚信“艺术模仿自然”,而且把自然看作与真理同一的,由理性统辖着的,特别着重于自然的普遍性和规律性。“只有真才美,只有真才可爱。”“自然就是真,一接触就能感到。”诗人“永远也不能和自然寸步相离”。新古典主义的模仿,不只是模仿自然,也模仿作品,也就是说,他把古典作家如荷马和古希腊悲剧家、喜剧家的作品看作典范,而加以模仿,也就是模仿自然的经典作品。十八世纪启蒙运动时期法国的狄德罗(Denis Diderot,1713—1784)也十分重视艺术要模仿自然之真,而且强调要对自然做选择,而不是简单地照相。

十九世纪德国著名的哲学家和美学家黑格尔(Georg Wilhelm Friedrich Hegel,1770—1831)把“绝对精神”看作宇宙万物的本源,在他的《美学》中说:“美就是理念的感性显现。”但是艺术和文学中的理念不是抽象的“绝对精神”,而是具体的感性的。第一,他认为美的内容是理念,但是这个理念不是柏拉图那种超感性现实的抽象“理式”,而和具体的、感性的真实相统一的。第二,美的形式是感性的显现。第三,它是理念和感性显现的统一。黑格尔的“理念”虽然和柏拉图的“理式”不同,不是纯粹抽象的,而是和具体的感性对立统一的存在,但是从他的思想体系来看,“理念”也就是“绝对精神”,才是最高的真实。因此,在他的思想体系里有三种存在的不同形式:理念在逻辑的抽象的阶段那种存在是“潜在”的,“乌有”的,属于“抽象的有”;在自然的阶段那种存在是和感性显现结合的,是“自在”或“实有”的;而当它体现在人类精神的那种存在,则是“自在又自为的”,这才是“绝对的”,“无限的”,“自由的”,“独立自足的”。在他看来,艺术不是模仿现实事物,而是模仿“绝对精神”,也就是“理念”的,使“理念”得到感性的显现,可是这种“理念”实际上不能抽象地存在,一定是和具体的感性事物相结合的。它又可以说是超越了模仿,成为“理念”的感性显现。但是它没有脱离模仿的基本思想。它并不是主观意识的表现,仍然是客观的再现,不过是和主观融合在一起的再现。

3. 西方的模仿现实的再现说,虽然有悠久的历史,但是在浪漫主义文学兴起后,表现主体意识的思潮也很明显。最早在朗吉弩斯(Longinus)的《论崇高》中就已经有浪漫主义的表现,他强调艺术的美最主要在表现崇高和庄严的思想,以及强烈而激动的感情。也就是要表现主体意识的崇高和伟大,才是最美的文学作品。从对艺术本质的理解来说,这就不是模仿、再现,而是表现自我了。它也可以说是后来浪漫主义的先声。类似的思想,我们从文艺复兴后的浪漫主义的代表人物华兹华斯(William Wordsworth,1770—1850)和雪莱(Percy Bysshe Shelley,1792—1822)的文论中就看得更清楚了。雪莱在《诗之辩护》中说:"诗是最快乐最善良的心灵中最快乐最善良的瞬间之记录。"当人们在最充分地表达自己强烈的热忱和感情时,"人的自我就现出它的原来面目,是宇宙中的一个原子而已!"

4. 因为对文学本质的看法,西方和中国有着明显的差别,所以对待文学真实性的看法,也很不相同。西方从模仿自然的角度出发,显然把能不能真实地再现现实生活,作为考察文学真实性的标准,也就是说文学的真实就在于能否严格地充分地再现客观。而中国重在表现主观,要强调所表现的主观思想感情必须是作者内心的真实思想感情。如《礼记·乐记》所说的"唯乐不可以为伪"。刘勰在《文心雕龙·情采》篇中严厉地批评了"志深轩冕,而泛咏皋壤,心缠几务,而虚述人外"的不良倾向,提出:"况乎文章,述志为本!言与志反,文岂足征?"韩愈在《答李翊书》中认为只要仁义道德修养水平高,文章就一定能写好。元好问在《论诗绝句》中才会尖锐地批评西晋潘岳及其《闲居赋》:"心画心声总失真,文章宁复见为人?高情千古《闲居赋》,争信安仁拜路尘?"

二　论文学艺术创作中的灵感

1. 柏拉图对文学艺术的灵感，作过非常明确的解释，认为文学艺术家的创作不是凭技巧，而是靠灵感。但是，这灵感乃是神灵附身的结果，或者是靠"灵魂的回忆"。诗人"都是受到灵感的神的代言人"。"诗人制作都是凭神力而不是凭技艺。""神对于诗人们像对占卜家和预言家一样，夺去他们的平常理智，用他们作代言人，正因为要使听众知道，诗人并非借自己的力量在无知无觉中说出那些珍贵的辞句，而是由神凭附着来向人说话。"诗人的"心理都受一种迷狂支配"，造成迷狂有三种情况：一种是"神灵的禀赋"，一种是遭受灾祸的人在赎罪除灾仪式时产生的迷狂，一种是神灵凭附到人们温柔贞洁的人的心灵上。因为人的灵魂是不死的，可以让人回忆起曾经经历过的"理式世界"，人的灵魂在降临尘世之前，早已有了关于真本身、善本身、美本身等"绝对本质"的认识，当灵魂降世依附人的肉体后，就把这些先验的知识忘记了，所以灵魂可以凭借尘世事物来回忆上界事物，回忆依附肉体以前的先验知识，而造成灵感进行创作。但是不是所有的灵魂都是能回忆的，"凡是对上界事物只暂时约略窥见的那些灵魂不易做到这一点，凡是下地之后不幸习染尘世罪恶而忘掉上界伟大景象的那些灵魂也不易做到这一点。剩下的只有少数人还能保持回忆的本领"。这少数人就是他认为的"爱智慧者、爱美者、诗神和爱神的顶礼者"——哲学家。柏拉图的这种灵感论在西方的古代和中世纪一直有影响，直到文艺复兴才开始发生变化。但是到十九世纪浪漫主义文艺发展起来时，它的非理性因素又受到特别的重视，诚如朱光潜先生在

《西方美学史》中所说:“这种反理性的文艺思想到了资本主义末期就与消极的浪漫主义和颓废主义结合在一起。康德的美不带概念的形式主义的学说对这种发展起了推波助澜的作用。此后德国狂飙突进时代的天才说,尼采的‘酒神精神’说,柏格森的直觉说和艺术的催眠状态说,弗洛伊德的艺术起源于下意识说,克罗齐的直觉说以及萨特的存在主义,虽然出发点不同,推理的方式也不同,但是在反理性一点上,都和柏拉图是一鼻孔出气的。”

2. 中国古代的灵感论发展比较晚,但是它没有这种神秘主义色彩,而是比较实在地阐述了灵感现象,人们开始是不理解的,所以陆机在《文赋》中说:“若夫应感之会,通塞之纪,来不可遏,去不可止,藏若景灭,行犹响起。……虽兹物之在我,非余力之所戮。故时抚空怀而自惋,吾未识夫开塞之所由。”后来刘勰在《文心雕龙》中就认为它并不是不可以掌握的,而是可以通过养气保神来促使它到来的。唐宋以后更加突出强调灵感在创作中的决定作用,如唐代张怀瓘在《书断》中说:“及乎意与灵通,笔与冥运。神将化合,变出无方。”王士源的《孟浩然集序》说孟浩然的诗歌创作“每有制作,伫兴而就”。他们逐渐认识到灵感需要在丰富生活实践过程中逐渐积累,并且往往是在受到类似的某种偶然景象的触发下涌现出来的。比如宋代郭若虚《图画见闻志》上就记载了这样一个故事:“(唐)开元中,将军裴旻居丧,诣吴道子,请于东都天宫寺画神鬼数壁,以资冥助。道子答曰:‘吾画笔久废,若将军有意,为吾缠结,舞剑一曲,庶因猛厉,以通幽冥!’旻于是脱去缞服,若常时装束,走马如飞,左旋右转,掷剑入云,高数十丈,若电光下射。旻引手执鞘承之,剑透室而入。观者数千人,无不惊栗。道子于是援毫图壁,飒然风起,为天下之壮观。道子平生绘事,得意无出于此。”吴道子在创作之初感到自己缺少灵感,一时激不起创作冲动,因而请裴旻舞剑,以猛厉之气来促发自己的创作灵感。裴旻的剑舞得如此神奇、雄壮,使吴道子的感情受到了强烈震撼,同时在如何画神鬼“以资冥助”上受到了启发,于是创作出了他平生最得意的杰作,成为“天下之壮观”。我国古代一些有成就的大作家大多有自己深切的体会,他们深深地感到丰富的、充实的现实生活乃是他们艺术创作灵感爆发的根源。杜甫晚年在夔州回忆自己在"安史之乱"时期的诗歌创作状况时说:"忆在潼关诗兴多。"(《峡中览物》)那时杜甫生活在兵荒马乱之中,颠沛在京洛道上,看到和听到无数使人愤激和令人悲哀的生活现象,这一切强烈地震撼着诗人的心灵,大大加深了他忧国忧民的浓厚感情,使他一泻千里地创作了"三吏""三别"、《塞芦子》《留花门》等许多名作。南宋著名的爱国诗人陆游,四十八岁时,随四川宣抚使王炎从军南郑(汉中),在军旅生活中曾有过雪中刺虎等壮举,并曾戍守边防要塞大散关。正是这种丰富的生活实践,使他的诗歌创作获得了不竭的源泉。陆游所说"诗家三昧"的忽现,即是指不可遏止的诗兴的感发,说明创作灵感乃是亲身经历的生活实际所激发出来的。其《示子遹》云:"诗为六艺一,岂用资狡狯。汝果欲学诗,工夫在诗外。"什么是陆游所说的"诗外工夫"? 主要是说诗歌创作要有很强的现实性,要关心国计民生、民族存亡,也就是要从现实生活中汲取诗情,获得创作的冲动和不可遏制的激荡,这才是真正的诗家"三昧"。应该说中国古代对灵感的认识比西方的论述要更为科学和实际。

三　关于对悲剧的认识和悲剧理论（附喜剧和喜剧理论）

1. 古希腊悲剧的发展

西方的戏剧发展比较早，悲剧和喜剧都有悠久的历史，要明白希腊古代的悲剧理论，一定要对古希腊的悲剧有一点基本的了解。

古希腊悲剧也有浓厚的歌舞剧特色，它也和祭祀神、崇拜酒神有密切关系。在酒神节时要欢庆演出，有歌队和演员，不过开始只有一个演员，埃斯库罗斯把它增加到两个，后来索福克勒斯逐渐将它发展到三个。后来祭祀的影响逐渐减小，歌队的作用也愈来愈小，戏剧冲突和戏剧动作大大加强，演员的表演成为主要因素。而喜剧的发展要比悲剧晚。

古希腊最著名的三大悲剧家是：埃斯库罗斯（Aeschylos，约前525—前456），索福克勒斯（Sophoclēs，约前496—前406），欧里庇得斯（Euripidēs，约前485—前406）。下面，我们大略介绍他们各人最成功的一部代表作：《阿伽门农》《安提戈涅》《美狄亚》。（介绍作品内容，略。）希腊悲剧比较强调悲剧产生的原因是命运所决定。

2. 亚里士多德《诗学》的悲剧理论

亚里士多德在他的著作中对盛行一时的希腊悲剧作了全面的理论分析，这可以从下面几方面来看：

（1）悲剧的定义

他在《诗学》第六章里对悲剧下了一个完整的定义：“悲剧是对

一个严肃、完整、有一定长度的行动的模仿；它的媒介是语言，具有各种悦耳之音，分别在剧的各部分使用；模仿方式是借人物的动作来表达，而不是采用叙述法；借引起怜悯与恐惧来使这种情感得到陶冶。”这里对悲剧的性质和特征等作了明确的论述。

（2）悲剧的特性是“对行动的模仿”

他对悲剧的论述最为重要的是提出“悲剧是对行动的模仿”，他认为悲剧有六个要素，而“情节”，即戏剧行动，是放在首位的，其次是“性格”“言词”“思想”“形象”“歌曲”。

所谓行动是“一个严肃、完整、有一定长度的行动”，要求悲剧气氛的严肃；行动有开端、发展、结局，有必然的内在联系；情节要有一定的长度和厚度；一个行动是指剧情的进程和结局是单一的，有整一性。

亚里士多德在《诗学》中曾指明悲剧“所模仿的就只限于一个完整的行动”，同时指出一出戏的演出时间应“以太阳的一周为限”。后来文艺复兴和十七世纪的古典主义文艺家，又发展为“三一律”，要求戏剧创作在时间、地点和情节三者之间保持一致性。即要求一出戏所叙述的故事发生在一天（一昼夜）之内，地点在一个场景，情节服从于一个主题。法国古典主义戏剧理论家布瓦洛把它解释为“要用一地、一天内完成的一个故事从开头直到末尾维持着舞台充实”。

（3）悲剧的主角和成因

他不强调命运，而是强调人物的过失造成悲剧。这种过失表现在三个方面：一是无知，二是无节制，三是判断错误。他要从英雄人物的主观方面去找产生悲剧的原因。这比命运说要更合乎实际。

（4）悲剧的功用

他认为悲剧的功用在陶冶人的感情，或者净化人的精神。把悲剧引起的怜悯和恐惧感情加以调整，使观众能获得道德教益和精神快感。

3. 黑格尔的悲剧理论

黑格尔的悲剧理论是对亚里士多德悲剧理论的重要发展，他把事物的对立统一的矛盾看作悲剧的基础。他认为“矛盾则是一切运动和生命的根源”,他在《美学》里说:“谁如果要求一切事物都不带有对立面的统一那种矛盾,谁就是要求一切有生命的东西都不应存在。因为生命的力量,尤其是心灵的威力,就在于它本身设立矛盾,忍受矛盾,克服矛盾。在各部分的观念性的统一和在实在界的互相外在的部分之间建立矛盾而又解决矛盾,这就形成了继续不断的生命过程,而生命就只是过程。”他认为悲剧是两种对立的理想或普遍力量的冲突和调解。他认为这两种理想都是正确的,但是又都有片面性。成全某一方面就必须牺牲对立的另一方面。悲剧的解决就是使代表片面理想的人物遭受痛苦或毁灭,但是他所代表的理想却不因此而毁灭。他举出苏格拉底的死和索福克勒斯的悲剧《安提戈涅》来作说明。黑格尔把悲剧看成两种对立的理想的冲突,不再归结于命运或神的安排,这是很有价值的。但是,他把悲剧冲突的两方面都看成是正确的,则是有片面性的,是错误的。

4. 中国古代的悲剧和悲剧观念

中国古代的戏剧发展和西方比较,是很晚的,一直到宋元之际,才繁荣起来。中国古代的戏剧理论批评起初偏重在音律唱腔方面,而且中国古代的悲剧往往有一个大团圆的结局或尾巴,不像严格的西方悲剧。但是,实际上中国古代的悲剧是很多的,也有像西方悲剧一样没有大团圆结局的真正悲剧,如白朴的《梧桐雨》、马致远的《汉宫秋》、洪昇的《长生殿》、孔尚任的《桃花扇》等。中国古代没有很明确的悲剧理论,也就是说没有专门研究悲剧的理论,但是从这些悲剧作品中,我们也可以清楚地看到作者的悲剧观念,也就是作者对造成这种悲剧原因的看法,从白居易的《长恨歌》,到白朴的《梧桐雨》,到洪昇的《长生殿》,都对唐明皇(玄宗)李隆基表现了既同情又谴责的态度,认为这种悲剧的形成,是和他沉湎爱情、不理朝政、任人唯亲、重用小人分不开的,也就是说是他的过失造成了自己的悲剧,也是国家的悲剧。而从《汉宫秋》来看,作者认为造成汉元帝和王昭君的悲剧,虽然也有汉元帝的问题,而更多则是卖国求荣的奸臣毛延寿的罪行,是朝廷文武大臣无能的结果。也就是说,是社会现实中邪恶势力起了主要作用。这就和其他很多悲剧一样,如《窦娥冤》《桃花扇》等都是一种社会悲剧。特别是很多有个大团圆结局尾巴的悲剧,其实都是社会悲剧。强调宿命论思想的命运悲剧是很少的,这也许和中国古代戏剧发展比较晚有关系。

5. 喜剧和喜剧理论

古希腊的喜剧起源于祭祀酒神时的狂欢歌舞,以及民间的滑稽戏。古希腊喜剧多半是政治讽刺剧和社会讽刺剧,产生在言论比较民主自由的时代。被称为“喜剧之父”的阿里斯托芬(Aristophanēs,约前446—前385),写过四十四部喜剧,大多是讽刺雅典的当权人物的,他的名作如《阿卡奈人》《鸟》等都是通过滑稽的描写和对丑恶事物的揭露,生动风趣地讽刺、嘲笑了那些当权者和社会上的不良风气。亚里士多德说:“喜剧倾向于表现比今天的人差的人,悲剧倾向于表现比今天的人好的人。”又说:“喜剧模仿低劣的人,这些人不是无恶不作的歹徒——滑稽只是丑陋的一种表现。滑稽的事物,或包含谬误,或其貌不扬,但不会给人造成痛苦和带来伤害。现成的例子是喜剧演员的面具,它虽然既丑又怪,却不会让人看了感到痛苦。”《诗学》中有关喜剧的论述原载第二卷,但是现在已经散佚了。

中国古代也有不少喜剧,如关汉卿的《救风尘》、康进之的《李逵负荆》等,而且即使在悲剧和正剧中也有很多滑稽的插科打诨,带有不少喜剧因素。不过,中国的喜剧里边很多滑稽的插科打诨的作用,是为了使观众发笑,以免瞌睡,有精神继续观看下去。同时,中国的喜剧不只是讽刺、嘲笑邪恶势力,也有对善良的人们之赞扬和歌颂。

四　关于艺术典型的创造

1. 文学创作的核心问题是艺术形象的塑造，怎样塑造艺术形象？西方的基本思想是要创造艺术典型，其基本内容是强调艺术典型是一般和个别的统一，也就是普遍性和特殊性的统一。这在最早的亚里士多德的《诗学》中已经作了非常明确的论述。他在批评柏拉图的抽象"理式"时就已经指出，一般只能存在于个别之中，而不可能存在于具体事物之外。艺术的模仿就是通过个别去表现一般，从现实世界的个别事物，去揭示现实生活的本质和规律。他在《诗学》第九章中说：

> 诗人的职责不在于描述已发生的事，而在于描述可能发生的事，即按照可然律和必然律可能发生的事。历史家与诗人的差别不在于一用散文，一用韵文……两者的差别在于一叙述已发生的事，一描述可能发生的事。因此，写诗这种活动比写历史更富于哲学意味，更被严肃地对待，因为诗所描述的事带有普遍性，历史则叙述个别的事。所谓有"有普遍性的事"，指某一个人，按照可然律或必然律，会说的话，会行的事，诗要首先追求这目的，然后才给人物起名字；至于"个别的事"，则是指亚尔西巴德（雅典政治家和军事家）所做的事或所遭遇的事。

所谓合乎可然律或必然律，就是指能体现现实生活的内在规律，合乎现实生活的本质特征的事物。他强调诗人所描述的事比历史家所叙述的事要更有普遍性，也就是说，诗人是通过概括典型化，而使其所描述的事能比实际的具体现实生活更高,更能深刻地展示现实生活的本质方面。所以艺术典型的意义,就在于它既是个别的,又具有广泛的代表性。这就为西方塑造艺术形象的典型创造理论奠定了基础。

罗马时代以贺拉斯(Quintus Horatius Flaccus,前65—前8)为代表的古典主义,强调要学习古希腊文艺,并以此为榜样。他在《诗艺》中继承了模仿说,提出要以古希腊文艺为典范加以借鉴,但同时要有创新;他又提出了“合式”的原则,他认为古希腊文艺的最高原则是“合式”,即是从内容到形式应当和谐统一,合情合理。贺拉斯对人物性格塑造的要求,也就是对艺术典型的看法是比较强调它的定型性和类型性,人物性格要切合他的身份、职业、民族以及年龄,人物性格要从头到尾一致,如“写剧本如果再用‘远近驰名’的阿喀琉斯,你就得把他写成一个暴躁、残忍的凶猛的人物,不承认一切法律,法律仿佛不是为他而设的,他要凭武力解决一切”,因为荷马的《伊利亚特》就是这样写的。后来法国的新古典主义受贺拉斯的影响很深,布瓦洛在《诗的艺术》里也把类型性作为艺术形象塑造的基本原则,他在坚定地主张模仿自然的同时,着重自然的普遍性和规律性,所以在人物性格塑造上提出“写阿伽门农应把他写成骄横自私,写伊尼阿斯要显出他敬畏神祇,写每个人都要抱着他的本性不移”。这和他作为新古典主义的代表、“三一律”的集大成者,是分不开的。他所说的戏剧“要用一地、一天内完成的一个故事从开头直到末尾维持着舞台充实”,成为对“三一律”的经典性阐述。虽然古典主义对艺术典型的理解是概念化的,但是它对西方典型论中的强调普遍性和概括性,还是起了一定作用的。

新古典主义的类型说后来受到很多人的批评,并发展和扩大了亚里士多德一般和个别结合的典型论。十八世纪法国的狄德罗在他的《关于演员的是非谈》一文中发挥了亚里士多德的思想,他指出艺术作品所创造的形象,不是现实中的“这一个”或“那一个”,而应该是一个“典型人物”。他认为人物形象的塑造要重视对他的所处环境的正确描绘,环境要适合人物的特性。他说譬如你画一个缝鞋的工匠,不可以放在凡尔赛宫中。人物还应该符合时代的特征,同时要准确地表现他的内在本质。他在强调艺术典型的普遍性时,也注意到它的个别性。他在《论画》里指出:从艺术形象的创造来看,它一方面具有"最一般和最显著的特征",另一方面又"不是任何一个人的准确画像",不是生活中某个人,而是一个有普遍代表性的人,"什么都是",又"什么都不是"。从个别性方面来说,每个人的性格都不相同,"树上的叶子没有两张是同样绿的;也没有两个人在动作和体态上是完全一样的"。

十八世纪德国著名的剧作家和文艺理论家莱辛(G. E. Lessing, 1729—1781),在他的《拉奥孔》和《汉堡剧评》中对艺术典型的分析,比狄德罗进了一步,他在充分肯定艺术典型的普遍概括性的同时,非常重视艺术典型的个别性,要求把两者很好地统一起来。他在《拉奥孔》里明确指出,诗人所描写的人物除了"具有一般的性格之外,还显得是一个实在的发出行动的人物",譬如写爱神维纳斯,"在爱这个性格以外,她还有自己的个性"。比如她在向那些凌辱和不敬她的人报仇时,她除了女爱神特有的"娴雅和美丽"外,还"披头散发,怒气冲天,身上披着黑袍,手里提着火炬,像狂风暴雨似的驾着乌云冲下来",然而,"人们在复仇女神的形象中仍然认得出女爱神"。莱辛在《汉堡剧评》中对狄德罗提出的悲剧表现的是人物的个性,而喜剧表现的是人物的普遍性的看法提出批评,认为这是不正确的。因为悲剧人物的个性中也有普遍性,而喜剧人物的普遍性中也有个性。"悲剧的性格必须像喜剧的性格一样,是具有普遍性的。狄德罗所主张的那种区别是错误的。"他认为性格的创造是戏剧艺术也是文学创作的关键。"对一个作家来说,性格远比事件更为神圣。""一切与性格无关的东西,作家都可以置之不顾。对于作家来说,只有性格是神圣的。加强性格,鲜明地表现性格,是作家在表现人物特征的过程中最当着力用笔之处。"他认为文艺作品表现性格应当展示性格的"内在真实性",性格应当有本身的一致性,不能自相矛盾,同时性格创造要有明确的审美教育目的。他特别强调人物性格和特定环境的关系,认为环境对人物性格的创造有十分重要的意义。他说:“我们不应该在剧院里学习这个人或那个人做了些什么,而是应该学习具有某种性格的人,在某种特定的环境中做了些什么。”如果脱离了特定的环境去表现人物的性格,那么往往会是不真实的。性格必定是在一定的环境下形成的。这些对艺术典型的创造,具有深刻的启示。

康德(Immanuel Kant,1724—1804)是德国著名的哲学家和美学家,他在《判断力批判》里提出的“审美意象”其实也就是指艺术典型。他对这种审美意象的论述有三个重要方面:一是他认为审美意象是由想象力所形成的,具有创造性的想象力把从自然界所吸取的材料加以改造,使之获得新的生命,成为第二自然。所以它是形象思维的产物,而不是抽象思维的结果。二是他认为审美意象是理性观念的感性形象,从它的感性特点来说是具体的、个别的,而就其所蕴含的理性观念来说,则是带有普遍性的,因此也就有高度的概括性。三是由于它有高度的概括性,所以审美意象的作用是能以有尽之言(即个别的具体的形象)去表达出无穷之意(即理性观念及其所可能引起的无数有关思致)。

艺术典型既然是一般和个别的统一,那么在创造艺术典型时,究竟是为一般而寻找特殊呢,还是在表现个别中体现一般?这是不同的创作思路,对于这个十分重要的问题,德国十八世纪到十九世纪的著名文学家歌德有非常深刻的论述。歌德(Johann Wolfgang von Goethe,1749—1832)是著名的作家,他在戏剧、诗歌、小说等方面都有杰出的成就,他著名的《少年维特之烦恼》《浮士德》等在中国也有广泛的影响,有郭沫若等的翻译。他在文艺美学方面也是一个影响深远的专家,《歌德谈话录》有朱光潜的翻译本。歌德对艺术典型的创造有很独到的看法,他在《关于艺术的格言和感想》中曾说:“诗人究竟是为一般而找特殊,还是在特殊中显出一般,这中间有一个很大的分别。由第一程序产生出的寓意诗,其中特殊只作为一个例证或典范才有价值。但是第二种程序才特别适宜于诗的本质,它表现出一种特殊,并不想到或明指到一般。谁若是生动地把握这特殊,谁就会同时获得一般而当时却意识不到,或只是事后才意识到。”他特别提出了“意蕴”的概念,他说:“古人的最高原则是意蕴,而成功的艺术处理的最高成就就是美。”艺术的特点就是在具体个别中显示出“意蕴”。他说:“艺术家一旦把握住一个自然对象,那个对象就不再属于自然了;而且还可以说,艺术家在把握住对象那一顷刻中就是在创造出那个对象,因为他从那对象中取得了具有意蕴,显出特征,引人入胜的东西,使那对象具有更高的价值。”这种“意蕴”或“特征”,是这一事物区别于另一事物的质的规定性。它既是普遍的、一般的,又是个别的、特殊的。后来黑格尔在他的《美学》中对此给予了很高评价,他说:“按照这种理解,美的要素可分为两种:一种是内在的,即内容,另一种是外在的,即内容所借以现出意蕴这个特性的东西。内在的显现于外在的;就借这外在的,人才可以认识到内在的,因为外在的从它本身指引到内在的。”为一般找特殊是从概念或理性出发,把它转变为具体的实体,早期的类型说其实就是这样的,它不是文艺创作的正确思路。文艺创作正是要生动地表现具体的个别,而在它中间自然就具有一般,就具有普遍性。虽然在作家创作时也许没有充分理解到这种一般的或普遍的因素,但是具体的个别必然蕴含这样的内容。所以艺术真正的生命是在对个别特殊事物的掌握和描绘。《歌德谈话录》中说:“我知道这个课题确实是难,但是艺术的真正生命正在于对个别特殊事物的掌握和描述。此外,作家如果满足于一般,任何人都可以照样模仿;但是如果写出个别特殊,旁人就无法模仿,因为没有亲身体验过。你也不用担心个别特殊引不起同情共鸣。每种人物性格,不管多么个别特殊,每一件描绘出来的东西,从顽石到人,都有些普遍性;因此各种现象都经常复现,世间没有任何东西只出现一次。”那么,这个显示出一般的个别,又有什么样的特点呢?歌德认为它应当是一个显示出特征的、优美的、生气灌注的整体。他在《歌德谈话录》中说:“必须由现实生活提供作诗的动机,这就是要表现的要点,也就是诗的真正核心;但是据此来熔铸成一个优美的、生气灌注的整体,这却是诗人的事了。”“诗人要做的工作就只是构成一个活的整体。”典型人物的创造是从现实生活中具体的人出发,经过选择和概括,抓住其主要特征,呈现出一个活的整体。好像他的《少年维特之烦恼》中的女主角夏绿蒂就是在一个主要的原型上,把其他众多的美女之容貌和特征融合在一起的结果。艺术典型是一个有多方面性格特征融合在一起的生动的活的人物。

十八世纪、十九世纪之交黑格尔在创造艺术典型的理论上,进一步发展了歌德等人的观点。朱光潜很正确地指出,黑格尔所说的"美是理念的感性显现"其实也就是他对艺术典型下的定义,也就是他所说的"理想性格"。黑格尔认为艺术发展到成熟时,就必须用人的形象来表现。"因为只有在人的形象里,精神才获得符合它的感性的自然界中的实际存在。"他对艺术典型的论述,比较突出地表现在以下两方面:

第一,他认为理想的艺术典型性格应该有三大特征:一是性格的丰富性,是很多方面的性格特征的充满生气的和谐统一。他说:"每个人都是一个整体,本身就是一个世界,每个人都是一个完满的有生气的人,而不是某种孤立的性格特征的寓言式的抽象品。"二是性格的明确性,在丰富的同时要有主要的特点,"应该有一个主要的方面作为统治的方面"。"每一个人有每一个人的特征,本身是一个整体,一个具有个性的整体。""要显出更大的明确性,就须有某种特殊的情致,作为基本的突出的性格特征,来引起某种确定的目的、决定和动作。"三是性格的坚定性,性格"必须是一个得到定性的形象,而在这种具有定性的状况里必须具有一种一贯忠实于自己的情致所显现的力量和坚定性"。"对于性格的理想表现,坚定性和决断性是一种重要的定性。"艺术典型既具有普遍性的品格,但是又是特定的"这个"。他在《逻辑学》中说:"'这个'是用来确定区别和确定被认为是肯定的某物。"

第二,典型性格和环境有不可分割的密切关系,任何特点的典型都是在特定的环境下产生的。他在《美学》中说:"生活情况、行动和命运的总和固然是个人的形成因素,但是他的真正的性格,他的思想和能力的真正核心却无待于它们而能借一个情境和动作显现出来,在这个世界情境和动作的演变中,他就揭露出他究竟是什么样的人,而在这以前,人们只是根据他的名字和外表去认识他。”

在黑格尔以后,在艺术典型创造上值得提出的是俄国十九世纪的别林斯基(V. G. Belinskiy,1811—1848)。他提出了著名的论断,认为艺术典型是“熟识的陌生人”,或者说是“每一个典型对于读者都是似曾相识的不相识者”。他说:“什么叫作作品中的典型?——个人,同时又是许多人,一个人物,同时又是许多人物,也就是说,把一个人描写成这样,使他在自身中包括着表达同一概念的许多人,整类人。”

西方的典型论从总体上说,更多是重视典型的共性,虽然他们也强调它应该是个别的,但是对共性论述的显然要多得多。

2. 中国古代对人物形象塑造的论述和西方有明显的不同,主要是侧重在典型的个别性方面,更多的是注意如何把典型的个别性描写得很充分,所以重心是探讨形神问题。中国古代重在形神的统一,主张以传神为主,而形神并重。用张九龄的话说则是:“意得神传,笔精形似。”(《宋使君写真图赞并序》)形神论的核心是要创造个性极其鲜明的特殊个别。神是指对象内在的精神本质,形是指对象的外在形态特点,两者的统一才能构成完整的形象。无论是神还是形,都是指的典型的个性特征。形神观念有很早的历史渊源,老庄道家思想中对待宇宙事物的态度是重神不重形。《养生主》中庄子还举了火与薪的关系为例,来论述形灭神存的道理,他说:“指穷于为薪,火传也,不知其尽也。”王先谦注道:“形虽往而神常存。”佛教思想中特别强调形灭而神不灭,并以薪火之喻为例。人死而灵魂不灭是佛教的基本思想。绘画中提出的“以形写神”原则,同样贯穿于诗文、戏曲、小说中。特别在《水浒传》《儒林外史》《红楼梦》中的人物塑造上运用得非常普遍。中国古代的形神问题,讲的是创作对象的个别性问题,是如何描绘具有独特特征的对象。但并不是不重视人物的普遍性和概括性。因为每一个个性鲜明的典型,其实都有其普遍性和概括性,尤其在戏曲小说中只要是优秀的艺术典型,其所体现的共性都是十分清晰的。而中国古代传统的浪漫主义创作,也都对形象的普遍概括性给予了极大的提升,例如《三国演义》的曹操是奸雄的典型,刘备是仁君的典型,诸葛亮是智慧的典型，关羽是忠义双全的勇将典型，等等。但是从理论上说，西方讲究个性和共性的统一，而中国只讲如何使个性鲜明，两者有明显的差别。与形神论相关的是虚实论，虚实论是以老庄的有无论为基础的，形有神无、形实神虚，所以典型创造中特别重视"虚"的作用。《淮南子》在美学思想上继承和发挥了老庄关于"无"和"有"的论述，但是，它不否定"有"，而是着重阐明应当由"无"来主宰"有"。它认为音乐上的"无声"是"有声"之君，"无声"主宰着"有声"。对艺术领域来说，"无形"是"有形"之君，"无形"是主宰"有形"的。《齐俗训》云："故萧条者，形之君；而寂寞者，音之主也。"《泰族训》云："使有声者，乃无声者也。"《原道训》云："夫无形者，物之大祖也；无音者，声之大宗也。"从绘画说要做到"画在有笔墨处，画之妙在无笔墨处"（戴熙《习苦斋画絮》），从而产生"虚实相生，无画处皆成妙境"（笪重光《画筌》）的生动景象。我国古代的诗歌创作讲究要有"象外之象，景外之景"，要通过具体的艺术描写，引起人的丰富联想，从而在象外构成一个虚的境界，也就是刘禹锡所说的要使"境生于象外"。我国古代戏剧中这种虚实结合的艺术表现方法运用得更为突出。我国古代的戏剧，舞台上没有什么布景，室内室外、下雨下雪、骑马乘船、山水风景，全都靠演员的手势和动作来虚拟，然而它却非常逼真，甚至比有实景布置得更具有真实感。比如梁祝故事之十八相送，处处景色全是虚设，却能使人如入画中。形神虚实成为中国古代创造艺术典型的基本原则，所以和西方论典型创造是很不相同的。

五　关于艺术创作的思维特征

1. 对想象和虚构的重视。西方从文艺复兴开始，就在文艺和美学领域注意到想象和虚构的作用。这本来是从模仿说发展来的，因为强调模仿不是简单地照相或复制，而是依据可然律和必然律，来描绘可能发生的事，这就很自然地要涉及想象和虚构。所以实际上在古希腊古罗马时代已经提出了，亚里士多德的模仿说就包含了这样的意思。罗马的斐罗斯屈拉特（Flavius Philostratus，约170—245）的《阿波罗琉斯的传记》中就说道："创造出上述那些作品（按：指希腊古代的神像雕刻）的是想象。想象比起模仿是一种更聪明伶巧的艺术家。模仿只能塑造出见过的事物，想象却也能塑造出未见过的事物，它会联系到现实去构思成它的理想。"

2. 文艺复兴时期英国经验主义的学者，如培根（Francis Bacon，1561—1626）、霍布斯（Thomas Hobbes，1588—1679）、洛克（John Locke，1632—1704）、休谟（David Hume，1711—1776）等在反对欧洲大陆上的理性主义时，充分肯定了感性认识的重要性。培根在《学术的促进》里把历史、诗、哲学作了区别，他说："历史涉及记忆，诗涉及想象，哲学涉及理智。"而西方对想象和形象思维几乎是同等看待的。培根认为：创造性的想象"既不受物质规律的拘束，可以把自然已分开的东西合在一起，也可以把自然已结合的东西分开"。

3. 十七世纪到十八世纪时意大利著名的哲学家和美学家维柯（G. B. Vico，1668—1744）在其代表作《新科学》里，对形象思维作出了重要的分析。维柯认为原始人在思维特点上，就是属于形象思维的想象力的旺盛和抽象能力的缺乏。形象思维是原始民族认识事物的基本方式。因为他们的本能的想象力不掺杂理智的因素,所以和诗有不可分割的联系。他说:“在世界的儿童期,人们按照本性就都是崇高的诗人。”他把诗归之于想象,而一切由想象力创造的产品都具有诗的性质。同时他把想象和理智、形象思维和抽象思维看成对立的两个方面。“推理力愈弱,想象力也就愈强。”“诗的语句是由对情欲和情绪的感觉来形成的,这和由思索和推理所造成的哲学的语句大不相同。哲学的语句愈上升到一般,就愈接近真理;而诗的语句则愈掌握个别,就愈确实。”“诗人可以看作人类的感官,哲学家可以看作人类的理智。”“按照诗的本质,一个人不可能同时既是崇高的诗人,又是崇高的哲学家,因为哲学把心从感官那里拖开来,而诗的功能则把整个的心沉浸在感官里;哲学飞腾到普遍性相(一般),而诗却必须深深地沉没到个别事物里去。”他认为最初的各族的人民作为世界的儿童,“先创立了艺术的世界,然后哲学家们过了很久才出现,他们可以看作民族的老年人,才建立了科学的世界,使人类达到完成的阶段”。他把形象思维和抽象的理性思维绝对对立起来,这是不科学的。而他断定到了“人的时代”(哲学时代)诗就要让位给哲学,也是不正确的。但是他突出地把诗和想象联系在一起,而和以理智为中心的哲学区别开来,无疑对认识文学的思维特点是有非常重要意义的。维柯还对以想象为中心的形象思维方式进行了研究,指出它有两个特点:一是“以己度物”,一是“隐喻”。他说:“由于人心的不明确性(按:人的认识局限于感性,而不能进行抽象思考,对事物没有明确的概念),每逢它落到无知里人就把他自己变成衡量一切事物的尺度。”人只能凭自己的切身经验去“以己度物”。“当人们对产生事物原因是无知的,不能根据类似事物来解释它们时,他们就把自己的本性转移到事物身上去,例如普通人说:‘磁石爱铁。’”这就是“诗的逻辑”,原始语言中最有光彩的“隐喻格”就是由诗的逻辑派生出来的,其特点是:“赋予感觉和情欲于无感觉的事物”,或是“把有生命的事物的生命移交给物体,使它们具有人的功能”。“每一个用这样的方式形成的隐喻格都是一个具体而微的深化故事。”这种“隐喻”和我国古代的“兴”一样,刘勰在《文心雕龙·比兴》篇中就说“比”是“明喻”,“兴”是暗喻,所以“比显而兴隐”。

4. 十九世纪前期俄国的著名文学批评家别林斯基也是形象思维的重要提倡者。他说:“真理(按:是黑格尔说的‘理念’)是哲学的内容,也是诗的内容;但就内容来说,诗作品和哲学论文是一样的。”(《评杰尔查文的作品》)所以,“诗也是哲学,也是思维,因为它也以绝对真理为内容”,但是哲学是用概念和逻辑来思维,而“诗人则用形象来思维,他不是论证真理而是显示真理”(《评智慧的痛苦》)。因此,“诗和思维(按:指哲学的思维)毕竟不是一回事,它们在形式上是严格区分开来的”。两者的思维特点不同,心理功能也不同。“哲学或广义的思维是通过理智起作用而且对理智起作用”,一般“无须借助于情感和想象”,然而,诗却以“想象为主要的动力”,“任何情感和任何想象都必须用形象表达出来,才能成为诗的情感和思想”。

5. 十九世纪后期和二十世纪前期意大利的哲学家和美学家克罗齐(Benedetto Croce,1866—1952)从直觉主义出发对艺术的形象思维特征强调得非常突出。他认为艺术就是直觉,因为直觉就是感情的表现。克罗齐不承认物质的存在,认为它只是心灵的感情表现的形式。比如红花的意象,它本来是人们对外界红花的认识或感受,但是克罗齐认为这红花的意象就是红花的存在,它是由直觉创造出来表现人的感情的形式。因为艺术是直觉结果,所以它不是概念的、逻辑的活动,它是排斥理性的。因此艺术和哲学、科学是完全不同的。艺术只是感性的、形象思维的活动,而不是概念的、理性的活动。所以他反对黑格尔把艺术看成“理念的感性显现”的观点。

克罗齐的直觉即艺术的观点和排斥理性的形象思维思想,很像中国古代司空图、严羽一派的文艺美学思想,像严羽所说的“不涉理路,不落言筌”,诗歌如“空中之音,相中之色,水中之月,镜中之象”。但是,司空图、严羽等并不是否定“理”的,是不否定理性作用的,只是说它要寄寓于生动的形象之中。中国古代对艺术创作中的直觉思维的作用很早就有论述,如钟嵘的“直寻”说、“直致之奇”说,一直到王夫之的“现量”说,但是并没有把它和理性思维完全地对立起来。应该说,这是很可贵的。

6. 中国古代对艺术思维特征的认识是很早的。西汉的司马相如就体会到辞赋创作时作家特殊的思维形成,《西京杂记》记载他说:“赋家之心,苞括宇宙,总览人物,斯乃得之于内,不可得而传。”这里他看到辞赋家的思维有独特特点,在思维过程中可以包括宇宙万物,蕴含众多人物,说明这种思维是和具体形象事物相联系的,而不是纯粹的抽象逻辑思维。而且这是辞赋家所独有的,是他们的天赋才华,是无法传授给别人的。然后西晋陆机在《文赋》中提出艺术思维的想象活动可以超越时空,“精骛八极,心游万仞”。南朝刘勰在《文心雕龙》中对之作了全面深入发展,在《神思》篇中集中探讨了艺术思维特点问题,提出了著名的“神与物游”命题,强调艺术思维活动中作家的思维和具体物象是紧密联系在一起密不可分的。这说的就是西方后来说的形象思维问题,但是比西方的论述早了一千多年。

六　关于文学的创作方法

1. 西方有关文学的创作方法，随着各种不同的流派出现，是非常之多的。不过最基本创作方法，主要是浪漫主义和现实主义。这是与浪漫主义和现实主义文学创作流派的实际发展分不开的，而浪漫主义和现实主义又各有各自鲜明的特征。

2. 浪漫主义作为文艺流派，于十八世纪起源于德国。在法国大革命的前后，德国耶拿学派的施莱格尔兄弟，哥哥奥·威·施莱格尔（August Wilhelm von Schlegel，1767—1845）的《戏剧艺术和文学讲演录》被公认为"德国浪漫主义致欧洲书"。其弟弟弗·施莱格尔（Friedrich von Schlegel，1772—1829）在《断片》中说："唯有它（按：指浪漫主义）是无限的和自由的，它承认诗人的凭兴之所至是自己的基本规律，诗人不应当受任何规律的束缚。""我本身就是整个自然的唯一法则。"浪漫主义把文学看作心灵的诗学，是表现理想和想象，抒发感情的作品。英国的浪漫主义代表诗人华兹华斯，是湖畔派诗人的代表。他在《抒情歌谣集序》中说："一切好诗都是强烈情感的自然流露"，诗"起源于在平静中回忆起来的情感"。诗对事件和情节的描写，也是为了充分表现诗人的内心世界。他说："这些诗的主要目的，是在选择日常生活里的事件和情节，自始至终竭力采用人们真正使用的语言来加以叙述或描写，同时在这些事件和情节上加上一种想象的光彩，使日常的东西在不平常的状态下呈现在心灵的面前；最重要的是从这些事件和情节中真实地而非虚浮地探索我们的天性的根本规律——主要是关于我们在心灵振奋的时候如何把各个观念联系起来的方式,这样就使这些事件和情节显得富有趣味。"不过,华兹华斯的浪漫主义带有消极成分,从对产业革命的不满,发展到寻求对田园牧歌式的宗法制经济的回归,不是向前,而是向后看。到了拜伦(George Gordon Byron,1788—1824)和雪莱,就和他不同,具有激进的革命的倾向。雪莱在他的《诗之辩护》中说:"诗是最快乐最善良的心灵中最快乐最善良的瞬间之记录。"浪漫主义发展到法国,它的代表人物是十九世纪前期的雨果。他是著名的小说《悲惨世界》的作者,他同时又是著名的诗人和戏剧家。他在他的剧本《克伦威尔》的序中系统地阐述了对浪漫主义的看法。他认为"诗总是建筑在社会之上",他认为浪漫主义文学艺术的特点是对理想的热烈追求。艺术"不是对现实的描绘,而是对理想真理的探索"。"理想是艺术的动力。""诗人除了自己的目的以外别无其他限制,他只考虑有待实现的思想。"浪漫主义崇尚天才独创,反对规范和模仿。他称浪漫主义是"文学上的自由主义"。浪漫主义作为文学思潮和流派具有三个特点:一是强调主观性。个人和社会的对立,使浪漫主义文学家侧重在幻想中生活,着力于表现主观的幻想和情绪。二是浪漫主义在发展过程中有一个"回到中世纪"的口号,这一方面表现了它在接受传统方面,特别重视中世纪的民间文学,因为这些民间文学想象力丰富,感情深沉,表达自由,不受古典主义清规戒律的束缚,这正是浪漫主义所追求的东西。但是也有因为对产业革命的不满而企图回到中世纪宗法制经济的消极因素。三是"回到自然"的口号。崇拜大自然,是因为他们对资本主义城市腐朽文化的厌恶。

现实主义作为文学流派的出现是在十九世纪前期。法国司汤达(Stendhal,1783—1842)的《红与黑》(1830)、英国狄更斯(Charles John Huffam Dickens,1812—1870)的《匹克威克外传》(1836—1837)、俄国果戈理(Nikolai Vasilievich Gogol,1809—1852)的《钦差大臣》(1836)之出现,奠定了现实主义文学的基础。司汤达的《拉辛与莎士比亚》被称为"现实主义文学的宣言"。他是维护浪漫主义和批判古典主义的,但是他所说的浪漫主义实际上就是现实主义,他把现实主义等同于浪漫主义来反对古典主义。因为浪漫主义和现实主义并不是对立的。他在《红与黑》中曾经指出:“一部优秀的作品,犹如一面照路的镜子,从中既可看见天空的蓝色,也可以看见路上的泥塘,然而读者不应错怪镜中的泥塘,而责备护路的人,未能把水排去,以致道途泥泞难行。”他把文学看作照见现实的一面镜子。现实主义文学理论可以著名的法国作家巴尔扎克(Honoré de Balzac,1799—1850)的论述为代表。他在《〈人间喜剧〉前言》中详细地论述了现实主义的基本特点。巴尔扎克的《人间喜剧》规模宏大,包括九十多部小说,他自己把它分为三大研究(风俗研究、哲理研究、分析研究),六个生活场景(私人生活场景、外省生活场景、巴黎生活场景、政治生活场景、军旅生活场景、乡村生活场景),表现了法国社会生活的各个方面。他自己把《人间喜剧》比作一座大教堂。他在前言中说:“法国社会将写它的历史,我只能当它的书记。编制恶习和德行的清册,搜集情欲的主要事实,刻画性格,选择社会的主要事件,结合几个本质相同的人的特点糅成典型人物,这样我也许能写出许多历史家没有想起写的那种历史、风俗史。”他对现实主义的理解有几个基本的要点:

一是要真实地反映现实生活。他说:“同实在的现实毫无联系的作品以及这类作品的全属虚构的情节,多半成了世界上的死物。至于根据事实、根据观察、根据亲眼看到的生活中的图画,根据从生活中得出来的结论写的书,都享有永恒的光荣。”文学“获得全世界闻名的不朽的成功的秘密在于真实”(《〈古物陈列室〉〈钢巴拉〉初版序言》)。不过,这不是现实生活中具体的真实,而是本质的真实。“文学的使命就是描写社会”,“从来小说家就是自己同时代人们的秘书”,一个“活在民族之中的大诗人,就应该总括这些民族的思想”,“就应该成为他们的时代的化身”。“作者的每一本小说,只不过是那部描写社会的长篇中的一个章节罢了。”但是,“并不是现实生活中发生的一切都得描写成文学中的真实”,“应该是不要放过任何本质的东西”。既要把握本质,又要做到细节的真实。“小说在细节上如果不是真实的话,它就毫无足取了。”

二是要刻画性格,塑造典型。因为“文学是写人的,通过人把本质和细节组成一个有机的整体”。“艺术作品就是用最小的面积惊人地集中了最大量的思想”,“典型指的是人物,在这个人物身上包括着所有那些在某种程度跟他相似的人们的最鲜明的性格特征,典型是类的样本”。塑造典型的方法是:“取这个模特儿的手,取另一个模特儿的脚,取这个的胸,取那个的肩。艺术家的使命就是把生命灌注到他所塑造的这个人体里去,把描绘变成真实。”他也非常重视环境描写对典型塑造的作用。

三是文学作品要有思想深度,要忠诚于自己所确定的原则。他说:“只作为一个人是不够的,必须要作为一个思想体系。”作家最重要的是,“应该进一步研究产生这些社会现象的多种原因,或一种原因,寻出隐藏在无数人物、情欲和事件总汇底下的意义”。“作家的法则,作家所以成为作家,作家能够与政治家分庭抗礼(我不怕这样说),或者比政治家还要杰出的法则,就是他对于人类事务的某种抉择,就是他对于一些原则的绝对忠诚。”

四是现实主义作品应当重视作品的社会效益,作家对社会要有责任感。他说:“真正的艺术家是为选民工作”,“教育他的时代,是每一个作家应该向自己提出的任务”。

十九世纪后半期法国的佐拉(Émile Zola, 1840—1902),把现实主义发展到自然主义。他在很多小说的序言和一些重要论文中阐述了自然主义的文学理论。按照左拉的观点,自然主义的特点是艺术家应当是“单纯的事实记录者”,“不要夸张,也不是强调,只要事实”。他认为“作者不是一位道德家”。自然主义的原则就是“接受事物所有的永恒本性”,来加以描写,“而不企图再度创造世界”。他认为小说家的创作必须采用医学上的实验方法,小说作品“只是小说在观众眼前所作的一份实验报告而已”。“小说家最高的品格就是真实感”,“想象不再是小说家的最高品格”。

3. 浪漫主义和现实主义作为两种最基本的创作方法,它们的起源不管在西方还是在中国,都是很早的。浪漫主义侧重于描写理想,表现主观的感情和想象;现实主义则侧重于真实地反映现实,描写客观存在的社会生活。其实浪漫主义和现实主义作为创作方法来说,是不能截然分开的。因为诚如王国维在《人间词话》中所说,表现理想离不开现实,总是在一定现实基础上产生的。反映现实也离不开理想,作家总是在一定理想的指导下去认识现实的。

4. 中国古代文学的发展,从创作方法上说,也是以浪漫主义和现实主义为基础的。无论在理论和创作上都有很明显的体现。有的学者认为中国古代的浪漫主义和现实主义创作方法最早体现在《诗经》和《楚辞》中,把它们看成现实主义和浪漫主义的源头,其实并不是很确切的。《诗经》中确有现实主义成分比较重的作品,如《豳风·七月》等,但是实际上《诗经》中有很多作品是以浪漫主义为主的,常常以夸张的手法抒写纯真的理想愿望,特别是那些歌颂男女情爱的作品,如《蒹葭》《硕人》《伯兮》等,不过《诗经》的浪漫主义和《楚辞》的浪漫主义,在艺术表现上各有自己的特色。中国古代强调文学是作家主体意识的体现,"言志""缘情"都是讲的如何展示诗人的内在心灵世界,所以在中国文学发展中浪漫主义占有主导地位。诗歌中叙事诗非常少,大部分是抒情诗。屈原、陶渊明、王维、李白、李贺、苏轼等都是以浪漫主义为主要特征的诗人,不过他们各自的艺术风格、表现方法又很不相同,这和他们受儒道佛思想影响的状况不同有很大关系。在戏剧和小说的创作中,浪漫主义也是主要的。著名的戏剧如关汉卿的《窦娥冤》、白朴的《梧桐雨》、郑光祖的《倩女离魂》、王实甫的《西厢记》、汤显祖的《牡丹亭》、洪昇的《长生殿》、孔尚任的《桃花扇》,都具有杰出的浪漫主义创作方法的特色。小说中的中短篇作品有非常多的浪漫主义作品,例如蒲松龄的《聊斋志异》等,而长篇小说中的《三国演义》《水浒传》《西游记》《封神演义》,很多以理想化或非现实的形式创作,也都具有突出的浪漫主义特点。

中国古代的现实主义创方法,是从史学著作写作的"实录"精神派生出来的。唐代白居易的《与元九书》及其有关《新乐府》的创作见解,就是在刘知幾《史通》所发挥的司马迁"实录"原则基础上提出来的,强调写真实的所见所闻,他的讽谕诗特别是《秦中吟》和大部分《新乐府》就是现实主义诗歌创作的代表。在小说中,“三言”“二拍”中的不少作品也有较高现实主义水平。最有代表性的作品当数《金瓶梅》《儒林外史》和《红楼梦》,他们放在世界现实主义文学发展中,也都是很了不起的杰作。这些我在《中国古典小说的历史发展》和《论曹雪芹及其〈红楼梦〉》中已有分析,此不赘述。

编后记

原先我没有想编辑文集，而且要筹集出版经费也很不容易。不过，很多学术界朋友和学生一直建议我做这件事，还帮我联系出版社，我呢，还有一些没有发表过的新著，主要是《文心雕龙注订语译》，可以借此得到出版机会。后来得到北京大学中文系主任杜晓勤教授的热情鼓励，还特别向学校申请了一笔经费，并帮助联系由北京大学出版社出版，我之前有好几本书都是北京大学出版社出版的，这样也会比较方便文集编辑工作的进行，这才决定编辑文集。我非常感谢学校、感谢中文系，特别是杜晓勤教授！

十卷文集的编辑，也是对我学术生涯的一个总结。我从1955年到北大上学，至1960年毕业留校任教至今，在北大已经将近七十年。由于我在学生时期参加了1955级《中国文学史》及《中国小说史》的编写，并担任编委，所以毕业时就被留在系里任教。当时系主任杨晦先生兼任文艺理论教研室主任，希望在北大建立古代文论学科，就安排我担任这方面的工作。北大中文系本来一直没有古代文论学科，也没有这方面的课程。当时在全国只有复旦大学和南京大学有古代文论课程，因为他们有研究中国文学批评史的著名专家，如复旦的郭绍虞、朱东润，南大的陈钟凡、罗根泽。杨晦先生认为要建设具有中国特色的文艺理论，必须继承中国传统的文学理论批评遗产，同时吸取西方文论有益成果，为此亲自主持中国文艺思想史学科的建设，还首次开设了中国文艺思想史课程，可是由于身体原因，他只讲了几次课就停了。后来开设古代文论课的学校多了，但课程大都是附设在古代文学教研室的，而杨晦先生则坚持设在文艺理论教研室，他更强调理论的重要性，希望从一个理论视野开阔的角度来建设这个学科。从 1960 年我毕业开始，北大文艺理论教研室专门成立了古代文论教学小组，由杨晦先生亲自主持，由邵岳和我参加具体工作。从此我的一生就和古代文论结下了不解之缘。邵岳是党支部书记，有很多党务工作，教学方面我就担负得比较多一点。

我在学生时代没有学过古代文论，毕业以后才开始在杨先生的指导下自学，并逐步担负起教学和研究工作。研究古代文论有它的难处，因为除了古代文论本身有众多理论批评家和相关著作以外，还必须非常熟悉古代文学史，熟悉重要的作家和作品，同时又要对古代的哲学思想、宗教、艺术（特别是音乐、绘画、书法理论批评）等有较为深入的了解，同时还要熟悉当代文学理论和西方文论的历史，否则就很难深入。要认真阅读的书籍实在是太多了，我只能日夜苦读，逐步积累。直到现在，虽然已经过去了六十多年，应该说还是在学习中。这中间精力最好的十多年，从 1966 年到 1979 年，由于身处特殊时期，完全中断了古代文论的学习和研究，直到我四十四岁才恢复古代文论的教学和研究。例如《文赋集释》一书我在 1966 年前已经收集有十余万字资料，并写成初稿，但在“文革”中全部丢失，到 1979 年才重新到北图搜集资料，整理补充撰写成书。我认为学术研究应该把微观研究和宏观研究有机结合起来，但必须从微观的个案研究开始，只有在很多微观研究的基础上，才有可能进行宏观的理论研究，才有可能形成独立的见解。从二十世纪六十年代初开始，我就以陆机《文赋》、刘勰《文心雕龙》和严羽诗论作为个案研究课题，然后逐渐扩大范围，研究探讨各个时期重要文学理论批评家及其著作。在进行众多个案研究的基础上，再进行综合性的宏观研究。《文赋集释》《文心雕龙新探》和《古典文艺美学论稿》中很多专题论文，都是微观研究的成果；而《先秦诸子的文艺观》《中国古代文学创作论》两书，则是对一个时代文学思想和一个重要理论问题所作的宏观研究。十卷文集前五卷的著作和论文，其实也可以说是为六、七卷《中国文学理论批评史》和八、九卷《文心雕龙注订语译》所作的前期准备,它们是我在宏观和微观研究方面的代表性成果。文集第十卷虽然只是教学讲义,并非学术专著,但也是我在与自己专业相关方面学习研究的一点心得体会,有自己的一些见解在内。文集只收入我独立撰写的研究著作,凡是合作撰写的著作(如《文心雕龙研究史》)和主编的文论选本(如中国《历代文论精选》《中国文学理论批评史资料选注》),以及资料集(如《〈文心雕龙〉资料丛书》《先秦两汉文论选》《文心雕龙研究》等),均不收入。《中国文学理论批评史教程》作为教材印刷量很大,但是属于两卷本《中国文学理论批评史》的压缩改写本,也不收入文集。

在"文革"时期由于取消了古代文论课程,我被要求担任马列文论的教学工作。从 1971 年到 1978 年,我负责给学生讲授马列文论课程,同时做《马克思 恩格斯 列宁 斯大林 论文艺》一书的编选注释。这本书在七十年代末出版,是署的北京大学中文系文艺理论教研室的名字。而在 1978 年前是我单独负责编注的,先在内部出版试行本,1979 年由于我回到古代文论教学岗位,此书的审阅修订增补工作,一直到正式出版,都是由吕德申先生完成的。八十年代起,马列文论作为高校中文系主要的必修课程,以此书为基本教材,印刷量非常之大。我在承担马列文论教学的八年里,在学习研究马列著作、阅读西方文论与西方文学名著的过程中,也曾经写过一些有关论文,不过只有两篇收入文集的《朝华集》中,那就是评论冈察洛夫的《奥勃洛摩夫》和屠格涅夫《处女地》的文章,至于我写的有关马列文论的文章全都没有收入,原因是如何正确评价马列文论现在需要有新的角度。虽然在我精力最旺盛的十余年完全中断了我所热爱的古代文论研究,不过也给了我认真阅读西方文学和西方文论、阅读马列著作的机会,这对我提高理论水平,从更广阔的角度去研究中国古代文论也是很有益处的。

作为一个老教师,我所写的这些文章和专著,都是和教学紧密结合的。北大有一个很好的传统,就是把教学和科研融为一体。科学研究的成果提高了教学的质量,又在教学中获得验证,从教学中发现问题和不足,通过科学研究来逐个解决。以科研来提高教学水平,又以教学来检验科研成果,互相依赖、互相促进。北大古代文论的学科建设曾经历了一个曲折的过程。刚开始几年就因“文革”而中断了，邵岳老师又在1975年因病辞世，一直到七十年代末这个学科才恢复。那时，杨先生已经年迈，把建设古代文论工作托付给了我。幸有教研室主任吕德申先生支持，从留学生办公室调来了陈熙中先生，并安排了留校的青年教师卢永璘参加，这样就有了一个小组。杨先生走了之后，我的教学和研究还是一直按照杨先生的思想来进行的。我以为中国古代文论的研究应该注重三个结合：一是文学理论批评和文学创作实践相结合，也就是要把中国古代文论的研究和中国文学史的研究融为一体；二是中国文论和西方文论相结合，探讨理论问题必须参考西方的经验；三是文学理论批评和艺术理论批评相结合，充分认识中国古代诗、书、画、乐紧密相连的特点。从研究方法的角度说，我以为对古代文论的研究必须重视以下三点：一是理论研究和文献考证并重，理论研究是目的，但必须建立在扎实的文献考证基础之上；二是包容吸取各家有益成果与提出自己独立见解并重，学术研究当然要有自己的新见，但是必须客观地分析各种不同意见，努力吸收各家长处，不可以对不同于自己的见解置之不理；三是力求论述、评价的全面、稳妥、客观。要努力遵循刘勰“擘肌分理，惟务折衷”与荀子不可“蔽于一曲，而暗于大理”以及佛家“不落一端”的基本精神。

文集的编辑出版工作，得到各方面的大力支持，系主任杜晓勤教授安排文艺理论教研室主任周兴陆教授和青年教师胡琦帮我起草编辑计划。编辑过程中，有些疑难问题曾请教复旦大学蒋凡教授，得到了非常满意的解决。张健教授在百忙之中为文集撰写序言，陶礼天、陈允锋教授帮我校看新著《文心雕龙注订语译》清样，陈允锋还把自己的研究成果提供给我。李瑞卿、杨子彦、王明辉教授帮我作各卷校订，李铎研究员从日本给我发来了很多珍贵的《文心雕龙》电子版版本，提供了很多重要资料，胡琦帮我复审清样，奔走联系有关出版事宜。郭鹏、汪春泓教授十分关心文集的编纂。尤其是北大出版社的各位责编精心审订，细致核查，十分认真，极其辛劳。谨在此一并致以衷心的感谢！

张少康 2023 年 12 月于蓝旗营寓所